KB194221

# 그리스인 조르바

# 그리스인 조르바

## 니코스 카잔차키스 장편소설 | 이윤기 옮김

## 일러두기

1. 번역은 모두 영어판을 대본으로 했다. 번역 대본의 서지 사항은 각 권의 〈옮긴이의 말〉에 밝혀 두었다.

2. 그리스 여성의 성(姓)은 남성과 어미가 다르다. 엘레니가 결혼 후 취득한 성 〈카잔차키〉는 〈카잔차키스〉 집안의 여인임을 뜻한다. 〈알렉시우〉나 〈사미우〉도 마찬가지로, 〈알렉시오스〉와 〈사미오스〉 집안에 속함을 뜻하는 것이다. 외국 독자들을 배려하여 여성의 성을 남성과 일치시키는 관례는 영어판에서 흔히 찾아볼 수 있으나 여기서는 그리스식에 따랐다.

3. 그리스어의 로마자 표기와 우리말 표기는 그리스어 발음대로 적되 관용적으로 굳어진 일부 용어는 예외를 두었다. 고대 그리스, 신화상의 인명 및 지명 표기는 열린책들의 『그리스·로마 신화 사전』을 따랐다.

# 그리스인 조르바   7

# 1

항구 도시 피레에프스에서 조르바를 처음 만났다. 나는 그때 항구에서 크레타 섬으로 가는 배를 기다리고 있었다. 날이 밝기 직전인데 밖에는 비가 내리고 있었다. 북아프리카에서 불어오는 시로코 바람이, 유리문을 닫았는데도 파도의 포말을 조그만 카페 안으로 날렸다. 카페 안은 발효시킨 샐비어[1] 술과 사람 냄새가 진동했다. 추운 날씨 탓에 사람들의 숨결은 김이 되어 유리창에 뿌옇게 서려 있었다. 밤을 거기에서 보낸 뱃사람 대여섯이 갈색 양피 리퍼 재킷 차림으로 앉아 커피나 샐비어 술을 들며 희끄무레한 창 저쪽의 바다를 바라보고 있었다. 사나운 물결에 놀란 물고기들은 아예 바다 깊숙이 몸을 숨기고 수면이 잔잔해질 때를 기다릴 스즘이었다. 카페에 북적거리고 있는 어부들은 폭풍이 자고 물고기들이 미끼를 쫓아 수면으로 올라올 때를 기다렸다. 서대, 놀래기, 홍어가 밤의 여로에서 돌아올 시각을 기다리는 것이었다. 날이 밝아 오기 시작했다.

유리문이 밀리며 건장한 덩치를 한, 옷에 군데군데 진흙이 튄

---

1 꿀풀과의 여러해살이풀. 약용하거나 향료로 쓴다.

늙수그레한 부두 노동자 하나가 맨발과 맨머리로 들어섰다.

「여, 코스탄디! 재미가 어떤가?」 하늘색 외투 차림의 늙은 뱃사람 하나가 소리쳤다.

코스탄디라고 불린 사람이 침을 뱉고는 말을 받았다. 「그래, 어떨 것 같나? 아침 인사는 술집에 나와 하고, 저녁 인사는 하숙집에 가서 하지! 내 사는 게 이 모양이야. 일거리가 있어야지!」

몇 사람이 웃었고 또 몇 사람은 고개를 가로저으며 불경한 소리를 했다.

「산다는 게 감옥살이지.」 카라괴즈[2] 극장에서 개똥철학 나부랭이를 주워들은 듯한 텁석부리가 말했다. 「암, 그것도 종신형이고말고, 빌어먹을.」

창백하고 푸르스름한 빛줄기가 카페의 지저분한 창문을 뚫고 손이며 콧잔등이며 이마를 비추었다. 빛줄기는 내친걸음에 카운터까지 뛰어올라 술병을 휘감았다. 전등이 무색해지자, 밤새 술을 파느라고 잠을 설친 주인이 손을 뻗쳐 스위치를 꺼버렸다.

잠시 정적이 감돌았다. 사람들 시선이 일제히 아직 희끄무레한 창밖 하늘로 향했다. 파도 소리가 들렸다. 카페 안에서는 그 소리가 수연통(水煙筒) 빠는 소리와 한데 어울렸다.

늙은 뱃사람이 한숨을 쉬었다. 「레모니 선장 어떻게 된 것 아닌가? 아이고, 하느님, 그 사람을 도와주십시오.」 그는, 이렇게 말하고는 시선을 바다로 돌려 호통을 쳤다. 「남의 집구석 망치는 너 바다에게 하느님의 저주가 있을지어다!」 이 말끝에 그는 자기의 잿빛 수염을 깨물었다.

나는 구석 자리에 앉아 있었다. 한기가 느껴져 두 번째로 샐비

2 〈검은 눈〉이라는 뜻으로 아라비아, 터키, 시리아, 북아프리카 카페에서 노는 인형 그림자극이다.

어 술을 시켰다. 나는 자고 싶은 욕망과 이른 새벽의 피로 그리고 적막과 싸웠다. 나는 희뿌연 창문 저쪽의, 뱃고동과 짐수레꾼, 뱃사람들의 고함 소리로 깨어나는 항구를 바라보았다. 보고 있는 동안 바다, 대기, 그리고 내 여행 계획으로 짜인, 보이지 않는 그물이 내 가슴을 압박하는 것 같았다.

내 시선은 큰 배의 검은 뱃머리를 떠나지 않았다. 선체는 여전히 어둠에 잠겨 있었다. 비도 멎을 기미가 보이지 않았다. 하늘과 땅의 진창이 그 긴 빗줄기들로 마치 이어진 듯 보였다.

검은 배와 그림자와 비를 바라보고 있으려니 내 슬픔이 형체를 드러냈다. 추억들이 떠올랐다. 비와 우울증이, 습기 가득한 대기 위에서 사랑하는 친구의 모습으로 화했다. ……작년이던가? 전생(前生)이던가? 어제 일이던가? 바로 이 항구로 내려와 그에게 작별 인사를 한 것은? 나는 그날 아침의 빗줄기와 한기, 그리고 새벽의 미명을 떠올렸다. 그때 역시 내 마음은 무거웠다.

사랑하는 친구와 서서히 헤어진다는 것은 얼마나 쓰라린 일인가! 단칼에 베듯 이별해 버리고서 고독 속에 남는 편이 훨씬 나으리라……. 고독이야말로 인간 본연의 상태니까. 그러나 그 비 오던 새벽에 나는 친구를 놓아줄 수 없었다. (뒤에 그 이유를 알았지만, 어쩌랴, 이미 때가 늦은 것을.) 나는 친구와 함께 배에 올라 그의 선실의 흩어진 짐 가방들 사이에 앉았다. 나는, 그가 다른 일에 주의를 쏟고 있는 동안 꽤 오래 그를 바라보고 있었다. 흡사 그의 모습을 하나하나 — 푸르스름하고 맑은 눈빛, 둥글고 앳된 얼굴, 이지적이고 오만한 표정, 그리고 무엇보다도 손가락이 가늘고 긴 귀족적인 그의 손 — 깡그리 기억해 두려는 사람처럼.

어느 순간, 그는 자신을 게걸스레 훑고 있는 내 시선을 알아챘다. 그는 자기 감정을 숨기고 싶을 때 늘 그러듯이 비웃는 듯한 표정을 하고 몸을 돌렸다. 그는 나를 보았고, 나를 이해했다. 그는 이별의 슬픔을 따돌리려고, 차갑게 웃으면서 내게 물었다.

「언제까지야?」

「무슨 뜻인가, 언제까지라니?」

「언제까지 대가리에 잉크를 뒤집어쓴 채 종이나 씹으면서 있겠다는 것인가? 나와 함께 가세. 저 멀리 카프카스에, 위험에 처한 수많은 동포가 있잖아. 함께 가서 구해 주자고.」 그러다, 자신의 그 고귀한 계획이 덧없다는 듯이 웃으면서 덧붙였다. 「하긴 구해 주지 말아야 할지도 모르지. 하지만 자네는 이렇게 설교하지 않았는가, 〈자신을 구하는 유일한 길은 남을 구하려고 애쓰는 것이다〉라고……. 그럼 구해야지. 자네는 설교에만 소질이 있는 건가. 왜 나랑 같이 가지 않는 건가?」

나는 대답하지 않았다. 나는 저 동방의 신성한 땅, 신들의 고향, 프로메테우스가 바위에 붙박인 채 울부짖던 높은 산을 생각했다. 우리 그리스 동포들이 바로 그 바위에 붙박힌 채 울부짖고 있었다. 그들은 또다시 위난에 처해, 그리스의 자손들을 향해 울부짖으며 구원을 요청하고 있었다. 나는 그들의 호소를 잠자코 듣고만 있었다. 마치 고통은 한갓 꿈이며, 인생은 재미있는 연극이어서 촌놈이나 바보만이 무대로 뛰어올라가 연기(演技)에 가담한다는 듯이…….

대답을 기다리다 말고 내 친구가 일어섰다. 배가 세 번째로 고동을 울렸다. 그가 내게 손을 내밀면서 헛소리로 제 감정을 가렸다.

「Au revoir(다시 보세), 이 책벌레야!」

그의 목소리는 떨리고 있었다. 자기 감정을 다스리지 못한다는 게 창피한 노릇인 줄은 그 친구도 알고 있었다. 그에게, 눈물, 다정한 말, 주체하지 못하는 몸짓, 흔한 친밀감의 표현은 남자가 할 짓이 아니었다. 서로를 좋아했지만 우리는 살가운 말을 나눈 적이 없었다. 우리는 짐승처럼 장난을 치며 서로를 할퀴었다. 친구는 이지적이고 냉소적인 문명인이었고, 나는 야만인이었다. 그는 자신을 통제하면서 모든 감정을 미소 하나로 뭉쳐 버렸다. 나는 느닷없이 엉뚱하고 거친 웃음을 터뜨리기 일쑤였다.

나도 거친 말로 내 감정을 감추어 보려고 했다. 그러나 창피했다. 아니, 정확하게 말하면 창피했던 것은 아니고, 내 감정이 제대로 감추어지지 않았다. 나는 그의 손을 잡았다. 그 손을 붙잡고 놓아주지 않으려 했다. 그가 흠칫 놀라며 나를 보았다.

「섭섭한가?」 그가 설핏 미소를 지었다.

「응.」 내가 조용히 대답했다.

「왜? 가만, 전에 우리 뭐라고 했더라? 몇 년 전에 합의 보지 않았느냐는 말이야. 자네가 좋아하는 그 왜인(倭人)들 말로 뭐? 〈후도신(不動心)〉! 아타락시아(냉정), 올림포스의 평정(平靜), 얼굴은 미소 짓는 부동(不動)의 가면. 가면 뒤의 일이야 각자의 몫이고.」

「그래.」 나는 긴말을 하다가 난처해지지 않으려 다시 짧게 대답했다. 나는 내 목소리를 조절할 자신이 없었다.

배 위의 종이 울어 선실의 방문객을 몰아내었다. 조용히 비가 내리고 있었다. 슬픈 이별의 인사, 약속, 긴 입맞춤 그리고 다급한 당부의 말들이 난무했다. 어머니는 자식에게, 아내는 남편에게, 친구는 친구에게 몸을 던졌다. 마치 영영 헤어지는 사람들처럼. 그 작은 이별이 다른 이별…… 영원한 이별을 상기시키는 것처럼. 그때 젖은 대기를 흔들며 조종(弔鍾) 같은 종소리가 이물에서 고물로 울려 퍼졌다. 나는 몸서리쳤다.

내 친구가 내게로 몸을 기울였다.

「……무슨 불길한 예감 같은 것이라도?」 친구가 나지막하게 물었다.

「그래.」 내가 대답했다.

「자네 그런 터무니없는 걸 믿는 건가?」

「아니.」 나는 분명하게 대답했다.

「그런데, 왜?」

〈그런데〉 같은 건 없었다. 나는 그런 걸 믿지 않았다. 그런데도 나는 두려웠다.

친구는 왼손으로 내 무릎을 살짝 때렸다. 단념할 때마다 나오는 그의 버릇이었다. 내가 결정을 독촉할 경우 그는 내 독촉이 마음에 들지 않으면 귀를 막고 거절하고는 했다. 결국 내 독촉을 수락할 때는,「좋아, 자네 시키는 대로 하지, 우정을 봐서…….」 이렇게 말하는 듯이 내 무릎을 살짝 치는 것이었다.

그는 두세 번 눈을 깜빡거리다 다시 나를 응시했다. 그는 나의 불안을 눈치채고는 웃음, 미소, 농담 같은 우리가 즐겨 쓰던 무기의 사용을 망설였다.

「좋아. ……손이나 좀 주게. 우리 둘 중의 하나가 죽을 고비라도 만나면…….」

친구는 창피한 듯이 말을 멈추었다. 그토록 오랫동안 형이상학적 〈비약〉을 농하고, 채식주의자, 심령주의자, 접신론자(接神論者), 심령체(心靈體) 따위와 한데 뭉뚱그려 도매금으로 넘기던 우리였으니…….

「그래서?」 나는 그의 뒷말을 짐작해 보려 애썼다.

「이걸 하나의 게임으로 생각하자고.」 그는 어쩌다 내뱉은 위태로운 말에서 얼른 벗어나려고 서둘러 말했다. 「자네나 나나, 죽음의 위기를 맞거든 상대를 아주 강렬하게 생각해서 상대가 어디에 있든지 자신의 위험을 알 수 있게 해주기로 하는 거야……

됐나?」 그는 웃으려고 했지만 입술은 얼어붙기라도 한 듯이 제대로 움직이지 않았다.

「됐어.」 내가 대답했다.

자기 감정을 너무 드러내었나 싶었던지 친구는 서둘러 이렇게 덧붙였다.

「물론, 텔레파시 같은 건 눈곱만큼도 믿지 않지만…….」

「괜찮아.」 나는 더듬거렸다. 「그렇게 하세.」

「좋아, 그럼, 그렇게 하기로 하자고. 됐나?」

「됐어.」 내가 대답했다.

이게 우리가 나눈 마지막 대화였다. 우리는 묵묵히 서로의 손을 잡았다. 뜨겁게 얽혔던 손가락들이 갑자기 풀어졌다. 나는 뒤를 돌아보지 않고 쫓기는 듯이 빠른 걸음으로 걸었다. 나는 마지막으로 한 번만이라도 그를 돌아보고 싶었지만 꾹 참았다. 〈뒤를 돌아보지 마. 앞으로만 가는 거다…….〉 나는 자신을 타일렀다.

인간의 영혼은 육체라는 뻘 속에 갇혀 있어서 무디고 둔한 것이다. 영혼의 지각 능력이란 조잡하고 불확실한 법이다. 그래서 영혼은 아무것도 분명하고 확실하게는 예견할 수 없다. 짐작이라도 할 수 있었다면 우리 이별은 얼마나 다른 것일 수 있었을까.

주위가 점점 밝아졌다. 두 아침이 한데 뒤섞였다. 사랑하는 친구의 모습을 훨씬 선명하게 떠올릴 수 있었다. 하지만 친구의 얼굴은 항구에 내리는 비와 축축한 대기 속에 쓸쓸하게 굳어 있었다. 카페의 문이 왈칵 열리면서 바다의 파도 소리와 함께 다부진 몸집의 뱃사람 하나가 들어왔는데 콧수염을 늘어뜨렸고 다리를 쩍 벌린 모습이었다. 반기는 소리가 여기저기서 튀어나왔다.

「어서 오십시오, 레모니 선장!」

나는 구석 자리에서 잔뜩 웅크리고 아까의 상념을 이어 가려고 애썼다. 그러나 내 친구의 얼굴은 이내 빗속으로 사라진 다음이었다.

밖이 점점 더 밝아졌다. 무뚝뚝하고 표정이 근엄한 레모니 선장은 호박 묵주를 꺼내어, 알맹이를 세며 기도를 드렸다. 나는 그쪽을 보지 않고 듣지 않으려고 애쓰며 스러져 가는 친구의 모습을 조금이라도 더 떠올리려고 했다. 그 친구가 나를 〈책벌레〉라고 불렀을 때, 불쑥 솟아오르던 그 분노의 순간으로 돌아갈 수 있다면! 당시 내가 영위하고 있던 삶에 대한 나의 모든 역겨운 감정이 그 말로 형상화되었다. 그토록 강렬하게 인생을 사랑한다면서 어떻게 책 나부랭이와 잉크로 더럽혀진 종이에다 자신을 그리도 오랫동안 내박쳐 둘 수 있단 말인가! 그 이별의 날, 내 친구는 내가 나 자신을 적나라하게 볼 수 있게 해준 셈이었다. 속이 후련했다. 병통을 알았으니 이제는 쉬 정복할 수 있으리라. 이제 그것은 모호하지도 막연하지도 않았다. 이름과 형태가 있으니 그에 맞서 싸우기도 훨씬 수월할 터였다.

그의 말이 내 내부에서 조용히 자라났던 모양이다. 나는 종이 나부랭이를 팽개치고 행동하는 인생으로 뛰어들 구실을 찾게 되었다. 나의 문장(紋章) 한가운데 그 한심한 벌레가 떡하니 버티고 있는 것이 너무도 싫었다. 한 달쯤 전에 내가 바라던 기회가 왔다. 나는 바다를 사이에 두고 리비아와 마주 보는 크레타 해안에 폐광이 된 갈탄광 한 자리를 임차했다. 이제 책벌레 족속들과는 거리가 먼 노동자, 농부 같은 단순한 사람들과 새 삶을 살기로 한 것이다!

나는 이 여행이 신비로운 의미를 갖는 것이기나 한 듯이 들뜬 마음으로 떠날 채비를 했다. 나는 내 삶의 양식을 바꾸기로 결심했다. 나는 속으로 이렇게 말했다. 이제껏 너는 그림자만 보고서도 만족하고 있었지? 자, 이제 내 너를 실체 앞으로 데려갈 테다.

마침내 나는 준비를 마쳤다. 떠나기 전날 밤, 종이들을 뒤적이다가 나의 미완성 원고와 마주쳤다. 나는 그 원고를 집어 들여다보며 망설였다. 2년간 내 존재의 심연에서는 하나의 욕망, 한 알의 씨앗이 태동해 왔다. 나는 내 내부를 파먹으며 익어 가고 있는 그 씨앗을 내 장부(臟腑)로 느껴 왔다. 씨앗은 자라면서 움직이기 시작하더니 밖으로 나오려고 내 몸의 벽에 발길질을 시작했다. 내게 그것을 파괴할 용기는 더 이상 없었다. 그럴 수가 없었다. 정신적인 낙태는 시기를 놓친 것이었다.

원고 뭉치를 들고 망설이던 나는 문득 허공중에서 친구가 미소 짓고 있는 것이 느껴졌다. 냉소와 사랑이 동시에 느껴지는 웃음이었다. 「가져가겠어!」 나는 아픈 데가 찔린 듯 말했다. 「가져갈 거라고. 그렇게 웃을 거 없어!」 나는 아기를 싸듯이 조심스럽게 그 원고를 포장하여 다른 짐 속에 넣었다.

레모니 선장의 그윽하면서도 무뚝뚝한 소리가 내게까지 들렸다. 나는 귀를 기울였다. 그는 폭풍이 몰아칠 때 카이크 배의 마스트로 기어올라 돛을 핥았다는 바다의 요정 이야기를 하고 있었다.

「호물호물하고 끈적끈적해. 바다의 요정 말이오. 그놈들을 손으로 잡으면 손에 불이 붙어요. 그 손으로 내 수염을 쓰다듬었더니 어둠 속에서 마치 악마 수염처럼 번쩍거립디다. 암튼, 바닷물이 내 카이크선(船)을 덮치고 화물인 석탄을 흠뻑 적셔 놓습디다. 배가 잠길 지경이 된 거요. 카이크선이 기울어지지 않겠어요? 그러나 그 순간 하느님이 손을 쓰셨답니다. 벼락을 보내 주신 거지요. 해치가 부서져 나가면서 석탄도 쓸려 나갔어요. 바다가 석탄 범벅이 됐지. 배는 가벼워지면서 자세를 바로잡고, 우리는 살아나게 된 거지요. 다시는 이런 일이 없어야지!」

나는 주머니에서 단테 문고판 ─ 내 여행의 동반자 ─ 을 꺼내 들었다. 그러고는 파이프에 불을 붙이고 벽에 기대어 편안하게 앉았다. 나는 한순간 망설였다. 어디를 읽는다? 「지옥편」의 불타오르는 역청? 「연옥편」의 정화(淨化)하는 불길? 아니면 인간의 희망이 최고의 감정 기준이 되는 대목으로 바로 들어가? 나에겐 선택권이 있었다. 문고판 단테를 손에 들고 나는 자유를 즐겼다. 아침 일찍 고르는 단테의 시행이 하루 전체에 그 리듬을 부여하게 될 터였다.

시행을 결정하려고 이 강렬한 시편으로 고개를 숙였지만 미처 그럴 틈이 없었다. 갑자기 심상치 않은 느낌이 들어 고개를 들었다. 어쩐지 두 개의 눈동자가 내 정수리를 꿰뚫어 오고 있는 듯한 느낌이었다. 나는 내 뒤에 있는 유리문 쪽으로 휙 돌아다보았다. 잠깐이지만 내 머릿속에서는 〈내 친구를 다시 만나게 된다〉는 허망한 희망이 번득였다. 나는 기적을 받아들일 준비가 되어 있었지만 기적은 일어나지 않았다. 키가 크고 몸이 가는 60대 노인 하나가 유리창을 코로 누른 채 찌르는 듯한 시선으로 나를 보고 있었다. 그는 겨드랑이에다 다소 납작한 보따리를 하나 끼고 있었다.

내게 가장 강렬한 인상을 준 것은 냉소적이면서도 불길같이 섬뜩한 그의 강렬한 시선이었다. 어쨌든 내게는 그렇게 보였다.

시선이 나와 마주치자, 자기가 찾는 사람인지 아닌지 가늠해 보는 것 같던 그 낯선 사람은 단호하게 팔을 뻗어 문을 열었다. 그러고는 성큼성큼 탁자 사이를 지나 내 앞에 우뚝 섰다.

「여행하시오?」 그가 물었다. 「어디로요? 하느님의 섭리만 믿고 가시오?」

「크레타로 가는 길입니다. 왜 묻습니까?」

「날 데려가시겠소?」

나는 주의 깊게 그를 뜯어보았다. 움푹 들어간 뺨, 튼튼한 턱, 튀어나온 광대뼈, 잿빛 고수머리에다 눈동자가 밝고 예리했다.

「왜요? 함께 무슨 일을 할 수 있어서요?」

그가 어깨를 으쓱해 보였다.

「왜요! 왜요!」 그는 못마땅하다는 듯이 소리쳤다. 그러고는 덧붙였다. 「〈왜요〉가 없으면 아무 짓도 못 하는 건가요? 가령, 하고 싶어서 한다면 안 됩니까? 자, 까짓것, 날 요리사라고 치쇼. 난 수프를 만들 수 있어요. 당신이 들어 보지도 못한 수프, 생각도 못 해본 수프…….」

나는 웃음을 터뜨렸다. 그의 공갈 비슷한 태도와 격렬한 말투가 우선 마음에 들었다. 수프 이야기도 마음에 들었다. 멀고 쓸쓸한 해안으로 그 헌털뱅이 같은 친구를 데려가는 것도 나쁘지는 않겠다는 생각이 들었다. 수프를 얻어먹고 이야기만 들어도……. 그는 세상을 적잖게 돌아다닌, 이를테면 뱃사람 신드바드와 비슷한 유형인 것 같았다. 마음에 들었다.

「무슨 생각을 하시오?」 그가 스스럼없이 물으며 큰 머리통을 흔들었다. 「당신 역시 저울 한 벌 가지고 다니는 거 아니오? 매사를 정밀하게 달아 보는 버릇 말이오. 자, 젊은 양반, 결정해 버리쇼. 눈 꽉 감고 해버리는 거요.」

껑다리 영감이 앞에 우뚝 서 있어서 말을 하려면 일일이 고개를 들어야 하는 게 귀찮았다. 나는 단테를 덮었다. 「앉읍시다.」 그러고는 물었다. 「샐비어 술 한잔 하시겠소?」

「샐비어?」 그가 가소롭다는 듯이 콧방귀를 뀌고는 급사를 향

17

해 소리를 질렀다. 「이봐! 웨이터! 여기 럼주 한 잔!」

그는 럼을 조금씩 홀짝거렸다. 입 안에 굴리며 오래 맛을 보다 천천히 삼켜 속을 덥히는 것이었다. 〈육감주의자군. 꼭 감식가 같아…….〉 이런 생각이 들었다.

「무슨 일을 하십니까?」 내가 물었다.

「닥치는 대로 하죠. 발로도 하고 손으로도 하고 머리로도 하고……. 하지만 해본 일만 해가지고서야 어디 성이 차겠소!」

「마지막으로 하신 일이 뭡니까?」

「광산에서 일했지요. 이래 봬도 괜찮은 광부랍니다. 금속을 조금 알지요. 광맥을 찾고 갱도 짜는 것도 좀 압니다. 수직 갱도도 잘 내려가고. 나는 겁이 없거든요. 일 잘하고 있었지요. 십장을 지냈는데 불만이라고는 하나도 없었어요. 그런데 악마가 끼어들고 말았지요. 지난 토요일 밤에 공연히 한번 그래 보고 싶어서 그날 시찰 나온 사장을 붙잡아 패줬는데…….」

「아니 왜요? 그자가 영감님에게 무슨 잘못이라도 저질렀나요?」

「내게 말이오? 전혀, 전혀요! 그날 처음 만난걸요. 그 불쌍한 친구, 우리한테 담배를 나눠 주기까지 했어요.」

「그런데요?」

「아, 당신은 입만 열면 질문이구먼! 그냥 지랄병이 도진 것뿐이라니까 그러네. 젊은 양반, 물레방앗간 집 마누라 이야기 아시겠지? 물레방앗간 집 마누라 궁둥짝을 보고 철자법 배우겠다는 생각은 당신도 안 하시겠지? 물레방앗간 집 마누라 궁둥짝, 인간의 이성이란 그거지 뭐.」

인간의 이성에 관한 정의라면 나도 꽤 읽은 편이었다. 하지만 그 헌털뱅이 영감의 정의 같은 것은 읽은 적이 없었다. 놀라웠다. 그 정의가 내 마음에 들었다. 나는 흥미를 가지고 새로 사귄 길동무를 바라보았다. 그의 얼굴은 주름투성이인 데다 벌레 먹은 나무처럼 풍상에 찌들어 있었다. 몇 년 뒤 또 하나의 얼굴에서 똑같은 닳고 찌든 나무의 인상을 받았는데 파나이트 이스트라티[3]의 얼굴이 그랬다.

「그 보따리 속엔 무엇이 들어 있습니까? 먹을 것인가요? 옷인가요? 아니면 연장?」

길동무는 어깨를 으쓱거리며 웃음을 터뜨렸다.

「당신 참 눈치가 있는 사람 같소. 실례되는 말이지만.」

그가 대답했다. 그러고는 길고 옹이 박힌 손가락으로 보따리를 찔러 보이면서 덧붙였다.

「아니요. 산투르[4]올시다.」

「산투르? 산투르를 연주합니까?」

「먹고살기가 고될 때는 산투르를 연주하며 여인숙을 돌아다니기도 합니다. 마케도니아에서 전해지는 클레프트 산적의 옛 노래도 부릅니다. 그러고 나서 모자를 벗어 들고…… 바로 이 베레모 말이오, 한 바퀴 돌면 돈으로 가득 차는 게요.」

「이름을 여쭤도 될까요?」

「알렉시스 조르바. 내가 껑다리인 데다 대가리가 납작 케이크처럼 생겨 먹어 〈빵집 가래 삽〉이라고 부르는 친구들도 있지요. 한때 볶은 호박씨를 팔고 다녔다고 해서 〈심심풀이〉라고 부르는 치들도 있었고…… 또 〈흰곰팡이〉라는 별호도 있습니다. 이렇게 부르는 놈들 말로는, 내가 가는 곳마다 장난질을 쳐서 그렇답니다. 모든 게 개판이 된다고. 그 밖에도 별호가 많지만 그건 다음

---

3 Panaït Istrati(1884~1935). 루마니아의 작가로 작품은 프랑스어로 썼다. 출세작은 『뒤렁거가(家)』로 『아드리안 조그라피(뉘우칠 줄 모르는 사나이)의 생애』의 제1권.
4 조그만 망치나 채로 쳐서 연주하던 침벌롬이나 덜시머의 변형으로 기타 비슷한 악기.

으로 미루기로 합시다……」

「어떻게 해서 산투르를 다 배우게 되었지요?」

「스무 살 때였소. 내가 그때 올림포스 산 기슭에 있는 우리 마을에서 처음 산투르 소리를 들었지요. 혼을 쭉 빼놓는 것 같습니다. 사흘 동안 밥을 못 먹었을 정도였으니까. 〈어디가 아파서 그러느냐?〉 우리 아버지가 묻습니다. 아버지 영혼이 화평하시기를……. 〈산투르를 배우고 싶습니다.〉 〈창피하지도 않으냐? 네가 집시냐, 거지 깽깽이가 되겠다는 것이냐?〉 〈저는 산투르가 배우고 싶습니다!〉 결혼하려고 꼬불쳐 둔 돈이 조금 있었지요. 유치한 생각이었소만 그 당시엔 대가리도 덜 여물었고 혈기만 왕성했지요. 병신같이 결혼 같은 걸 하려고 마음먹었다니! 아무튼 있는 걸 몽땅 털고 몇 푼 더 보태 산투르를 하나 샀지요. 지금 당신이 보고 있는 바로 이놈입니다. 나는 산투르를 들고 살로니카로 튀어 터키인 레트셉 에펜디를 찾아갔지요. 그는 아무에게나 산투르를 가르쳐 주었지요. 그 앞에 일단 넙죽 엎드리고 봤어요. 〈왜 그러느냐, 꼬마 이교도야?〉 〈산투르를 배우고 싶습니다.〉 〈오냐, 그런데 왜 내 발밑에 엎드렸느냐?〉 〈월사금으로 낼 돈이 없습니다.〉 〈산투르에 단단히 미친 게로구나.〉 〈네.〉 〈그럼 여기 있어도 좋다, 젊은 친구야, 나는 월사금을 받지 않는단다.〉 나는 1년을 거기 있으면서 공부했지요. 하느님이 그 영감의 무덤을 돌보아 주시기를! 지금쯤 아마 죽었을 겁니다. 하느님이, 개도 천당에다 들여놓으신다면, 레트셉 에펜디에게도 천당 문을 활짝 열어 주실 것이외다. 산투르를 다룰 줄 알게 되면서 나는 전혀 딴사람이 되었어요. 기분이 좋지 않을 때나 빈털터리가 될 때는 산투르를 칩니다. 그러면 기운이 생기지요. 내가 산투르를 칠 때는, 당신이 말을 걸 수도 있겠지만, 내게 들리지는 않아요. 들린다고 해도 대답을 못 해요. 하려고 해도 안 돼. 할 수가 없어.」

「그 이유가 무엇이지요, 조르바?」

「이런, 모르시는군. 정열이라는 것이지요. 바로 그게 정열이라는 것이지요!」

문이 열렸다. 바다 소리가 다시 카페로 쏟아져 들어왔다. 손발이 얼고 있었다. 나는 구석으로 깊숙이 몸을 웅크리고는 외투로 몸을 감쌌다. 나는 그 순간의 행복을 음미했다.

〈꼭 어디로 가야 하나? 여기도 괜찮은데. 이 순간이 오래 계속되었으면······.〉

나는 이런 생각을 하면서 앞에 앉은 사나이를 보았다. 그의 시선이 내게 박혀 있었다. 동공이 까만 그의 눈은 작고 둥글었으며 흰자위에는 빨갛게 핏발이 서 있었다. 그 눈은 나를 꿰뚫고 구석구석 뒤지는 것 같았다.

「그래서요? 이야기 계속하시지요.」 내가 채근했다.

조르바가 다시 뼈대가 굵은 어깨를 들었다 놓고는 내뱉듯이 말했다.

「그만둡시다. 담배 한 대 주시겠소?」

담배를 한 개비 뽑아 주었다. 그는 주머니에서 부싯돌 라이터를 꺼내 불을 댕겼다. 그러고는 느긋한 표정으로 눈을 반쯤 감았다.

「결혼했습니까?」

「나는 뭐 사내 아닌 줄 아쇼?」 그는 역정을 내며 말했다. 「나도 사내라고! 즉, 눈깔이 멀었다는 말이지. 나보다 먼저 살고 간 사람들처럼 나도 개골창에 대가리를 처박고 떨어진 겁니다. 결혼했죠. 그러고는 쭉 내리막길을 걸었어요. 가장이 되고 집을 짓고 새끼들도 까고. 그 골칫덩어리들을 말이오. 하지만 산투르 덕분에 이렇게······.」

「근심 걱정을 잊으려고 산투르를 치셨던 게로군요?」

「이것 보쇼. 보아하니 당신은 악기 하나 못 만지는 모양이군. 대체 무슨 소리를 하고 있는 거요? 집구석에 들어가면, 있는 건 근심 걱정뿐. 마누라가 그렇고, 새끼들이 그렇잖소? 무엇을 먹을까, 무엇을 입을까, 장차 이러다 우리는 어찌 될까? 이런 젠장. 이 래선 안 돼요. 산투르를 치려면 환경이 좋아야 해요. 마음이 깨 끗해야 하는 거예요. 마누라가 한 마디로 될 것을 열 마디 잔소리로 늘어놓는다면 무슨 기분으로 산투르를 치겠소? 새끼들이 배고프다고 빽빽거리는데 산투르를 어떻게 치겠소? 산투르를 치려면 온갖 정성을 산투르에만 쏟아야 해요. 알겠어요?」

그래, 알겠다. 조르바야말로 내가 오랫동안 찾아다녔으나 만날 수 없었던 바로 그 사람이었다. 그는 살아 있는 가슴과 커다랗고 푸짐한 언어를 쏟아 내는 입과 위대한 야성의 영혼을 가진 사나이, 아직 모태(母胎)인 대지에서 탯줄이 떨어지지 않은 사나이였다.

언어, 예술, 사랑, 순수성, 정열의 의미는 이 노동자가 지껄인 가장 단순한 인간의 말로 내게 분명히 전해져 왔다.

나는 곡괭이와 산투르를 함께 다룰 수 있는 그의 손을 보았다. 두 손은 못이 박이고 터지고 일그러진 데다 힘줄이 솟아 나와 있었다. 그는 여자의 옷이라도 벗기는 것처럼 섬세하고 주의 깊은 손놀림으로 보따리를 열고 세월에 닦여 반짝거리는 산투르를 꺼냈다. 줄이 여러 개였는데, 줄 끝에는 놋쇠와 상아와 붉은 비단 술 장식이 매달려 있었다. 그는 그 큰 손으로, 여자를 애무하듯 이 조심스럽게 그러나 정열적으로 줄을 골랐다. 그러다가는 사랑하는 여자가 감기에 걸리지 않도록 다시 옷을 입히는 것처럼 다시 보따리에 싸기 시작했다.

「이게 내 산투르올시다.」 그가 그렇게 중얼거리며 보따리를 다시 의자 위에 조심스럽게 놓았다.

뱃사람들이 술잔을 부딪치며 웃음을 터뜨리고 있었다. 늙은 뱃사람 하나가 친근하게 레모니 선장의 등을 두드렸다.

「선장, 당신 이만저만 겁먹었던 게 아닌데? 솔직히 그랬잖아? 목숨만 건져 달라고 성 니콜라우스께 빌면서 약속한 양초가 몇 개나 될지 누가 알아!」

선장이 짙은 눈썹을 일그러뜨렸다.

「천만에, 내 맹세코 말해 두지만, 죽음의 천사장이 내 앞에 턱 나타났을 때 내가 생각한 건 성모 마리아 님도, 성 니콜라우스도 아니었네. 나는 그저 살라미스 쪽을 돌아보고 내 마누라를 생각하며 소리쳤지. 〈아이고 카테리나, 지금 이 순간 당신과 침대 속에 누워 있다면 얼마나 좋을꼬!〉」

뱃사람들이 또 한 번 웃음을 터뜨렸고 레모니 선장도 뒤이어 웃었다.

「사내란 참 할 수 없는 동물이야.」 그가 키득거렸다. 「천사장이 머리 위로 칼을 들고 서 있는데 사내의 마음이란 거기에 가 있다니까, 딴 데도 아닌 거기! 늙은 색골은 악마나 물어 가야지!」

그가 손뼉을 쳤다.

「이 친구들에게 한 잔씩 돌려!」

조르바는 그 큰 귀를 쫑긋 세웠다. 몸을 돌려 그 뱃사람을 보았다가 다시 나를 보며 물었다.

「〈거기〉라니 그게 어딘데요? 저 친구들 지금 무슨 이야기 하고 있소?」

하지만 금방 이해하고는 탄성을 올렸다.

「암, 그러면 그렇지. 브라보! 젊은 양반! 저 뱃놈들 뭘 좀 아네.

밤낮으로 죽을 고비를 넘겨서 그런가……」

그가 한차례 그 큰 주먹을 공중에다 휘두르고는 말을 이었다.

「참! 마누라 〈거기〉야 뱃놈들 사정이고. 우리는 우리 일이나 의논합시다. 나는 여기 있을까, 꺼져 버릴까? 어서 그거나 결정하쇼.」

나는 조르바의 품 안으로 뛰어들고 싶은 충동을 억눌러야 했다. 「조르바 씨, 이야기는 끝났어요. 나와 같이 갑시다. 마침 크레타엔 내 갈탄광이 있어요. 당신은 인부들을 감독하면 될 겁니다. 밤이면 모래 위에 다리를 뻗고 앉아 먹고 마십시다. 내겐 아내도 자식도 강아지도 없으니까. 그러다 심드렁해지면 당신은 산투르도 치고……」

「마음이 내키면. 알죠? 마음이 내키면 말이오. 일이야 당신이 바라는 만큼 해주겠소. 거기 가면 나는 당신 사람이니까. 하지만 산투르 말인데, 그건 달라요. 산투르는 짐승이오. 짐승에겐 자유가 있어야 해요. 마음이 내키면 칠 거요. 또 노래도 할 거요. 제임 베키코,[5] 하사피코,[6] 펜토잘리[7]도 추고. 그러나 처음부터 분명히 말해 놓겠는데, 마음이 내켜야 해요. 분명히 해둡시다. 나한테 강요하면 그때는 끝장이에요. 이런 문제에서만큼은, 당신은 내가 인간이라는 걸 인정해야 한다 이겁니다.」

「인간이라니, 무슨 뜻이지요?」

「자유라는 거지!」

나는 럼주 한 잔을 더 시켰다.

「두 잔 가져와!」 조르바가 호령하고는 이렇게 덧붙였다. 「당신

5 소아시아 해안 지방에 거주하는 제임백족(族)의 춤.
6 백정(白丁)의 춤.
7 크레타 전사의 춤.

도 한 잔 있어야 함께 마실 게 아니겠소. 샐비어 술과 럼주는 상대가 될 수 없는 일 아니오? 당신도 럼주를 마셔야 우리 계약의 효력이 발생하는 겁니다.」

우리는 잔을 부딪쳤다. 마침 아침이 완전히 밝아 있었다. 배는 고동을 울렸다. 내 짐을 실은 거룻배 사공이 내게 손짓했다.

「하느님의 가호가 우리와 함께하시기를. 자, 갑시다!」 내가 일어서며 소리쳤다.

「하느님뿐만 아니라 악마도!」 조르바가 조용히 덧붙였다.

그는 몸을 굽혀 산투르를 집어 옆구리에 끼고는 문을 열고 먼저 나섰다.

# 2

바다, 가을의 따사로움, 빛에 씻긴 섬, 영원한 나신(裸身) 그리스 위에 투명한 너울처럼 내리는 상쾌한 비. 나는 생각했다. 죽기 전에 에게 해를 여행할 행운을 누리는 사람에게 복이 있다고.

여자, 과일, 이상……. 이 세상에 기쁨은 얼마든지 있다. 그러나 이렇게 따사로운 가을날 작은 섬들의 이름을 하나하나 읊으며 바다를 헤쳐 나가는 것만큼 사람의 마음을 쉬 천국에다 데려다 놓는 기쁨은 없다. 다른 어느 곳도 이렇게 쉽게 사람의 마음을 현실에서 꿈의 세계로 옮겨 놓지는 못한다. 꿈과 현실의 구획은 사라지고 아무리 낡은 배의 마스트에서도 가지가 뻗고 과물(果物)이 익는다. 이곳 그리스에서는 필요가 기적의 어머니 노릇을 하고 있는 듯하다.

정오 가까이 되어 비가 멎었다. 태양은 구름을 가르고 그 따사로운 얼굴을 내밀어 그 빛살로 사랑하는 바다와 대지를 씻고 닦고 어루만졌다. 나는 뱃머리에 서서 시야에 드러난 기적을 만끽할 수 있도록 나 자신을 버려두었다.

배 위에는 그리스인들이 우글댔다. 눈은 탐욕스럽고, 머릿속 들은 장바닥의 잡동사니 물건들 같고, 거간질하고 다툼하는 간사한 도깨비들. 음이 맞지 않는 피아노. 솔직하고 표독스러운 입 거친 아낙들. 성질대로 한다면 두 손으로 배를 붙잡고 바닷물에 꽂아 넣어 술렁술렁 흔들어, 살아서 복작거리는 것들 — 인간, 쥐, 벌레 — 을 깡그리 씻어 내고는 말끔해진 모습으로 다시 띄워 놓고 싶었다.

그러나 때로 나는 연민에 휩싸였다. 형이상학적인 삼단 논법의 결론만큼이나 차가운 불교적 자비심 같은 것이었다. 인간만을 향한 자비심이 아니라, 발버둥치고 울고 소리치고 소망하며 만사 무상(無常)의 허깨비임을 알지 못하는 살아 있는 모든 것을 향한 자비심이었다. 그리스인에 대한 자비며, 갈탄광에 대한 자비며, 붓다에 대한 나의 미완성 원고와, 갑자기 순수한 대기를 흔들고 더럽히는, 헛된 명암의 배합일 뿐인 저 모든 것들에 대한 자비였다.

조르바는 창백해진 얼굴을 찡그린 채 뱃머리의 밧줄 타래 위에 앉아 있었다. 그는 레몬 한 알을 들고 냄새를 맡으며, 그 큰 귀로 국왕과 크레타 출신 정치가 베니젤로스를 놓고 옥신각신하는 승객들의 이야기를 듣고 있었다. 그러다 말고는 고개를 내저으며 침을 탁 뱉고 빈정거렸다.

「시답잖은 소리 하고 자빠졌네. 자식들, 창피한 줄도 모르는 모양이야.」

「시답잖은 소리라니, 그게 무슨 말입니까, 조르바?」

「무슨 뜻이냐 하면, 임금이니, 민주주의니, 국민 투표니, 국회 의원이니 해봐야 다 그게 그거니까 하는 소리요.」

조르바는 당대의 사건들을 한참 넘어서 있어서 그런 것들은 이미 케케묵은 쓰레기들일 뿐인 모양이었다. 분명 그에게는 전신 기술, 증기선과 엔진, 당대의 도덕과 종교는 녹슨 고물 총처럼 보였으리라. 그의 정신은 세상보다 더 빨리 달리고 있었다.

해안선이 들쭉날쭉 춤을 취대면서 마스트 위의 로프가 삐걱거리자 타고 있는 여자들의 얼굴은 레몬보다 더 샛노래졌다. 그들은 이미 무기 ― 화장, 보디스, 머리핀, 빗 ― 를 버린 지 오래였다. 입술은 파리해지고 손톱 색은 퍼렇게 변해 가고 있었다. 늙은 수다쟁이들은 빌려서 치장한 장신구 ― 리본, 가짜 눈썹, 얼굴에다 찍어 붙인 점, 브래지어 ― 를 모조리 벗어던졌다. 토하기 직전인 그들을 보고 있으려니 역겨움과 큰 연민이 동시에 느껴졌다.

조르바의 얼굴도 노래지다 못해 푸르딩딩해졌다. 빛나던 눈빛도 흐리멍덩해졌다. 저녁이 되어서야 그의 눈빛이 다시 돌아오기 시작했다. 그는 배를 따라오며 물 위로 솟구치는 돌고래 두 마리를 가리켰다.

「돌고래다!」 그가 기쁜 듯이 소리를 질렀다.

나는 그제야 그의 왼손 집게손가락이 반 이상 잘려 나간 걸 알았다. 그에게 가려고 일어섰는데 속이 울렁거렸다.

「손가락은 어떻게 된 겁니까, 조르바.」 내가 소리쳐 물었다.

「아무것도 아니오.」 그가 이렇게 대답했다. 돌고래를 보고도 아무렇지 않게 생각하는 내가 못마땅한 모양이었다.

「기계 만지다 잘렸어요?」 그의 기분을 모른 체하며 내가 물었다.

「뭘 안다고 기계 어쩌고 하시오? 내 손으로 잘랐소.」

「당신 손으로, 왜요?」

「당신은 모를 거외다, 두목!」 그가 어깨를 들었다 놓으며 말했다.

「안 해본 짓이 없다고 했지요? 한때 도자기를 만들었지요. 그 놀음에 미쳤더랬어요. 흙덩이를 가지고 만들고 싶은 건 아무거나 만든다는 게 어떤 건지 아시오? 프르르! 녹로를 돌리면 진흙 덩이가 동그랗게 되는 겁니다. 흡사 이런 말을 알아들은 듯이 말입니다. 〈항아리를 만들어야지, 접시를 만들어야지. 아니 램프를 만들까, 귀신도 모를 물건을 만들까…….〉 사람이라고 할 수 있는 건 모름지기 이런 게 아닐까요, 자유 말이오!」

그는 바다를 잊은 지 오래였다. 그는 더 이상 레몬을 깨물고 있지 않았다. 눈빛이 다시 맑아져 있었다.

「그래서요?」 내가 물었다. 「손가락이 어떻게 되었느냐니까.」

「참, 그게 녹로 돌리는 데 자꾸 거치적거리더란 말입니다. 이 게 끼어들어 글쎄 내가 만들려던 걸 뭉개어 놓지 뭡니까. 그래서 어느 날 손도끼를 들어…….」

「아프지 않던가요?」

「그게 무슨 말이오! 나는 목석이 아니오. 나도 사람입니다. 당연히 아프지요. 하지만 이게 자꾸 거치적거리며 신경을 돋우었어요. 그래서 잘라 버렸지요.」

해가 빠지면서 바다는 조용해졌다. 구름도 사라졌다. 밤별이 빛나기 시작했다. 나는 바다를 보고 하늘을 바라보면서 생각했다. ……얼마나 사랑하면 손도끼를 들어 내려치고 아픔을 참을 수 있는 것일까……. 그러나 나는 내 감정을 나타내지 않았다.

「그건 좀 심한데요, 조르바!」 내가 웃으면서 말했다. 「그 이야기를 들으니 『성인전(聖人傳)』의 금욕주의자 이야기가 생각나는 군요. 여자를 보고 육욕의 갈등이 견디기 어렵자 이 양반은 도끼를 들어…….」

「참 병신 같은 친구도 다 있네!」 조르바는 나의 다음 말을 짐작했는지 소리를 버럭 질렀다. 「그걸 자르다니! 그런 병신은 지옥에나 가야지! 그것참, 순진하고도 깜깜한 친굴세. 그건 장애물이 아니에요!」

「하지만, 아주 큰 장애물이 될 수도 있겠지요.」 나는 우겼다.

「뭐 하는 데 말인가요?」

「하늘나라로 들어가는 데.」

조르바가 곁눈질로 한심하다는 듯이 나를 바라보다 이렇게 말했다.

「이 답답한 양반아. 그건 천국으로 들어가는 열쇠라는 걸 왜 모르셔?」

그는 고개를 들어 내세(來世)의 삶, 천국, 여자, 성직자 따위의 생각이 복잡하게 오고 가는 내 마음속을 들여다보려는 듯이 나를 노려보았다. 그러나 그는 내 심중을 별로 헤아리지 못한 것 같았다. 그래서 그랬는지 그 커다란 잿빛 머리를 설레설레 흔들었다.

「병신은 천국에 못 들어가요.」 그는 이렇게 말하고는 입을 다물어 버렸다.

나는 내 자리로 들어가 누워 책을 펼쳐 들었다. 붓다 생각이 여전히 내 머리에 남아 있었다. 나는 몇 년 동안 내 마음에 평화와 안식을 가져다주던『붓다와 목자의 대화』를 읽었다.

**목자** 내 식사는 준비되었고 암양의 젖도 짜 두었습니다. 내 집 대문은 잠기어 있고 불도 피웠습니다. 그러니 하늘이여, 마음 대로 비를 내려도 좋습니다.

**붓다** 내게는 더 이상 음식이나 젖이 필요하지 않습니다. 바람이 내 처소이며 불 또한 꺼졌습니다. 그러니 하늘이여, 마음대로 비를 내려도 좋습니다.

**목자** 내게는 황소가 있습니다. 내겐 암소가 있습니다. 내 아버지에게서 물려받은 목초지도 있고 내 암소를 모두 거느릴 종자 소도 있습니다. 그러니 하늘이여, 마음대로 비를 내려도 좋습니다.

**붓다** 내게는 황소도 암소도, 목초지도 없습니다. 내겐 아무것도 없습니다. 나는 아무것도 두렵지 않습니다. 그러니 하늘이여, 마음대로 비를 내려도 좋습니다.

**목자** 내게는 말 잘 듣고 부지런한 양치기 여자가 있습니다. 오래 전부터 이 여자는 내 아내였습니다. 밤에 아내를 희롱하는 나는 행복합니다. 그러니 하늘이여, 마음대로 비를 내려도 좋습니다.

**붓다** 내게는 자유롭고 착한 영혼이 있습니다. 나는 오래전부터 내 영혼을 길들여 왔고, 나와 희롱하는 것도 가르쳐 놓았습니다. 그러니 하늘이여, 마음대로 비를 내려도 좋습니다.


이 두 목소리는 잠들 때까지 내 귀를 울렸다. 바람이 다시 일어났고 파도는 두꺼운 선창 위에서 부서지고 있었다. 나는 비몽사몽간에 한 자락 연기처럼 떠 있었다. 폭풍이 일면서 목초지와 암소와 종자소와 황소는 물속으로 사라져 버렸다. 바람이 지붕을 걷고 불을 껐으며 여자는 울부짖다 진흙탕 위에 쓰러졌다. 목자는 통곡하기 시작했다. 무슨 말을 하는지는 들리지 않았지만 목자는 울부짖고 있었고 나는 바다 깊은 곳으로 가라앉는 물고기처럼 깊은 잠 속으로 가라앉았다.

아침에 일어나자, 배 오른편에는 자랑스러운 섬이 돌올하게 버티고 서 있었다. 옅은 핑크빛 산들은 가을의 태양 아래서 안개 속으로 미소를 보내왔다. 배 옆으로 남빛 바다는 여전히 식식거리고 있었다.

갈색 담요를 뒤집어쓴 조르바는 열심히 크레타 섬을 바라보고 있었다. 그의 시선은 재빨리 산에서 평야로 내려오더니 해안을 따라, 흡사 그 해변과 물을 전부터 잘 알고 있었고 다시 그곳을 디딜 수 있어서 기쁘다는 듯이 샅샅이 더듬어 보는 것이었다.

나는 그에게 다가가 어깨를 툭 치며 말을 걸었다.

「조르바, 크레타가 초행이 아닌 모양이군요. 꼭 옛 친구 보듯 하고 있잖아요?」

조르바는 귀찮다는 듯이 하품을 했다. 나는 조르바가 이야기를 하고 싶지 않은 모양이라고 생각했다.

나는 미소를 지었다. 「이야기가 하고 싶지 않은 모양이군요, 조르바?」

「꼭 그렇기 때문이라고는 할 수 없겠어요, 젊은 두목……. 그냥 이야기하는 게 힘이 들어요.」

「힘이 들다니, 왜요?」

그는 바로 대답하지 않았다. 그의 두 눈은 다시 해변을 천천히 더듬었다. 갑판 위에서 잔 탓으로 잿빛 고수머리는 이슬로 반짝이고 있었다. 떠오르는 햇빛이 똑바로 그의 볼이며 턱, 그리고 목에 팬 주름을 비추었다.

이윽고 그가 입술을 움직였다. 입술은 염소 입처럼 두껍고 약간 처져 있었다.

「아침이면 나는 입을 여는 게 힘들어져요. 정말 힘들어요. 미안합니다, 젊은 두목.」

그는 다시 입을 다물어 버렸고 둥글고 조그만 두 눈은 다시 크레타 섬에 가 있었다.

종이 울려 아침 식사 시간을 알렸다. 푸르뎅뎅하고 누렇게 뜬 얼굴들이 선실에서 몰려나오기 시작했다. 말았던 머리를 지저분하게 늘어뜨린 여자들이 비틀거리며 식탁 사이로 지나갔다. 여자들 몸에서 게워 낸 오물과 오드콜로뉴 냄새가 났고 눈은 겁에 질려 흐릿하고 멍청해 보였다.

내 앞에 앉은 조르바는 동양인 식도락가 같은 얼굴로 커피 냄새를 정성스럽게 맡았다. 그는 빵 위에다 버터와 꿀을 발라 먹었다. 얼굴은 화색이 돌면서 더욱 침착해졌고 입술의 선은 시간이 감에 따라 부드러워졌다. 나는 천천히 졸음을 털고 다시 아침을 맞는 그를 은밀하게 바라보았는데 그의 눈은 시간과 더불어 광채를 더해 갔다.

그는 담배에 불을 붙여 맛있게 빨고는 털투성이 콧구멍으로 파란 연기를 뿜어내었다. 오른쪽 다리를 접어 깔고 앉으며 동양식으로 편안하게 자세를 잡았다. 이제 말할 수 있게 된 모양이었다.

「크레타가 초행이냐고 물었지요?」 그가 말을 시작했다. 그는 눈을 반쯤 감고 선창을 통해 우리 뒤로 사라지고 있는 이다 산을 바라보고 있었다. 「아니올시다. 초행이 아니올시다. 1896년[8]에 나는 벌써 클 대로 다 커버렸지요. 수염과 머리털은 까마귀처럼 새까만 것이 아주 색이 제대로였지요. 이빨도 서른두 개 고스란히 다 있었고, 술에 취하면 먼저 전채 요리, 그다음 본요리 이렇게 싹싹 해치웠어요. 그래요, 아주 잘 지냈지요. 그런데 악마가 훼방을 시작했습니다. 크레타에 혁명이 일어난 거예요.

그즈음 나는 행상을 하고 다녔지요. 마케도니아의 이 마을 저 마을을 떠돌아다니며 잡화를 팔고는 돈 대신 치즈, 양모, 토끼, 옥수수 같은 걸 받았지요. 다 팔고 나면 곱장사는 되더군요. 마을엔 언제나 어둑해진 다음에 들어갑니다. 어디서 자야 할지 물론 잘 알죠. 마을이 있으면 참한 과부는 있기 마련입니다. 하느

---

8 오늘날의 터키인 오스만 제국의 지배를 받고 있던 크레타 섬에서 그리스 민족주의 단체가 반란을 일으킨 해. 그리스가 크레타 반란을 지원하며 그리스-터키 전쟁으로 이어진다.

님, 과부를 축복해 줍시사! 나는 과부에게 실 한 타래, 빗이나 스카프 한 장을 줍니다. 물론 과부가 쓸 거니까 검은 색깔이죠, 그러고는 데리고 자지요. 돈 들 리가 없잖아요.

두목, 정말 몇 푼 안 들이고 좋은 세월을 보냈어요! 하지만 조금 전에 말씀드렸다시피 악마가 난장판을 만들어 버린 겁니다. 크레타가 다시 총을 들게 되었지요. 나는 이렇게 말했어요. 〈크레타의 운명 같은 건 쥐나 물어 가라지! 경칠 놈의 크레타가 왜 우릴 평화롭게 내버려 두지 못한담?〉 나는 팔던 잡화를 치워 놓고는 총을 들고 크레타 반란군에 가담했지요…….」

조르바는 입을 다물었다. 우리는 모래사장이 있는 조용한 만(灣)을 끼고 선회하고 있었다. 물결은 부서짐 없이 잔잔하게 펼쳐져서, 해안을 따라 가느다란 거품 띠를 남겨 놓을 뿐이었다. 구름이 갈라진 후 태양이 쏟아지고 있어서 크레타 섬의 거친 윤곽이 뚜렷이 나타났다.

조르바가 고개를 돌려 어이없다는 얼굴로 나를 바라보았다.

「두목, 내가 무슨 이야기를 하려는지 아시오? 터키 놈들의 목을 얼마나 자르고, 터키인들의 귀를 얼마나 술에다 절였는지 — 이건 크레타의 풍습이오만 — 뭐 그런 이야긴 줄 아시겠지만. 천만에요, 그 이야기는 아니오. 하고 싶지 않아. 창피하니까. 무슨 놈의 미친 지랄병이 우리한테 도지는 걸까요? ……오늘 같은 날 약간 제정신이 든 김에 나 자신에게 물어봤어요. 도대체 무슨 지랄병이 도져 우리에게 아무 짓도 안 한 놈들을 덮쳐 물어뜯고 코를 도려내고 귀를 잘라 내고 창자를 후벼 내는 걸까요? 그러면서도 항상, 전능하신 하느님 저희를 도우소서, 이러지! 전능하신 하느님이 달려가서 사람들의 귀와 코를 도려내고 작살 내 버리기를 바란다는 소리요, 뭐요?

그렇지만, 당신도 알다시피, 그때는 내 피가 뜨거웠어요. 도무지 〈왜〉라든지 〈어째서〉 같은 걸 생각해 볼 수가 없었으니까요. 사물을 제대로 보고 생각하려면 나남없이 나이 처먹어 분별이 좀 생기고 이빨도 좀 빠져야 합니다. 이빨 하나 없는 늙은이라면, 〈안 돼, 얘들아. 깨물면 못써〉 하고 소리치긴 쉽습니다. 그러나 이빨 서른두 개가 말짱할 때는…… 사람이란 젊을 동안은 아주 야수 같은가 봐요. 그래요, 두목, 사람 잡아먹는 야수 말이오!」

그가 고개를 절레절레 흔들었다.

「그래요, 젊은것들은 양도 처먹고 닭도 처먹고 돼지도 처먹습니다. 그러나 사람을 처먹지 않으면 배가 차지 않는다는군요.」

그는 담배꽁초를 커피 접시에다 처박으며 말을 이었다.

「안 차지, 배가 안 차고말고. 자, 우리 공부 많이 한 올빼미 양반은 이 문제에 대해 뭐라고 하시겠소, 응?」

그는 대답을 기다리지 않았다.

「뭐라고 할 수 있겠어요?」 그는 나를 가늠해 보며 말을 이었다. 「내가 보기에는, 두목은 배고파 본 적도, 죽여 본 적도, 훔쳐 본 적도, 간음한 적도 없는 것 같은데? 그래 가지고서야 어떻게 세상 돌아가는 꼴을 알 수 있겠어요? 당신 머리는 순진하고 살갗은 햇빛에 타보지 않았어요.」 그는 노골적으로 무시하고 있었다.

나는 내 섬약한 손과 창백한 얼굴, 피투성이가 되어 진창을 굴러 보지 못한 내 인생이 부끄러웠다.

「괜찮아요!」 조르바는 행주질을 하듯이 그 큰 손으로 식탁 위를 휙 쓸었다. 「괜찮아요! 하지만 당신에게 묻고 싶은 게 한 가지 있소. 당신은 수백 권의 책을 읽었을 테니까 아마 해답을 알고 있을 거요.」

「말해 보세요, 조르바, 묻고 싶은 게 뭐지요?」

「두목, 여기 기적 비슷한 게 일어나고 있었습니다. 참 웃기는 기적이어서 기가 막힐 지경이오. 우리는 반란군이 되어 그 지랄을 했는데, 사기 치고, 훔치고, 죽이고 했는데, 그 덕분에 게오르기오스 왕자가 크레타로 왔답니다. 그러고는 자유라니!」

그는 놀라움으로 휘둥그레진 눈으로 나를 바라보았다.

「참 신기한 일입니다. 신기해도 예사로 신기한 일이 아니란 말입니다. 결과적으로, 우리가 이 더러운 놈의 세상에서 자유를 누리고 싶으면 살인을 저지르고 사기를 치고 해야 한다는 이야기 아닙니까? 말이 났으니까 말이지, 내가 죽이고 사기 친 이야기를 다 한다면 두목, 아마 머리털 끝이 송두리째 곤두설 겁니다. 그런데도 그 결과가 뭐였다고? 자유라니! 우리 같은 것들에게 벼락을 내려 싹 쓸어버리지 않고 자유를 주신 하느님이라니. 나는 이해할 수가 없어요!」

그는 도움을 구하는 듯이 나를 바라보았다. 그 문제로 꽤 오래 고민해 보았으나 그 의미를 헤아릴 수 없을 때 오는 괴로움이 그의 표정에 역력했다.

「두목은 이해할 수 있겠어요?」 그가 괴로운 듯이 내게 물었다.

이해하다니 뭘? 내가 무슨 이야기를 들려줄 수 있단 말인가. 우리가 하느님이라고 부르는 것은 존재하지 않을 뿐만 아니라 우리가 살인이라고 부르는 것, 악행이라고 부르는 것도 세계의 자유를 위한 투쟁에는 필요한 것이라고 해야 한단 말인가…….

나는 조르바를 위해 단순한 설명을 찾아내려고 애썼다.

「식물이 똥과 진흙 속에서 어떻게 돋아나고 꽃으로 피어나지요? 조르바, 이렇게 한번 생각해 봐요. 똥과 진흙은 인간이고 꽃은 자유라고.」

조르바가 주먹으로 식탁을 치며 외쳤다. 「그러면 씨앗은? 식물이 싹으로 돋아나려면 씨앗이 있어야 합니다. 우리 내장 속에 그런 씨앗을 집어넣은 건 누구지요? 이 씨앗이 친절하고 정직한 곳에서는 왜 꽃을 피우지 못하지요? 왜 피와 더러운 거름을 필요로 하느냐는 것입니다.」

나는 고개를 가로저었다.

「모르겠소.」

「누가 알까요?」

「없을걸요.」

「그렇다면.」 조르바는 절망적으로 부르짖으며 거칠게 자기 주변을 휘둘러보았다. 「이 모든 알량한 배들과 기계들, 넥타이들은 다 무슨 소용이랍니까?」

바다에 진절머리를 내던 승객 두엇이 옆에서 커피를 마시며 힘을 차리고 있었다. 그들은 신나는 말싸움이나 벌어진 줄 알고 귀를 세웠다.

조르바는 그게 역겨웠던지 목소리를 낮추었다.

「화제를 돌립시다. 그 생각만 하면 옆에 있는 것들은 의자고 램프고 내 대가리고 모조리 벽에다 찧어 버리고 싶다니까. 하지만 그래 봐야 뾰족한 수가 있나요. 손해 배상이나 하고 의사에게 달려가 대가리에 붕대만 감을 뿐이지. 만약 하느님이 계시다면 이건 더 고약해. 우리는 볼 장 다 본 거야! 이 양반은 하늘 위에서 날 내려다보고 배를 잡고 웃고 있을 거야.」

그는 귀찮게 구는 파리를 쫓는 듯이 손을 내저었다.

「그런 건 다 집어치웁시다! 내가 하려던 말은 이겁니다. 왕실의 배가 무수한 깃발을 달고 당도하여 축포를 발사하기 시작하더니 이윽고 게오르기오스 왕자가 크레타의 땅을 밟았을 때 이야긴데…… 온 백성이 자유를 찾았다고 미쳐 날뛰는 꼴 본 적 있어요? 없어요? 아, 저런, 그럼 두목은 눈뜬장님으로 살다 죽을 팔자시군. 내가 천년을 산다 해도, 내 육신이 썩어 한 줌 재로 남을 때까지 난 그날 본 건 잊지 못할 겁니다요. 우리가 입맛대로 하늘나라 낙원을 선택할 수 있다면 — 낙원이라면 마땅히 그런 것이어야 하겠지만 — 하느님께 말씀드릴 겁니다. 〈오, 하느님, 내 낙원은 아프로디테의 신목(神木)과 깃발이 나부끼는 크레타 섬이게 하시고, 게오르기오스 왕자가 크레타의 흙을 밟던 순간이 세세연년 계속되게 하소서. 그러면 족하겠나이다.〉」

조르바는 다시 한 번 입을 다물었다. 그는 콧수염을 쓸어 올린 다음 찬물을 한 컵 가득 부어 벌컥벌컥 들이켰다.

「조르바, 크레타에서 무슨 일이 있었다는 겁니까? 이야기 좀 들읍시다.」

「그 길고 긴 이야기를 꼭 해야 하는 거요?」 조르바의 말투가 퉁명스러워졌다. 「보세요, 내 말씀드립지요만, 이 세상은 수수께끼, 인간이란 야만스러운 짐승에 지나지 않아요. 야수이면서도 신이기도 하지요. 마케도니아에서 나와 함께 온 반란군 상놈 중에 요르가란 놈이 있었습니다. 극형에 처해야 마땅한 진짜 돼지 같은 놈이었답니다. 아, 글쎄 이런 놈까지 울지 않겠어요. 〈왜 우느냐, 요르가, 이 개새끼야. 너 같은 돼지 새끼가 뭣하러 다 우니?〉 내가 물었지요. 나도 눈물을 마구 흘리고 있었답니다. 그랬더니 이자는 내 목을 안고 애새끼처럼 꺼이꺼이 우는 게 아니겠습니까. 이 개자식은 지갑을 꺼내어 터키 놈들에게서 빼앗은 금화를 주르륵 쏟아 내더니 한 주먹씩 공중으로 던지는 겁니다. 알겠어요, 두목? 이런 게 자유라고!」

나는 일어서서 갑판으로 올라갔다. 맑은 바닷바람을 좀 쐬고 싶어서였다.

이런 게 자유라고…… 나는 생각했다. 정열을 품는 것, 황금 조각을 그러모으는 것, 그러다 갑자기 자신의 정열을 무찌르고 보물을 사방에 날려 버리는 것.

하나의 정열에서 풀려나와 다른 더 고상한 정열의 지배를 받는 것. 그러나 이 역시 예속의 한 형태가 아닌가? 이상을 위하여, 종족을 위하여, 하느님을 위하여 자기를 희생한다? 우리의 지향이 고상할수록 우리가 묶이는 노예의 사슬이 더 길어지는 것뿐일지도 모른다. 그래서 우리는 훨씬 넓은 경기장에서 찧고 까불다가 그 사슬의 한계에 이르지 않은 채 죽을 수도 있을 것이다. 이것이 소위 말하는 자유일까?

오후 늦게 우리는 모래 깔린 해안에 내려 말끔하게 씻긴 흰 모래, 아직 꽃이 지지 않은 유도화, 무화과와 캐러브콩 나무, 오른쪽으로는 쉬고 있는 여인의 모습을 닮은, 나무 한 그루 없는 잿빛 구릉을 보았다. 여인의 턱 밑에는 목을 따라 갈탄광의 거무스름한 광맥이 뻗어 있었다.

가을바람이 불어왔다. 찢긴 구름은 천천히 대지 위를 달리며 그림자를 대지 위에 부드럽게 드리우고 있었다. 또 한 떼의 구름이 하늘 저쪽에서 일어났다. 태양이 구름 뒤로 들어갔다 나옴에 따라 대지의 표정은 살아 있는 얼굴처럼 밝아졌다가 어두워지곤 했다.

나는 한동안 모래 위에 서서 풍경을 바라보았다. 내 앞에는, 아직은 사막처럼 매혹적이지만 필경은 죽음같이 무서운 신성한 고요가 기다리고 있을 터였다. 붓다의 노래가 내가 선 대지에서 솟아나 내 존재의 심연으로 들어왔다. 〈내 언제면 혼자, 친구도 없이, 기쁨과 슬픔도 없이, 오직 만사가 꿈이라는 신성한 확신 하

39

나에만 의지한 채 고독에 들 수 있을까? 언제면 욕망을 털고 누더기 하나만으로 산속에 묻힐 수 있을까? 언제면 내 육신은 단지 병이며 죄악이며 늙음이며 죽음이란 확신을 얻고 두려움 없이 숲으로 은거할 수 있을까. 언제면, 오, 언제면?〉

겨드랑이에 산투르를 낀 조르바가 불안정한 걸음걸이로 내 앞으로 다가왔다.

「갈탄광은 저기 있어요.」 나는 내 속을 감추려고 이렇게 말하며 여인의 얼굴 같은 구릉을 가리켰다.

조르바는 내가 가리키는 곳으로는 고개도 돌리지 않고 미간을 찌푸렸다.

「뒤에 봅시다, 두목. 지금은 그걸 볼 때가 아닙니다. 이놈의 땅덩어리가 멈출 때까지 기다립시다. 악마가 흔드는 것처럼 이놈의 땅바닥이 아직도 울렁거리고 있어요. 아직 갑판에 서 있는 기분이라니까요. 마을로 들어가고 봅시다.」

이 말과 함께 그는 성큼성큼 발걸음을 떼어 놓았다. 멀미를 숨기자니 하기야 그 수밖에 없긴 했다.

아랍인처럼 얼굴이 갈색으로 익은 맨발의 꼬마 둘이 달려와 보따리를 받았다. 덩치가 우람한 세관원은 세관 막사에서 수연통을 빨고 있었다. 그는 파란 눈 한 귀퉁이로 우리를 째려보면서 대수롭지 않게 가방을 힐끗 보고는, 일어서려는 듯이 의자를 삐걱거렸다. 그러나 일어서는 것도 그로서는 적지 않은 수고였다. 그는 천천히 수연통을 집으며 졸린 듯한 목소리로 말했다.「잘 오셨소!」

꼬마 둘 중 하나가 내게 다가왔다. 꼬마는 올리브처럼 까만 눈으로 윙크하고 나서 수작을 걸었다.

「크레타 사람이 아니래요. 아주 게을러빠졌으니까.」

「크레타 사람은 게을러빠지지 않았니?」

「크레타 사람은…… 네, 크레타 사람도 게을러요.」 크레타 꼬마가 대답하고는 한마디 덧붙였다. 「……하지만 식이 달라요.」

「마을은 머니?」

「총 쏘면 맞을 거리예요. 보세요, 저 골짜기에 있는 밭 너머죠. 좋은 마을이에요, 아저씨. 없는 게 없어요……. 캐러브콩 나무, 콩, 가루, 기름, 술. 그리고 저기 모래밭에서는 크레타 섬에서 가장 먼저 따는 오이, 토마토, 가지 그리고 수박이 나요. 아프리카에서 불어오는 시로코 바람에 빨리 익는 거예요. 밤에 과수원에 앉아 있으면 열매가 굵어지는 소리와 터지는 소리가 들려요.」

조르바는 앞서가고 있었다. 그는 머리 가누기가 여전히 힘겨워 보였다. 그가 침을 탁 뱉었다.

「힘내요, 조르바! 다 왔잖소. 이제 겁낼 거 없어요.」

우리는 걸음을 빨리했다. 흙에는 모래와 조개껍데기가 섞여 있었고, 위성류, 야생 무화과, 갈대, 현삼 등이 여기저기 자라고 있었다. 날씨는 무더웠고 구름은 아래로 내리 깔리고 있었으며 바람은 자기 시작했다.

우리는, 나이를 먹어 속에 구멍이 생기며 뒤틀리기 시작한 거대한 무화과나무 옆을 지났다. 꼬마 중 하나가 걸음을 멈추고 턱 끝으로 그 고목을 가리켰다.

「〈우리 젊은 아가씨의 무화과나무〉예요.」 꼬마가 말했다.

나는 놀랐다. 크레타의 땅에 있는 것이면 돌부리 하나 나무 한 그루도 비극의 역사를 지니고 있는 것 같아서였다.

「〈우리 젊은 아가씨〉라니. 어쩌다 그런 이름이 붙었을까?」

「우리 할머니 때 이야기래요. 어느 지주의 딸이 목동을 사랑했대요. 하지만 아가씨의 아버지가 어디 목동의 말을 들어준대요?

젊은 아가씨는 울며불며 사정했대요. 그래도 늙은 아버지는 꿈쩍도 하지 않았죠. 어느 날 밤 이 두 사람이 사라졌어요. 영감님만 빼고 온 마을 사람들이 다 찾아 나서 하루, 이틀, 사흘, 일주일을 찾았지만 못 찾았대요. 그런데 냄새가 나기 시작했죠. 사람들이 냄새를 따라가 봤더니 두 사람이 꼭 부둥켜안고 이 나무 밑에서 썩어 가고 있었다지 않아요. 아셨죠, 냄새를 따라가서 찾았다지 뭐예요.」

꼬마가 웃음을 터뜨렸다. 이제 마을의 소음이 들려왔다. 개가 짖기 시작했고 여자들의 새된 말소리와 날씨의 변화를 알리는 닭 우는 소리도 들려왔다. 라키 술 달이는 솥에서 나온 포도 향기도 바람에 실려 왔다.

「마을에 다 왔어요.」 꼬마가 소리치며 먼저 달렸다.

모래 언덕을 돌자 작은 마을이 눈에 들어왔다. 흡사 계곡의 사면을 기어오르고 있는 모양이었다. 백회로 칠한, 테라스가 있는 나지막한 집들이 다닥다닥 쌓여 있었다. 열린 창문들이 어두운 점박이를 만들고 있어서 마치 집들이 바위 사이에 끼인 흰 해골들처럼 보였다.

내가 조르바를 따라잡았다. 그러고는 당부했다.

「조르바, 행동거지를 조심합시다. 마을로 들어가니까……. 마을 사람들이 우릴 깔보지 못하게 말이오. 아주 거창한 사업가 행세를 하자는 겁니다. 나는 관리인이고 당신은 십장이에요. 크레타 사람들 그리 호락호락하지 않아요. 보는 순간 이상한 데가 있으면 단박에 별명을 붙여 버리거든. 한번 붙으면 아무리 떼려 해봐야 소용없어요. 국 냄비를 꼬리에 단 강아지 꼴이 되고 말지.」

조르바는 수염을 한 주먹 움켜쥐고 생각에 잠겨 있다가 내뱉었다.

「이것 봐요, 두목. 과부만 제대로 걸리면 그런 건 걱정할 필요 없어요. 과부가 없으면…….」

마을로 들어서는 바로 그 순간 누더기를 걸친 거지 여자가 우리에게 달려와 손을 내밀었다. 더럽고 지저분한 얼굴에 콧수염까지 거뭇거뭇하게 난 여자였다.

여자가 조르바를 다정하게 불렀다. 「보쇼, 형제, 영혼이 있수?」

조르바가 걸음을 멈추었다.

「있지.」 그가 엄숙하게 대답했다.

「그럼 5드라크마만 줘요.」

조르바가 주머니를 뒤져 낡은 가죽 지갑을 꺼냈다.

「여기 5드라크마 있어.」 그때까지 시무룩해 있던 입술에 그제야 웃음이 번졌다. 그가 뒤를 돌아보며 한마디 했다.

「두목, 이 동네는 물건값이 참 싼 모양이군요. 영혼 값이 겨우 5드라크마라니!」

동네 개들이 우리 쪽으로 달려왔고 여인네들은 테라스에 기대어 내려다보고 있었다. 아이들은 소리를 지르며 우리 뒤를 따랐다. 강아지 소리를 내는 녀석이 있는가 하면 자동차 경적 소리를 내는 녀석도 있었고 우리 앞으로 달려오면서 놀란 듯 큰 눈으로 우리를 보는 녀석들도 있었다.

우리는 마을 광장에 당도하였다. 두 그루의 하얀 포플러 거목 옆으로 의자랍시고 조잡하게 만들어 놓은 통나무들이 놓여 있었다. 맞은편은 카페였는데 빛바랜 커다란 간판이 매달려 있었다. 〈모데스티(절제), 카페 겸 정육점.〉

「왜 웃습니까?」 조르바가 물었다.

그러나 내겐 대답할 시간이 없었다. 카페 겸 정육점 문이 열리며 짙은 청색 바지에 빨간 허리띠를 찬 대여섯 명의 거구가 튀어

나왔다. 그들이 소리쳤다.「어서 옵쇼, 친구들, 들어와서 라키 술이나 한잔 드시구려. 금방 내린 거라 아직 따뜻하답니다.」

조르바가 입맛을 다셨다.「어때요, 두목?」그가 돌아보며 내게 윙크했다.「한잔해야죠?」

우리는 라키 술을 한 잔씩 마셨는데 그 한 잔에 속이 확 달아올랐다. 카페 겸 정육점 주인은 활달하고 씩씩하고 정정한 영감이었는데 그가 우리 몫으로 의자를 내왔다.

나는 묵을 만한 데가 있느냐고 물었다.

「마담 오르탕스한테로 가쇼!」누군가가 소리쳤다.

「여기 프랑스 여자가 있소?」놀란 내가 물었다.

「어디서 왔는지 알 게 뭐요. 안 돌아다닌 데가 없을 테니까. 돌아다니다 돌아다니다 이제 여기 눌러앉아 여인숙 하나 꾸리고 있지요.」

「사탕도 팔아요!」아이가 소리를 질렀다.

「바르고 칠하고 화장이 요란해요.」또 누군가가 말했다.

「목에는 댕기를 두르고…… 앵무새도 기르고 있대요.」

「과부요? 그 여자, 과부요?」조르바가 물었다.

카페 주인이 자기의 짙은 잿빛 수염을 움켜쥐었다.

「어이, 이 수염 몇 개나 되는지 셀 수 있겠소? 몇 개요? 그 여자, 과부는 과부로되 남편이 몇이었는지 아무도 몰라. 알아듣겠소?」

「알아들었소.」조르바가 대답하며 입맛을 다셨다.

「그 여자가 당신도 홀아비로 만들어 줄 수 있을걸!」

「조심하라고, 친구!」한 노인이 소리치자 모두가 웃음을 터뜨렸다.

우리는 술을 한 잔씩 더 들었다. 카페 주인이 보리 빵과 염소젖으로 만든 치즈, 배를 얹은 쟁반을 내놓았다.

「이 사람들 자꾸 쑤석거리지 마소. 마담 집에 가다니 어림도 없는 소리! 여기서 묵게 될 거야!」

「콘도마놀리오! 내가 이분들을 모실게. 우리 집에는 애도 없고, 집이 커서 방도 많거든.」 노인이 말했다.

「안됐습니다. 아나그노스티 아저씨. 내가 먼저 말했으니까요.」 카페 주인이 노인의 귀에 대고 소리를 질렀다.

아나그노스티 영감이 말했다. 「자네는 한 분만 받게. 한 분은 내가 모실 테니까. 늙은 친구를…….」

「어느 늙은 놈 말이오?」 조르바가 늙었다는 말에 발끈해서 말했다.

「우린 함께 있을 겁니다.」 나는 이렇게 말하면서 조르바에게 흥분하지 말라는 신호를 보냈다. 「우리는 함께 있어야 하니까, 오르탕스 부인네 여인숙으로 가겠어요.」


「어서 오십시오, 어서 오세요.」

희끗희끗한 황갈색 머리카락에 키가 작고 몸집이 실팍한 여자가 안짱다리 걸음으로 아장거리며 포플러 밑을 걸어 나왔다. 턱에는 털까지 돋아난 점이 있었다. 목에는 붉은색이 짙은 벨벳 리본을 돌려 감고 있었고 쪼그라진 뺨에는 자줏빛 분 자국이 드러나 보였다. 조그만 머리 타래가 이마에서 찰랑거리는 품이 연극 「새끼 독수리」에 출연하던 만년의 사라 베르나르 같았다.

「뵙게 되어 반갑습니다, 오르탕스 부인.」 나는 갑자기 유쾌한 기분에 사로잡혀 여자 손등에 키스할 준비까지 하면서 대답했다.

인생이 문득 동화, 아니면 셰익스피어의 연극 「템페스트」의 도입부가 된 것처럼 보였다. 우리는 가상의 조난을 당한 뒤 뼛속까지 바닷물에 젖은 채로 막 섬에 발을 올려 놓은 것이다. 황홀한 해안을 탐사하고 나서 이제 그 지역 주민들과 정중하게 인사를 나누고 있는 참이다. 그 여자 오르탕스는 이 섬의 여왕, 다시 말하면 해변 모래톱에 걸려 반쯤 썩어 가고 있는 번들거리는 노란 물개처럼 느껴졌다. 그녀 뒤로는 때가 꼬질꼬질하고, 덥수룩하고, 하지만 모두가 유쾌한 기분에 들떠 있는 얼굴의 백성들, 즉 이 섬의 캘리밴(반인반수의 괴물)들이 서서 자신들의 여왕을 긍지와 경멸이 뒤섞인 시선으로 지켜보고 있었다.

변장한 왕자인 조르바도 여자를 마치 옛 전우인 양, 낡은 프리깃함(艦)인 양 바라보고 있었다. 그 배는 먼 바다를 돌며 싸웠고, 승리와 패배를 모두 맛보았으며, 해치는 부서지고 마스트는 부러지고 돛은 찢기어, 이제 분과 크림으로 여기저기에 난 균열들을 간신히 메꾼 모양새로 이 해안에 물러앉아 기다리고 있는 중이었다. 당연히 그녀가 기다리는 것은 온몸이 흉터로 뒤덮인 조르바 선장이었다. 나는 이 두 배우가 크레타 세트장, 대충 만든 다음 페인트 붓으로 몇 번 갈겨 칠한 무대에서 마침내 해후하는 장면을 보는 것이 무척 즐거웠다.

「침대 둘을 주십시오, 마담 오르탕스.」 나는 러브신 연기의 늙은 전문가에게 고개를 숙이며 말했다. 「침대 둘입니다. 빈대는 사양합니다.」

「빈대는 없어요! 당연히 없죠!」 오르탕스 부인이 도발적인 시선을 던지며 부르짖었다.

「맙소사!」 캘리밴들이 소리치며 일제히 야유를 보냈다.

「없어! 없다고!」 오르탕스 부인이 자갈 바닥에 통통한 발을 구르며 우겼다. 여자는 짙은 하늘색 스타킹에, 우아한 실크 리본 장식을 했으나 학대를 많이 당한 듯한 뾰족구두를 신고 있었다.

「물러가라, 변덕쟁이 프리마돈나! 엿이나 먹어라!」 캘리밴들이 다시 와자하게 웃어 댔다.

그러나 오르탕스 부인은 사뭇 위엄 있는 자태로 이미 앞서 걸으며 우리에게 길을 내어 주었다. 분과 싸구려 비누 냄새가 났다.

조르바는 뒤를 따르며 벌써 탐욕스러운 눈길로 뒷모습을 감상하고 있었다.

그가 속삭였다. 「두목, 저것 좀 보쇼. 저 잡년이 궁둥이 흔드는 것 좀 봐요, 삐뚤빼뚤! 꼬랑지에 기름이 잔뜩 오른 암양 같군그래!」

굵직한 빗방울이 두어 방울 떨어졌다. 하늘엔 구름이 뒤덮였다. 산 너머 푸르스름한 번개가 내리쳤다. 하얀 양피 케이프를 둘러쓴 젊은 처녀들은 양과 염소를 목초지에서 집으로 서둘러 몰았다. 여자들은 부엌 앞에 쪼그리고 앉아 저녁 불씨를 돋우었다.

조르바는 실룩거리는 오르탕스 부인의 엉덩이에서 눈을 떼지 않고 수염만 쥐어뜯다가 갑자기 한숨을 쉬고는 웅얼거렸다

「하이고, 산다는 게 다 뭔지! 저 잡년이 끝내 사람 속을 뒤집어 놓네요.」

# 3

　오르탕스 부인네 호텔은 서로 붙은 몇 채의 목욕탕을 개조한 것이었다. 첫 번째 건물은 사탕, 담배, 땅콩, 램프, 심지, 잡화, 양초, 안식향 따위를 살 수 있는 가게였다. 거기에 연접해 있는 네 채가 숙소를 이루고 있었다. 마당 뒤로는 부엌, 세탁장, 닭장, 토끼장이 있었다. 주위의 깔끔하게 다듬은 모래엔 갈대와 백년초가 자라고 있었다. 어디를 가든 바다와 오줌똥 냄새가 났다. 그러나 이따금 오르탕스 부인이 나타나면 마치 코앞에다 미장원 쓰레기통을 비운 듯이 냄새가 달라지곤 했다.

　침대가 준비되자 우리는 거기 올라가 한 번 깨지도 않고 아침까지 잤다. 무슨 꿈을 꾸었는지 모르지만 나는 바다에 뛰어들어 말끔히 씻은 기분으로 가볍게 일어날 수 있었다.

　일요일이고, 인근 마을에서 오는 일꾼들은 월요일부터 일을 시작하게 되어 있어서 나는 운명이 나를 실어다 놓은 해변을 한 바퀴 돌아볼 여유가 있게 된 셈이었다. 내가 밖으로 나온 건 동이 트기도 전이었다. 동산을 지나고 해변을 따라가 그곳의 물과 대지와 대기를 사귀고 야생 식물을 만지다 보니 내 손바닥에는 오래지 않아 소금 냄새와 샐비어, 박하 향내가 났다.

언덕 위로 올라 사위를 내려다보았다. 화강암과 단단한 석회암의 풍경이 펼쳐졌다. 거뭇한 캐러브콩 나무, 은빛 올리브 나무, 무화과와 포도 넝쿨도 시야에 들어왔다. 어두운 계곡으로는 오렌지 나무 숲, 레몬 나무와 모과나무가 보였으며, 해변 가까이로는 채소밭도 보였다. 바다가 펼쳐지는 남쪽으로는 아프리카에서 달려온 듯한 파도가 크레타 섬의 해안을 물어뜯고 있었다. 가까이 있는 모래섬들은 막 솟아오르는 아침 햇살에 장밋빛으로 반짝거렸다.

내 마음에 크레타의 시골 풍경은 훌륭한 산문을 닮아 보였다. 세심하게 흐름이 잡히고, 과장이 없고, 군더더기 수식을 피한 힘이 있으면서도 절제된 글. 최소한의 것으로 필요한 모든 것을 표현해 낸다. 여기엔 경박한 데도, 작위적인 구석도 없다. 말해야 할 것을 위엄 있게 말한다. 그러나 엄격한 그 글의 행간에서는 의외의 감성과 부드러움이 비친다. 계곡에서는 레몬 나무와 오렌지 나무가 대기를 향내로 물들였고 광막한 바다에서는 무궁한 시정(詩情)이 흘러나왔다.

「크레타.」나는 나직이 불러 보았다.「크레타……」내 가슴이 두근거리기 시작했다.

언덕을 내려와 물가로 갔다. 눈처럼 하얀 숄을 두르고 노란 장화에 스커트를 걷어 올린 처녀들이 재잘거리며 다가왔다. 산 너머 바다에 대조되어 하얗게 반짝이는 수녀원으로 미사를 드리러 가는 처녀들이었다.

나는 걸음을 멈추었다. 나를 보자 처녀들의 웃음소리가 멎었다. 낯선 남자의 출현에 그들의 표정은 불신으로 굳어졌다. 머리 끝에서 발치까지 그들의 태도는 돌연 방어적으로 변해, 단단히 여민 블라우스 섶을 손으로 불안스럽게 움켜잡았다. 공포가 그들의 핏속에서 출렁거렸다. 수 세기 동안 사라센인들로 이루어진 코르세르 해적은 이슬람 국가 정부의 묵인 아래 이 아프리카에 면한 크레타 해안을 기습하여 기독교인들의 양과 여자와 아이 들을 노략질하지 않았던가. 해적들은 붉은 혁대로 희생자들을 묶어 선창에 처넣고는 알제, 알렉산드리아, 베이루트 등지에 팔아넘겼다. 그 해변에서 물이 빠진 일이 없었으니 수 세기 동안 크레타 여자들의 곡소리는 끊일 날이 없었을 터이다. 나는 겁에 질린 소녀들이 마치 넘볼 수 없는 방벽을 이루려는 듯 서로 몸을 꼭 붙인 채로 다가오는 모습을 보았다. 옛날엔 절대적으로 필요해서, 지금은 이유 없이 반복하는 본능적인 반응이었다. 과거의 필요가 여전히 그들의 행동 리듬을 지배하고 있는 것이었다.

처녀들이 내 앞을 지날 때 나는 재빨리 길을 비켜 주며 웃어 주었다. 그러자 처녀들은 그 턱없는 공포는 수백 년 전의 일이며 지금은 다른 시대에 살고 있음을 깨달은 듯한 표정으로 밀집 대형을 풀고는 상냥하게 인사까지 하고 지나갔다. 마침 수녀원의 종소리가 들려 주위를 즐거운 소리로 가득 차게 했다.

해가 오른 하늘은 맑았다. 나는 암초 사이에 앉은 갈매기처럼 바위틈에 앉아 오래 바다를 응시했다. 내 육신이 힘차고 싱싱하고 유순하게 느껴졌다. 마음은 파도를 응시하다 한줄기 파도가 되어 순순히 바다의 율동으로 잦아들었다.

이윽고 내 가슴도 부풀어 오르기 시작했다. 정체불명의 절박하고 애원하는 듯한 목소리가 내 내부에서 일었다. 나는 나를 소리쳐 부르는 존재가 누구인지 알았다. 혼자 있을 때면 어김없이 이 존재는 끔찍한 예감들과 견딜 수 없는 두려움과 격정에 사로잡혀 내가 해방해 주기만을 기다리며 내 안에서 울부짖었다.

나는 서둘러 내 길동무 단테를 폈다. 그 두려운 악마의 소리를 듣지 않기 위해서, 그것을 몰아내기 위해서였다. 페이지를 뒤적이며 여기저기서 한 행, 혹은 3행 연구(聯句)를 읽다가 한 연을 통째로 외워 보려고도 했다. 그 불타는 듯한 페이지들에서 저주받은 자들이 절규하며 기어오르고 있었다. 암벽의 중간쯤에는 상처받은 영혼들이 험준한 벼랑을 미친 듯이 오르고 있었다. 좀 더 위에서는 축복받은 영혼들이 에메랄드빛 벌판을 반짝이는 반딧불처럼 움직였다. 나는 이 무시무시한 운명의 집을 가장 높은 곳에서부터 가장 낮은 데까지 돌아다녔다. 나는 천당과 지옥과 연옥을 내 집인 양 드나들었다. 나는 그 장엄한 시행들에 빠져들어, 고통에 신음하거나, 열렬히 희망하거나, 지고의 행복감을 맛보았다.

그러다 갑자기 단테를 덮고는 바다를 바라보았다. 갈매기 한 마리가 물에다 가슴을 대고 출렁거리며, 파도에 송두리째 몸을 맡기는 즐거움을 맛보고 있었다. 햇빛에 그을린 맨발의 소년이 물가로 나와 사랑의 노래를 불렀다. 목소리가 수평아리처럼 쉰 소리를 내기 시작한 것으로 보아 소년은 제가 부르는 노래의 아픔을 알고 있는 모양이었다.

수백 년 동안 단테의 시편은 시인의 조국에서 애송되어 왔다. 사랑의 노래가 소년 소녀에게 사랑을 준비하게 만드는 것처럼 이 뜨거운 피렌체 사람의 시구는 이탈리아 젊은이들로 하여금 자유의 날을 예비하게 했다. 대(代)를 이어 사람들은 시인의 혼과 대화를 나누었고 마침내 노예 생활을 자유로 바꾸어 왔다.

뒤에서 웃음소리가 들렸다. 나는 그만 단테의 하늘에서 떨어지고 말았다. 돌아보자 조르바가 뒤에 있었다. 그의 얼굴은 웃음으로 일그러져 있었다.

「두목, 참 잘하는 짓입니다. 몇 시간을 찾았어요. 이런 데 계실 줄 누가 알았겠어요?」

내가 아무 대꾸도 않자 그가 말을 계속했다.

「정오가 지났고, 닭이 다 익었단 말이오! 그 불쌍한 것이 완전히 녹아서 형체도 안 남게 생겼다고. 몰라서 이러고 있어요?」

「알았어요. 하지만 난 별로 시장하지 않아요.」

조르바가 자기 넓적다리를 탁 치더니 갑자기 떠들어 대기 시작했다.

「시장하지 않으시다! 하지만 아침부터 아무것도 안 들지 않았어요? 육체에는 영혼이란 게 있습니다. 그걸 가엾게 여겨야지요. 두목, 육체에 먹을 걸 좀 줘요. 뭘 좀 먹이셔야지. 아시겠어요? 육체란 짐 싣는 짐승과 같아요. 육체를 먹이지 않으면 언젠가는 길바닥에다 두목을 팽개치고 말 거라고요.」

나는 당시 육신의 쾌락을 업신여겨 왔다. 가능하면, 먹어도 부끄러운 짓이라도 하는 것처럼 은밀하게 먹어 치웠다. 그러나 조르바가 더 이상 물고 늘어지지 못하도록 이렇게 말했다.

「좋소, 가면 될 거 아니오.」

우리는 마을 쪽으로 향했다. 바위 사이에서 보내던 시간은 연인과 지낸 달콤한 시간처럼 번개같이 지나가 버리고 만 것이었다.

「갈탄 생각을 하셨어요?」 조르바가 다소 머뭇거리는 투로 물었다.

「그것밖에 생각할 게 뭐 있어요?」 내가 웃으며 반문했다. 「내일 일이 시작됩니다. 계산을 좀 뽑아 볼 필요가 있었지요.」

「그래, 계산해 보니까 어떻습니까?」 그는 조심스레 걸음을 내딛으며 물었다.

「석 달 후부터는 하루에 10톤을 캐야 비용을 메울 수 있겠어요.」

조르바가 다시 나를 바라보았다. 이번에는 좀 걱정스러워하는 얼굴이었다. 잠시 후에 그가 입을 열었다.

　「그런데 말입니다. 계산하는데 도대체 바닷가는 왜 간답니까? 두목, 이렇게 물어서 미안합니다만, 이해가 안 가서요. 나는 숫자랑 씨름해야 할 때면 땅속에 구멍을 파고 들어가고 싶어져요. 그래야 아무것도 안 보일 테니까. 만일 고개를 들어 바다를 보거나 나무를 보거나 여자를(늙은것이라도 말입니다) 보면, 그때까지 하던 계산이나 숫자가 확 날아가 버려요. 날개를 달고 날아가 버리면 나는 또 쫓아가야 하고…….」

　「하지만 그거야 당신 잘못이죠, 조르바.」 나는 그를 놀려 주려고 이렇게 말했다. 「당신은 정신 집중을 못 하니까.」

　「두목 말씀이 옳은지도 모르지. 모든 건 생각하기 나름이거든요. 현명한 솔로몬 대왕도 어쩌지 못하는 경우가 있어요……. 봅시다, 어느 날 나는 조그만 마을로 갔습니다. 갔더니 아흔을 넘긴 듯한 할아버지 한 분이 바삐 아몬드 나무를 심고 있더군요. 그래서 내가 물었지요. 〈아니, 할아버지! 아몬드 나무를 심고 계시잖아요?〉 그랬더니 허리가 꼬부라진 이 할아버지가 고개를 돌리며, 〈오냐, 나는 죽지 않을 것처럼 산단다.〉 내가 대꾸했죠. 〈저는 금방 죽을 것처럼 사는데요.〉 자, 누가 맞을까요, 두목?」

　그는 의기양양한 표정으로 나를 바라보며 말했다.

　「왜 대답을 못 하시나?」

　나는 조용히 있었다. 두 갈래의 똑같이 험하고 가파른 길이 같은 봉우리로 이끌 수도 있다. 죽음이 존재하지 않는 듯이 사는 거나, 금방 죽을 것 같은 기분으로 사는 것은 어쩌면 똑같은 것이다. 그러나 조르바가 물었을 때 나는 그것을 알지 못했다.

　이번에는 조르바가 나를 놀렸다. 「자, 고민할 거 없어요. 어차

피 두목은 결론을 못 내려요. 우리 딴 이야기 합시다. 지금 나는 닭고기와 계피 뿌린 육반(肉飯)을 생각하고 있어요. 내 머릿속은 갓 쪄낸 육반처럼 김이 무럭무럭 납니다. 먼저 먹읍시다. 먼저 배를 채워 놓고 그다음에 생각해 봅시다. 모든 게 때가 있는 법이지요. 지금 우리 앞에 있는 건 육반입니다. 우리 마음이 육반이 되게 해야 합니다. 내일이면 갈탄광이 우리 앞에 있을 것입니다. 그때 우리 마음은 갈탄광이 되어야 합니다. 어정쩡하다 보면 아무 짓도 못 하지요.」

우리는 마을로 들어갔다. 여인네들이 문 앞에 앉아 남의 흉을 보고 있었다. 노인네들은 지팡이에 기댄 채 묵묵히 있었다. 석류가 주렁주렁 달린 석류나무 아래엔 몸집이 조그맣고 주름투성이인 노파가 손자의 이를 잡아 주고 있었다.

카페 앞에는 표정이 엄숙한 매부리코 영감이 서 있었다. 풍채에 위엄이 있었다. 그가 우리에게 갈탄광을 전세 내어 준 마을 장로 마브란도니였다. 그는 지난밤 오르탕스 부인의 여인숙으로 우리를 찾아왔다. 우리를 자기 집으로 데려 가려고 온 것이었다.

「이 마을에는 사람이 없는 것처럼 여인숙에 묵다니 참 우리로선 창피한 일입니다.」

그는 진지했고 마을 지도자로서 신중하게 하는 말이었다. 우리는 사양했다. 그는 속은 좀 상한 모양이었으나 우기지는 않았다.

「내 할 도리는 했으니, 두 분 좋을 대로 하시오.」 그가 이런 말을 남기고 떠났다.

잠시 후 그는 사람을 시켜 치즈 두 덩어리, 석류 한 바구니, 건포도와 무화과 한 항아리, 라키 술 한 병을 보내 주었다. 나귀에서 짐을 내리면서 하인이 말했다.

「마브란도니 님께서 보내셨습니다. 어른께서는, 얼마 되진 않

54

지만 정성이라도 받아 주시라고 하셨습니다.」

우리는 마브란도니 영감에게 지난밤 선물에 대한 감사와 함께 정중한 인사말을 열렬히 늘어놓았다.

「만수무강하시오!」그는 이렇게 말하며 손을 가슴에다 얹었다. 그러고는 입을 다물어 버렸다.

「말하기가 싫은가 보네.」조르바가 속삭였다. 「뻣뻣하긴.」

「자존심이 강한 거예요. 나는 마음에 드는데요.」내가 대꾸했다.

우리는 여인숙에 이르렀다. 조르바의 코는 신이 나는 듯 벌름거렸다. 오르탕스 부인은 문간에서 우리를 보고는 뭐라고 소리를 지르면서 부엌으로 뛰어 들어갔다.

조르바는 식탁을 뜰로 들고 나와 잎이 다 떨어진 포도나무 시렁 아래에다 놓았다. 그는 이어서 빵을 큼직큼직하게 썰어 놓고는 포도주를 가져다 상을 보았다. 이윽고 그는 장난꾸러기 같은 얼굴로 나를 바라보며 식탁을 가리켰다. 3인상을 봐놓은 것이었다!

「무슨 뜻인지 아시겠어요, 두목?」그가 속삭였다.

「알고말고요, 이런 늙은 주책바가지.」내가 응수했다.

「원래 노계들이 진국을 끓일 줄 아는 법이에요.」그가 입술을 핥으며 입맛을 다셨다. 그러고는 말을 이었다. 「두목도 한 수 배우쇼.」

그는 눈을 반짝이며 잽싸게 움직였다. 그러면서 연방 흘러간 연가(戀歌)를 흥얼거렸다.

「두목, 산다는 게 이런 것 아닙니까요. 즐거운 시간을 보내면서 게다가 노계까지. 보세요, 나는 금방이라도 죽을 사람처럼 이러고 있는 겁니다. 서둘러야죠, 뒈지기 전에 노계를 먹으려면!」

「식사들 하세요!」오르탕스 부인이 명령했다.

부인은 냄비를 들어다 우리 앞에 놓았다. 그러나 부인은 선 채

벌린 입을 다물지 못했다. 접시가 세 개 놓인 걸 본 것이었다. 기쁜 나머지 얼굴이 빨개진 여자는 조르바를 바라보며 보랏빛 감도는 파란색 조그만 눈을 파르르 깜박였다.

「이 여자 엉덩이가 뜨거워졌어.」 조르바가 나에게 속삭였다.

그러고는 더할 나위 없이 공손하게 부인을 돌아보며 말했다.

「아름다운 파도의 요정이시여, 우리는 난파당했고 바다는 우리를 당신의 영토로 밀고 왔습니다. 세이렌이여, 식사를 함께 나누는 영광을 허락하소서.」

퇴물 카바레 가수는 팔을 잔뜩 벌렸다가는 우리 둘을 한꺼번에 안고 싶다는 양 다시 오므렸다. 그러고는 우아하게 몸을 한차례 일렁이더니, 조르바를 쓸쩍, 그다음에 나를 쓸쩍 건드리고는 쿡쿡거리며 자기 방으로 뛰어 들어갔다. 잠시 후, 들뜬 모습으로 허리를 요염하게 흔들흔들하면서 다시 나타났는데, 그녀가 가장 아끼는 옷, 다시 말해서 닳아빠진 노란 리본들로 장식된 낡은 초록색 드레스 차림이었다. 코르사주는 매우 너그럽게도 앞섶이 활짝 열려 있었고, 그 위에다는 활짝 핀 인조 장미 한 송이를 핀으로 꽂아 놓았다. 손에는 앵무새 조롱이 들려 있었는데, 그녀는 그것을 포도 시렁에 걸었다.

우리는 그녀를 가운데 자리에 앉히고, 조르바는 그녀의 오른쪽, 난 왼쪽에 앉았다.

우리 셋 모두 음식에 달려들었다. 꽤 오랫동안 아무 말도 서로 건네지 않았다. 우리는 영혼이라는 이름의 짐을 지고 다니는 육체라는 이름의 짐승을 실컷 먹이고 마른 목은 포도주로 축여 주었다. 음식은 곧 피로 변했고, 세상은 더 아름다워졌고, 우리 옆에 앉은 여자는 시시각각으로 젊어져, 얼굴의 주름살도 사라져 가고 있었다. 우리 앞에 걸린, 초록 재킷과 노란 조끼를 입은 듯한

56

앵무새는 고개를 숙이고 우리를 내려다보았다. 앵무새는 마법에 걸린 가엾은 사내, 아니면 초록색과 노란 드레스를 입은 퇴물 카바레 가수의 영혼 같기도 했다. 우리 머리 위의 포도 넝쿨에는 언제부터 그랬는지 시커먼 포도송이가 주렁주렁 매달려 있었다.

조르바의 눈은 끊임없이 구르고 있었고, 온 세상을 끌어안고 싶다는 듯이 팔을 벌렸다. 그러고는 놀란 듯이 소리쳤다.

「어떻게 된 겁니까, 두목. 눈깔만 한 잔으로 포도주를 마셨는데 세상이 돌아 버리니 말입니다. 오, 두목, 인생이란 참 요상한 것이로군요. 두목, 우리 머리 위에 달려 있는 게 포도인가요, 아니면 천사인가요. 모르겠습니다. 아니면, 아무것도 아니겠죠. 아무것도 존재하지 않아요. 닭도, 세이렌도, 크레타도! 말해 봐요, 두목, 말해 봐요. 나 돌아 버릴 것 같아!」

조르바는 무람없이 행동하기 시작했다. 그는 닭을 다 뜯어 먹고 나서 오르탕스 부인을 바라보며 군침을 흘리고 있었다. 그의 시선은 오르탕스 부인을 핥아 내려가기 시작했다. 위에서 아래로 핥어 내려오다 더듬이가 달린 듯한 그의 눈은 부인의 불룩한 젖가슴 속으로 미끄러져 들어갔다. 우리 귀부인의 조그만 눈도 반짝이기 시작했다. 귀부인도 포도주가 맛있다며 연거푸 몇 잔을 비운 다음이었다. 술 속에 있던 장난꾸러기 마귀가 여자를 세월 좋던 옛 시절로 되돌려 놓았다. 여자는 다시 옛날처럼 다정하고 유쾌하고 스스럼없는 여자로 변했다. 여자는 일어나 바깥문을 잠갔다. 마을 사람들 — 부인은 마을 사람들을 〈야만인〉이라고 불렀다 — 이 보지 못하게 한 것이었다. 담배에 불을 붙여 물자 여자의 조그만 프랑스식 들창코에서는 연기가 몽글몽글 피어나왔다.

그럴 때면 여자라는 존재의 모든 문은 활짝 열리는 법. 파수꾼들은 쉬고 친절한 말 한마디는 황금 혹은 사랑만큼이나 위력적이다. 나는 파이프를 붙여 물고 그 친절한 말을 들려주었다.

「오르탕스 부인, 부인을 뵈니까 사라 베르나르 생각이 나는군요. 베르나르의 한창 시절 말입니다. 이 황량한 벽지에서 이토록 우아하고 고상하고 친절하고 아름다운 분을 만날 줄은 몰랐습니다. 어떤 셰익스피어가 부인을 이런 야만인들 속으로 보낸 것일까요?」

「셰익스피어라고요?」 여자가 조그마한 눈을 크게 뜨며 물었다. 「어떤 셰익스피어가 그랬느냐고요?」

여자의 정신은 재빨리 여자가 가본 적이 있는 극장들을 향해 날아갔다. 눈 깜박하는 사이에 여자는 파리에서 베이루트, 그리고 다시 거기에서 아나톨리아의 해안에 이르기까지 카페 콩세르, 카바레, 술집 들을 차례로 더듬었다. 그러다 퍼뜩 기억해 냈다. 샹들리에가 휘황찬란하고 플러시 천 의자에는 신사들과 등이 파인 야회복 차림의 귀부인들이 앉아 있는, 향수 냄새와 꽃다발이 난무하던 알렉산드리아의 대형 극장…… 막이 오르자마자 험상궂게 생긴 흑인이 나타났고…….

「어떤 셰익스피어가 그랬느냐고요?」 기억을 되살린 여자가 당당해져서 되물었다. 「〈오셀로〉라고도 부르는 그 셰익스피어?」

「맞아요. 바로 그 사람입니다. 백합 같은 부인이여, 어떤 셰익스피어가 부인을 이 거친 바위땅에다 내던졌던가요?」

여자는 주위를 둘러보았다. 문은 닫혀 있었고 앵무새는 잠들었으며 토끼는 교미 중이고 뜰엔 우리뿐이었다. 감격한 여자는 우리에게 가슴을 열기 시작했다. 그것은 마치 오래된 장롱을 여는 것과 같았다. 향수와 노랗게 변색한 연애편지들, 낡은 드레스가 잔뜩 들어 있는…….

여자가 쓰는 말은, 단어를 잘라먹고 음절을 아무렇게나 뒤섞어 버려 제멋대로 생겨 먹은 그리스어였다. 그러나 우리는 완벽하게 여자의 말을 이해할 수 있었다. 이따금 우리는 웃음을 참느라고 애를 먹었고 또 이따금(술이 꽤 올라) 웃다가 눈물을 흘리기도 했다.

「말씀드리지만……,」 저 늙은 세이렌이 향수 냄새가 코를 찌르는 정원에서 우리에게 들려주었던 이야기를 대충 옮기면 이렇다. 「두 분 앞에 앉아 있는 사람은 절대로 술집의 가수가 아니에요. 암, 아니고말고. 나는 유명한 예술가였고 진짜 레이스가 달린 비단 속옷도 입어 본 사람이라고요. 그런데 사랑이 그만…….」

땅이 꺼지게 한숨을 쉰 여자는 조르바가 붙여 주는 담배를 받아 물고는 말을 이었다.

「나는 제독을 사랑했지요. 크레타에 또 한 번 혁명이 있자 열강의 함대가 수다 항에 닻을 내렸어요. 며칠 뒤 나도 거기에다 닻을 내렸답니다. 아, 그 장관이라니! 네 나라의 제독을 두 분이 봤어야 하는 건데……. 영국 제독, 프랑스 제독, 이탈리아 제독, 러시아 제독을……. 모두 금술로 장식한 에나멜 구두에 깃털이 꽂힌 모자를 쓰고 있었다오. 수탉 같았지. 80 내지 90킬로그램이나 나가는 큰 수탉요. 아이고, 그 수염. 꼽슬꼽슬하고, 매끄럽고, 새까맣고, 단정하기 이를 데 없는 수염, 잿빛 수염, 빨간 수염(냄새는 또 얼마나 좋았는지!), 모두가 쓰는 향수가 달라서 나는 어둠 속에서도 그게 누군지 알아맞힐 수 있었지요. 영국 제독에게는 오드콜로뉴 냄새가 났고, 프랑스 제독은 바이올렛, 러시아 제독은 사향 냄새, 이탈리아 제독은, 아유, 그러니까 파촐리 냄새가 났어요. 세상에 그렇게 멋진 수염이 또 있을까. 정말 기가 막혔지요.

자주 우리는 기함(旗艦)에 모여 혁명 이야길 했지요. 제독들의 제복은 풀어 헤쳐지고 내 실크 슈미즈는 살에 찰싹 달라붙어 있었어요. 제독이 거기에다 샴페인을 쏟아부었으니까요. 아시겠어요, 여름이었어요. 우리는 혁명 이야길 하고 있었어요. 아주 진지한 토론이었어요. 나는 제독들의 수염을 붙잡고 불쌍한 크레타 사람들을 폭격하지 말아 달라고 졸랐어요. 우리는 쌍안경으로 카네아 근처 바위틈에서 꼼지락거리는 크레타 사람들을 보았어요. 아주아주 작게 보였어요. 파란 바지에 노란 구두를 신은 개미 같더군요. 마구 소리를 지르고 있었어요. 깃발도 있었고요.」

뜰을 둘러싼 갈대숲에 인기척이 있었다. 늙은 여장부는 놀라 말을 멈추었다. 갈댓잎 사이로 장난꾸러기들의 조그만 눈들이 반짝이고 있었다. 마을 꼬마들이 우리가 잔치를 벌이고 있는 걸 알고 몰래 숨어 보고 있었던 것이다.

카바레 가수는 일어서려고 했지만 다리가 말을 듣지 않았다. 너무 먹고 마신 것이었다. 여자는 땀을 흘리며 자리로 털썩 무너졌다. 조르바가 돌멩이를 집어 들었다. 아이들은 소리를 지르며 달아났다.

「계속해요, 우리 아리따운 아가씨, 계속해요, 우리 보물 덩어리.」 조르바가 떠들어 대며 의자를 끌어 더 다가앉았다.

「그래서 나는 이탈리아 제독에게 말했지요(그와 특히 가까웠지요). 수염을 잡고 말한 거예요. 〈오, 카나바로(이름이 카나바로였어요), 제발, 카나바로, 쾅쾅은 안 돼요, 쾅쾅은 이제 그만해요!〉

여기 있는 이 사람이 크레타를 몇 번이나 구한 줄 아무도 모를 거예요. 장전이 끝난 함포 앞에서 몇 번이나 제독의 수염을 붙잡고 쾅쾅을 못 하게 했는지 모를 거예요. 그런데 내가 그 대가로 뭘 받았어요! 내가 받은 훈장이 어떤 것인지 봐요!」

오르탕스 부인은 사람들의 배은망덕한 행위에 분개하고 있었다. 여자는 주름 잡힌 보드라운 주먹으로 식탁을 꽝 쳤다. 조르바가 난봉꾼의 노련한 손들을 뻗어 여자의 벌어진 무릎을 더듬다 꽉 움켜잡으며 짐짓 감동에 사로잡힌 양 소리를 질렀다.

「오, 나의 부불리나,[9] 제발 쾅쾅은 그만해요!」

우리의 귀부인이 킬킬거렸다. 「손 치워요! 내가 누군지 알고나 하는 수작이에요?」 여자가 조르바에게 음탕한 시선을 던졌다.

「하늘에는 하느님이 계십니다.」 간교한 난봉꾼이 말했다. 「나의 부불리나, 그렇게 의기소침할 일이 아니오. 여기에는 우리가 있지 않소. 그러니 겁내지 말래도.」

늙은 세이렌은 고개를 들어 하늘을 올려다보았다. 여자가 본 것은 새장에서 잠이 든 초록색 앵무새였다.

「우리 카나바로, 귀여운 카나바로!」 여자가 사랑에 겨워하는 소리로 새를 불렀다.

주인의 목소리를 알아들은 앵무새는 번쩍 눈을 뜨고 새장 가름대 위로 뛰어 올라가 물에 빠져 금방 숨이 넘어가는 목소리로 외치기 시작했다. 「카나바로! 카나바로!」

「자, 카나바로 여기 있소!」 조르바는 이렇게 소리치며, 수없는 사내에게 봉사해 온 늙은 무릎을 이번에는 자기 것으로 만들고 싶다는 듯이 다시 주물렀다. 퇴물 카바레 가수는 앉은 채로 몸을 꼬며 다시 잔주름이 생긴 입술을 열었다.

「싸우는 것으로 말하자면 나도 용감하게 싸웠어요. 가슴과 가슴을 맞대고……. 그런데 몹쓸 날이 왔어요. 크레타가 자유를 찾자 함대엔 떠나라는 명령이 내려왔어요. 〈나는 어떻게 되는 거

<hr />

9 Laskarina Bouboulina(1771~1825). 그리스 독립 전쟁의 여걸. 독일의 카나리스, 그리스의 미아울리스 등 해군 제독에 비견될 만큼 용감하게 해전을 이끌었다. 그리스 독립 후에 핍박을 받다가 살해당했다. 사후에 러시아 황제 알렉산드르 1세가 그녀에게 러시아 해군 명예 제독의 지위를 부여했다.

죠?〉 나는 네 제독의 수염에 매달려 물었어요. 〈나를 두고 어디로 떠나는 거죠? 나는 귀부인 생활과 샴페인과 로스트 치킨에 입맛이 들었는데. 나는 졸병들 경례받는 데 입맛이 들었어요. 그런데 한꺼번에 서방 넷을 잃고 곱빼기에 곱빼기 과부가 되다니! 각〉하며 제독님네들, 나는 어떻게 되는 거죠?〉

그 사람들은 그저 웃기만 합디다. 사내란 다 그런 거지. 이들은 영국 파운드, 이탈리아 파운드, 프랑스 나폴레옹, 러시아 루블을 잔뜩 집어 줍디다. 나는 돈을 내 스타킹, 브래지어, 그리고 구두에 잔뜩 넣었지요. 이별하기 전날 밤 내가 어쩌나 울었던지 제독들도 불쌍했었나 봐요. 욕조에다 샴페인을 가득 채우더니 날 거기에다 집어넣더군요. (그 짓이라면 처음 하는 게 아니에요.) 그러고는 날 위로하는 뜻에서 그 샴페인을 퍼마시더군요. 술에 취하자 제독들은 불을 껐어요…….

아침이 되어 일어나 보니 내 몸에서는 네 가지 향수 냄새(바이올렛, 오드콜로뉴, 사향, 파촐리)가 골고루 나는 거예요. 네 강대국(영국, 프랑스, 러시아, 이탈리아)을 나는 바로 이 무릎 위에다 올려놓고 이렇게, 이렇게 데리고 논 거예요…….」

오르탕스 부인은 통통한 팔을 뻗어 무릎 위에서 어린아이를 추스르는 것처럼 아래위로 흔들었다.

「여기에다 올려놓고, 그래요, 바로 이렇게 해줬단 말이에요. 날이 새자 이들은 함포를 쏘았어요. 맹세코 드리는 말씀이지만, 이 사람들은 내게 경의를 표하기 위해 함포를 쏘았던 거예요. 그러고는 마침내 열두 명의 수병이 나를 흰 보트에다 태우고 노를 저어 해변에 내려 주었던 거랍니다.」

조그만 손수건을 꺼낸 그녀는 걷잡을 수 없이 훌쩍거리기 시작했다.

「오, 부불리나!」 조르바가 열광적으로 부르짖었다. 「자, 눈을 감아요. 눈을 감아 봐요, 내 보물. 내가 바로 카나바로야!」

「손 치우라고 했어요.」 우리의 여걸께서는 얼빠진 사람처럼 울다가 웃었다. 「당신 잘난 꼴 좀 보라지! 황금빛 견장은 어디에 있고 삼각모, 향수 뿌린 수염은 어디 있죠? 아, 몰라……!」

조르바의 손을 다정히 꼭 쥐며 오르탕스는 다시 울기 시작했다.

밖이 서늘해졌다. 우리는 한동안 아무 말 없이 앉아 있었다. 갈대숲 뒤의 바다는 한숨을 쉬었다. 마침내 다시 평화로운 바다가 된 것이었다. 까마귀 두 마리가 우리 머리 위로 날아갔는데 날갯짓 소리가 흡사 비단(여가수의 비단 슈미즈)을 찢는 소리 같았다.

저녁노을이 마당에 황금 먼지를 뿌리는 것 같았다. 오르탕스 부인의 애교머리는 불이 붙은 듯 빛나면서 저녁의 미풍에 파르르 떨렸다. 마치 그대로 날아올라 주변 사람들의 머리에 불을 번지게 하려는 듯 보였다. 황금빛 노을이 반쯤 드러낸 젖가슴과 이제는 나이를 먹어 살이 오른, 벌어진 무릎, 목의 주름, 낡은 구두를 물들였다.

우리의 늙은 세이렌은 몸을 떨었다. 술과 눈물로 붉어진 눈을 반쯤 감은 채 세이렌은 처음엔 나를, 그리고는 젖가슴에 넋이 빠져 입을 헤 벌리고 있는 조르바를 바라보았다. 우리 둘 중 누가 카나바로인지 알아내려는 것이었다.

「오, 부불리나!」 조르바가 정열적으로 부르짖으며 제 무릎으로 오르탕스 부인의 무릎을 지그시 눌렀다. 「걱정 말아요. 하느님도 없고 악마도 없어. 자, 조그만 머리를 들고 두 손으로는 턱을 괴고 노래나 한 곡조 들려줘요. 죽음 따위는 개나 물어 가라지!」

조르바는 후끈 달아 있었다. 왼손으로는 수염을 꼬고 있었고 오른손은 술과 추억에 취한 여가수를 더듬었다. 말은 어눌했고 눈은 게슴츠레했다. 그가 눈앞에 보고 있는 것은 반쯤 미라가 되고 화장을 치덕치덕한 늙은 여자가 아니라, 그가 입버릇처럼 여자를 지칭할 때 쓰는 〈암컷들〉 전체였다. 개별적 존재는 사라지고 개별적 특징들은 말소되었다. 젊었느냐 늙었느냐, 아름다우냐 추하냐 따위는 하등 중요할 것 없는 차이일 뿐이었다. 모든 여자 뒤에는 위엄이 있고 신성하고 신비스러운 아프로디테의 얼굴이 떠올라 있었다.

조르바가 보고 말하고 갈망하는 것은 바로 그 얼굴이었다. 오르탕스 부인은 조르바가 그 영원의 입술에 키스하기 위해 찢어 던질 덧없고 투명한 가면에 지나지 않았다.

「나의 보물이여, 백설 같은 목을 들어요.」 그가 숨을 헐떡거리며 애원했다. 「백설 같은 목을 들고 노래라도 한 곡조 불러 보아요.」

늙은 여가수는 빨래하느라고 터져 버린 손으로 턱을 괴었다. 여자의 눈 역시 게슴츠레해져 있었다. 몇 마디 외마디 소리를 지른 여자는 이윽고 십팔번을 부르기 시작했다. 반쯤 음탕하게 감은 눈으로 조르바를 바라보며 여자는 몇 번이나 되풀이해서 불렀다. 여자의 마음은 이미 정해져 있었다.

*Au fil de mes jours*(흐르는 세월 속에서)
*Pourguoi t'ai-je rencontré*(내 어쩌다 그대를 만나 가지고)……

조르바가 벌떡 일어나 산투르를 집어 왔다. 그러고는 터키식으로 앉아 악기를 풀어 무릎 위에 놓고 그 큰 손으로 치기 시작했다.

그가 부르짖었다. 「아아, 부불리나, 칼을 가져다 내 목을 따주렴!」

어둠이 내리고 하늘에 별이 나왔다. 산투르의 감미로운 소리가 높아지며 조르바의 욕망에 불을 질렀고 닭고기와 밥, 아몬드와 포도주를 진탕 먹고 마신 오르탕스 부인은 조르바의 어깨에다 무거운 몸을 의지하며 한숨을 쉬었다. 여자는 자기 몸을 조르바의 깡마른 옆구리에다 부드럽게 비비대며 하품과 한숨을 번갈아 토해 내었다.

조르바가 내게 신호를 보내며 목소리를 낮추었다.

「두목, 이 여자 분위기가 잡혔어요. 제발 우리 둘만 좀 있게 해 줘요.」

# 4

새벽에 잠을 깬 나는 내 맞은편 침대에 앉아 있는 조르바를 보았다. 그는 담배를 피우며 명상에 잠겨 있었다. 작고 둥근 눈은 앞의 부채꼴 창에 못 박혀 있었는데, 창은 막 밝아 오는 희뿌연 아침으로 물들어 있었다. 그의 눈은 부석부석했고 유달리 길고 꺼칠한 목은 먹이를 노리는 새의 목처럼 쑥 빠져나와 있었다.

전날 밤 나는 그와 늙은 세이렌을 두고 먼저 나왔다.

「나 가요. 재미 많이 보세요, 조르바, 행운을 빕니다!」 나는 나오기 전에 이렇게 말했다.

「안녕히 주무시오, 두목. 우리는 보아야 할 사무가 조금 있어요. 안녕히 주무시오, 두목, 푹 주무셔야 합니다.」 조르바가 대답했다.

조르바와 세이렌은 그 사무를 본 게 분명했다. 잠결에 나는 뭐라고 수군거리는 코맹맹이 소리와 옆방이 흔들리고 요동하는 소리를 들었던 것 같다. 그러나 나는 잠에 곯아떨어지고 말았다. 자정이 훨씬 지나서 조르바는 맨발로 들어와 나를 깨우지 않으려고 살며시 자기 침대 위에 누웠던 모양이었다.

그런데 식전부터 그는 흐릿한 눈으로 먼 곳을 보고 있었다. 관자놀이가 훤해지지 않은 것으로 보아 잠이 덜 깬 것임이 분명했다. 조용히, 애무하듯이 그는 꿈처럼 짙고 느린 흐름에 자신을 맡기고 있었다. 땅과 바다, 생각, 인간, 전 우주가 먼바다로 흘러들고 있는 것 같았다. 조르바는 저항도, 질문도 하지 않고 행복하게 떠내려가고 있었다.

마을이 깨어나기 시작했다. 닭과 돼지와 나귀가 우는 소리, 사람들의 말소리가 뒤범벅이 되어 들려왔다. 나는 침대에서 뛰어 일어나며, 조르바! 오늘은 할 일이 있잖아요, 이렇게 소리치고 싶었다. 그러나 나 자신도 햇살이 장밋빛으로 들어오는 아침에 가만히 몸을 일으키는 행복감에 저항하기 어려웠다. 그렇게 기적 같은 순간이 오면 인생의 모든 것은 아침처럼 산뜻해 보이는 법. 대지는 부드럽고 구름은 바람에 그 모습을 끊임없이 바꾸어 갔다.

팔을 뻗었다. 나 역시 담배를 피우고 싶었다. 파이프를 꺼냈다. 나는 감회와 더불어 그것을 바라보았다. 〈메이드 인 잉글랜드.〉 크고 값이 비싼 파이프였다. 내 친구(눈빛이 푸르고 손가락이 가늘었던)가 선물로 준 것이었다. 몇 년 전, 해외에 있을 때의 일이었다. 졸업하고 그리스로 떠나는 날 밤이었다. 그가 이렇게 말했다. 「궐련을 끊게. 불을 붙여 반쯤 피우다 나머지를 내버리다니…….. 담배에 대한 자네 사랑은 고작 1분간이야. 창피한 노릇이지. 파이프로 피우는 게 좋을 걸세. 충실한 마누라 같지. 자네가 집에 가면, 거기 조용히 자넬 기다리고 있거든. 불을 붙이고 오르는 연기를 바라보면, 내 생각이 날 걸세!」

한낮이었다. 우리는 베를린 박물관을 나오는 길이었다. 거기에서 친구는 가장 좋아하던 그림, 청동 투구 차림에 움푹 들어간 뺨, 비극적이지만 강한 의지를 나타내고 있는 렘브란트의 「전사

(戰士)」를 마지막으로 돌아보고 온 길이었다. 그는 무자비한 듯
하면서도 절망적인 분위기가 묻어 나오는 그 작품을 바라보며
중얼거렸다. 「내가 내 평생에 사내다운 행동을 한다면 그건 저
그림 덕분일 거야.」

우리는 박물관 뜰 기둥에 기대어 섰다. 우리 앞에 보이는 것은
당당하게 야생마를 타고 있는 아마존의 청동 나신상이었다. 회
색 할미새 한 마리가 아마존의 머리에 앉았다가 우리를 향해 꼬
리를 치며 놀란 듯이 지저귀다가 날아가 버렸다.

나는 몸을 떨며 친구를 보고 물었다.

「새 우는 소리 들었나? 우리에게 뭐라고 하는 것 같더니 날아
가 버리네.」

친구는 웃었다. 「새니까 노래하게 놔둬. 새니까 뭐라고 하게
내버려 둬.」 그는 유명한 발라드 한 구절을 인용했다.

어떻게 된 것일까. 이 꼭두새벽, 그것도 이 크레타 해안에서 그
추억이 저 다정한 시구와 더불어 내 마음을 아픔으로 채운 것은.

나는 천천히 파이프에 담배를 채우고는 불을 붙였다. 나는 생
각했다. 세상만사에는 숨은 뜻이 있다. 사람, 동물, 나무, 별, 그
모든 것은 상형 문자다. 그 상형 문자를 해독하여 의미를 짐작하
려 드는 자에게는 비탄만 있을 뿐이다. 우리는 그것을 보면서도
이해하지는 못한다. 그것들을 진짜 사람이며 동물이며 나무며
별이라고 여길 뿐이다. 세월이 흐르고 나서야 비로소 이해하지
만 이미 때는 늦었으리라…….

청동 투구를 쓴 전사, 기둥에 기대선 내 친구, 할미새와 할미새
가 우리에게 들려준 노래, 저 우울한 발라드 시구……. 그 모든 것
에 숨겨진 의미가 있으련만, 그 의미가 도대체 무엇이란 말인가?

내 눈은 희미한 햇살 속에서 돌돌 말렸다가 풀리곤 하는 담배

연기를 좇았다. 내 마음은 연기와 뒤섞여 천천히 푸른 동그라미 속으로 사라졌다. 그렇게 한참의 시간이 흐른 뒤, 논리의 도움이 없었음에도 세계의 기원이며 생장이며 사멸이 갑자기 확연하게 보였다. 나는 다시 한 번 붓다의 세계에, 하지만 이번에는 기만적 언어와 정신의 오만한 곡예 없이 빠져든 듯했다. 연기는 붓다의 가르침의 진수, 사라지는 연기의 나선(螺旋)은, 푸른 열반의 정토를 안타까이 찾아가는 생명이리······.

나는 가볍게 한숨을 쉬었다. 한숨이 나를 현실의 시간으로 되돌려 놓은 듯했다. 주위를 둘러보았다. 초라한 오두막과 첫 햇살을 되쏘고 있는 벽의 조그만 거울이 눈에 들어왔다. 조르바는 내 맞은편 매트리스 위에 나를 등진 채 앉아 담배를 피우고 있었다.

전날의 일이, 웃지도 울지도 못할 오르탕스의 희비극과 함께 내 마음속에 떠올랐다. 케케묵은 바이올렛 향기, 오드콜로뉴, 사향, 파촐리, 앵무새. 앵무새의 몸을 입은 인간 같은 그 새는 화를 치며 옛 애인의 이름을 불렀다. 그리고 함대에서 유일하게 살아남아 옛 해전 이야기를 들려주는 낡은 마호네선······.[10]

조르바는 내 한숨 소리를 듣고는 고개를 갸웃거리다 나를 돌아다보았다.

그가 중얼거렸다. 「두목, 우리는 그러는 게 아니었어요. 아무래도 우리 행실은 너무 고약했어요. 당신은 웃었지요. 나도 웃었어요. 계집은 우리를 보았지요. 당신이 방을 나갈 때도 좀 그랬어요. 그 여자가 백 살쯤 먹은 매춘부던가요, 친절한 말 한마디 없이 나가 버리게? 부끄러운 줄 아세요, 두목. 그건 예의가 아니랍니다. 이런 말씀 드려서 미안하지만 남자는 그러면 안 돼요.

---

10 돛이 달린 연안 항해선. 이 이름은 짐배에도 사용되고 한때는 노예선을 가리키기도 했다. 〈마호네〉란 말은 아랍어 〈Ma'on〉에서 나온 것이다.

그 여자는 어쨌든 여자 아닌가요? 연약하고 토라지길 잘하는 물건이에요. 내가 뒤에 남아 위로했기에 망정이지.」

「무슨 뜻이에요, 조르바? 정말로 여자란 그것 빼놓으면 마음속에 아무것도 없다고 하고 싶은 건가요?」

「그래요, 두목. 마음속에 다른 건 아무것도 없어요. 자, 내 말을 들어 봐요…….. 나는 별별 걸 다 보았어요. 안 해본 짓도 없고요…….. 내 경험에 따르면, 여자 눈에 보이는 거라고는 그것밖에 없어요. 조금 전에 말씀드렸다시피, 여자란 연약하고 토라지기 잘하는 동물이랍니다. 누가, 사랑한다, 갖고 싶다고 해주지 않으면 여자는 울어 버립니다. 여자가 당신을 전혀 원하지 않을 수도 있고, 여자가 당신을 역겨워할 수도 있고, 여자가 싫다고 할 수도 있어요. 그러나 그건 문제가 안 됩니다. 여자를 보는 남자는 모두가 반드시 그 여자를 갈망해야 해요. 그것이 바로 여자라는 가여운 동물이 원하는 거예요. 그러니까 남자라면 여자에게 그렇게 하고, 여자를 기쁘게 해줘야 하는 겁니다.

내게 할머니 한 분이 계셨는데, 아마 그때 여든 살은 넘었을 겁니다. 할머니 인생도 이야기하자면 한이 없지요! 그건 관두고, 중요한 건 그게 아니니까…….. 그래요, 할머니 연세가 그즈음 여든 살쯤 됐고 우리 집 맞은편에 꽃같이 싱싱한 계집아이가 하나 살았어요…….. 그렇지, 이름이 크리스탈로였지요. 토요일 저녁이 되면 마을의 젊은것들이 모여 술을 마시곤 했는데 술이 들어가면 괜히 펄펄 날뛰고들 했죠. 우리는 모두 귀 뒤에다 향기로운 나륵풀을 턱 꽂았고 사촌 하나가 기타를 들고 나서면 우리는 세레나데를 부르곤 했죠. 그때의 사랑이라니! 그때의 정열이라니! 우리는 불깐 황소처럼 빽빽 소리를 질렀어요. 우리 모두가 크리스탈로에게 미쳐 있어서 토요일 저녁이면 우르르 몰려가 선택을 받으려고 했지요.

두목, 믿으시려나? 정말 신비스러운 일이에요! 여자한테는 절대 아물지 않는 상처가 하나 있단 말이에요. 다른 상처는 다 아물어도 그 상처만은(책에서 하는 말은 무시해요) 절대 아물지 않습니다. 여자가 여든 살이면 뭣합니까. 그 상처만은 벌어져 있습죠.

그래서 토요일마다 이 할마시는 매트리스를 창가에다 끌어다 붙이고, 조그만 거울을 꺼내 몇 올 남지도 않은 부스스한 머리를 빗고 가르마까지 착 타죠. 그러고는 누가 볼까 봐 조심스럽게 주위를 둘러본답니다. 누가 가까이 오면 할마시는 폭 웅크리고 시치미를 떼며 조는 척했답니다. 그렇지만 잠이 오겠어요? 할마시는 세레나데를 기다리고 있었던 겁니다. 여든 살에! 두목, 알겠지요? 여자가 얼마나 알다가도 모를 동물인지! 젠장 이거 울고 싶어지는데. 그러나 그 시절은 앞뒤를 헤아리지 않고 놀던 때라서 이해를 못하고 그저 웃기만 했지요. 어느 날 나는 할마시에게 꾸중을 들었어요. 할마시는 새빨갛게 화가 나서 계집애 엉덩이만 쫓아다닌다고 나무라는 거예요. 그래서 내가 그놈의 잔소리가 지겨워 까놓고 말해 버리고 말았죠. 〈할매는 왜 토요일마다 호두나무 잎사귀를 입술에다 문지르지? 왜 가르마를 타지? 우리가 할매한테 와서 세레나데를 불렀으면 좋겠지? 우리가 쫓아다니는 건 크리스탈로예요. 할매는 뭐 냄새가 폭폭 나는 송장이나 마찬가진걸!〉

두목 못 믿을 겁니다. 그날 나는 처음으로 여자라는 게 어떤 건지 알았습니다. 할매의 눈에서 눈물이 뚝뚝 떨어졌습니다. 할마시는 강아지처럼 잔뜩 웅크렸습니다. 턱도 덜덜 떨더군요. 〈그래요, 우리가 따라다니는 건 크리스탈로예요! 크리스탈로!〉 나는 할마시가 똑똑히 들을 수 있도록 귓가에 다가가 소리쳤지요.

젊은것들이란 참 잔인한 짐승이에요. 사람도 아니에요. 뭘 모른다니까요. 할마시는 바짝 마른 팔을 들어 하늘을 가리켰어요. 그리고 뭐라는지 아시오? 〈내 심장 밑바닥으로부터 너를 저주한다!〉 이렇게 부르짖는 거예요. 바로 그날부터 할마시는 눈에 띄게 쇠약해집디다. 기력을 찾지 못하시더니 두 달 뒤에는 오늘내일하더군요. 할마시는 숨이 막 넘어갈 즈음에 나를 봤어요. 자라처럼 식식거리면서 그 말라비틀어진 손으로 나를 붙잡으려고 합디다. 〈나를 끝장낸 건 바로 너다, 알렉시스. 저주를 받아라. 내가 받은 고통을 다 물려받기를!〉」

조르바는 빙그레 웃으면서 말을 이었다.

「할마시의 저주가 그대로 들어맞고 만 거지요!」 그는 수염을 털고는 하던 이야기를 계속했다. 「내 나이 예순다섯입니다. 하지만 백 살을 산대도 그 저주에서는 못 벗어날 겁니다. 백 살이 되어도 뒷주머니에는 거울을 넣고 다닐 것이고 암컷이란 것의 꽁무니를 쫓아다닐 겁니다.」

그는 또 한 번 빙그레 웃으면서 담배꽁초를 부채꼴 창 밖으로 던지고는 두 팔을 쭉 뻗으며 말했다.

「내게 다른 결점도 많습니다만, 날 끝장내는 건 바로 이 버릇일 겁니다.」

그러고는 침대에서 뛰어 일어났다.

「이 정도 해둡시다. 잡담은 그만 해야지. 오늘부터 일해야 할 테니까.」

그는 눈 깜빡할 사이에 옷을 입고 구두를 신고는 밖으로 나갔다.

고개를 숙이고 조르바의 말을 되씹고 있는데 문득 눈에 갇혀 있던 머나먼 도시 생각이 떠올랐다. 그때 그 도시에서 나는 로댕의 작품 전람회를 보고 있다가 커다란 청동의 손 앞에서 걸음을 멈추었다.「하느님의 손」이라는 작품이었다. 손은 반쯤 벌려져 있었는데 손바닥에는 서로 무아지경에서 껴안고 몸부림치는 남녀가 있었다.

한 여자가 다가와 내 옆에 섰다. 여자 역시 이 작품을 보았는데 마음의 평정을 깨뜨리는 남자와 여자의 영원한 포옹에 감동한 것 같았다. 날씬하고 차림새가 단정했다. 머리카락은 숱이 많았고 턱은 견고했고 입술은 가냘팠다. 성격이 단호하면서도 정열적일 듯한 여자였다. 나는 평소에 여자에게 먼저 말을 걸기 싫어했지만 무엇 때문에 그랬던지 내 쪽에서 먼저 물었다.

「어떤 생각이 드세요?」

「벗어날 수만 있다면!」 여자가 언짢은 듯이 중얼거렸다.

「벗어나면 어디로요? 가봐야 하느님의 손바닥 안인데. 빠져나갈 구멍은 없어요. 언짢으시군요?」

「아니에요. 사랑은 이 세상의 가장 강렬한 기쁨일 거예요. 아마 그럴 거예요. 하지만 저 청동 손을 보니까 그냥 벗어나고 싶군요.」

「자유가 더 좋다는 말씀이군요.」

「그래요.」

「하지만 저 청동 손에 복종할 때만이 우리가 자유로울 수 있는 거라면요? 〈하느님〉이란 단어에 대중이 부여한 그런 제멋대로의 의미가 담긴 게 아니라면요?」

여자는 불안스러운 듯 나를 바라보았다. 눈은 금속성 잿빛을 띠었고 입술은 건조하고 씁쓸해 보였다.

「무슨 말인지 모르겠어요.」 여자는 이렇게 말하고는 가버렸다.

여자는 사라졌다. 그 뒤로 나는 다시 그 여자를 생각해 본 적이 없었다. 그런데도 여자는 내 마음 깊은 속에서 살고 있었던 것일까? 오늘, 이 텅 빈 해변에, 여자는 내 존재의 심연에서 창백하고 슬픈 모습으로 다시 나타났다.

그랬다. 내 행실이 부끄러웠다. 조르바의 말이 옳았다. 청동 손은 멋진 구실이었다. 만남이 이루어졌고, 다정한 말이 오고 갔다. 우리는 서서히, 아주 서서히 하느님의 손안에서 아무 방해도 받지 않고 포옹하고 결합할 수 있었을지도 모른다. 그러나 나는 갑자기 땅에서 하늘로 돌진했고 여자는 놀라 달아나 버린 것이었다.

늙은 수탉이 오르탕스 여인숙 마당에서 울었다. 햇살이 조그만 창으로 들어왔다. 나도 침대에서 뛰어내렸다.

일꾼들은 곡괭이, 지레, 괭이를 들고 모여들기 시작했다. 나는 조르바가 그들에게 작업을 지시하는 소리를 들었다. 그는 어느 틈에 일터로 뛰어든 것이었다. 사람을 부릴 줄 아는 사람, 책무를 사랑하는 사람이라고 느껴졌다.

나는 부채꼴 채광창으로 머리를 내밀고 깡마른 몸에 어깨는 좁고 풍상에 찌든 듯한 서른 명 남짓한 일꾼들 사이에 광대처럼 우뚝 선 조르바를 보았다. 그는 위엄 있게 손을 내둘렀고 말은 간단명료했다. 그는 웅얼거리며 뭉그적대는 젊은 친구의 뒷덜미를 낚아챘다.

「뭐, 하고 싶은 말이라도 있어?」 조르바가 소리를 빽 질렀다. 「좋아! 있으면 어디 크게 말해 봐! 입 안에다 넣고 우물거리는 건 좋아하지 않는 성미야. 일할 정신 자세부터 갖춰야지. 안 그러면 술집으로 돌아가 버려!」

그때 오르탕스 부인이 부스스한 머리카락에 잔뜩 부은 얼굴을 하고 나타났다. 화장은 하지 않았지만 지저분한 가운에다 굽이 낮은 슬리퍼를 끌고 있어서 차림새는 그럭저럭 꼴이 된 셈이었다. 부인은 꼭 당나귀가 우는 것 같은, 늙은 가수 특유의 기침을 한차례 했다. 기침을 멈춘 부인은 자랑스러운 눈으로 조르바를 보았다. 눈이 게슴츠레해졌다. 조르바가 돌아보도록 기침을 또 했지만 돌아보지 않자 엉덩이를 실룩거리며 그의 옆을 가까이 지나쳤다. 넓은 소매가 조르바에게 닿을락 말락 했다. 그러나 조르바는 돌아보지도 않았다. 그는 인부에게서 보리 빵 한 덩어리와 올리브 한 움큼을 받고는 소리쳤다.

「자, 하느님의 이름으로 성호를 그어!」 그러고는 휘적휘적 걸었다. 인부를 똑바로 산 쪽으로 데려가는 것이었다.

탄광 이야기는 쓰지 않겠다. 하려면 인내가 필요한데 내겐 그런 인내가 없다. 바닷가에다 우리는 대나무와 고리버들, 그리고 드럼통으로 오두막을 하나 지었다. 조르바는 새벽에 일어나 곡괭이를 들고는 인부들보다 먼저 탄광으로 올라가 갱도를 팠다. 어쩌다 팠던 갱도를 버리고 다른 데서 갈탄 광맥을 발견하면 신바람이 나서 춤을 추곤 했다. 그러나 며칠 지나 광맥을 놓쳐 버리면 갱도 바닥에 벌렁 드러누워 손발을 흔들며 하늘에다 엿을 먹이는 것이었다.

그는 일에 열중했다. 나와도 더 이상 상의하지 않았다. 첫날 모든 결정과 책임은 내 손에서 그의 손으로 넘어가 버린 것이다. 그의 임무는 결정을 내리고 집행하는 것이었다. 내 임무는 굴착 인부들에게 임금을 지불하면 그만이었다. 그러고 보니 내겐 여간 다행스러운 일이 아니었다. 나는 그와 보낼 몇 달이 내 생애에서 가장 행복한 시간이 될 것임을 예감했다. 요모조모 따져 봐도 나는 아무래도 행복을 헐값으로 사는 기분이었다.

크레타 섬의 꽤 큰 마을에 사시던 내 외조부에겐 매일 저녁 등

불을 들고 거리를 다니면서 혹 갓 도착한 나그네가 없나 찾아보는 버릇이 있었다. 있으면 집으로 데려와 맛있는 음식과 술을 대접하고는 안락의자에 앉아 길쭉한 터키식 장죽에 불을 붙이고서 나그네 ― 이제 밥값을 할 때가 된 ― 에게 눈길을 돌려 지엄한 분부를 내리는 것이었다.

「말하소!」

「무슨 말을 하라는 겁니까, 무스토요르기 영감님?」

「자네 직업이 무엇이며, 자네 이름이 무엇이며, 어디에서 왔는지, 자네가 본 도시와 마을이 무엇 무엇인지 깡그리, 그렇지, 깡그리 이야기해 주게. 자. 말을 해보소.」

이렇게 되면 나그네는 있는 말 없는 말, 겪은 일 안 겪은 일을 되는대로 주섬주섬 주워섬겼고, 우리 외조부는 안락의자에 편히 앉아 장죽을 문 채 귀를 기울이며 이 나그네를 따라 여행길로 나서는 것이었다. 혹 나그네가 마음에 들라치면 이렇게 말씀하시곤 했다.

「자네, 내일도 우리 집에서 묵게. 가선 안 되네. 자네에겐 할 이야기가 더 있는 것 같으니까.」

할아버지는 마을을 떠나신 적이 없었다. 칸디아에도 카네아에도 가보신 적이 없었다. 그의 대답은 이러했다.「왜 그 먼 곳까지 가? 이곳을 지나가는 칸디아나 카네아 사람들 ― 그들에게 평강이 있을진저 ― 이 있어서 칸디아와 카네아가 내게 오는 셈인데, 내 뭣 하러 거기까지 가?」

크레타 해안에서 나는 외조부의 그런 기벽(奇癖)을 완성하고 있는 셈이다. 나 역시 등불을 들고 나가 나그네 하나를 발견한 셈이다. 떠나지 못하게 할 참이다. 저녁 한 끼 대접하는 것보다는 훨씬 돈이 드는 나그네지만 이 나그네는 그럴 가치가 있다. 밤마다 나는 일을 끝내고 오는 그를 기다려 내 맞은편에 앉히고는 저녁을 먹는다. 그가 밥값을 해야 할 때가 오면 나는 이렇게 소리친다. 「이야기하세요.」 나는 파이프 담배를 피우며 듣는다. 내 나그네는 이 세상 구석구석, 인간의 영혼 구석구석을 누빈 사람이다. 나는 듣는 데 싫증을 느끼는 법이 없다.

「이야기하세요, 조르바. 뭐든 이야기해요!」

그가 이야기를 시작하면 마케도니아 전체가, 산이, 숲이, 냇물이, 코미타지 게릴라가, 부지런한 여자들과 건강한 사내들이 그와 나 사이의 좁은 공간 가득히 펼쳐지는 것이다. 스물한 개의 수도원과 더불어 아토스 산이 나타나고, 무기 창고가 나타나고, 엉덩이가 펑퍼짐한 그 지방 게으름뱅이도 나타난다. 조르바는 고개를 설레설레 흔들며 수도승 이야기를 끝내고는 큰 웃음을 터뜨리며 이렇게 말하곤 했다. 「두목, 노새 뒷다리와 수도승 앞다리를 조심하시오!」

매일 밤 조르바는 나를 그리스, 불가리아, 콘스탄티노플 구석구석으로 데려다준다. 나는 눈을 감고 본다. 그는 난장판이 된 발칸 반도를 돌아다니며 늘 경이로 반짝이는 작고 매서운 눈으로 모든 것을 샅샅이 보고 온 사람이었다. 우리가 예사로 보아 넘기는 일, 무심코 지나치는 일들도 조르바 앞에서는 갑자기 무서운 수수께끼로 떠오른다. 지나가는 여자를 봐도 그는 말을 멈추고 큰일이나 난 듯이 말한다.

「대체 저 신비의 정체는 무엇일까요?」 그는 묻고 또 묻는다. 「여자란 무엇인가요? 왜 이렇게 고개를 갸웃거리게 하지요? 말해 보시오, 나는 저 여자란 것의 의미가 무엇인지 묻고 있는 거요.」

그는 남자나, 꽃핀 나무, 냉수 한 컵을 보고도 똑같이 놀라며 의문을 갖는다. 조르바는 모든 사물을 매일 처음 보는 듯이 대하는 것이다.

전날 우리 둘은 오두막 앞에 앉아 있었다. 포도주 한 잔이 돌았을 때 그가 놀란 듯이 나를 돌아다보았다.

「두목, 이 빨간 물이 대체 뭐요? 말해 봐요. 늙은 그루터기에서 가지들이 뻗어요. 거기 처음에 달리는 것은 시큼털털한 구슬 뭉치일 뿐이에요. 시간이 지나고 태양이 이것을 익히면 마침내 꿀처럼 달콤한 물건이 되지요. 이게 포도라고 하는 겁니다. 이 포도를 짓이겨, 우리가 술고래 성 요한의 날[11] 열어 보면, 아! 포도주가 되어 있지 뭡니까. 이런 기적 같은 일이 또 어디 있겠어요! 빨간 물을 마시면, 오, 보라, 간덩이가 몸이 주체할 수 없을 만큼 커지고, 하느님께 시비를 겁니다. 두목, 말해 봐요. 대체 어째서 이런 일이 일어나는 거지요?」

나는 대답하지 않았다. 나는 조르바의 말을 들으면서, 세상이 다시 태초의 신선한 활기를 되찾고 있는 기분을 느꼈다. 지겨운 일상사가 우리가 하느님의 손길을 떠나던 최초의 모습을 되찾는 것이었다. 물, 여자, 별, 빵이 신비스러운 원시의 모습으로 되돌아가고 태초의 회오리바람이 다시 한 번 대기를 휘젓는 것이었다.

이 때문에 나는 매일 밤 조약돌 위에 누워 조르바를 애타게 기다렸다. 나는 대지의 장부(臟腑)에서 불쑥 튀어나와 느슨한 몸으로 성큼성큼 걸어오는 그를 발견하곤 했다. 나는 그의 모습, 고개를 세우거나 떨어뜨리는 것, 팔을 움직이는 모양으로 그날 일의 성과를 알아낼 수 있었다.

처음에 나도 그와 함께 갔다. 나는 인부들을 감독했다. 나는

11 핼러윈에 비견되는 그리스의 여름 축제 클리도나스를 일컫는 것으로 6월 24일에 열린다.

다른 양식의 인생을 살아 보려고 노력했고 실제적인 일에 관여하고 내 수중으로 떨어진 인적(人的) 자원을 사랑하고 이해하려고 애썼으며, 언어가 아닌 살아 있는 인간들과 더불어 오래 그리던 기쁨을 맛보려 했다. 나는 낭만적인 구상을 하기도 했다. 갈탄광이 성공했을 때 얘기지만, 일종의 공동체를 만드는 것이다. 거기에서는 모든 것을 서로 나누어 갖고 같은 옷을 입고 같은 음식을 먹으며 한 형제처럼 지낸다. 나는 마음속으로 새로운 교단을 만들고 있었다. 새로운 삶의 누룩이 될……

그러나 나는 아직 그 계획을 조르바에게 털어놓기 전이었다. 조르바는 내가 인부들 사이로 들락거리며 이것저것 묻고, 또 무슨일이 있으면 끼어들어 항상 인부들 편을 드는 데 골이 나 있었다.

조르바는 입술을 비죽 내밀고 이렇게 말했다.

「두목, 밖에 나가 산책이나 하시지그래요. 날씨가 아주 좋습디다!」

처음에는 나도 버티며 가지 않으려 했다. 나는 질문도 하고 잡답도 하며 모든 인부의 신상을 파악했다. 벌어먹여야 할 식구가 몇인지, 시집보낼 누이가 있는지, 부양해야 할 친척이 있는지, 걱정거리나 질병, 우환이 있는지.

조르바는 역정을 내곤 했다. 「두목, 인부들 신상을 자꾸 캐묻지 말아요. 곱상하게 굴다가 오히려 발목을 잡혀요. 두목이 그렇게 오냐오냐하면 인부들 자신이나 우리 일에 좋을 게 없어요. 무슨 짓을 해도 당신은 사정을 봐주려 들 거예요. 그렇게 되면, 우리 신세가 딱하게 되는 게, 인부들이 일을 제멋대로 하다 결국은 망쳐 버려요. 인부들 신세도 딱해지는 거고. 그걸 깨달으셔야지. 두목이 세게 나오면 인부들도 두목을 존경하고 일을 합니다. 두목이 물렁하게 나오면 인부들은 일을 몽땅 두목에게 밀어 버리고 나 몰라라 한단 말입니다, 아시겠어요?」

어느 날 일을 끝내고 온 조르바는 곡괭이를 오두막에다 집어 던지며 견딜 수 없다는 듯이 소리를 질렀다.

「이봐요, 두목, 제발 좀 끼어들지 마시오. 내가 아무리 애써 놓아도 당신이 몽땅 무너뜨리고 말아요. 오늘 인부들에게 한 이야기, 그게 뭐요? 사회주의라고? 개코 같은 소리! 당신은 목자요, 자본주요? 결단을 내리쇼!」

그러나, 어떻게 결단을 내린단 말인가? 나는 이 양자를 결합하는 희망, 양극이 화합할 길을 모색하여 지상의 생활과 하늘의 왕국을 동시에 얻는 욕망에 사로잡혀 있었다. 이런 생각은 오래전, 어린 시절부터 가꾸어 온 것이었다. 학교에 다닐 때 나는 가까운 친구들을 모아 〈친우회〉[12] — 우리는 그렇게 불렀다 — 라는 비밀 단체를 만든 적이 있었다. 내 침실에 모여 문을 걸어 잠근 우리들은 목숨을 걸고 불의와 싸우겠노라고 맹세했다. 손을 가슴에다 얹고 선서할 때는 눈물까지 흘렸던 것이다.

유치한 이상이여! 그러나 그런 이상을 비웃는 자에게 화 있을진저! 친우회 회원들이 뒤에 돌팔이 의사, 삼류 변호사, 저질 식료품 업자, 표리부동한 정치가, 베껴 먹는 저널리스트가 되는 걸 보면 내 가슴은 미어지는 듯하다. 이 세상이라는 환경은 냉혹하고 척박한 모양이다. 귀한 씨앗이 싹을 틔우지 못하거나, 자라다 말거나, 쐐기풀에 치여 맥을 쓰지 못한다. 나 자신은 어떤가? 나는 깨닫고 있거니와 이성에 질식당하지 않았다. 하느님을 찬양할진저! 나는 아직도 돈키호테의 편력을 떠날 준비가 되어 있다고 느낀다.

12 오스만 제국으로부터 그리스를 해방하기 위해 1814년 결성한 비밀 조직 〈친우회〉를 본따서 지은 이름. 1821년 그리스 독립 전쟁을 주도했다.

일요일이 되자 우리는 결혼할 나이의 젊은이들처럼 세심하게 몸을 단장했다. 면도하고, 깨끗한 셔츠로 갈아입고, 오후 늦게 오르탕스 부인을 만나러 갔다. 일요일마다 부인은 우리를 먹이려고 닭을 잡았다. 우리 셋은 다 함께 앉아 먹고 마셨다. 조르바의 긴 팔은 이 친절한 여자의 젖가슴을 더듬어 제 것으로 만들어버리곤 했다. 밤이 되어 우리 해변의 생활 터전으로 돌아올 때면, 인생이란 단순하고 선의로 가득한 것, 늙었지만 무척 유쾌하고 너그러운 듯 보였다. 마치 오르탕스 부인처럼 말이다.

　그런 어느 일요일, 진탕 먹고 마시고 해변 오두막으로 돌아오면서 나는 조르바에게 내 계획을 털어놓기로 마음먹었다. 내가 말을 꺼내자 그는 놀라는 것 같았지만 끈기 있게 내 이야기를 들어 주었다. 그러나 이따금씩 화를 내며 그 큰 머리통을 내저었다. 내 말 첫마디가 그의 술을 확 깨게 한 모양이었던가. 이야기를 끝내자 그는 신경질적으로 수염 두세 가닥을 뽑았다.

　「두목, 이렇게 말한다고 너무 섭섭하게 생각지만 마쇼. 당신 대가리는 아무리 봐도 아직 여문 것 같지 않소. 올해 몇이시오?」

　「서른다섯이오.」

　「그럼 앞으로도 여물긴 텄군.」

　그러고는 웃음을 터뜨렸다. 나는 이 일격에 얼떨떨했다.

　「조르바, 당신은 사람을 너무 믿지 않는 것 같은데요?」 내가 반격했다.

　「두목, 화내지 마쇼. 나는 아무것도 믿지 않소. 내가 사람을 믿는다면, 하느님도 믿고 악마도 믿을 거요. 그럼 온통 그것밖에 없어요. 두목, 그렇게 되면 모든 게 뒤죽박죽이 되고 골치 아픈 문제가 무더기로 나한테 닥쳐요.」

　그는 말하다 말고 베레모를 벗고 머리를 긁어 대다가 다 뜯어

낼 듯이 수염을 잡아당겼다. 뭔가 할 말이 있는데도 자제하는 눈치였다. 그는 눈 한 귀퉁이로 나를 흘끔 보았다. 그렇게 한 번 더 흘끔 보더니 작정했는지 내뱉듯이 말했다.

「두목, 인간이란 짐승이에요.」 단장으로 자갈을 후려치며 그가 말을 이었다. 「짐승이라도 엄청난 짐승이에요. 두목같이 고매하신 양반은 이걸 모르시겠지. 짐승한테는 모든 게 너무 쉬워요. 거리낄 게 없으니까요. 아니라고요? 짐승이라니까요! 짐승은 사납게 대하면, 당신을 존경하고 두려워해요. 친절하게 대하면 눈이라도 뽑아 갈 거요. 두목, 거리를 둬요! 놈들 간덩이를 키우지 말아요. 우리는 평등하다, 우리에겐 똑같은 권리가 있다, 이따위 소리는 하면 안 돼요. 그러면 당신에게 달려들어 당신 권리까지 빼앗을 거예요. 당신 빵을 훔치고 굶어 죽게 내버려 둘 거요. 정말이지 두목을 위해서 충고하건대, 거리를 둬요!」

「아니, 당신은 아무것도 믿지 않아요?」 나는 격분해서 소리쳤다.

「안 믿지요. 아무것도 안 믿어요. 몇 번이나 얘기해야 알아듣겠소? 나는 아무도, 아무것도 믿지 않아요. 오직 조르바만 믿지. 조르바가 딴것들보다 나아서가 아니오. 나을 거라고는 눈곱만큼도 없어요. 조르바 역시 딴 놈들과 마찬가지로 짐승이오! 그러나 내가 조르바를 믿는 건, 그놈이 유일하게 내가 아는 놈이고, 유일하게 내 수중에 있는 놈이기 때문이오. 나머지는 모조리 허깨비들이오. 나는 이 눈으로 보고 이 귀로 듣고 이 내장으로 삭여 내요. 나머지야 몽땅 허깨비지. 내가 죽으면 만사가 죽는 거요. 조르바가 죽으면 세계 전부가 나락으로 떨어질 게요.」

「저런 이기주의!」 내가 빈정거리는 투로 말했다.

「어쩔 수 없어요, 두목, 사실이 그러니까. 내가 콩을 먹으면 콩을 말해요. 내가 조르바니까 조르바같이 말하는 거요.」

나는 아무 말도 하지 않았다. 조르바의 말이 채찍이 되어 날아들었다. 그토록 강한 그가, 인간을 그토록 경멸하면서도 동시에 그들과 함께 살고 일하고 싶어 하는 그가 경탄스러웠다. 나라면 고행자가 되었거나, 아니면 인간을 견뎌 내기 위해 그들을 가짜 깃털로 꾸며 놓아야 했을 것이다.

조르바가 나를 돌아다보았다. 별빛으로도 나는 그가 입이 귀에 걸리게 웃고 있음을 알 수 있었다.

「내가 좀 심했나요, 두목?」 그가 갑자기 걸음을 멈추면서 물었다. 오두막에 도착한 것이었다. 조르바는 따뜻하고 근심 어린 시선으로 나를 바라보았다.

나는 대답하지 않았다. 내 머리는 조르바에게 동의하고 있었지만 내 가슴은 거부했다. 짐승 속에서 뛰쳐나와 제 갈 길로 가려 했다.

「오늘 밤은 졸리지 않는데요, 조르바. 먼저 주무셔야겠네요.」 내가 말했다.

별이 빛났고 바다는 한숨을 쉬며 조개를 핥았고 반딧불은 아랫배에다 에로틱한 꼬마 등불을 켜고 있었다. 밤의 머리카락은 이슬로 축축했다.

나는 해변에 엎드려 아무 생각도 하지 않고 침묵했다. 오래지 않아 나는 밤과 바다와 하나가 되었다. 내 마음은 꼬마 등불을 켜고 축축하고 어두운 대지에 숨어 기다리는 반딧불 같았다.

별은 하늘 위를 둥글게 운행하고 시간은 흘러가고 있었다. 어떻게 된 영문인지 모르지만, 몸을 일으켰을 때의 내 마음엔 이 바닷가에서 이루어야 할 두 가지 과업이 새겨져 있었다.

붓다에서 벗어나고, 나의 모든 형이상학적인 근심을 언어로써 털어내 버리고, 헛된 번뇌에서 내 마음을 해방시킬 것.

지금 이 순간부터 인간과 직접적이고도 확실한 접촉을 가질 것. 나는 속으로 중얼거렸다. 「아직 그렇게 늦은 건 아닐 거야.」

# 5

「마을 원로 아나그노스티 영감님께서 선생님께 문안을 여쭈라고 하시면서 부디 댁으로 오셔서 식사라도 함께했으면 어떻겠느냐고 하십디다. 마침 불까는 사람이 돼지 불알을 까러 오늘 마을로 들어옵니다. 좋은 기회죠. 그 〈부분〉은 맛이 기가 막힙니다. 사모님이신 키리아 마룰리아 할머니께서 그 부분만 모아다 선생님을 위해 특별 요리를 만드신답니다. 마침 오늘이 두 분의 손자인 미나스의 생일이어서, 이 애한테 덕담을 들려주시면 더욱 좋고요.」

크레타 농가를 방문하는 건 참으로 기쁜 일이다. 눈에 띄는 게 모두 신기하다. 벽난로, 등잔, 벽에 나란히 놓인 오지 항아리들, 몇 개 안 되는 의자, 식탁, 들어가면 안쪽으로 벽에다 뚫은 구멍에다 넣어 놓은 냉수 주전자가 그러하다. 대들보에는 모과, 석류, 그리고 샐비어, 박하, 고추, 로즈메리, 세이보리 열매의 두름이 걸려 있다.

방 한쪽 끝에 서너 단짜리 나무 계단이 있어 약간 돋운 바닥으로 이어지고, 거기에 평상이 하나 있고, 그 위에는 등과 함께 성상(聖像)이 놓여 있다. 집은 일견 텅 빈 것 같지만 이 안에 필요한 건 다 있는 걸 보면 사람이 사는 데 필요한 것은 별로 많지 않나 보다.

때마침 가을 해까지 따사롭게 비치는, 아주 좋은 날씨였다. 우리는 집 앞, 조그만 뜰에 앉았다. 위로는 열매를 잔뜩 맺은 올리브 나무가 있었다. 은빛 잎새 사이로 멀리 평화롭게 잠든 바다가 보였다. 희끗한 구름이 쉴 새 없이 태양 앞을 지나쳐 그럴 때마다 대지는 숨이라도 쉬는 듯이 슬퍼 보이다, 기뻐 보이다 했다.

좁은 뜰 저쪽 구석에서는 불알이 거세된 돼지가 고통을 참지 못해 고래고래 소리를 지르는 바람에 귀가 먹먹했다. 벽난로 불에다 키리아 마룰리아 할머니가 요리하는 냄새는 우리 콧구멍을 자극했다.

우리의 대화의 주제는 어디 가나 변함없는 중요 관심사인 옥수수 농사, 포도 농사, 그리고 비 이야기였다. 아나그노스티 영감의 귀가 살짝 멀어 우리는 소리를 질러야 했다. 그는 자칭 〈자존심이 강한 귀〉를 가진 사람이었다. 그 늙은 크레타인은 아늑한 계곡의 나무처럼 평탄하고 안온한 인생을 살아왔다. 태어나고, 자라고, 결혼했다. 아이들을 낳았고 살 만큼 살아 손자도 보았다. 몇은 죽었으나 나머지는 살아 주었다. 그러니 대 끊어질 염려는 없는 셈이었다.

크레타 노인은 터키 통치 아래 있던 옛날을 회상하며, 자기 아버지로부터 들은, 아낙네들이 하느님을 두려워하고 신심을 가졌기 때문에 일어났던 기적을 이야기해 주었다.

「여기들 보시오. 여러분에게 얘기하는 이 늙은 아나그노스티를 주목해 주시오! 내가 태어난 것만 해도 기적이었소. 암, 내 영혼을 걸고 말하지만, 기적이었고말고……. 그때 일을 들으면 놀라 자빠질 게요. 놀란 나머지 〈하느님이 자비를 베푸셨도다〉, 이러고는 성모 마리아 수도원으로 달려가 성모님을 위해 초 한 자루를 켜게 될 게요.」

그는 성호를 긋고 나서 부드러운 목소리, 잔잔한 어조로 이야기를 시작했다.

「그 당시 우리 마을에 돈 많은 터키 여자가 하나 살았어요. 그 여자 영혼에 저주가 내리기를! 이 잡것이 아이를 배었는데, 어느 맑은 날 드디어 낳을 때가 되었지요. 사람들은 여자를 침상에다 눕혔고, 이 잡것은 거기에서 사흘 밤 사흘 낮을 내리 암소처럼 소리를 질렀지요. 하지만 그래 봐야 애가 나와야 말이지. 그래서 이 잡것의 친구 하나가(그 영혼에도 저주가 내리기를) 충고를 했다더군. 〈차퍼 하눔, 아무래도 《메리엠》에게 도움을 청해야겠어!〉 터키 잡것들은 성모 마리아 님을 〈메리엠〉이라고 부른답니다. 무소불능하신 우리 성모님을! 차퍼란 년이 소리를 질렀지요. 〈뭣 하게? 뭣 하러 그 여자를 불러. 그 여자 이름 부르느니 차라리 죽고 말겠어!〉 그러니 진통은 시간이 갈수록 더할밖에……. 또 하루가 지나고 밤이 지났지요. 차퍼 하눔은 죽어라고 소리를 질렀지만 애는 나오지 않았지요. 어떻게 되었겠어요? 이 잡것은 고통을 더 이상 참을 수 없었지요. 그래서 할 수 없이 소리를 지르기 시작했대요. 〈메리엠! 메리엠!〉 그래 봐야 무슨 소용 있나. 고통은 그치지 않았고 아이는 나올 생각도 않아. 그래서 친구가 말했지요. 〈그 여자는 터키 말을 모르는 모양이다.〉 그래서 이 잡것은 또 소리를 질렀다는군. 〈루미스의 처녀[13]여! 루미스의 처녀여!〉 망할 년, 루미스가 뭐야! 고통은 점점 더했지. 〈제대로 불러야지. 제대로 안 부르니까 안 오는 거 아니니.〉 친구가 소리쳤대

13 로마어에서 차용한 이슬람교 용어로 기독교인, 혹은 이교도란 뜻.

요. 그래서 이 이교도 잡년은 큰일 났구나 하고 허파가 터져라고 냅다 소리를 질렀겠다. 〈성모님!〉 아 그랬더니, 말이 떨어지기가 무섭게 애가 자궁에서 쑥 빠져나오는데, 뱀장어가 뻘 속을 빠져나오는 형국이라.

이게 주일에 있었던 일인데, 그다음 주일에 우리 어머니가 진통을 시작하셨대요. 우리 어머니 역시 고생깨나 하셨지요. 고통이 심해지자 불쌍하신 어머니는 소리를 지르셨대요. 〈성모님! 아이고 성모님!〉 하고. 그래도 애는 안 나오더래요. 우리 아버지는 마당 한가운데 땅바닥에 앉아 계셨다고 합니다. 어머니의 고통을 보다 못해 이 양반은 잡수시지도 마시지도 못하셨대요. 이 양반은 성모님이 영 못마땅했어요. 지난번 차퍼라는 잡년이 불렀을 때는 목이 부러져라 하고 달려와 애를 뽑아 주더니, 아 이번에는 기독교인이 고통을 당하고 있는데도……. 나흘째가 되자 우리 아버지는 더 이상 도저히 못 참게 된 거지요. 이 양반은 서슴없이 쇠스랑을 집어 들고는 〈순교한 동정녀〉 수도원으로 달려갔어요. (성모님, 저희를 구원하소서!) 거기 당도하자 몹시 화가 났던 참이라 성호도 긋지 않고 들어가 문을 쾅 닫고는 바로 성상 앞으로 달려갔대요. 그러고는 냅다 소리를 질렀다나요. 〈이것 봐요, 성모님. 내 아내 크리니오 있죠. 알죠? 모를 리가 없으시겠지. 주일마다 기름을 가져다 당신의 등잔에다 불을 밝히니까……. 내 아내가 사흘 밤 사흘 낮 동안 당신을 불러 왔어요. 들리지 않소? 들리지 않는다면 귀머거리인 게지! 내 아내가 터키의 잡년, 차퍼 같은 갈보였다면 목이 부러져라 하고 달려와 주었겠죠? 하지만 내 아내 크리니오는 겨우 기독교인일 뿐이니까 당신은 귀머거리가 되어서는 내 아내 소리는 못 듣는 거 아니오! 이봐요. 당신이 성모님이 아니었더라면 이 쇠스랑으로 버릇을 단단히 가르쳐 줬

을 거요!〉

그러고는 더 이상 소동을 부리지도, 성상에 절도 하지 않은 채 돌아서서 나오려고 했대요. 그런데 바로 그때(전지전능하시도다, 우리 주님!) 성상에서 부서지는 듯한 소리가 나더랍니다! 모르신다면 내가 일러주리다만, 성상은 기적을 일으킬 때마다 그런 소리를 낸대요. 우리 아버지는, 아차, 싶었답니다. 그래서 이 양반 잽싸게 돌아서서 덜퍼덕 무릎을 꿇고 성호를 그었대요. 그러고는 소리쳤답니다. 〈아이고, 성모님, 죽을죄를 지었습니다. 하지 말아야 할 욕을 너무 했습니다. 못 들으신 척해 주십시오!〉

마을로 돌아오자마자 이 양반은 좋은 소식을 들었답니다.

〈코스탄디, 아이가 만수무강하기를. 자네 마누라가 아들을 낳았다네!〉 그렇게 태어난 아이가 바로 나, 여기 있는 아나그노스티 영감이외다. 하지만, 나는 태어나면서부터 청력이 약했어요. 우리 아버지가 성모님을 귀머거리라고 소리쳐 독신죄(瀆神罪)를 범했거든…….

성모님은 이러셨을 겁니다. 〈아, 그러셔? 두고 봐라. 네 새끼를 귀머거리로 만들어 신성을 모독한 버릇을 고쳐 주고 말 테니!〉」

아나그노스티 영감은 또 성호를 긋고는 말을 이었다.

「하지만 그만하기 다행이지. 하느님을 찬양하리로다! 성모님은 날 장님이나 바보나, 아니면 꼽추나, 아니면, 아이고(전능하신 하느님 저희들을 굽어살피소서!) 여자로 만들어 버리셨을 수도 있지. 그러니 이건 아무것도 아니야. 다만 그분의 은총 앞에 머리 숙일 뿐이야!」

그는 잔을 채우고는 그 잔을 쳐들었다.

「성모님께서 오래오래 저희들을 도와주소서!」

「아나그노스티 영감님의 만수무강을 위해! 백수하셔서 고손

자까지 보시기를!」

영감은 포도주를 단숨에 털어 넣고 수염을 닦았다. 그러고는 나지막한 소리로 말했다.

「아니라네. 그건 욕심이에요. 나는 이미 손자를 보았어. 그걸로 족해. 욕심은 부리지 않아야 해요. 갈 때가 되었어. 나는 늙었고 아랫배는 껍데기만 남아서, 물론 마음이야 굴뚝 같지만, 이젠 씨앗을 뿌려 새끼를 거둘 수가 없어. 그러니 더 살아 무얼 하겠나?」

그는 잔을 다시 채우고는 허리춤에서 월계수 잎에 싼 호두와 말린 무화과를 꺼내어 우리에게 나누어 주었다. 그러고는 혼잣말하듯이 중얼거렸다.

「내 가진 것 모두 애들에게 나누어 주었어요. 우리는 가난뱅이, 그렇지, 가난뱅이가 된 거예요. 그렇지만 불평은 안 해. 필요한 건 하느님께서 다 가지고 계시니까!」

「암요, 필요한 건 하느님이 다 가지고 계시겠지요.」 조르바가 영감의 귀에다 입술을 대고 소리를 질렀다. 「하느님이 가지고 계시지, 우리가 가지고 있는 건 아니잖아요. 그 늙은 자린고비가 글쎄, 우리에겐 아무것도 주지 않았다고요!」

그러자 촌영감은 눈 사이를 찌푸리고는 조르바를 호되게 꾸짖었다.

「에끼! 이 양반! 하느님을 탓하지 마소! 그 불쌍한 늙은이가 우리만 믿고 있는 걸 아시면서 그러네!」

그때 아나그노스티 할머니가 조용히 그 소문난 진미 요리 접시와 포도주를 가득 채운 큼직한 병을 들고 들어왔다. 할머니는 식탁 위에 그걸 놓고는 손을 모으고 선 채 눈을 내리깔았다.

나는 그런 〈오르되브르〉를 먹어야 한다는 데 구역질이 났으나 거절할 용기도 없었다. 조르바는 눈동자를 눈 가장자리에다 모으고 나를 흘겨보며 내 꼴을 즐기고 있다가 못이라도 박는 듯한 단호한 어조로 속삭였다.

「젊은 두목, 이건 두목 팔자에 맛볼 수 있는 최상의 요리라고요. 그러니까 메스꺼워 죽겠다는 얼굴은 하지 마시라고요.」

아나그노스티 영감이 피식 웃었다.

「맞아요. 최상의 요리고말고. 어디 들어 보면 아실 거요. 입 안에서 사르르 녹는다니까! 게오르기오스 왕자께서, 저 산 위에 있는 수도원을 찾으셨을 때 ─ 그분에게 복된 시간을! ─ 수도사들이 저하의 수라상을 차렸답니다. 이들은 다른 사람에겐 고기를 대접하고, 왕자께만은 죽 한 접시만 올렸지요. 왕자는 숟가락으로 국을 휘휘 젓기 시작했대요. 그러면서 묻더래요. 〈이게 무엇인가요, 콩죽인가요? 흰 강낭콩죽인가요?〉 늙은 수도원장 왈. 〈드십시오, 저하, 드신 다음에 말씀드리겠습니다.〉 왕자는 한 술, 두 술, 세 술, 이윽고 접시를 비우고는 입술을 핥더랍니다. 왕자 왈. 〈이 맛있는 요리는 무엇인가요? 기가 막힌 콩죽이네요! 흡사 뇌수(腦髓)를 끓인 것 같잖아요?〉 수도원장, 웃으면서 대답하여 가로되, 〈콩죽이 아닙니다, 저하, 콩이 아닙니다. 마을 수탉을 모조리 거세한 것입니다!〉 요컨대 왕자에게나 어울리는 요리다, 이 말이오.」

그는 한차례 껄껄 웃고는 포크로 요리를 찍어 들고 내게 명령했다.

「자, 입을 벌리시오.」 내가 입을 벌리자 그가 고기를 내 입에다 찔러 넣었다.

그가 다시 잔을 채웠다. 우리는 영감 손자의 건강을 위해 건배했다. 아나그노스티 영감의 눈길이 빛났다.

「아나그노스티 어르신, 손자가 장차 무엇이 되었으면 하십니까? 말씀해 보십시오. 그래야 우리가 복을 빌지요.」내가 물었다.

「글쎄, 무엇이 되면 좋을까요. 그렇지, 올바른 길을 가고, 훌륭하게 자라 가장이 되고, 역시 결혼해서 아들과 손자를 보는 것이지요. 그 애 아들이 내 나이에 이르렀을 때 마을 사람들이 이러게. 〈꼭 아나그노스티 영감 같지 않나…… 하느님께서 영감의 영혼을 축복하시기를…… 참 좋은 영감이었지!〉이러면 좋지 않겠어요?

그런데 마룰리아! 마룰리아, 포도주 더 채워다 줘!」그는 아내 쪽은 보지도 않고 소리를 질렀다.

바로 그때, 공터로 통하는 문이 돼지의 일격에 활짝 열렸다. 돼지는 꽥꽥거리면서 뜰로 뛰어나왔다.

「얼마나 아플꼬, 불쌍한 것.」조르바가 불쌍하다는 듯이 말했다.

「물론 아프겠지.」가는귀먹은 노인이 어찌 알아들었던지 웃으며 조르바에게 말했다. 「당신 그걸 깠다고 생각해 보소. 얼마나 아프겠는가?」

조르바가 액막이를 하려고 자기가 앉은 나무 의자를 더듬었다.

「당신 혀뿌리나 확 뽑히라고 그래, 빌어먹을 놈의 귀머거리 영감쟁이!」조르바가 질색하면서 중얼거렸다.

돼지가 우리 앞까지 뛰어나와 잔뜩 부어 우리를 노려보았다.

「이 물건이 우리가 그걸 먹고 있는 것까지 알고 있는 모양이야.」마신 포도주로 기분이 오를 대로 오른 아나그노스티 영감의 말이었다.

그러나 우리는 식인종처럼 조용히, 그리고 만족스럽게 그 진미를 먹고 붉은 포도주를 마시면서, 석양에 분홍빛으로 변한 바다를 은빛 올리브 가지 사이로 바라보았다.

어두워질 무렵 우리는 노인의 집을 나섰다. 조르바도 술기로 거나해져 말이 하고 싶은 모양이었다.

「두목, 그저께 우리 무슨 이야기를 했지요? 당신은 사람들의 눈을 뜨게 해주고 싶다고 했지요? 맞아요, 그 얘기를 했지요. 그러니까 아나그노스티 영감을 위해, 그 영감 눈이나 뜨게 하지 그러시오? 그 영감 마누라가 영감 앞에서 하는 짓 봤지요? 구걸하는 개처럼 얌전하게 명령을 기다리고 서 있는 꼴? 가서 가르쳐 주시지 그러시오. 여자도 남자와 동등하다, 불알 까인 돼지가 소리를 지르며 길길이 뛰고 있는 앞에서 불알을 술안주 삼는 건 잔인하다, 하느님은 모든 것을 다 가지고 있는데 굶어 죽으면서 하느님께 감사하는 건 미친 짓이다, 이렇게 말이오. 당신의 그 엉터리 설교를 들어서 저 불쌍한 악마 아나그노스티에게 득 될 게 뭐 있겠어요? 그 영감한테 골칫거리만 안길 뿐이에요. 아나그노스티 할마시는 어떻고요? 괜히 기름 더미를 불에다 던지는 격이지요. 부부 싸움이 벌어지고, 암탉은 외람되이 수탉 노릇 하려 들 거고, 한바탕 붙어 깃털깨나 날리겠지요! 두목, 사람들 좀 그대로 놔둬요. 그 사람들 눈뜨게 해주려고 하지 말아요! 그래, 눈을 띄워 놓았다고 칩시다. 뭘 보겠어요? 자기들 비참한 처지밖에 더 봐요? 두목, 눈 감은 놈은 감은 대로 놔둬요! 꿈꾸게 내버려 두란 말이에요!」

그는 말하다 말고 머리를 긁었다. 생각이 안 풀리는 모양이었다.

「만일에…… 만일에 말이지요…….」

「만일이라니, 뭐요? 들어 봅시다!」

「만의 하나, 그 사람들이 눈을 떴을 때, 당신이 지금의 암흑 세계보다 더 나은 세계를 보여 줄 수 있다면 또 모르겠소……. 보여 줄 수 있어요?」

나는 알지 못했다. 나는 타파해야 할 것이 무엇인가는 잘 알고 있었다. 그러나 그 폐허에 무엇을 세워야 하는지, 그것을 나는 알지 못했다. 나는 생각했다. 어렴풋하게나마 그것을 알 수 있는 사람은 아무도 없다. 우리의 낡은 세계는 구체적이고 견고하다. 우리는 그 세계를 살며 순간순간 그 세계와 싸운다. 실재하는 세계다. 미래의 세계는 아직 태어나지 않았다. 그것은 환상적이고 유동적이며 꿈을 빚는 재료인 빛으로 만들어진 것이다. 그것은 광풍 — 사랑, 증오, 상상력, 행운, 하느님 — 에 휩쓸린 한 조각 구름이다. 지상의 가장 위대한 선지자는 사람들에게 한마디 표어를 줄 수 있을 뿐이다. 그 표어가 막연할수록 선지자는 더 위대한 것이다.

조르바가 비웃음을 머금은 얼굴로 나를 바라보고 있어서 골이 났다.

「있어요. 나는 지금보다 나은 세계를 줄 수 있어요.」 내가 대답했다.

「있어요? 어디 좀 들어 봅시다!」

「설명할 수 없어요. 설명해 봐야, 조르바, 당신은 이해할 수 없을 겁니다.」

「보여 줄 게 없으니까 그러는 거지! 젊은 두목, 날 돌대가리로 보지 마쇼. 어디서 내가 얼뜨기라는 소리를 들었다면 그 소릴 한 놈들이 틀린 거요. 나도 아나그노스티 영감보다 더 배운 건 없지만 어떻게 해도 그 영감만큼 멍청할 수는 없어요. 그래, 내가 이해하지 못할 수준이라면, 그 멍청이와 돌대가리 여편네는 어떨 것 같소? 이 세상의 수많은 아나그노스티는 또 어떻고? 당신이 그들에게 보여 줄 게 기껏해야 더 많은 어둠밖에 더 있어요? 그 사람들, 지금까지 꽤 잘들 살아왔어요. 새끼 낳고, 손자도 보고.

94

하느님이 그자들을 귀머거리나 장님으로 만들어도 〈하느님을 찬양하리로다!〉 어쩌고 합니다. 그자들은 그 비참한 상태가 편한 거예요. 그대로 놔두고 아무 소리 하지 말아요.」

나는 입을 다물었다. 과부네 뜰을 지나고 있었다. 조르바는 잠깐 걸음을 멈추고 한숨을 쉴 뿐, 말을 하지 않았다. 소낙비가 한차례 내린 것이 분명했다. 공기에서 싱싱한 흙냄새가 났다. 초저녁 별이 나타났다. 초승달이 빛나고 있었다. 달은 초록빛이 감도는 노란색의 부드러운 차양 같았다. 하늘 가득히 따사로움이 흘렀다.

이런 생각이 들었다. 조르바는 학교 문 앞에도 가보지 못했고 그 머리는 지식의 세례를 받은 일이 없다. 하지만 그는 만고풍상을 다 겪은 사람이다. 그래서 그 마음은 열려 있고 가슴은 원시적인 배짱을 고스란히 품은 채 잔뜩 부풀어 있다. 우리가 복잡하고 난해하다고 생각하는 문제를 조르바는 칼로 자르듯, 알렉산드로스 대왕이 고르디아스의 매듭을 자르듯이 풀어낸다. 온몸의 체중을 실어 두 발로 대지에 단단히 뿌리 박고 선 이 조르바의 겨냥이 빗나갈 리 없다. 아프리카인들이 왜 뱀을 섬기는가? 온몸으로 땅을 쓰다듬는 뱀은 대지의 모든 비밀을 알 수밖에 없기 때문이다. 그렇다. 뱀은 배로, 꼬리로, 그리고 머리로 대지의 비밀을 안다. 뱀은 늘 어머니 대지와 접촉하고 동거한다. 조르바의 경우도 이와 같다. 우리들 교육받은 자들이 오히려 공중을 나는 새들처럼 골이 빈 것들일 뿐.

하늘의 별은 수를 불려 나갔다. 별들은 인간에게 무심하고, 잔혹하고, 냉소적이며 무자비했다.

우리는 더 이상 말이 없었다. 두려운 마음으로 하늘을 올려다보기만 했다. 시시각각 동쪽의 새 별들에 불이 붙으며 하늘의 화재를 넓게 퍼뜨리고 있었다.

오두막에 도착했다. 저녁 먹을 생각이 없어진 나는 바닷가 바위 위에 앉았다. 조르바는 오두막에 불을 켠 다음 혼자 저녁을 먹고 어슬렁어슬렁 걸어와 내 옆에 앉으려다 마음을 고쳐먹었는지 다시 들어가 매트리스에 누워 곯아떨어졌다.

바다는 죽은 듯이 고요했다. 유성들의 일제 공격을 받았지만 대지는 미동도 신음도 없었다. 개도 짖지 않았고 밤새도 지저귀지 않았다. 은밀하고 위험한, 완전한 정적. 그 정적을 만들어 내고 있는 것은 무수한 절규들이었다. 너무 먼 곳, 우리 내면의 심연에서 흘러나오고 있기에 우리가 듣지 못하는 절규들이었다. 나는 오직 내 관자놀이와 목의 정맥을 흐르는 피의 맥동만을 분간할 수 있을 뿐이었다.

호랑이의 노래! 생각이 여기에 미치자 몸서리가 쳐졌다.

인도에서, 밤이 깔리고 나면 낮은 목소리로 부르는 슬프고 단조로운 노래가 들린다. 멀리 들리는 맹수의 하품 같은, 느리고 야성적인 노래. 이것이 호랑이의 노래다. 사람의 심장은 강렬한 예감을 느낄 때처럼 펄떡거리며 터져 나올 길을 찾아 헤맨다.

그 무서운 노래를 생각하자 비었던 내 가슴이 차차 차오르기 시작했다. 내 귀가 제 구실을 하면서 정적이 외침 소리가 되었다. 마치 내 영혼도 그 노래로 이루어져 있어, 그 소리를 들으려고 몸을 빠져나가고 있는 것 같았다.

나는 허리를 굽히고 바닷물을 한 움큼 길어 올려 이마와 관자놀이를 축였다. 정신이 좀 드는 기분이었다. 내 존재의 심연에서 절규들이 험악하게, 혼란에 빠져, 고통을 드러내며 메아리치고 있었다. 호랑이는 내 안에 있고 포효하고 있었다.

순간 나는 목소리를 분명하게 들었다. 붓다의 목소리였다.

나는 도망치려는 듯이 빠른 걸음으로 물가를 걷기 시작했다. 얼마 전인가부터 나는 한밤중에 혼자 있을 때, 주위가 침묵에 휩싸이면 그의 목소리를 들어 왔다. 처음에는 만가처럼 슬프고 하소연하는 듯한 목소리였는데, 나중에는 노기를 띠며 꾸짖는, 단호하게 명령하는 듯한 소리로 변했다. 그 소리는 자궁을 떠날 때가 된 아이처럼 내 가슴 내부를 걷어차고는 했다.

자정에 가까웠으리라. 하늘에 검은 구름이 모였고 굵은 빗방울들이 내 손에 떨어졌다. 나는 아랑곳하지 않았다. 나는 뜨겁게 타는 대기 속에 빠져 있으니까. 나는 양쪽 관자놀이에 일렁이는 화염을 느낄 수 있었다.

때가 왔다. 나는 그렇게 생각하며 몸을 떨었다. 붓다의 윤회 바퀴가 나를 싣고 떠난다. 이제 초자연적인 짐에서 나 자신을 해방시킬 때가 온 것이다.

나는 급히 오두막으로 돌아가 등에 불을 밝혔다. 불빛이 이르자 조르바는 눈까풀을 깜박거리다 눈을 뜨고 종이 위에 몸을 굽히고 글을 쓰는 나를 보았다. 그는 내가 알아듣지 못할 소리를 몇 마디 지껄이고는 벽 쪽으로 휙 돌아 눕더니 다시 곯아떨어졌다.

나는 급히 갈겨썼다. 바빴다. 붓다는 내 안에서 모든 준비를 갖추고 있었고, 나는 붓다가 상징으로 뒤덮인 푸른 띠처럼 나의 뇌에서 풀려 나오고 있는 것을 볼 수 있었다. 띠는 빠른 속도로 풀려 나왔다. 나는 따라잡으려고 필사적으로 노력했다. 나는 썼다. 모든 것은 간단, 극히 간단했다. 쓰는 게 아니라 받아 적는 것이었다. 자비와 체념과 공(空)으로 이루어진 전 세계가 내 앞에 나타났다. 붓다의 궁전들, 후궁의 여인들, 황금 마차, 세 번의 숙명적인 만남(늙은 자와 병든 자와 죽은 자), 출가, 고행, 해탈, 중생 제도의 선포. 땅은 노란 꽃으로 뒤덮였다. 거지들과 왕들은 황색 가사를 입었다. 돌과 나무와 육신은 가벼워졌다. 영혼은 바람이 되고, 바람은 정신이 되었으며, 정신은 무(無)가 되었다……. 손가락이 아파 오기 시작했다. 그러나 나는 멈출 수도 멈추고 싶지도 않았다. 환상은 살같이 지나가며 사라지려 했다. 나는 그 환상을 따라잡아야 했다.

아침에 조르바는, 원고에다 머리를 처박고 자는 나를 깨워야 했다.

# 6

일어났을 때 해는 이미 중천에 떠 있었다. 펜을 너무 오래 잡고 있었던 탓에 오른손 마디가 뻣뻣했다. 손가락을 오므릴 수가 없었다. 붓다의 폭풍이 나를 엄습하여 내 육신을 지치고 텅 비게 만들어 놓고 떠난 것이었다.

나는 허리를 굽혀 바닥에 흩어진 원고를 주웠다. 그러나 그 원고를 읽을 힘도, 읽고 싶은 생각도 없었다. 돌연한 영감의 돌풍은 한갓 꿈에 지나지 않는 것 같았다. 나는 언어에 감금되고 언어에 의해 타락해 있는 그것을 더는 보고 싶지 않았다.

비가 조용히, 그리고 부드럽게 내리고 있었다. 조르바는 집을 나가기 전에 화덕에다 불을 피워 놓았는데 나는 오전 내내 화덕 앞에 앉아 손을 그 위에다 올려놓고 부드럽게 내리는 계절의 첫 빗소리를 들으며 아무것도 먹지 않은 채 꼼짝도 않고 앉아 있었다.

아무 생각도 하지 않았다. 음습한 땅속의 두더지처럼, 나의 두뇌는 둥근 머리통 속에 개켜 넣어진 채 쉬고 있었다. 나는 대지의 속삭임과 입놀림 그리고 미동까지 놓치지 않고 들을 수 있었고, 비가 내리면서 씨앗이 불어 터지는 소리도 들을 수 있었다. 나는 하늘과 땅이 저 시원의 시간, 마치 인간 남녀처럼 짝을 짓고 자식들을 낳던 때처럼 교합하고 있는 것을 느낄 수 있었다. 야수처럼 으르렁거리면서 해안을 덮쳐 핥아 갈증을 달래는 바다 소리도 들을 수 있었다.

나는 행복했고, 그것을 자각하고 있었다. 행복을 체험하는 동안에 그것을 의식하기란 쉽지 않다. 오직 행복한 순간이 과거로 지나가고 그것을 되돌아볼 때에만 우리는 갑자기 ── 이따금 놀라면서 ── 그 순간이 얼마나 행복했던가를 깨닫는다. 그러나 이 크레타 해안에서 나는 행복을 경험하면서, 내가 행복하다는 것을 알고 있었다.

엄청난 갈증으로 으르렁대는 검푸른 바다는 아프리카 해안까지 펼쳐져 있었다. 뜨거운 남풍 리바스가 수시로 불었다. 멀리 작열하는 사막에서 불어오는 바람이다. 아침이면 바다에선 수박 냄새가 났고 한낮이면 안개에 덮인 채 잠잠했는데, 가벼이 찰랑이는 물결이 흡사 어린 젖가슴 같았다. 저녁이 되면 바다는 한숨을 쉬며 장밋빛이 되었다가 자줏빛, 포도줏빛, 그러고는 짙푸른 색깔로 변해 갔다.

오후에 나는 알이 고운 밝은 색 모래를 한 줌 쥐었다가 손가락 사이로 빠져나가는 그 따뜻하고도 부드러운 촉감을 즐겼다. 손은, 우리의 인생이 새어 나가다 이윽고 사라지고 마는 모래시계였다. 손 그 자체도 사라져 갔다. 나는 바다를 바라보며 조르바의 목소리를 들었는데 그런 순간은 관자놀이가 뻐근하도록 행복했다.

나는 네 살 먹은 내 질녀 알카와 장난감 가게를 들여다보던 순간을 떠올렸다. 섣달 그믐날이었다. 꼬마는 나를 돌아보며 이런 비범한 말을 했다. 「도깨비 삼촌, 내 머리에 뿔이 나서 너무 좋아요!」 나는 놀라고 말았다. 인생이란 얼마나 놀라운 기적인가! 뿌리를 깊이 내리다 서로 만나 하나가 되는 모든 사람의 영혼은 얼마나 흡사한 것인가! 순간 나는 먼 도시의 박물관에서 보았던, 흑단으로 깎은 붓다의 모습을 생각했다. 7년의 고뇌 끝에 해탈한 붓다의 지고한 희열에 찬 모습을 새긴 것이었다. 이마 양쪽은 핏줄이 부풀어 오르다 못해 피부 위로 툭 불거져 나와 용수철 같은 두 개의 억센 나선형 뿔이 되어 있었다.

오후 늦게 비가 그치고 하늘은 다시 맑아졌다. 나는 배가 고팠고, 배가 고프다는 사실이 기뻤다. 이제 조르바가 돌아와 불을 지피고 우리 나날의 의식인 요리가 시작되는 시간이었다.

「절대 벗어나지 못하는 또 한 가지 노릇이 바로 이거죠.」 조르바는 냄비를 불 위에 얹으며 이렇게 말하곤 했다. 「염병할 여자 — 이 또한 끝이 없는 전쟁이지만 — 뿐만이 아닙니다. 먹는 짓거리 또한 끝없는 전쟁이지요.」

이 크레타 해안에서 나는 처음으로 먹는다는 게 얼마나 즐거운 것인가를 깨달았다. 조르바는 두 개의 바위 사이에다 불을 피우고 음식을 장만했다. 먹고 마시면서 대화는 생기를 더해 갔다. 마침내 나는 먹는다는 것은 숭고한 의식이며, 고기, 빵, 포도주는 정신을 만드는 원료임을 깨달았다.

하루 일을 마치고 온 조르바도 먹고 마시기 전에는 사람이 둔하고 하는 말에도 힘이 없었다. 그럴 때는 내가 그에게 말을 채근해야 했다. 그의 동작도 굼뜨고 거북살스러워 보였다. 그러나 그의 말대로 엔진에 연료를 채우고 삭이면 그의 몸이라는 기계는 다시 생기를 되찾고 속력이 붙어 다시 일을 시작했다. 눈에는 불이 켜지고 지난 일들이 다시 그의 기억으로 되돌아왔으며 발에는 날개가 달린 듯이 춤을 추었다.

「먹은 음식으로 뭘 하는가를 가르쳐 주면, 당신이 어떤 사람인지 나는 말해 줄 수 있어요. 혹자는 먹은 음식으로 비계와 똥을 만들어 내고, 혹자는 일과 좋은 기분을 만들어 내고, 혹자는 신을 만들어 낸다나 어쩐다나 합디다. 그러니 인간에게 세 가지 부류가 있을 수밖에요. 두목, 나는 최악의 인간도 최선의 인간도 아니오. 중간쯤에 들겠지요. 나는 내가 먹는 걸로 일과 좋은 기분을 만들어 냅니다. 뭐, 이 정도면 괜찮지 않아요!」

그는 장난기 있는 얼굴로 나를 바라보면서 웃음을 터뜨렸다.

「두목, 당신은 말이오…… 당신은 당신 나름대로 먹는 걸로 신을 만들어 내려고 애를 쓰는 것 같소. 그런데 그게 잘 되지 않으니까 괴로워하는 거고. 까마귀에게 일어났던 일이 당신에게도 일어나고 있는 겁니다.」

「까마귀에게 일어난 일이라니, 그게 뭡니까, 조르바?」

「말씀드리지요. 원래 까마귀는 까마귀답게 점잖고 당당하게 걸을 줄 알았어요. 그런데 어느 날 이 까마귀에게 비둘기처럼 거들먹거려 보겠다는 생각이 난 거지요. 그 이후로 이 가엾은 까마귀는 제 보법(步法)을 몽땅 까먹어 버렸다지 뭡니까. 뒤죽박죽이 된 거예요. 기껏해야 절뚝절뚝 걸을 수밖에는 없었으니까 말이오.」

나는 고개를 들었다. 나는 갱도를 나오는 조르바의 발소리가 들렸다. 이윽고 내 쪽으로 다가오는 그가 보였는데 얼굴은 시무룩하고 두 팔은 양 옆으로 축 늘어뜨리고 있었다.

「별일 없었지요, 두목?」 그가 힘없이 말했다.

「수고했어요, 조르바. 오늘 일은 어땠습니까?」

그는 대답하지 않았다.

「불을 피우고 식사를 준비하겠어요.」 그는 이렇게만 말했다.

그는 구석에서 땔나무 한 아름을 안고 밖으로 나가 두 개의 바위 사이에다 나무를 교묘하게 쌓고는 불을 붙였다. 그러고는 오지그릇을 그 위에 올리고 물을 부은 다음 양파, 토마토, 쌀을 넣고 끓이기 시작했다. 그동안 나는 식탁에 상보를 깔고 보리 빵을 넓적넓적하게 썰어 놓은 다음 아나그노스티 영감이 우리가 도착한 날 보내 주었던 무늬 있는 잔에다 포도주를 그득그득 따라 놓았다.

조르바는 냄비 앞에 쪼그리고 앉아 불길을 들여다보면서 여전히 입을 열지 않았다.

「아이들이 있었어요, 조르바?」 내가 불쑥 질문을 던졌다.

그가 나를 돌아보았다.

「난데없이 그런 걸 왜 묻습니까, 딸아이가 하나 있지요.」

「결혼했나요?」

조르바가 웃음을 터뜨렸다.

「왜 웃어요, 조르바?」

「말이 말 같지 않아서요! 아, 물론 그 애도 결혼했지요. 멍청이가 아니니까. 칼키디체 지방 프라비슈타 근방의 동광(銅鑛)에서 일하고 있었을 때죠. 어느 날 아우 얀니에게서 편지 한 장이 날아왔습니다. 참, 내게 아우가 있다는 이야길 하지 않았군요. 약아빠진 토박이 고리대금업자에다 위선적인 예수쟁이, 그야말로 사회의 기둥 같은 사람이랄까……. 지금은 살로니카에서 식품점을 하고 있지요. 편지 왈. 〈알렉시스 형님, 형님의 딸 프로소가 엇길로 들어 우리 가문의 명예를 더럽혔습니다. 애인이 있는데 그놈의 아이까지 하나 가졌답니다. 우리 가문의 명예는 끝난 겁니다. 나는 마을로 쳐들어가 이 애의 목줄을 끊어 놓을 참입니다.〉」

「그래서 어떻게 했어요, 조르바?」

조르바는 어깨를 한 번 들었다 놓았다.

「어이구, 계집들이란! 하고 나서 편지를 찢어 버렸지요.」

그는 쌀을 한차례 휘젓더니 소금을 넣고는 빙그레 웃었다.

「하지만 잠깐만, 진짜 재미있는 건 여기부텁니다. 두어 달 후에 멍청한 아우에게서 두 번째 편지가 날아왔습니다. 이 멍청이의 사연 왈. 〈형님께 건강과 행복이 함께하시기를. 우리 가문의 명예는 안전하니 형님도 떳떳이 고개를 들고 다닐 수 있겠습니다. 문제의 사내는 프로소와 결혼했습니다!〉」

조르바가 나를 돌아다보았다. 그가 문 담배 불빛으로 반짝이는 두 눈이 보였다. 그는 다시 한 번 어깨를 으쓱해 보였다.

「어이구, 사내들이란!」 그가 더할 나위 없는 경멸을 실어 중얼거렸다.

잠시 후에 그가 말을 계속했다.

「여자에게 뭘 기대할 수 있겠어요? 한다는 짓이, 처음 만난 사내와 붙어 새끼를 까놓는 게 고작이오. 사내에게서 뭘 기대할 수 있겠어요? 사내들이란 그 덫에 걸리고 맙니다. 내 말 명심해 둬요, 두목!」

그가 냄비를 불 위에서 내렸다. 바야흐로 우리의 저녁 식사가 시작되는 것이었다.

조르바는 다시 깊은 생각에 잠기는 것 같았다.

무엇인가가 그의 기분을 언짢게 하고 있었다. 그는 나를 바라보며 입을 열었다가 그대로 닫고 말았다. 석유 등잔의 불빛으로 나는 그의 눈에 어린 근심과 걱정을 읽을 수 있었다.

나는 그의 그런 모습을 견딜 수가 없었다.

「조르바, 내게 하고 싶은 말이 있는 것 같군요. 자, 말해 보세요. 깡그리 털어놓아 보세요, 그러면 마음이 가벼워질 테니까.」

조르바는 그래도 말을 하지 않았다. 그는 조약돌을 하나 줍더니 약간 힘을 실어 창밖으로 던졌다.

「돌 가지고 왜 그래요? 말을 하라니까!」

조르바가 주름살투성이인 목을 쑥 내밀었다.

「두목, 나를 신용하십니까요?」 그가 근심으로 가득한 눈을 들어 나를 바라보았다.

「물론 하지요, 조르바. 조르바라는 사람은 무슨 짓을 해도 그르칠 턱이 없어요. 그르치려고 해봐야 그렇게는 안 될 겝니다. 당신은 사자나 이리 같다고나 할까. 그런 맹수에게 양이나 나귀 같은 처신은 해봐야 안 됩니다. 천성이란 어쩔 수 없는 거니까. 당신도 마찬가집니다. 당신은 머리끝에서 손톱 끝까지 조르바라는 겝니다.」

조르바가 고개를 끄덕였다.

「그렇지만 우리가 어디로 가고 있는지는 짐작조차 할 수가 없어요.」

「내가 아니까, 조르바 당신은 그런 걱정 하지 않아도 됩니다. 그저 해나가면 되는 겁니다!」

「두목, 그 말씀 다시 한 번 해주시오. 내게 용기를 좀 주시오.」

「그저 해나가기만 하면 돼요!」

조르바의 눈이 다시 빛났다.

「이제 말씀드릴 수가 있겠군.」 그가 말을 꺼내었다. 「요 며칠 동안 마음속으로 계획을 하나 짜고 있었어요. 미친놈 같은 생각인데, 한번 해볼까요?」

「그런 걸 꼭 내게 물어봐야 하나요? 우리가 여기 온 이유가 바로 그것이잖아요. 생각을 실행하는 것.」

조르바가 황새처럼 목을 늘이고 기쁨과 두려움이 섞인 눈으로 나를 바라보았다.

「쉽게 말씀해 주시오, 두목. 우리, 갈탄을 캐러 여기 온 거 아니었어요?」

「갈탄은, 남의 일 꼬치꼬치 캐묻기 좋아하는 촌놈들에게 들려줄 핑계지요. 이런 핑계가 있어야 촌놈들은 우리를 근사한 청부업자쯤으로 보고 인사랍시고 토마토를 던지는 짓 따위는 하지 않을 게 아닌가요. 무슨 말인지 아시겠지요, 조르바?」

조르바는 넋이 나가 버린 사람 같았다. 그는 이해하려고 애를 썼지만 그런 엄청난 행복이 믿어지지 않는 모양이었다. 그러다 갑자기 확신이 든 모양이다. 내게로 확 다가들어 어깨를 붙잡았다.

「춤추시겠소? 춤춥시다!」 그가 내게 졸랐다.

「싫습니다.」

「싫다고요?」

그는 어리둥절해진 채 두 팔을 양옆으로 툭 떨구었다.

「좋습니다.」 잠시 후에 그가 말했다. 「그럼 나 혼자 추겠소, 두목. 멀찌감치 떨어져 앉으시오. 받아 버리지 않게 말이오.」

그는 펄쩍 뛰어 오두막을 뛰쳐나가 신발과 코트와 조끼를 벗고 바짓가랑이를 무릎까지 걷어 올리고는 춤을 추기 시작했다. 그의 얼굴엔 갈탄이 시커멓게 묻어 있었다. 눈의 흰자위는 번쩍거렸다.

이윽고 그는 춤에다 몸을 맡기고, 손뼉을 치는가 하면 공중으로 뛰어올랐고, 발끝으로 도는가 하면 무릎을 꿇었다 다리를 구부리고 다시 공중으로 뛰어올랐다. 흡사 고무로 만든 사람 같았다. 그는 갑자기 미친 듯한 도약을 계속했다. 마치 자연의 법칙을 이겨 내고 날아가고 싶은 듯했다. 그의 늙은 몸속에, 육신을 이끌고 올라 어둠 속에 유성(流星)처럼 같이 날아가 버리려 용을 쓰는 영혼이 하나 있는 것 같았다. 그 영혼은, 공중에 오래는 머물 수 없어서 도로 땅에 떨어지고 마는 몸을 뒤흔들었다. 다시 사정없이 몸을 뒤흔들어, 이번에는 조금 더 높이 솟구쳤지만, 그 불쌍한 육신은 도로 떨어지며 헐떡거릴 뿐이었다.

조르바는 상을 찌푸렸다. 그의 얼굴은 놀라우리만치 비장했다. 소리도 더 이상 지르지 않았다. 이를 악문 그는 불가능을 성취하려고 악전고투를 벌이고 있었다.

「조르바! 조르바! 그만하면 됐어요. 됐습니다.」 내가 소리를 질렀다.

나는 그의 늙은 육신이 그 난폭한 폭력을 견디지 못하고 공중에서 수천 조각으로 찢어져 바람에 사방으로 날릴 것만 같아 두려웠다.

하지만 내 고함 소리가 무슨 소용 있으랴! 조르바에게 어찌 지상에서 지르는 내 고함 소리가 들릴 수 있으랴! 이미 오장육부까지 새가 되어 버린 사람인 것을.

나는 불안한 시선으로 그의 거칠고 결사적인 춤을 좇았다. 어렸을 때, 나는 내 상상을 마음대로 펼치다 나 자신까지도 믿게 된 허무맹랑한 거짓말들을 친구들에게 들려주곤 했다.

「너희 할아버지가 어떻게 돌아가셨는데?」 어느 날 학교의 꼬마 친구 하나가 이렇게 물었다.

즉석에서 나는 신화를 만들어 내었다. 그리고 거기에 살을 덧붙여 갈수록 나는 더 믿게 됐다.

「우리 할아버지는 흰 수염을 날리던 분으로 고무 구두를 신고 다니셨어. 어느 날 할아버지는 우리 집 지붕에서 펄쩍 뛰어오르셨는데, 떨어져 땅에 닿자마자 공처럼 튀었지. 차차 더 높게 튀어 우리 집보다 더 높게 튀시더니 드디어 구름 속으로 사라지셨어. 우리 할아버지는 이렇게 돌아가셨단다.」

이 신화를 만들어 낸 다음엔, 조그만 성 메나스 교회에 다니면서 그리스도의 승천이 그려진 성화벽 아래에 설 때마다 애들에게 그걸 가리키며 말하곤 했다.

「봐, 저기 고무 구두를 신은 우리 할아버지가 계시잖아!」

오랜 세월이 지난 지금, 공중으로 뛰어오르는 조르바를 보며, 나는 나의 그 유치한 이야기 속에 다시 무섭게 빠져들어 조르바가 구름 속으로 사라져 버릴까 두려워하고 있었다.

「조르바! 조르바! 이제 그만 됐어요!」 내가 다시 소리를 질렀다.

마침내 조르바가 가쁜 숨을 몰아쉬며 땅바닥에 주저앉았다. 그의 얼굴은 행복에 젖어 빛나고 있었다. 잿빛 머리카락은 이마에 들러붙었고 갈탄 가루와 뒤섞인 땀방울이 뺨과 턱으로 흘러내렸다.

나는 걱정스러워하며 그를 내려다보았다.

잠시 후 그가 중얼거렸다.

「이제 좀 살 것 같군. 피를 좀 뽑은 것 같은 기분입니다. 이제 말할 수가 있겠어요.」

그는 오두막으로 돌아와 화덕 앞에 앉아 말끔하게 씻긴 표정으로 나를 바라보았다.

「무슨 신이 뻗쳐 그렇게 춤을 추었어요?」

「두목, 도리가 있습니까? 너무 기뻐서 숨이 꽉 막혔어요. 어떻게라도 분출할 방법을 찾아야 했어요. 근데 무슨 방법이 있어요? 말로? 흥!」

「뭐가 그렇게 기뻤어요?」

순간, 그의 얼굴이 어두워졌다. 그리고 입술이 떨리기 시작했다.

「뭐가 기쁘다뇨? 조금 전에 두목, 당신이 말하지 않았어요. 당신이 말하기를…… 그 뭐시기냐, 그건 그냥 헛말인가요? 무슨 뜻

108

인지도 모르고 한 말인가요? 당신은, 우리가 여기 온 건 갈탄을 캐기 위해서가 아니라고 했어요. 그렇게 말했지요? 우리는 틈을 내어 노닥거리러 온 것이고, 핑계를 만들고 거드름을 피워, 마을 사람들이 돌아 버린 자식들이라고 토마토 던지는 짓 따위는 못 하게 하자고 하지 않았어요? 우리 둘만 남고, 아무도 보지 않을 때면 웃고 즐기자는 것 아닌가요? 내 말이 틀렸소? 맹세코 드리는 말씀입니다만, 내가 바라는 것도 그거였는데, 내 마음을 나도 몰랐던 거예요. 나도 이따금 갈탄 생각도 했습니다만, 늙은 부불리나에다 당신 생각까지 하다 보니 뭐가 뭔지 몰라 오락가락했지요. 갱도를 팔 때는, 오냐, 내가 바라는 건 탄이다, 하고 나 자신에게 다짐했지요. 그래서 대가리에서 발뒤꿈치까지 몽땅 갈탄이 되는 거지요. 그러나 일이 끝나고 저 늙은것과 ─ 늙은것에 행운이 있기를! ─ 시시덕거릴 때는, 에라 모르겠다, 갈탄 자루나 두목 같은 건 늙은것이 목에다 두른 댕기로 목이라도 매어 버리고, 조르바 역시 목이나 매어라, 아, 글쎄 이런답니다. 그러나 혼자 있게 되고 아무 할 일이 없으면, 두목 당신을 생각하고 가슴이 뭉클해집니다. 양심의 가책을 느끼는 거지요. 〈조르바, 이놈의 자식아, 창피한 줄 알아라. 저렇게 착한 사람을 속이고 저 사람 돈을 우려먹다니! 이놈, 조르바, 그따위 썩어 빠진 짓을 언제까지 할 참이냐? 이제 너라면 신물이 다 넘어온다!〉 두목, 지금이니까 말씀드립니다만 나는 원래 중심을 못 잡는 놈입니다. 악마는 이쪽에서 당기고, 하느님은 저쪽에서 당기지요. 한중간에서 나는 두 토막으로 끊어지고 말아요. 고맙게도 두목께서 위대한 말씀을 들려주셨고, 이제 나는 눈을 뜨게 된 겁니다. 나는 깨달았고 이해할 수 있게 된 겁니다. 우리는 배가 맞았어요! 자, 건배합시다! 돈이 얼마나 남았어요? 넘겨줘요. 먹어 치웁시다!」

조르바는 미간을 비비대며 주위를 둘러보았다. 아직 우리가 남긴 저녁이 조그만 식탁 위에 차려져 있었다. 그의 긴 팔이 음식을 그러잡았다.

「두목, 먹어도 되지요? 나는 또 배가 고파졌어요.」

그는 빵 한 조각과 양파와 올리브 한 움큼을 쥐었다.

그는 게걸스럽게 먹으며, 호리병을 땄다. 호리병을 입술에 닿지 않게 들어 올리고는 붉은 포도주를 목구멍에 콸콸 들이부었다. 조르바가 입맛을 다셨다. 배가 찬 것이다.

「좀 낫군.」 그가 중얼거렸다.

그는 내게 윙크를 보내고 나서 물었다.

「좀 웃어요. 왜 그런 눈으로 보고 계시오? 나라는 놈은 원래가 이렇게 생겨 먹었어요. 내 속에는 소리치는 악마가 한 마리 있어서 나는 그놈이 시키는 대로 합니다. 감정이 목구멍까지 올라올 때면 이놈이 소리칩니다. 〈춤춰!〉 그러면 나는 춤을 춥니다. 그러면 숨통이 좀 뚫리지요. 칼키디체에서 우리 꼬마 디미트라키가 죽었을 땝니다. 나는 벌떡 일어서서 조금 전처럼 춤을 추었지요. 친척과 친구들이 달려들어 시체 앞에서 춤추는 나를 말렸어요. 〈조르바가 돌아 버렸다! 조르바가 미쳐 버렸다!〉 그 사람들이 웅성거리더군요. 하지만 그때 춤을 추지 않았더라면 정말 미치고 말았을 겁니다. 너무 슬퍼서죠. 그게 내 첫아들인 데다, 세 살 때 죽어 나로서는 견딜 수가 없었지요. 두목, 이제 내 말 이해할 수 있겠지요? 젠장, 아니라면 내가 혼잣말을 하고 있는 건가?」

「압니다, 조르바, 이해하고말고요. 당신은 혼잣말을 하고 있는 게 아닙니다.」

「또 한번은…… 그때 나는 러시아에 있었지요…… 그래요, 광산, 그렇지, 노보로시스크에서 동광 일을 하느라고 러시아에 가

110

있었지요. 러시아 말은 대여섯 마디, 일하는 데 필요한 정도밖에 몰랐어요. 예, 아니요, 빵, 물, 사랑한다, 오너라, 얼마요? ……그러나 나는 러시아 친구 하나를 사귀었지요. 철저한 볼셰비키였답니다. 우리는 매일 밤 항구의 술집으로 갔지요. 둘이서 보드카 몇 병을 까고 나면 세상이 돈짝만 해집니다. 한번은 배가 맞아 이야기를 좀 나누려고 했지요. 그놈은 러시아 혁명 중에 있었던 일을 내게 시시콜콜 이야기하고 싶어 했고, 나도 그때까지의 일을 그 친구에게 하고 싶었지요. 우리는 잔뜩 마시고 형제처럼 다정해졌습니다.

우리는 손짓 발짓으로 대충 합의를 봤어요. 그 친구가 먼저 말을 한다, 내가 듣다가 못 알아먹겠으면 곧바로 〈그만!〉 하고 소리를 지른다, 그러면 그 친구는 벌떡 일어나 춤을 춘다……. 두목, 내 말 알아듣겠어요? 그 친구는 내게 하고 싶은 말을 춤으로 추었습니다. 나도 똑같이 했습니다. 입으로 하지 못하는 말을 발로 손으로 배로 하고, 괴성을 섞어 질렀습니다. 하이! 하이! 호플라! 호헤이!

러시아 친구 차례였습니다. 어쩌다 총을 들게 되었는지, 전쟁이 어떻게 터졌는지, 어쩌다 노보로시스크로 굴러 들어오게 되었는지 이야기하는 겁니다. 알아들을 도리가 없죠. 내가 소리를 질렀습니다. 〈그만!〉 러시아 친구가 펄쩍 뛰어올라 춤을 춥니다! 꼭 미친놈처럼 추더군요. 그 손과 발과 가슴과 눈을 보고 있으면 전부 알아들을 수 있었지요. 노보로시스크로 굴러 들어온 경위며, 몰려다니며 상점을 턴 이야기, 민가로 뛰어 들어가 여자들을 덮친 이야기를 죄다 하는 겁니다. 처음엔 여자들이 악을 쓰며 손톱으로 제 얼굴도 할퀴고 남자들도 할퀴지만, 분위기가 무르익으면 눈을 감고 감창소리를 올리더라나요. 여자인데 별수가 있겠어요…….

러시아 친구가 끝내자 이번엔 내 차례가 되었지요. 내가 겨우 서너 마디 했나 싶을 때, 이 러시아 친구 아마 좀 맹하거나 머리가 제대로 안 돌아가는 인간이었던지, 소리를 질러요. 〈그만!〉 나도 그 순간을 기다렸죠. 나도 벌떡 일어서서 의자와 식탁을 한쪽으로 밀어붙이고 춤을 추었지요. 아, 우리 불쌍한 두목, 사람들은 아주 푹 가라앉아 있어요, 제기랄! 몸은 벙어리가 만들어 버리고 주둥이만 나불거리고 있어요. 하지만 주둥이라는 게 대체 무슨 말을 할 수 있겠어요? 주둥이가 당신한테 뭘 알려 줄 수 있어요? 아, 당신도 보셨어야 하는데! 그 러시아 친구가 머리부터 발끝까지 내 온몸의 말에 얼마나 귀를 기울이고 얼마나 잘 알아들었는지! 나는 내 불행을, 내 편력을 춤으로 추었습니다. 내가 몇 번 결혼한 사람인지, 내가 한 짓(돌장이, 광부, 행상, 옹기장이, 의용군, 산투르장이, 볶은 호박씨 장수, 대장장이, 밀수꾼), 감옥에 들어간 사연, 탈출한 이야기, 러시아로 굴러 들어온 경위 등등…….

맹한 친구였지만 내가 표현한 건 모조리 알아들었지요. 내 발, 내 손이 말을 했고, 내 머리카락, 내 옷도 말을 했지요. 허리에 차고 있던 나이프까지 말을 했어요. 내가 마치자 그 거구의 돌머리가 나를 껴안았어요. 우리는 또 한 번 보드카를 철철 넘치게 따랐지요. 그러고는 서로를 부둥켜안고 울고 웃고 했답니다. 날이 샐 무렵 우리는 헤어져 비틀거리며 잠자리로 들었지요. 그러고는 밤에 또 만났습니다.

웃어요? 두목, 내 말 못 믿겠어요? 속으로는 이러고 있는 것 같은데? 〈이 신드바드 같은 뱃놈이 무슨 잠꼬대를 하고 있어. 춤으로 이야기하다니 그게 어디 될 법이나 한 일인가.〉 내 맹세코 말하거니와 신과 악마는 이런 식으로 이야기했을 겁니다.

근데 당신은 졸린 모양이군요. 너무 나약해요. 스태미나가 없어요. 가요, 가서 주무셔. 내일 이야기 다시 하고요. 내게 계획이 하나 있어요. 놀라운 계획입니다. 내일 이야기하죠. 나는 담배 한 대 더 피우겠어요. 바다에라도 한바탕 들어갔다 나올까 봐요. 불이 붙은 것 같은데, 꺼야지요. 안녕히 주무시길!」

잠이 쉽게 오지 않았다. 나는 인생을 허비했다는 생각이 들었다. 걸레를 찾아 내가 배운 것, 내가 보고 들은 것을 깡그리 지우고 조르바라는 학교에 들어가 저 위대한, 저 진정한 알파벳을 배울 수 있다면⋯⋯! 내가 선택하는 길은 사뭇 달라질 것이다. 내모든 감각을 완벽히 단련함으로써, 또한 온몸도 그렇게 함으로써 몸이 즐기고 몸이 이해하게 하리라. 달리기를 배우고, 씨름을 배우고, 수영을, 승마를, 조정을, 운전과 사격을 배우리라. 내 영혼을 육신으로 채우리라. 내 육신을 영혼으로 채우리라. 그리하여 마침내 저 영원한 두 적대자가 내 안에서 화해하게 만들리라.
침대 위에 우두커니 앉은 채 완전히 허비되고 있는 내 인생을 생각했다. 열린 문을 통해, 나는 별빛으로 조르바의 모습을 겨우 분간할 수 있었다. 그는 밤새처럼 바위 위에 쪼그리고 앉아 있었다. 그가 부러웠다. 진리를 발견한 사람은 조르바다, 라고 나는 생각했다. 그의 길이 옳은 길이다.
지금 세상이 아닌, 좀 더 원시적이고 창조적인 시대였다면, 조르바는 한 종족의 추장쯤은 넉넉히 했으리라. 그는 앞장서서 도끼를 들고 새 길을 열었으리라. 아니면 성(城)들을 순회하는 유명한 음유 시인이 되어, 모든 사람 — 성주고 귀부인이고 하인이고 간에 — 그의 노래에 목을 매게 만들었으리라. 이 척박한 시대를 만난 조르바는 주린 이리처럼 울타리 주위를 배회하거나,

113

아니면 어느 한심한 먹물의 어릿광대 노릇이나 해야 하는 신세가 되어 버렸다.

갑자기 벌떡 일어나는 조르바가 보였다. 그는 옷을 벗어 자갈밭에다 던지고는 바다 속으로 뛰어들었다. 희미한 달빛으로 나는 한동안 그를 바라보았다. 그의 커다란 머리가 수면 위로 솟구쳤다 사라지곤 했다. 이따금 그는 소리를 지르다 개처럼 짖다 말처럼 힝힝거리다 수탉처럼 꼬꼬댁거렸다. 이 텅 빈 밤에 그의 영혼은 동물들의 친척이 되어 있었다.


서서히 나도 모르게 잠이 들었다. 다음 날 이른 아침 한결 가뿐해 보이는 조르바가 웃으며 다가와 내 발을 잡아당겼다.

「일어나요, 두목. 내 계획 좀 들어 보지 않으려오? 듣고 있는 거요?」

「듣고 있어요.」

그는 터키 사람처럼 바닥에 털버덕 주저앉더니 설명하기 시작했다. 산꼭대기에서 해안까지 고가(高架) 케이블을 설치하면, 그걸 이용해 갱도를 버틸 목재를 운반하고 남는 것은 건축용 목재로 팔 수 있다는 것이었다. 우리는 수도원 소유인 소나무 숲을 빌리기로 결정해 두고 있었다. 그러나 운반에 비용이 많이 드는데다 노새도 넉넉하게 조달하기 어려웠다. 그래서 조르바는 케이블과 탑과 도르래를 이용하여 운반도를 만들 구상을 한 것이었다.

설명을 끝마치고 그가 물었다. 「좋소? 서명하시겠소?」

「하지요, 조르바. 좋아요.」

그는 화덕에 불을 지피고 주전자를 올려 내 커피를 준비한 다음, 내가 감기라도 걸릴까 봐 융단을 끌어다 발을 덮어 주고는 만족스러운 얼굴로 나갔다.

「오늘 새 갱도를 열게 됩니다. 내가 아주 근사한 광맥을 잡았어요. 진짜 검은 다이아몬드예요.」 나가면서 그가 한 말이었다.

나도 붓다에 대한 원고를 펼쳐 나의 갱도를 파들어 갔다. 나는 하루 종일 썼다. 쓰면 쓸수록 마음이 홀가분해졌다. 내 감정은, 안도, 긍지, 혐오감으로 착잡했다. 그러나 나는 원고를 끝내는 대로 묶고 봉해 버리면 해방된다는 생각에서 일에 몰두할 수 있었다.

배가 고팠다. 그래서 건포도와 아몬드 몇 개, 빵 한 조각을 먹었다. 나는 조르바가 돌아오기를 기다렸다. 사람의 마음을 즐겁게 해주는 그의 모든 것을, 거침이 없는 웃음, 친절한 말, 맛있는 요리를 기다렸다.

그는 저녁에 돌아와 식사를 준비했다. 우리는 먹었지만 그의 마음은 다른 데 가 있었다. 그는 무릎을 꿇고 앉아 조그만 나무 몇 개를 바닥에다 꽂고 그 위에다 끈을 하나 걸더니, 이 장치를 박살 내지 않을 적당한 경사를 구하려고 이 모조 도르래에다 성냥을 매달아 보았다. 그러고는 설명했다.

「경사가 너무 급하면…… 우리는 말짱 거덜 나는 겁니다. 정확한 경사도를 구해야 해요. 두목, 그러자면 머리와 포도주가 있어야 합니다.」

「포도주는 얼마든지 있소만, 글쎄, 머리는 좀 어떨지…….」 내가 웃으며 농을 걸었다.

조르바도 웃음을 터뜨렸다.

「두목 머리도 이제 제법 돌아가는 모양이네요?」 그는 다정한 눈길을 내게 던졌다.

쉬려고 앉으면서 그는 담배에다 불을 붙였다. 다시 기분이 좋아진 그는 갑자기 말이 많아졌다.

「이 고가 케이블이 제대로만 맞아떨어지면, 숲을 깡그리 베어 내릴 수 있습니다. 목재소를 하나 차리고 판자, 기둥, 비계를 만들 수 있지요. 이렇게 되면 우리는 돈방석에 앉습니다. 그러면 돛 세 개짜리 배도 한 척 만들고 보따리 싸서 모든 걸 등지고 세계 일주 항해를 떠나는 겁니다!」

먼 이국 항구의 여자, 거리, 불빛, 거대한 빌딩, 공장, 배가 조르바의 눈앞에 나타나고 있었다.

「두목, 나는 벌써 대가리 꼭대기가 하얗게 세어 있고 이빨도 흔들거리기 시작해요. 그래서 미적거릴 시간이 없어요. 당신은 젊으니까 참고 기다릴 수 있겠지요. 하지만 감히 선언합니다만, 나이 먹을수록 나는 더 거칠게 살 겁니다. 어느 놈도 사람이란 나이를 먹으면 침착해진다는 소릴 못 하게 할 겁니다. 죽음이 오는 걸 보고는 목을 쑥 내밀고 〈날 잡아 잡수, 그래야 천당 가지〉 이런다는 것도 안 될 말이지요! 오래 살면 오래 살수록 나는 반항합니다. 나는 절대로 포기하지 않습니다. 세계를 정복해야 하니까요!」

그는 일어나서 산투르를 내려 들고는 중얼거렸다.

「이리 오너라, 이 도깨비 같은 것아. 말 한마디 없이 벽에 걸려 뭘 했니? 어디 네 노래 좀 듣자!」

조르바가 산투르를 싼 천을 벗길 때의 부드럽고 조심스러운 손놀림은 아무리 봐도 싫증나지 않았다. 그는 자줏빛 무화과 껍질이나 여자의 옷을 벗기는 것처럼 곰살맞았다.

그는 산투르를 무릎 위에다 놓고 허리를 굽히고는 현을 어루만졌다. 부를 노래를 의논하는 것 같기도 했고, 눈을 뜨라고 어르고 있는 것 같기도 했고, 고독에 지친 방황하는 영혼의 친구가 되어 달라고 구스르고 있는 것 같기도 했다. 그는 노래를 한 곡

116

조 부르기 시작했다. 어떻게 된 셈인지 노래는 제대로 나오지 않았다. 그는 그 노래를 포기하고 새 곡을 골라잡았다. 산투르의 현은 노래할 생각이 없다는 듯이, 아니면 고통스러운 듯, 거슬리는 소리를 냈다. 조르바가 벽에 기대고 앉아 미간을 문질렀다. 어느새 땀을 흘리고 있었던 것이다. 그는 마치 상전 앞에 주눅이 든 사람처럼 산투르를 보면서 중얼거렸다.

「하고 싶지 않다는군요. 하고 싶지 않대요…….」

그는 산투르가 사나운 짐승이어서 행여나 물릴세라 조심스럽게 다시 싸기 시작했다. 그러고는 천천히 일어나 다시 벽에다 걸었다. 그가 중얼거렸다.

「하고 싶지 않대요……. 그러니 억지로 시키지는 말아야지요.」

우리는 다시 바닥에 앉아 불 속을 뒤져 밤알을 찾아내고 잔을 포도주로 채웠다. 그는 껍질을 까 알밤을 내게 주면서 끊임없이 마셨다.

「이해가 가요, 두목? 나는 알 수가 없어요. 만물에 영혼이 있는 것 같은 것…… 나무도, 돌도, 우리가 마시는 이 포도주도, 밟고 선 이 대지도. 두목, 모든 사물, 그래요, 글자 그대로 만물에 말입니다!」

그가 잔을 들었다. 「두목, 당신의 건강을 위해!」

잔을 비우고는 다시 채웠다.

「인생이란 본시 추잡한 거야!」 그가 중얼거렸다. 「추잡한 것! 꼭 저기 늙은 부불리나 같다고!」

나는 웃음을 터뜨렸다.

「두목, 내 말 좀 들어 보쇼. 웃을 일이 아니오. 인생이란 늙은 부불리나와 아주 똑같습니다. 늙었지요? 그래요. 하지만 묘미가 없지 않아요. 사람을 껄떡 넘어가게 하는 쪽으로는 아주 조예가 깊다니까요. 눈을 감으면 스무 살짜리 계집을 안고 있는 것으로 착각하고 말지요. 맹세코 말하지만, 불 끄고 그 짓 할 때 저 늙은것은 영락없는 스무 살이에요.

당신은 이렇게 반문하겠죠. 무르익다 못해 쉬어 터진 여자 아니냐, 어디 좀 많이 방탕하게 살고, 어디 한두 명하고 놀아났냐…… 제독, 선원, 군인, 농부, 유랑 극단 단원, 목사, 신부, 경찰관, 학교 선생, 치안 판사! 그래서 뭐요? 뭐가 어쨌다는 겁니까? 저 여자는 금방 잊어버려요. 저 늙은 갈보가 그렇다고요. 옛날 애인은 하나도 기억하지 못합니다. 할 때마다 달라져요. 절대 농담 아닙니다. 할 때마다 다정한 비둘기가 되었다가 순결한 백조가 되었다가 상큼한 종달새가 되었다가…… 그리고 낯빛을 붉혀요. 그래요, 정말 그런다고요. 처음 하는 것인 양 낯빛을 붉히고 파르르 떨어요! 두목, 여자라는 건 참 알다가도 모를 동물이지요? 천 번을 깔려도 천 번을 처녀로 다시 일어서는 겁니다. 하지만 어떻게 그럴 수 있냐고요? 기억을 못 하니까 그렇죠!」

나는 그를 놀려 주고 싶었다. 「하지만 조르바, 앵무새는 기억하고 있잖아요? 그놈만은 당신 이름이 아닌 남의 이름을 재잘거리고 있지 않아요? 당신이 제7천당에 오를 때마다 〈카나바로, 카나바로!〉 하고 짖어 대는데 화도 안 납니까? 목을 비틀어 버리고 싶지 않습니까? 교육을 좀 시켜서 〈조르바! 조르바!〉 하고 소리치게 하면 금상첨화가 아닌가요?」

「저런 엉터리 수작 같으니!」 조르바가 그 큰 손으로 자기 귀를 문지르며 소리를 질렀다. 「목을 비틀어 버린다고 했소? 하지만 나는 앵무새란 놈이 카나바로 이름을 부르는 게 기분 좋은 걸 어쩝니까? 밤에 저 늙은 죄인은 앵무새 새장을 침대 머리에다 걸어 놓습니다. 이 작은 악마에겐 어둠을 뚫어 보는 힘이 있어서 둘이서 기분을 내자마자 소리를 지릅니다. 〈카나바로! 카나바로!〉 하고.

내 맹세코 말씀올립지요만, 두목, 쓰레기 같은 책만 잔뜩 집어 넣어 놓은 당신 머리가 이해할 턱이 없겠소만, 이건 정말 맹세할 수 있어요. 그 소리를 듣는 순간 내 발에는 에나멜 장화가 척 신겨 지고, 머리에는 깃털 모자가 씌워지고, 보드라운 수염에서는 파촐 리 향수 냄새가 나는 것 같았답니다. 〈*Buon giorno! Buona sera! Mangiate macaroni!*(좋은 아침! 좋은 저녁! 마카로니 드세요!)〉 나는 진짜 카나바로가 되는 겁니다. 나는 수천 발의 총탄을 맞은 역전의 기함(旗艦)에 척 올라 떠나가는 겁니다…… 보일러에 불 을 댕겨! 포격 개시!」

조르바가 배꼽을 잡고 웃었다. 그는 왼쪽 눈을 감고 오른쪽 눈 만으로 나를 보고 있었다.

「두목, 나를 용서해 주셔야겠소. 아무래도 나는 우리 알렉시스 할아버지 닮았어. 하느님께서 그의 유택을 지켜 주시기를! 할아 버지는 백 살 되던 해에도 문 앞에 앉아 우물로 물 길러 가는 처 녀 아이들에게 추파를 던지고는 했지요. 그러나 시력이 좋지 않 아 똑똑히 볼 수가 없었지요. 그래서 처녀 아이들을 가까이 오라 고 불렀지요. 〈어디 보자, 네가 누구더라?〉〈마스트란도니 집 딸 크세니오예요.〉〈가까이 오너라. 어디 좀 만져 보자. 오래두. 겁 낼 것 없느니라!〉처녀 아이는 예의에 맞는 표정을 지으려 애쓰 며 다가갑니다. 그러면 우리 할아버지는 손을 들어 천천히, 그리 고 아주 육감적으로 얼굴을 쓰다듬지요. 그럴라치면 그의 두 눈 에서 눈물이 주르르 흘러내린답니다. 〈할아버지, 왜 우세요?〉내 가 언제 할아버지께 여쭈어 봤지요. 〈애야, 내가 저렇게 많은 계 집아이들을 남겨 놓고 죽어 가는데 울지 않게 생겼니?〉

후유…… 불쌍한 우리 할아버지! 내가 할아버지 말씀에 얼마나 공감하는지 아시오? 나는 이따금 이렇게 한탄하지요. 〈아, 제기랄! 참한 계집들은 나 죽을 때 몽땅 죽어 버렸으면!〉 하지만 그 잡것들은 계속 살아 있을 거고, 여전히 뜨끈뜨끈하게 재미 보고, 사내들은 그런 것들을 끼고 주물럭거리겠죠, 나는 그것들이 밟고 다닐 흙이 되어 있을 텐데!」

그는 다시 불 속에서 알밤 몇 개를 꺼내어 껍질을 깠고 우리는 잔을 부딪쳤다. 우리는 꽤 오랫동안 마시면서 큼직한 토끼 두 마리처럼 오독오독 밤을 씹어 먹었다. 바다가 포효하는 소리가 들려왔다.

# 7

우리는 밤이 깊도록 화덕 옆에 묵묵히 앉아 있었다. 행복이란 얼마나 단순하고 소박한 것인지 다시금 느꼈다. 포도주 한 잔, 군밤 한 알, 허름한 화덕, 바다 소리. 단지 그뿐이다. 그리고 지금 여기에 행복이 있음을 느끼기 위해 단순하고 소박한 마음만 있으면 된다.

「결혼은 몇 번 했지요, 조르바?」 내가 물었다.

우리는 둘 다 기분이 한껏 고조되어 있었는데, 그것은 술을 많이 마셔서라기보다는 우리 내부의 형언할 수 없는 행복감으로 인한 것이었다. 우리는 나름의 방식으로, 우리가 이 땅거죽에 꼭 매달려 있는 두 마리 하루살이에 지나지 않음을 깊이 의식하고 있었다. 그 하루살이들이 바닷가에 대나무와 판자와 빈 드럼통 몇 개로 둘러친 편안한 구석을 찾아내고 거기에 함께 매달려 있으며, 또한 앞에는 유쾌한 일과 음식이 있고, 가슴엔 평온과 애정과 평화가 있음을 의식하고 있었다.

조르바는 내 질문을 못 들은 체했다. 그의 마음이 내 목소리가 들리지 않는 어떤 바다를 항해하고 있는지 내가 알 턱이 없었다. 나는 손을 뻗쳐 손가락 끝으로 그를 톡톡 건드렸다.

「결혼은 몇 번이나 했었나요, 조르바?」 내가 다시 물었다.

그가 움찔했다. 이번엔 내 목소리를 들은 것이었다. 갈고리 같은 손을 내저으며 그가 대답했다.

「이번에는 도대체 또 뭘 캐내고 싶은 겁니까! 나는 남자 아닌 줄 아시오? 딴 놈들처럼 나도 저 일생일대의 실수를 하고 말았지요. 나는 결혼을 그렇게 부릅니다(결혼한 자들이여, 나를 용서하시라)! 그래요, 나도 일생일대의 실수를 저질렀습니다. 결혼했던 거지요.」

「알았어요, 몇 번 했느냐니까?」

조르바가 미친 듯이 머리를 긁었다.

「몇 번 했느냐고요? 정당하게는 한 번…… 딱 한 번 했소. 반쯤 정당하게는 두 번. 부정하게는 천 번, 2천 번, 3천 번? 몇 번 했는지 그걸 다 어떻게 계산합니까?」

「그 결혼들 이야기 좀 해봐요, 조르바. 내일은 주일입니다. 면도하고 제일 좋은 옷으로 갈아입고 부불리나한테 갑시다. 〈좋은 시간과 나쁜 여자〉를 찾아서 말입니다! 자, 얘기해 봐요!」

「뭘 얘기해요? 정말 그런 얘기를 하자는 거예요? 정당한 결혼은 맛대가리가 없어요. 후춧가루 안 친 음식 같은 거니까. 그게 이렇습니다. 성상의 성인들이 빤히 보면서 축복을 보내는데 그걸 키스라고 할 수나 있겠어요? 우리 마을에서는 〈훔친 고기라야 맛이 있다〉는 속담이 전해 내려오지요. 마누라는 훔친 고기가 아니오. 자, 그럼, 저 부정한 합방들에 대해 얘기해 보자면…… 근데 그걸 무슨 수로 다 기억해 낸다? 수탉이 장부를 가지고 다니며 한답니까? 그럴 리가! 그럴 필요가 뭐 있겠어요? 하기는 나도 한때, 한창 시절이었는데, 친밀하게 지낸 모든 여자의 터럭을 모았던 적이 있어요. 나는 항상 가위를 하나 가지고 다녔어요. 교회 갈 때도 가위는 내 주머니에 들어 있었지요. 어쨌든 우리는 사내들이에요. 언제 어떤 기회가 올지 모르잖아요?

그런 식으로 나는 치모(恥毛)를 수집했지요. 검은 털, 금빛 털, 붉은 털, 심지어는 흰 털도 더러는 있었지요. 꽤 많이 모아 그걸로 베갯속을 채웠지요. 나는 이걸 베고 잤지요. 하지만 겨울에만…… 여름에 이걸 베고 자려면 너무 더워요. 그런데 좀 지나고 보니까 그 짓도 심드렁해졌는데…… 아시겠지만 냄새도 몹시 나고 해서 그만 태워 버렸지요. 히히히, 두목, 그게 내 장부였던 셈이지요. 장부를 태워 버린 거예요. 나는 그 짓이 심드렁했던 겁니다. 털이 그렇게 많을 줄 몰랐어요. 이러다간 한도 끝도 없겠더라고요. 그래서 나는 가위까지 버리고 말았어요.」

「반쯤 정당한 결혼 이야기도 좀 들읍시다, 조르바!」

「그건 좀 매력이 있지요. 휴, 한숨이 다 나오네…… 기막힌 슬라브 계집이여, 천수를 누릴진저! 그 자유라니! 〈어디 갔다 왔어요?〉 〈왜 이렇게 늦었어요?〉 〈어디서 잤어요?〉 이런 게 아니었어요. 여자는 아무것도 묻지 않는다! 이쪽에서도 아무것도 묻지 않는다! 이게 바로 자유 아니겠어요!」

그는 잔을 들어 비우고 밤을 깠다. 그러고는 말하면서도 오독오독 깨물어 먹었다.

「그중 하나가 소핑카, 또 하나는 누사였지요. 소핑카는 노보로시스크 근방의 조그만 마을에서 만났어요. 겨울이어서 눈이 내리고 있었어요. 광산에 일거리를 찾아가던 나는 그 마을을 지났지요. 마침 장날이어서 인근 마을 사람들이 다 몰려와 사고팔고 난리를 피웠지요. 마침 그해에 흉년이 든 데다 겨울 날씨가 고약하게 추웠어요. 빵을 사려면 있는 것, 없는 것 아니, 성상까지 팔아 치워야 할 정도였으니까요.

그런데 장바닥을 어슬렁거리다 나는 달구지에서 뛰어내리는 농사꾼 여자 하나를 보았지요. 6척의 훤칠한 키에 눈빛이 바다같이 푸르고 허벅지와 엉덩이…… 이건 완전히 씨받이 암말이에요! 나는 우뚝 걸음을 멈추고 한숨을 쉬며 중얼거렸지요. 〈우리 불쌍한 조르바, 오, 불쌍한 조르바!〉 하고.

　따라가 보았지요. 눈을 뗄 수가 없었어요. 어휴, 부활절에 흔들거리는 저 교회의 종 같은 엉덩이라니! 나는 자신을 꾸짖었죠. 〈이 병신아, 광산엔 뭣 하러 가. 뭣 하러 풍향계처럼 뱅글뱅글 돌면서 귀중한 시간을 낭비해? 여기에 광산이 있지 않느냐? 뛰어들어 갱도를 열면 되는 걸 가지고!〉

　여자는 흥정하더니 땔나무 한 다발을 사 번쩍 들어 — 어휴, 예수님, 그놈의 팔이라니! — 달구지에다 싣더군요. 그러고는 빵과 훈제 물고기도 대여섯 마리 집어 들고는 이렇게 묻습디다. 〈얼마죠? 비싸군요…….〉 그러더니 돈이 없는지 금귀고리를 풀어 대금을 치르려고 합디다. 심장이 내 입으로 튀어나오는 기분이더군요. 여자의 귀고리, 여자의 장신구, 향기 좋은 비누, 작은 라벤더 향수를 포기하게 하다니 말이나 되는 노릇입니까! 여자가 그런 걸 포기하면 세상은 끝나는 겁니다! 그건 공작새 깃털을 홀랑 뽑아 버리는 거나 마찬가지죠! 안 됩니다. 절대로 안 되죠. 나는, 조르바가 살아 있는 한 그런 불행한 사태는 있을 수가 없다, 이렇게 다짐했지요. 나는 지갑을 꺼내 셈을 치렀습니다. 루블화가 휴지 쪼가리 같던 시절이죠. 드라크마라면 1백 드라크마만 있어도 나귀 한 마리, 10드라크마면 계집 하나를 살 수 있었을 텐데 말입니다.

　어쨌든 조르바가 지불했습니다. 계집은 고개를 돌려 눈꼬리로 나를 봅디다. 그러고는 내 손을 빼앗아 키스를 하려고 하더군요.

그러나 나는 손을 뿌리쳤습니다. 〈스파시바, 스파시바!〉여자가 소리쳤습니다. 감사합니다, 감사합니다, 이런 뜻이죠. 그러더니 달구지로 훌쩍 뛰어오르더군요. 고삐를 잡더니 엉덩이를 치켜듭디다. 나는 속으로 말했습니다. 〈조르바, 봐! 이 친구야, 계집이 손가락 사이를 빠져나가려고 하고 있어!〉나 역시 펄쩍 뛰어 달구지의 여자 옆자리에 턱 앉았지요. 아무 말도 않습디다. 돌아보지도 않고요. 채찍이 날자 우리는 거길 떠났어요.

가는 길에 여자는 내가 자기를 내 걸로 만들려 한다는 걸 알게 됐지요. 내가 러시아 말이라고는 딱 세 마디밖에 몰랐습니다만 이런 일에는 그 세 마디도 필요 없지요. 우리는 눈과 손과 무릎으로 말을 했어요. 덤불만 잔뜩 두드린다고 어디 토끼가 잡힙니까? 우리는 마을에 도착하여 여자의 이스바[14] 앞에 섰지요. 내렸습니다. 여자가 대문을 열어 주어 들어갔지요. 마당에다 땔나무를 부리고 물고기와 빵은 안으로 가지고 들어갔지요. 텅 빈 벽난로 앞에 체구가 작은 할마시가 하나 앉아 있더군요. 떨고 있었습니다. 부대와 누더기와 양피를 감고 있는데도 떨더란 말입니다. 어지간히 추워야지. 손톱이 다 빠져나갈 지경이었으니까. 나는 나무를 한 아름 안아다 벽난로 안에다 처넣고 불을 피웠어요. 조그만 할마시는 나를 보더니 생긋 웃더군요. 딸이 뭐라고 했는데 알아들은 것 같습디다. 나는 불질을 했지요. 할마시가 불을 쬐더니 좀 생기가 돕디다.

그동안 여자는 상을 보고 있었지요. 보드카도 내어 옵디다. 함께 마셨지요. 사모바르를 올려 차도 끓였지요. 우리는 먹으면서 할마시에게도 몫을 어김없이 주었지요. 여자는 그러더니 깨끗한

14 통나무집.

시트로 잠자리를 보고 성모님의 성상 앞의 등에다 불을 켜고는 성호를 세 번이나 긋습디다. 이윽고 내게 신호하는 거예요. 우리는 할마시 앞에 무릎을 꿇고 손에다 키스했지요. 할마시는 앙상한 손을 우리 머리 위에 올리더니 뭐라고 합디다. 우리를 축복해 주는 모양이어서 내가 〈스파시바! 스파시바!〉 하고 소리치고는 단숨에 침대 위로 뛰어올라 여자와 잠자리에 들었지요!」

조르바는 말을 끊었다. 그는 고개를 들어 먼 바다를 바라보았다.

「그 여자 이름이 소핑카였습니다……」 한참 후에 이렇게 말하고는 또 입을 다물어 버렸다.

「그래서, 그래서요?」 내가 그 침묵을 참지 못하고 다그쳤다.

「그래서가 어디 있어요! 두목도 어지간히 밝히시는군. 걸핏하면 〈그래서〉, 아니면 〈왜〉……. 그다음 이야기는 안 하는 법이에요. 여자는 맑은 샘물과 같습니다. 거기 들여다보면 모습이 비칩니다. 마시면 되는 겁니다. 뼈마디가 녹신녹신할 때까지 마시면 되는 겁니다. 이윽고 목이 마른, 다음 사람이 옵니다. 그 사람도 자기 모습을 들여다보며 마시면 되는 겁니다. 세 번째 사내가 오겠지요……. 맑은 샘물…… 소핑카도 바로 그것이었지요. 소핑카도 여자였으니까…….」

「그러고는 버렸겠군요?」

「그럼 어쩌란 말이오? 말하지 않았소? 여자는 샘물이고 나는 지나가는 나그네라고……. 여자와 석 달을 살다 다시 나그넷길로 들었지요. 하느님이 그 여자를 보호하시겠지. 그 여자를 나쁘게 말할 생각은 없어요. 그러나 석 달이 지나서야 나는 내가 광산을 찾아가고 있다는 걸 생각했지요. 그래서 어느 날 아침에 까놓고 말했습니다. 〈소핑카, 내겐 할 일이 있어 가봐야 해.〉 소핑카가 대답하더군요. 〈좋아요. 그럼 가봐요. 한 달을 기다리죠. 한 달이 지날 때까지 돌아오지 않으면 나는 자유의 몸이 됩니다. 당신도 마찬가지예요. 하느님이 축복해 주시기를!〉 그리고 나는 떠났지요.」

「한 달 뒤에 돌아갔나요?」

「두목, 이렇게 말해서 뭣하지만 당신도 어지간한 돌대가리군. 돌아가요? 다른 잡것들이 나를 그냥 둔답디까? 열흘 뒤 쿠반에서 누사를 만났는데 돌아가기는 어떻게 돌아갑니까?」

「그 이야기 좀 해봅시다. 들려주시오!」

「나중에 합시다, 두목. 이 가엾은 것들을 뒤섞지는 말아야지. 건강하길, 소핑카!」

그는 포도주를 쏟아 넣었다. 그러고는 벽에 등을 대면서 말했다.

「인심 썼다! 누사 이야기도 들려 드리지. 오늘 밤은 이거 완전히 러시아 판이군. 까짓것, 꼬랑지 내리고 기왕 쏟아 내던 건 마저 쏟아 버리고 말지!」

그는 수염을 쓱 문질러 닦은 다음 불씨를 쑤석거렸다.

「조금 전에 말했다시피 이번엔 쿠반에서 만났어요. 여름이었답니다. 산은 온통 참외와 수박 천지였죠. 이따금 따 먹어도 토를 다는 사람 하나 없었지요. 두 쪽으로 쪼개고는 코를 박고 먹었답니다.

두목, 러시아에 가면 뭐든 푸짐해요. 산더미처럼 쌓여 있었으니까. 뒹굴며 고르기만 하면 돼요. 참외와 수박뿐만 아닙니다. 고기와 버터, 여자도 흔했지요. 지나가다 수박밭을 만나면 하나 따먹으면 됩니다. 그리스와는 형편이 다르지요. 여기서야 수박 껍질을 핥아 보기도 전에 법정으로 끌려가고, 여자 몸에 손도 대기 전에 오빠가 뭔가가 달려 나와 칼로 소시지를 만들지 않는 게 이상하죠. 지겨워! 이 거지 같은 것들은 무더기로 지옥에다 처박

127

아 버리든지 해야지, 원! 정승같이 사는 게 어떤 건지 알고 싶으면 러시아로 가면 되지요.

각설, 나는 쿠반을 지나다 뜰 앞밭에 있는 여자를 보았지요. 모양이 마음에 들었습니다. 슬라브 여자는, 한 번에 한 방울씩 쩰끔쩰끔 사랑을 팔아먹고 값어치에 못 미치는 걸 주면서 그나마 저울눈까지 속여 먹는 욕심쟁이에다 말라깽이 그리스 여자들과는 턱도 없이 달라요. 두목, 슬라브 여자들은 안 그래요. 뭐든지 듬뿍 줍니다. 잠잘 때도 그렇고, 사랑할 때도 그렇고, 먹을 때도 그렇습니다. 슬라브 여자들은 들짐승하고 아주 촌수가 가까워요. 이 대지하고도 그렇고. 줄 때는 기분 좋게 줍니다. 따지기 좋아하는 그리스 여자들처럼 깨죽거리는 법이 없어요. 내가 물었지요. 〈이름이 무엇인가요?〉 러시아 여자들에게서 몇 마디 배웠던 거지요. 〈누사라고 해요, 당신은?〉〈알렉시스올시다. 누사, 당신이 마음에 드는군요.〉 사기 전에 말을 찬찬히 뜯어보는 눈 있죠? 여자는 그런 눈으로 나를 찬찬히 뜯어봅디다. 그러더니 이렇게 말하더군요. 〈갈비는 아니군요. 이빨도 튼튼하고 수염도 짙고 등짝도 넓고 힘꼴이나 쓰는 것 같군요. 나도 당신이 좋아요.〉 더 이상 피차 할 말이 없었어요. 필요 없으니까. 순간 어떤 이해에 도달한 겁니다. 그날 밤에 나는 내가 즐겨 입는 옷으로 단장하고 그 집으로 찾아가기로 했습니다. 누사가 묻더군요. 〈털을 댄 외투 있나요?〉〈있소만, 이 더위에…….〉〈걱정 말고 그걸 입고 와요. 멋있어 보일 테니까.〉

그날 밤 나는 신랑처럼 꾸몄지요. 외투를 팔에다 걸고 은장식을 해 박은 단장까지 턱 쥐고 갔던 겁니다. 바깥채가 딸려 있는 꽤 큰 시골집이더군요. 들어가면서 보니까 암소가 있고 압착기도 있고, 마당에는 불이 피워져 있었는데 불 위에는 솥이 걸려 있었어요. 〈뭘 끓이고 있다지?〉 내가 물었지요. 〈수박즙.〉〈그럼 여기는?〉〈참외즙.〉 나는 이렇게 생각했지요. 조르바, 너 참 근사한 나라로 들어왔구나! 들었냐? 수박즙에 참외즙이란다! 이거야말로 약속의 땅이 아니냐! 가난이여, 안녕. 이게 네 거다, 조르바, 운도 좋구나. 쥐가 치즈 창고에 들어온 격이구나!

나는 계단을 올라갔어요. 계단 수가 많았는데 삐걱거렸지요. 올라가니까 누사의 부모가 있습디다. 두 사람은 초록색 바지에 술이 잔뜩 달린 빨간 혁대를 차고 있었어요. 한마디로 행세깨나 하는 사람들 모습이었습니다. 원숭이 같은 러시아인들은 키스와 포옹으로 인사합니다. 순식간에 침으로 흠뻑 젖었지요. 누사의 부모는 무지하게 빠른 말로 뭐라고 지껄입디다만, 알아들을 수가 없었어요. 무슨 상관있어요? 표정으로 보아 내게 호의를 가진 것 같았으니 그것으로 족하지.

방으로 들어가 내가 본 게 무엇이었을까요? 커다란 범선처럼 술과 음식을 다리가 부러지게 얹은 식탁이지요. 모두가 서 있었습니다. 친척들, 여자들, 사내들, 그리고 내 앞에는 누사가 야회복을 입고 서 있었는데 젖가슴이 흡사 뱃머리의 조상(影像) 같았어요. 누사는 눈부시게 젊고 아름다웠습니다. 머리에는 빨간 머릿수건을 쓰고 있었고 야회복 가슴엔 망치와 낫이 수놓여 있었지요. 나는 속으로 이랬어요. 조르바, 이 골수까지 새카만 죄인아. 이게 네 밥상이냐! 이게 네가 오늘 밤에 안을 살덩이더냐! 하느님, 나를 이 세상에 내보낸 내 부모를 용서하십쇼!

우리는 남자 여자 할 것 없이 음식에 달라붙었죠. 그러고는 돼지처럼 먹고 물고기처럼 마셨습니다. 〈신부님은요? 축복해 줄 신부님이 있어야지요?〉 내가 옆에 앉은 누사 아버지에게 물었어요. 이 양반은 너무 먹어 몸이 터질 지경이었습니다. 영감이 왈, 〈신

부는 없소. 종교는 대중의 아편이오.〉

말이 끝나자 그는 가슴을 쑥 내밀고 일어서서 붉은 띠를 좀 늦추더니 손을 들어 조용히 하라고 했습니다. 그러고는 가장자리까지 술이 찰랑거리는 잔을 들고는 나를 똑바로 바라보는 것이었습니다. 그러고는 이야기를 하고 또 했습니다. 나한테 이야기를 하고 있었어요. 뭐라고 했냐고요? 그야 하느님만 아실 일이지! 나는 서 있는 게 지겨웠어요. 게다가 짜증스럽기도 했고. 나는 앉아서 무릎으로 누사의 무릎을 지그시 눌렀어요. 누사는 내 오른편에 앉아 있었습니다.

이 늙은이의 연설은 끝나지 않았습니다. 땀을 비 오듯이 흘리면서도. 사람들이 몰려와 그의 말을 끊으려고 그를 껴안았습니다요. 그가 멈췄어요. 누사가 내게 신호를 보냅니다. 〈당신이 말할 차례예요〉하고.

나는 용약 일어서서 연설했지요. 반은 러시아어, 반은 그리스어로. 무슨 말을 했느냐고요? 내가 알 턱이 없잖아요. 기억나는 건 끝에다 「클레프트 산적의 노래」를 덧붙인 것뿐입니다. 리듬이고 나발이고 다 집어치우고 냅다 소리를 질렀지요.

산에서 클레프트가 내려왔는데,
모두가 도둑이었네!
말은 찾지 못했지만,
누사는 찾아내었다네!

두목, 아시겠지만 나는 가사를 슬쩍 바꿨던 겁니다.

달아난다, 달아난다…….

(엄마, 놈들이 달아나요!)

　오, 우리 누사!

　오, 우리 누사!

　야호!


　〈야호!〉 하고 소리치면서 나는 누사에게 달려들어 키스했지요.

　그치들이 기다린 게 바로 이것이었습니다. 내가 그치들이 기다리던 신호라도 한 듯이(아니, 그치들은 실제로 그것만 기다렸던 겁니다) 수염이 빨간 덩치 몇 놈이 몰려들더니 불을 꺼버립디다.

　앙큼한 계집들은 큰일이라도 난 듯이 비명을 질러 댑디다. 그러나 그와 동시에 어둠 속에서 키득거리기 시작했어요. 히히히! 간지럼을 먹이고 웃고 지랄들이었지요.

　두목, 어떻게 되었는가는 하느님만 아실 거요. 아니, 하느님도 몰랐을 겁니다. 알았다면 벼락을 내려 홀랑 태워 버리지 않았을 리가 없지요. 남자 여자 할 것 없이 어울려 바닥을 뒹굴었던 겁니다. 나는 누사를 찾아 나섰어요. 하지만 어디서 찾습니까. 나는 엉뚱한 걸 하나 잡아 바쁜 일부터 치렀지요.

　새벽녘에 나는 내 여자랑 떠나려고 일어났어요. 어두워 잘 보이지 않았습니다. 발이 보이기에 잡아당겼어요. 틀렸어. 누사 발이 아니었어요. 또 하나를 더 당겼지만 역시 아니에요. 세 번째, 아니고, 네 번째, 아니고, 다섯 번째도 아니고…… . 끝도 없는 고생 끝에 겨우 누사의 발을 찾아내어 그 위에 올라탄 악마 같은 놈들 두엇을 떨어내고 이 가엾은 신부를 일으켜 세웠어요. 〈누사, 가자!〉 내가 소리쳤지요. 〈당신 털 케이프 잊지 말고 가요!〉 누사가 대답하더군요. 〈가자!〉 우리는 그 자리를 떠났답니다.」

　「그래서요?」 조르바가 다시 입을 다물어 버려 내가 물었다.

「또 그놈의 〈그래서〉군.」 조르바가 내 반응에 짜증을 부리며 투덜댔다.

그는 한숨을 쉬었다.

「6개월을 함께 살았지요. 그날 이후로, 맹세코 나는 두려울 게 없어요. 아무것도. 딱 한 가지만 제하고. 악마인지 신인지, 이 6개월의 기억을 내 머릿속에서 지워 버리는 것만은 두려워. 무슨 말인지 아시겠어요? 〈알겠다〉고 해야 합니다.」

조르바는 눈을 감았다. 감정이 꽤 격해진 모양이었다. 옛날의 추억에 그가 그토록 격한 반응을 보인 것은 전에 없던 일이었다.

「누사를 몹시 사랑했던 모양이군요, 그런데?」 잠시 후에 내가 물었다.

조르바가 눈을 떴다.

「두목, 당신은 젊어요. 당신은 아직 젊어서 몰라요. 나처럼 머리꼭지가 허옇게 세면 이 문제를 다시 거론합시다. 이 영원한 사업 문제를.」

「무슨 영원한 사업요?」

「그야 물론 여자지요! 여자가 영원한 사업이란 이야기는 대체 몇 번이나 해야 합니까? 현재의 당신은 양 꼬리가 두 번 까딱거릴 시간에 암탉을 찍어 누르고는 가슴을 턱 펴고 똥 더미 위에 올라가 뻐기며 한바탕 우는 수탉과 다름없어요. 암탉은 보지 않아요. 볏만 봅니다. 그러니 사랑이라는 걸 알 턱이 없지요. 제기랄!」

그는 아니꼽다는 듯이 바닥에다 침을 탁 뱉었다. 그러고는 고개를 돌려 버렸다. 나를 볼 기분이 아니라는 눈치였다.

「그래서요, 조르바. 누사는 어떻게 되었어요?」

조르바가 먼바다를 바라보며 대답했다.

「어느 날 저녁, 집으로 돌아와 보니 없어요. 가버린 겁니다. 마을에 미남 군인이 하나 들어왔는데 같이 내뺀 거지요. 끝난 겁니다. 내 가슴은 찢어지는 것 같습디다. 그러나 그놈의 상처는 잘도 아뭅디다. 빨강, 노랑, 검정 천 조각을 굵은 실로 요리 꿰매고 조리 꿰맨 돛을 보셨을 게요. 아무리 사나운 폭풍우에도 찢어지지 않아요. 내 가슴도 그것 비슷합니다. 구멍이 뿅뿅 뚫어져 조각조각 갖다 기웠지요. 아무것도 두려워할 필요가 없어요!」

「그런데 누사에게 야속한 감정이 없었어요, 조르바?」

「있을 턱이 없지 않소! 누가 뭐라 해도 말이오, 여자는 종류가 달라요, 두목…… 종류가 달라. 인간이 아니라고! 그런데 뭣 하러 야속한 감정을 품어? 여자는 불가사의한 거예요. 법도 종교도 여자를 완전히 잘못 보고 있어요. 여자를 그렇게 취급해서는 안 됩니다. 두목, 그건 너무 가혹하고 너무 부당해요. 내가 법을 만든다면 남자와 여자에게 같은 법을 만들어 적용하지는 않겠어요. 남자에겐 열 계명, 백 계명, 천 계명이 있어도 돼요. 결국 남자는 인간이니까, 감당할 수 있어요. 그러나 여자에게는 하나의 율법도 안 돼요. 왜냐, 아니 두목, 이놈의 이야기를 몇 번이나 되풀이해야 하는 겁니까, 여자는 힘이 없는 생물이오. 두목, 누사를 위해 마십시다. 그리고 여자를 위해……! 그리고 하느님께서 우리 남자들에게 분별력을 조금 더 허락하셨으면!」

그는 술을 마시고, 팔을 들어 올렸다가 도끼질하듯이 힘차게 내렸다.

「하느님이 우리 남자에게 분별력을 더 주셔야지. 아니면 수술로 불알을 까버리시든지. 내 말 믿으세요. 안 그러면 우리 남자는 끝나는 거예요.」

# 8

이튿날 비가 다시 내렸다. 하늘과 대지는 한없는 부드러움으로 다정하게 어울렸다. 나는 짙은 회색 돌에 양각한 힌두의 조상(彫像)이 떠올랐다. 남자는 여자를 감싸 안고 하나가 되었는데, 둘이 얼마나 부드럽고도 체념 어린 모습을 하고 있는지 — 세월의 작용에 거의 두 몸은 거의 침식되었다 — 마치 교미하다가 내리기 시작한 가랑비에 날개가 젖어 들고 있는 두 마리의 곤충을 보는 듯한 인상을 주었다. 그렇게 서로 휘감은 채로 그들은 서서히 탐욕스러운 대지의 입 속으로 빨려 들어가고 있었다.

나는 오두막 앞에 앉아 어두워진 대지와 초록빛으로 발광하는 바다를 바라보고 있었다. 해변 이쪽에서 저쪽까지 사람 하나, 배한 척, 새 한 마리 보이지 않았다. 창을 넘어 들어오는 것은 대지의 냄새뿐이었다.

나는 일어서서 거지처럼 손을 내밀고 빗방울을 받았다. 별안간 울고 싶어졌다. 나의 슬픔은 아닌, 더 깊고 더 막연한 어떤 슬픔이 축축한 대지에서 올라오고 있었다. 한가하게 풀을 뜯던 짐승이 불현듯 느끼는 공황. 눈에 보이는 것은 아무것도 없지만, 고개를 치들고 주위 공기의 낌새로 자신은 덫에 걸렸고 결코 벗어

날 수 없다는 것을 알아차릴 때 느끼는 그 공황.

소리를 지르면 기분이 다소 후련해질 것 같았으나 그러기가 쑥스러웠다.

구름은 점점 낮게 깔리고 있었다. 나는 창밖을 내다보았다. 심장은 조용히 두근거렸다.

이렇게 몇 시간 부드러운 비가 내리는 동안 내면에 일어나는 슬픔에 탐닉하는 것은 얼마나 관능적인가! 의식의 심연에 잠겨 있던 쓰디쓴 추억들이 모두 수면 위로 떠오른다. 친구와의 이별, 여자들의 희미해진 미소, 나방처럼 날개를 잃은 희망들, 그 희망 뒤에 남은 것이라곤 삼류 글쟁이라는 한 마리 구더기뿐. 그 구더기는 내 심장의 잎사귀에 기어올라 그것을 갉아 먹어 치우고 있다.

카프카스로 떠난 친구의 모습이 비와 젖은 흙 속에서 천천히 떠올랐다. 나는 펜을 쥐고 종이 위에 엎드려 그 친구에게 말을 걸었다. 그러면 빗줄기로 짜인 촘촘한 그물을 찢고 다시 숨을 쉴 수 있을 것 같았다.


사랑하는 친구여,

나는 지금 크레타의 외로운 해변에서 이 편지를 쓰네. 여기서 몇 달 머물면서 나는 운명과 맞붙어 놀이를 해보기로 했네. 내가 자본가 노릇을 하는 놀이일세. 이 장난이 성공하면, 나는 이것이 장난이 아니라 일대 결단을 내려 내 삶의 양식을 변혁한 것이라고 말하겠지.

떠나면서 나더러 책벌레라고 했던 말 기억할 걸세. 그 말이 적잖게 마음에 걸렸던 나는 종이에다 끼적거리는 버릇을 한동안 — 아니면 영원히? — 집어치우고 행동하는 삶 속에 뛰어들기로 결심을 했다네. 나는 갈탄이 매장된 산 하나를 빌렸네.

나는 여기에서 인부를 고용하고 직접 곡괭이, 삽, 아세틸렌 램프, 소쿠리, 손수레를 쓰고 다루네. 내 손으로 갱도를 열고 들어가기도 하지. 자네 말을 무색하게 하려고 이러는 것이야. 갱도를 타고 땅속에다 길을 내는 것으로 책벌레는 두더지가 된 셈이지. 자네는 나의 이 변신을 인정해 주었으면 하네.

이곳에서 내가 느끼는 기쁨이 대단하다네. 아주 단순한 기쁨들이어서 그렇고, 맑은 공기, 태양, 바다, 밀빵 같은 영원한 요소들에서 나오는 기쁨이어서 그렇다네. 밤이면 기가 막힌 뱃사람 신드바드가 내 앞에 터키 사람처럼 퍼질러 앉아 이야기를 한다네. 그가 이야기를 시작하면 세계는 자꾸 커지는 기분이 되고는 하네. 그 사람은 말로 표현할 수 없는 것을 드러내고 싶으면 펄쩍 뛰어 일어나 춤을 춘다네. 춤으로도 안 되면 산투르를 무릎에다 올려놓고 연주하기도 하네.

어떨 때는 격정적인 곡을 연주하는데, 듣고 있노라면 우리 삶이 아무 색깔도 없어 보이고 비참하게 보이고 덧없이 느껴져 숨이 턱 막힌다네. 어떨 때는 비통한 곡을 연주하는데, 그러면 인생이란 손가락 사이를 빠져나가는 모래 같고 구원의 여지는 없을 것 같은 기분이 든다네.

내 심장은 베틀의 북처럼 가슴속에서 왔다 갔다 하고 있네. 이 북이 내가 크레타에서 보내는 요 몇 달의 시간을 직조하는 중이고, 나는 ── 하느님이 나를 용서하시길! ── 행복하다네.

공자 가라사대, 〈많은 사람은 자기보다 높은 곳에서, 혹은 낮은 곳에서 복을 구한다. 그러나 복은 사람과 같은 높이에 있다〉던가. 지당한 말씀! 따라서 모든 사람에겐 그 키에 알맞은 행복이 있다는 뜻이겠네. 내 사랑하는 제자이자 스승이여, 이 즈음의 내 행복도 그렇다네. 나는 불안스레 내 행복을 재고 또

잰다네. 그러면 그 순간의 내 키를 알 수 있을 테니 말이야. 자네도 알겠지만 사람의 키란 늘 같은 게 아니라서 말일세.

인간의 영혼이란 어떤 기후, 어떤 침묵, 어떤 고독, 어떤 무리 속에 있는지에 따라 얼마나 달라지는지!

지금 내 고독 속에서 보면 인간은 개미가 아니라 오히려 어마어마한 괴물처럼 보인다네. 공룡이나 익룡처럼 말일세. 탄산으로 가득한 대기, 썩어 가면서 생물을 만들어 내는 뻑뻑한 진창이 그들의 서식처지. 이해할 수 없고 납득할 수 없는 정글일세. 자네가 즐겨 입에 올리던 〈국가〉와 〈민족〉 같은 개념, 나를 매혹시키던 〈초국가〉, 〈인간성〉 같은 개념은 여기 파괴의 전능한 입김 아래에서는 매한가지일 뿐이라네. 우리는 수면 위로 떠올라 몇 마디 하거나, 어떨 때는 몇 마디는커녕 〈아!〉, 〈예!〉 따위의 불명확한 외마디 소리를 내뱉고는 파괴되고 마는 존재라는 생각이 든다네. 그리고 아무리 고귀한 사상이라 해도 해체해 보면 겨를 잔뜩 채운 꼭두각시 인형에 지나지 않고 그 겨 속에 숨어 있던 용수철이 드러나 버리는 거지.

자네는 나를 잘 아니까 이해하리라 믿네만, 이같이 무참한 생각들은 나를 도망치게 만들기는커녕 오히려 내 내부의 불길을 지속시키는 필요 불가결한 땔감이 되어 준다네. 나의 스승 붓다의 말처럼 〈나는 보았다〉라는 게 그 이유일세. 나는 보았고, 그리하여 저 유쾌하고도 변덕스러운, 보이지 않는 연출가와 순식간에 허물없는 사이가 되었으니, 이제 나는 이 세상에서 내가 맡은 배역을 끝까지, 그러니까 일관되고도 흔들림 없이 연기할 수 있다네. 왜냐하면, 나는 봄으로써, 내가 하느님의 무대에서 연기하는 이 작품을 함께 창작하고 있으니까.

나는 우주의 무대를 내려다보네. 저 카프카스라는 전설적인 요새에서 자네가 자네 역을 연기하는 것도 내게는 보인다네.
나는 위기에 처한 수천의 동포를 구하려고 싸우는 자네를 볼
수 있네. 가짜 프로메테우스, 하지만 기아, 추위, 질병과 죽음
이라는 암흑의 세력과 싸우면서 고통만은 진짜 그대로를 겪어
야 하는 자. 그러나 자네는 자랑스러워해야 하며, 어느 때는
파괴적인 암흑의 세력이 너무도 많고 막강하다는 사실에 기뻐
해야 하네. 그래야 희망을 포기하고 살기로 한 자네의 생은 더
욱 영웅적인 삶이 될 테고 자네의 영혼은 더욱 비극적인 위대
성을 얻을 테니까 말일세.

자네는 자네가 지향하는 삶을 행복한 것이라고 생각하고 있
을 것이네. 그리고 자네가 그렇게 생각한다면 그런 것이네. 자
네 역시 자네 키에 맞는 행복을 선택했고 지금의 자네 키는 ──
하느님을 찬양할진저 ── 내 키보다 훨씬 크다네. 위대한 스승
이라면 자기를 능가하는 제자를 만드는 것보다 더 즐거운 일
은 없다네.

나는 어떤가? 나는 자주 내 분수를 잊고, 스스로 비하하고,
갈 길을 잃어버리기 일쑤지. 나의 신앙은 불신의 모자이크라
네. 이따금 거래를 할까 싶어질 때도 있어. 한순간을 사는 대
가로 나머지 인생을 넘겨줘 버리는 거래 말일세. 그러나 자네
는 방향타를 단단히 잡고 있네. 이 삶의 가장 감미로운 순간에
조차 결코 자네가 설정한 목표를 잊어버리지 않네.

우리 둘이, 이탈리아를 가로질러 그리스로 가던 날 생각나
는가? 당시 꽤 위험했던 폰토스 지방으로 가기로 했었지. 한
조그만 마을에서 황급히 기차에서 내리지 않았나. 기차를 갈
아타기까지 한 시간밖에 여유가 없었지. 우리는 역 근처의 나
무 우거진 공원에 갔어. 활엽수와 바나나, 짙은 금속 색깔의 대

나무가 자라고, 한 꽃나무 가지는 잔뜩 몰려든 벌떼가 꿀을 빨도록 내맡긴 채 떨고 있었지.

우리는 꿈이라도 꾸는 것처럼 이 황홀경 속을 걸었네. 그때 갑자기 꽃길 모퉁이에서 처녀 둘이 나타났네. 처녀들은 걸어오면서 책을 읽고 있었고. 예뻤는지 미웠는지는 잊어버렸네. 생각나는 건 한쪽은 피부가 희었고 한쪽은 가무잡잡했다는 것, 둘 다 화사한 봄옷 차림이었다는 것뿐이네.

꿈속에서처럼 대담하게 우리는 처녀들에게 다가갔어. 자네가 〈읽고 계시는 책이 무슨 책인지 모르겠지만 그 책에 대해 토론 좀 합시다〉 하고 말했지. 마침 고리키의 책이었네. 그리고 시간이 없었던 우리는 일사천리로 인생을 논하고 가난을 논하고 정신의 반항과 사랑을 논했지.

그때 내가 맛보았던 기쁨과 슬픔은 잊을 수가 없을 것이네. 우리와 이들 두 처녀는 그 짧은 시간에 이미 오랜 친구, 오랜 연인이 되어 있었네. 우리는 그들의 영혼과 육체에 대한 책임을 져야 할 사람들이었지. 잠시 후면 영원히 이별해야 할 터여서 몹시 서둘지 않았던가? 그때 흔들리는 공기 속에는 납치와 죽음의 냄새[15]가 느껴졌지.

기차가 도착해 기적을 울렸네. 화들짝 꿈에서 깨어나듯 우리는 움직였네. 손을 잡았지. 그때의 절망적이고도 필사적인 우리의 악력을 내 어찌 잊을 수 있으리. 우리의 손가락들은 헤어지고 싶어 하지 않았다네. 처녀 중 하나의 낯색은 창백했네만 또 하나는 웃으면서도 몸을 떨고 있었지.

그때 내가 자네에게 이렇게 말했던 기억이 나네.「그리스, 우

---

15 명계(冥界)의 왕 하데스가 봄처녀 페르세포네를 납치하여 강제로 아내로 삼은 신화를 암시하는 표현.

리 조국, 의무 같은 게 다 뭐야. 진실은 여기에 있는데!」 자네
대답은 이랬지. 「그리스, 우리 조국, 의무는 아무것도 아니야.
그러나 우리는 이 아무것도 아닌 것을 위해 기꺼이 파멸을 맞
아들이려는 것이네.」

그런데 왜 이런 이야기를 자네에게 쓰고 있겠나? 우리가 함
께 보낸 순간들을 하나도 잊지 않았다는 것을 보여 주고 싶어
서라네. 그리고 감정을 억누르는 우리의 좋은(아니면 나쁜)
습관 때문에 같이 있던 시절에는 결코 내비치지 못했던 것들
을 표출할 기회도 갖고 싶었고.

자네가 내 앞에 없어 내 얼굴을 보지 못하니까, 그리고 물렁
한 사람, 우스운 사람으로 보일까 염려할 필요도 없으니까, 말
할 수 있겠네. 자네를 아주 깊이 사랑한다고.


나는 편지를 끝맺었다. 친구와 이야기를 하고 나니 가슴이 후
련했다. 나는 조르바를 불렀다. 조르바는 비를 맞지 않으려고 바
위 밑에 쭈그리고 앉아 모형 케이블을 시험해 보고 있었다.

그를 불렀다. 「같이 갑시다, 조르바. 일어나서 마을로 산책이나
갑시다.」

「기분 좋으신 모양이군요, 두목. 하지만 비가 오고 있어요. 혼
자 좀 가면 안 돼요?」

「이 좋은 기분을 잡치고 싶지 않아요. 함께 가면 잡칠 염려가
없지요. 자, 갑시다.」

그가 웃었다.

「나 같은 것도 필요할 때가 있다니 고맙지 뭡니까. 그럼 갑시다.」

조르바는 내가 준, 뾰족 모자가 달린 크레타식 양털 코트를 입
었다. 우리는 진창을 철벅거리며 마을로 갔다.

비는 계속 내렸다. 산봉우리가 비에 가려 보이지 않았다. 바람 한 점 없었다. 자갈길이 반짝거렸다. 갈탄 광산은 안개에 가려 있었다. 언덕은 슬픔으로 일그러진 여자의 얼굴 같았다. 슬픔을 이기지 못해 실신한 채로 비를 맞는 여자 같았다.

조르바가 중얼거렸다. 「두목, 비가 오면 심사가 편치 않은 법이에요. 하지만 두목, 비를 원망하면 안 돼요. 이 불쌍한 것에도 영혼은 있으니까.」

그는 울타리 곁을 지나다 갓 핀 수선화 한 송이를 꺾었다. 그러고는 한동안 그 꽃을 들여다보았다. 아무리 보아도 성이 차지 않는다는 듯이, 수선화를 생전 처음으로 보는 사람처럼 물끄러미 들여다보았다. 눈을 감고 냄새를 맡더니 한숨까지 쉬었다. 그는 꽃을 내게 건네주었다.

「두목, 돌과 비와 꽃이 하는 말을 들을 수 있으면 얼마나 좋겠어요. 어쩌면 우리를 부르고 있는데 우리가 듣지 못하는 것일지도 몰라요. 두목, 언제면 우리 귀가 뚫릴까요? 언제면 눈을 떠서 볼 수 있을까요? 언제면 우리가 팔을 벌리고 만물 ― 돌, 비, 꽃 그리고 사람들 ― 을 안을 수 있을까요? 두목, 어떻게 생각해요? 당신이 읽은 책에는 뭐라고 쓰여 있습디까?」

나는 조르바가 즐겨 쓰는 표현으로 대답했다. 「악마나 물어 가라고 합디다! 그래요, 악마나 물어 가라고 합디다, 당신 말마따나. 딴건 없어요.」

조르바가 내 팔을 잡았다.

「두목, 내 생각을 말씀드리겠는데, 부디 화는 내지 마시오. 당신 책을 몽땅 쌓아 놓고 불이나 확 싸질러 버리쇼. 그러고 나면 누가 압니까. 당신은 바보가 아니고, 당신은 착한 사람이니까…… 뭔가 썩 괜찮은 사람이 될 수 있을지도 몰라요!」

나는 속으로 나 자신에게 소리쳤다. 〈조르바 말이 옳아! 옳고 말고. 하지만 나는 그럴 수가 없어.〉

조르바는 잠시 망설이며 생각하더니 이윽고 입을 열었다.

「한 가지 내가 아는 건……」

「그게 뭔데요? 말해 봐요!」

「모르겠어요. 하지만, 그냥 그렇게 척, 아는 것 같은 느낌이에요. 그러나, 두목, 당신에게 말하려고 하면, 그만 잡탕이 되어 나와요. 나중에, 상태가 좀 좋을 때 춤으로 보여 드리지요.」

빗줄기가 굵어지기 시작했다. 우리는 마을로 들어서고 있었다. 조그만 양치기 처녀들이 풀을 뜯던 양을 마을로 몰고 오고 있었다. 밭을 갈던 농사꾼들은 소의 멍에를 풀고 반쯤 남은 밭일을 포기했다. 아낙네들은 아이들을 찾아 좁은 길을 누볐다. 소낙비가 내리자 마을에 유쾌한 소동이 벌어진 것이다. 여자들은 소리를 지르긴 했지만 눈만은 웃고 있었다. 남정네들의 뻣뻣한 콧수염과 곱슬곱슬한 턱수염 끝에는 빗방울이 맺혀 있었다. 땅과 돌과 풀에서는 싸한 냄새가 났다.

우리는 물에 빠진 생쥐 꼴이 되어 카페 겸 정육점 〈모데스티〉로 뛰어 들어갔다. 안은 붐볐다. 카드로 블롯 놀이를 하는 사내들도 있었고 이 산에서 저 산으로 서로 부르고 있는 양 목청을 돋우어 입씨름을 벌이는 사내들도 있었다. 가장자리의 원탁에는 마을 원로들이 둘러앉아 노인들 특유의 앞뒤가 꽉 막힌 흑백 논리를 전개해 나가고 있었다. 소매 넓은 와이셔츠를 입은 아나그노스티 영감도 있었고, 물담배를 피우며 바닥만 내려다보고 있는 마브란도니의 근엄하고 조용한 모습도 눈에 띄었다. 큰 키에 몸매가 가는 중년의 교장 선생은 굵은 단장에 기대서, 칸디아에서 막 돌아온 털보 거인의 이야기를 대견스럽다는 듯이 듣고 있었다. 털보 거인은 대도시의 풍물을 열심히 전하고 있었다. 카운터 뒤에 선 카페 주인은 스토브 위에서 나란히 끓고 있는 커피 포트들에서 눈을 떼지 않은 채로 이야기를 들으며 웃고 있었다.

우리를 보자 아나그노스티 영감이 일어섰다. 그러면서 소리쳤다.

「들어와서 함께 어울립시다, 친구들. 스파키아노니콜리가 칸디아에서 보고 들은 걸 이야기하는 참이지요. 아주 재미있습니다. 이리 오시오!」

그러고는 카페 주인을 돌아보며 소리쳤다.

「마놀라키! 여기 라키 술 두 잔 더 주게!」

우리는 앉았다. 낯선 사람을 본 시골 양치기는 제 껍질 속으로 기어 들어가 입을 다물어 버렸다.

교장 선생이 그에게 말을 시키려 했다. 「이것 보게, 니콜리 추장. 자네 극장 구경도 하지 않았나? 극장은 어땠어?」

스파키아노니콜리가 그 큰 손을 내밀어 술잔을 잡고는 한입에 털어 넣고 호기에다 불을 질렀다. 그가 외쳤다.

「극장에 왜 안 가요? 당연히 갔지요! 어디를 가나 코토풀리[16]가 어떻고 코토풀리가 저떻고 말들을 해요. 그래서 어느 날 밤에 나는 성호를 긋고 이렇게 다짐했지요. 〈오냐, 나라고 가서 구경하지 못하라는 법이 있나. 어떻게 생긴 년인데 이렇게들 말이 많은지 어디 보자〉 하고요.」

「젊은이, 그래, 구경해 보니까 어떻던가? 어떻던가? 빨리 좀 이야기해 봐! 궁금하네.」 아나그노스티 영감이 물었다.

「근데, 웬걸, 별거 아닙디다. 사람들이 말하는 걸로 봐서, 오늘 대단한 걸 구경하겠구나, 싶었지요. 하지만 괜히 돈만 버리는 겁

---

16 Kotopouli. 유명한 그리스 여배우. 〈풀리*pouli*〉는 병아리라는 뜻.

니다. 극장은 커다란 술집 같은 곳으로 흡사 타작마당처럼 바닥이 둥그렇게 생겼어요. 의자가 잔뜩 놓여 있고 불빛이 휘황찬란한 데다 사람들로 복작거렸지요. 어디가 어딘지 알 수 없었고 불빛에 눈이 부셔 앞을 볼 수가 없었어요. 저는 속으로 이렇게 말했지요. 〈악마들이다. 조금 있으면 내게 마법을 걸겠지. 나가야겠다.〉하지만 바로 그때 할미새같이 까불락거리는 계집 하나가 제 손을 잡아끌더군요. 그래서, 〈이것 봐, 어디로 데려가는 거야!〉 이렇게 소리를 질렀습죠. 계집은 무작정 끌고 가더니 절 보고 앉으라는 거예요. 그래서 앉았습니다. 생각해 보세요. 앞이고 옆이고 사람이 천장까지 메울 정도로 꽉 차 있는 광경을……. 속으로 이렇게 생각했죠. 〈숨이 막히는데, 이러다 쓰러지겠어, 공기가 하나도 없잖아.〉 저는 옆에 있는 사람에게 물었지요. 〈여보세요. 페르마 돈나[17]가 어디로 나옵니까요?〉

〈저기서 나오지.〉그 사람이 커튼을 가리키며 대답하더군요. 그 사람 말이 옳았습니다. 종이 울리고 커튼이 열리면서 코토풀리가 무대 위로 나섭디다. 사람들이 코토풀리를 병아리라고 부르는 이유를 모르겠어요. 그냥 여자였어요. 이런저런 잡동사니를 잔뜩 달고 있는. 코토풀리는 그냥 돌아다니며 꼬랑지를 아래위로 흔들었어요. 그러다가 사람들이 결국 싫증이 나서 박수를 쳐대기 시작하니까, 여자는 쏙 들어가 버리는 거예요.」

마을 사람들은 웃음을 터뜨렸다. 스파키아노니콜리는 조롱이라도 당한 듯이 머쓱해져서 문 쪽으로 돌아앉았다.

「아이고, 저 빗줄기 좀 보세요!」 화제를 바꾸려는 듯이 그가 소리쳤다.

---

17 프리마 돈나(여주인공)를 잘못 발음한 것임.

모든 사람들의 시선이 밖을 향했다. 바로 그 순간 숱 많은 머리채를 어깨까지 늘어뜨리고 검은 치마를 무릎까지 걷어 올린 채 빗속을 달려가는 여자가 보였다. 탄탄하고 둥그스름한 몸매가 비에 젖어 달라붙은 옷 위로 드러나 고혹적이었다.

나는 흠칫했다. 〈웬 맹수지?〉 하는 생각이 퍼뜩 들었다. 그 여자는 나긋나긋하면서도 위험한, 사내를 잡아먹는 동물처럼 느껴졌다.

여자는 잠깐 고개를 돌려 현혹하는 듯한 눈빛으로 카페 안을 흘긋 들여다보았다.

「아이고 성모님······.」 창문가에 앉아 있던 솜털 수염이 보송보송한 젊은이 하나가 중얼거렸다.

「저 요부 같은 년에게 저주가 내릴지어다!」 마을의 임시 순경인 마놀라카스가 버럭 소리를 질렀다. 「암, 저주가 내려야 하고말고, 사내 가슴에 불을 질러 그 불길에 타 죽게 하니까!」

창문가에 앉은 젊은이가 콧노래를 부르기 시작했다. 처음엔 머뭇머뭇 나직이 불렀으나 점차 소리가 커졌다.

······과부 베개에서는 모과 냄새가 난대요!
그 냄새를 맡고 난 뒤부터 나도 잠 못 이룬대요!

「닥쳐라!」 물담뱃대를 휘두르며 마브란도니가 호령했다.

젊은이는 머쓱해져서 입을 다물었다. 나이 든 사람 하나가 임시 순경 마놀라카스 쪽으로 허리를 구부렸다.

나이 든 사람이 속삭였다. 「자네 아재가 단단히 화가 났나 보네. 저 영감 손에 넘어가면 저 불쌍한 년을 아주 요절을 내고 말 거야. 하느님, 저 불쌍한 년에게 자비를 베푸소서!」

「이것 봐요, 안드룰리오.」마놀라카스가 말했다.「당신도 저 과부 꽁무니를 따라다니는구먼. 명색이 교회지기란 사람이. 창피하지도 않소?」

「내 말 좀 들어 보소. 하느님이 저 여자에게 자비를 베푸시기를! 자넨 요새 마을에서 태어나는 애들이 어떤 애들인지 모르는 모양이군. 저 과부에게 복이 있을지어다! 굳이 말한다면 저 여자는 마을 전체의 안주인이시다 이 말씀이야. 다들 불을 끄고는 상상을 하지. 지금 품에 안고 있는 것이 마누라가 아니라 저 과부다…… 알아들어? 바로 그 덕분에 요새 우리 마을에 그렇게 예쁜 애들이 태어나고 있는 거라고!」

한동안 말을 끊고 있던 안드룰리오 영감이 다시 중얼거렸다.

「저 계집을 감는 허벅다리는 복도 많지! 내 나이가 마브란도니 영감의 아들 파블리처럼 스물이라면 얼마나 좋을까!」

「이제 그 여자가 반대 방향으로 지나갈 때가 됐어!」누군가가 이렇게 말하면서 웃었다.

모두가 문 쪽으로 돌아앉았다. 비는 억수같이 쏟아지고 있었다. 자갈 위로 물길이 생겨 흐르고 있었다. 이따금 번개가 하늘을 갈랐다. 조르바는 과부가 지나간 뒤부터 제대로 숨을 쉬지 못했다. 그는 더 이상 자제를 할 수 없었다. 그가 내게 눈짓하며 이렇게 말했다.

「두목, 비가 갭니다. 여기서 나갑시다!」

맨발의 소년 하나가 산발한 채 커다란 눈을 뒤룩뒤룩 굴리며 문 앞에 나타났다. 성화가(聖畵家)가 그린, 단식과 기도로 눈이 엄청나게 커진 세례 요한의 모습과 비슷했다.

「어서 오너라, 미미코!」몇 사람이 소년을 부르며 웃었다.

시골엔 바보가 하나씩 있는 법이다. 없으면 심심풀이로 하나씩 만들어 내기도 한다. 미미코가 그런 마을의 전속 바보였다.

미미코가 여자 같은 목소리로 소리쳤다. 「여러분, 과수댁 소멜리나가 암양을 잃었대요. 누구든지 찾아 주면 포도주 두 되를 상으로 주겠대요!」

「나가! 꺼져 버려!」 마브란도니 영감이 소리를 질렀다.

미미코는 겁을 먹고 문 옆에 움츠리고 섰다.

「이리 와서 앉아, 미미코! 앉아서 라키 술 한 잔 들려무나. 그래야 감기에 안 걸리지.」 아나그노스티 영감이 미미코가 불쌍했던지 이렇게 말했다. 「바보가 없어지면 우리 마을 꼴이 뭐가 되겠나?」

그때 푸른 눈이 축축해 보이는, 건달 같은 젊은이 하나가 문 앞에 나타났다. 숨이 턱 끝에 찬 젊은이의 이마에 찰싹 달라붙은 머리카락 끝에서는 물방울이 뚝뚝 떨어지고 있었다.

마놀라카스가 그를 불렀다. 「파블리! 이리 와서 앉으려무나!」

마브란도니 영감이 아들을 보고는 상을 찌푸렸다. 그는 속으로 이렇게 중얼거리고 있었다.

〈아이고 골치야, 저게 내 새낀가? 지지리도 못생긴 놈. 도대체 저놈은 누굴 닮아 처먹은 거야? 그냥 목덜미를 잡아 올려서 낙지 새끼처럼 땅바닥에다 패대기쳤으면 딱 좋겠구나!〉

조르바는 뜨거운 벽돌 위에 올라앉은 고양이 같았다. 과부가 그의 오관에 불을 질러 놓아 더 이상 네 벽 안에 갇혀 있을 수가 없는 모양이었다.

그가 두 번째로 속삭였다. 「두목, 나갑시다, 나가자니까요. 여기 있다가는 터져 버리고 말겠어요.」

그의 눈에는 구름이 걷히고 해가 나온 것으로 보이는 모양이었다.

그가 카페 주인을 돌아보았다.

「저 과부는 누구요?」별 관심 없는 척하면서 조르바가 물었다.

「씨받이 암말이지요.」콘도마놀리오가 대답했다.

콘도마놀리오는 손가락을 입에 대며 조용히 하라는 신호를 보내고 마브란도니 영감을 곁눈질했다. 마브란도니는 다시 바닥에다 눈을 내리깔고 있었다.

「암, 씨받이 암말이고말고. 하지만 벼락 맞고 싶지 않거든 저 여자 이야기는 그만둡시다.」콘도마놀리오가 중얼거렸다.

마브란도니 영감이 일어서서 물담배통의 목을 돌려 잠갔다.

「실례하오. 이만 집으로 가야겠소. 파블리, 따라오너라.」그가 말했다.

그는 아들을 데리고 가버렸다. 두 사람은 우리 앞을 지나 빗속으로 나갔다. 마놀라카스가 일어서서 그의 뒤를 따랐다.

콘도마놀리오가 마브란도니의 의자에 앉았다.

콘도마놀리오가 속삭였다. 소리가 작아 옆 테이블까지도 들리지 않을 정도였다. 「불쌍한 마브란도니 영감…… 저 영감 화병으로 죽을 거요. 집안에 몹쓸 일이 닥친 거예요. 바로 어제, 나는 내 귀로 직접 파블리가 제 아버지 마브란도니 영감에게 하는 말을 들었어요. 〈저 여자를 아내로 맞지 못하면 칵 죽어 버릴래요!〉 글쎄, 이러지 않겠어요. 하지만 저 요물은 파블리를 거들떠보지도 않는대요. 계집은 파블리에게, 집에 가서 코나 닦으라고 했다나 어쨌다나…….」

「갑시다.」조르바가 또 보챘다. 과부에 대한 말 한 마디 한 마디가 그를 달뜨게 하는 것 같았다.

닭이 울기 시작했다. 비는 좀 주춤해진 것 같았다.

「갑시다, 그럼.」내가 일어섰다.

미미코가 구석 자리에서 나와 우리를 따라나섰다.

자갈길이 빛나고 있었다. 비에 젖은 문은 검었다. 나이를 먹은, 조그만 노파들이 달팽이를 주우러 바구니를 들고 나왔다.

미미코가 내게 다가와 팔을 잡았다.

「선생님, 담배 한 대만…… 담배 한 대 주시면 선생님 애정운이 트일 거예요.」

나는 담배를 주었다. 미미코는 다시 햇빛에 그을린, 앙상한 손을 내 앞으로 내밀었다.

「불도 주셔야죠!」

나는 불을 주었다. 미미코는 연기를 깊이 들이마시고는 눈을 감고 콧구멍 가득히 내뿜었다.

「터키의 임금 빰치게 기분 좋구나!」 미미코가 중얼거렸다.

「어디로 가느냐?」 내가 물었다.

「과수댁 정원으로 갑니다. 암양 찾는 사람에게 포도주 준다는 소식을 알려 주면 내게 음식을 주겠다고 약속했걸랑요.」

우리는 빠른 걸음으로 걸었다. 구름이 갈라졌다. 마을 전체가 말끔히 씻겨 웃고 있는 것 같았다.

「미미코, 너 그 과부 좋아하니?」 조르바가 한숨을 쉬며 물었다.

미미코가 키득거렸다.

「이것 보시라고요, 좋아하지 않을 까닭이 없잖아요. 나는 뭐 딴 놈들처럼 시궁창에서 안 나왔나요?」

「시궁창?」 내가 놀라서 반문했다. 「미미코, 시궁창이라니, 무슨 뜻으로 하는 말이냐?」

「그거요? 어머니 배 속에서 나오는 통로죠 뭐.」

나는 놀라고 말았다. 나는, 셰익스피어쯤 돼야, 그것도 가장 창조적인 순간에야, 탄생의 어둡고 역겨운 신비를 묘사하는 데 그같이 사실적인 표현을 썼을 것 같다고 생각했다.

　나는 미미코를 보았다. 미미코의 눈은 크고 무아지경에 도취되어 있었다. 자세히 보니 살짝 사팔뜨기였다.

　「미미코, 너는 어떻게 지내니?」

　「어떻게 지낼 것 같아요? 나는 정승처럼 살아요! 아침에 일어나서 빵 부스러기를 먹죠. 그러고 나서 남의 일을 해주죠. 아무 데서나, 무슨 일이든지 해요. 심부름 가고, 거름을 실어 나르고, 말똥도 줍고……. 그리고 내겐 낚싯대도 있어요. 우리 숙모 레니오 할마시와 같이 사는데, 할마시는 곡하는 게 전문이지요. 곡부(哭婦)인 거지요. 선생님도 알게 될 겁니다. 모르는 사람이 없으니까. 누가 사진도 찍어 갔어요. 저녁이면 집으로 돌아가 수프 한 접시 마시고, 있으면 포도주도 한 방울 마시죠. 포도주가 없으면 배가 북이 되도록 하느님의 물을 마시지요. 그러고는 편안히 주무신답니다!」

　「결혼은 안 할 건가, 미미코?」

　「뭘 해요? 이 내가요? 미쳤게요? 별걸 다 물으시네. 날더러 없는 고생 사서 하라는 건가요? 여자에겐 신발이 있어야 해요. 그걸 어디서 구해요? 봐요, 나도 맨발로 다니잖아요?」

　「신발이 없나?」

　「날 뭘로 아는 거예요! 물론 신발이 있지요. 작년에 남자 하나가 죽었는데 우리 레니오 숙모가 곡하러 갔다가 발에서 신발을 벗겨 냈지요. 나는 이 신발을 부활절하고 교회에 가서 신부님 뵐 때만 신어요. 나올 때는 벗어서 목에 걸고 집으로 돌아온답니다.」

　「너는 뭘 가장 좋아하니, 미미코?」

　「젤 좋아하는 건 역시 빵이죠. 내가 빵을 얼마나 좋아한다고요! 말랑말랑, 따끈따끈, 특히 밀가루 빵을 좋아해요. 그다음엔 포도주, 그다음엔 잠.」

「여자는?」

「쳇! 먹고 마시고 잠자면 그만이지. 그 나머지는 골치만 아파요.」

「과부는?」

「아휴, 과부는 그냥 악마나 물어 가라고 그래요. 그게 선생님한테도 좋아요. 사탄아, 내 뒤로 물러가라!」

미미코는 침을 세 번 뱉고 나서 성호를 그었다.

「글 읽을 줄은 아니?」

「이것 보세요, 나는 그런 바보가 아니라고요! 어릴 때 학교로 끌려갔죠. 하지만 나는 운이 좋았어요. 티푸스에 걸려 천치가 되어 버렸거든요. 그래서 용케 학교에 안 다닐 수가 있었죠.」

조르바는 내가 미미코에게 꼬치꼬치 캐묻고 있는 걸 더 듣지 못했다. 과부 이외의 생각은 할 수 없어진 것이었다.

「두목…….」 그가 내 팔을 잡았다. 그러고는 미미코를 돌아보았다. 「먼저 가거라. 우리는 둘이서 할 이야기가 있다. 두목, 할 말이 무엇이냐 하면…….」 미미코가 축 처졌다.

「이 대목에서 두목한테 한번 믿고 맡겨 봅시다. 자, 수컷을 불명예스럽게 만들지 마시오! 신과 악마가 이 기찬 음식을 당신에게 내린 겁니다. 당신에게 이가 있지요? 그럼 이를 박아요. 손을 내밀어 저 과일을 따 먹어요! 조물주가 손을 뭣하라고 달아 놓겠어요! 손을 내밀어 취하라고 달아 놓은 거지! 그러니까 잡아요! 살아오면서 별별 여자를 다 보아 왔습니다. 그렇지만 저 망할 년의 과부는 교회 뾰족탑도 족히 흔들어 놓을 것 같습디다!」

「말썽이 생기는 건 질색이에요!」 내가 짜증으로 응수했다.

내가 짜증을 낸 것은, 내 내부의 욕망 역시 암내를 풍기며 지나간 그 탄탄한 몸을 갈망하고 있었기 때문이었다.

「말썽이 질색이라고!」조르바가 어이없다는 듯이 소리쳤다. 「어디 좀 들어 봅시다. 두목이 원하는 건 도대체 뭔지.」

나는 대답하지 않았다.

「산다는 게 곧 말썽이오.」 내가 대꾸하지 않자 조르바가 계속했다. 「죽으면 말썽이 없지. 산다는 것은…… 두목, 당신, 산다는 게 뭘 의미하는지 아시오? 허리띠를 풀고 말썽거리를 만드는 게 바로 삶이오!」

그래도 나는 아무 말도 하지 않았다. 조르바의 말이 옳다는 건 나도 알았다. 그러나 그럴 용기가 내겐 없었다. 나는 아무래도 인생의 길을 잘못 든 것 같았다. 타인과의 접촉은 이제 나만의 덧없는 독백이 되어 가고 있었다. 나는 타락해 있었다. 여자와 사랑에 빠지는 것과 사랑에 대한 책을 읽는 것 중에서 택일해야 한다면 책을 선택할 정도로 타락해 있었다.

조르바가 혼자 지껄였다.

「두목, 계산 같은 건 이제 그만하쇼. 숫자 놀이는 그만두고 저울은 부숴 버리고, 구멍가게는 문을 닫아 버리라고요. 당신 영혼은 구제와 파멸의 갈림길에 선 거요. 두목, 내 말을 들어요. 손수건을 꺼내어 2~3파운드를 거기에다 싸요. 되도록 금화로 해요. 지폐는 반짝거리지 않으니까……. 그래 가지고 미미코 편에 과부에게 보내요. 과부에게 이렇게 말하라고 시켜요. 〈선생님께서 안부를 물으시면서 이 손수건을 보내셨습니다. 작은 것이지만 사랑은 크다고 하십디다. 그리고 선생님께서는 암양 걱정은 그만하라고 하셨습니다. 잃어버리더라도 선생님이 계시니까 겁낼 필요 없다고요. 선생님은, 부인이 카페 앞을 지나는 걸 보시고는 상사병에 걸리셨는데, 부인만이 치료해 줄 수 있다고 하셨습니다!〉

그럼 된 거예요! 그리고 같은 날 밤에 당신이 가서 문을 두드리는 겁니다. 쇠는 단김에 두드려야지요. 가서 과부에게 길을 잃었다고 하세요. 어두워서 그러니까, 등을 좀 빌릴 수 있겠느냐고 넌지시 부탁하는 겁니다. 아니면 갑자기 눈앞이 어지러워졌으니까 물을 좀 마실 수 없겠느냐고 부탁해도 좋겠지요. 제일 좋은 방법은 암양 한 마리를 사서 끌어다 주는 것일 테지요. 그리고 이렇게 말하는 겁니다. 〈부인, 여기 부인께서 잃어버린 암양이 있습니다. 제가 부인 대신에 암양을 찾았지요.〉 그러면 과부는…… 잘 들어요, 두목, 과부는 보답을 하고 당신은 들어가서……. 아이고 하느님, 내가 두목을 그 암말에 태워서 몰아 줄 수만 있다면! 두목, 당신은 말을 탄 채 천국으로 들어가는 거예요. 당신은 다른 천국을 찾고 있는 모양인데, 한심해요, 그런 건 없어요! 신부가 하는 말은 믿지 말아요. 딴건 없으니까!」

어느새 과부네 집 정원 가까이 온 모양이었다. 미미코가 한숨을 쉬며 더듬거리는 목소리로 제 슬픔을 노래하기 시작했다.


밤 먹을 땐 포도주, 호두 먹을 땐 꿀!
가시내는 머스마에게, 머스마는 가시내에게!


조르바는 성큼 앞으로 나서며 콧구멍을 벌름거렸다. 그리고는 갑자기 걸음을 멈추고 숨을 깊이 들이마셨다. 그는 내 눈을 빤히 들여다보면서, 〈어때요?〉 하고 물었다.

조르바는 초조하게 내 대답을 기다렸다.

「그만해 두쇼!」 내가 매정하게 대답했다.

나는 걸음을 재촉했다.

조르바는 고개를 내저으며 내가 알아듣지 못할 소리로 중얼거렸다.

오두막으로 돌아오자 조르바는 다리를 꼬고 앉아 산투르를 무릎 위에 올리고는 고개를 숙인 채 깊은 명상에 빠져 들었다. 흡사 머리를 가슴에다 묻은 채 수많은 노래를 듣고 그중에서 가장 아름답고도 처절한 노래를 고르려는 것 같았다. 마침내 노래를 고른 그가 가슴이 미어지는 듯한 곡을 연주하기 시작했다. 이 따금 그는 비스듬히 나에게 눈길을 주곤 했다. 조르바가 차마 말로 하지 못하는, 하고 싶어도 말로 표현되지 않는 자기 속마음을 산투르를 통해 말하고 있는 것이 느껴졌다. 내가 인생을 허비하고 있다고, 그리고 과부와 나는 태양 아래 겨우 한순간을 살다 영원히 사라져 갈 두 마리 벌레일 뿐이라고. 한 번뿐인 인생! 한 번뿐인 인생!

조르바가 벌떡 일어났다. 그는 문득 자신이 헛수고를 하고 있다는 것을 깨달았던 것이다. 그는 벽에 등을 기대고 앉아 담배에 불을 붙여 물었다. 얼마 후에야 입을 열고 말했다.

「두목, 두목에게 어떤 호자[18]가 살로니카에서 내게 일러 준 비밀 하나를 가르쳐 드리지요……. 해봐야 소용없을지 모르지만 어쨌든 두목에게 들려줘야겠습니다.

내가 마케도니아에서 행상을 하고 다닐 때의 일이지요. 나는 실타래, 바늘, 성인전(聖人傳), 안식향, 고추 따위를 팔러 마을을 돌아다녔지요. 내 자랑해서 뭣하지만, 목소리 한번 끝내줬어요. 여자로 말하자면 꾀꼬리 같은 목소리라고나 할까. 여자라는 건 목소리에 껌뻑 죽는다는 것도 알아야 합니다. 하기야 여자가 뭐엔들 껌뻑 안 죽겠어요…… 갈보들! 여자 속은 하느님 아니면 아무도 모를 거예요. 더없이 추하고 절름발이에다 곱사등이라도

---

FOOTNOTE

18 터키 성인(聖人)의 통칭.

PAGE_NUMBER

목소리 하나만 근사하면 노래로 여자를 돌아 버리게 할 수도 있어요.

나는 살로니카에서 행상 다니면서 터키인 거주 지역으로 들어갔어요. 그런데 내 목소리가 돈 많고 매력 있는 회교도 여자를 홀려 놓은 모양이에요. 파샤[19]의 딸년인데 그 때문에 잠을 이루지 못했다나 어쨌다나. 이 여자는 늙은 호자를 하나 불러 손에다 금돈을 넉넉히 주고 이렇게 졸랐더랍니다. 〈아이고, 죽겠네……. 행상하는 저 이교도를 좀 데려다주세요. 아이고 죽겠네, 그 사람 좀 만나야 해요. 더 이상 참을 수가 없어요.〉

호자가 나를 찾아왔습니다. 이렇게 말하더군요. 〈이것 보게. 이교도 젊은이, 나랑 가세.〉 〈가다니요, 어디로 데려가시려는 겁니까?〉 내가 물었지요. 〈샘물처럼 순결한 파샤의 딸이 있다네. 자기 방에서 자네를 기다리고 있네. 가세, 이교도 친구!〉 하지만 나도 밤이면 터키 지역에서 기독교도들이 종종 살해된다는 걸 모를 바보는 아니죠. 〈싫어요, 안 가겠어요.〉 내가 대답했어요. 그랬더니 호자 왈. 〈하느님이 두렵지 않나, 이 이교도 풋내기야?〉 〈내가 뭣 때문에 두려워합니까?〉 〈이것 보게, 여자와 잘 수 있는 사내가 자주지 않으면 큰 죄를 짓는 거라네. 여자가 잠자리를 함께하려고 부르는데 안 가면 자네 영혼은 파멸을 면하지 못해. 심판의 날에 여자는 하느님 앞에서 한숨을 쉴 거고, 그 한숨 하나면 자네가 아무리 대단하고 잘한 일이 많아도 바로 지옥행이라네!〉」

조르바는 한숨을 쉬고는 말을 이었다.

「지옥이 있다면, 나는 아마 지옥에 갈 겁니다. 바로 그 이유 때문에요. 내가 도둑질했거나 사람을 죽였거나 간통을 해서가 아닙니다. 이런 건 아무것도 아니지요. 어느 날 밤 살로니카에서 여자가 같이 자겠다고 기다리는데 안 갔다는 죄목으로 나는 지옥에 떨어질 겁니다.」

그는 일어나서 화덕에 불을 지피고 음식을 장만했다. 이따금 눈꼬리로 나를 흘기며 경멸하듯이 미소를 지었다.

「귀머거리 집 대문을 평생 두드려 봤자지!」

그렇게 중얼거리고는 허리를 구부리고 젖은 나무에 부채질을 맹렬하게 했다.

# 9

해가 점점 짧아지면서 빛줄기는 점차 빨리 사라졌다. 그래서 오후가 저물어 가면 마음이 무거워지곤 했다. 원시적인 공포가 우리를 사로잡았다. 우리 조상들이 겨울을 맞아 날마다 짧아져 가는 해를 보았을 때 느꼈을 법한 그런 공포였다. 「이렇게 짧아져 가다가 내일은 아주 없어져 버릴지도 몰라.」 그들은 절망적으로 이렇게 부르짖으며 언덕에 올라 두려움에 떨며 온 밤을 지새웠으리라.

조르바는 그런 공포를 나보다 더 깊이 그리고 더 원시적으로 느꼈다. 이 공포에서 헤어나기 위해 그는 밤이 되어 별이 빛날 때까지 탄광의 갱도에서 나오지 않았다.

조르바는 좋은 탄층을 찾았다. 회분(灰分)이 많지 않고 아주 색깔이 짙은 데다 열량이 풍부했다. 그는 몹시 기뻐했다. 그의 마음속에서는 우리가 벌어들일 이윤이 환상적인 변신을 거듭하고 있었다. 그것은 여행이 되고 여자가 되고 새로운 모험이 되었다. 그는 안달을 내며 한몫 단단히 잡고 날개 ― 그는 돈을 날개라고 불렀다 ― 가 넉넉하게 커져 날아갈 날을 기다렸다.

그래서 그는 밤마다 아무 짓도 않고 모형 고가 케이블 실험에 열중했다. 그는 늘 목재의 하강 속도를 완화시켜 줄 경사각을 찾고 또 찾았는데, 그럴 때 이따금 천사가 들어 내리듯이 사뿐히 사뿐히 내리라고 축원하고는 했다.

어느 날 그는, 널찍한 종이 한 장과 색연필 몇 자루를 가져와 산과 숲과 고가 케이블, 그리고 케이블에 매달린 채 내려오는 통나무를 그렸다. 통나무마다 두 개씩의 파란 날개를 그렸다. 작고 둥그스름한 내포(內浦)에는 검은 배와 조그만 앵무새 같은 초록색 제복을 입은 수부(水夫)들, 노란 통나무를 잔뜩 실은 마호네선(船)도 그렸다. 네 귀퉁이에는 수도승을 하나씩 그렸는데 그들의 입에서는 핑크빛 리본이 나왔고 이 리본 위에는 대문자로 〈크시도다, 하느님이시여, 놀랍도다 그분의 기적!〉이라고 썼다.

며칠 동안 조르바는 서둘러 화덕에 불을 지피고 저녁 식사를 준비한 다음, 식사를 끝내면 휭 하니 마을로 갔다가 얼마 후에는 언짢은 낯빛으로 되돌아오곤 했다.

「또 어딜 갔다 왔어요, 조르바?」 나는 이렇게 물었다.

「신경 쓰지 마시오, 두목.」 그는 이렇게 대답하며 화제를 바꾸어 버리곤 했다.

어느 날 마을에서 돌아온 그가 정색을 하고 말했다.

「하느님은 있습니까? 있어요, 없어요? 두목, 당신은 어떻게 생각해요? 있다면 — 뭐, 그러지 말라는 법도 없으니까 — 도대체 어떤 모습을 하고 있을 것 같아요?」

나는 어깨를 으쓱해 보였다.

「두목, 나 지금 농담하고 있는 게 아니외다. 나는 하느님이 꼭 나 같을 거라고 생각해요. 단지 나보다 좀 더 크고, 좀 더 힘이 세고, 좀 더 돌았겠지요. 그리고 죽지 않는다는 것도 있겠네. 부드러운 양피 무더기 위에 떡하니 앉아 있는데 그 양반 오두막은 하늘이야. 우리처럼 빈 드럼통으로 만든 게 아니라 구름으로 만들었지. 오른손에는 칼이나 저울 같은 걸 들고 있는 게 아니고, 이따위 웃기는 연장은 백정이나 식료품상이나 들고 다니는 거니까, 아니지, 비구름처럼 물을 잔뜩 머금은 큰 스펀지 한 덩어리를 들고 있어요. 오른쪽에는 천당, 왼쪽에는 지옥. 이윽고 혼령이 하나 들어옵니다. 가엾게도 이 불쌍한 것은 발가벗었어. 옷을 잃어버렸으니까. 그러니까 육신 말이오. 오들오들 떨어요. 하느님은 그걸 보시면서 팔소매로 웃음을 가리고 악당 놀이를 하십니다. 이렇게 호령하시는 거죠. 〈이리 오너라, 이 거지 같은 자슥아!〉

이윽고 하느님은 심문을 시작하시지요. 발가벗은 혼령은 하느님 발밑에 몸을 던지고는 애걸복걸합니다. 〈자비를 베푸소서, 저는 죄를 지었나이다.〉 혼령은 자기 죄를 끝도 한도 없이 시시콜콜 읊어 나갑니다. 듣기 좋은 꽃노래도 한두 번인 법이라 하느님도 난감해지십니다. 하품을 하십니다. 그러고는 꾸짖으십니다. 〈제발 그만둬! 그런 소리라면 신물이 나도록 들었다.〉 그러고는 처덕처덕 물 적신 스펀지로 문질러 죄를 몽땅 씻어 버리시고 혼령에게 말씀하십니다. 〈가거라, 천당으로 냉큼 꺼져라! 여봐라, 베드로. 이 잡것도 넣어 줘라!〉

아시겠지만 하느님은 굉장한 임금이십니다. 굉장한 임금이시란 게 뭡니까? 용서해 버리는 거지요!」

조르바가 이 심오한 객설을 지껄이던 그날 저녁, 기억하기로는, 나는 웃지 않을 수 없었다. 그러나 그가 말한 〈굉장한 임금님〉으로서의 하느님은 내 속에서 틀이 잡히면서 자비심 많고, 관대하고 전능하신 분으로 성숙을 거듭했다.


비가 내리던 또 어느 날 저녁, 우리는 화덕 옆에 쪼그리고 앉아 밤을 굽고 있던 중, 조르바가 내 쪽으로 고개를 돌리고 한동안 나를 바라보았다. 무슨 굉장한 수수께끼라도 풀어 보려는 사람 같았다. 자기 생각을 더 이상 감당하지 못한 그가 불쑥 이렇게 물었다.

「두목, 젠장, 당신이 내 속에서 무엇을 찾아볼 수 있을지 궁금하네요. 왜 나를 잡아끌어 밖으로 내쫓아 버리지 않는다지요? 사람들이 날 흰곰팡이라고 부른다고 했죠? 내가 한 번 휩쓸고 지나가면 주위에 남아나는 게 없어서 그럴 거예요. 당신 사업도 엉망으로 망쳐 먹고 말 겁니다. 그래서 말씀드리는 건데, 날 쫓아내 버려요!」

내가 대답했다. 「조르바, 나는 당신이 좋은걸요. 그러면 되었잖아요.」

「하지만 두목, 당신은 내 대가리 근수가 제대로 되어 있지 않다는 걸 몰라요. 근수가 조금 더 나갈지도, 조금 모자랄지도 모르겠지만 하여튼 제 근수가 아닌 건 틀림없어요. 당신도 알 만한 이야기가 하나 있어요. 나는 그 과부 때문에 밤낮을 안절부절못했습니다. 아니, 나 때문에 그랬다는 게 아닙니다. 맹세코 그건 아닙니다. 나는, 악마나 물어 가라고 했죠. 그대롭니다. 나는 절대로 그 과부에게 손을 대지 않습니다. 그것 하나만은 장담할 수 있어요. 나는 그 여자 몫이 아니니까……. 그러나, 모든 사람이 그 여자를 모르는 척하고 사는 게 견딜 수가 없어요. 그 여자가 혼자 잔다는 게 참을 수가 없어요. 두목, 그래서는 안 돼요. 나는 그런 생각 때문에 참을 수가 없어진 겁니다. 그래서 나는 밤마다 그 집 뜰을 방황합니다. 내가 슬쩍 사라졌다가 나타나고…… 그랬지요? 두목은 어딜 갔다 왔느냐고 물었지요? 거길 갔다 온 겁니다. 이유를 짐작하겠어요? 혹 누가 그 여자와 자는지 확인하려고 가는 겁니다. 누가 이 불쌍한 과부를 끼고 자주어야 내 마음이 편할 텐데, 그렇지를 못합니다.」

나는 웃음을 터뜨리고 말았다.

「웃지 말아요, 두목! 여자가 혼자 잔다면 그건 우리 남정네들의 잘못이에요. 우리는 최후의 심판 날에 우리가 한 짓을 설명할수 있어야 해요. 우리가 얼마 전에 서로 얘기했다시피 하느님은모든 죄를 용서해 주십니다. 하느님은 이미 우리들 몫의 스펀지를 준비하고 계시지요. 그러나 그 죄만은 용서하지 않을 겁니다. 여자와 잘 수 있는데도 자지 않는 사내에게 화 있을진저! 남자와잘 수 있는데도 안 자는 여자에게 화 있을진저! 호자가 했던 말을 생각해 봐요!」

그는 잠시 입을 다물었다.

「사람이 죽어 다시 생명을 얻을 수 있나요?」 난데없이 그가 물었다.

「글쎄, 그럴 수는 없을 것 같군요, 조르바!」

「나도 그렇게는 생각하지 않아요. 그러나 만약 그럴 수가 있다면 내가 말한 사람들, 즉 여자에 대한 봉사를 거절하고 도망간놈은 이 땅에 뭘로 태어날 것 같으세요? 노새, 노새가 되죠.」

그는 다시 입을 다물고 생각했다. 갑자기 그의 눈이 반짝거렸다. 그는 자기의 새로운 발견이 대견스러웠던지 소리를 질렀다.

「누가 압니까요? 오늘날 우리가 보는 노새라는 노새는 모조리, 전생에 봉사의 의무를 저버리고 도망친 남자와 여자들, 남자이면서 남자 노릇을 거절하고, 여자이면서 여자 노릇을 거절한것들인지? 그래서 이것들이 항상 뒷발길질을 하는 겁니다. 자,이에 대해선 어떻게 생각하시오?」

「당신 머리의 근수가 모자란다고 생각해요, 조르바.」 내가 웃

161

으면서 응수했다. 「산투르나 한 곡조 치시지요!」

「앙심이 있어 그러는 게 아니라, 오늘 밤엔 산투르가 안 될 겁니다. 나는 말을, 엉터리없는 소리를 좀 해야겠어요. 내 마음이 근심의 짐을 한 짐 잔뜩 지고 있거든요. 새 갱도가 — 악마나 물어 가라지! — 속을 썩입니다. 그런데 산투르가 당기나 합니까!」

그는 화덕의 잿더미 속에서 밤을 꺼내 내게 한 줌 주고는 우리 술잔에다 라키 술을 따랐다.

「하느님께서 우리를 옳은 쪽으로 이끌어 만사가 잘되게 해주시기를!」 술잔을 부딪치며 내가 말했다.

조르바가 농으로 받아치며 고쳐 말했다. 「오른쪽은 무슨! 왼쪽이라야지, 왼쪽! 지금까지 오른쪽으로 가서는 좋은 게 없었어요!」

그는 단숨에 술을 마시고 침대에 벌렁 드러누웠다.

「내일은 젖 먹던 힘까지 써야 할 겁니다. 1천 마리의 악마와 싸워야 하니까요. 안녕히 주무시오!」

다음 날 새벽에 조르바는 탄광으로 사라졌다. 인부들은 탄맥이 좋은 지층을 깎아 내는 데 상당한 진전을 보이고 있었다. 천장에서 물이 새어 들어 인부들은 시커먼 진창을 철벅거리지 않으면 안 되었다.

이틀 전에 조르바는 갱도를 보강할 통나무를 시켜 놓았다. 하지만 그는 마음이 편치 않았다. 도착한 버팀목들은 제 역할을 할 만큼 충분히 굵지 않았다. 조르바에겐 지하의 미로에서 일어나는 일들을 마치 제 몸속의 일처럼 샅샅이 알아내는 오묘한 직감이 있어서 그 버팀목들이 안전하지 않다는 것을 예감했다. 그는 남의 귀에는 들리지 않는 소리 — 가령 버팀목이 천장의 하중을 견디지 못하고 삐걱거리는 소리 — 를 들을 수 있었다.

그날 또 한 가지 일이 조르바의 가슴을 무겁게 했다. 막 새로 뚫은 갱도로 내려서려는데 마을의 사제인 스테파노스 신부가 노새를 타고, 죽어 가는 수녀의 종부 성사(終傅聖事)를 드리러 이웃 수녀원으로 가고 있었다. 다행히 조르바에겐 신부가 말을 걸기 전에 땅에 세 번 침을 뱉고 자기 자신을 꼬집을 시간이 있었다.

「안녕하세요, 신부님!」 조르바는 신부의 아침 인사를 심드렁하게 받아넘겼다.

그러고는 아주 작은 소리로 덧붙였다.

「당신의 저주가 내게 내리소서!」

그는, 그러고도 액땜이 넉넉지 못하다고 생각하며 짜증스러운 마음으로 새 갱도를 따라 내려갔다.

안에서는 갈탄과 아세틸렌 냄새가 몹시 났다. 인부들이 천장을 떠받치고 버팀목을 보강한 뒤였다. 조르바는 인부들에게 건성으로 아침 인사를 했다. 그러고는 소매를 걷어붙이고 일을 시작했다.

여남은 명의 인부들이 탄맥을 곡괭이로 찍어 떨어뜨린 갈탄을 발아래 모았고 몇 명은 그걸 삽으로 퍼 조그만 손수레로 실어 내고 있었다.

갑자기 조르바가 일손을 멈추고 인부들에게도 멈추라고 손짓한 다음 귀를 세웠다. 기수(騎手)가 말과 일심동체가 되고 선장이 배와 의기투합하듯이 조르바는 탄광과 이심전심하고 있었다. 조르바는 사방으로 뻗어 나간 갱도를 자기 살 속에 뚫린 혈관으로 느낄 수 있었고 검은 석탄 덩어리들도 느껴 내지 못하는 것들을 살아 있는 인간의 투명한 의식으로 감지할 수 있었다.

그 큼직막한 털북숭이 귀를 세워 열심히 들어 본 조르바는 갱도를 노려보았다. 내가 탄광에 도착한 것은 바로 그때였다. 나는 무슨 불길한 예감이 덮친 듯, 보이지 않는 손에 흔들린 듯 때 아닌 시각에 소스라치듯 깨어났다. 허둥지둥 옷을 꿰어 입고 내달렸는데, 내가 왜 그렇게 허둥대는지, 어디로 갈 것인지 전혀 모르는 채였다. 그러나 내 몸은 서슴없이 광산으로 가고 있었다. 나는 조르바가 귀를 세우고, 눈에 불을 켜고 갱도를 노려보는 바로 그 시각에 탄광에 도착한 것이었다.

그는 인부들에게 이렇게 말하고 있었다. 「아무것도 아니야……. 잠깐 이게 왜 이럴까 했지만…… 걱정 말고 일이나 해. 괜찮아!」

그는 돌아서다가 나를 보고는 입술을 비쭉거렸다.

「아니 두목, 꼭두새벽에 여기에서 뭘 하고 있는 거요?」

그가 내게 다가왔다.

「올라가서 신선한 공기나 마시지요, 두목? 다른 날 와서 둘러보시고.」

「무슨 일이에요, 조르바?」

「아무것도 아니오……. 괜한 상상일 겁니다. 오늘 아침 신부가 지나가더니만…… 올라가슈.」

「어떤 위험이 있다고 내가 내뺀다면 창피하잖아요?」

「그렇지요.」 조르바가 대답했다.

「조르바, 당신은 내뺄 거예요?」

「아뇨.」

「됐네요, 그럼!」

「조르바가 해야 할 일이 있고, 다른 사람이 해야 할 일이 있는 법입니다. 여기서 나가는 게 창피스럽겠거든 가지 말고 여기 있으시오. 두목의 제삿날이 될 테니까……」 조르바가 짜증을 부렸다.

그는 무거운 망치를 들고 발돋움을 한 채 천장 버팀대에 못을 박았다. 나는 기둥의 아세틸렌 등을 뽑아 들고 진창을 오르내리

164

며 어둠 속에서 반짝이는 탄맥을 보았다. 수백만 년 전 어마어마한 숲을 삼켰을 것 같았다. 대지는 그 숲을 소화하고 자식을 만들어 낸 것이었다. 나무는 갈탄이 되고, 갈탄은 석탄이 되고, 조르바가 오고…….

나는 등을 다시 기둥의 못에다 걸고 조르바가 일하는 걸 지켜보았다. 그는 완전히 일에 빠져 있었다. 그가 생각하는 건 오로지 일뿐이었다. 그는 대지와 곡괭이와 갈탄에 호흡을 일치시키고 있었다. 그는 망치와 못과 연합하여 목재와의 전투를 벌이고 있었다. 갱도의 벌어지는 천장은 그를 고통스럽게 했다. 조르바는 꾀와 힘으로 산 하나와 주먹다짐을 벌이며 갈탄을 파내고 있었다. 그는 직감으로 물질을 파악하고 가장 약한 곳, 치명적인 곳에다 주먹을 꽂았다. 갈탄 가루를 잔뜩 뒤집어쓰고 오직 눈의 흰자위만이 번뜩이는 그의 모습을 보노라면, 적의 허를 찌르며 적진으로 침투하려고 검은 탄가루로 위장하다 마침내 탄 그 자체가 되어 버린 사람 같았다.

「브라보, 조르바! 열심히!」 나는 그의 모습에 순진한 감탄을 보내었다.

그러나 조르바는 돌아다보지도 않았다. 하기야 그런 순간에 곡괭이를 휘두르다 말고, 곡괭이 대신 손가락 사이에다 몽당연필을 끼고 선 책벌레에게 말을 할 리도 없었다! 그는 바쁘면 말을 하려 하지 않았다. 어느 날 저녁에 우리는 이런 이야기를 나눈 적이 있었다. 「일할 때는 말 걸지 마슈! 뚝 부러질 것 같으니까.」 「부러지다니, 조르바, 그게 무슨 말이오?」 「또, 〈무슨 뜻이냐, 왜 그러냐〉 하시는군. 꼭 애들같이! 그걸 내가 무슨 수로 설명해요? 나는 일에 몸을 빼앗기면, 머리꼭지부터 발끝까지가 잔뜩 긴장하여 이게 돌이 되고 석탄이 되고 산투르가 되어 버린단 말입니다. 두목이 갑자기 내 몸을 건드리거나 말을 걸면 돌아봐야죠? 그럼 꼭 부러져 버릴 것 같다는 말입니다. 이제 아시겠어요?」

나는 시계를 보았다. 10시였다.

「점심 먹을 시간이오, 여러분! 점심시간을 벌써 넘겼어요.」내가 소리쳤다.

인부들은 그 말이 떨어지기가 무섭게 구석에다 연장을 던지고 땀을 훔치며 갱도를 나설 준비를 서둘렀다. 일에 몰두해 있는 조르바에게는 내 말이 들리지 않았던 모양이다. 아니, 들렸다고 하더라도 그는 갱도를 떠나지 않았으리라. 그는 다시 한 번 귀를 세우고 갱도의 소리를 들었다.

「기다리며 담배나 한 대 합시다.」내가 인부들에게 소리쳤다.

내가 주머니를 뒤지자 인부들은 나를 삥 둘러쌌다.

그때, 조르바가 고개를 들었다. 그는 갱도가 벌어진 곳에다 귀를 갖다 대었다. 아세틸렌 불빛으로 나는 그의 벌어진 입을 볼 수 있었다.

「왜 그래요, 조르바?」내가 소리쳤다.

바로 그 순간, 우리 위에서 갱도의 천장 전체가 진동하는 듯한 느낌이 들었다.

「나가! 빨리 나가!」조르바가 쉰 목소리로 외쳤다.

우리는 출구로 달렸다. 그러나 우리가 첫 번째 나무 버팀목을 지나기도 전에 또다시, 이번에는 갈라지는 소리가 더 크게 머리 위에서 들렸다. 그러는 중에도 조르바는 갱도 사이에다 큼지막한 통나무를 쐐기로 박아 밀려 나오는 받침대를 고정시키려 하고 있었다. 제대로 된다면 그게 몇 초는 더 천장을 버텨 우리에게 탈출할 틈을 줄 터였다.

「나가!」조르바가 다시 소리를 질렀다. 그러나 이번에는 그의 목소리가 맥맥한 것이 마치 지구의 중심에서 들려오는 것 같았다.

결정적인 위기를 맞았을 때 사람은 자기도 모르는 사이에 겁쟁이가 되는 법. 우리는 허둥지둥 밖으로 도망치느라 조르바를 까맣게 잊고 말았다. 하지만 몇 초 후 나는 냉정을 되찾고 갱도로 되돌아갔다.

「조르바! 조르바!」

내가 소리를 질렀다. 적어도, 나는 소리를 질렀다고 생각했다. 알고 보니 내 소리는 목구멍을 떠나지도 못했다. 공포가 내 목을 조여 버린 것이었다.

부끄러웠다. 나는 팔을 벌리고 그를 향해 달렸다. 조르바는 막받침대를 해 박고는 뛰고 달리고 진창에 미끄러지고 하면서 출구를 향해 오던 참이었다. 어둠 속을 마구잡이로 헤쳐 나오던 터라 그도 나에게 달려들면서 우리는 뜻밖에 서로의 품 안으로 뛰어든 셈이 되었다.

「나가야 해요, 나가요!」 그가 외쳤다.

우리는 달렸고 빛이 보였다. 하얗게 질린 인부들이 갱도 입구에 모여 서서 안을 들여다보고 있었다.

우리는 태풍에 나무가 부러지는 듯한, 고막을 터뜨릴 듯한 세 번째의 굉음을 들었다. 이어서 벼락 치는 듯한 소리가 한 번 더 났다. 이 소리가 산을 뒤흔들며 갱도를 폭삭 내려앉혔다.

「오, 전능하신 하느님!」 인부들은 성호를 그으며 중얼거렸다.

「자네들 곡괭이를 두고 왔지?」 조르바가 화를 내며 소리를 버럭 질렀다.

인부들은 아무 말도 못 했다.

「왜 안 가지고 나왔어?」 조르바가 험악한 어조로 나무랐다. 「바지에 오줌이나 찔끔거렸겠지! 연장이 불쌍하지도 않아?」

「조르바! 이 판국에 곡괭이 걱정이 당키나 해요?」 내가 조르바와 인부들 사이로 들어서며 말렸다. 「모두가 안전하게 빠져나온 것만으로도 천행입니다. 고마워요, 조르바, 당신 덕에 우리는 모두 살아났어요.」

「아이고 배고파! 한바탕 지랄을 했더니 속이 텅 빈 것 같군.」 조르바가 딴소리를 했다.

그는 바깥에 두었던 도시락을 열고 빵, 올리브, 양파, 삶은 감자, 그리고 포도주를 채운 조그만 호리병을 꺼냈다.

「이봐! 먹자구.」 그는 음식을 가득 씹으며 말했다.

조르바는 순식간에 음식을 요절냈다. 방금 일로 힘이 다 빠져 다시 기운 차려서 일어나고 싶은 듯 보였다.

그는 달다 쓰다 말 한마디 없이 우적우적 먹었다. 호리병을 집어 고개를 젖히고 포도주를 목구멍으로 쏟아붓기도 했다.

인부들도 용기를 얻어 도시락을 꺼내어 먹기 시작했다. 그들은 다리를 꼬고 조르바를 둘러싸고 앉아 먹으면서 그를 보았다. 인부들은, 마음 같아서는 털썩 조르바의 발밑에 무릎을 꿇고 손에다 입을 맞추고 싶었겠지만, 조르바의 괴상한 성미를 아는지라 그럴 용기를 못 내고 있는 것이었다.

이윽고 덩치가 크고 수염이 짙은, 인부들 가운데서는 최연장자인 미헬리스 영감이 단단히 결심하고 입을 열었다.

「우리 알렉시스 나리가 거기 남아 계시지 않았더라면, 우리 애들은 지금쯤 고아가 되어 있을 겁니다요.」

「그만해 두소!」 조르바가 입에 음식을 잔뜩 넣고 내뱉었다. 다른 사람들은 한마디 꺼낼 용기를 내지 못했다.

# 10

「도대체 누가 만들어 내었는가? 이 주저의 미로를, 이 추측의 사원을, 이 죄악의 물주머니를, 천 가지 기만이 파종된 이 밭을, 이 지옥의 문을, 잔꾀로 넘쳐 나는 이 바구니를, 꿀맛이 나는 이 독을, 중생을 땅에 묶어 놓는 이 사슬을 — 바로 여자를!」

나는 화덕 앞 바닥에 앉아 천천히, 그리고 묵묵히 이 붓다의 노래를 옮겨 적고 있었다. 마(魔)를 몰아내려는 몸부림이었다. 내 마음속에 들어앉은 비에 젖은 여인의 몸, 그 영상을 떨쳐 내려기를 썼다. 여인의 육체는 그 겨울 내내 밤마다 엉덩이를 실룩거리며 내 눈앞을 지나갔다. 내 목숨이 끝날 뻔했던 저 갱도 도괴 사건 이래로 과부는 내 속으로 들어와 피로 흐르는 것 같았다. 과부는 야생의 동물처럼 나를 향해 절박하게, 그리고 책망하듯이 소리를 질렀다.

과부는 이렇게 소리치고 있었다. 「와요, 어서 와요, 인생은 한줄기 빛처럼 지나가는 것. 어서 와요, 와요, 와요, 너무 늦기 전에!」

나는 과부가, 탄력 있는 허벅지와 엉덩이를 한 여자 형상의 악령, 마라(魔羅)라는 것을 잘 알고 있었다. 나는 마라와 싸웠다. 나는 붓다의 집필에 전념했다. 마치 원시인들이 동굴에다 뾰족

169

한 돌과 붉은색, 흰색 안료로 가까이 배회하는 사나운 맹수를 그리는 것과 마찬가지였다. 그들 역시 맹수를 새김으로써 바위에다 단단히 고정시키려 했던 것이다. 그렇게 하지 않으면 맹수가 덮칠 테니까.

가까스로 죽음을 면한 바로 그날부터 과부는 끊임없이 내 고독한 가슴 앞을 지나며 내게 손짓하고 엉덩이를 흔들어 대었다. 낮 동안은 나도 강건했다. 내 마음은 경계 상태를 유지하여 여자의 환상을 밖으로 그럭저럭 몰아낼 수 있었다. 나는 유혹자가 붓다 앞에 어떤 모습으로 가장하고 나타났는지를 썼다. 유혹자가 여자의 형상을 입고 나타나 통통한 젖가슴으로 이 고행자의 무릎을 누른 일, 붓다가 위험을 느끼고 전력을 다해 악령을 물리친 경위를 썼다.

한 문장 한 문장이 내게 위안을 주었다. 나는 힘을 얻었다. 악령이 언어라는 강력한 주문에 쫓겨 물러가는 것 같았다. 낮 동안은 전력으로 싸웠지만, 밤이 되면 내 마음은 무기를 놓았고, 내면의 문이 열리면서 과부가 들어왔다.

아침이면 나는 지친 패배자로 일어났다. 싸움은 다시 시작되었다. 정신없이 쓰다가 머리를 들어 보면 저녁이 가까워져 있곤 했다. 빛은 물러가고 어둠이 별안간 내 위로 떨어져 왔다. 해가 짧아지면서 성탄절이 가까워졌다. 나는 있는 힘을 다해 싸우며 버텼다. 나는 속으로 되뇌었다. 〈나는 혼자가 아니다. 낮 동안의 빛이라는 위대한 힘이 내 편이 되어 싸우고 있다. 그 빛 역시 때로는 패배하고 때로는 승리한다. 그러나 빛은 절망하지 않는다. 나는 빛과 더불어 싸우고 희망한다!〉

과부에 맞서 싸우면서 나 역시 어떤 위대한 우주의 리듬에 순응하고 있는 것 같았고, 이런 생각이 내게 용기를 주었다. 간교한 물질이 내 몸을 시켜 야금야금, 내 내부에서 가물거리는 자유로운 불꽃을 눅여 끄트리려 한다는 생각이 들었다. 나는 속으로 말했다. 물질을 정신으로 바꾸는 놀라운 힘은 신적인 힘이다. 모든 인간의 내부엔 신성의 회오리바람이 있고, 바로 그래서 빵과 물과 고기를 사상과 행동으로 변환할 수 있는 것이다. 조르바의 말이 옳았다. 「먹는 걸로 무얼 하는지 가르쳐 줘봐요. 그럼 당신이 어떤 사람인지 가르쳐 줄 테니!」

이렇게 나는 육체의 난폭한 욕망을 붓다로 바꿔 놓으려고 피눈물 나는 노력을 기울이고 있었다.

「무슨 생각하세요, 두목? 요새 어째 신수가 덜 좋은 것 같은데요!」 성탄절 전날 조르바가 내게 이렇게 말했다. 내가 어떤 악령과 싸우고 있는지를 조르바가 모를 턱이 없었다.

나는 못 들은 척했다. 그러나 조르바는 그렇게 쉽게 물러앉을 위인이 아니었다.

「두목, 당신은 젊소.」 그러더니 갑자기 신랄하고 노기 띤 어조로 말했다. 「당신은 젊고 힘이 있고, 잘 먹고 잘 마시고 싱싱한 바닷바람을 호흡하며 정력을 몸속에다 모으고 있어요. 그래, 그 정력으로 뭘 해요? 당신은 혼자 자죠? 그건 정력에도 좋지 못한 거예요! 오늘 밤에 그 집에 가요! 네, 시간 낭비 하지 말고! 두목, 이 세상일은 간단한 거예요. 몇 번이나 말씀드려야 해요? 간단한 걸 가지고 자꾸 복잡하게 만들어 헷갈리게 하지 말래도!」

붓다 원고가 내 앞에 펼쳐져 있었다. 나는 원고를 넘기며 조르바의 말을 듣다가 그의 말이 내게 확실하고도 매혹적이며 매우 인간적인 길을 제시하고 있다는 것을 깨달았다. 다시금 교활한 뚜쟁이, 마라의 악령이 나를 부르고 있었다.

나는 잠자코 그의 말을 들으며 천천히 원고를 넘겼다. 내 감정을 숨기려고 휘파람까지 불었다. 그러나 내가 대꾸를 하지 않자 조르바는 불쑥 말했다.

「이것 봐요, 크리스마스이브랍니다. 그 여자가 교회에 가버리기 전에 서둘러 어서 만나요. 두목, 예수가 오늘 밤에 태어납니다. 당신도 가서 당신 기적을 연출해요!」

나는 짜증을 부리며 일어섰다.

「그만해 두세요, 조르바. 사람이란 제각기 제멋에 사는 겁니다. 사람이란 나무와 같아요. 당신도, 버찌가 열리지 않는다고 무화과나무와 싸우지는 않겠지요? 자, 그럼 그건 그렇고……. 자정이다 되었어요. 교회로 가서 그리스도의 탄생이나 지켜봅시다.」

조르바가 두꺼운 겨울 모자를 끌어 눌러썼다. 그는 잔뜩 부어 있었다.

「좋아요, 그럼. 갑시다. 하지만 두목, 이것 하나만은 알아 뒀으면 해요. 하느님은 오늘 밤 당신이 과부 집에 갔으면 훨씬 더 좋아하셨을 거예요. 천사장 가브리엘도 그랬을 거고. 하느님이 당신 같았다면, 마리아를 찾아가지도 않았을 테고, 그랬더라면 그리스도는 태어나지도 못했을 거요. 그럼 하느님이 어떻게 하셨느냐고 물으신다면 나는 이렇게 대답할 겁니다. 하느님은 마리아에게 가셨다, 마리아는 과부다, 어때요?」

그는 기다렸지만 내게 대답할 말이 있을 턱이 없었다. 그는 문을 박차고 나갔다. 그러고는 단장 끝으로 짜증스레 자갈길을 두드렸다.

「암, 그렇고말고. 마리아는 과부고말고!」

「자, 그쯤 해둬요. 소리 지르지 말고!」 듣다못해 내가 쐐기를 박았다.

우리는 겨울밤의 어둠 속을 꽤 빠른 속도로 걸었다. 하늘은 말끔했고 별들은 굵직굵직한 게 불덩어리처럼 하늘 나직이 걸려 있었다. 해변을 따라 걸으려니 밤은 물가에 누운 거대한, 검은 짐승 같아 보였다.

나는 속으로 말했다. 〈오늘부터 겨울에 격퇴당한 빛이 승리의 반격을 시작한다. 이 빛도 이날 밤에 태어난 아기 신인 듯이.〉

마을 사람들이 따뜻하고 향내 그윽한 교회로 떼 지어 몰려들었다. 남자들은 앞줄에 섰고 여자들은 두 손을 모은 채 뒤에 섰다. 키가 큰 스테파노스 신부는 44일 금식으로 후줄근해져 있었다. 묵직한 황금빛 미사복을 입은 신부는 향로를 들고 이리 왔다, 저리 갔다 하면서 힘껏 노래를 부르고 있었는데, 예수의 탄생을 빨리 보고 어서 집으로 돌아가 진한 수프와 소시지, 그리고 훈제 고기가 먹고 싶었던지 몹시 서둘고 있었다.

성서에서 〈오늘 빛이 났도다〉라고 했더라면 사람들의 가슴은 그렇게 뛰지는 않았으리라. 그 관념은 전설이 되지도 않았을 것이고 온 세상에 퍼지지도 않았으리라. 단지 정상적 물리 현상을 기술한 것으로, 우리의 상상력 — 즉 우리의 영혼 — 에 불을 지피지도 않았으리라. 그러나 죽음의 겨울에서 태어난 빛은 아기가 되고 아기는 하느님이 되면서, 스무 세기 동안 우리네 영혼은 그 아이를 품고 젖을 물려 온 것이다.

신비스러운 의식은 자정을 조금 지나 끝났다. 그리스도가 태어난 것이다. 배는 굶았지만 기쁨에 젖은 마을 사람들은 잔치를 벌이고 가슴 깊숙이 육화(肉化)의 신비를 맛보려 집으로 돌아갔다. 배는 견고한 토대다. 빵과 포도주와 고기는 제1의 요소들이다. 빵과 포도주와 고기가 있어야만 우리는 신을 만들 수 있다.

별은 교회의 하얀 지붕 위에서 천사처럼 환했다. 은하수는 천국 이쪽에서 저쪽을 잇는 강물로 흘렀다. 초록 별 하나가 우리 머리 위에서 에메랄드처럼 빛났다. 나는 한숨을 쉬었다. 내 감정에 휘둘리고 있었던 것이다.

조르바가 나를 돌아보았다.

「두목, 당신은 믿으시오? 하느님이 사람이 되어 마구간에서 태어났다는 말? 믿어서 믿는 거요, 아니면 공연히 그래 보는 거요?」

「조르바, 그건 어려운 문젠데요. 믿는다고도 할 수 없고 안 믿는다고도 할 수 없겠는걸요. 당신은 어때요?」

「나도 믿는다고는 할 수 없겠어요. 그렇다고는 절대 못 하지요. 어릴 적에 할머니가 갖가지 이야기를 들려주었는데 나는 한마디도 믿지 않았어요. 그런데도 나는 감동해서 떨고, 웃고 울고 했어요. 꼭 믿는 것처럼 말입니다. 나이 들어 턱에 수염이 날 때쯤엔 그런 이야기를 무시했고 비웃기까지 했지요. 그러나 지금, 나이를 먹은 지금…… 나이 먹으면 대가리가 물렁물렁해지는 걸까요, 두목, 이제 그런 이야기가 좀 다시 믿어지는 것 같단 말씀이야……. 사람이란 참 요상한 거야!」

오르탕스 부인의 집으로 통하는 길로 들어서면서 우리는 마구간 냄새를 맡은 굶주린 두 마리 말처럼 걸음이 빨라졌다.

「아시오, 두목! 신부들이란 꽤나 약아요. 신부들은 머리가 아니라 배로 믿게 만들어요. 그러니 피할 재간이 없지요. 40일 동안 금식하래요. 고기도 먹지 말고 포도주도 마시지 말고. 왜! 그래야 먹고 마시고 싶어 죽을 지경이 되지. 아, 살찐 돼지들. 하여간 그 양반들은 어떻게 하면 넘어올지 별의별 꼼수를 다 알아!」

그의 걸음은 더 빨라졌다.

「두목, 빨리 갑시다요. 칠면조가 적당하게 색을 쓰고 있을 겁니다요.」

널찍한 유혹의 침대가 놓인 착한 부인의 방에 들어서니, 하얀 상보가 씌워진 식탁이 놓여 있고, 그 위에는 김이 무럭무럭 나는 칠면조가 가랑이를 쩍 벌리고 드러누워 있었다. 화덕은 부드러운 열기를 피우고 있었다.

  오르탕스 부인은 머리를 말고 소매가 엄청나게 넓고 가장자리 레이스가 닳아 버린, 빛바랜 핑크 가운을 입고 있었다. 주름살이 보이는 목은 손가락 두 개 정도 두께의 노란 리본이 죄고 있었다. 오렌지 꽃물을 아낌없이 뿌리고 나온 것임에 분명했다.

  나는 생각했다. 이 세상 모든 것이 얼마나 완벽한 조화를 이루고 있는지! 온 세상이 얼마나 인간의 마음에 꼭 맞게 만들어져 있는지! 여기 이 늙은 카바레 여가수를 보라. 평생을 방탕하게 살아온 뒤, 이제는 이 외로운 해안에 흘러들어, 저 모든 성스러운 근심과 여성스러운 온기를 이 초라한 방 안에 응집시켜 놓았다.

  정성을 다하여 푸짐하게 보아 놓은 상, 따뜻한 화덕, 화장하고 꾸민 몸, 오렌지 꽃물 향기……. 이 모든 인간적인 사소한 육체의 즐거움이 어쩌면 이다지도 빨리, 그리고 간단하게 엄청난 정신적 기쁨으로 변하는지!

  내 심장은 별안간 가슴속에서 쿵쾅거리기 시작했다. 이 엄숙한 밤에 나는 비로소, 나 혼자 여기 이 황량한 해변에 남아 있는 게 아니라는 것을 깨달았다. 여성적인 헌신과 따스함과 인내심으로 가득 찬 한 존재가 내게로 다가오고 있었다. 그 여자는 어머니, 누이, 아내였다. 그 어떤 것도 필요하지 않다고 생각하던 나는 갑자기 그 모든 것을 필요로 하고 있었다.

  조르바도 나와 비슷한 감동을 느낀 게 분명했다. 그는 방을 들어서기가 무섭게 잔뜩 차려입은 퇴물 카바레 가수에게 달려가 꽉 끌어안았다.

「그리스도가 나셨소! 암컷들이여, 축복을 받으소!」

그러고는 나를 돌아보며 웃었다.

「두목, 보쇼, 여자라는 게 얼마나 요물인지……. 손가락 하나로 하느님도 갖고 놀 수 있을 게요!」

우리는 식탁에 둘러앉아 게걸스럽게 접시를 비우고 포도주를 마셨다. 육신이 만족하자 영혼은 기쁨으로 전율했다. 조르바는 다시 생기를 되찾았다.

「먹고 마셔요, 두목, 그리고 힘을 내요! 노래를 불러요, 노래를 불러요, 젊은 친구, 목자처럼 노래를 부르라니까……. 〈지극히 높은 곳에 영광이요……! 지극히 낮은 곳에 영광이요…….〉 그리스도가 나셨다니, 얼마나 멋진 일이냔 말이오. 목청껏 노래를 불러요, 하느님이 들으시고 기뻐하시게!」

그는 신바람이 나 있었다. 아무도 그를 말릴 수 없을 것 같았다.

「그리스도가 나셨소, 우리 현명한 솔로몬이여, 죄 많은 백면서생(白面書生)이여! 세상 잡사 꼬치꼬치 따지지 맙시다! 예수님이 태어났어요, 안 났어요? 물론 태어나셨지. 그런데 왜 멍청하게 앉아 있어요? 확대경으로 음료수를 들여다보면 어떤 줄 알아요? 언젠가 기술자 하나가 가르쳐 줍디다. 물에는 맨눈으로 보이지 않는 쬐그만 벌레가 우글거린답디다. 보고는 못 마시지…… 안 마시면 목이 마르지……. 두목, 확대경을 부숴 버려요. 그럼 벌레도 사라지고, 물도 마실 수 있고, 시원해지는 거지!」

그는 술잔을 높이 들고, 야단스럽게 차려입은 우리의 친구 쪽으로 돌아앉았다.

「오, 사랑하는 부불리나, 내 전우여! 그대의 건강을 위해 마시리라! 내 생전에 수많은 뱃머리 장식을 보았거니…… 두 손으로 젖가슴을 꼭 움켜쥔, 뺨이 빨갛고 입술이 빨간 뱃머리 장식도 보았거니…… 이 장식은 말이지, 오대양 육대주를 누비며 항구라는 항구는 모조리 들락거리다 배가 파선하면 해안으로 표류하고, 표류하면 명이 다할 때까지 선장들 술 마시러 들어가는 어부들의 술집 벽에 걸린다네. 나의 부불리나…… 내 배가 이렇듯이 부르고, 내 눈이 이렇듯이 밝아져서 그런지 오늘 밤 내 그대를 이 해변에서 보려니까, 어쩌 꼭 거함의 뱃머리 장식 같구려. 나는 마지막 항구…… 나는 선장들이 술 마시러 들어오는 해변의 술집이라네. 이리 와서 내 벽에 터억 하니 걸리소! 돛을 내리소. 내 크레타 포도주 한 잔을 그대 건강을 빌며 마시겠네. 나의 세이렌이여!」

너무 감격한 나머지 오르탕스 부인은 그만 울음을 터뜨리며 조르바의 어깨 위로 무너지고 말았다.

조르바가 내 귀에다 대고 속삭였다. 「두목, 봤지요? 이렇게 달콤하게 말해 준 대가로 난 골치 아픈 일이 생길 거요. 저 망할 년이 오늘 저녁에 날 그냥 보내지 않을 거란 말이지. 하지만 어쩌겠어요! 난 저 불쌍한 생물들만 보면 마음이 짠해지는걸! 그래요, 난 저들이 너무 가여워요!」

그는 자신의 세이렌을 돌아보며 소리를 높였다. 「자, 그리스도가 태어났소! 자, 우리 건강을 위해!」

그러고는 부인의 겨드랑에 손을 넣은 채 부인과 술잔을 부딪쳤다. 두 사람은 하나로 얽힌 채 술을 마시며 황홀한 눈길로 서로를 바라보았다.

두 사람을 넓찍한 침대가 있는 조그만 침실에 남겨 두고 집으로 출발한 것은 날 새기 직전이었다. 마을 사람들이 실컷 먹고 마신 겨울 하늘의 별 아래서 마을은 문을 잠그고 잠들어 있었다.

밖은 추웠고 바다에서는 파도 소리가 들렸다. 금성이 동쪽 하늘에서 까불락거리고 있었다. 나는 물가를 걸으며 파도를 희롱했다. 파도가 나를 적시러 몰려올 때마다 나는 달아났다. 행복에 겨운 나머지 나는 중얼거렸다.

「진정한 행복이란 이런 것인가. 야망이 없으면서도 세상의 야망은 다 품은 듯이 말처럼 뼈가 휘도록 일하는 것. 사람들에게서 멀리 떠나, 사람을 필요로 하지 않되 사람을 사랑하며 사는 것. 성탄절 잔치에 들러 진탕 먹고 마신 다음, 잠든 사람들에게서 홀로 떨어져 별은 머리에 이고 뭍을 왼쪽, 바다를 오른쪽에 끼고 해변을 걷는 것. 그러다 문득, 가슴속에서 인생이 마지막 기적을 완성했다는 것, 곧 인생이 한 편의 동화가 되었다는 것을 깨닫는 것.」

며칠이 지나갔다. 나는 태연한 척 허세도 부려 보고, 소리를 지르며 광대 시늉을 하기도 했지만, 혼자 속으로는 내가 슬프다는 것을 알고 있었다. 한 주일의 축제 기간 동안 추억이 밀려들어 내 가슴을 아련한 노래와 사랑했던 사람들로 가득 채웠다. 〈인간의 가슴은 피로 가득한 도랑〉이라는 옛말이 그르지 않다 싶었다. 세상을 떠난, 내가 사랑했던 사람들은 그 도랑에 달려들어 피를 마시고 생기를 되찾고, 깊이 사랑하던 사람일수록 더 많은 피를 마신다고 한다.

새해 전날 밤. 마을 아이들 악대가 커다란 종이배를 들고 우리 오두막으로 와, 가늘게 떨리는, 그러나 유쾌한 소리로 칼란다[20]를 부르기 시작했다.

성 바실리우스 주교님이 고향 카이세리에서 당도하셨네…….

바실리우스 대주교가 여기에 서 있었다. 이 남빛 바다를 낀, 작

---

20 새해의 노래.

은 크레타 해변에. 그가 지팡이에 몸을 기대자, 지팡이에서는 금방 잎이 돋고 꽃이 피었다. 새해의 노래는 계속되었다.

새해 복 많이 받으세요, 기독교인들이여!
주인께서는 집 안을 곡식과 올리브기름과 포도주로 가득 채우시고
안주인은 지붕을 떠받치는 대리석 기둥이 되시며,
따님은 좋은 데 출가하셔서 아들 아홉 딸 하나를 두시고
아드님들은 우리 대왕님들의 도시 콘스탄티노플을 해방시키소서!

홀린 듯이 노래를 듣고 있던 조르바는 벌써 아이들의 탬버린을 빼앗아 미친 듯이 두들기고 있었다.

나는 잠자코 바라보며 듣기만 했다. 내 심장에서 또 이파리 한 장이 떨어져 나가는 기분이었다. 한 해가 지나고 있었다. 나는 어두운 나락으로 한발 다가서고 있었다.

「두목, 무슨 뭔 일 있어요?」 조르바가 탬버린을 두들기며 애들과 목청껏 노래를 부르다 짬을 내어 물었다. 「뭔 일 있냐고요! 한꺼번에 몇 살 더 퍼 자신 것 같은데…… 얼굴이 똥색이오. 요맘때면 나는 다시 어린애가 됩니다. 나는 그리스도처럼 다시 태어납니다. 예수님은 해마다 새로 태어나지 않소? 나도 그렇지!」

나는 침대에 누워 눈을 감았다. 그날 밤 내 가슴은 심란했다. 말을 하고 싶지가 않았다.

잠을 이룰 수가 없었다. 오늘 밤이 되기까지 내가 해왔던 행동에 설명을 붙여야 할 것 같았다. 나는 내 인생을 돌아보았다. 미적지근하고 모순과 주저로 점철된 몽롱한 반생이었다. 나는 허

179

망한 기분으로 지난 일을 생각했다. 허공중에서 바람을 받은 한 조각 구름처럼 내 인생은 끊임없이 모습을 바꾸어 갔다. 흩어졌다가는 다시 모이고, 모였다가는 다시 모습을 바꾸어, 차례로 백조가 되고, 개가 되고, 악마가 되고, 전갈이 되고, 원숭이가 되었다. 구름은 하염없이 흩날리고 찢겼다. 하늘의 바람에 밀리며 무지갯빛으로 물들었다.

날이 밝았다. 그러나 눈은 뜨지 않았다. 나는 정신의 껍질을 깨고, 인간이라는 물방울들을 실어나르며 대해(大海)로 섞여 드는 저 어둡고 위험한 해협을 뚫고 나아가려는 강렬한 열망에 전력을 집중시키고 있었다. 나는 장막을 찢고 새해가 내게 가져다줄 미래를 보고 싶었다…….

「안녕하시오, 두목, 새해 복 많이 받으쇼!」

조르바의 목소리가 무자비하게 나를 땅 위로 끌어내렸다. 내가 눈을 떴을 때 마침 조르바는 오두막 문으로 큼지막한 석류 하나를 던지고 있었다. 루비 같은 석류 알맹이가 내 침대에까지 날아왔다. 몇 알을 주워 먹었다. 목구멍이 쇄락했다.

「새해에는 우리 한탕 벌어 계집아이들과 진탕 좀 놀아 봤으면 좋겠네요.」 조르바는 기분이 좋은지 아침부터 떠들썩했다. 그는 세수하고 면도한 다음 제일 좋은 옷 — 초록색 바지, 손으로 짠 재킷, 그 위에 양피를 댄 웃옷 — 을 입었다. 그 위에다 러시아식 아스트라한 모자를 쓴 그는 수염을 꼬았다.

「두목, 오늘은 회사 대표로 교회에 나타나 볼까 해요. 놈들이 우리를 떠돌이 프리메이슨 결사쯤으로 안다면 탄광에 득 될 게 없지요. 게다가 돈 드는 게 아니고 시간 보내기엔 안성맞춤입지요.」

조르바는 허리를 구부리며 윙크하고는 속삭였다.

「거기서 아마 과부도 만나게 될 겁니다.」

하느님, 회사의 이익, 그리고 과부가 조르바의 머릿속에서는 아무 모순도 없는 조화를 이루어 내고 있었다. 나는 오두막을 나서는 그의 경쾌한 발소리를 들었다. 일어났다. 마법이 풀리면서 내 영혼은 다시 육신의 감옥에 감금되었다.

　　옷을 입고 바닷가로 나갔다. 나는 빨리 걸었고, 마음이 즐거웠다. 마치 위험이나 죄악에서 벗어난 듯한 기분이었다. 오기도 전에 미래를 엿보려 했던 아침의 지각 없는 욕망이 신성모독처럼 느껴졌다.
　　나는 어느 날 아침에 본, 나뭇등걸에 붙어 있던 나비의 번데기를 떠올렸다. 나비는 번데기에다 구멍을 뚫고 나올 채비를 하고 있었다. 나는 잠시 기다렸지만 오래 걸릴 것 같아 견딜 수 없었다. 나는 몸을 굽혀 입김으로 데워 주었다. 열심히 데워 준 덕분에 기적은 일어나야 할 속도보다 빠른 속도로 내 눈앞에서 일어나기 시작했다. 집이 열리면서 나비가 천천히 기어 나오기 시작했다. 이어진 순간의 공포는 영원히 잊을 수 없을 것이다. 나비의 날개가 도로 접히더니 쪼그라들고 말았다. 가엾은 나비는 그 날개를 펴려고 안간힘을 썼다. 나는 내 입김으로 나비를 도우려고 했으나 허사였다. 번데기에서 나오는 과정은 참을성 있게 이루어져야 했고, 날개를 펴는 과정은 햇빛을 받으며 서서히 진행되어야 했다. 그러나 때늦은 다음이었다. 내 입김은 때가 되기도 전에 나비를 날개가 온통 구겨진 채 집을 나서게 강요한 것이었다. 나비는 필사적으로 몸을 떨었으나 몇 초 뒤 내 손바닥 위에서 죽고 말았다.
　　나는 나비의 가녀린 시체만큼 내 양심을 무겁게 짓누른 것은 없었다고 생각한다. 오늘날에야 나는 자연의 법칙을 거스르는 행위가 얼마나 무서운 죄악인가를 깨닫는다. 서둘지 말고, 안달을 부리지도 말고, 이 영원한 리듬에 충실하게 따라야 한다는 것을 안다.

나는 바위 위에 앉아 이 새해 아침의 생각에 빠져들었다. 아, 그 작은 나비가 항상 내 앞에서 파득이며 나의 길을 깨닫게 해줄 수 있기를.

# 11

 새해 선물이라도 받은 것처럼 기쁜 마음으로 일어섰다. 바람
은 차가웠다. 하늘은 맑았고 바다는 빛나고 있었다.
 마을 길로 접어들었다. 미사가 끝났을 시각이었다. 걸으면서
나는 어떤 사람과 처음 만나게 될 것인지 ── 운 좋은 사람? 불운
한 사람? ── 터무니없는 설렘을 느꼈다. 새해 선물을 한 아름 안
은 어린아이라면 참 좋으련만. 아니면 수놓은 널찍한 소매가 달
린 흰 셔츠 차림의 활기찬 노인, 이 땅에서의 직분을 용감하게 다
한 데 뿌듯해하는 노인이어도 좋겠지. 걸을수록, 마을에 가까워
질수록 점점 더 두근거렸다.
 돌연 무릎에서 힘이 쭉 빠져나갔다. 가벼운 걸음걸이로 마을
로 들어가는데 올리브 나무 아래로, 붉은 옷차림에 검은 머릿수
건을 한 과부의 날씬한 자태가 나타나는 게 아닌가!
 여자의 탄력 있는 걸음걸이는 그야말로 흑표범의 걸음걸이 같
았다. 사향 냄새가 공기를 휘저어 놓은 것 같았다. 아, 이대로 달
아날 수 있다면! 성난 이 야수는 무자비하며 나는 도망치는 수
밖에 없다는 느낌이 들었다. 하지만 어떻게? 과부는 가만가만 다
가오고 있었다. 군대가 행군해 오는 것처럼 자갈이 요란하게 달

그락거렸다. 여자는 나를 보고 고개를 까딱거렸다. 머릿수건이 미끄러지며 머리카락이 드러났다. 칠흑처럼 까맣고 윤이 났다. 여자는 나른한 표정으로 나를 보며 미소를 지었다. 두 눈에는 야성의 감미로움이 깃들어 있었다. 서둘러 과부는 머릿수건을 매만졌다. 마치 머리카락이 여자의 가장 은밀한 비밀이며 그것을 노출한 것이 부끄럽다는 듯했다.

나는 여자에게 새해 인사를 하고 싶었다. 그러나 갱도에서 구사일생으로 목숨을 건졌던 날처럼 생각은 말이 되어 나와 주지 않았다. 과부 집 뜰을 둘러싼 갈대가 바람에 일렁거렸다. 겨울 태양은 검은 잎사귀 사이의 황금빛 레몬과 오렌지를 비추었다. 뜰 전체가 낙원처럼 풍성했다.

과부가 걸음을 멈추고 팔을 뻗어 문을 밀쳐 열었다. 그 순간 나는 과부 옆을 지나고 있었다. 과부는 고개를 돌리고 눈썹을 치켜올리며 나를 바라보았다.

과부는 문을 열어 둔 채로 들어갔다. 나는 엉덩이를 살랑살랑 흔들며 오렌지 나무 뒤로 사라지는 여자를 보았다.

따라 들어가 문을 잠그고, 허리에 팔을 돌려 감고는 아무 말 없이 침대로 안고 간다……. 사내라면 마땅히 해야 할 짓이었다! 우리 할아버지라도 그랬을 것이고 내 손자가 나와도 나는 그러길 바랄 터였다! 그러나 나는 거기 기둥처럼 선 채로, 앞뒤를 재며 더하기 빼기만 하고 있었다…….

「후생(後生)에는 이보다 낫게 처신할 수 있겠지.」 나는 비참하게 웃으며 이렇게 중얼거렸다.

풀이 우거진 좁은 길로 들어섰다. 나는 죽을죄라도 지은 듯 마음이 무거웠다. 길을 오르내리며 방황했다. 춥고 몸이 떨렸다. 과부의 실룩거리는 엉덩이, 웃음, 눈, 가슴을 내 생각에서 몰아내려고 했지만 헛수고였다. 몰아낼수록 다시 내 생각에 집요하게 달라붙었다. 숨이 막혔다.

나무들에는 아직 잎이 없었지만, 눈들은 벌써 수액으로 가득하여 부풀어 터지려 하고 있었다. 각각의 눈 속에서는 새순과 꽃과 미래의 과실들의 응축된 존재가 느껴졌다. 그것들은 빛을 향해 터져 나올 채비를 갖추고 거기 숨어 기다리고 있었다. 이 한겨울에 메마른 목피 아래서는 위대한 봄의 기적이 소리 없이, 그리고 은밀하게 밤낮으로 준비되고 있었다.

문득 나는 환성을 질렀다. 내 맞은편 우묵한 곳에 선 대담한 아몬드 나무가 한겨울에 꽃을 피우고 다른 나무를 앞서 봄을 알리고 있었다.

우울증에서 벗어난 기분이었다. 나는 싸한 향내를 한껏 들이켰다. 그러고는 길을 벗어나 꽃 핀 가지 밑에 주저앉았다.

무아지경으로 오래 거기 앉아 있었다. 해방된 마음은 행복했다. 나는 영원의 시간 속에 낙원의 나무 아래 앉아 있었다.

갑자기 들려온 거친 목소리가 나를 낙원에서 끌어내었다.

「여기 쭈그리고 앉아 대체 무얼 하고 있는 거요, 두목? 오르락내리락거리면서 얼마나 찾았는데! 12시가 다 되었소. 빨리 갑시다!」

「어디로?」

「어디라니? 어디라고 물었어요? 아, 그야 물론 할마시 집으로 애저구이 먹으러 가는 거지요. 배 안 고파요? 애저가 가마에서 나왔어요. 냄새…… 기가 막힙디다. 입에 침이 잔뜩 고일 거구먼요. 어서 갑시다!」

나는 일어서서, 엄청난 신비를 간직한 채 꽃의 기적을 피워 낸 아몬드 나무의 단단한 둥치를 두드렸다. 조르바는 앞서 걸었다. 애저구이에 대한 기대와 허기로 그의 발걸음은 가벼웠다. 인간의 기본적인 욕구 — 음식, 술, 여자와 춤 — 는 그의 건강하고 왕성한 몸에서 사라지거나 둔화되는 날이 없었다.

그는 손에다 핑크빛 종이로 포장하여 금빛 끈으로 묶은 꾸러미를 하나 들고 있었다.

「새해 선물이오?」 내가 웃으면서 물었다.

조르바가 웃음으로 자기 감정을 가렸다.

「그래요, 그래야 이 불쌍한 여자가 불평을 못 할 거 아니오!」 그가 돌아보지도 않고 말을 이었다. 「이걸 갖다 주면 세월 좋던 시절을 잘도 회상할 겁니다. 여자니까, 신물이 나도록 해온 이야기 아닙니까, 여자란 늘 자기 운명을 슬퍼하는 동물이랍니다.」

「사진이에요?」

「곧 알게 돼요. 알게 될 테니까 서둘지 말아요. 내가 만들었어요. 갑시다. 아무래도 걸음을 빨리해야겠는걸.」

정오의 태양이 뼈마디까지 즐겁게 했다. 바다 역시 태양 아래서 느긋하게 몸을 덥히고 있었다. 멀리 보이는, 옅은 안개에 싸인 무인도는 바다 위로 불쑥 튀어나와 물에 둥둥 떠다니는 것 같았다.

마을 가까이 왔을 때 조르바가 내게 다가와 목소리를 낮추었다.

「두목, 문제의 인물이 교회에 왔습디다. 성가대 앞에 서 있었는데 갑자기 성상들이 환해지지 뭡니까. 예수님, 성모님, 열두 사도님…… 갑자기 모두 환해지는 것이 아니겠어요? 그래서 성호를 긋고는, 〈어떻게 된 거야, 햇빛이 비친 건가?〉 이렇게 생각하면서 둘러봤더니, 아, 그 과부 때문에 그렇게 되었던 거라니까요!」

「알았어요, 조르바. 그 정도 해둡시다.」 내가 걸음을 빨리했다.

조르바는 내 뒤를 바싹 쫓아왔다.

「두목, 나 말이지요. 여자를 가까이서 봤는데, 아 글쎄, 뺨에 애교 점이 있지 뭡니까. 그것만 봐도 미쳐 버릴 겁니다. 또 하나의

186

신비…… 여자 뺨 위의 점이라!」

조르바는 얼이 빠진 시늉을 하며 두 눈을 크게 떴다.

「두목, 봤어요? 피부가 부드럽고 말끔한데, 아, 그런데 난데없이 점이 하나 나타나! 그거면 족합니다. 그것만 봐도 미쳐 버리는 거요. 두목은 그것에 대해서 좀 아는 바가 있소? 당신의 책에는 뭐라고 쓰여 있습디까?」

「악마나 물어 가라지!」

조르바가 좋아서 죽겠다는 듯이 웃으며 손뼉을 쳤다.

「바로 그거요! 바로 그거라니까. 드디어 당신 머리도 돌아가기 시작했어요……」

우리는 카페 앞에서도 걸음을 멈추지 않고 지나쳤다.

우리의 착한 오르탕스 부인은 가마에다 애저를 구워 놓고 문앞에서 우리를 기다리고 있었다.

여전히 노란 리본을 목에다 두르고 있었다. 분을 잔뜩 개어 바르고 입술에는 진홍색 입술 연지를 떡칠한 모습은 보기만 해도 기가 질릴 지경이었다. 모르는 사람이 보았다면 진짜 뱃머리 장식인 줄 알았을 터였다. 우리를 보는 순간 기쁨을 이기지 못해 부인의 살덩어리 전체가 전투태세를 갖추는 것 같았다. 얼굴 위에서 깜박거리던 조그만 눈은 말아 올린 조르바의 수염에 가 꽂혔다.

바깥문이 닫히자마자 조르바는 부인의 허리를 덥석 껴안았다.

「새해 복 많이 받으소, 우리 부불리나! 봐, 선물 가져왔지!」 조르바는 여자의 늘어지고 주름이 잔뜩 잡힌 목에다 키스를 퍼부었다.

늙은 세이렌은 순간 몸을 틀며 웃었지만 정신을 놓지 않았다. 시선이 선물에 박혀 있었다. 여자는 선물을 받아 황금빛 끈을 풀고 안을 들여다보더니 그만 함성을 지르고 말았다.

　나도 그쪽으로 다가가 안을 들여다보았다. 두꺼운 판지 위에다 망나니 조르바는 네 가지 색깔 — 빨강, 금빛, 잿빛, 검정 — 로, 깃발을 올린 채 남빛 바다를 항해하는 전함 네 척을 그려 놓은 것이었다. 이들 전함 앞에 파도에 뜬 채, 알몸과 하얀 젖가슴, 치렁치렁한 머리카락, 나선형 꼬리를 파도 위로 드러내고 있는 것은 분명히 세이렌 — 목에다 감은 노란 리본으로 보아 영락없는 오르탕스 부인 — 이었다! 오르탕스 부인은 네 가닥의 줄로, 각각 영국, 러시아, 프랑스, 이탈리아 국기를 단 네 척의 전함을 끌고 있었다. 그림의 네 귀퉁이에는 수염이 그려져 있었다. 각각 빨간 수염, 금빛 수염, 잿빛 수염, 검은 수염이었다.

　늙은 가수는 금방 그림을 이해했다.

　「이건 나야!」 오르탕스 부인은 손가락으로 자랑스럽게 세이렌을 가리키며 소리쳤다. 그러고는 한숨을 쉬었다. 「아, 나도 한때는 강대국 중의 하나였지!」

　오르탕스 부인은 침대 머리의 작고 둥근 거울을 앵무새 새장 옆으로 옮기고 그 자리에 조르바의 그림을 걸었다. 짙은 화장 아래 가려진 진짜 얼굴은 분명 창백해졌으리라.

　조르바는 이미 부엌에 나가 있었다. 몹시 시장했던 모양이었다. 그는 애저구이 접시와 포도주 한 병을 식탁에다 차리고 난 다음 그득그득 석 잔을 따랐다. 그러고는 손뼉을 쳤다.

　「와요, 먹읍시다, 먹어! 우선 기초 작업부터 하고 봐야지. 배부터 채우고 보자는 말…… 그리고 나서, 우리 예쁜이, 배꼽 밑에 뭐가 있는지 우리 한번 알아보기로 합시다.」

　그러나 분위기는 늙은 세이렌의 한숨으로 잔뜩 의기소침해지고 말았다. 해마다 정월 초하루 아침이 되면 부인 역시 자기 나름의 심판의 날을 맞으며, 과거를 되돌아보고는 공허를 느끼는 모양이었다. 머리카락이 점점 가늘어지는 저 여인의 머리 속에서 대도시, 남자들, 실크 드레스, 샴페인 병, 향내 나는 수염…… 그 모든 것이 이같이 엄숙한 날이면 기억의 무덤에서 되살아나는 모양이었다.

「먹을 생각 없어요. 전혀 먹고 싶지 않아요…… 정말.」 부인이 수줍은 듯이 중얼거렸다.

부인은 화덕 앞에 무릎을 꿇고 빨갛게 단 석탄을 쑤셨다. 불빛이 부인의 늘어진 볼에 반사되어 보였다. 이마로 흘러내린 머리카락이 불길에 닿아 지글거리며 탔다. 머리카락이 타는 역한 냄새가 방 안을 메웠다.

「먹지 않을래요……. 안 먹을래요…….」 늙은 세이렌은 우리가 별 관심을 두지 않고 있는 걸 알고는 다시 한 번 중얼거렸다.

조르바가 조바심을 내며 주먹을 꽉 쥐었다. 그러나 어떻게 해야 좋을지 몰랐던지 한동안은 그대로 있었다. 부인을, 혼자 중얼거리게 내버려 두고 애저구이를 뜯을 수도 있고, 부인 앞에 무릎을 꿇고 겨드랑에 손을 넣은 다음 달콤한 말로 달랠 수도 있었다. 나는 햇빛에 그을린 조르바의 얼굴을 바라보면서 서로 반대되는 충동의 물결이 그의 표정 위로 스쳐 지나간다고 생각했다.

이윽고 그의 표정에 변화가 왔다. 결정을 내린 것이었다. 그는 세이렌 옆에 무릎을 꿇고 무릎을 감싸 안고는 다정스럽게 속삭였다.

「오, 우리 예쁜 마술사여, 먹지 않으면 큰일이에요. 자, 꼬마 돼지 새끼를 불쌍히 여겨 이 귀여운 다리를 뜯어 줘요!」 그러고는 버터를 발라 구운 애저 다리를 부인의 입에다 밀어 넣었다.

그러다 두 팔로 부인을 안아 바닥에서 일으켜 세운 다음 우리 둘 사이에 놓인 의자에다 앉혔다. 그러고는 얼렀다.

「먹어요. 자, 먹어요, 내 보물단지……. 그래야 성자 바실리우스가 우리 마을로 오시지. 알겠지, 먹지 않으면 안 오실 거야! 우리 마을은 들르지 않고 곧장 고향 카이세리로 가버리실 거야. 그냥 가시나 뭐? 뿔로 만든 잉크병과 종이, 12일절 과자, 새해 선물, 애들 장난감, 심지어는 이 귀여운 애저구이도 가져가 버리실 거야! 그러니, 자, 그 귀여운 입을 벌려요, 우리 부불리나, 그리고 먹어요!」

그는 손가락을 부인의 겨드랑에 넣어 간지럼을 먹였다. 늙은 세이렌은 하도 간지러워 까르르 웃더니 빨갛게 충혈된 눈을 훔치고는 애저 다리를 뜯어 먹기 시작했다.

바로 그때 발정 난 고양이 두 마리가 우리 머리 위, 지붕에서 울기 시작했다. 고양이는 형언하기 어려운, 증오에 가득 찬 소리로 울었다. 높아지는가 하면 낮아졌다가 갑자기 위협하는 소리로 변하기도 했다. 고양이들이 갑자기 지붕 위에서 격렬하게 뒤엉켜 서로를 갈기갈기 찢어 놓는 듯한 소리가 들렸다.

「야옹…… 야옹…….」 조르바가 늙은 세이렌에게 윙크하며 고양이 우는 소리를 흉내 내었다.

부인은 웃으며 식탁 밑으로 조르바의 손을 꼬옥 잡았다. 목구멍의 긴장이 풀렸는지 늙은 세이렌은 드디어 입맛을 다시며 먹기 시작했다.

태양이 자리를 옮겨 조그만 채광창으로 빛줄기를 쏟아 넣어 이 착한 부인의 발을 비추었다. 병이 비었다. 조르바는 들고양이처럼 수염을 비틀더니 자신의 〈암컷〉 옆으로 바싹 다가앉았다. 부인의 머리가 조르바의 어깨 위로 무너졌다. 부인은 그의 술 냄새 섞인 뜨거운 숨결을 느낀 듯 가볍게 떨었다.

「그런데 두목, 이 신비는 또 뭔지 모르겠어요!」 조르바는 나를 향해 고개를 돌리고 말했다. 「나는 모든 게 거꾸로 흘러가요. 어릴 때 나는 꼭 조그만 늙은이 같았대요. 애가 좀 아둔한 데다 말이 없었대요. 하지만 말을 했다 하면 목소리가 어른 뺨쳤다는군요. 사람들이 날더러 우리 할아버지 같다고 했죠. 그런데 나이를 먹고 몸집이 커지고부터는 앞뒤를 안 재고 날뛰게 되었지요. 스무 살 때부터 짓궂은 짓을 시작했어요. 아, 별것은 아닙니다. 그 나이의 젊은것들이 할 만한 짓거리죠. 마흔이 되자 진짜 청년처럼 느껴져서 미친 지랄을 했지요. 나는 지금 예순 ─ 두목, 내가 올해 예순다섯이오만 우리만 압시다 ─ , 그렇지, 예순을 넘겼지만, 이걸 어떻게 설명한다? 솔직하게 말씀드리면 내겐 이놈의 세상이 너무 작아진 것 같아요!」

그는 술잔을 들고는, 우리끼리 이야기해서 미안했던지 부인 쪽으로 돌아앉았다. 그가 부인을 축복하는 어조는 엄숙했다.

「당신의 건강을 위해서, 부불리나! 하느님이 보우하사, 올해는 당신의 이와 눈썹이 좀 돋아나고 살결에서는 복숭아 냄새가 나게 되기를……. 그래서 이 괴상한 리본으로 목을 조르지 않아도 되기를……. 그리고 크레타에 또 한 번 혁명이 터지고 네 강대국의 함대가 다시 돌아오기를……. 부불리나, 내 사랑! 함대가 돌아오면 제독이 따라오는 법……. 그 제독들의 수염은 예나 다름없이 곱슬곱슬하고 향내가 풍기기를……. 그리고 나의 세이렌이여! 당신이 다시 한 번 파도 속에서 떠올라 사랑의 노래를 부를 수 있기를……. 함대는 이 두 개의 둥글고 거친 바위에 부딪혀 산산조각이 나기를!」

조르바는 큼직한 손을 부인의 축 늘어진 젖가슴 위에다 올려 놓았다…….

조르바는 다시 생기를 되찾았고 목소리는 색정으로 식식거리고 있었다. 나는 웃었다. 터키의 파샤 생각이 났다. 언젠가 파리의 카바레에서 터키의 고관이 노닥거리는 장면이 나오는 영화를 본 적이 있다. 파샤는 금발의 젊은 파리 여점원을 무릎에다 얹어 놓고 노닥거리고 있었다. 파샤가 흥분하자, 터키모자에 달린 장식 술이 빳빳해지면서 수평이 되어 잠깐 그대로 있다가 갑자기 빳빳하게 수직으로 서는 것이었다.

「뭐가 그렇게 우습소, 두목?」 조르바가 내게 물었다.

그러나 우리 착한 부인은 그 직전에 조르바가 했던 말에 매달려 곱씹어 생각하고 있었다.

부인이 물었다. 「오, 조르바! 정말 그렇게 될 수가 있을까요? 하지만, 청춘은 한 번 가면 다시 돌아오지 않는다는데……」

조르바는 더 바싹 다가앉았다. 의자 두 개가 딱 부딪쳤다. 조르바는 부인이 입은 보디스의 세 번째 단추, 바로 그 결정적인 단추를 벗기려고 애쓰면서 입을 열었다.

「내 말 좀 들어 봐요, 어화둥둥 내 사랑. 잘 들어 봐. 머잖아 내가 자네에게 갖다 줄 선물 이야기니까. 용한 의사가 하나 있는데…… 러시아 의사 중에 회춘의 도사 보로노프라는 양반이 있는데 이 양반은 기적을 일으킨대요. 이 양반이 자네에게 물약이나 가루약을 지어 줄 거야. 물약인지 가루약인지 모르지만 이걸 먹으면 순식간에 스무 살로 회춘한대요. 재수가 없어도 스물다섯은 보장한대요. 그러니까 울지 말아요, 우리 아가씨. 내, 자네를 위해 유럽에서 어떻게 좀 부쳐 오도록 할 테니까.」

늙은 세이렌은 깜짝 놀란 얼굴을 했다. 부인의 불그스름한 두피가 성긴 머리 사이로 번들거리고 있었다. 부인은 통통하게 살진 팔로 그만 조르바의 목을 끌어안고 말았다. 그리고는 고양이처럼 홍홍거리면서 제 뺨으로 조르바의 뺨을 비비며 홍알거렸다.

「영감, 그게 만약 물약이면…… 두 말들이 항아리로 하나 주문해 줘요. 그리고 가루약이면…….」

「한 자루 주문하지!」 조르바가 세 번째 단추를 끄르며 대답했다.

한동안 잠잠하던 고양이들이 다시 울어 대기 시작했다. 한 마리의 울음소리는 애원하고 호소하는 듯했고 또 한 마리는 화가 잔뜩 나 위협하는 듯했다.

우리의 착한 부인은 하품을 하는 게슴츠레한 눈을 치켜뜨면서 홍알거렸다.

「저놈의 고양이 울음소리가 들려요? 고양이들은 정말 창피한 줄도 몰라!」 부인은 조르바의 무릎을 타고 앉은 채로 조르바의 목에 허물어지듯 머리를 기대면서 땅이 꺼져라고 한숨을 쉬었다. 술을 꽤나 마셔 눈동자가 흐려지고 있었다.

「우리 부불리나, 자네 지금 무슨 생각을 하고 있소?」 조르바가 부인의 젖가슴을 움켜쥐며 물었다.

「알렉산드리아…….」 세상 구석구석 안 다닌 데라고는 없는 늙은 세이렌이 중얼거렸다. 「알렉산드리아…… 베이루트…… 콘스탄티노플…… 터키인, 아랍인…… 아이스크림, 황금빛 샌들, 빨간 터키모자…….」

여자는 또 한차례 한숨을 내쉬고는 말을 이었다.

「알리베이가 나랑 자던 날 밤(아, 그 수염, 그 눈썹, 그 우람한 가슴!) 이 양반은 탬버린과 플루트 연주자들을 창밖에 불러다 놓고 돈을 던졌어요. 마당에서 새벽까지 연주하라고 그랬던 거예요. 이웃 사람들은 샘이 나서 못 견뎠지요. 화를 내면서 막 이러는 거예요. 〈알리베이가 또 저년과 어울렸구나!〉

그 뒤 콘스탄티노플에서 있었던 일인데요……. 술레이만 파샤는 금요일이면 날 밖으로 내보내려 하지 않았어요. 왜 그랬게요? 술탄이 모스크에 가는 길에 날 보고 홀딱 반해 납치해 갈까 봐 그랬던 거지. 매일 아침 집을 나설 때면 장승 같은 흑인 셋을 문 앞에다 세워 남정네의 접근을 막았지요…… 오, 우리 술레이만!」

늙은 세이렌은 보디스에서 널찍한 체크무늬 손수건을 꺼내 깨물며 마치 거북처럼 식식거렸다.

조르바는 화가 났던지 부인을 옆 의자에다 내려놓고 일어섰다. 그는 방 안을 몇 번 왔다 갔다 하면서 늙은 세이렌처럼 식식거렸다. 방이 갑자기 그에게 갑갑해진 것이었다. 그러다 단장을 집어 들고 밖으로 나갔다. 나는, 사다리를 벽에다 걸치고 잔뜩 화가 난 나머지 한꺼번에 두 칸씩 올라가는 그를 바라보았다.

「조르바, 누굴 잡아 족치려고 그러세요? 술레이만 파샤를 족치려고?」 내가 소리쳤다.

「저 빌어먹을 놈의 고양이 새끼들을 혼내 주려고 그러오. 잠시도 우릴 가만 놔두지 않는군!」

그 역시 소리치며 껑충 뛰어 지붕으로 올라섰다.

취한 오르탕스 부인은 머리를 풀어 헤친 채 흐릿한 눈을 감았다. 이가 빠져 버린 입에서 코 고는 소리가 흘러나왔다. 잠은 부인을 번쩍 들어 동방의 대도시로 — 사랑 좋아하는 파샤의 음침한 하렘과 은밀한 정원으로 — 데려다 놓았다. 잠은 부인이 벽들을 통과하게 만들고 부인에게 꿈들을 보내왔다. 부인에게는 낚시질하는 자신의 모습이 보일 터였다. 부인은 낚싯줄 네 개를 던져 전함 네 척을 낚았다.

코를 골고, 무거운 숨을 몰아쉬면서도 늙은 세이렌은 잠결에 웃었다. 바닷물에 들어갔다 나와 기분이 좋아진 모양이었다.

조르바가 단장을 휘두르며 방으로 돌아왔다.

「잠든 거요?」 조르바가 오르탕스 부인을 내려다보며 투덜댔다. 「이 계집, 잠든 거요?」

「그래요. 조르바 파샤. 늙은 사람의 청춘을 되찾아 주는 보로노프 박사가 데려갔지요. 꿈나라로 말입니다. 지금쯤 스무 살이 되어 알렉산드리아와 베이루트를 누비고 있을 겁니다.」

「악마한테나 가버리라지, 늙은 암캐 같으니!」 조르바가 투덜대며 바닥에다 침을 뱉었다. 「저 히죽거리는 꼴 좀 봐요. 저 뻔뻔한 암캐, 누굴 보고 웃을까? 두목, 나갑시다!」

그는 모자를 눌러쓰고는 문을 열면서 또 한차례 소리를 질렀다.

「저 여자 지금 혼자가 아니에요. 지금 술레이만 파샤와 같이 있는 거예요. 보면 몰라요? 지금, 하느님과 천사들이 사는 제7천당으로 올라간 거요. 더러운 암송아지 같으니……. 두목, 갑시다!」


우리는 차가운 바깥으로 나왔다. 달은 조용한 하늘을 가로질러 가고 있었다. 조르바가 역겨운 듯이 내뱉었다.

「계집들이라니! 하기야 계집들 잘못도 아니지. 술레이만이나 조르바 같은 골 빈 건달들 잘못이지.」

그러고는 잠깐 말을 끊었다 다시 이었다. 말투가 거칠었다.

「아니, 따지고 보면 우리 잘못도 아니오. 이걸 책임질 양반이 딱 하나 있지……. 딱 하나…… 골이 빈 건달의 왕초, 술레이만 파샤의 할배…… 거 머시기 말이오!」

「그 양반이 계시다면야 그 양반 책임인데, 안 계시다면 어쩌지요?」

「하느님 맙소사, 그럼 우린 끝장난 거지 뭐!」

한동안 우리는 말없이 걸었다. 조르바는 혼자 엉뚱한 생각을 하고 있었음이 틀림없다. 이따금 단장으로 자갈을 내려치거나 땅바닥에 침을 뱉은 걸로 보아 그랬다. 그러던 그가 갑자기 나를 돌아다보았다.

「하느님이시여, 우리 할배의 뼈를 거룩하게 하사이다. 우리 할배는 여자에 관한 한 뭘 좀 아시는 분이었지요. 할배는 여자를 너무 좋아해서, 불쌍도 하시지, 여자들이 할배 한평생을 괴롭혔으니. 내게는 이렇게 말씀하셨지요. 〈얘 알렉시스, 내가 너에게 해줄 덕담이 많다만, 뭐니 뭐니 해도 여자를 조심할 일이다. 하느님이 아담의 갈비뼈를 뽑아 여자를 만드시려는 순간 ── 그 순간에 저주가 있으라! ── 악마가 뱀으로 화신하여, 수웃, 그만 갈비뼈를 가로채어 달아나지 않았겠니? 하느님이 쫓아가 뱀을 붙잡았지만 악마인 뱀은 하느님 손가락 사이로 빠져나갔어. 하느님 손에 남은 것은 악마의 뿔뿐이었단다. 하느님 말씀하시기를, 살림 잘하는 여자는 숟가락으로 바느질도 하거니, 오냐, 내 악마의 뿔로 여자를 만들어 보리라! 그리고 만드셨지! 얘, 알렉시스, 그래서 악마가 우리를 못살게 구는 거란다. 여자의 어디를 만지든, 너는 악마의 뿔을 만지는 셈이란다. 그러니까, 애야, 여자를 조심해라. 여자는 에덴동산에서 사과를 훔쳐 보디스에 넣고 다녔단다. 여자 가슴이 불룩한 건 그 때문인데 요새는 보란 듯이 흔들고 다니는구나. 염병할 것들이 말이다! 만일 그 사과를 먹으면 너는 망하는 거야. 하지만 먹지 않으면, 그래도 여전히 망하는 거야. 그러니 애야, 내가 네게 무슨 충고를 해줄 수 있겠느냐? 네 꼴리는 대로 해라!〉 이게 바로 우리 할배가 내게 준 교훈이랍니다. 그러니 내가 어떻게 분별 있게 자랄 수 있었겠어요? 나는 할배가 하시던 대로 했지요. 악마에게 곧장 달려간 겁니다!」

우리는 서둘러 마을을 지났다. 달빛은 마음을 산란하게 했다. 술을 마시고 밖으로 나왔더니 세상이 갑자기 달라져 있다고 상상해 보라! 길은 우유가 흐르는 강으로 변해 있고, 길에 파인 구 멍이나 바큇자국에는 분필 가루로 그득하고, 산은 눈에 뒤덮인 광경을. 손, 얼굴, 목이 개똥벌레 꼬리처럼 하얗게 빛난다면, 그 리고 달이 이국풍 둥근 훈장처럼 가슴에 매달려 있다면……

우리는 말없이 걸음을 재촉했다. 마신 술과 내리는 달빛 탓에 땅바닥은 밟는 것 같지도 않았다. 우리 뒤, 잠든 마을에서는 개 들이 지붕 위로 올라가 달을 보고 짖어 대었다. 우리도 까닭 없 이 목을 뽑고 달을 보며 짖고 싶은 기분이었다.

우리는 과부의 뜰 앞까지 왔다. 조르바가 걸음을 멈추었다. 술 과 맛있는 음식과 달이 그의 머리를 한 바퀴 돌려놓은 것이었다. 그는 잔뜩 흥분한 채, 목을 뽑고 그 당나귀 울음소리 같이 우렁 찬 목소리로, 즉흥적으로 지은 음탕한 시를 읊었다.


난 네 예쁜 몸뚱이가 너무 좋아! 허리와 그 밑부터 시작해서!
그게 펄펄한 장어를 받더니만, 단번에 축 늘어지게 해버리네!

「저 계집도 악마의 뿔이오! 두목, 갑시다!」

우리가 오두막에 도착한 것은 날이 막 샐 무렵이었다. 나는 침 대 위로 몸을 던지고 옷을 벗었다. 조르바는 얼굴을 씻고 화덕에 불을 지피고는 커피를 끓였다. 그는 문 옆 바닥에 쭈그리고 앉아 담배에 불을 붙이고는 차분하게 빨았다. 바다를 바라보는 그는 몸을 꼿꼿이 세운 채 미동도 하지 않았다. 얼굴은 엄숙하고 생각 에 잠긴 듯했다. 그 얼굴을 보며 나는 내가 좋아하던 일본 그림, 황색 가사를 입고 가부좌를 틀고 앉은 승려 그림을 연상했다. 얼 굴은 비를 맞아 검게 젖은 목상처럼 반들거린다. 두려움 없이 어 두운 밤을 응시하며, 목을 꼿꼿이 세운 채 웃고 있다……

달빛을 받고 있는 조르바를 보고 있으려니 감탄이 절로 흘러나왔다. 어쩌면 저렇게 쾌활하고도 단순하게 세상과 어우러질 수 있는지! 그의 몸과 영혼은 얼마나 조화로운 하나를 이루고 있는지! 또 여자와 빵과 물과 고기와 잠 등 모든 것은 그의 몸과 너무도 행복하게 결합하여 저 조르바를 이루고 있다! 나는 우주와 인간이 그처럼 다정하게 맺어진 예를 일찍이 본 적이 없었다.

달은 얼마 있지 않아 질 것 같았다. 둥근 달은 창백한 초록빛이었다. 형언할 수 없는 고요가 바다 위로 펼쳐져 있었다.

조르바는 담배꽁초를 집어던지고 바구니를 끌어내었다. 그는 그 속을 뒤져 끈과 도르래, 그리고 자잘한 나무토막을 꺼냈다. 등잔에 불을 켠 그는 다시 한 번 고가 케이블을 실험했다. 조잡한 장난감을 들여다보며 복잡하고 까다로운 계산을 시작했는데 몹시 어려운지 이따금 고개를 내저으며 욕지거리를 해댔다.

갑자기 염증이 난 모양이었다. 고가 케이블 모형을 발로 걷어차 부수어 버렸다.

# 12

깜박 잠이 들었다가 깨어 보니 조르바는 벌써 나가고 없었다. 추워서 일어날 엄두가 나지 않았다. 나는 머리 위로 손을 뻗어 작은 선반에서 내가 좋아해서 여기까지 가져온 책 한 권을 집어 들었다. 말라르메의 시집이었다. 천천히 마음 내키는 대로 읽다가 책을 덮었고, 다시 펼쳤다가 결국은 내려놓고 말았다. 그의 시는 핏기도 없고 냄새도 없고 인간의 본질을 비켜 가고 있는 것 같았다. 처음 경험한 느낌이었다. 그의 시가 창백한 진공 속의 공허한 언어로 보였던 것이다. 박테리아 한 마리 없는 완벽한 증류수였지만 영양분 역시 하나 없는 물 같은 것, 요컨대 생명이 없는 것으로 느껴졌다.

창조의 섬광을 상실한 종교에서 제신(諸神)은 결국 인간의 고독과 벽면을 치장하는 시적 모티프나 예배 용품으로 전락했다. 말라르메의 시에서도 비슷한 현상이 일어나고 있었다. 흙과 씨앗으로 가득한 심장의 뜨거운 갈망이 완벽한 지적 유희, 현학적이고 복잡한 허공의 구조물이 되어 버렸다.

나는 다시 시집을 펼쳐 읽어 보았다. 이런 시들이 어째서 그토록 오랫동안 나를 사로잡았던 것일까! 순수시라고! 여기에 인생은 한 방울의 피도 끼어들지 않은 밝고 투명한 놀음이 되어 있었다. 인간의 본질은 야만스럽고, 거칠며 불순한 것이다. 인간의 본질은 사랑과 살과 고통의 절규로 이루어진 것이다. 이것을 추상적인 관념으로 승화시켜 버린다면 어찌 되겠는가? 정신의 도가니 속에서 이런저런 연금술로 순화시키고 증발시켜 버린다면?

전에는 그토록 나를 매혹하던 이 모든 것들이 이날 아침에는 지적인 곡예, 세련된 협잡에 불과한 것으로 보였다. 그것이 문명이 쇠퇴하는 모습이다. 그것이 인간의 고뇌가 종말을 맞는 모습이다. 순수시며 순수 음악, 순수 관념이라는 정교하게 짠 속임수. 최후의 인간 — 모든 믿음과 모든 환상에서 해방된, 그래서 기대할 것도 두려워할 것도 없어진 — 은 자신을 구성하는 진흙 덩어리가 정신으로 축소되어 버렸다는 것을, 그리고 그 정신에는 뿌리가 수액을 빨아올릴 흙이 하나도 없다는 것을 보는 사람이다. 최후의 인간은 자신을 비운 인간이다. 그 몸에는 씨앗도 배설물도 피도 없다. 모든 것은 언어가 되고, 언어의 집합은 음악적인 곡예가 된다. 최후의 인간은 거기에서 멈추지 않는다. 그는 전적인 고독 속에 들어앉아 다시 그 음악을 소리 없는 수학적 방정식으로 해체해 놓는다.

나는 소스라쳤다. 「붓다가 그 최후의 인간이다!」 나는 부르짖었다. 이것이 그의 비밀이며 엄청난 의미다. 붓다는 스스로를 비운 〈순수한〉 영혼이었다. 붓다의 내부는 공허하며 그 자신이 바로 공(空)이다. 「네 육신을 비워라, 네 정신을 비워라, 네 가슴을 비워라!」 그는 외친다. 그의 발길이 닿는 곳에는 더 이상 물이 솟지 않고 풀이 나지 못하며 아기는 태어나지 않는다.

나는 생각했다. 언어와 언어의 주술적 힘을 동원하고 마술적 운율을 불러일으켜, 그를 포위하고 그에게 주술을 걸어 나의 내

장에서 몰아내어야 한다! 그에게 이미지의 그물을 던져 그를 잡고 나 자신을 놓아주어야 한다!

붓다에 대해 쓰는 일은 더 이상 문학적인 작업이 아니었다. 그것은 내 내부에 도사린 무서운 파괴력과의 생사를 건 싸움이며, 내 가슴을 고갈시키는 거대한 부정(否定)과의 결투였다. 이 결투의 결과에 내 영혼의 구원이 걸려 있었다.

나는 의욕에 차서 결연히 원고에 달려들었다. 나의 목표를 발견했고, 이제 찔러야 할 곳을 알게 되었다! 붓다는 최후의 인간이었다. 반면 우리는 겨우 시작에 서 있다. 우리는 아직 충분히 먹은 것도 마신 것도 사랑한 것도 아니었다. 우리는 아직 채 살아 보지도 못했다. 이 섬약한 늙은이는 숨을 헐떡이면서 우리에게 너무 일찍 찾아와 버렸다. 우리는 되도록 빨리 그를 내몰아야 한다!

그렇게 생각하며 나는 쓰기 시작했다. 아니, 쓰는 것이 아니었다. 그야말로 전쟁이었다. 무자비한 추격전, 포위 공격, 은거로부터 괴물을 불러내는 주문이었다. 예술이란 사실은 마법의 주문이다. 우리 내장에는 어두운 살상의 힘이, 죽이고 파괴하고 증오하고 능멸하려는 걷잡을 수 없는 충동이 도사리고 있다. 그때 예술이 부드럽게 피리를 불며 나타나 우리를 이끌고 간다.

나는 하루 종일 쓰고 쫓고 싸웠다. 저녁때쯤엔 녹초가 되고 말았다. 그러나 상당한 진전이 있어, 적의 전진 초소 몇 개는 무찌른 기분이었다. 그래서 열심히 조르바를 기다렸다. 그래야 다시 먹고 잠을 자 새벽에 다시 싸울 힘을 모아 둘 수 있기 때문이었다.

조르바는 어두워진 다음에야 돌아왔다. 희색이 만면했다. 조르바 역시 자기 문제의 해답을 얻은 모양이었다. 그래서 나는 그의 말을 기다렸다.

며칠 전, 내가 그에게 조바심이 나서 싫은 소리를 한 적이 있었다.

「조르바, 우리 자금이 슬슬 바닥을 드러낼 때가 되어 갑니다. 해야 할 일이 있으면 빨리하세요! 이 고가선부터 놓고 봅시다. 석탄으로 재미를 못 보면 달려들어 목재를 베어 냅시다. 안 그러면 파산이에요!」

그때 조르바가 머리를 긁었다.

「자금이 떨어져 간다고 했나요, 두목? 낭패로세!」

「조르바, 떨어져 가는 게 아니라 떨어졌어요. 우리가 다 먹어 치운 거예요. 뭔가 합시다. 실험은 어떻게 되어 갑니까? 아직 싹수가 안 보입니까?」

조르바는 고개를 떨어뜨리고 대답을 하지 못했다. 그날 밤 꽤 창피했던 모양이었다. 「에이 빌어먹을 놈의 경사! 곧 해결할 겁니다!」 그는 버럭 화를 내었었다. 그랬던 조르바가 마침내 해답을 찾아내고 말았는지 환한 얼굴로 들어섰던 것이다.

「두목! 해냈어요! 각도를 제대로 짚었어요! 아, 그런데 이게 자꾸 손가락 사이로 빠져나가려 하기에 꼭 붙잡아 아예 못을 박아 버렸지요.」

「그럼 서둘러 일합시다. 자, 빨리 시작합시다, 조르바. 더 필요한 게 무엇인가요?」

「내일 아침 일찍 시내로 나가 장비를 구입해야겠어요. 굵은 케이블, 도르래, 베어링, 못, 고리……. 걱정 마시오. 간 줄도 몰랐는데 와 있을 테니까요!」

그는 잠시 후 불을 지피고 음식을 장만했다. 우리는 왕성하게 먹고 마셨다. 그날만은 둘 다 밥값을 제대로 한 셈이었다.

다음 날 아침 나는 조르바를 마을까지 전송했다. 우리는 갈탄광에 목을 맨 사람들처럼 진지하고 실제적인 이야기를 나누었다.

사면을 내려가면서 조르바가 돌멩이를 걷어차자 돌멩이는 아래로 굴러 내려갔다. 조르바는 그런 놀라운 광경을 처음 보는 사람처럼 걸음을 멈추고 돌멩이를 바라보았다. 그러다 나를 돌아다보았다. 나는 그의 시선에서 가벼운 놀라움을 읽을 수 있었다.

「두목, 봤어요?」

「……」

「사면에서 돌멩이는 다시 생명을 얻습니다.」

나는 아무 말도 하지 않았다. 하지만 내심 놀랍고도 기뻤다. 아무렴. 무릇 위대한 환상가와 위대한 시인은 사물을 이런 식으로 보지 않던가! 매사를 처음 대하는 것처럼. 매일 아침 그들은 눈앞에 펼쳐지는 새로운 세계를 본다. 아니, 보는 게 아니라 창조하는 것이다.

태초에 이 땅에 나타났던 사람들의 경우처럼, 조르바에게 우주는 진하고 강력한 환상이었다. 별은 그의 머리 위를 미끄러져 갔고 바다는 그의 관자놀이에서 부서졌다. 그는 이성(理性)의 방해를 받지 않고 땅이 되고 물이 되고 동물이 되고 신이 되어 살았다.

오르탕스 부인이 소식을 듣고 문간에서 우리를 기다리고 있었다. 분을 두껍게 처바르고 화장을 너무 요란하게 해서 거북했다. 차린 모습이 흡사 토요일 밤의 놀이공원 같았다. 노새는 문간에 있었다. 조르바는 훌쩍 잔등에 뛰어올라 고삐를 쥐었다.

늙은 세이렌이 주춤주춤 다가와 하릴없이 짐승의 가슴에 조그만 손을 짚었다. 애인이 떠나지 못하게 하고 싶은 듯했다.

「조르바…… 조르바……」 여자는 발돋움한 채 코 먹은 소리로 불렀다.

조르바는 고개를 돌려 버렸다. 대로 한가운데에서 애인의 이런 소리를 듣는 게 못마땅한 모양이었다. 가엾은 세이렌은 그의 표정을 보고 그만 찔끔하였다. 그러나 손은, 부드럽게 애원하는 듯한 손은 노새의 가슴에서 떼지 않았다.

「어쩌라고 이러는 거야?」 조르바가 화를 내었다.

「조르바. 몸조심해요……. 날 잊지 말아요, 조르바…… 몸조심하시고…….」 여자가 애원했다.

조르바는 대답도 하지 않고 고삐를 흔들었다. 노새가 걸음을 옮겼다.

「행운을 빕니다. 조르바! 사흘이라고 했어요. 내 말 들었지요? 더 있으면 안 돼요!」 내가 고함을 질렀다.

조르바는 돌아서며 그 큰 손을 흔들었다. 늙은 세이렌은 울고 있었다. 눈물이 얼굴의 분칠에 골을 만들었다.

「두목, 걱정 마시오. 다녀오겠습니다!」 조르바가 소리쳤다.

그는 올리브 나무 아래로 사라졌다. 오르탕스 부인은 계속 울었지만, 눈은 애인이 편히 앉아 가라고 빨간 융단으로 손수 만들어 준 안장에서 떨어지지 않았다. 안장은 은빛 나뭇잎 새로 사라지고 있었다. 사라진 다음에야 오르탕스 부인은 주위를 둘러보았다. 세상이 텅 비어 보였으리라.


나는 해변으로 돌아가지 않았다. 기분이 울적해 산 쪽으로 걸었다. 산기슭에 이르렀을 때 나팔 소리가 들려왔다. 마을 우체부의 도착을 알리는 소리였다.

「선생님!」 우체부가 손을 흔들며 나를 불렀다.

그는 내게로 달려와 신문 꾸러미와 문학잡지, 편지 두 통을 넘겨주었다. 한 장은 받는 즉시 재킷 안주머니에 넣었다. 밤에, 하루가 끝나고 정신이 고요해졌을 때 읽을 생각이었다. 누가 보낸 건지 아니까 좀 더 오래 기쁨을 누리기 위해 뒤로 미루고 싶었다.

나머지 한 장도 날카롭고 힘있는 필체와 이국의 우표로 누가 보낸 것인지 쉬 알 수 있었다. 다정한 옛 동창 카라얀니스에게서 온 것이었다. 아프리카하고도 탕카니카 근처의 산간벽지에서 온 것이었다.

친구는 기벽이 적지 않고 충동적이었다. 그의 이는 유난히 하얗고 피부는 가무잡잡했다. 송곳니 하나는 멧돼지 이빨처럼 비죽이 돋아나 있었다. 그는 말하는 일이 없었다. 소리를 지를 뿐이었다. 토론하는 일이 없고 아예 싸웠다. 친구는 젊은 신학 교사 겸 수사로 있다가 고향 크레타를 떠난 것이었다. 그는 제자 하나와 그렇고 그런 사이가 되었는데, 어느 날 들판에서 그 제자와 키스를 나누다가 들켜 버렸다. 학생들은 야유했다. 그날 이 젊은 교사는 승모(僧帽)를 벗고 배를 타버렸다. 그는 삼촌을 찾아 아프리카로 건너가 독하게 일했다. 밧줄 공장을 차려 상당한 돈도 벌었다. 이따금 그는 내게 편지를 보내어 그곳으로 와 6개월만 함께 지내자고 했다. 그의 편지를 열 때마다 나는 읽기도 전에 그 빽빽한 지면에서 — 그는 늘 편지지 몇 장을 실로 꿰매어 보냈다 — 머리끝이 쭈뼛거릴 정도의 격렬한 숨결을 감지하곤 했다. 나는 몇 번이나 아프리카로 건너가 만나 봐야겠다고 결심했지만 한 번도 가지 못했다.

나는 길을 벗어나 바위 위에 앉아 편지를 뜯고 읽기 시작했다.


언제 마음을 정해 날 한번 찾아오려나, 그리스의 바위에 달라붙은 삿갓조개, 제 지위를 놓치지 않으려고 조직에 달라붙어 있는 관료 같은 자여. 자네 역시 전형적인 그리스 잡놈이 되고 말았는가? 술청 건달, 카페 놈팽이가 되고 말았냐고. 카페만 카페라고 생각하진 말게. 책도 그렇고, 습관도, 너의 고상한 이

넘도 그래. 그 모든 게 카페야. 오늘은 일요일, 내겐 할 일이 없네. 다만 내 땅 위에서 자네를 생각하네. 태양은 용광로처럼 끓어오르고 얼마간 비 한 방울 오지 않았네. 여기는 4, 5, 6월에 비가 오는데 한번 내렸다 하면 글자 그대로 억수라네.

나는 혼자지만 그게 좋네. 여기에도 거지 같은 그리스인은 있지만(이 잡것들이 안 가는 곳도 있던가?) 어울리고 싶지 않네. 구역질이 나. 여기에도 자네같이 빌어먹을 술집 건달 — 악마가 자네를 물어나 가소 — 이 있네. 그리스가 파견한 더러운 중상모략가, 고약한 험구가들이 있다네. 그리스를 망치고 있는 건 바로 그거야. 정치! 아, 물론 노름도 있고, 무지도 있고, 육신의 죄악도 있지.

나는 유럽인이 싫어. 내가 우숨바라 산맥에서 방황하는 것도 그 때문이 아니겠나. 나는 유럽인을 증오해. 그중에서도 더러운 그리스인, 그리스의 모든 게 싫어. 다시는 그리스에 발을 들여놓지 않을 것이네. 내가 죽을 곳은 이 땅이야. 이미 여기 험한 산중, 내 오두막 앞에다 내 무덤을 만들어 놓았네. 심지어 비석을 세우고 큼지막한 글씨로 비문을 내 손으로 새겨 놓았네.

그리스인을 증오하는 그리스인 여기 잠들다.

그리스가 생각날 때마다 나는 웃고, 침을 뱉고, 맹세하고 그리고 우네. 다시는 그리스인을 보지 않으려고, 그리스 것을 보지 않으려고 나는 내 나라를 영원히 떠나왔네. 이곳으로 오면서 나는 내 운명을 데려왔네. 운명이 나를 데려온 것은 아니네. 인간은 자기가 선택한 대로만 행동하네. 나는 내 운명을 이곳으로 데려와 노예처럼 일해 왔고 지금도 노예처럼 일하고 있네. 나는 땀을 한 양동이씩 흘려 왔고 앞으로도 흘릴 터. 나는 땅과, 바람과, 비와, 인부들과, 붉고 검은 노예와 싸우고 있네.

즐길 거리는 아무것도 없어. 아니, 딱 하나 있지. 노동. 정신 노동과 육체 노동, 나는 육체 쪽이 더 좋아. 나는 즐겨 나를 혹사하고 땀을 쏟으며 내 뼈가 으스러지는 소리를 듣네. 번 돈의 반쯤은 떼어 내어 아무렇게나 어디서나 마음 내키는 대로 써 버리네. 내가 돈의 노예가 아니라 돈이 내 노예니까. 나는 일의 노예이며 내가 처해 있는 노예 상태를 자랑으로 여기네. 나는 영국인과 계약하고 벌목하고, 밧줄을 만들고, 거기에다 목화까지 재배하네. 어젯밤 이곳에 사는 두 흑인 부족 — 와기아오족과 왕고니족 — 이 여자 때문에 붙었네. 갈보 하나를 두고. 그 왜 있지 않나, 자존심이 걸린 문제라는 거. 하여간 그리스 놈들이랑 똑같아. 욕지거리가 오가고 주먹다짐이 오가고 마침내 몽둥이…… 몽둥이로 서로의 머리를 부쉈네. 한밤중에 여자들이 나를 데려가려고 달려와 소리를 질러 나를 깨웠네. 나더러 가서 재판을 하라는 거야. 나는 화가 나서, 다들 악마한테 들렀다가 영국인 경찰한테나 가라고 했네. 그래도 이들은 밤새도록 내 집 문 앞에서 소리를 질러 대었네. 결국 내가 새벽에 나가 싸움을 떼어 말리지 않으면 안 되었네.

내일 아침 일찍 나는 숲으로, 울창하고 맑은 물이 흐르는 상록의 우슘바라 숲으로 관측을 나가네. 그래, 거지 같은 바빌로니아의 그리스인이여, 언제 유럽의 젖줄에서 떨어져 나오나……? 〈지상의 왕들이 음란한 관계를 가진, 많은 물 위에 앉은 큰 창녀〉[21]에게서 떨어져 나오나? 언제면 오려나! 언제면 이리 와서 함께 이 순수한 야성의 산을 오르려나?

흑인 여자와 아이를 하나 만들었네. 딸이야. 어미는 쫓아 버렸네. 계집은 마을의 나무 그늘은 다 찾아다니며 벌건 대낮에 서방질을 일삼아 내 얼굴이 말이 아니었네. 그래서 참을 만큼 참다가 쫓아 버렸지. 그러나 아이는 내가 기르네. 두 살이야. 걸을 수 있고, 이제 말도 시작했네. 나는 이 아이에게 그리스 말을 가르치네. 제일 먼저 가르친 문장은 다음과 같네. 〈더러운 그리스인들이여, 그 얼굴에 침을 뱉는다. 더러운 그리스인이여, 그 얼굴에 침을 뱉는다.〉

나를 닮아 개구쟁이야. 어미를 닮은 건 펑퍼짐한 코. 예뻐하지만 개나 고양이를 예뻐하는 것과 다르지 않아. 자네도 이리와 우슘바라 여자와 붙어 아들이라도 하나 갔으면 하네. 장래에 그 둘을 결혼시키면 우리나 개들이나 얼마나 재미있겠나!

잘 있게! 사랑하는 친구여, 악마가 자네와 함께하고, 나와도 함께하길.

세르부스 디아볼리쿠스 데이,[22] 카라얀니스

나는 무릎에 편지를 펴 든 채 한참 그대로 있었다. 가고 싶다는 간절한 욕망이 또 한 번 나를 사로잡았다. 크레타를 떠나고 싶어서가 아니었다. 나는 크레타 해변이 마음에 들었다. 행복하고 자유로웠다. 더 이상은 바랄 것이 없었다. 다만 내 속에 사그라들지 않는 한 가지 욕망이 있었을 뿐이다. 나는 죽기 전에 되도록 많은 땅과 바다를 보고 만지고 싶었다.

나는 일어서서 산을 오르려던 마음을 돌려 서둘러 바닷가로 내려갔다. 재킷 안주머니에 넣은 또 한 통의 편지가 피부로 느껴

21 『요한 계시록』 17:1, 17:2.
22 마신(魔神)의 노예.

져 와 더 이상 기다릴 수가 없었다. 견딜 수 없이 달콤한 뜸 들이기는 그것으로 넉넉했다.

오두막에 이른 나는 불을 지피고 차를 끓인 다음 꿀 바른 빵을 오렌지와 함께 먹었다. 나는 옷을 벗고 침대 위에서 다리를 뻗고 편지를 뜯었다.

내 스승이자 제자여, 문안을 여쭙네!

여기에서는 〈하느님〉이 보우하사 어렵고도 무시무시한 일을 하고 있네. 저 위험천만한 단어는 괄호에다 가두어 놓겠네 (맹수를 철창 안에 가두듯이 말이네). 내 편지를 열자마자 자네가 흥분부터 하면 곤란하니까. 그래, 실로 어려운 일을 하고 있네. 다 〈하느님〉 덕분일세! 50만 그리스인들이 남부 러시아와 카프카스에서 위기를 겪고 있네. 대다수가 터키어나 러시아어밖에 모르지만 가슴으로는 그리스어로 미친 듯이 말하고 있다네. 우리 동포일세. 앞에 두고 보면 ─ 눈 깜빡거리는 것을 보아도, 아귀같이 먹는 것이나 담비 같은 눈길을 보아도, 교활한 수작을 보아도, 웃을 때 입맛을 다시는 걸 보아도, 십장이 되어 이 광대한 러시아 땅에서 본국인을 부리는 걸 보아도 ─ 저 위대한 오디세우스의 후예임을 알 것이네. 그래서 이들을 사랑하게 되고 이들이 멸망하는 것을 눈둘 수가 없다네.

지금 이들이 목하 멸망의 위험 앞에 놓여 있거든. 가지고 있던 것을 깡그리 잃고 헐벗고 굶주리고 있다네. 한쪽에서는 볼셰비키에게 당하고 또 한쪽에서는 쿠르드족(族)에게 당하고 있어. 각처에서 몰려든 피난민들이 그루지야와 아르메니아 지방의 도시로 몰려들고 있네. 먹을 것도, 입을 것도, 의약품도 없네. 이들은 항구에 모여 자기네들을 실어 조국 그리스로 데려가 줄 배를 목마르게 기다리며 하릴없이 수평선만 바라보고 있다네. 우리 동포의 일부 — 그것은 곧 우리 영혼의 일부일세 — 가 핍박을 받고 있네.

그대로 내버려 둔다면 이들은 멸망을 면치 못할 것이네. 우리는 많은 사랑과 이해, 열의와 실제적인 지혜가 필요해. 자네가 그토록 통합하고 싶어 하는 자질들일세. 그래야 우리는 이들을 구해서 그들을 필요로 하는 자유의 땅으로 송환할 수 있다네. 마케도니아 변방, 그리고 더 멀리 떨어진 트라케 변방 등지로 말일세. 이 길만이 수십만 그리스인을 구하는 길이며 그들과 함께하는 우리들 자신을 구하는 길이네. 여기 도착하자마자 나는 자네가 가르쳐 준 대로 원을 하나 그리고, 그 원을 내 〈의무〉라고 불렀네. 그러고는 다짐했네. 〈이 원 전체를 구원한다면 나는 구원을 받을 것이지만, 구원하지 못하면 나는 파멸하고 말 것이다.〉 그래, 이 원 속에 50만 그리스인이 있는 것일세!

나는 마을에서 마을로 다니며 그리스인들을 규합하고, 보고서를 작성하고, 전보를 쳐 아테네에 있는 우리 관리들에게 배, 식량, 의복, 의약품을 보내 줄 것과 이 불쌍한 동포들을 그리스로 수송해 달라는 요청을 한다네. 열정과 광기로 싸우는 자가 행복하다면, 나는 행복한 사람이야. 자네 식으로 말하면, 나는 행복을 내 키에 맞게 재단했는지 어쩐지 잘 모르겠네. 용케 그렇게 했다면, 그렇다면 나는 위대한 사람일 것일세. 나는 나를 행복하게 하는 것에 맞추어 키를 늘이고 싶네. 그리스의 가장 먼 변경까지 말일세. 그러나 말이 쉽지…… 자네는 크레타 해안에 드러누워 바다 소리와 산투르 소리를 듣고 있으리. 자네에겐 시간이 있는데, 내게는 그것이 없네. 행동이 나를 삼키고 말았네만, 나는 이게 좋아. 친구여, 행동하기 싫어하는 내 스승이여. 행동, 행동…… 구원의 길은 그것뿐이네.

따라서 내 명상의 주제도 극히 간단하고 일관되다네. 폰토스, 카프카스의 주민들, 카르스의 농부들, 트빌리시, 바툼, 노보로시스크, 로스토프, 오데사 그리고 크리미아 반도의 장사치들은 모두가 우리 동포라네. 그들에게나 우리에게나 그리스의 수도는 콘스탄티노플이네. 우리는 모두 같은 추장을 모시는 셈이네. 혹자는 오디세우스라고 하고 혹자는 콘스탄티누스 팔라이올로구스[23]라고 하지. 비잔티움의 성벽 아래에서 세상을 떠난 분이 아니라 대리석으로 화신하고 아직 자유의 천사를 기다리고 서 있는 저 전설적인 그분이네. 나는 이 우리 동포의 대추장을 아크리타스[24]라고 부르고 싶은데 자네 생각은 어떤가? 나는 이 이름이 좋아. 위엄이 있고 전투적이거든. 이 이름만 들어도 완전 무장한 채 국경과 변방에서 끊임없이 싸우는 헬레네의 모습이 떠오르지 않는가? 국가적, 지적, 영적 국경에서 말이네. 여기에 디게네스까지 합치면 동양과 서양의 경탄스러운 혼합체인 우리 동포를 한결 완전하게 설명할 수 있지 않겠나?

나는 지금 카르스에 있네. 나는 인근의 그리스인들을 규합하러 왔네. 도착하는 날, 쿠르드족이 마을의 그리스인 교사와 사제를 잡아가서 발에다 말의 편자를 박았다네. 마을 유지들은 얼이 빠져 내가 묵고 있는 집으로 피신해 왔네. 우리는 계

---

23 Constantinus Palaiologus. 동로마 제국의 마지막 황제. 콘스탄티노플 함락 때 사망했으나 시체가 발견되지 않아, 천사들이 그를 구하여 대리석상으로 만들었으며 부활할 것이라는 전설이 생겼다.

24 Basilius Digenes Acritas. 10세기 비잔틴의 영웅. 〈디게네스 *Digenes*〉는 혼혈이라는 뜻이며 〈아크리타스 *Acritas*〉는 국경 수비자라는 뜻이다.

속 더 가까워지는 쿠르드족의 총소리를 듣고 있어. 이들 그리스인들은 나만 바라보고 있어. 그들을 구원해 줄 수 힘을 가진 유일한 사람이라는 듯이.

내일은 트빌리시로 떠날 예정이었네만 이렇게 위험한 순간에 가버린다는 게 너무 부끄럽게 느껴져. 그래서 머물기로 했지. 겁나지 않는다고 말하지는 않겠네. 겁이 나. 하지만 부끄러워. 렘브란트의 「전사」, 곧 나의 〈전사〉도 똑같이 하지 않으려나? 그는 머물렀을 것이네. 그래서 나도 머무는 것이야. 쿠르드족이 마을로 들어온다면 내 발에 편자가 제일 먼저 박힐 것은 자명한 이치. 스승이여, 제자가 이렇게 최후를 맞게 될 줄은 꿈에도 몰랐을 것이네.

그리스 사람들이 모이면 으레 그렇듯이 우리는 회의를 거듭한 끝에, 오늘 밤에 모든 사람이 노새, 소, 말, 그리고 아녀자를 대동하여 집결하고, 새벽녘에 모두 함께 북쪽으로 떠나기로 했네. 나는 양 떼를 이끄는 한 마리 숫양이 되어 앞장서 걷겠네.

전설적인 이름이 붙은 산맥을 넘고 평원을 지나는 민족의 대이동! 나는 일종의 모세, 짝퉁 모세가 되어 선택받은 종족을 〈약속의 땅〉으로 인도할 것이네. 지금 이 순진한 사람들은 그리스를 그렇게 부르고 있네. 당연히, 이 모세적 사명에 진정 걸맞은 모습을 갖추어 자네 체면을 지켜 주어야 할 텐데, 그러자면 자네가 비웃어 마지않던 이 우아한 각반은 벗어 던지고 대신 다리에다 양가죽을 둘러야 하겠지. 또 길고, 기름때가 잔뜩 낀 구불구불한 수염도 있어야겠고, 무엇보다 한 쌍의 뿔도 갖추어야겠지. 그러나 미안하네. 자네에게 그런 기쁨은 줄 수가 없네. 내 복장을 바꾸기보다는 내 영혼을 바꾸게 만드는 게 쉬울 거야. 나는 각반을 하고 있어. 양배추 밑동처럼 말끔하게 면도를 했고. 결혼도 하지 않았지.

스승이여, 이 편지가 꼭 자네에게 전달되었으면 하네. 이 편지가 마지막이 될 것 같아서 말이야. 앞일을 누가 알겠나. 나는 사람들을 지켜 준다는 비밀스러운 힘은 전혀 믿지 않아. 오히려 악의도 목적도 없이 좌충우돌하며 거치적거리는 사람은 모조리 죽여 버리는 맹목적인 힘을 믿네. 내가 이 땅을 떠나고(나는 〈떠난다〉는 말을 쓰네, 정확한 단어를 써서 자네나 나 자신을 겁주고 싶지는 않아) 자네만 이 땅에 남더라도 스승이여, 부디 행복하게 사소. 말하려니 쑥스럽네만, 그러나 어쩌리. 이렇게 말하는 나를 용서하게. 나 역시 자네를 뜨겁게 사랑하네.

그리고 그 아래 연필로 바쁘게 휘갈겨 쓴 이런 추신이 붙어 있었다.

추신 떠나던 날 배에서 했던 약속은 아직 잊지 않았네. 만약 내가 이 땅을 〈떠나야〉 하는 순간이 오면 알게 해주겠네. 명심하게. 자네가 어디에 있더라도 말이야. 그런 순간이 오더라도 겁먹지 말게.

# 13

사흘, 나흘, 닷새가 지났지만 조르바는 돌아오지 않았다. 엿새째 되는 날, 나는 칸디아로부터 데데한 장광설을 잔뜩 늘어놓은, 여러 장에 달하는 편지 한 통을 받았다. 편지는 향수를 뿌린 핑크빛 편지지 위에다 쓴 것인데 화살에 꿰뚫린 심장이 떡하니 그려져 있었다.

나는 그 편지를 보관하고 있는데, 여기저기서 발견되는 나름 공들인 표현들도 살려 여기 그대로 옮긴다. 그 특유의 애교 만점인 철자법만은 다소 손을 보았다. 조르바에겐 철필을 곡괭이 쥐듯이 잡고 종이에 맹공격을 퍼붓는 버릇이 있었다. 종이에 구멍이 뻥뻥 뚫리고 잉크 번진 자국이 많은 건 그 버릇 때문이었다.

두목! 자본가 나으리!

건강이 쓸 만하신지 여쭈어 보려고 펜을 들었습니다. 우리도 잘 있습니다. 다 하느님 덕분이지요.

나는 이따금, 말이나 소가 되려고 태어난 건 아니다, 이런 생각을 하고는 합니다. 짐승들만이 먹으려고 살아갑니다. 나는 그런 비난을 피하려고 밤낮 일거리를 만들어 내지요. 나는 착

214

상 하나 때문에 끼니를 거르기도 합니다. 속담을 좀 비틀어 이렇게 써먹기도 하지요. 〈새장의 배부른 참새가 되느니 연못의 비쩍 마른 물닭이 되겠다.〉

많은 사람들이 아무 희생도 치르지 않고 애국자 노릇을 합디다. 나는 애국자가 아니고, 앞으로도 안 될 생각이에요. 어떤 희생을 치르더라도 말입니다. 많은 사람들이 천당을 믿고 거기에다 나귀 한 마리씩 매놓고 있어요. 나는 나귀도 없고, 그래서 자유로워요. 나는 지옥이 두렵지 않아요. 거기서 뒈질 나귀가 없으니까. 나는 천당도 바라지 않아요. 거기서 토끼풀을 신나게 뜯어 처먹을 나귀가 없으니까. 나는 무식한 돌대가리라서 어떻게 말해야 좋을지 통 모르겠는데, 두목은 이해할 거예요.

많은 사람이 인생이 허무하다고 두려워했습니다. 나는 그것을 이겨 냈습니다! 많은 사람들이 어렵사리 생각을 하지만 나는 생각할 필요가 없어요. 나는 선에 대해 기뻐하지도, 악에 대해 실망하지도 않아요. 그리스가 콘스탄티노플을 점령했다는 소리를 들어도 내게는 터키가 아테네를 점령했다는 소리나 마찬가지라는 겁니다.

이런 소리 늘어놓는 걸로 혹 내가 살짝 돈 놈으로 생각되시거든 소식 주세요. 나는 이곳 칸디아의 상점을 나다니며 케이블을 사려다가 웃어 버립니다.

「형씨, 뭘 보고 웃소?」 사람들은 이렇게 캐어묻습니다. 그걸 어떻게 설명할 수 있겠어요? 내가 웃는 것은 그 강철 케이블이 쓸 만한 건지 어떤지 보려고 손을 뻗다가 불쑥 이런 생각이 나서 그래요. 인간이란 게 도대체 무엇이며, 왜 이놈의 세상에 태어났으며, 인간이라는 게 무슨 소용인가…… 내 생각을 말씀

215

드린다면, 소용은 개뿔. 내게 여자가 있든 없든, 내가 정직하든 정직하지 못하든, 내가 파샤든 거리의 짐꾼이든 내겐 그게 그거예요. 그나마 차이가 있는 건 내가 살아 있느냐 죽었느냐 그 것뿐이에요. 악마나 하느님이 부르면(두목, 말해 드릴까요? 나는 악마나 하느님이나 그게 그거라고 생각해요) 죽고, 구린 내 나는 송장이 될 거고, 그래서 냄새로 산 사람을 저만치 쫓게 되겠지요. 사람들은 할 수 없이 나를 넉 자 땅 밑에다 처넣어 야 코를 싸쥐지 않게 될 겁니다.

그런데, 내게 아주 겁이 나는 문제가 하나 있어서 두목에게 물어봐야겠습니다. 딱 하나, 결국은 마음의 문제인데, 그 때문에 밤이고 낮이고 편치가 않아요. 두목, 겁나는 게 무엇인고 하니 바로 나이 먹는 것이에요. 아, 하늘이여, 우리를 나이 먹 지 않게 지켜 주소서! 죽는다는 건 아무것도 아닙니다. 깩 하 고 죽고 촛불이 꺼지고, 뭐 그런 것 아닙니까. 그러나 늙는다는 건 창피한 노릇입니다.

나이 먹어 가는 걸 인정한다는 것은 여간 창피한 노릇이 아 닙니다. 그래서 사람들이 그걸 눈치채지 못하도록 별짓을 다 하는 거지요. 뛰고 춤출 때는 등이 아프지만 아무렇지도 않은 듯이 뛰고 춤춥니다. 술을 마시고 취하면 세상이 빙글빙글 돕 니다만 나는 주저앉지 않아요. 나는 멀쩡한 듯이 뛰고 놉니다. 땀이 나서 바닷물에라도 뛰어들고 나면 감기에 걸려 기침이 나옵니다. 쿨룩쿨룩! 그러나 두목, 나는 창피해서 기침을 꾹 꾹 밀어 넣고 맙니다. 내가 기침하는 거 본 적 있습니까? 없을 겁니다. 당신은 내가 다른 사람들 앞에서만 그러는 줄 아실 겁 니다만, 아니에요, 나 혼자 있을 때도 그럽니다. 나는 조르바 앞에서도 창피한 겁니다. 어떻게 생각하시오, 두목? 나는 조르바 앞에서도 창피하다고요!

언젠가 아토스 산에서 — 거기 올라간 적이 있습니다. 아, 차라리 내 오른손을 자르는 편이 나을 뻔했어요 — 수도승 라브렌티오 신부를 만났습니다. 키오스 사람이지요. 이 한심한 친구는 자기 안에 악마가 한 마리 들어앉았다고 믿고 이름까지 지어 붙였더군요. 악마 이름이 터키의 호자랍니다. 「호자는 성금요일에 고기가 먹고 싶단다!」 이 한심한 라브렌티오는 이렇게 외치며 교회 벽에다 대가리를 찧습니다. 「호자가 여자랑 자고 싶단다. 호자가 수도원장을 죽이고 싶단다. 그래, 호자, 호자가 그런다고! 내가 아니라!」 그러고는 대가리를 돌에다 쾅쾅 찧는 겁니다.

두목, 내 속에도 악마 같은 게 들어 있어요. 나는 그 악마를 조르바라고 부릅니다. 속에 있는 조르바는 나이 먹는 걸 싫어해요. 나이를 먹은 것도 아니고 먹어 본 적도 없고 앞으로도 먹지 않을 거예요. 속의 조르바는 사람 잡아먹는 도깨비예요. 머리털은 칠흑처럼 검고 이빨은 서른두 개(숫자로 쓰면 32), 귀 뒤에다 빨간 카네이션을 꽂고 다닙니다. 바깥 조르바는, 아이고 가엾어라, 장구통배에다 흰 머리카락도 좀 있습니다. 시들어 주름살이 생긴 데다 이는 빠져나가고 커다란 귀에는 늙으면 나오는 흰 털이 늘어 영락없이 길쭉한 당나귀 귀가 되어 있지요.

두목? 이 조르바가 무얼 할 수 있겠어요? 언제까지나 이 두 조르바가 맞붙어 싸워야 합니까? 어느 쪽이 이길까요? 곧 죽으면, 곧 죽어도 상관없겠습니다만, 만사형통이죠. 그러나 앞으로도 줄기차게 더 살아야 한다면, 망조가 든 거죠. 두목, 쫄딱 망하는 겁니다. 창피해서 못 견딜 날이 곧 올 겁니다. 나는 자

217

유를 잃을 것이며 며느리나 딸아이는 아이(보기만 해도 끔찍한 꼬마 괴물)를 보라고 명령할 것입니다. 아이가 혹 불에 데지 않나, 떨어지지 않나, 흙이 묻지나 않나 하고 말입니다. 휴, 아이에게 흙이라도 묻는 날이면 날보고 씻어 주라고 할 겁니다요!

두목, 당신은 젊지만 역시 같은 수모를 겪어야 할 겁니다. 조심하시오. 내 말 잘 듣고 그대로 해요. 구원은 이 길뿐입니다. 산으로 기어 들어가 석탄이든 구리든 철이든 아연광이든 캐내어 한몫 잡고, 친척은 우리를 존경하게 만들고, 친구들은 우리 구두를 핥고, 모든 부자들이 우리한테 모자를 벗고 인사하게 만드는 겁니다. 두목, 성공하지 못하면 보따리 싸들고 이리나 곰이나 아무거나 만나 잡아먹히는 편이 나을 겁니다. 차라리 짐승에게 좋은 일이나 하는 셈이죠. 하느님이 그런 짐승을 이 땅으로 내려보낸 건 우리 같은 놈들을 잡아먹어 주어 타락을 막기 위해서일 겁니다.

여기에서 조르바는 색연필로, 초록빛 나무 아래 새빨간 이리 일곱 마리에 쫓겨 도망치는 키가 크고 깡마른 사내 하나를 그려 놓았다. 그림 위에는 큼직한 글씨로 〈조르바와 지옥에 갈 만한 일곱 가지 대죄(大罪)〉라고 쓰고 있었다.

편지는 계속된다.

이 편지를 읽으면 당신은 내가 얼마나 불행한 사람인가 알게 될 겁니다. 내가 심란한 중에 그나마 위안을 얻는 것은 당신과 함께 있으면서 이야기를 나눌 때뿐입니다. 왜 그러냐 하면, 당신 역시 나와 비슷하거든요. 당신이 그걸 모를 뿐입니다. 당신 속에도 악마 한 마리가 있지만 아직 이름은 모르고 있고 그걸 모르니까 숨을 제대로 못 쉬고 있는 거예요. 두목, 그놈에게 세례를 베풀고 이름을 지어 주세요. 그럼 아마 좀 나아질 겁니다.

나는 내가 참 불행한 사람이라고 했습니다. 내 대가리에 든 것은 쓰레기 이외에 아무것도 아니라는 걸 분명하게 알고 있습니다. 하지만 근사한 생각이 번쩍 나서 며칠씩 꼬박 빠져 있을 때도 있어요. 내 속의 조르바가 시키는 대로 할 수만 있으면, 세상이 아주 깜짝 놀랄 텐데!

내가 인생과 맺은 계약에 시간제한 조항이 없다는 걸 아니까 나는 가장 위험한 경사 길에서 브레이크를 풀어 봅니다. 인생이란, 가파른 오르막과 내리막이 있는 법이지요. 분별 있는 사람이라면 브레이크를 써요. 그러나 ─ 두목, 이따금 내가 어떻게 생겨 먹었는가를 당신에게 보여 주는 대목이겠는데 ─ 나는 브레이크를 버린 지 오랩니다. 나는 꽈당 부딪치는 걸 두려워하지 않거든요. 기계가 선로를 이탈하는 걸 우리 기술자들은 〈꽈당〉이라고 한답니다. 내가 꽈당 하는 걸 조심한다면 천만의 말씀이지요. 밤이고 낮이고 나는 전속력으로 내닫으며 신명 꼴리는 대로 합니다. 뒤집혀 박살이 난다면 그뿐이죠. 그래 봐야 손해 갈 게 있을까요? 없어요. 천천히 간다고 골로 안 가나요? 당연히 가죠. 기왕 갈 바에는 화끈하게 가자 이겁니다!

두목, 알아요. 지금 내가 당신을 웃기고 있는 걸. 하지만 나는 되는대로 헛소리를 늘어놓으렵니다. 나는 내 헛소리, 뭐 다른 말로 내 사색이라고 할까, 아니 내 약점 ─ 이 세 가지가 어디가 다릅니까? 글쎄요, 모르겠어요 ─ 을 써내려 가고 있고, 당신은 아주 크게 웃고 있겠지요. 당신이 웃고 있을 거라는 생각에 나도 웃고, 그렇게 해서 세상에 웃음이 끊이지 않는 거죠. 사람에겐 바보 같은 구석이 있게 마련입니다. 가장 바보 같은 놈은, 내 생각에는 바보 같은 구석이 없는 놈일 것입니다.

이제 당신은 내가 여기 칸디아에서 얼마나 바보같이 굴고 있는가를 눈치챘을 겁니다. 두목, 내가 그 이야기를 차근차근 해드립지요. 조언이 필요해요. 당신은 아직 젊습니다. 하지만 지혜가 듬뿍 담긴 옛날 책을 많이 읽어, 이런 표현이 실례가 될지 모르겠지만, 약간 구닥다리예요. 그래서 당신의 조언을 얻으려는 겁니다.

봅시다, 나는 사람에게 제 나름의 냄새가 있다고 생각해요. 냄새가 온통 뒤범벅이 되어 있으니까 우리는 잘 몰라요. 이건 누구 냄새, 저건 누구 냄새, 이렇게 구별도 안 되고. 다만 어떤 지독한 냄새가 풍긴다는 것만 알아요. 그걸 〈인간성〉이라고 불러요. 〈인간의 악취〉를 가리키는 거예요. 개중에는 이걸 라벤더 향이라도 되는 양 킁킁대며 맡는 치들도 있어요. 나는 토할 것 같은데 말이오. 이야기가 엇길로 나가네요. 계속합시다.

내가 하려던 말은 ― 내가 또 브레이크를 풀고 가던 참이라 ― 이거였어요. 여자들, 그러니까 계집년들은 암캐처럼 촉촉한 코를 가지고 있어서 냄새만으로도 자기에게 욕정을 느끼는 남자와 그렇지 않은 남자를 척 가려내요. 그렇게 냄새를 잘 맡으니까, 어디엘 가나 나같이 쓸 만한 옷 한 벌 없는 거지발싸개, 늙은 원숭이 꽁지에도 계집 한둘쯤은 따르는 거랍니다. 이것들은 냄새로 나를 알아봐요. 어이구 저 암캐들, 하느님이 축복해 주셔야지!

아무튼, 첫날 내가 칸디아에 안착한 것은 석양 무렵이었어요. 바로 상점으로 달려갔지만 문이 다 닫힌 뒤였어요. 그래서 여관을 잡고 노새에게 여물을 좀 먹인 다음에 저녁 먹고 목욕했지요. 연후에 담배를 한 대 꼬나물고 산책이나 할 요량으로 나갔지요. 시내 나가 봐야 내가 아는 놈도 없고 나를 아는 놈도 없어서 글자 그대로 자유로웠습니다. 나는 시내를 어슬렁거리며 혼자 웃고 혼자 중얼거렸지요. 볶은 호박씨를 좀 가지고 나온 게 있어서 그걸 우물거리고 껍질을 뱉으면서 뱃 꼴리는 대로 돌아다녔지요. 가로등에 불이 들어오고, 사내들은 아페리티프를 한잔하고 여자들은 집으로 돌아가고 있었지요. 공기 속에서는 분, 화장비누, 아니스 술, 수불라키[25] 냄새가 홍건하게 풍깁디다. 그래서 속으로 이렇게 말했지요. 〈이것 보게, 조르바. 이 벌름거리는 콧구멍을 달고 살 날이 얼마나 될 것 같나? 이런 공기를 마시며 살 날도 얼마 남지 않았어. 그래, 이 늙은것아 실컷 마셔 두게!〉

거기 큰 광장을 — 두목도 아는 곳일 겁니다 — 오르내리며 그렇게 중얼거리고 있었습니다. 그런데 — 하느님도 참 무심치 않으셔라 — 돌연 사람들이 왁자지껄하게 떠들어 대며 춤추고 탬버린을 두드리며 동양풍의 노래를 부르는 소리가 났습니다. 나는 귀를 세우고 노랫소리가 들려오는 곳으로 갔지요. 춤도 추고 쇼도 하는 카페였어요. 딱 내가 원했던 거예요. 나는 들어갔습니다. 프런트에서 가까운, 조그만 테이블 앞에 앉았습니다. 거리낄 게 뭐 있습니까? 말씀드렸다시피, 날 아는 사람이 없어서 글자 그대로 자유로웠는데 말씀입니다.

얼치기 같은 여자 하나가 무대 위에서 치마를 들어 올리며 춤을 추데요. 별 볼 일 없었어요. 나는 맥주 한 병을 시켰습니

25 꼬챙이에 꿰어 구운 고기.

221

다. 그랬더니 피부색이 가무잡잡한, 깜찍하고 쪼그만 것이 하나 다가와 내 테이블에 앉습디다. 미장이가 흙손으로 처바른 것처럼 화장을 잔뜩 한 게 말입니다.

「앉아도 되죠, 할배?」 아, 이게 웃으며 이러는 거예요.

피가 대가리 위로 확 솟구칩디다. 빌어먹을 년, 모가지를 비틀어 버리고 싶데요. 그러나 냉정을 되찾고, 이 〈암컷〉이 불쌍해서 급사를 불렀지요.

「이봐, 샴페인 두 병 가져와!」

용서하십쇼, 두목. 당신 돈을 조금 썼습니다. 그렇지만 그런 모욕을 당했으니 우리 명예를, 나의 명예만이 아니라 당신의 명예도 지켜야 했습니다. 이 쬐그만 것을 우리 앞에 무릎 꿇려야 했어요. 당신이 같이 있었다면 이렇게 힘든 순간에 날 무방비 상태로 방치해 둘 리가 없잖아요? 그래서 〈이봐, 샴페인 두 병 가져와!〉가 된 것이지요.

샴페인이 나왔고, 과자도 좀 시켰어요. 그러다가 샴페인을 더 시켰고요. 재스민 장수가 왔기에 바구니째 사서, 감히 우리를 모욕했던 이 어린것의 무릎에다 확 부었지요.

우리는 부어라 마셔라 했어요. 하지만 두목, 맹세컨대, 계집은 손끝도 건드리지도 않았습니다. 내가 누굽니까. 이 방면에 통달한 사람입니다. 소싯적에는 만나면 다짜고짜 들이대고 희롱부터 했습지요. 하지만 나이가 든 지금은 달라요. 먼저 돈을 펑펑 쓰면서, 정중하고 느긋하게 나갑니다. 여자라는 건 그런 식의 대접을 좋아해요. 그러면 그 잡것들이 미치죠. 꼽추건 꼬부랑 거지건, 멋대로 생겨 먹었건 상관하지 않습니다. 그 암캐들 눈에 보이는 건 돈을 꺼내는 손밖에 없어요. 돈을 꺼내서 밑 빠진 독에 펑펑 흘려보내는 손. 바로 그래서, 이 몸은 평소 지

론대로…… 거금을 썼습니다. 두목이여, 하느님이 당신을 도
우셔서 천 곱 만 곱으로 되돌아오게 되기를. 그랬더니 전술(前
述)한 계집이 엉겨 붙습니다. 점점 다가와 쪼그만 무릎을 내
통뼈 다리에 착 밀착시키는 거예요. 그러나 나는 빙산처럼 의
연했지요. 속에는 불이 나 돌아 버릴 지경인데 말입니다. 이게
여자들을 미치게 하는 겁니다. 혹 당신에게 이런 기회가 있을
지 몰라서 알려 드립니다만, 속에 불이 나도 손끝 하나 대어서
는 안 됩니다!

아무튼 어느새 시간이 자정을 넘겼습니다. 불이 꺼지기 시
작하고 카페가 문을 닫습니다. 나는 천 드라크마짜리 지폐 뭉
치를 꺼내 셈을 치르고 급사에겐 행하(行下)도 듬뿍 줬습니다.
계집이 매달리더군요.

「이름이 뭐예요?」 이게 상사병이 난 듯한 목소리로 묻습니다.

「할배다 왜!」 나는 잔뜩 부은 채 대답했지요.

쪼그만 것이 아프게 꼬집더니 속삭이는 거예요.

「나랑 가요……. 나랑 함께 가요!」

나는 조그만 손을 잡고 꼭 쥐어 주며 알겠다는 듯이 대답했
지요. 「오냐, 가지, 이 쪼그만 것아.」 내 목소리는 갈라지고 있
었지요. 두목, 그다음은 당신이 상상할 수 있을 겁니다. 우리
는 실력을 발휘했죠. 그리고 잠이 들었습니다. 잠을 깨었을 때
는 정오 무렵이었어요. 주위를 둘러봤지요. 뭘 봤는지 아십니
까? 깔끔하게 꾸민 조그만 방, 안락의자와 세면대, 비누, 향수
병, 크고 작은 거울들, 산뜻한 색깔의 옷이 잔뜩 걸린 벽. 사진
도 무지 많았어요. 뱃놈, 관리, 선장, 경찰관, 무희, 그리고 여자
들 사진이 있는데 몸에 걸친 거라곤 달랑 하나뿐이에요. 샌들.
침대 위 내 옆에는 따뜻하고 말랑말랑한 암컷이 제 머리카락

에 묻혀 누워 있었습니다.

나는 눈을 감고 이렇게 중얼거렸습지요. 아이고, 조르바 이 사람아, 자네는 산 채로 천당에 왔구나. 이 좋은 곳에 왔으니, 꼼짝도 하지 마라!

두목, 언젠가 내가 사람에게는 저 나름의 천당이 있다고 한 적이 있지요. 당신의 천당은 책이 잔뜩 쌓이고 잉크가 됫병으로 한 병 놓은 방일지도 모르지요. 포도주, 럼, 브랜디 병이 가득한 방을 천당으로 아는 놈, 돈이 잔뜩 있는 곳을 천당으로 아는 놈…… 내 천당은 이런 곳입니다. 벽에는 예쁜 옷이 걸려 있고, 비누 냄새가 나고 푹신푹신한 큰 침대가 있고, 옆에는 암컷이 하나 누워 있는 향긋한 방 말입니다.

과오란 고백으로 반쯤은 용서된다고 합니다. 그날 나는 밖으로 코빼기도 내밀지 않았습니다. 내가 어딜 가려고 했더라? 해야 할 일이 뭐였더라? 에이, 알 게 뭐야! 지금 여기서 이렇게 좋은데. 나는 그곳의 최고급 여관에 주문해서 식사를 날라 오게 했습니다. 영양이 풍부하고, 기운을 쓰게 하는 음식들만 시켰어요. 철갑상어 알젓, 고기, 생선, 레몬주스, 카다이프.[26] 우리는 잠깐 용무를 보고 또 낮잠을 잤습니다. 밤에 일어난 우리는 팔짱을 끼고 다시 그 카페로 갔습니다.

일언이폐지(一言以蔽之), 당신을 말의 홍수 속에 빠뜨리지 않게 하려고 알려 드리거니와, 계획은 아직 진행되고 있습니다. 너무 걱정 마시오, 두목. 당신의 용무 역시 보고 있으니까요. 이따금 나는 상점을 돌아다니고 있습니다. 케이블과 필요한 물건을 구입하겠으니 너무 심려 마십시오. 하루 앞당겨 한

---

26 가는 국수를 실몽당이처럼 만들어 속에 견과류 등을 넣어 만든 음식.

다고 더 나을 게 뭐고, 하루가 늦거나 일주일이 늦거나, 아니 한 달이 늦은들 그게 무슨 대숩니까. 옛말에, 바쁠수록 돌아가라지 않았습니까. 당신의 이익이란 측면에서 나는 귀를 씻고 마음이 맑을 때를 기다리는 겁니다. 그래야 사기를 당하지 않을 테니까요. 케이블은 최고급품이어야 합니다. 그래야 망조가 들지 않아요. 그러니 두목, 참고 기다리면서 나를 믿어 보시오.

그리고 무엇보다, 내 건강일랑 염려 놓으시오. 모험은 건강에 아주 좋습니다. 며칠 만에 나는 다시 20대 청년이 된 기분입니다. 기운이 솟아요. 이도 다시 날 겁니다. 도착 당시에는 등이 조금 아팠는데 지금은 활처럼 튼튼합니다. 아침마다 거울을 보는데 머리카락이 밤새 구두약처럼 새까맣게 변하지 않은 게 놀라울 뿐입니다.

당신은 내가 왜 이런 걸 쓰고 있는지, 그 이유를 물을 겁니다. 글쎄요……. 당신은 내 고해 성사를 듣는 사람입니다. 당신에게는 지은 죄를 까놓아도 부끄럽지 않습니다. 왜 그런지 아십니까? 내가 아는 한, 내게 잘잘못이 있어도 두목, 당신은 별로 개의치 않습니다. 당신에겐 하느님 같은 물 묻은 스펀지가 있습니다. 쓱싹쓱싹! 그럼 내 죄는 다 닦입니다. 그래서 당신에게 이런 고백을 하고 있는 겁니다. 그러니 들어 주시오.

지금 나는 엉망으로 취해 꼭지가 완전히 돌아 버리기 직전입니다. 두목, 부디 펜을 들어 이 편지 받는 즉시 답장 주시오. 당신 답장을 받기까지는 가시방석에 앉은 기분일 겁니다. 지금부터 몇 년 동안 내 이름은 하느님의 장부에서 지워져 있을 겁니다. 악마의 장부도 마찬가집니다. 내가 들어 있는 장부는 당신 것뿐입니다. 그래서 내게 의논할 상대라고는 존경하옵는 두목 나리밖에 없습니다. 그러니 내 말을 잘 들어요. 이런 이야깁니다.

어제 칸디아에서 가까운 마을에서 성명 축일(聖名祝日)이 있었지요. 롤라가 어떤 성자의 이름과 닮아 처먹었는지 내가 알게 뭡니까. 아차, 그리고 보니 계집의 이름이 롤라라는 이야길 안 했군요. 롤라라고 한답니다. 이게 이러더군요.

「할배!」 계집은 여전히 날 이렇게 부릅니다만 이젠 애칭으로 부르는 거예요. 「할배, 나 성명 축일 잔치에 가고 싶어.」

「그럼 가려무나, 이 할마시야.」 내가 이렇게 응수했지요.

「하지만 할배랑 같이 가고 싶은걸.」

「나는 안 가. 성자를 좋아하지 않거든. 그러니까 너 혼자서 가도록 해.」

「그래요? 그럼 나도 가지 않을래요.」

내가 바라보았습니다.

「안 가? 왜 안 가? 가고 싶지 않다는 거야?」

「함께 가주면 가고, 그러지 않으면 안 갈래요.」

「왜? 너는 자유인이잖아?」

「아니. 자유인 아니에요.」

「너는 자유를 원하지 않아?」

「예, 원하지 않아요.」

나는 제대로 들은 건가 싶었어요. 정말요.

「아니, 너는 자유를 바라지 않는다고?」

「그래요. 싫어요, 싫어요, 자유가 싫어요!」

두목, 나는 롤라의 방에서 롤라의 편지지에다 이 편지를 쓰는 겁니다. 제발 내 말에 귀를 기울여요. 나는 자유를 원하는 자만이 인간이라고 생각합니다. 여자는 자유를 원하지 않아요. 그런데 여자도 인간일까요?

제발 빨리 좀 대답해 줘요.

우리 두목에게 행운이 있기를 빕니다.

나, 알렉시스 조르바

조르바의 편지를 다 읽고 나는 한동안 마음이 두 갈래, 아니 세 갈래였다. 나는 이 인간에게 화를 내어야 할지, 웃어야 할지, 아니면 감탄을 해야 할지 갈피를 잡을 수 없었다. 이 원시인은 삶의 껍질 — 논리와 도덕과 정직성 — 을 간단히 깨고 삶의 본질 속으로 곧장 들어가 버렸다. 우리에게는 그토록 유익한, 그 모든 자잘한 덕성이 그에겐 없었다. 그에게 있는 것이라고는 만족을 모르고 그를 극한으로, 나락으로 끊임없이 몰아붙이는 거북하고 위험한 한 가지 덕성뿐이었다.

글을 쓸 때면 이 무식한 일꾼은 펜을 무지막지하게 부러뜨린다. 원숭이 껍질을 처음으로 벗어 던진 원시인처럼, 아니면 위대한 철학자처럼 그는 인간의 본질적인 문제에 매달려 있다. 조르바는 이런 문제를 당장 긴급하게 해결해야 하는 필수적인 것처럼 느낀다. 어린아이처럼 그는 모든 사물과 생소하게 만난다. 그는 영원히 놀라고, 왜, 어째서 하고 캐묻는다. 만사가 그에게는 기적으로 온다. 아침마다 눈을 뜨면서 나무와 바다와 돌과 새를 보고도 그는 놀란다. 그는 소리친다.

「이 기적은 도대체 무엇이지요? 이 신비가 무엇이란 말입니까? 나무, 바다, 돌, 그리고 새라는 신비는?」

둘이서 마을로 들어가면서 노새를 타고 가는 조그만 노인을 만났던 일이 있다. 노새를 바라보는 조르바의 눈이 휘둥그레졌다. 눈빛이 어찌나 강렬했던지 농부는 그만 질겁을 하고 소리쳤다.

227

「아이고 노형! 제발 그런 악마 같은 눈길은 하지 마시오!」 노인은 이렇게 말하며 성호를 그었다.

나는 조르바를 돌아다보았다.

「어쩼기에 저 노인이 기겁을 하고 소리를 지른 겁니까?」

「나요? 내가 뭘 어쩼게요? 그저 노새를 바라보고 있었던 것뿐인데. 근데 놀랍지 않소, 두목?」

「뭐가요?」

「그러니까…… 이 세상에 노새 같은 게 산다는 사실 말이오!」

또 하루는 내가 바닷가에서 다리를 뻗고 책을 읽고 있는데 조르바가 다가와 내 맞은편에 앉아 산투르를 무릎 위에 올리고 치기 시작했다. 나는 눈을 들어 그를 바라보았다. 차츰 표정이 바뀌었다. 곧 야성의 환희에 휘둘린 기미가 역력했다. 그는 길고 주름진 목을 떨며 노래를 부르기 시작했다.

마케도니아의 노래, 산적 클레프트의 노래, 그리고 악다구니……. 인간의 목은 선사(先史) 시대의 야성을 되찾았다. 오늘날 우리가 시, 음악, 사상이라고 이름한 정서의 복합체가 〈아크! 아크!〉 따위의 외침으로 터져 나왔다. 그 소리는 조르바 존재의 심연에서 울려 나오는 것이었고, 우리가 문명이라고 부르는 보잘것없는 껍데기는 송두리째 깨어지면서 저 불멸의 야수, 털북숭이 신, 무시무시한 고릴라를 풀어놓아 주었다.

갈탄, 이익과 손해, 오르탕스 부인, 미래에 대한 구상, 모든 것이 무색해졌다. 외침 소리는 모든 것을 휩쓸었고, 우리에겐 다른 아무것도 필요 없었다. 그 고독한 크레타 해안에 붙박힌 채로 우리는 인생의 모든 쓰라림과 달콤함을 가슴속에 끌어안고 있었다. 이제 쓰라림과 달콤함은 더 이상 존재하지 않았다. 해가 지고 밤이 내리면서 큰곰자리는 부동(不動)의 하늘의 축을 돌며 춤을 추었고, 이윽고 뜬 달은, 그 어떤 존재에 대한 두려움도 없이 모래 위에서 노래를 불러 대는 두 마리 작은 짐승을 뜨악한 얼굴로 내려다보았다.

조르바가 노래의 격정을 이기지 못하고 갑자기 소리쳤다. 「오호라, 인간이란 짐승이로구나. 여보쇼, 두목, 책은 책대로 놔둬요. 창피하지도 않소? 인간은 짐승이오. 짐승은 책 같은 걸 읽지 않소.」

한동안 잠잠하던 그가 웃음을 터뜨렸다.

「하느님이 남자를 어떻게 만들었는지 아시오? 이 짐승, 남자 말이오, 이 짐승이 하느님께 맨 처음 뭐라고 했는지 아시오?」

「모릅니다. 내가 그걸 어떻게 압니까! 거기 있지도 않았는데.」

「나는 거기에 있었어요!」 조르바가 소리쳤다. 그의 눈이 유난히 번쩍거렸다.

「그럼 말해 보세요!」

조르바는 반쯤은 무아지경으로 도취된 듯, 반쯤은 장난기 섞인 말투로 인간의 창조에 관한 엄청난 이야기를 엮어 나가기 시작했다.

「자, 잘 들어요, 두목! 어느 날 아침, 하느님은 기분이 울적해 가지고 일어났어요. 그러고는 중얼거리지요. 〈나도 참 한심한 신이야! 내겐 향불을 피워 줄 놈 하나, 심심풀이로나마 내 이름을 불러 줄 놈 하나 없으니! 늙은 부엉이처럼 혼자 사는 것도 이젠 지긋지긋해. 퉤!〉 이 양반은 손바닥에다 침을 탁 뱉고는 소매를 걷어붙이고 안경을 찾아 쓴 다음, 흙 한 덩어리를 집어 침을 퉤퉤 뱉어 이기고 개어 조그만 사내 하나를 만들고 이걸 볕에다 말렸어요.

이레 뒤에 하느님은 이걸 볕에서 거두어들였지요. 잘 말랐더랍니다. 하느님은 이걸 들여다보다 말고 그만 배를 쥐고 웃기 시작했지요. 뭐라고 했느냐 하면 이랬답니다. 〈제기랄. 이건 꼭 뒷다리로 선 돼지 꼴이잖아! 내가 만들려던 건 이런 게 아닌데! 한치의 실수도 없이, 만들었다 하면 엉망진창이야!〉

하느님은 이 물건의 목덜미를 잡아 번쩍 들어올리면서 엉덩이를 냅다 걷어차면서 소리쳤지요. 〈꺼져, 썩 꺼져 버려! 지금부터 네가 해야 하는 일은 조그만 돼지 새끼를 잔뜩 까는 것이야. 이땅은 네 것이다. 뛰어가! 왼발, 오른발, 왼발, 오른발, 구보……!〉

하지만, 두목도 아시겠지만 그건 돼지가 아니었어요. 펠트 모자를 턱하니 쓰고 웃옷은 어깨에다 아무렇게나 걸쳐 입고, 줄을 잔뜩 세운 바지 차림에 빨간 술이 달린 터키 슬리퍼를 신고 있었어요. 그리고 허리에는…… 이 물건을 준 건 틀림없이 악마일 텐데, 〈내 너를 잡겠노라!〉 이런 글귀가 새겨진 뾰족한 단검까지 차고 있었지요.

그게 사내였어요. 하느님이 사내에게 키스하라고 손을 척 내밀자 사내는 수염을 배배 꼬면서 이렇게 말했지요. 〈이봐요, 영감, 비켜 줘야 가든지 말든지 하지!〉」

여기에서 조르바는 내가 웃음을 터뜨리는 걸 보고는 말을 끊었다. 그는 상을 찌푸렸다.

「웃지 마쇼! 바로 이대로였다고요!」

「당신이 어떻게 알아요?」

「그랬다고 내가 느끼니까요. 내가 아담이었대도 그랬을 거고. 아담이 달리 행동했다면 내 손가락에 장을 지지겠어요. 책에 쓰인 것 따위는 하나도 믿지 마슈. 당신이 믿어야 할 건 바로 나예요!」

그는 내 대답을 기다리지도 않고 다시 그 큰 손을 뻗쳐 산투르를 치기 시작했다.

나는 한동안 화살에 꿰뚫린 하트가 그려진, 향긋한 편지를 쥔 채, 그와 함께 보냈던, 그의 존재감으로 가득 찼던 나날들을 생각했다. 조르바와 함께하는 동안의 시간은 다른 맛이 났다. 시간은 더 이상 외부 사건의 산술적인 연속도, 내부의 풀지 못할 철학적인 문제도 아니었다. 시간은 결이 고운, 따뜻한 모래 같은 것이었다. 나는 내 손가락 사이로 부드럽게 빠져나가는 모래를 감촉할 수 있었다.

　　나는 중얼거렸다. 「조르바에게 복 있을진저. 조르바는 내 내부에서 떨고 있는 모든 추상적인 관념에 따뜻하고 사랑스러운 살아 있는 하나의 육체를 부여했다. 조르바가 없으면 나는 다시 떨게 되리라.」

　　종이 한 장을 꺼내었다. 그러고는 인부 한 사람을 불러 조르바에게 지급 전보를 치게 했다.

　　〈즉시 돌아올 것.〉

# 14


3월 초하루, 토요일 오후. 나는 바다에 면한 바위에 기대어 글을 쓰고 있었다. 그날 첫 제비를 본 나는 행복했다. 내 속에서 붓다를 퇴치하는 의식은 종이 위에서 순조롭게 흘러갔고, 붓다와의 싸움은 한결 차분해져 있었다. 나는, 더 이상 전처럼 필사적으로 서둘지는 않았고, 내가 해방되리라는 걸 확신하고 있었다.

그때 자갈을 밟는 발소리가 들렸다. 나는 눈을 들고, 해변을 구르듯이 달려와 기함(旗艦)처럼 닻을 내리는 늙은 세이렌을 보았다. 얼굴은 빨갛게 달아올라 있었다. 숨까지 할딱거렸다. 뭔가 걱정스러운 듯한 표정이었다.

「편지가 왔다면서요!」 오르탕스 부인이 안달을 내면서 물었다.

「아, 왔지요!」 나는 웃으며 대답했다. 그러고는 일어서서 부인을 맞았다.

「부인에게 안부를 전하라고 신신당부합니다. 밤이나 낮이나 부인 생각만 한답니다. 먹지도 마시지도 못하겠다는군요. 떨어져서는 견딜 수 없다는 겁니다.」

「그게 다예요?」 이 불쌍한 여자는 숨을 고르면서 물었다.

나는 여자가 불쌍했다. 주머니에서 조르바의 편지를 꺼내어 읽는 척했다. 늙은 세이렌은 이 빠진 입을 헤벌리고 눈을 커다랗게 뜬 채 숨도 못 쉬고 귀를 기울였다.

나는 읽는 척했으나 둘러대기가 쉽지 않아 글씨를 알아보기 어려운 척했다. 「······두목, 어제는 뭘 좀 먹으려고 싸구려 식당에 갔지요. 배가 고팠습니다. 그런데 굉장한 미인 하나가 들어오지 뭡니까. 여신은 저리 가라고 할 정도로 아름다웠어요. 맙소사! 여자는 꼭 우리 부불리나 같은 겁니다! 순간 내 눈에서는 분수처럼 눈물이 주르르 흘러내렸지 뭡니까. 목이 콱 막힙디다. 삼킬 수가 없었어요! 나는 일어서서 음식값을 치르고 나와 버렸어요. 오랫동안 성자(聖者)를 찾는 일이 없던 내가 어찌나 속이 아픈지 성 메나스 성당으로 달려가 초 한 자루를 켜고는 기도했지요. 〈성 메나스시여! 원컨대 내 사랑하는 천사의 좋은 소식을 듣게 하소서. 우리 날개가 하루속히 다시 붙게 하소서!〉 이렇게 말입니다.」

「하하하!」 오르탕스 부인이 웃었다. 부인의 얼굴이 기쁨으로 환히 빛났다.

「뭘 가지고 그렇게 웃으시오, 우리 아주머니는?」 나는 숨을 돌리고 거짓말을 생각해 낼 시간을 벌 요량으로 딴소리를 했다. 「뭘 가지고 그렇게 웃으시느냐니까. 울어도 시원치 않을 것 같은데.」

「몰라서 그래요······. 몰라서 그러시는 거예요.」 부인은 키득거리다 웃음을 터뜨리고 말았다.

「뭘 말입니까?」

「날개 말이에요. 그 엉큼쟁이 같은 양반은 다리를 날개라고 부른답니다. 우리 둘만 있을 때는 늘 그래요. 우리 날개가 하루속히 다시 붙게 하소서라니······. 하하하!」

「그다음 말을 들으셔야지. 진짜 기절초풍할 겁니다······.」

233

나는 편지 장을 넘기며 다시 읽는 척했다.

「오늘 이발소 앞을 지나가려는데 이발사 녀석이 비눗물이 가득한 양동이를 밖에다 쏟았습니다. 거리 전체가 비누 냄새투성이였지요. 나는 또 한 번 부불리나를 생각하고 울기 시작했어요. 두목, 나는 더 이상 부불리나와 떨어져 있을 수가 없어요. 이러다 돌아 버리겠습니다. 봐요. 시까지 썼습니다. 이틀 전에는 잠을 이룰 수가 없어서 우리 부불리나를 위해 시를 한 수 썼습니다. 원컨대 이 시를 나의 부불리나에게 읽어 주시어 내 괴로움을 나누게 하소서.

> 오! 어느 오솔길이라도 좋으니 그대와 내가 만날 수만 있다면,
> 그 좁은 오솔길이어도 우리 사랑을 감싸 주고도 남으리.
> 나를 빵 부스러기나 고깃점으로 갈아 놓아도
> 내 바스러진 뼈는 힘이 있어서 그대에게 달려갈 수 있으리.」

게슴츠레한 눈을 반쯤 감은 채, 오르탕스 부인은 주의를 집중하고 행복한 표정으로 듣고 있었다. 칠 듯이 목에 감겨 있던 조그만 리본도 그날은 보이지 않았다. 한순간이나마 주름살도 보이지 않았다. 그저 묵묵히 미소만 짓고 있었다. 행복과 만족에 겨운 부인의 마음은 멀리 떠나고 있는 것 같았다.

3월…… 푸른 풀, 붉은색, 노란색, 자주색의 예쁜 꽃…… 흰 고니, 검은 고니 떼가 노래 부르며 사랑을 나누는 투명한 수면……. 암컷은 희고 수컷은 검은색, 둘 다 반쯤 벌린 부리는 진홍색이었다. 커다란 모레이 뱀장어는 물 위로 솟구치며 몸을 꼰 채 굵은 노란색 뱀 옆을 돌았다. 오르탕스 부인은 다시 열네 살짜리 소녀가 되어 알렉산드리아, 베이루트, 스미르나, 콘스탄티노플의 동

양풍 양탄자 위에서 춤을 추다 갑판에 윤을 낸 배를 타고 크레타로 왔다……. 이제 부인은 옛일을 말짱하게 떠올릴 수 없었다. 추억이 한데 뒤섞여 혼란스러워지며 부인의 가슴은 울렁거렸고 해안들은 이리저리 갈라졌다. 부인이 춤을 추고 있는데, 갑자기 바다는 뱃머리를 황금으로 만든 배들로 뒤덮였다. 갑판은 찬란한 색깔의 천막과 비단 깃발로 울긋불긋했다. 그 천막들에서 사람들의 행렬이 쏟아져 나왔다. 황금빛 술을 빳빳이 세운 터키모자를 쓴 파샤, 값비싼 공물을 잔뜩 안고 순례를 나선 부유한 늙은 지방 유지들, 유지 아버지들을 따라 나선 우울하고 아직 수염도 안 난 애송이들. 반짝이는 삼각모의 제독들도 나왔다. 하얀 칼라와 펄럭거리는 통바지 차림의 수병들도 나왔다. 젊은 크레타인들도 푸르스름한 바지, 노란 장화, 검은 머릿수건을 질끈 동인 모습으로 뒤따랐다. 마지막에 조르바가 사랑으로 곯아, 크기만 했지 잔뜩 마른 몸으로 손가락에 큼직한 약혼 반지를 낀 채 반백 머리에 오렌지 화관을 쓰고 나왔다…….

배에서는 편력의 시절에 부인이 만난 사람은 하나도 빠짐없이, 심지어는 어느 날 밤 콘스탄티노플에서 부인을 물에서 건져 내어 주었던 뻐드렁니 곱사등이 사공까지 나왔다. 밤이 깊어 아무도 그들을 볼 수는 없었다. 그들이 모두 빠짐없이 배에서 내리는데, 오, 뒤에서는 모레이 뱀장어, 뱀, 고니가 교미하고 있었다!

사내들이 다가와 부인과 어울렸다. 그들은 무더기로 고개를 들고 쉭쉭거리는 봄날의 발정한 뱀들처럼 한 덩어리로 어울렸다. 한가운데서는 발가벗은, 몸이 땀으로 번쩍거리고 입술을 벌려 뾰족한 이빨을 드러낸, 열네 살, 스무 살, 서른 살, 마흔 살, 예순 살의 오르탕스 부인이 몸을 팽팽하게 긴장시키고 결코 채워지지 않는 욕망으로 떨면서 젖가슴을 세운 채 식식거리고 있었다.

사라진 것은 아무것도 없었다. 죽어 버린 애인은 하나도 없었다! 부인의 시든 젖가슴에서 그들은 모두 화려한 예복 차림으로 부활했다. 오르탕스 부인은 고귀한 쌍돛대의 쾌속 전함이었고 이 배의 모든 애인들이 ── 이 배는 자그마치 현역으로 45년을 복무했다 ── 승선한 것 같았다. 그들은 쾌속 전함이 그토록 바라던 결혼이라는 위대한 마지막 항구를 향해 찢어진 돛폭으로 항해하고 있을 동안 끊임없이 선창으로, 뱃전으로, 돛대 위로 기어오르는 것 같았다. 조르바는 천의 얼굴이었다. 터키인이었으며 유럽인이었으며, 아르메니아인이었으며, 아랍인이었으며 그리스인이었다. 조르바를 안음으로써 오르탕스 부인은 축복받은 저 끝없는 행렬 전체를 끌어안는 셈이었다…….

늙은 세이렌은 그제야 내가 편지 읽기를 멈추었음을 깨달은 모양이었다. 환상이 갑자기 중단되고 부인은 무거운 눈까풀을 올렸다.

「다른 말은 없나요?」 여자는 탐욕스럽게 제 입술을 핥으며 나무라듯이 물었다.

「오르탕스 부인, 더 이상 바랄 게 있습니까! 그래도 모르겠어요? 편지엔 온통 부인 이야기밖에 없습니다. 봐요, 넉 장이나 되지! 이 가장자리에는 심장도 그려져 있지요. 조르바는 자기 손으로 직접 그렸다는군요. 사랑이 심장을 꿰뚫어 버렸지. 그리고 밑에는 비둘기 두 마리가 끌어안고 있고, 날개에는 빨간 잉크로 보일락 말락 하게 써 두었어요. 부둥켜안은 두 마리 비둘기는 오르탕스와 조르바라고 말입니다.」

비둘기도, 이름도 없었지만 눈물로 흐려진 늙은 세이렌의 조그만 눈은 원하는 것이면 무엇이든 보아 낼 수 있었다.

「그것뿐이에요? 그것밖에 없어요?」 오르탕스 부인은 여전히 성이 차지 않는지 다그쳐 물었다.

날개, 이발사의 비눗물, 비둘기…… 이것만으로도 더할 나위 없이 달콤할 터이지만 부인에겐 아무것도 아니었다. 부인의 실제적인 여자 마음은 다른 것, 이를테면 손에 잡히는 구체적인 것을 바랐다. 평생을 살면서 이같이 허튼소리라면 얼마나 지겹게 들어 왔을까? 이런 말들이 무슨 소용이 있었던가! 어려운 한평생을 보내고 보니 그녀에게 남은 건 고독과 노구뿐이었던 것이다.

「더 없어요? 더는 없어요?」 부인은 나무라듯이 다시 중얼거렸다.

부인이 쫓기는 사슴 같은 눈길로 나를 보았다. 측은하다는 생각이 들었다.

「왜 없겠어요, 오르탕스 부인. 조르바는 편지에서 매우 중요한 이야기를 하고 있어요……. 너무 중요해서 끝으로 미루어 둔 겁니다.」

「뭔가요……?」 부인이 한숨을 쉬며 물었다.

「뭐라고 했는고 하니, 돌아오는 즉시 부인 앞에 무릎을 턱 꿇고 눈물을 흘리며 청혼하겠대요. 더 이상은 기다릴 수 없다는 거예요. 조르바는 부인을 자기 부인, 오르탕스 조르바 부인으로 만들어 다시는 헤어지지 않겠대요.」

이번엔 진짜 눈물이 주르륵 흘러내렸다. 이거야말로 최상의 기쁨, 열망해 마지않던 항구였다. 이거야말로 평생을 갖지 못해 후회하던 것이었다! 생활의 평화와 참한 침대에 눕는 것, 그것뿐이었다!

여자는 두 손으로 눈을 가렸다.

「좋아요.」 귀부인이 되어 선심이라도 쓰는 듯이 여자가 말했다. 「받아 주기로 하지요. 하지만 이렇게 일러 줘요. 여기 이 마을에는 오렌지 화환이 없다고 말이에요. 그러니까 칸디아에서 가져와

237

야 할 거예요. 하얀 초 두 가락과 핑크색 리본, 달콤한 아몬드도 사 오라고 해요. 그리고 웨딩드레스도 사 와야 한다고 전해 주세요, 흰 놈으로……. 실크 스타킹과 공단 뾰족구두 한 켤레도……. 시트는 있으니까 사 올 필요가 없다고 해줘요. 침대도 있고…….」

부인은 이미 남편을 심부름꾼으로 부리는 아내가 되어 주문을 끝내고 있었다. 부인은 벌떡 일어섰다. 갑자기 당당하게 결혼한, 유부녀가 된 것이었다.

「한 가지 부탁드릴 게 있어요. 아주 중요한 거예요.」 오르탕스 부인은 이렇게 말하고는 매무새를 고치고 나의 대답을 기다렸다.

「말씀하세요, 오르탕스 부인, 이렇게 대령하고 있지 않습니까.」

「조르바와 나는 사장님을 아주 좋아해요. 사장님은 아주 친절하신 분이어서 우리를 낭패시키지 않을 거예요. 우리 결혼의 증인이 되어 주시겠어요?」

나는 오싹했다. 옛날 우리 집에 디아만둘라라는 늙은 하녀가 있었다. 예순이 넘어 코밑에 수염이 숭숭 난 노파, 시집을 못 가봐서 반쯤 돌아 버린, 가엾게도 가슴이 말라 쪼그라져 버린 노파였다. 이 노파가 마을 식료품 가게 배달꾼인 미트소를 사랑했다. 미트소는 지저분하고 살만 잔뜩 찐 데다 수염 한 올 안 난 젊은 시골 총각이었다.

「언제 나와 결혼해 줄 테야? 지금 결혼해 줘. 넌 어쩜 그렇게 오래 기다릴 수 있어? 나는 못 참겠어!」 노파는 일요일마다 그를 다그쳤다.

「나도 못 참겠어요!」 할머니를 단골로 등쳐 먹는 그 교활한 식료품 가게 배달꾼이 대답했다. 「나도 더 이상은 기다릴 수가 없어요, 디아만둘라. 그러나 늘 하는 말이지만, 나도 할머니처럼 수염이 좀 돋기까지는 결혼할 수가 없잖겠어요?」

그렇게 세월은 흐르고 늙은 디아만둘라는 줄기차게 기다렸다. 디아만둘라는 짜증이 줄고 두통도 줄었다. 키스 한 번 해보지 못하고 비틀어져 버린 입술은 미소도 배웠다. 옷도 전보다는 더 깨끗이 빨아 입었고 접시도 덜 깨었으며 음식을 태우는 일도 없었다.

　　「도련님, 우리 결혼의 증인이 되어 주시겠어요?」 디아만둘라가 어느 날 밤 내게 수줍게 물었다.

　　「해주고말고요, 디아만둘라.」 나는 이렇게 대답했지만 여자가 하도 딱해서 목구멍이 막히는 기분이었다.

　　그때 그 부탁을 듣고 가슴이 미어지는 것 같았는데, 오르탕스 부인으로부터 같은 제안을 받고 오싹했던 것은 그 때문이었다.

　　「되어 주고말고요. 영광이겠습니다, 오르탕스 부인.」

　　오르탕스 부인은 일어서면서 모자 밑에 달린 방울을 쓰다듬으며 입맛을 다셨다.

　　「안녕히 주무세요, 안녕히 주무세요! 그 양반이 빨리 돌아왔으면 좋겠어요…….」 그러고는 돌아섰다.

　　나는 소녀라도 된 듯이, 노구를 흔들며 사라지는 부인을 바라보았다. 기쁨이 부인에게 날개를 주었고, 낡고 비틀린 뾰족구두는 모래 위에다 깊은 자국을 찍었다.

　　부인이 곶을 채 돌아가기도 전일 텐데 날카로운 비명과 함성이 해변을 따라 들려왔다. 나는 벌떡 일어나 소리가 들려오는 쪽으로 달려갔다. 맞은편 곶에서 여자들이 초상이라도 난 듯이 곡을 하고 있었다. 바위 위로 올라가 내려다보았다. 남자와 여자들이 마을에서 달려오고 있었고 뒤에서는 개들이 짖고 있었다. 두셋은 말을 타고 먼저 달려왔다. 자옥한 먼지가 그 뒤로 일었다.

　　〈사고가 난 게로군.〉 나는 이렇게 생각하며 만을 끼고 달려갔다.

　　와자지껄하는 소리가 점점 커지고 있었다. 두세 덩어리의 봄

구름이 아직 노을에 물들어 있었다. 〈우리 아가씨의 무화과나무〉는 새로 돋아난 잎으로 파랬다.

돌연 오르탕스 부인이 내게로 달려들었다. 머리를 풀어 헤치고 숨이 턱 끝에 찬 채 가던 길을 되돌아온 것이었다. 신발 한 짝은 벗은 채였다. 부인은 벗겨진 신발 한 짝을 들고 울면서 달려왔다.

「하느님 맙소사…… 아이고, 하느님 맙소사…….」 나를 보자 부인은 흐느꼈다. 비칠거리고 있어서 금방이라도 쓰러질 것 같았다.

내가 부인을 붙잡았다.

「왜 그러는 겁니까? 무슨 일이 났어요?」 나는 부인을 도와 신발을 신게 했다.

「무서워요…… 무서워요…….」

「뭐가 무섭다는 겁니까?」

「죽음이…….」

부인은 대기 속에서 죽음의 냄새를 맡고 무서워 떨고 있었다.

나는 부인의 축 늘어진 팔을 잡고 그곳으로 가려 했지만, 늙은 몸뚱이를 부들부들 떨며 저항했다.

「싫어요…… 싫어요…….」 부인이 소리쳤다.

이 불쌍한 여자는 죽음이 있는 장소 가까이 가는 것을 무서워하고 있는 것이었다. 저승 앞을 흐르는 삼도천의 뱃사공 카론의 눈에 띄어서는 안 되는 일이었다. 늙은 사람답게 가엾은 세이렌도, 카론이 흙이나 풀 속에서 자신을 찾아내지 못하도록 파란 풀빛과 땅 색으로 변하여 자신을 숨기려 했다. 부인은 머리를 살진 어깨 속에다 파묻고 몸을 떨었다.

그러다 올리브 나무 쪽으로 몸을 끌고 가더니, 여기저기 기운

자리가 있는 코트를 벗어 들고는 무너져 내리듯이 땅바닥에 주저앉았다.

「이걸 내 몸 위에다 덮어 주시겠어요? 이걸 덮어 주고 나서 한번 가보세요.」

「추워요?」

「예. 덮어 주세요.」

나는 흙인지 사람인지 분간하지 못하도록 부인을 덮어 주고 그곳을 떠났다. 곶이 가까워지자 곡소리가 분명하게 들려왔다. 미미코가 내 앞을 지나 달려가고 있었다.

「미미코, 어떻게 된 것이냐?」

「물에 빠져 죽었어요. 자살한 거예요.」 미미코는 걸음도 멈추지 않고 대답했다.

「누가?」

「파블리. 마브란도니 영감의 아들.」

「왜?」

「과수댁……」

그 한마디 말이 저녁 공기에 걸리면서, 여자의 위험하지만 풍만한 몸이 눈앞에 어른거렸다.

나는 바위 뒤로 돌아갔다. 마을 사람들 대부분이 거기 모여 있었다. 남정네들은 모자를 벗고 묵묵히 서 있었고 여자들은 머릿수건을 어깨 뒤로 벗어 걸고 머리를 쥐어뜯으며 울부짖고 있었다. 해변 자갈밭에는 부풀어 오른 시체가 누워 있었다. 마브란도니 영감은 꼼짝도 않고 서서 그 시체를 내려다보았다. 그는 오른손에 쥔 단장에 기대고 서 있었다. 왼손으로 그는 반백의 곱슬곱슬한 수염을 쥐고 있었다.

「과부 년! 저주를 받아라.」 찢어지는 듯한 목소리가 사람들 사이에서 튀어나왔다. 「하느님이 네년에게 이 값을 물릴 게다!」

여자 하나가 일어서서 남자들을 향해 삿대질을 했다.

「그래, 이 마을에는 저년을 이 사람 무릎에다 엎어 놓고 양처럼 먹을 따버릴 사내 하나가 없다는 거예요? 흥, 겁쟁이들 같으니!」

그러고는 남정네들에게 침을 탁 뱉었는데, 그들은 말 한 마디 없이 보고만 있었다.

카페 주인 콘도마놀리오가 여자의 말에 대답했다.

「델리카테리나, 돌았냐? 어째 우리를 모욕해? 우리를 모욕하지 마! 우리 마을에도 아직은 용감한 사내가 있어. 곧 알게 될 것이야!」

나는 더 이상 참을 수 없어서 고함을 질렀다.

「모두들 부끄러운 줄 아세요! 어째서 그 여자 잘못이라는 겁니까? 운명이 이렇게 이끈 거죠. 하느님이 두렵지도 않아요?」

그러나 아무도 대답하지 않았다.

물에 빠져 죽은 파블리의 사촌인 마놀라카스가 그 큰 몸을 구부려 시체를 안고는 맨 먼저 마을 쪽으로 향했다.

여자들은 소리를 지르며 자기네 얼굴을 할퀴고 머리카락을 쥐어뜯었다. 시체가 안겨 가는 걸 보자, 그들은 시체를 만지려고 그쪽으로 달려갔다. 그러나 마브란도니 영감은 단장을 휘둘러 그들을 쫓아 버리고 앞장서 걸었다. 여자들이 만가를 부르며 그의 뒤를 따랐다. 이어서 남정네들이 조용히 뒤를 따랐다.

모두 초저녁의 노을 속으로 사라졌다. 평화로운 바다의 숨결을 다시 들을 수 있었다. 나는 주위를 둘러보았다. 나 혼자뿐이었다.

〈나도 집으로 돌아갑니다. 오, 하느님, 또 하루가 지나갑니다. 오늘도 어김없이 하루치 슬픔을 주고!〉

242

생각에 잠긴 채 나는 길을 따라갔다. 나는 그들이 경탄스러웠다. 인간적 고통에 너무도 가까이, 뜨겁게 얽혀 있는 사람들. 오르탕스 부인이 그랬고, 과부가 그랬고, 슬픔을 씻으려고 바다에 용감하게 몸을 던진 창백한 파블리가 그랬고, 양의 목을 따듯이 과부의 생명을 따라고 고함을 지르던 델리카테리나가 그랬고, 남들 앞에서는 울지도 말하지도 않던 마브란도니가 그랬다. 나혼자만 발기 불능의, 이성을 갖춘 인간이었다. 내 피는 끓어오르지도, 정열적으로 사랑하지도, 미워하지도 못했다. 나는 비겁하게 모든 것을 운명의 탓으로 돌리고서 할 일을 다했다고 믿고 싶어 했다.

희미한 어둠 속에서 나는 바위 위에 선 아나그노스티 영감을 볼 수 있었다. 그는 긴 지팡이로 턱을 괴고 바다를 내려다보고 있었다.

내가 불렀지만 그는 듣지 못했다. 나는 그에게 다가갔다. 그제야 나를 본 그는 고개를 내저으며 중얼거렸다.

「인생이 불쌍하지. 청춘을 그렇게 버리다니! 가엾은 녀석, 슬픔을 감당 못 해 스스로 바다에 몸을 던져 빠져 죽다니. 이제야 구원을 받았구나.」

「구원을 받아요?」

「받았지요, 젊은이. 받았고말고. 살아 보아야 뭘 하겠소? 과부와 결혼한다면, 금방 부부 싸움질이나 하다 서로 얼굴에 똥칠이나 하지. 저 뻔뻔한 여자는 씨암말이나 다름없어. 사내만 보면 히힝거리고 울어 대지. 그런데 과부와 결혼하지 못한다면, 평생의 한이 되겠지. 큰 행복을 놓쳤다는 생각이 대가리를 떠나지 않을 테니. 죽자니 청춘이요, 살자니 고생이라!」

「그렇게 말씀하시는 거 아닙니다, 아나그노스티 영감님. 영감님 말씀 들으면 살 마음 싹 가시고 말겠어요!」

　「이것 봐요, 그렇게 질색할 것 없소. 딴 사람한테는 들리지도 않아. 들어 봐야 내 말 같은 걸 믿기나 해? 날 봐요, 나보다 복 많은 사람 또 있겠소? 밭이 있겠다, 포도밭, 올리브 과수원에다, 이층집이 있겠다, 돈도 있겠다, 마을 장로겠다, 착하고 정숙한 여자와 결혼해서 아들만 쑥쑥 잘 낳았겠다……. 나는 이 여자가 내 말에 반항하여 눈꼬리 치켜뜨는 꼴도 본 적이 없소이다. 내 아들들도 모두 건실한 가장이 되었고, 또 내겐 손자들도 있어요. 뭘 더 바라겠소? 나는 뿌리를 아주 잘 내렸다오. 그러나 이놈의 인생을 또 한 번 살아야 한다면 파블리처럼 목에다 돌을 꼭 매달고 물에 빠져 죽고 말겠소. 인생살이는 힘든 것이오. 암, 힘들고말고……. 제아무리 늘어진 팔자라도 힘든 법이야. 아, 저주받을 인생!」

　「그런데 아나그노스티 영감님, 뭐가 부족해서 불평하시는 겁니까?」

　「부족한 건 없다니까! 하지만 사내들 마음속에 들어가서 물어보시라고!」

　그는 말을 끊고 다시 어두운 바다 쪽으로 시선을 던지고는 지팡이를 휘두르며 소리쳤다.

　「오냐, 파블리, 너 잘했다! 계집들이야 울고불고하게 놔둬라. 워낙 골이 빈 것들이니까. 파블리, 너는 이제 구원을 받았느니라. 네 아버지도 그걸 알고 있어서 일언반구도 없었던 게야!」

　그는 이미 경계가 흐려지기 시작하는 하늘과 산들을 유심히 바라보면서 중얼거렸다.

　「밤이 되었소. 돌아가는 게 좋겠구면.」

　그는 갑자기 멈춰섰다. 자기가 흘린 말을 후회하는 듯, 엄청난 비밀을 말해 버려 사후를 수습하려는 것 같았다.

그는 마른 손을 내 어깨에 얹더니 웃으면서 말했다.

「당신은 젊소. 늙은이가 하는 말은 귓전으로 흘려버리소. 세상에 노인의 말을 믿는다면 무덤으로 달려가기밖에 더 하겠소? 과수댁이 당신 앞을 지나거든 냉큼 붙잡으시오. 결혼하고 애 낳고…… 하시오. 망설일 것 없어요! 젊은이들이야 까짓 말썽 같은 걸 겁낼 필요 없지!」


나는 내 해변 오두막으로 가 불을 지피고 차를 끓였다. 지친 데다 배가 고팠다. 나는 게걸스럽게 먹으며 이 동물적인 기쁨에 몰입했다.

그때 미미코가 창문으로 납작한 머리를 디밀고 불가에서 먹고 있는 나를 바라보았다. 그가 교활하게 웃었다.

「미미코, 어쩐 일로 왔느냐?」

「사장님, 뭣 좀 가져왔는데요……. 과수댁이……. 오렌지 한 바구니예요. 과수댁이 그러시는데, 뜰에서 막 딴 거래요…….」

「과수댁이라! 왜 과수댁이 내게 그런 걸 보낼까?」

「오늘 오후, 편을 들어 주셔서 고맙다고 그러데요.」

「편을 들어 줘?」

「내가 어떻게 알아요? 시키는 대로 전하는 것뿐인데요.」

미미코는 오렌지 바구니를 침대 위에다 비웠다. 오두막은 오렌지 냄새로 그득해졌다.

「가서, 내가 선물을 아주 고맙게 생각한다고 전해라. 그리고 조심하라더라고 전하고. 한동안 조심하고 무슨 일이 있든지 마을에는 나타나지 말라고 하더라고 해라. 듣고 있니? 잠잠해질 때까지는 집 안에 계시라고. 미미코, 내 말 알아듣겠니?」

「그것뿐이에요, 사장님?」

「그뿐이다. 이제 가도 좋다.」

미미코가 내게 윙크를 보냈다.

「그뿐이에요?」

「가라니까!」

그는 갔다. 나는 오렌지 하나를 깠다. 꿀처럼 달콤했다. 쓰러져 잠이 들었는데 밤새도록 오렌지 과수원을 헤맸다. 따뜻한 바람이 불어오고 있었다. 나는 귀 뒤에다 향긋한 나륵풀 가지를 꽂고 바람에다 가슴을 씻었다. 나는 20대 젊은 농부가 되어 오렌지 숲을 거닐었다. 휘파람을 불며 기다리고 있었다. 누구를 기다렸더라? 모르겠다. 그러나 내 가슴은 기쁨으로 금방이라도 터질 것 같았다. 나는 수염을 쓰다듬으며, 오렌지 나무 저 너머에서 바다가 여자처럼 한숨짓는 소리를 밤새도록 들었다.

# 15

그날은 남풍이 몹시 불었다. 아프리카의 불타는 사막에서 지중해로 불어오는 바람이었다. 고운 모래 먼지가 꼬이며 하늘로 올라갔다가 다시 목구멍을 통해 가슴으로 불어 들어왔다. 이 사이가 지걱거리고 눈이 매웠다. 모래 세례를 받지 않은 빵 조각을 제대로 먹으려면 문이나 창문은 걸어 잠가야 했다.

갑갑했다. 나무에 물이 오르는 찌무룩한 나날에 나도 봄 병을 앓고 있었다. 왠지 나른하고, 가슴에는 뭔가 벅차오르고, 온몸은 스멀거리고, 어떤 크지만 단순한 행복의 갈망이 — 혹은 기억이 — 나를 사로잡았다.

나는 자갈투성이 오솔길로 산을 오르기 시작했다. 3천~4천 년 만에 땅 위로 드러나, 사랑스러운 크레타의 태양 아래서 다시 한 번 몸을 덥히고 있는 미노아 문명의 옛 소도시에 들르고 싶은 충동이 갑자기 치밀었던 것이다. 서너 시간 걸어서 녹초가 되면 아마 이 봄 병도 가라앉지 않을까 싶었다.

벌거벗은 잿빛 바위들, 그 빛나는 나신, 거칠고 황량한 그 산이 나는 좋았다. 부엉이는 둥글고 노란 눈으로 노려보고 있었지만 밝은 빛에 눈멀어 알아보지는 못한 채 바위 위에 앉아 있었다. 그 모습이 엄숙하고 아름답고 신비로웠다. 나는 살금살금 걸었지만 부엉이의 청각은 예민했다. 푸드득 날아올라 조용히 바위 사이를 날다 이윽고 사라졌다. 대기에서는 백리향(百里香) 냄새가 났다. 노랗게 핀 가시금작화의 첫물 꽃이 가시 사이로 얼굴을 내밀었다.

소도시의 폐허가 내 눈에 들어왔을 때 나는 잠시 홀린 듯이 그 자리에 얼어붙어 있었다. 정오 가까이 되었을까. 햇빛이 수직으로 쏟아져 내리며 빛으로 바위를 씻어 내고 있었다. 폐허가 된 도시에서는 위험한 시각이다. 대기는 망령의 함성과 소란으로 가득하다. 나뭇가지가 부러져도, 도마뱀이 달려 나가도, 지나는 길 위로 구름이 그림자를 던져도 알 수 없는 공포가 우리를 사로잡는다. 어디를 밟든 무덤이어서 그 아래 망자의 신음이 들려온다.

천천히 내 눈은 밝은 빛에 길들었다. 이제 폐허 속에서 인간의 손이 남긴 흔적을 분간할 수 있었다. 반짝이는 돌로 포장한 두 개의 넓은 길이 보였다. 왼쪽과 오른쪽은 꾸불꾸불 좁은 오솔길이었다. 가운데엔 광장 혹은 공중 집회소가 있었고, 지극히 민주주의적인 겸양의 의미로 바로 그 광장 옆에 왕궁이 두 줄의 열주(列柱), 거대한 석조 계단, 수많은 부속 건물과 더불어 서 있었다.

도시 한가운데, 포석들이 인간의 발길로 심히 닳은 것으로 보아 거기에 성소(聖所)가 있었으리라. 거기에 위대한 여신이 있었다. 터질 듯한 젖가슴을 좌우로 넓게 벌리고, 양팔에는 뱀을 두른 모습으로 말이다.

도처에 조그만 가게, 기름집, 대장간, 목공소, 도자기 공방이 보였다. 교묘하게 설계되고 안전한 위치에 잘 세운 개미탑이었지만 그 개미탑의 주인들은 수천 년 전에 사라지고 없었다. 한곳에서는 장인(匠人)이 무늬가 있는 돌로 항아리를 쪼았으나 완성할 시간이 없었던 모양이다. 장인의 손에서 떨어진 정은 수천 년 뒤에 미완성 작품 옆에 놓인 채로 발견되었다.

영원한 의문, 허망하고 어리석은 질문(왜? 무엇 하러?)이 가슴에 독소처럼 와 닿았다. 장인의 행복하고 자신감 넘치던 열정이 한순간에 꺾여 버린 미완성 항아리를 보고 있으려니 가슴이 비탄으로 차올랐다.

바로 그때, 태양에 잔뜩 그을린 조그만 양치기 하나가 가장자리가 닳은 머릿수건을 고수머리에 쓴 채 폐허가 된 왕궁 옆 바위위에서 일어나 까만 무릎을 드러내었다.

「형씨, 안녕하십니까?」양치기가 소리쳤다.

나는 혼자 있고 싶어서 못 들은 체했다. 그러나 조그만 양치기는 웃으면서 나를 놀려 대기 시작했다.

「저런, 귀머거리 시늉이에요? 담배 있어요? 하나 주세요. 이런텅 빈 구덩이 속에 있자니 인생살이가 지긋지긋해요.」

그는 이 말의 마지막 부분을 억지로 입 속에서 끌어내듯이 했다. 그 말투가 어찌나 비참했던지 문득 양치기가 가엾어 보였다.

내겐 담배가 없었다. 그래서 돈을 주마고 해보았다. 그러자 양치기는 화를 내었다.

「돈 같은 건 악마나 물어 가라고 그래요! 그걸 가지고 뭘 합니까. 내 인생살이가 지긋지긋하다고 하지 않았어요? 나는 담배가피우고 싶을 뿐이에요.」

「담배가 없는걸. 한 개비도 없는걸……」내가 암담해져서 말했다.

「없다고요? 담배가 없다고요? 그럼 주머니에 든 게 뭡니까? 뭔가 불룩하게 들어 있는 것 같은데?」그는 짐작이 빗나가 화가 나는지 지팡이로 땅바닥을 탕 쳤다.

「책, 손수건, 종이, 연필, 주머니칼……. 이 주머니칼을 줄까?」
나는 하나씩 꺼내면서 물었다.

「그런 건 내게도 있어요. 필요한 건 다 있다고요. 빵, 치즈, 올리브, 나이프, 장화 만들 가죽과 송곳, 그리고 병에는 물이 들어 있고. 다 있어요. 담배만 빼고……. 담배가 없으니까 아무것도 없는 거나 마찬가지죠. 뭣 때문에 이런 폐허를 뒤지고 있다죠?」

「골동품을 연구하지.」

「그걸 연구해서 뭐 해요?」

「아무것도.」

「아무것도 안 하다니, 나도 그런데. 이건 모두 죽은 거예요. 우리는 살아 있고. 빨리 가시는 게 좋겠어요. 행운을 빌어요!」

「안 그래도 가는 중이네.」 내가 고분고분하게 대답했다.

나는 약간 불안한 마음으로, 왔던 흔적을 되짚어 걸었다.

나는 잠시 뒤를 돌아다보았다. 제 고독에 지친 채 양치기는 여전히 바위 위에 앉아 있었다. 검은 손수건 밑으로 빠져나온 고수머리가 남풍에 나부꼈다. 그는 머리끝에서 발끝까지 햇빛을 받고 있었다. 젊은이의 청동상을 보고 있는 기분이었다. 그는 지팡이를 어깨에 비스듬히 걸쳐 놓고 휘파람을 불고 있었다.

나는 다른 길로 들어 해변 쪽으로 내려왔다. 이따금 가까운 들에서 향기를 머금은 따뜻한 바람이 불어왔다. 땅은 진한 향기를 풍기고 바다는 찰랑찰랑 웃고 있었으며 하늘은 푸른빛을 띠고 쇠붙이처럼 반짝거렸다.

겨울이 사람의 몸과 마음을 웅크러들게 하지만, 이윽고 가슴을 한껏 부풀게 만드는 따뜻함이 찾아온다. 걸어가고 있는데 문득 공중에서 요란한 나팔 소리가 들려왔다. 나는 고개를 들고 소년 시절부터 나를 매혹하던 장엄한 광경을 올려다보았다. 따뜻

250

한 곳에서 겨울을 나고 돌아온 해오라기 떼가 전투 대형으로 날고 있었다. 전설에 따르면, 왜가리들은 날개 위에, 그리고 앙상한 몸 구석구석에 제비들을 태우고 온다고 했다.

계절의 어김없는 리듬, 무상한 생명의 윤회, 태양 아래서 차례로 변하는 대지의 네 가지 얼굴, 생자필멸(生者必滅), 이 모든 사실이 다시 한 번 내 가슴을 조여 왔다. 다시 한 번 해오라기의 울음소리와 함께 내 속에서 무시무시한 경고의 소리가 울렸다. 생명이란 모든 사람에게 오직 일회적인 것, 즐기려면 바로 이 세상에서 즐길 수밖에 없다는 경고였다. 영원히 다른 기회는 주어지지 않을 것이다.

이토록 가차 없는 경고, 동시에 연민으로 가득한 경고를 들은 정신은 자신의 나약함과 비열함, 나태함과 헛된 희망을 극복하겠노라고, 전력을 기울여 영원히 사라져 버릴 순간순간에 매달리겠노라고 결심한다.

위대한 모범들을 떠올리며, 우리는 우리가 길 잃은 영혼이며, 우리의 삶이 하찮은 쾌락과 고통과 헛소리로 소진되어 가는 중임을 깨닫는다. 그러면 부끄러워하면서 입술을 깨무는 법이다.

해오라기 떼는 하늘을 가로질러 북쪽으로 사라졌지만 내 머릿속에서는 여전히 끽끽거리며 이쪽 관자놀이에서 저쪽 관자놀이로 끊임없이 날아다녔다.

바다에 이르렀다. 거기에서는 빠른 걸음으로 물 가장자리를 걸었다. 혼자 물가를 걸을 때의 심란함이라니! 파도 한 굽이 한 굽이가, 하늘의 새 한 마리 한 마리가 우리를 불러 우리 의무를 일깨운다. 동행이 있어서 둘이서 웃고 떠들다 보면 파도와 새의 말소리가 들리지 않는다. 아니, 새와 파도가 말을 해주지 않는지도 모른다. 둘이서 수다의 구름 속을 거니는 걸 보고 입을 다물어 버리는지도 모른다.

자갈 위에 드러누워 눈을 감았다. 나는 궁금했다. 〈그렇다면 영혼은 무엇이란 말인가? 영혼과 바다와 구름과 향기 사이엔 무슨 은밀한 관계가 있는 것일까? 영혼이 바다요, 구름이요, 향기 같은데…….〉

나는 일어서서 다시 걷기 시작했다. 마치 무슨 결정을 내린 사람처럼. 무슨 결정? 나도 몰랐다.

문득 뒤에서 말소리가 들렸다.

「선생님, 어디로 가십니까? 수녀원으로 가십니까?」

뒤를 돌아다보았다. 손수건으로 허연 머리를 질끈 묶은, 작달막하면서도 몸이 다부진 노인 하나가 손을 흔들며 내게 웃음을 보냈다. 늙은 여자 하나가 뒤따르고 있었고 또 그 뒤에는 피부가 가무잡잡하고 눈빛이 형형한 처녀 하나가 머리에 하얀 스카프를 두른 채 뒤따르고 있었다.

「수녀원 가시는 길인가요?」 노인이 다시 물었다.

갑자기, 나는 그쪽으로 가기로 결정했다는 것을 깨달았다. 몇 달 동안 나는 바다 가까이에 수녀들을 위해 지은 수녀원으로 가고 싶었지만 마음을 먹지 못하고 있었던 것인데 이날 오후에 내 몸이 나 대신 불쑥 그렇게 결정해 버린 것이다.

「그렇습니다. 성모님에게 드리는 찬송을 들으러 수녀원으로 가는 길이지요.」

「성모님 축복이 선생님께도 내리시기를.」

그는 걸음을 재촉하더니 곧 나를 따라잡았다.

「석탄 회사 하신다는 분이신가요?」

「그렇습니다.」

「그래요. 성모님이 선생님께 노다지를 내리시기를. 마을을 위해 좋은 일을 하고 계십니다. 가난한 아비들에게 생활비를 대어 주고 있는 셈이니까요. 축복받으시오.」

우리 탄광이 제대로 운영되지 못하고 있다는 걸 알고 있을 영리한 영감은 잠시 뒤 나를 위로하느라고 몇 마디 더 보태었다.

「수지를 못 맞추시더라도 너무 걱정 마십시오. 선생님은 패배자가 아닙니다. 선생님 영혼은 천당으로 직행할 것이니까요……」

「저도 그러길 바랍니다, 영감님.」

「난 배운 게 없는 사람이오. 그러나 어느 날 교회에서 나는 예수님이 하신 말씀을 들었습니다. 이 말씀이 어찌나 충격적이었는지 아직도 잊히지 않습니다. 예수님께서 뭐라고 하셨는고 하니, 〈자기 가진 것을 다 팔아서 큰 진주를 사라〉고 하셨습니다. 큰 진주가 무엇인가요? 영혼의 구원이지요. 선생님, 당신은 지금 큰 진주를 얻고 있는 중입니다.」

큰 진주! 얼마나 자주 그것이 내 마음의 암흑 속에서 커다란 눈물처럼 반짝였던가!

우리는 걷기 시작했다. 우리들 남자들은 앞서 걸었고 두 여인은 뒤에서 손을 잡고 따라왔다. 이따금 우리는 말을 주고받았다. 올리브 꽃이 아직 피어 있나요? 비가 와서 보리를 패게 할까요? 몹시 시장했던지 우리 이야기는 먹는 것을 맴돌았다.

「무슨 음식을 특히 좋아하십니까, 영감님?」

「아무거나 다 좋아하지요. 이건 좋고, 저건 나쁘다고 하는 건 큰 죄악입지요.」

「왜요? 골라서 먹을 수 없다는 말씀이신가요?」

「안 되지요. 그럴 수는 없습니다.」

「왜 안 됩니까?」

「굶주리는 사람이 있으니까 그렇지요.」

나는 아무 말도 하지 않았다. 부끄러웠다. 내 마음은 일찍이 그런 품위와 연민의 높이에 이른 적이 없었기 때문이었다.

수녀원의 종소리가 여자 웃음소리처럼 유쾌하고 장난스럽게 울려왔다. 노인은 성호를 그었다.

「순교하신 성처녀여, 우리를 도우소서. 성처녀님이 목에 칼을 찔린 상처가 있어서 피를 흘리십니다. 해적이 습격해 오던 시절에……」

노인은 그곳 성처녀 상의 수난에 대해 화려한 수를 놓기 시작했다. 마치 실제 어느 여성, 박해받는 어느 젊은 난민의 이야기인 양 생생하게 이야기했다. 먼 동방에서 아기와 함께 눈물 흘리며 왔는데 불신자들의 칼에 찔렸다는 것이다.

「1년에 한 번씩 이 상처에서 진짜 뜨끈한 피가 흐른다오. 옛날 이야긴데, 아마 성처녀의 축일이었지요. 내 코밑에 수염도 나기 전이었소. 시골 마을 사람들도 모두 내려와 성처녀를 예배했지요. 8월 15일이었어요. 우리 남정네들은 바깥, 그러니까 마당에서 잤지요. 여자들은 안에서 잤고. 꿈결에 나는 성처녀의 비명을 들었어요. 나는 발딱 일어나 성상으로 달려가 성처녀의 목을 만져 보았지요. 뭘 봤는지 아십니까? 내 손가락에 피가 묻어 있는 게 아닙니까!」

노인은 성호를 긋고 나서 아내와 딸을 둘러보았다.

「어서 와! 거진 다 왔어.」

노인은 가족들에게 소리를 지르고는 목소리를 낮추었다.

「결혼하기 전이었지요. 나는 거룩한 성녀 앞에서 무릎을 꿇고 이 거짓말투성이인 세상을 떠나 수도승이 되기로 맹세했지요……」

그러고는 웃었다.

「왜 웃으십니까, 영감님?」

「그 얘기만으로는 안 우스우신가 보네? 딴 날도 아닌 그 결심을 한 바로 그날, 축제 기간이었는데, 악마가 여자로 변장해서 내 앞에 떡 나타난 거예요. 그게 저 여자지!」

　그는 돌아보지도 않고 엄지손가락을 뒤로 젖혀 아무 말 없이 우리 뒤를 따라오는 여자를 가리켰다.

　「지금 꼴은, 만질까 생각만 해도 넌더리가 날 정도로 볼품이 없지만, 그때는 보통 바람둥이가 아니었소. 물고기처럼 팔딱팔딱했지. 〈속눈썹이 긴 미인〉, 사람들은 저 여자를 그렇게 불렀는데, 그런 소리 들을 만했어요. 바람둥이였다니까! 하지만 지금은…… 하느님 제 영혼에 안식을…… 그 좋던 눈썹은 다 어디 갔소? 불에 타버렸나? 한 올도 안 남았어요.」

　순간, 바로 우리 뒤에서 여자가 사슬에 묶인 맹견처럼 나지막이 으르렁거렸다. 그러나 말은 하지 않았다.

　「다 왔어요, 저게 수녀원이오.」 노인이 말했다.

　바닷가, 두 개의 거대한 바위 사이에 있는 건물이 하얗게 반짝이는 수녀원이었다. 한가운데엔 예배당 돔이 있었는데 하얗게 회칠한 모습이 흡사 여인의 젖무덤처럼 작고 둥글었다. 예배당 둘레에는 파란 창을 해 박은 수도실이 대여섯 개 있었고 마당에는 커다란 삼나무가 세 그루 서 있었다. 담장을 따라 선인장이 꽃을 피우고 있었다.

　우리는 걸음을 빨리했다. 지성소(至聖所)의 열린 창으로 은은한 찬송이 흘러나왔고 짭짤한 공기 속에서는 안식향 향내가 났다. 아치 한가운데의 대문은 활짝 열려, 검은 자갈 흰 자갈을 깐 깨끗한 마당으로 통하고 있었다. 외벽 양쪽으로 줄지어 놓은 화분에는 로즈메리, 꽃박하, 나룻풀이 심겨 있었다.

　그 단아함이라니, 그 풍경의 신선함이라니! 마침 해가 떨어지고 있어서 회칠한 벽은 핑크빛으로 물들어 가고 있었다.

훈훈하고 밖이 다소 어두워 보이는 예배당에서는 초 냄새가 났다. 사람들이 향연(香煙) 속을 서성거리고 있었고, 검은색의 긴 수녀복을 몸에 꼭 끼게 입은 네댓 명의 수녀들은 고음의 맑은 목소리로 〈오, 전능하신 하느님……〉을 노래하고 있었다. 그들은 노래하면서도 끊임없이 무릎을 꿇었다. 옷 바스락거리는 소리가 흡사 새의 날갯짓하는 소리 같았다.

성모 마리아에게 바치는 찬송을 들어 본 지도 오래였다. 반항기가 있던 어린 시절, 나는 분노와 경멸을 품고 모든 교회를 외면했다. 나이를 먹으면서 과격함이 줄어들었다. 나는 이따금 성탄절, 축일 전야 예배, 부활제 같은 종교적인 모임에도 나가 보았다. 나는 내 속의 동심이 다시 살아나는 것 같아 즐거웠다. 어린 시절의 신비주의적 전율이 미학적 즐거움으로 변질한 것이었다. 야만인들은, 악기가 종교적인 제의에 쓰이지 않게 되면 그 신성(神性)의 힘을 잃어버려 그저 듣기 좋은 소리를 낼 뿐이라고 믿는다. 마찬가지로 종교는 내 내부에서 변질하여 예술이 되어 버린 것이었다.

나는 구석 자리로 가 신자들의 손길에 상아처럼 닦여 반짝거리는 성가대석에 기대어 아득한 과거에서 들려오는 듯한 비잔티움 성가에 귀를 기울였다. 「찬송하세, 인간의 마음이 닿지 못할 높이여. 찬송하세, 천사의 눈이 꿰뚫지 못하는 깊이여. 찬송하세, 순결한 신부, 오, 시들지 않는 장미여……」

수녀들이 다시 한 번 고개를 숙이고 무릎을 꿇었고 수녀복에서는 날갯짓 소리가 났다.

시간이 흘렀다. 안식향 향내 나는 날개가 달린 천사들이 손에 손에 덜 핀 백합을 들고 마리아의 아름다움을 찬송했다. 해가 떨어지면서 우리는 푸르스름한 저녁빛 속에 남았다. 어떻게 마당으로 나오게 되었는지 모르겠지만, 나는 거기 키가 가장 큰 삼나무 아래에서 수녀원장과 두 어린 수녀와 함께하게 되었다. 젊은 수련 수녀가 나오더니 내게 잼과 물과 커피를 권했다. 평화로운 대화가 시작되었다.

우리는 성모 마리아가 이룬 기적과 갈탄 이야기, 봄이 되니 닭이 알을 낳기 시작한다는 이야기, 간질병이 있어서 걸핏하면 예배당 바닥에 쓰러져 물고기처럼 파닥거리며 입에 거품을 문 채 자기 옷을 찢는다는 에우독시아 수녀 이야기를 했다.

「서른다섯 살이에요.」 수녀원장이 한숨을 쉬었다. 「그 나이에 안됐죠. 아주 힘들어요. 순교하신 성처녀께서 오시어 에우독시아의 병을 고쳐 주시기를. 10년, 아니면 15년쯤 있으면 낫겠지요.」

「10년이나 15년이라고요!」 나는 놀라 이렇게 중얼거렸다.

「10년, 15년이란 세월은 아무것도 아니지.」 수녀원장이 근엄하게 말했다. 「영원을 생각해 봐요!」

나는 대꾸하지 않았다. 영원이란 바로 지금 흐르는 순간순간임을 나는 알고 있었다. 수녀원장의 손 — 향 냄새가 나고 희고 통통한 손 — 에 키스하고 나는 수녀원을 나왔다.

밤이었다. 까마귀 두어 마리가 서둘러 둥지로 돌아가고 있었다. 올빼미가 숲속에서 나와 사냥을 시작했다. 달팽이, 애벌레, 들쥐는 땅속에서 기어 나와 올빼미의 먹이가 되었다.

제 꼬리를 삼키는 신비스러운 뱀이 나를 그 원 속에다 가두었다. 대지는 자신의 아기들을 낳아 삼킨다. 다시 더 많이 낳아 삼킨다.

주위를 둘러보았다. 캄캄했다. 마을 사람들이 모두 떠난 다음이었다. 나를 볼 수 있는 사람은 하나도 없어 나는 글자 그대로 혼자였다. 나는 구두를 벗고 발을 바닷물에다 담갔다. 그러다 모래 위에 드러누웠다. 내 맨몸으로 돌, 물, 그리고 대지를 촉감하고 싶은 충동이 일었다. 수녀원장이 〈영원〉이란 말로 나를 자극했는데, 그 단어가 마치 야생마를 잡는 올가미처럼 내 목으로 날아드는 것 같았다. 나는 펄쩍 뛰어 거기에서 빠져나왔다. 나는 벌거벗은 몸을 땅과 바다에 밀착시키고, 이 사랑스러운, 그러나 덧없는 것들의 존재를 확인하고 싶은 욕망을 느꼈다.

존재의 심연에서 나는 소리쳤다. 〈유아독존(唯我獨尊)! 오, 대지여! 나는 그대의 막내, 그대 젖줄을 빠는 나는 그대를 놓치지 않으리라. 그대는 다만 한순간의 삶을 내게 베풀지만 그 한순간이 젖이 되고 나는 그 젖을 빠는구나.〉

나는 몸을 떨었다. 〈영원〉이라는, 식인(食人)의 단어에 잡아먹힐 위험에 처해 있는 것 같았기 때문이다. 예전에 — 언제였던가? 한 해 전만 해도 — 나는 간절히 그 〈영원〉을 생각하며 눈을 감고 팔을 벌린 채 그 속에 몸을 던지고 싶어 했다.

초등학교 1학년 때, 알파벳 수업 독본(讀本)으로 쓰는 책에 이런 이야기가 실려 있었다.

아이 하나가 우물에 빠졌다. 그 아이는 우물 속에서 화려한 도시, 화단, 꿀로 된 호수, 쌀 푸딩과 색색의 장난감으로 된 산을 보았다.

그 글을 읽었을 때, 한 음절 한 음절이 나를 그 마술의 도시로 더 깊숙이 데려가는 것 같았다. 어느 날 정오 무렵, 학교에서 돌아온 나는 정원으로 나가 포도 넝쿨 아래 있는 우물가로 달려갔다. 나는 넋을 잃고 서서 우물의 검고 부드러운 수면을 내려다보았다. 오래지 않아 내 눈에도 저 환상의 도시, 집들, 거리, 아이들, 포도가 잔뜩 열린 넝쿨이 보였다. 나는 더 이상 참을 수가 없었다. 나는 우물 속에 머리를 처박고 팔을 뻗으면서 땅을 박차고 우물의 가장자리를 넘으려 했다. 그러나 그 순간 어머니가 나를 보셨다. 어머니가 소리를 지르며 달려와 제때에 내 허리띠를 잡으셨기에 망정이지…….

그때, 어린 나는 하마터면 우물에 빠질 뻔했다. 자라서는 〈영원〉이라는 단어에 거의 빠질 뻔했다. 또 〈사랑〉, 〈희망〉, 〈국가〉, 〈하느님〉 같은 숱한 단어에도 빠질 뻔했다. 그 단어 하나하나를 정복하고 지날 때면 나는 흡사 위험에서 빠져나와 전진하는 기분이 들었다. 그러나 그게 아니었다. 나는 겨우 단어를 바꾸어 놓고 그것을 구원이라고 부르고 있었다. 그리고 내가 2년 전부터는 〈붓다〉라는 말의 가장자리에 매달려 있었다.

그러나 이제 확실히 느낀다. 조르바 덕분이다. 붓다는 최후의 우물, 마지막 낭떠러지 단어가 될 것이며, 이제 나는 영원히 해방될 것이라고. 영원히? 그거야 우리가 늘 하는 말이다.

나는 벌떡 일어났다. 머리 꼭대기에서 발끝까지 행복했다. 나는 옷을 벗고 바다 속으로 뛰어들었다. 신이 난 파도가 저희들끼리 희롱하고 있어서 나도 파도를 희롱했다. 물에서 지친 나는 물 밖으로 나와 밤바람에 몸을 말렸다. 그러고는 큰 위험에서 탈출했다고, 어머니 대지의 젖가슴을 한층 더 단단히 붙잡았다고 느끼며 성큼성큼 그곳을 떠났다.

# 16

　갈탄광이 있는 해변에 이르자 나는 걸음을 멈추었다. 우리 오두막에서 불빛이 새어 나오고 있었다.

　〈조르바가 돌아온 모양이구나!〉 이렇게 생각하니 가슴이 뛰었다.

　뛰어가고 싶었지만 나는 꾹 참았다. 반가워하지 말아야지, 화를 내면서 단단히 따져 두어야지. 급한 볼일로 보냈는데 내 돈만 몽땅 써버리고 카바레 계집과 어울려 놀다가 열이틀이나 늦게 돌아온 것이 아닌가! 화가 잔뜩 난 척해야지……. 암, 그래야 하고말고!

　나는 내 성질에다 불을 붙일 겸 천천히 걸었다. 화를 내어 보려고 했다. 얼굴을 잔뜩 찌푸리고 주먹을 쥐는 등, 화가 난 사람들이 하는 짓은 다 해보았다. 그러나 잘 되지 않았다. 화가 나기는커녕 오두막이 가까워질수록 가슴이 뿌듯해졌다.

　오두막 쪽으로 올라가 불빛이 비치는 창 안을 들여다보았다. 조르바는 무릎을 꿇고 불을 지핀 화덕 앞에 쪼그리고 앉아 커피를 끓이고 있었다.

　가슴이 뭉클해져서 나는 소리쳐 불렀다. 「조르바!」

순간 문이 열리면서 조르바가 맨발로 달려 나왔다. 그는 목을 쑥 빼고 어둠 속을 노려보다 나를 발견하고는 안으려고 두 팔을 내밀었다. 그러나 멋쩍었던지 곧 팔을 떨어뜨리고 말았다.

　「두목, 다시 뵙게 되어 반갑습니다.」 머뭇거리며 그렇게 말해 놓고 슬픈 얼굴로 내 앞에 꼼짝도 않고 서 있었다.

　나는 화가 난 사람답게 목청을 돋우려고 애썼다.

　「돌아오려고 애써 주셔서 고맙군요……」 나는 빈정거리는 투로 말했다. 「가까이 오지 말아요, 화장비누 냄새가 나요.」

　「아, 두목, 내가 얼마나 박박 문질러 씻은 줄 아세요? 무지하게 씻고 닦았어요. 두목을 만나기 전에 살가죽이 벗겨지도록 박박 문질러 씻었어요. 거의 한 시간이나 사암(砂巖)으로 문질렀어요. 그런데 아이고, 이놈의 냄새……. 하지만 도리 있습니까? 머지않아 없어질 겁니다. 나도 이 짓이 처음이 아니니까……. 없어질 겁니다.」

　「들어가시지.」 나는 터져 나오는 웃음을 꾹 참았다.

　우리는 안으로 들어갔다. 오두막 안에는 향수, 분, 비누와 여자 냄새가 났다.

　「아니, 이게 도대체 어떻게 된 겁니까, 물어나 봅시다!」 나는 핸드백, 두루마리 화장지, 스타킹, 빨간 파라솔, 향수 두 병이 든 상자를 가리키며 물었다.

　「선물입지요……」 조르바가 목을 쏙 빼고 중얼거렸다.

　「선물이라고요? 선물 좋아하시는군.」 나는 여전히 화가 난 척하면서 다그쳤다.

　「선물입니다, 두목……. 우리 부불리나를 위해서……. 화내지 마시오, 두목. 부활절이 내일모렙니다. 아시겠지만 그것도 인간이오.」

나는 또 한 번 터져 나오는 웃음을 참았다.

「정작 그 여자에게 제일 귀중한 선물을 가져오지 않았군.」내가 또 빈정거렸다.

「뭔데요?」

「그야 물론 결혼 화환이지.」

「뭐라고요? 무슨 말입니까? 나는 통 모르겠어요.」

그제야 나는 상사병 걸린 세이렌을 놀려 먹은 이야기를 했다.

조르바는 한동안 머리를 벅벅 긁으며 생각하다가 한참 후에 이렇게 말했다.

「이렇게 말해서 어떨지 모르지만, 두목, 괜한 짓을 했어요. 무슨 뜻인고 하니, 농담이 지나쳤다는 거예요⋯⋯. 여자는 연약한 동물입니다. 도대체 이 이야기를 몇 번이나 해야 알아듣겠어요? 여자는 꽃병 같은 거예요. 아주 조심해서 만지지 않으면 깨져요.」

나는 창피했다. 조르바가 오기 전에도 후회는 했지만 이미 쏟아 놓은 물이었다. 나는 화제를 바꾸었다.

「케이블은? 연장은?」내가 다그쳐 물었다.

「흥분하지 말아요! 몽땅 사 왔으니까. 꿩 먹고 알 먹는다는 속담 알아요? 케이블, 선로, 롤라, 부불리나⋯⋯. 몽땅 손에 넣은 거지요.」

그는 화덕 위의 브리키[27]를 내려 내 컵을 채우고는 칸디아에서 사 온 줌발스[28]와 내가 가장 좋아하는, 꿀 바른 할바[29]를 내밀었다.

「두목에게 드릴 선물로 할바를 한 상자나 사 왔어요! 거봐요, 안 잊고 있었지.」조르바가 한차례 으쓱거리고는 말을 이었다.

---

27 커피를 끓이는 피라미드형 주전자.
28 과일을 갈아 뽑아낸 과자, 혹은 엿.
29 참기름과 설탕으로 속을 채운 과자.

「봐요, 앵무새 몫으로 땅콩도 한 주머니 사 왔어요. 하나도 빠뜨리지 않았지요. 내 대가리 근수도 이제 제대로 나간다니까요.」

조르바는 커피를 마시고 담배를 피우면서 나를 바라보았다. 그의 눈은 뱀눈처럼 나를 꼼짝도 하지 못하게 했다.

「그래, 궁금해서 죽겠다던 문제는 풀었어요? 이런 주책바가지 같으니.」

「무슨 문제 말이오, 두목?」

「여자가 사람인지 아닌지 궁금하다면서요?」

「아! 그거 풀렸어요.」 조르바는 손을 내저으며 대답했다. 「여자도 우리 같은 사람입니다. 품질이 좀 떨어질 뿐이지요. 여자란 지갑을 보면 돌아 버립니다. 착 달라붙어 자유고 뭐고, 에라 모르겠다, 모조리 던져 버리고 그 상태를 더 좋아합니다. 왜? 마음 한구석에서 지갑이 반짝거리니까요. 그러다가 정신이 돌아오면……. 에이, 이따위 이야기는 집어치웁시다, 두목!」

그는 일어서서 담배를 창밖으로 던져 버리고는 말을 계속했다.

「남자끼리의 이야기를 합시다. 곧 성주간(聖週間)이 됩니다. 이제 케이블도 구했으니 빨리 수도원으로 올라가 돼지 새끼들에게 땅문서에 서명이나 하게 합시다. 우리 계획을 알고 딴마음 처먹기 전에……. 무슨 말인지 아시겠어요? 두목, 시간이 없어요. 잘했느니, 못했느니 따지고 앉아 있다가는 죽도 밥도 안 됩니다. 착수해야 해요. 긁어 들여야지요. 써버린 만큼 배에다 퍼 실어야 한다는 겁니다. 칸디아 여행으로 돈이 작신 부수어졌어요. 그 썩을 년이…….」

그는 말을 끊었다. 나는 그가 안쓰러웠다. 그는 나쁜 짓을 해놓고는 어떻게 수습해야 좋을지 몰라 떨고 있는 어린애 같았다.

나는 자신을 꾸짖었다. 〈부끄러운 줄 알아. 이런 영혼을 두려움으로 떨게 하다니, 말이 되느냐. 조르바 같은 사람이 또 어디에 있어? 자, 스펀지로 쓱싹 문질러 죄를 지워 줘버려!〉

그래서 내가 소리쳤다. 「조르바! 이런 젠장, 무슨 상관이에요! 기왕지사 엎질러진 물…… 잊어버리는 거지요. 산투르나 내리세요!」

조르바는 나를 안고 싶은 듯이 또 한 번 팔을 벌렸다. 그러나 아직 염치가 앞을 가리는지 천천히 거두어들였다.

그가 한걸음에 벽으로 갔다. 뒤꿈치를 들고 조르바는 산투르를 내렸다. 등잔 밑으로 가는 그를 보다 말고 나는 그의 머리카락이 새까매진 걸 알았다.

「저런 주책바가지! 도대체 어쩌자고 머리는 그 모양으로 만들었어요? 어디서 했어요?」

조르바가 웃음을 터뜨렸다.

「두목, 염색했습지요. 화내지 마슈……. 재수가 없어서 염색해 버렸답니다…….」

「왜요?」

「헛발악이라는 것이지요. 제기랄. 어느 날 롤라와 팔짱을 턱 끼고 산책 나갔어요. 말이 팔짱이지, 실은 손깍지를 끼고 말입니다. 아, 그런데, 손바닥만 한 어린것들이 우리 뒤에서 소리를 지르지 않겠어요. 이 잡것들이 뭐라고 하는고 하니, 〈이봐요 할배, 거기 가는 할배, 어린 계집애를 데리고 어디로 가는 거예요, 저 할배 유괴범 아냐?〉

롤라가 얼마나 창피해했는가는 당신도 상상할 수 있을 겁니다. 나도 창피했지요. 그래서 그날 밤에 이발소로 달려가 털을 까맣게 물들였습지요.」

나는 웃었다. 조르바가 정색을 하며 나를 바라보았다.

「두목, 이게 우스워요? 좋아요. 자, 봅시다, 사내라는 게 얼마나 웃기는 동물인지…… 물을 들인 날부터 나는 전혀 다른 사람이 되어 버린 거예요. 당신도 내 머리가 아예 검어졌다고 생각할겁니다. 나도 그렇게 믿기 시작했어요. 아시겠어요? 사내란 자기에게 잘 맞지 않는 건 쉬 잊어버린답니다. 그렇게 생각했더니, 힘이 솟는 거예요. 롤라도 그걸 눈치챘지요. 이따금 내가 여기 등이 쑤신다고 한 적이 있죠? 말끔히 나았어요. 그날부터는 전혀 아프지 않은 겁니다. 물론 당신은 못 믿으시겠지. 당신 책에는 그런 게 쓰여 있지 않을 테니까.」

그는 조롱하듯이 웃다가 이내 후회하는 빛을 드러냈다.

「두목, 이런 말을 해서 뭣하지만…… 사실은 내 평생에 읽은 책이 딱 한 권 있는데 그게 뭐냐 하면 『뱃사람 신드바드』예요. 그걸읽고 얻은 것으로 말하자면…….」

그는 천천히 그리고 다정하게 산투르를 끌렀다.

「밖으로 나갑시다. 산투르는 벽으로 갇힌 방이 싫대요. 이놈은 야생이에요. 그러니 넓은 데로 나가야지.」

우리는 밖으로 나갔다. 별이 반짝거렸다. 은하수가 하늘 이쪽에서 저쪽으로 흐르고 있었다. 자갈밭 위에 앉자 파도가 우리 발을 핥았다.

「돈이 떨어졌을수록 신나게 놀기라도 해야 합니다. 산투르……뭐야? 놀고 싶지 않아? 자, 이리 와, 우리 산투르!」

「조르바, 당신 고향 마케도니아 노래나 부르세요.」

「그래요, 두목은 두목의 고향 크레타 노래를 부르시구려. 나는 칸디아에서 배운 걸 노래로 불러 보지요. 그게 내 인생을 바꿔 놓았으니까.」

그는 한동안 생각에 잠겨 있다가, 이렇게 말했다.

「아니, 사실 인생을 바꿔 놓은 건 아니네요. 단지 내가 옳았다는 것을 이제 알고 있을 뿐이에요.」

그는 굵은 손가락을 산투르 위에 올리고 목을 뽑았다. 그러고는 거칠게 쉰 목소리로 노래를 불렀다.

마음 한번 먹었으면 밀고 나가라, 후회도 주저도 말고.
고삐는 젊음에게 주어라, 다시 오지 않을 젊음에게.

우리의 근심은 흩어지고 걱정은 사라졌으며 기분은 최고조에 달했다. 롤라, 갈탄, 선로, 〈영원〉, 크고 작은 근심…… 모두가 푸른 연기가 되어 하늘로 사라졌다. 남은 것은 강철의 새, 노래하는 영혼뿐이었다. 노래가 끝나자 나는 소리를 질렀다.

「조르바! 내 몽땅 당신에게 주고 말게요. 당신이 한 짓…… 여자 꾀차고, 머리를 물들이고, 돈을 쓰고 한 거, 당신이 다 가져요. 그냥 노래나 계속해요!」

그는 다시 한 번 힘줄이 선 목을 쑥 뽑았다.

용기! 빌어먹을! 모험! 올 테면 오라!
죽기 아니면 까무러치기!

광산 근처에서 자던 일꾼들이 노래를 듣고 일어나 우리에게로 내려와 함께 어울렸다. 자기네 십팔번을 듣고 있자니 좀이 쑤셨던 모양이었다. 그들은 도저히 더 이상은 참지 못하고 헐렁한 바지만 대충 꿰어 입은 반벌거숭이에다 머리는 잔뜩 헝클어진 몰골로 어둠 속에서 나타났다. 흥이 돌자 그들은 조르바와 산투르를 둘러싸고 자갈돌을 밟으며 춤을 추기 시작했다.

나는 조용히 그들을 바라보며 전율했다.

내가 찾던 광맥은 바로 이것이구나! 더 무엇이 필요하랴…….

　다음 날 아침이 채 밝기도 전에 광산의 갱도에서는 조르바의 고함 소리와 곡괭이 소리가 울려 나왔다. 인부들은 정신없이 일했다. 오직 조르바만이 그들을 이렇게 이끌 수 있었다. 그와 함께 있으면 일은 포도주가 되고 여자가 되고 노래가 되어 인부들을 취하게 했다. 그의 손에서 대지는 생명을 되찾았고 돌과 석탄과 나무와 인부들은 그의 리듬으로 빨려 들어갔다. 아세틸렌 등불의 하얀 빛줄기를 받으며 갱도에서는 일종의 전쟁이 개시되었고 선두에서 조르바는 육박전을 벌였다. 그는 갱도와 광맥에다 각각 자기 나름의 이름을 붙이고 모든 보이지 않는 세력에 얼굴을 부여했다. 그러자 그것들은 그의 손아귀를 빠져나가지 못했다.

　「제 녀석이 〈카나바로〉 갱도인 줄 내가 아는데, 숨으면 어디 숨겠어요?」 그는 처음으로 이름을 붙인 갱도에 대해 그런 식으로 말했다. 「내가 이름을 알고 있는데 어떻게 감히 내게 더러운 짓거리를 할 수 있겠어요? 〈수녀원장〉, 〈안짱다리〉, 〈오줌싸개〉도 마찬가지예요. 나는 이것들 이름을 달달 꿰고 있다는 말입니다.」

　그날 나는 조르바 몰래 갱도에 들어가 있었다.

　그는 기분이 좋을 때면 늘 그러듯이 인부들에게 소리를 지르고 있었다. 「이것 봐! 힘 좀 내! 자, 어서! 이놈의 산 몽땅 파먹어 치워야지. 명색이 사내잖아, 아닌가! 사내를 얕보면 곤란하지. 하느님도 우리를 보시면 떠실 거야! 크레타 사람인 자네들과 마케도니아 사람인 내가 이 산을 파먹어 치우는 것이야. 산 하나쯤으로는 성에 차지 않을 거야. 우리는 터키도 무찌르지 않았어? 그런데 이까짓 조그만 야산 하나에 발목을 붙잡혀 있어서야 어디 쓰겠어? 알았으면 이리로들 와!」

누군가가 쪼르르 조르바에게로 달려갔다. 아세틸렌 불빛으로 나는 미미코의 멀쑥한 얼굴을 알아볼 수 있었다.

「조르바 씨……. 조르바 씨…….」 미미코가 쭈뼛쭈뼛하는 목소리로 그를 불렀다.

조르바가 고개를 돌려 미미코를 보았다. 용건이 무엇인가를 단박에 알아낸 눈치였다. 그가 그 큼지막한 손을 들었다.

「꺼져! 썩 꺼지라니까!」 그가 소리를 버럭 질렀다.

「아주머니 심부름인데요…….」 바보는 말을 더듬었다.

「꺼지라고 하지 않았어? 우리에겐 해야 할 일이 많아!」

미미코는 꽁지가 빠져라 달아났다. 조르바는 골이 나서 침을 탁 뱉었다.

「낮에는 일을 해야지. 낮은 사내들 시간이야. 밤에는 즐기고. 그러니 밤은 계집들 거지. 이걸 혼동하면 큰일 나는 거야!」

바로 그때 내가 조르바에게로 다가갔다.

「벌써 12신데, 일 끝내고 점심 먹어야지요.」 내가 소리쳤다.

조르바가 고개를 돌리고 한심하다는 듯이 나를 바라보았다.

「두목, 우릴 기다리지 말고 혼자 드시구려. 가서 점심 잡수세요. 생각해 봐요, 우리는 열이틀이나 놀았으니 빨리 따라잡아야 해요. 혼자 맛있게 드시오.」

나는 갱도를 나와 바다 쪽으로 내려갔다. 거기에서 들고 갔던 책을 펼쳤다. 배가 고팠지만 나는 그걸 잊어버렸다. 〈명상도 일종의 광산이 아닌가. 그럼 나도 파야지.〉 이런 생각이 들었다. 나도 정신의 거대한 갱도 속으로 들어갔다.

정신이 번쩍 나게 하는 책이었다. 티베트의 눈 덮인 산, 저 신비스러운 승원에서 담황색 가사 차림으로 묵언하는 수도승들 이야기였다. 그들은 의념을 집중하여 기(氣)로 원하는 형상을 마음대로 만든다는 것이었다.

높은 산꼭대기, 공기는 정기로 충만해 있다. 인간사 부질없는 소음이 그 높은 곳까지 닿을 리 만무하다. 위대한 수행자는 열여섯에서 열여덟 살까지의 제자들을 이끌고 한밤중에 산속의 얼어붙은 호수로 간다. 그들은 옷을 벗고 얼음을 깬 다음 옷을 그 속에 넣어 얼리고 다시 입어, 입은 채 말린다. 그러고는 다시 적시어 또 한 번 체온으로 마르게 한다. 계속해서 그들은 일곱 번을 이렇게 한다. 그런 다음 아침 예불을 위해 수도원으로 돌아오는 것이다. 그들은 4천 내지 5천 미터에 이르는 산꼭대기로 오른다. 거기에 앉아 깊이, 그리고 규칙적으로 호흡하는 것이다. 웃통을 벗어부치고 있지만 추위를 모른다. 찬물을 담은 바리를 들고 그 안을 바라보며 모든 힘을 거기 집중시키면 물이 끓는다. 그것으로 차를 준비하는 것이다.

위대한 수행자는 제자들을 모아 놓고 이렇게 가르친다.

「자기 자신 안에 행복의 근원을 갖지 않은 자에게 화 있을진저!」

「남을 즐겁게 하려는 자에게 화 있을진저!」

「금생(今生)과 내생(來生)이 하나임을 깨닫지 못하는 자에게 화 있을진저!」


어둠이 내려 책을 읽을 수 없었다. 나는 붓다, 하느님, 조국, 이상, 이 모든 허깨비들에게서 풀려나야겠다고 생각했다. 붓다, 하느님, 조국, 이상으로부터 자신을 해방시키지 못하는 자에게 화 있을진저…….

어느새 바다는 검게 변해 있었다. 어린 달은 빠른 속도로 떨어지고 있었다. 멀리서 개들이 슬프게 짖자 계곡 전체가 그 소리에 화답했다.

조르바가 진흙을 잔뜩 뒤집어쓰고 나타났다. 셔츠가 갈가리 찢긴 채 그의 어깨에 걸려 있었다.

그가 내 옆에 쭈그리고 앉았다.

「오늘 일은 일사천리…… 꽤 많이 했지요.」 그가 기분이 좋은 듯이 말했다.

나는 건성으로 그의 말을 들었다. 내 마음은 아직도 아득히 먼 위험한 벼랑에 가 있었다.

「무슨 생각을 하고 계시오, 두목? 마음이 바다에 나가 있소?」

나는 정신을 차리고 조르바를 보며 고개를 흔들었다.

「조르바, 당신은 자신을 아주 굉장한 뱃사람 신드바드라고 여기고, 세상 좀 돌아다녀 봤다고 떠벌리지만, 당신이 본 것은 아무것도 아니에요. 아무것도. 아주 엉터리라고요! 나도 마찬가지예요. 세상이란 우리가 생각하는 것보다 훨씬 넓어요. 우리는 이 나라 저 나라, 이 바다 저 바다 넘나들며 돌아다니지만 아직 제 집 문지방 밖으로 코빼기도 못 내밀어 본 격이라는 말이에요.」

조르바는 입술을 비죽이 내밀었지만 일언반구도 하지 않았다. 충견이 얻어맞았을 때처럼 그저 끙끙거리기만 했다.

나는 말을 이었다. 「이 세상에는 산들이 있지요. 크고 높은 산은 굽이마다 수도원이 들어앉아 있어요. 수도원에는 담황색 가사를 입은 수도승들이 살고 있어요. 이들은 한번 다리를 꼬고 앉았다 하면 한 달도 좋고, 두 달도 좋고, 여섯 달도 좋고 꼼짝 않고 오직 한 가지 것만 생각합니다. 한 가지만. 알아듣겠어요? 오직 한 가지만. 두 가지가 아니에요, 한 가지지! 그 사람들은 우리처럼 여자와 갈탄, 책과 갈탄…… 이런 걸 생각하지 않아요. 이들은 정신을 한 가지, 똑같은 것에만 집중시켜 기적을 일으켜요! 조르바, 돋보기로 태양 광선을 한곳에다 집중시키면 어떻게 되는 줄 아시지요? 그곳에 불이 붙잖아요. 왜? 태양의 힘이 분산되지 않고 바로 그 지점에만 모이거든. 우리들의 정신도 이와 같아요. 정신을 한곳, 오직 한곳에만 집중시키면 당신도 그런 기적을 일으킬 수 있지요. 알아듣겠어요, 조르바?」

조르바의 숨결이 거칠어지고 있었다. 잠시 도망이라도 치고 싶은 듯이 몸을 흔들더니 이윽고 자신의 고삐를 잡았다.

「계속하슈.」 그가 볼멘소리로 툭 뱉었다.

그러더니 펄쩍 뛰며 일어섰다. 그리고는 외쳤다.

「닥쳐요, 닥쳐! 두목, 이런 이야기를 내게 뭣 하러 합니까? 왜 내 마음에다 독을 푸는 겁니까? 나는 여기 잘 지내고 있었는데 왜 사람 속을 뒤집어 놓는 겁니까? 나는 배가 고팠고 하느님과 악마가(이 두 가지가 다르다면 벼락을 맞겠소) 내게 뼈다귀를 던져 주어 그걸 핥고 있었소. 나는 꼬리를 흔들면서 짖었지요. 〈감사합니다! 감사합니다!〉 그런데 지금……」

그는 발을 쾅 구르더니 금방이라도 오두막으로 돌아갈 듯이 휙 돌아섰다. 하지만 아직도 속이 부글대는지 멈춰 섰다.

「퉤! 그 하느님인지 악마인지가 던져 준 뼈다귀 참 맛있습니다!」 그는 어르릉거렸다. 「더러운 카바레 화냥것! 바다에도 못 타고 나갈 요강 단지 같은 것!」

자갈을 한 줌 쥐어 올린 그는 바다로 던졌다.

「그래, 그게 누군데요? 나한테 이런 뼈다귀들을 던져 준 게 누군데요? 엉?」

그는 기다렸다. 대답이 없자 그는 한층 격앙되었다.

「두목, 아무것도 몰라요? 안다면 나한테 이름을 좀 알려 주시오. 그럼 더 이상 걱정할 게 없어요. 내가 가서 깨끗하게 손을 봐줄 거니까! 하지만 이렇게 모르는 채라면, 내가 어느 쪽으로 가야 하냐고! 함부로 가다가 내 박이나 터지고 말지.」

「나는 배가 고파요. 가서 저녁 장만이나 합시다. 우선 먹고 봐야겠으니까!」

「아니 두목, 하룻밤쯤 안 먹고는 못 사는 것이오? 우리 아저씨한 분은 수도승이었는데 일주일 내내 물과 소금밖에는 안 먹습디다. 주일이나 축일 때는 밀기울을 조금 넣어 먹고, 그 양반은 그래도 백 살하고도 스무 살을 더 삽디다.」

「조르바, 그분에겐 믿음이 있어서 백스무 살을 살 수 있었던 거예요. 하느님을 찾았으니 걱정할 게 없었지요. 하지만 조르바, 우리에겐 우리 배를 채워 줄 하느님이 없어요. 그러니 불을 피워요. 도미를 요리해 먹읍시다. 양파와 고추를 듬뿍 넣어 우리가 좋아하는 걸쭉한 수프도 끓여 먹고 나서 봅시다.」

「보긴 뭘 봐요?」 조르바가 격분해서 소리쳤다. 「배가 차면 몽땅 잊어버리고 말 텐데!」

「바로 그거예요! 조르바, 그러니까 음식이 필요한 것 아니겠어요. 자, 가서 맛있는 생선 수프나 끓입시다. 우리 대가리가 터지지 않게!」

그러나 조르바는 꿈쩍도 하지 않았다. 그는 꼼짝하지 않고 서서 나를 바라보았다.

「이것 봐요, 두목, 당신에게 할 말이 좀 있어요. 당신 꿍꿍이속내 다 알지. 당신이 내게 이야기를 할 때마다 내 머리가 반짝합니다. 그 불빛 속에서 나는 당신의 꿍꿍이속을 읽어 버린 것이지요.」

「내게 무슨 꿍꿍이속이 있다고 그래요, 조르바?」

「두목, 당신은 당신의 수도원을 세우고 싶어 해요. 수도원이 서면 수도승 대신에 당신 비슷한 펜대 운전사들을 몇 끌어다 놓을 거고, 거기에서 밤이나 낮이나 뭘 끼적거리며 세월을 보낼 거요.

272

그러면 옛날 그림에 나오는 성자들처럼 당신 입에서는 글씨가 잔뜩 찍힌 리본이 줄줄 풀려 나오고. 제대로 짚었지요, 어때요?」

나는 기분이 울적해져 고개를 떨구었다. 날개까지 달렸던 내 젊은 시절의 꿈은 깃털이 뽑히고 그 순진하고 고상하고 고결했던 충동은…… 지적(知的) 공동 사회를 만들고 음악가, 시인, 화가…… 이렇게 몇몇 친구들이 모여 우리 자신을 거기에다 던져 넣고자 했던 계획…… 낮에는 하루 종일 일하고 밤에만 만나 함께 먹고 마시고 읽고 인간의 중요한 관심사를 서로 토론하고 기존의 해답을 뒤집고자 했었다. 나는 그 공동 사회의 규칙까지 정했다. 뿐만 아니라 사냥꾼 성 요한이 은거하던 이메토스 산길 옆에다 마땅한 건물을 하나 물색해 두기까지 했다.

「제대로 맞혔구먼.」 조르바는 내가 아무 말 하지 않자 신이 나서 떠들어 대었다.

「거룩하신 원장, 내가 한 가지 청을 드립지요. 날 그 수도원 문지기로 취직시켜 주시오. 밀수도 좀 해먹고 이따금 그 성스러운 경내에다 괴상한 물건도 좀 들여놓게. 여자, 만돌린, 라키 술통, 애저구이. 그래야 당신네들이 허튼수작이나 부리며 인생을 우습게 살아 버리지 않을 게 아닙니까?」

그는 웃으며 잰걸음으로 오두막으로 갔다. 나도 그를 따라갔다. 그는 입을 꼭 다문 채 생선을 씻었고 그동안 나는 땔나무를 날라다 화덕에다 불을 지폈다. 수프가 되자 우리는 숟가락을 꺼내어 냄비에서 바로 퍼먹기 시작했다.

둘 다 아무 말도 하지 않았다. 하루 종일 굶었던 우리들은 게걸스럽게 먹었다. 포도주를 좀 마시고 나니 생기가 되살아났다. 이윽고 조르바가 입을 열었다.

「두목, 지금 부불리나 여사까지 나타나면 정말 웃기겠지요. 이

시점에 그 여자가 오면 그야말로 꼼짝 마라가 되겠지만, 하느님이 우리를 보우하사! 지푸라기 하나만 더 얹어도 폭삭 주저앉게 판인데 그 여자가 그 지푸라기가 되는 거지요. 그런데 말이오, 두목도 아시겠지만, 그 여자가 보고 싶더라니까, 빌어먹을 년!」

「이제는 그 특별한 뼈다귀를 던져 준 게 누군지 묻지 않는군.」

「그게 무슨 상관이 있어요. 그건 건초 더미의 벼룩 한 마리 같은 거지…… 뼈다귀를 먹으면 되는 거예요. 누가 던져 줬는지 그게 무슨 상관 있어요? 맛이 있느냐, 살점은 좀 붙어 있느냐, 궁금해할 건 이것뿐입니다. 나머지야…….」

나는 그의 등을 철썩 때렸다. 「음식이 드디어 기적을 일으켰도다! 주렸던 육신은 조용해지고…… 질문을 퍼붓던 영혼도 잠잠해졌도다. 자, 산투르나 내리세요!」

조르바가 일어서려는데 자갈 밟는 소리가 났다. 코털이 무성한 조르바의 코가 벌름거렸다.

「호랑이도 제 말 하면 온다더니.」 조르바가 제 허벅지를 철썩 때리며 목소리를 낮추었다. 「저기 오네요! 저 잡것이 바람결에 조르바 냄새를 맡고 이리로 오고 있군요.」

「나는 꺼지겠어요. 이 일에는 끼어들고 싶지 않거든. 한 바퀴 바람이나 쐬어야겠어요. 여기는 당신에게 맡기고.」 그러면서 나는 일어섰다.

「두목, 잘 가시구려.」

「조르바, 이거 잊지 마세요. 당신은 오르탕스 부인과 결혼하기로 약속했어요…… 그러니까 날 거짓말쟁이로 만들지 마시도록.」

조르바는 한숨을 쉬었다.

「아니, 두목, 날더러 또 결혼하라는 거요? 아, 지겨워!」

화장비누 냄새가 가까워졌다.

「잘해 보세요, 조르바!」

나는 재빨리 그 자리를 벗어났다. 밖으로 나서자 늙은 세이렌의 턱 끝에 찬 숨소리까지 들려왔다.

# 17

이튿날, 조르바의 목소리가 나를 깨웠다.

「아니, 아침부터 웬 수선입니까? 그리고 이건 또 무슨 소리고요?」

내가 물었다. 그는 잡낭에다 음식을 꾸리면서 대답했다.

「두목, 정신을 번쩍 차리고 일을 처리해야 할 땝니다. 벌써 노새 두 마리 몰아다 놓았어요. 일어나서 수도원으로 갑시다. 케이블 고가 선로 계약서에 서명을 받아야 합니다. 사자도 겁내는 게 하나 있는데 그게 바로 이[蝨]라는 놈이지요. 두목, 이러다 이란 놈이 우릴 몽땅 빨아먹고 말겠어요.」

「불쌍한 부불리나를 왜 〈이〉라고 부르지요?」 내가 웃으면서 물었다.

그러나 조르바는 못 들은 척하고는 딴소리를 했다.

「갑시다, 해가 중천으로 오르기 전에.」

산으로 들어가 소나무 냄새를 맡는다는 것은 생각만으로도 유쾌했다. 우리는 노새를 타고 오르다 광산에서 잠깐 쉬었다. 그동안 조르바는 인부들에게 일을 지시했다. 그는 인부들에게 〈수녀원장〉을 파 들어가고, 〈오줌싸개〉는 물 빠질 길을 내고, 〈카나바로〉는 깨끗하게 해놓으라고 명했다.

날씨는 물속에 잠긴 다이아몬드처럼 투명했다. 올라갈수록 정신은 맑아지면서 고상해지는 기분이었다. 나는 다시 한 번, 맑은 공기, 부드러운 호흡, 광막한 수평선이 영혼에 미치는 영향을 생각했다. 영혼 역시 동물이나 마찬가지로 허파와 콧구멍이 있어서 산소가 필요하고, 먼지나 안개 속에서는 호흡에 불편을 느끼겠다 싶었다.

소나무 숲으로 들어갔을 때 해는 이미 중천으로 올라와 있었다. 공기에서는 꿀 냄새가 났고 우리 머리 위로 부는 바람은 바다처럼 한숨을 쉬었다.

길을 가면서도 조르바는 산의 경사를 주의 깊게 관찰했다. 상상 속에서 이루어지는 일이지만, 그는 이미 몇 미터마다 기둥을 세우고 있었다. 눈을 들면 햇빛을 반사하며 해변까지 이어지는 케이블이 보이는 것 같았다. 통나무가 시위를 떠난 화살처럼 휘파람 소리를 내며 케이블에 매달려 내려가는 것도 보이는 것 같았다.

그는 두 손을 비비면서 소리쳤다.

「끝내주네! 이거야말로 노다지가 아니고 뭡니까! 머지않아 돈더미 위에서 뒹굴 수 있을 겁니다. 우리가 얘기한 것을 다 해볼 수 있겠네.」

나는 놀라서 그를 바라보았다.

「벌써 잊어버리신 것은 아니겠지요? 당신의 그 수도원을 짓기 전에 큰 산을 올라가야 한다고 하지 않았어요. 그게 어디더라.」

「티베트, 티베트예요, 조르바. 하지만 우리 둘이서만 올라가야 합니다. 여자를 데려가선 안 돼요.」

「누가 여자를 데려간댔어요? 하지만 그 가엾은 생물은 아주 쓸모가 있으니까 헐뜯을 생각일랑 하지 마세요. 언제 쓸모가 있느

277

냐? 남자가 남자의 일을 하지 않을 때죠. 탄을 캐낸다, 도시를 쳐들어가 점령한다, 하느님과 이야기를 한다, 하는 등등 남자의 일을 하지 않을 때죠. 그런 일에 돌진하지 않으면 다른 할 일이 뭐겠어요? 술을 마시고, 주사위 노름을 하고, 계집을 껴안고…… 그러면서 남자는 기다리는 겁니다. 자기의 시간이 올 때까지……. 만약 그 시간이 오는 것이라면.」

그는 한동안 입을 다물고 있었다.

「만일 그 시간이 오는 것이라면……」 그는 역정이 난 어조로 같은 말을 되풀이했다. 「왜냐하면 그게 영영 안 오는 수도 있으니까 말이오.」

또 한동안 입을 다물고 있던 그가 덧붙였다.

「두목, 이래 가지고는 안 되겠어요! 이놈의 세상이 좀 작아지든지 내가 좀 커지든지 해야지. 안 그러면, 난 끝장이에요!」

소나무 사이에서 수도승 하나가 나타났다. 머리카락은 붉고 살은 노랬다. 소매를 둥둥 걷어붙인 그는 둥그런 홈스펀 모자를 머리에다 쓰고 있었다. 그는 쇠막대기를 들고, 그걸로 땅바닥을 똑똑 두드리면서 걸었다. 우리를 보자 그가 걸음을 멈추고 쇠막대기를 번쩍 쳐들었다.

「어디로 가는 길이시오?」 그가 물었다.

「수도원으로 기도드리러 가오.」 조르바가 대답했다.

「기독교도는 돌아가시오!」 수도승이 소리를 질렀다. 말을 할 때면 그의 파란 눈이 번쩍거렸다. 「내 말을 듣고 돌아가시오! 수도원은 성모의 과수원이 아니고 마귀의 정원이오. 가난, 겸손, 정절…… 말로는 이게 수도승의 왕관이라고! 글쎄올시다. 돌아가가라니까. 돈, 오만, 미소년! 이게 수도승들의 삼위일체올시다!」

「이 친구, 웃기는데……」 조르바가 그의 말에 반해 속삭였다.

그는 수도승 가까이 다가갔다.

「형제여, 이름을 무엇이라고 하오? 어디서 오시는 길이시오?」
그가 수도승에게 물었다.

「내 이름은 자하리아라고 합니다. 보따리를 싸서 나오는 것이
오. 아주 꺼지는 것이지요. 더 이상은 참고 있을 수가 없었어요.
존함을 가르쳐 주시면 고맙겠소, 시골 양반.」

「카나바로.」

「카나바로 형제. 나는 더 이상 참을 수가 없었시다. 밤새도록
그리스도가 끙끙거리고 있어서 잠을 잘 수가 있어야지요. 나도
그분과 함께 끙끙거릴 수밖에……. 그랬더니 수도원장이 ─ 지
옥 불에 영원히 구워질지어다 ─ 꼭두새벽에 사람을 보내어 날
부릅디다. 불러서 뭐라고 하는고 하니, 〈자하리아, 그래, 그대가
동료 수도승들의 잠을 못 자게 한다지. 내 너를 내쫓아 버려야겠
구나〉 아, 이러지 않겠어요. 〈제가 잠을 못 자게 하다뇨? 제가 그
랬을까요? 아니면 그리스도가 그랬을까요? 끙끙거리는 건 그분
이라니까요〉 그랬더니 이 예수 잡아먹을 놈이 십자가를 번쩍 들
더니…… 아, 글쎄 이걸 좀 보세요!」

그는 수도승 모자를 벗고 머리 위의, 피가 엉긴 상처를 보여
주었다.

「그래서 신발에 묻은 수도원 먼지까지 탈탈 털어 내고 떠났지요.」

조르바가 그를 꾀었다. 「우리랑 같이 수도원으로 돌아가지.
내가 가서 수도원장 골탕을 좀 먹여 줄 테니까…… 가세. 우리랑
가면서 길이나 안내하소. 자네는 아무래도 하늘이 보낸 사람 같
으니.」

수도승은 한동안 생각해 보는 것 같았다. 이윽고 그의 두 눈이
광채를 발했다.

「무얼 주시겠소?」 그가 물었다.

「무얼 원하나?」

「절인 대구 1킬로그램하고 브랜디 한 병.」

조르바가 허리를 구부리고 그의 얼굴을 들여다보았다.

「자네 속에 악마가 들어앉은 건 아닐까, 자하리아?」

「어떻게 아시지요?」 찔끔하면서 그가 반문했다.

「나 역시 아토스 산에서 왔네. 그래서 이 방면으로 뭘 좀 알지.」 조르바가 대답했다.

수도승은 머리를 떨구었다.

「그래요, 내 배 속에 악마가 한 마리 들어앉아 있어요.」

「그리고 그놈이 절인 대구와 브랜디를 먹고 싶어 하는 거지. 그렇지 않은가?」

「그래요, 이 못된 놈의 것이 말입니다!」

「알겠어, 알았네! 그놈은 담배도 피우고 싶어 하지?」

조르바가 담배를 던져 주자 수도승은 행여나 땅에 떨어질세라 얼른 받았다.

「그래요, 이놈의 악마는 담배도 피워요. 이 염병할 놈의 것이!」

수도승은 주머니에서 부싯돌과 부싯깃을 조금 꺼내 불을 붙이고는 연기를 깊이 빨아들였다.

「거 맛 좋다!」 수도승이 중얼거렸다.

그는 쇠지팡이를 들고 고개를 돌리더니 발걸음을 떼어 놓았다.

「자네 악마의 이름이 뭔가?」 조르바가 내게 한쪽 눈을 찡긋해 보이며 수도승에게 물었다.

「요셉이지요.」 자하리아는 고개도 돌리지 않고 대답했다.

반미치광이 수도승과 동행한다는 건 내 입맛에 맞지 않았다. 병든 몸처럼 병든 마음은 동정과 역겨움을 동시에 불러일으켰다. 그러나 나는 아무 말도 하지 않았다. 나는 조르바가 마음대로 하게 내버려 두었다.

맑은 공기 속에서는 쉬 배가 고파 왔다. 우리는 거대한 소나무 밑에 앉아 잡낭을 열었다. 수도승은 허리를 구부리고 입맛을 다시며 잡낭 속을 들여다보았다.

조르바가 그를 꾀었다.「서둘 거 뭐 있는가, 자하리아! 너무 빨리 먹으면 체하지 않겠는가. 오늘은 성월요일이 아닌가. 우리는 프리메이슨인지라 약간의 고기와 닭을 먹을 것일세. 하느님도 용서해 주시겠지. 하지만 자네에겐 할바와 올리브를 주겠네. 자네 배는 거룩한 배니까.」

수도승은 양심의 가책이 느껴지는 듯한 표정을 하고는 지저분한 수염을 쓰다듬으며 중얼거렸다.

「나는 올리브와 빵을 먹고 물만 마시겠소. 하지만 요셉은 악마올시다. 형제들이여, 요셉은 여러분들처럼 고기를 먹습니다. 닭고기도 좋아합지요 — 오, 이놈의 망령 — 요셉은 여러분 술통에서 포도주도 좀 마실 겁니다!」

그는 성호를 긋고 나서 빵과 올리브와 할바를 단숨에 삼키고 손등으로 입을 닦은 다음 물을 마셨다. 그러고는 식사를 마쳤다는 듯이 또 한 번 성호를 그었다.

「자, 이제 요셉, 이 세 번 저주를 받은 망령의 차렙니다.」

그러고는 닭고기로 쳐들어왔다.

「처먹어라, 이 악령아!」그는 닭고기를 큼지막하게 뜯어 입속에다 처넣으며 중얼거렸다.「처먹어!」

「근사해, 자네 아주 멋진 수도승일세.」수도승에게 홀딱 반한 조르바가 그를 응원했다.「자네 활은 시위가 둘이라 쌍발로 쏠 수 있겠구먼.」

조르바는 나를 돌아다보았다.

「두목, 이 친구를 어떻게 생각하시오?」

「당신하고 비슷하구먼그래.」 내가 웃으며 대답했다.

조르바가 수도승에게 술통을 넘겨주었다.

「요셉! 한 모금 하게!」

「마셔라! 이 악령아!」 수도승은 술병을 받아 입에다 틀어박았다.

햇볕이 따가워 우리는 그늘 쪽으로 자리를 옮겼다. 수도승에게서 시큼한 땀내와 향냄새가 났다. 그가 햇볕 아래서 흥건하게 변하고 있어서 조르바가 냄새가 덜 나도록 그늘이 제일 짙은 곳으로 그를 끌어다 놓았다.

「어쩌다 수도승이 되었는고?」 실컷 먹어 헛소리가 하고 싶어진 조르바가 물었다.

수도승은 빙그레 웃었다.

「내 마음에 원래 거룩한 데가 있어서 수도승이 되었다고 생각하시겠지. 무리도 아니오. 형제여, 그러나 아니오. 나는 가난, 저놈의 가난 때문에 수도승이 되었어요. 먹을 게 없어서, 수도원에 가면 굶지야 않겠지, 이렇게 생각했던 겁니다.」

「그래서 바라던 대로 됐고?」

「하느님을 찬양할지어다! 나는 자주 한숨을 쉬며 불평합니다만, 그건 대수롭지 않은 것입니다. 속세의 일이 아쉬워 한숨을 쉬는 건 아니랍니다. 속세의 일 따위는 개나 물어 가라지요. 있어도 그만 없어도 그만인 것이지요. 하지만 나는 천국에 가고 싶어요! 그래서 자주 농지거리나 헛짓거리로 도반(道伴)들을 웃기지요. 하지만 이것들은 하나같이 내가 악마에게 들렸거니 하고 욕을 합니다. 그러나 나는 속으로 이렇게 말하지요. 〈그럴 리가 있나, 하느님도 장난이나 웃는 것을 좋아하실 거야. 언젠가는 날 보고, 이리 들어오너라 이 광대야, 이리 들어와 날 좀 웃겨 다오, 하고 말씀하실 거야.〉 그러니까 나는 광대로 천국에 들어가려는 겁니다!」

「이 친구야, 자네는 머리가 돌아도 아주 제 방향으로 돌았네그려. 자, 어서 가세. 어두워지기 전에 도착해야 하니까.」 조르바가 일어서면서 말했다.

수도승이 앞장섰다. 산을 오르는 동안 나는 내적으로는 마음의 산맥을 기어오르고 있다는 기분이 들었다. 낮고 하찮은 근심에서 고매한 근심으로, 평지의 안락한 진실에서 험준한 관념들로 오르는 등반이었다.

갑자기 수도승이 걸음을 멈추었다.

「복수의 성모시여!」 돔이 아름다운 조그만 예배당을 가리키며 자하리아가 부르짖었다. 그는 무릎을 꿇고 성호를 그었다. 나는 노새에서 내려 시원한 기도실 안으로 들어가 보았다. 구석에는 연기에 그을려 새까만 성상이 예물에 뒤덮이다시피 한 채 놓여 있었다. 성상이라고 해봐야, 다리, 손, 눈, 가슴 등을 엉성하게 은반(銀盤) 위에다 새긴 것이었다. 성상 앞에는 은제 촛대 하나가 영원히 타오르는 촛불을 이고 서 있었다.

나는 조용히 다가갔다. 굵은 목, 엄숙하면서도 불안한 처녀의 얼굴을 가진 사납고 호전적인 마돈나가 거룩한 아기 대신 긴창을 손에 들고 있었다.

수도승이 한차례 부르르 몸을 떨고는 외쳤다. 「수도원을 공격하는 자에게 화 있을진저! 성모께서 달려들어 창으로 꿰뚫어 버릴 겁니다. 옛날 알제리 사람들이 여기에 와 수도원을 불태운 적이 있지요. 하지만 그 이교도들이 어떤 대가를 치렀는지 아십니까? 놈들이 이 예배당을 지나가는데 갑자기 성모께서 성상에서 뛰쳐나오시어 창으로 찌르기 시작했지요. 좌충우돌 말입니다.

하나도 남김없이 찔러 죽여 버렸어요. 우리 할아버지가 이들의 뼈를 보았다고 합디다. 숲속을 뒹구는 이교도들의 뼈를 말이죠. 그때부터 우리는 이 성상을 〈복수의 성모〉라고 부른답니다. 그 전에야 〈자비의 성모〉였지요.」

「자하리아 신부, 아니 성모께서 기적을 보이실 양이면 왜 놈들이 수도원을 태우기 전에 못 하시었을까?」 조르바가 물었다.

「지고하신 분의 뜻이지요!」 수도승이 세 번 성호를 그으면서 대답했다.

「지고하신 분 좋아하시네!」 조르바가 이렇게 중얼거리며 다시 노새 등에 뛰어올랐다. 「자, 가기나 합시다!」

곧 고원이 나타났다. 고원 저쪽에 바위와 소나무로 둘러싸인 성모의 수도원이 보였다. 바깥 속세와는 담을 쌓고 녹색 협곡에 푹 안겨 조용히 미소 지으며, 산정의 고결함과 평지의 부드러움이 깊이 있게 조화를 이루고 서 있는 수도원은 내 눈에 인간의 명상을 위해 준비된 더없이 훌륭한 은신처로 보였다.

나는 생각했다. 〈여기에서라면 온화하고 맑은 정신이 인간의 수준에 맞는 종교적 경지를 함양할 수 있으리. 험준하고 초인간적인 산정도, 게으르고 방탕한 평지도 아니다. 그러나 인간다운 맛을 잃지 않고 영혼을 고양시키는 곳으로는 더도 덜도 아닌, 최적의 장소가 아닌가! 이런 곳은 영웅에게도 돼지에게도 어울리지 않는다. 오직 인간에게 어울리는 곳이다.〉

우아한 고대 그리스 신전이나 명랑한 회교 사원을 옮겨 놔도 잘 어울릴 터였다. 하느님도 이곳에는 소박한 인간의 모습으로 오시어 맨발로 봄풀 위를 걸으시다 조용히 사람들과 이야기를 나누어야 하리라.

「아, 얼마나 멋진 곳인가! 이 고독, 이 행복!」 나는 낮은 소리로 중얼거렸다.

우리는 노새에서 내려 대문을 통해 내빈 접객실로 올라갔다. 우리는 거기에서 라키, 잼, 커피 따위의 전통적인 음식을 대접받았다. 영빈 수도승, 즉 손님을 맞이하는 수도승이 우리를 맞으러 나왔다. 우리는 눈 깜짝할 사이에, 저마다 뭐라고 지껄이는 수도승들에게 둘러싸이고 말았다. 교활한 눈매, 탐욕스러운 입술, 콧수염, 턱수염, 수많은 숫염소 냄새에 둘러싸이고 말았다.

「신문 안 가져오셨소?」 수도승 하나가 짜증스럽게 물었다.

「신문이라고요? 아니, 여기서 신문은 어디에다 쓰시려고?」 내가 놀라서 반문했다.

「답답한 형제군. 신문이 있어야 세상이 어떻게 돌아가는지 알 수 있을 게 아닙니까?」 두세 사람의 화가 난 듯한 목소리가 들려왔다.

발코니 난간에 기댄 채 그들은 까마귀 떼처럼 떠들었다. 영국 이야기, 러시아 이야기, 베니젤로스 수상 이야기며 왕 이야기도 했다. 세상은 그들을 버렸지만 그들은 세상을 버린 적이 없었던 것이다. 그들의 눈길에는 대도시, 상점, 여자들 그리고 신문이 투영되고 있었다……

키가 크고 뚱뚱한 털북숭이 수도승 하나가 벌떡 일어서서 코를 훌쩍거렸다.

「보여 드릴 게 있소이다. 내 가서 가져올 테니까 의견을 들려주시오.」

그가 내게 말하고는 돌아섰다. 그는 털북숭이의 짤막한 팔을 배 위에다 포갠 채 걸었다. 그의 베 슬리퍼가 바닥을 소리 없이 미끄러졌다. 그는 곧 문밖으로 사라졌다.

수도승들이 모두 음흉하게 웃었다.

「데메트리오스 신부가 또 점토 수녀를 가져올 모양이구나!」 영빈 수도승이 말했다. 「악마가 각별히 데메트리오스를 위해 그 수녀 상을 땅에다 묻었는데, 어느 날 데메트리오스는 뜰을 일구다가 그걸 캐내었지요. 데메트리오스는 그걸 자기 독방으로 가져갔는데 그때부터 잠을 못 잔답니다. 그것 때문에 정신까지 반쯤 나가 버렸지요.」

조르바가 일어섰다. 숨이 막혔던 모양이었다.

「우리는 서명받을 서류가 있어서 수도원장을 좀 뵈러 왔는데요.」 그가 말했다.

「거룩하신 수도원장께서는 여기 안 계십니다.」 영빈 수도승이 대답했다. 「오늘 아침 마을로 가셨습니다. 기다리시지요.」

데메트리오스 신부가 다시 나타났다. 그는 성배(聖杯)라도 들고 오는 것처럼 정성스럽게 두 손을 모은 채 다가왔다.

「보십시오!」 그가 조심스럽게 손을 벌리면서 말했다.

나는 신부 가까이 다가섰다. 적갈색의 조그만 타나그라[30] 점토 인형이었다. 수도승의 손안에서 나를 보고 웃고 서 있는 반라의 인형은 하나 남은 손을 제 머리에다 대고 있었다.

데메트리오스가 설명했다. 「왜 손을 머리에다 대고 있는가 하면…… 이 머릿속에 귀중한 보석, 이를테면 다이아몬드나 진주가 들어 있기 때문일 겁니다. 어떻게 생각하십니까?」

「글쎄, 골치가 아파서 이러고 있는 게 아닐까.」 수도승 하나가 톡 쏘는 소리를 했다.

염소처럼 입술이 축 처진 거구의 데메트리오스는 나를 바라보며 내 대답을 기다렸다. 그러다 중얼거렸다.

---

30 고대 그리스의 도시. 테라 코타 인형 출토로 유명하다.

「깨고 속을 좀 볼까 봐요. 이것 때문에 밤에 잠을 잘 수가 없어요. 속에 다이아몬드라도 들어 있다면……」

나는 그 우아한 처녀를 들여다보았다. 젖가슴이 작고 단단한 처녀는 향냄새 자욱한 이곳, 살과 웃음과 키스를 저주하는 십자가에 달린 신들 틈바구니에 유배되어 있다.

아! 내가 이 처녀를 구할 수 있다면!

조르바가 점토 인형을 집더니 가녀린 여체를 어루만진 다음 떨리는 손을, 뾰족 솟은, 단단한 젖가슴 위에다 올렸다. 그러고는 물었다.

「모르시겠소, 수도사 나으리? 이게 악마라는 걸 모르시겠다는 말이오? 이게 바로 악마요. 틀림없이…… 하지만 걱정 말아요. 내가 저주받은 악마를 잘 아니까. 데메트리오스 신부, 여기 이 젖가슴을 봐요. 상큼하고, 몽글몽글하고, 단단하지. 악마의 젖가슴이 바로 이래요. 나야 숱하게 겪어 봐서 잘 알지.」

한 젊은 수도승이 문 앞에 나타났다. 햇빛이 그의 금발과 둥글고 솜털이 보송보송한 얼굴을 비추었다.

조금 전에 뼈 있는 농담을 했던 수도승이 영빈 수도승에게 눈을 찡끗해 보였다. 둘은 교활한 웃음을 나누었다.

「데메트리오스 신부, 여기 당신 수련 수도사 가브릴리가 왔소이다.」 두 신부가 입을 모았다.

데메트리오스 신부는 조그만 점토 인형을 꼭 쥐더니 꼭 술통처럼 문께로 굴러갔다. 잘생긴 수련 수도사가 경쾌하게 앞장서 걸었다. 두 사람은 복도 저편으로 사라졌다.

나는 조르바에게 신호를 보냈다. 우리는 마당으로 나왔다. 바깥은 더웠지만 그래도 견딜 만했다. 마당 한복판에 꽃이 핀 오렌지 나무가 있어서 향긋한 냄새가 났다. 가까운 데 있는 대리석제 숫양 머리에서 물이 졸졸 흘렀다. 나는 그 아래 머리를 집어넣었다. 시원했다.

「도대체 이놈들은 다 무엇이오?」 조르바가 역겹다는 듯, 내게 물었다. 「사내도 아니고 계집도 아니고. 저치들은 노새요. 퉤퉤! 목이나 매고 뒈지라지!」

조르바 역시 숫양 머리 밑에 머리를 집어넣고 웃음을 터뜨렸다.

「퉤퉤! 목이나 매고 뒈지라지! 마귀 한 마리씩 안 품은 놈은 하나도 없어. 여자에게 침을 흘리는 놈, 절인 대구에 미친 놈, 돈에 홀린 놈, 신문이 보고 싶은 놈……. 푹 퍼진 국숫발 같은 것들! 아, 그냥 속세로 기어 내려가 원하는 걸 실컷 하고 처먹고 해서 대가리나 씻어 내지, 뭐 한다고!」

그는 담배를 붙여 물고 꽃이 만발한 오렌지 나무 밑의 벤치에 앉았다. 그러고는 말을 이었다.

「내가 뭘 먹고 싶고 갖고 싶으면 어떻게 하는 줄 아십니까? 목구멍이 미어지도록 처넣어 다시는 그놈의 생각이 안 나도록 해버려요. 그러면 말만 들어도 구역질이 나는 겁니다. 이 이야기면 설명이 되겠군. 어렸을 때 말입니다, 나는 버찌에 미쳐 있었어요. 하지만 돈이 있어야지요. 돈이 없어서 한꺼번에 많이는 살 수 없고, 조금 사서 먹으면 점점 더 먹고 싶어지고 그러는 거예요. 밤이고 낮이고 나는 버찌 생각만 했지요. 입에 군침이 도는 게, 아, 미치겠습디다! 그러던 어느 날 나는 화가 났습니다. 창피해서 그랬는지도 모르지요. 어쨌든 나는 버찌가 날 데리고 논다는 생각이 들어 속이 상했어요. 그래서 어떻게 한 줄 아시오? 나는 밤중에 일어나 아버지 주머니를 뒤졌지요. 은화(銀貨)가 한 닢 있습디다. 꼬불쳤지요. 다음 날 아침 나는 일찍 일어나 시장으로 달려가 버찌 한 소쿠리를 샀지요. 도랑에 숨어 먹기 시작했습니다.

넘어올 때까지 처넣었어요. 배가 아파 오고, 구역질이 났어요. 그렇습니다, 두목, 나는 몽땅 토했어요. 그리고 그날부터 나는 버찌를 먹고 싶다고 생각한 적이 없습니다. 보기만 해도 견딜 수 없었어요. 나는 구원을 받은 겁니다. 제아무리 잘난 버찌를 만나도 말할 수 있었어요. 너 인제 필요 없다. 훗날 담배나 술을 놓고도 이런 짓을 했습니다. 나는 지금도 마시고 피우지만 끊고 싶으면 언제든지 끊어 버립니다. 나는 내 정열에 휘둘리지도 않습니다. 조국에 대해서도 마찬가지예요. 한때 그걸 너무 좋아하다 그것도 목젖까지 퍼 넣고 토해 버렸지요. 그때부터 그것 때문에 괴로울 일이 없어요.」

「여자는 어떻습니까?」

「여자 차례도 올 겁니다. 에이, 빌어먹을 것들. 올 겁니다, 와요. 내 나이 일흔이 되면!」

조르바는 자기가 생각해 봐도 일흔은 너무 임박해 있는 것 같았던지 재빨리 고쳐 말했다.

「여든으로 합시다. 두목, 우스운가 보네. 하지만 웃으면 안 돼요. 이게 사람이 자유를 얻는 도리올시다. 내 말 잘 들어요. 터질 만큼 처넣는 것 이외에는 달리 방법이 없습니다. 금욕주의 같은 걸로는 안 돼요. 생각해 봐요, 두목. 악마를 이기려면 자기가 악마 한 마리 반은 되어야 하지 않겠어요?」

데메트리오스가 헐떡거리며 마당으로 나왔다. 뒤에는 수련 수도사가 따르고 있었다.

「누구에게나, 천사로 보일 만하게 생겼군……」 조르바는 수련 수도사의 수줍어하는 태도와 젊음의 매력을 경탄 어린 눈으로 바라보며 중얼거렸다.

두 사람은 위쪽 독방으로 통하는 돌계단 쪽으로 갔다. 데메트리오스가 돌아다보며 수련사에게 뭐라고 했다. 수련사는 싫은지 고개를 가로저었다. 그러나 곧 다시 고개를 끄덕이고는 데메트리오스의 팔짱을 끼더니 함께 계단을 올라갔다.

「두목, 봤어요? 무슨 뜻인지 알겠어요? 소돔과 고모라가 따로 없어!」

두 수도승이 점점 노골적으로 윙크를 교환하고 웃기 시작했다.

「못된 것들 같으니라고! 늑대도 저희들끼리는 찢어발기지 않는데, 이 땡중들 좀 보소! 두목, 저 계집년들이 저희끼리 하는 꼴 봤소?」

「저 사람들은 남자요.」 내가 웃으며 말했다.

「두목, 그래도 다를 게 없어요. 따지지 말고 그냥 받아들여요! 저것들은 노새 새끼들이에요. 〈가브릴리〉든 〈가브릴라〉든, 〈데메트리오스〉든 〈데메트리아〉든, 기분 내키는 대로 불러요. 두목, 갑시다, 꺼집시다. 서류에 서명이 끝나는 대로 꺼집시다. 여기 있다가는 사내고 계집이고 정이 딱 떨어지겠어.」

그는 여기에서 목소리를 낮추었다.

「사실은, 내게 계획이 하나 있는데요…….」

「보나 마나 뻔하겠지. 이런 주책바가지, 한평생 해온 헛짓이 모자라서 그래요? 하지만 좋아요, 그 계획이라는 것 어디 좀 들어봅시다.」

조르바가 어깨를 으쓱해 보였다.

「두목, 말이 그렇지 이런 이야기를 어떻게 당신한테 하겠어요? 당신은, 이렇게 말해서 어떨지 모르지만, 착한 사람이오. 당신은 아무나 다정하게 대해 주니까요. 겨울에 이불 위에서 벼룩을 보면 당신은 벼룩이 감기라도 걸릴까 봐 이불 밑으로 넣어 줄 거요. 그런 당신이 어떻게 나 같은 늙은 건달을 이해할 수 있겠어요.

나 같으면, 벼룩을 보면 탁 터뜨려 죽입니다. 없애 버리지요. 양이 내 눈에 띄면, 칼로 목을 푹 찌르고, 숯불에다 구워 친구들을 불러 한바탕 잔치를 벌입니다. 당신은 이러겠지요. 양이 어디 내 건가, 어쩌구. 내 것이 아니지요. 그건 나도 인정해요. 하지만 두목, 우선 먹고 보자는 겁니다. 먹고 나서 당신처럼 〈네 것〉인지 〈내 것〉인지 따져 보자 이겁니다. 당신은 이럴까 저럴까 망설이고 있을 동안 나는 성냥개비를 분질러 이빨을 쑤시고 있을 겁니다요.」

마당 가득히 조르바의 웃음소리가 퍼졌다. 자하리아가 죽을 상을 하고 달려 나왔다. 그는 손가락을 오므린 입술 앞에 댄 채 뒤꿈치를 들고 걸어오면서 속삭였다.

「쉿, 조용히 해요. 웃으면 안 돼요. 저길 봐요. 조그만 창……. 주교가 공부하고 있는 도서관이에요. 우리 거룩한 주교님이 뭘 쓰고 계신답니다. 하루 종일 쓰니까 여기에서 소리 내지 마세요.」

「아하, 마침 잘 오셨네, 요셉 신부.」 조르바가 수도승의 팔을 잡으며 말했다. 「가세, 날 자네 독방으로 데려가 주게. 자네와 할 이야기가 좀 있으니까.」

그러고는 나를 돌아보았다.

「우리가 이야기할 동안 두목은 경내를 돌며 옛 성상을 구경하시오. 나는 수도원장을 기다릴 테니까. 곧 돌아오겠지. 하지만 혼자서는 아무 일도 시작하지 마시오. 해봐야 엉망진창으로 만들기가 고작일 테니까. 일은 내게 맡겨 주시오. 내게 계획이 있으니까.」

그러고는 허리를 굽히고 내 귀에다 대고 속삭였다.

「반값에 저 숲을 먹을 수 있을 겁니다. 두목의 생각은 알았으니까 한마디도 하지 마시오.」

조르바는 말을 마치고 살짝 돌아 버린 자하리아 수도승의 팔을 잡은 채 빠른 걸음으로 사라져 버렸다.

# 18

예배당 문턱을 넘어 그늘진 안으로 들어갔다. 시원했고 향냄새가 났다.

건물 안에는 사람이 없었다. 청동 샹들리에가 희미한 불빛을 던지고 있었다. 예배당의 안쪽 끝을 차지하고 있는 것은 정교하게 세공된 성상벽(聖像壁)으로, 포도송이들이 주렁주렁 매달린 황금 포도나무 형태였다. 벽에는 천장에서 바닥까지 벽화가 그려져 있었다. 칠은 반쯤 벗겨져 있었다. 해골같이 마른 금욕주의자, 초기 교회의 교부들, 그리스도의 기나긴 수난, 습기로 희미해진 청색과 핑크빛을 띤 넓은 리본으로 머리를 질끈 묶은 험상궂은 거구의 천사들. 하나같이 무시무시한 그림들이었다.

둥근 천장 저 위에는 호소하듯이 팔을 내뻗은 성모의 그림이 있었다. 육중한 은제 램프가 성모상 앞에서 부드러운 빛줄기로 비탄에 잠긴 길쭉한 얼굴을 매만졌다. 성모의 비탄에 잠긴 눈, 동그랗게 오므린 입술과 강인한 턱은 영원히 잊을 수 없으리라. 나는 생각했다. 여기, 극심한 고통 속에 있음에도 더없이 행복하고 충만한 〈어머니〉가 있다. 필멸의 몸으로 불사의 존재를 낳았음을 알기 때문이다.

문턱을 넘어 나왔을 때 해가 가라앉고 있었다. 나는 행복을 느끼며 오렌지 나무 아래 앉았다. 예배당의 둥근 지붕은 석양인데도 핑크빛으로 물들어 가고 있었다. 수도승들은 독방으로 들어가 쉬고 있었다. 수도승들은 철야를 할 터여서 힘을 비축해야 했다. 이날 밤 그리스도가 골고다에 오를 것이고, 수도승들도 함께 올라가야 한다. 핑크빛 젖꼭지를 드러낸 검은 암퇘지 두 마리가 캐러브콩 나무 아래 느긋하게 잠들어 있었다. 비둘기 떼는 지붕 위에서 퍼득거리며 구구구구 울어 대고 있었다.

나는 얼마나 오래 살면서 이 대지와 대기와 고요한 오렌지 꽃의 아름다움을 즐길 수 있을까……? 예배당 안에서 본 성 바쿠스[31]의 성상이 내 가슴을 행복으로 넘치게 했다. 나에게 가장 깊은 감동을 주는 것들 — 합일, 목적의 확고함, 욕망의 일관성 — 이 내 앞에 다시 떠올랐다. 저 매혹적인 작은 성상에 큰 축복이 있을진저. 성상 속의 젊은 기독교인은 곱슬머리를 마치 검은 포도 송이처럼 이마에 드리우고 있었다. 술과 포도와 황홀한 기쁨의 미남 신 디오니소스와 성 바쿠스가 내 마음속에서 융합되면서 같은 모습이 되었다.[32] 포도 잎사귀와 수도승의 법의 자락 아래에 같은 하나의 몸, 햇빛에 그을린 하나의 몸이 약동하고 있는 것이다. 바로 그리스가.

조르바가 돌아와 허겁지겁 소식을 전했다.

「수도원장이 왔습니다. 이야기를 조금 나누었지요. 이 친구는 좀 더 구슬러야겠더군요. 이 친구 왈, 숲은 헐값으로 넘길 수 없

---

31 성 바쿠스는 로마군의 장교로서 몰래 기독교를 믿었다. 갈레리우스 황제가 유피테르 신에게 희생을 드릴 때 이를 거부하여 박해를 받고 죽었다고 한다.
32 그리스 신화의 디오니소스는 로마 신화의 바쿠스에 해당한다. 여기서 묘사되는 기독교 성인 바쿠스의 성상은 그 이름 때문인지 고대의 신앙과 기독교 신앙이 공존하는 이미지를 갖고 있다.

다. 이 늙은것이 우리가 제안한 액수보다 한참 많은 돈을 내라는 겁니다. 그렇지만 이야기가 끝난 건 아직 아니에요.」

「왜 구슬러야 하지요? 이미 합의된 것 아니었어요?」

「아, 두목은 제발 좀 나서지 마시오. 나서서 다 된 밥에 재를 뿌리지 마시라는 겁니다. 두목이 지금 말하는 건 옛날 합의고, 그건 오래전에 무덤에 들어갔어요. 아, 인상 쓰지 말아요! 이미 무덤에 들어갔으니까. 우리는 반값에 저 숲을 먹을 겁니다!」

「조르바, 또 무슨 장난을 치려는 거지요?」

「걱정 마시오. 내 전문이니까. 일에다 기름을 좀 쳐서 부드럽게 돌아가도록 만들 겁니다. 무슨 말인지 아실 것 같소?」

「아니 왜요? 나는 무슨 말인지 전혀 모르겠는데?」

「칸디아에서 나는 꼭 써야 했던 금액 이상을 날리고 왔어요. 이유는 그것뿐입니다. 롤라가 내 돈 — 정확하게 말하면 당신 돈 — 을 너무 삼켜 버렸단 말입니다. 당신은 내가 잊어버렸다고 생각하겠지요? 자존심이라는 게 있어요. 내 치부책에 오점을 남길 수 없어요. 많이 썼으니까 많이 갚겠다는 거예요. 계산도 해 봤어요. 롤라란 년 밑구멍에 7천 드라크마가 들어갔지요. 나는 임야(林野) 값에서 그만큼 깎아 내겠다 이겁니다. 롤라 값을 수도원장과 수도승과 성모 마리아가 내는 것이지요. 내 계획은 이 겁니다. 마음에 들어요?」

「전혀! 어째서 당신이 낭비한 돈을 성모님께서 갚아야 한다는 것이오?」

「갚아야지요. 갚아야 하고말고. 봐요, 성모님에게 아들이 있었어요. 하느님. 하느님이 나 조르바를 만들면서 몇 가지 연장을 주었어요. 무슨 연장인지 당신도 알 겁니다. 그런데 이놈의 연장은 언제 어디서건 암컷만 만나면 내 대가리를 돌게 만들고 지갑을 열게 한단 말입니다. 알겠어요? 따라서 거룩하신 성모님에겐 책임 이상의 의무가 있다는 것입니다. 그러니 돈을 물어야지요.」

「조르바, 나는 마음에 안 들어요.」

「그건 별개의 문젭니다. 우선 7천 드라크마를 아끼고 봅시다. 이 문제는 나중에 상의하고 〈일단 뜨겁게 나를 사랑해 줘, 달링, 그럼 다시 네 숙모로 돌아갈게……〉 이 노래 다음 가사가 어떻게 되더라……」

뚱뚱한 영빈 수도승이 나타났다. 그가 성직자 특유의 나긋나긋한 목소리로 말했다. 「안으로 드시지요. 저녁이 준비되었습니다.」

우리는 수도원 식당으로 내려갔다. 긴 의자와 역시 좁고 긴 식탁이 놓인 넓은 식당이었다. 시큼한 냄새와 썩어 가는 기름 냄새가 났다. 식당 한쪽 끝에는 낡은 「최후의 만찬」 벽화가 보였다. 열한 제자들은 흡사 양 떼처럼 그리스도를 둘러싸고 있었고, 다른 한쪽에 붉은 머리의 유다, 무리의 검은 양이 따로 떨어져 홀로 서 있었다. 그는 앞짱구인 데다 매부리코였다. 그리스도는 그에게서 눈을 떼지 못하고 있었다.

영빈 수도승은 나와 조르바를 각각 오른쪽과 왼쪽에 두고 앉으면서 말했다.

「저희들은 금식 중입니다. 부디 용서해 주시기 바랍니다. 손님들께도 기름과 포도주는 대접해 드리지 못합니다. 하지만 많이 드시기 바랍니다!」

우리는 성호를 긋고 조용히 올리브와 대파, 콩과 할바 등을 묵묵히 접시에 덜었다. 우리는 천천히, 토끼처럼 씹기 시작했다. 영빈 수도승이 말을 이었다.

「이승의 삶이란 이러합니다. 십자가의 고난과 금식. 그렇지만 참아야 합니다. 참아야지요. 부활과 속죄양이신 예수님, 그리고

295

천국이 올 테니까요.」

나는 캑 하고 기침을 했다. 조르바는 닥치라고 하는 듯이 내 발을 꾹 밟았다.

「자하리아 신부를 만났는데……」 조르바는 화제를 바꾸려고 했다.

영빈 수도승은 놀라는 눈치였다.

「그 미친 자가 뭐라고 합디까?」 수도승이 걱정스러운 듯이 물었다. 「그 사람 속에는 자기 악마가 일곱이나 들어 있으니, 그의 말은 어떤 말도 들으시면 안 됩니다. 그는 영혼이 부정하고, 어디에서나 부정한 것만 봅니다.」

수도승들을 부르는 종소리가 애처롭게 들려왔다. 영빈 수도승도 성호를 긋고 일어났다.

「가보아야 합니다. 그리스도의 수난이 시작되고 있습니다. 우리는 그분과 함께 십자가를 지고 가야 합니다. 오늘 밤은 편히 쉬십시오. 원로에 피로하셨을 겁니다. 그러나 내일 아침 예배에는……」

수도승이 나가자마자 조르바의 이 사이에서는 욕설이 새어 나왔다. 「저런 돼지 새끼들! 거짓말쟁이들! 노새 새끼들!」

「어떻게 된 겁니까, 조르바? 자하리아가 당신에게 무슨 얘길 합디까?」

「두목은 걱정 말고 굿이나 보고 떡이나 먹어요. 서류에 서명만 안 해봐라. 내가 어떻게 되어 먹은 놈인지 보여 줄 테니까.」

우리는 우리 숙소로 배정된 방으로 갔다. 방 한구석에는, 두 눈에 눈물이 그렁그렁한 채 아기 예수의 뺨에 자기 뺨을 댄 성모의 성상이 있었다.

조르바가 그 큰 머리를 절레절레 흔들었다.

「두목, 성모님이 왜 울고 있는지 아시오?」

「모르겠는데요.」

「무슨 일이 일어나는지 다 볼 수 있으니까 그래요. 내가 성상 그리는 화가였다면 눈도 코도 귀도 없는 성모를 그리겠소. 너무 불쌍해서 말이오.」

우리는 딱딱한 침대에 누웠다. 들보에서 삼나무 냄새가 났다. 열린 창으로 꽃향기를 실은 부드러운 봄바람이 불어 들어왔다. 이따금 뜰에서는 회오리바람 소리 같은 비통한 가락이 들리곤 했다. 꾀꼬리가 창가에서 노래를 시작했다. 조금 더 떨어진 곳에서 다른 꾀꼬리가 화답했다. 밤은 사랑으로 흐르고 있었다.

나는 잠을 이룰 수가 없었다. 꾀꼬리 울음소리와 그리스도가 애곡하는 소리가 섞여 들었고, 오렌지 숲 사이로 굵은 핏방울들을 따라 나 자신도 골고다로 오르려 애썼다. 그 푸르스름한 봄밤에, 그리스도의 비틀거리는 창백한 몸이 식은땀으로 번들거리는 것이 보였다. 그의 두 손은 쭉 내밀어져 마치 애원하듯이, 마치 구걸하듯이 떨리고 있었다. 가난한 갈릴리아 사람들은 그의 뒤를 따르며 〈호산나! 호산나!〉[33]를 외치고 있었다. 그들은 종려나무 가지를 손에 들고 웃옷을 그리스도의 발치에다 폈다. 그리스도는 사랑하는 갈릴리아 백성을 바라보았지만 그들은 그리스도의 절망을 헤아리지 못했다. 그리스도 혼자만이 자신의 죽음을 알고 있었다. 별 아래서 울고 묵상하면서 그는 공포로 떨고 있는 자신의 가련한 인간의 심장을 다독였다.

「한 알의 밀알처럼 사람도 땅에 떨어져 죽어야 한다. 두려워하지 마라. 죽지 않으면, 어떻게 열매를 맺겠는가? 어떻게 굶주려

---

33 〈호산나!〉는 〈지금 구원하소서!〉라는 뜻으로, 예루살렘에 입성하는 예수에게 군중이 외치던 말.

죽어 가는 사람들을 먹일 수 있겠는가?」

그러나 그의 내부에서, 인간의 심장은 자꾸만 나약해지며 떨고 있었다. 죽고 싶지 않았던 것이다.

수도원 주위의 숲에서는 꾀꼬리 노래가 낭자했다. 새들은 축축한 나무 잎새에서 사랑과 수난을 고스란히 노래하고 있었다. 그 노래와 더불어 인간의 가련한 심장은 떨며 북받쳐 흐느꼈다.

천천히, 나는 그리스도의 수난과 함께, 그리고 꾀꼬리의 노래와 함께 꿈나라로 조금씩 빠져들어 갔다. 바로 이렇게 영혼은 천국에 들어가는 것이리라.


한 시간쯤 잤을까, 나는 화들짝 놀라 깨어났다.

「조르바! 들었어요? 총소리?」

그러나 조르바는 침대에 앉아 담배를 피우고 있었다.

「놀라지 마슈, 두목.」 그는 분노를 다스리려고 애쓰고 있는 듯했다. 「돼지 새끼들, 저놈들 일은 저놈들끼리 해결하게 내버려 두세요!」

복도에서 비명 소리가 들려왔다. 우리는 슬리퍼를 끄는 발소리, 문을 여닫는 소리, 상처 입은 듯한 신음 소리를 들을 수 있었다.

나는 침대에서 내려와 문을 열었다. 앙상하게 마른 노인 하나가 내 앞에 나타나 팔을 벌려 내 앞을 가로막았다. 그는 끝이 뾰족한 침실용 모자를 쓰고 있었다. 무릎까지 내려오는 하얀 잠옷 차림이었다.

「누구십니까?」 내가 물었다.

「주교올시다…….」 그가 대답했다. 목소리가 떨고 있었다.

나는 웃음을 터뜨릴 뻔했다. 주교라니? 황금빛 상제복(上祭服)과 주교관(主敎冠)과 십자가, 찬란한 모조 보석의 장신구는 어디로 갔단 말인가……. 잠옷 차림의 주교를 본 것은 그때가 처음이었다.

「총소리가 난 것 같았습니다, 주교님?」

「나는 모릅니다, 나는 모르오…….」 그는 말을 더듬으며 나를 방 안으로 지그시 떠밀었다.

조르바는 침대 위에 앉은 채 웃음을 터뜨렸다.

「꼬마 신부님, 겁먹었구나. 어서 들어와요, 형씨. 와서 우리랑 같이 있읍시다. 우리는 땡중들이 아니니까 걱정할 것 없어요.」

「조르바! 예의를 갖추어야지요, 주교님이시라는데…….」 내가 목소리를 낮추어 그를 나무랐다.

「흥, 속옷 바람인데 주교가 어디 있어! 들어오쇼, 노형!」

그는 일어서서 주교의 팔을 잡아 방 안으로 끌어들이고는 문을 닫았다. 그러고는 잠낭 속에서 럼주 병을 꺼내 조그만 잔으로 하나 따라 주었다.

「드시오, 노형. 마시면 힘이 좀 날 테니까.」

노인은 잔을 비웠다. 아닌 게 아니라 그것으로 생기를 되찾았다. 그는 내 침대에 앉아 등을 벽에다 기대었다.

「주교님, 총소리는 어떻게 난 것입니까?」 내가 물었다.

「모르겠소이다……. 나는 자정까지 일하고 잠자리에 들었는데, 내 옆방 데메트리오스 신부의 방에서 그 소리가…….」

조르바가 웃음을 터뜨렸다. 「아하! 그럼 자하리아 말이 맞는구나! 저 돼지 같은 새끼들이!」

주교가 머리를 묻었다.

「도둑의 소행이겠지요.」 그가 중얼거렸다.

복도에서 소동이 멎으면서 수도원은 다시 한 번 정적에 묻혔다. 주교는 구원을 청하는 듯이 놀란 토끼 눈으로 나를 보았다.

「혹시 졸리신지?」 그가 물었다.

그는 혼자 자기 방으로 가고 싶지 않아서 그렇게 묻고 있음이 분명했다. 겁이 난 것이다.

「아닙니다. 전혀 졸리지 않습니다. 그냥 여기 계십시오.」

우리는 이야기를 시작했다. 조르바는 베개에 기대어 담배를 말고 있었다.

주교가 내게 말했다. 「당신은 배운 청년 같소. 여기에서는 말 상대할 사람이 없소. 내게는 내 인생을 바람직한 것으로 만들기 위한 세 가지 이론이 있소. 당신에게 그 이야기를 들려주고 싶소, 젊은이.」

그는 내 대답도 듣지 않고 말을 이었다.

「첫 번째 이론은 이러하오. 꽃의 모양은 색깔에 영향을 미치고, 색깔은 속성에 영향을 미친다. 따라서 각각의 꽃은 인간의 몸에, 나아가 인간의 영혼에 저마다 다른 작용을 한다. 꽃이 만발한 들을 지날 때 우리가 극히 주의를 기울여야 할 필요가 있는 것은 바로 이 때문이오.」

그는 내 의견을 기다리는 듯 잠깐 말을 끊었다. 나는 이 조그만 노인이 들을 지나면서 아무도 모르는 흥분에 휩싸여 꽃의 모양과 색깔을 연구하는 모습을 쉽게 상상할 수 있었다. 노인은 신비스러운 경외감으로 몸을 떨었을 터였다. 봄꽃 만발한 들판이 그에게는 색색의 악마와 천사들로 복작거리는 들판으로 보였을 터였다.

「나의 두 번째 이론은 이러하오. 실제적인 영향력을 가진 관념은 실체가 있다. 실제로 있다. 눈에 보이지 않는 존재로 대기 속을 떠다니는 게 아니라 진짜 몸이 있다. 눈, 입, 발, 위가 있다는 것이다. 그 몸은 남성이나 여성이 되어 서로를 뒤쫓는다. 그래서 복음서에 이르기를 〈말씀이 육신이 되었다〉 하는 것이오.」

그는 다시 나를 뚫어지게 바라보았다.

「나의 세 번째 이론은⋯⋯.」 그는 내 침묵을 참을 수 없었던지 서둘러 말을 이었다. 「이러하오. 우리의 덧없는 삶 속에도 〈영원〉이 있다. 우리로서는 혼자서 그걸 뚫어 볼 수 없을 뿐이다. 우리는 나날의 걱정으로 길을 잃는답니다. 소수의 사람, 인간성의 꽃 같은 사람만이 이 땅 위의 덧없는 삶을 영위하면서도 영원을 살지요. 나머지는 길을 잃고 헤매니까 하느님께서 자비를 베푸시어 종교를 내려 주신 것이오. 이렇게 해서 오합지졸도 영원 속에 살 수 있게 되는 거지요.」

그는 말을 끝내고 나니 좀 살 것 같은 모양이었다. 그는 눈썹 한 올 남지 않은 눈을 들고 나를 보며 웃었다. 흡사 자기가 가진 것을 다 줄 테니 다 받아 가지고 가라고 말하고 있는 것 같았다. 이 작은 노인이, 거의 모르는 사람이나 다름없는 나에게 평생 작업의 결실이라는 것을 그렇게나 선뜻 내주는 것을 보니 마음이 짠했다.

그의 눈에서는 눈물이 흐르고 있었다.

「내 이론을 어떻게 생각하시오?」 그가 두 손으로 내 손을 잡고 내 눈을 들여다보며 물었다. 마치 내 대답에 그의 인생이 조금이라도 보람 있는 것이었는지 아니었는지가 달려 있다는 듯한 표정이었다. 나는 진실보다 훨씬 더 중요하고 훨씬 더 인간적인 또 다른 의무가 있다는 것을 알았다.

「이들 이론이 많은 사람들의 영혼을 구제할 것입니다.」 내가 대답했다.

주교의 표정이 밝아졌다. 나는 그의 전 생애를 정당화시켜 준 셈이었다.

「고맙소, 젊은이.」그는 내 손을 다정하게 쥐어짜며 속삭였다.

조르바가 구석 자리에서 일어섰다. 「내게 네 번째 이론이 있소이다!」그가 소리쳤다.

나는 불안스럽게 조르바를 바라보았다. 주교도 그를 돌아보았다.

「말씀해 보시오. 당신의 이론 역시 축복을 받으시기를! 그래, 무엇이오?」

「둘 더하기 둘은 넷이라는 것!」조르바가 엄숙하게 말했다.

주교가 멍한 얼굴로 그를 바라보았다.

「그리고 다섯 번째 이론도 있지요, 영감님.」조르바는 말을 이었다. 「무엇이냐 하면, 둘 더하기 둘은 넷이 아니라는 거요. 어때요, 영감님, 내기 한번 해봅시다! 하나 고르시지!」

「나는 무슨 뜻인지 모르겠소.」주교는 떠듬거리면서 영문을 모르겠다는 듯이 시선을 내게로 던졌다.

「나도 모르겠소!」조르바가 이렇게 말하고는 웃음을 터뜨렸다.

나는 풀이 잔뜩 죽어 있는 이 불쌍한 노인을 바라보며 화제를 바꾸려고 했다.

「주교님, 주교님께서 이 수도원에서 하시는 특별한 연구란 어떤 것인지요?」

「젊은이, 나는 수도원의 옛날 필사본들을 옮겨 쓰고 있다오. 최근에는 교회에서 쓰던, 성모님과 관련된 성스러운 지칭어들을 모두 모으고 있지요.」

그는 한숨을 쉬고는 말을 이었다.

「나는 늙었어요. 그것 말고는 아무것도 할 수가 없어요. 성모님에 대한 온갖 수식어를 듣고 있노라면 마음이 편안해지고 속세의 비참한 일상사를 잊게 된답니다.」

그는 팔꿈치를 베개에다 댄 채 눈을 감고 정신 착란에 빠진 사람처럼 홍얼거리기 시작했다.

「불멸의 장미, 풍성한 대지, 포도 넝쿨, 샘, 기적의 샘, 천국으로 오르는 사다리, 다리[橋], 난파선을 구출하는 프리깃함, 휴식의 항구, 천국으로 들어가는 열쇠, 새벽, 영원한 빛, 번개, 불기둥, 무적의 장군, 부동의 탑, 난공불락의 요새, 위안, 환희, 장님의 지팡이, 고아의 어머니, 식탁, 음식, 평화, 평온, 향기, 화환, 우유와 꿀…….」

「영감 헛소리하는군……. 덮어 줘야지. 감기 들라.」 조르바가 나직하게 중얼거렸다.

그는 일어나 담요를 주교에게 덮어 준 다음 베개를 바로잡아 주었다.

「세상에, 미치는 방법에 일흔일곱 가지가 있대요. 그렇게 들었어요. 이건 일흔여덟 번째의 미치광이 짓인 모양이군.」

새벽이 밝아 오고 있었다. 아침을 알리는 정교회의 세만트론[34] 소리가 들려왔다. 나는 창문 밖으로 머리를 내밀었다. 첫 햇살을 받으면서 머리에다 길고 검은 두건을 쓴 채 마당을 천천히 돌며, 긴 나무토막을 조그만 망치로 두드려 희한한 소리를 내고 있는 깡마른 수도승이 보였다. 세만트론 소리는 아침 공기 속에서 달콤하게, 호소하듯이 메아리쳤다. 꾀꼬리는 노래를 그친 지 오래였고 다른 새들은 숲에서 재잘거리기 시작했다.

나는 정감을 불러일으키는 세만트론의 달콤한 소리에 매혹되었다. 이런 생각이 스쳤다. 삶의 고양된 리듬은 심지어 그것이 쇠락했을 때조차 그 감동적이고 고귀한 외적 형식을 고스란히 보존하고 있구나. 정신은 떠나고, 오랜 진화 끝에 조개껍데기처럼

---

34 나무 판때기나 철봉으로 된 신호 기구로, 망치로 때려 소리를 낸다. 그리스 정교회식의 종.

정교해진 정신의 커다란 집만 뒤에 남았다.

나는 신이 떠나 버린 시끄러운 저잣거리의 성당도 그런 빈 조개껍데기라고 생각했다. 풍상에 절어 해골만 남은 선사 시대의 괴물 같은 것이라는 생각이 들었다.

누군가가 우리 방문을 두드렸다. 영빈 수도승의 느끼한 목소리가 들려왔다.

「형제들이여, 일어나십시오. 아침 예배 시간입니다.」

조르바가 벌떡 몸을 일으켰다.

「어젯밤 총소리는 대체 어떻게 된 거요?」 조르바가 흥분하여 문을 사이에 두고 소리를 질러 물었다.

그는 잠시 기다렸다. 아무 대답도 없었다. 수도승이 조르바의 질문을 들은 게 분명했다. 그의 가빠진 숨소리를 우리도 들을 수 있었기 때문이다.

조르바가 불같이 화를 내며 채근했다. 「총소리가 어떻게 된 거냐니까!」

황망하게 멀어져 가는 발소리가 들렸다. 조르바가 단숨에 문으로 달려가 왈칵 열었다.

「이 더러운 인간들! 이 악당들아!」 조르바는 도망치는 수도승 뒤에다 대고 침을 뱉었다. 「사제, 수녀, 수도승, 교회지기, 불목하니, 죄다 내 침이나 받아라!」 그는 또 한 번 침을 뱉었다.

「갑시다! 공기 속에서 피 냄새가 납니다.」 내가 말했다.

「피 냄새뿐이라면야!」 조르바가 툴툴거렸다. 「두목, 당신은 아침 예배에 가시오. 가고 싶거든. 나는 둘러보면서 조사를 좀 해 봐야겠으니까!」

「그냥 가자고요! 어째서 상관도 없는 일에 나서지 못해 그 야단이랍니까?」 내가 역정을 내며 말했다.

「나는 원래 이런 일에 나서고 싶어 죽을 지경인 놈이오!」

그는 잠시 생각하더니 교활하게 웃었다.

「악마가 우리한테 은혜를 베풀었어요. 아주 제때 일을 터뜨려 준 겁니다. 두목, 그놈의 것에 이 수도원이 얼마를 치러야 할지 아시오? 그 총소리 값 말이오. 에누리 없이 7천 드라크마!」

그는 마당으로 내려갔다. 꽃향기 물씬 풍기는 아침은 천국의 행복이 무색했다. 자하리아가 우리를 기다리고 있었다. 그는 쪼르르 달려오더니 조르바의 손목을 잡았다.

「카나바로 형제! 가요, 가야 합니다.」 그가 떨리는 목소리로 속삭였다.

「총소리는 어떻게 된 것이야? 누군가가 죽었지? 말해! 말하지 않으면 모가지를 비틀어 놓을 테다!」

수도승의 턱이 덜덜 떨렸다. 그는 주위를 둘러보았다. 마당에 사람의 그림자는 없었고 독방들은 닫혀 있었다. 열린 예배당 문으로 음악이 흘러나왔다.

「따라오세요. 두 분 다……. 소돔과 고모라가 따로 없어요!」

우리는 벽을 따라 걷다가 뜰 한쪽으로 나가 뜰을 벗어났다. 수도원에서 1백여 미터 정도 떨어진 곳에 교회 묘지가 있었다. 우리는 안으로 들어갔다.

묘지 위를 지나 자하리아는 예배당의 조그만 문을 밀었다. 우리 둘은 뒤따라 들어갔다. 한가운데 골풀 멍석 위에 수도승복에 덮인 시체가 하나 있었다. 시체의 머리와 발치에 각각 한 자루씩의 초가 타고 있었다.

나는 허리를 구부리고 시체를 바라보았다.

「젊은 수도승이야! 금발의 수련사, 데메트리오스 신부의…….」 소름이 돋았다.

예배당 문 위에는 날개를 편 채 칼을 빼 든, 빨간 가죽신 신은 천사장 미가엘 상이 번쩍거리고 있었다.

수도승이 부르짖었다. 「미가엘 천사장이시여! 불과 유황을 보내시어 깡그리 불사르소서! 미가엘 천사장이시여! 손을 써주소서. 성상에서 나오소서! 칼을 들어 치소서. 총소리가 들리지 않더이까?」

「누가 죽였어? 누구야? 데메트리오스냐? 말해, 이 늙은 염소수염 같으니라고.」

수도승은 조르바의 손아귀에서 빠져나와 천사장 앞 무릎에 넙죽 엎드렸다. 그는 한동안 꼼짝도 않고 고개를 들고 입을 헤벌린 채 성상을 노려보았다.

그러다 갑자기 환호성을 지르며 일어났다.

「내가 불태우겠다!」 그가 결연한 목소리로 선언했다. 「천사장이 움직이셨어요. 내가 봤어요. 천사장께서 내게 신호를 보낸 거예요!」

그는 성상 가까이 다가가 천사장의 칼에 뭉툭한 입술을 대었다. 「하느님을 찬양할진저. 나는 구원을 받았다!」

조르바가 다시 수도승의 팔목을 잡았다.

「이리 와봐, 자하리아!」 조르바가 명령했다. 「내 시키는 대로만 해.」

그러고는 나를 돌아보았다.

「돈 주시오, 두목. 서명은 내가 하지요. 놈들은 모조리 늑대들이고 당신은 양이니까 놈들에게 잡아먹힐 거요. 그러니 내게 맡겨요. 걱정 말아요. 돼지 새끼들을 이제야 한곳에다 몰아넣었군. 정오에 임야 문서를 주머니에 턱 넣고 떠납니다. 이리 와, 자하리아!」

두 사람은 살그머니 수도원으로 들어갔다. 나는 산책이나 할 요량으로 소나무 숲으로 들어갔다.

해가 높이 떠올라 이슬방울이 잎새 위에서 반짝거렸다. 바로 앞에서 검은 새가 돌배나무 가지 위로 날아올라 꽁지를 까딱거리며 부리를 열고 나를 바라보면서 두세 번 나를 조롱하는 듯이 휘파람 소리를 내었다.

소나무 사이로 수도원 마당과 열을 지어 나오는 수도승들이 보였다. 모두 고개를 숙이고 있어서 검은 승모가 어깨 위로 늘어졌다. 예배를 끝내고 식당으로 가고 있는 중이었다.

〈영혼이 빠진 엄숙함과 고귀함이라니 얼마나 참담한 일인가.〉

잠을 설쳐 피곤했다. 그래서 풀밭 위에 다리를 뻗고 누웠다. 제비꽃, 금작화, 로즈메리, 샐비어 향기가 진동했다. 굶주린 듯한 벌레들이 끊임없이 붕붕거리며 해적처럼 꽃 속을 들락거리며 꿀을 탐했다. 먼 산이, 타오르는 햇빛에 살랑거리는 아지랑이처럼 투명하고 조용히 반짝이고 있었다.

눈을 감았다. 나른했다. 조용하고 신비스러운 환희가 내 몸을 감쌌다. 내 주위의 초록빛 신비가 바로 천국인 듯했다. 내가 느끼는 신선하고 상큼하고 소박한 희열 자체가 하느님인 듯했다. 하느님은 시시각각으로 그 모습을 바꾼다. 어떤 모습으로 변장하든 하느님의 모습을 알아보는 자에게 복이 있나니. 한 잔의 신선한 물이 되는가 하면 무릎 위에서 노는 아이가 되고 아름다운 여자가 되는가 하면 아침 산책이 되기도 한다.

조금씩 내 주위의 모든 것들이 형태는 그대로인 채 꿈으로 변했다. 행복했다. 이승과 저승은 하나였다. 중심에 커다란 한 방울의 꿀을 품은, 들판의 꽃. 생명은 내게 그렇게 보였다. 내 영혼은 그 꿀을 탐하는 벌이었다.

누군가가 이 지복(至福) 상태에서 나를 깨워 놓았다. 나는 내 뒤로 다가서는 발소리, 속삭이는 소리를 들었다.

「두목! 끝났어요!」

조르바가 내 앞에 와 섰다. 그의 조그만 눈이 빛나고 있었다.

「끝나다니요, 계약이 끝난 겁니까?」

「다 끝났지요!」 조르바가 저고리 윗주머니를 탁탁 치면서 대답했다. 「숲이 여기에 있습지요. 이게 우리에게 행운을 가져다주기를! 롤라란 년이 쓴 7천 드라크마도 여기에 있습니다!」

그는 안주머니에서 지폐 다발을 꺼내어 들고 내게 소리쳤다.

「받아 두세요. 빚을 갚는 겁니다. 이제는 더 이상 쭈뼛거리며 두목을 대하지 않아도 되게 됐어요. 스타킹 값, 핸드백 값, 향수 값, 부불리나 여사의 파라솔 값도 다 포함되어 있습니다. 앵무새 땅콩 값도! 당신에게 사다 준 할바 값도 다 들어 있습니다!」

「조르바, 당신이 가지세요. 내가 당신에게 주는 선물이니까……. 그리고, 가서 성모 앞에 초나 한 자루 켜고 죄를 자복하세요.」

조르바가 고개를 돌렸다. 자하리아 신부가 초록빛으로 바랜 지저분한 승복 차림으로 우리에게 다가오고 있었다. 신발 뒤축은 다 닳아 버리고 없었다. 그는 노새 두 마리의 고삐를 잡고 있었다.

조르바가 지폐 다발을 그에게 보여 주었다.

「어이, 요셉 신부, 우리 나눠 먹자! 이 돈이면 자네도 소금에 절인 대구 1백 킬로쯤 배 터지게 먹을 수 있어. 토할 만큼 먹어 버리면 영원히 대구 생각은 않게 될 거야! 자, 손 이리 내어놔!」

수도승은 지저분한 지폐 다발을 받아 숨겼다.

「등유를 좀 사야 하니까요!」 그가 중얼거렸다.

조르바가 목소리를 낮추어 수도승의 귀에다 속삭였다.

「이 염소수염들이 몽땅 잠든 깜깜한 밤에 말이지……. 바람도 적당히 붙어 줘야 하네……. 벽에다 몽땅 끼얹으란 말이야. 걸레나 누더기를 적셔 불을 붙이면 돼. 알아들었어?」

수도승은 떨고 있었다.

「떨 거 없어! 천사장이 시키신 일이 아니던가? 등유와 하느님의 영광을 믿게! 행운을 비네!」

우리는 노새를 탔다. 나는 마지막으로 수도원을 한 번 더 돌아다보았다.

「조르바, 그래 뭘 좀 알아냈어요?」 내가 물었다.

「총소리 건 말이오? 두목, 그 걱정일랑 하지 마쇼. 자하리아 말이 맞았어요. 소돔과 고모라가 따로 있는 게 아니었어요. 데메트리오스가 저 미남 수련사를 죽인 거예요. 총소리는 바로 그 총소리였지요.」

「데메트리오스가? 왜?」

「두목, 자꾸 캐묻지 마시오. 더러워 올라올 지경이니까.」

그는 수도원을 돌아다보았다. 수도승들은 고개를 숙이고 두 손을 모은 채 식당에서 나와 독방으로 향하고 있었다.

「거룩한 땡중님네들! 나를 저주하소서.」 그가 소리쳤다.

# 19

그날 밤, 해안으로 내려온 우리가 맨 처음 만난 사람은 부불리나였다. 부불리나는 오두막 앞에 쪼그리고 앉아 있었다. 등불을 켜고 부인의 얼굴을 본 나는 놀라고 말았다.

「왜 그래요, 오르탕스 부인, 어디 편찮으세요?」

저 원대한 희망 ─ 결혼 ─ 이 마음속에서 꿈틀거리며 빛을 발하는 순간부터 우리의 늙은 세이렌은 그 오묘하고 수상한 매력을 깡그리 잃어버렸다. 세이렌은 과거를 말끔히 지우고 파샤와 터키 유지들과 제독들에게서 얻어 낸 깃털 장식을 모조리 벗어 버린 것이었다. 부인에겐 진지하고 존중받는 여염집 여인, 착하고 현숙한 아내가 되는 것 이상의 열망은 더 이상 없었다. 더이상 화장도 하지 않았고 맵시를 내려고도 하지 않았다. 부인은 있는 그대로의 모습, 결혼하고 싶어 하는 가련한 여자의 모습만을 보이고 있었다.

조르바는 입을 열지 않았다. 그는 염색한 수염만 연방 잡아당겼다. 그러면서 화덕에 불을 지피고 커피 끓일 물을 얹었다.

「당신은 잔인해요!」 갑자기 퇴물 카바레 여가수가 쉰 목소리로 부르짖었다.

조르바는 고개를 들고 부인을 바라보았다. 그의 눈빛이 부드러워졌다. 그에겐 여자의 볼멘소리를 들으면 꼼짝 못 하는 데가 있었다. 여자가 흘린 한 방울 눈물도 그를 빠뜨려 허우적거리게 할 수 있었다.

그는 아무 말 없이 커피와 설탕을 넣고 젓기 시작했다.

늙은 세이렌이 울부짖었다.

「왜 결혼하기 전에 날 이렇게 오래 속을 태우는 거예요? 이젠 마을에도 못 내려가게 생겼어요. 부끄러워 살 수가 있어야죠! 이러다 제풀에 죽고 말 거예요.」

나는 침대에 누운 채 쉬고 있었다. 나는 베개에 팔꿈치를 댄 채 그 희극적이고도 애절한 장면을 감상하고 있었다.

「왜 결혼 화환은 사 오지 않았나요?」

조르바는 자기 무릎 위에서 떨고 있는 부불리나의 통통한 손의 촉감을 느끼고 있었다. 조르바의 무릎은 천 번하고도 한 번 더 난파했던 그 가엾은 여자가 기댈 수 있는 마지막 한 치의 땅이었다.

조르바도 그걸 알고, 진심으로 뉘우치고 있는 것 같았다. 그러나 말을 하지 않았다. 그는 커피를 잔 세 개에다 나누어 따랐다.

「여보, 결혼 화환은 왜 안 사 왔다지요?」 부불리나가 달뜬 소리로 같은 질문을 되풀이했다.

「칸디아에는 쓸 만한 물건이 없었다네.」 조르바가 무뚝뚝하게 대답했다.

그는 커피 잔을 돌리고 나서 구석에 쭈그리고 앉았다.

「아테네로 편지했어. 쓸 만한 걸로 보내어 달라고. 흰 초도 좀 주문했어. 초콜릿을 가미해서 설탕에 절인 아몬드도…….」

말을 꺼내자 그의 상상력엔 불이 붙었다. 그의 두 눈은 창조의 영감에 불이 붙은 시인의 눈처럼 번쩍거리기 시작했다. 조르바는 허구와 진실이 서로 뒤섞여 오누이처럼 닮아 버리는 경지에까지 이르러 있었다. 그는 쭈그리고 앉아 쉬면서 커피를 후룩후룩 들이마셨다. 그러다 두 번째 담배에 불을 붙였다. 재수가 좋은 하루였다. 주머니에는 계약이 끝난 임야 서류가 있겠다, 빚을 갚았겠다, 아주 기분이 느긋했다. 그는 자신을 풀어 놓았다.

「이것 봐, 부불리나. 우리 결혼할 바에는 빡적지근하게 하세. 웨딩드레스는 내가 주문한 놈이 도착할 때까지 기다리되, 놀라 자빠지지는 말게. 아테네에서 이름난 디자이너 둘을 불러왔지. 내가 이렇게 말해 뒀네. 〈이것들 보게, 내 결혼 상대는 동서고금에 유례를 찾아볼 수 없는 거물이라네! 4대 열강을 호령한 유명 무쌍한 여왕이시지. 하지만 지금은 과부가 되시었네. 열강이 죽자 그 여왕은 날 서방으로 찍었다네. 그러니 결혼 예복 또한 그 유례가 없어야 하네. 몽땅 비단으로 만들되 진주와 황금 별을 붙이게.〉 그랬더니 두 디자이너 왈. 〈그럼 너무너무 아름답게요? 그런 옷을 입었다가 하객의 눈이 멀어 버리게요!〉 그래서 내가 이렇게 말해 두었지. 〈그건 걱정 말게. 그래서 어떻다는 것인가? 내 사랑이 만족한다면 그런 게 대순가?〉」

오르탕스 부인은 벽에 등을 대고 그의 말을 들었다. 주름투성이의 축 늘어진 얼굴에 함박꽃 같은 미소가 어렸다. 목에 두른 빨간 리본은 금방이라도 툭 터질 것 같았다.

「귀 좀 이리 줘봐요.」 부인이 조르바에게 암양의 눈을 치뜨면서 속삭였다.

조르바는 내게 한쪽 눈을 찡긋해 보이면서 허리를 굽혔다.

「오늘 밤 당신에게 드릴 게 있어요.」 이 조르바의 아내 될 여자는 혀를 그의 털북숭이 귀에다 처박을 듯이 하고 속삭였다.

그러고는 보디스에서 한쪽 모서리를 매듭으로 묶은 손수건 하나를 꺼내어 조르바에게 주었다.

　조르바는 손수건을 집게손가락으로 집어 오른쪽 무릎 위에 올려놓고는 문 쪽으로 고개를 돌리고 바다를 물끄러미 바라보고 있었다.

　부인이 소리쳤다. 「그 매듭 안 풀어 볼 거예요, 조르바? 궁금하지도 않으신가 봐?」

　「우선 커피 마시고 담배부터 피우고 보세만, 풀어 보고 자시고 할 것도 없어. 속에 뭐가 들었는지 알고 있으니까.」

　「풀어요, 풀어 봐줘요……」 늙은 세이렌이 애원했다.

　「담배 먼저 피우고 풀어 보겠다니까 그러네!」

　그는 원망스럽다는 듯이 나를 힐끔 바라보았다. 〈이게 두목, 다 당신 때문이오!〉 그의 눈이 이렇게 말하는 것 같았다.

　그는 천천히 담배를 피우며 여전히 바다에 시선을 던진 채 콧구멍으로 연기를 내뿜고는 중얼거렸다.

　「내일은 시로코 바람이 불겠구나……. 날씨가 바뀌겠어. 나무가 부풀어 오르고 젊은것들의 젖가슴도 부풀겠어……. 그러다 보디스를 터뜨리고 말지. 오, 봄은 장난꾸러기! 악마의 발명품이여!」

　그는 말을 끊었다. 얼마 후에 다시 이렇게 덧붙였다.

　「두목! 이 세상에서 악마의 발명품이 얼마나 근사한지, 혹 생각해 본 적 있어요? 예쁜 여자, 봄, 애저구이, 술…… 이런 건 모두 악마의 발명품이라고요. 하느님은 수도승, 금식, 카밀러 차, 못생긴 여자 같은 걸 만들었고요…… 니기미!」

　그는 이렇게 말하면서 가엾은 오르탕스 부인 쪽으로 고개를 돌렸다. 여자는 구석 자리에 쪼그리고 앉아 조르바의 말에 귀를 기울이고 있었다.

「조르바, 조르바!」 오르탕스 부인은 간단없이 달뜬 소리를 했다.

그러나 조르바는 담배 한 대를 더 붙여 물고 다시 생각에 잠긴 채 바다를 바라보았다.

「봄이면…… 사탄이 대권을 잡는 법. 허리띠를 풀고, 블라우스 단추를 끄르고…… 늙은 계집은 한숨을 쉬고…… 손 치워, 부불리나!」

「조르바, 조르바!」 불쌍한 여자는 하소연했다. 그러고는 떨어진 손수건을 주워 그의 손아귀에다 집어넣어 주었다.

그는 담배꽁초를 집어던지고는 손수건의 매듭을 끌렀다. 그러고는 손안을 들여다보았다.

「아니, 이게 뭐야, 부불리나 여사!」 조르바는 기가 차다는 듯이 그 물건을 내려다보았다.

「반지예요, 조그만 반지예요, 우리 보배. 결혼반지예요.」 늙은 세이렌은 떨면서 덧붙였다. 「여기에 증인이 있어요. 하느님이 우리 증인을 축복하시기를. 밤이 아름다워요. 시로코 바람의 계절. 하느님이 보고 계십니다. 우리 약혼해요, 조르바!」

조르바는 나를 바라보았다가 오르탕스 부인을 바라보았다. 그러다 반지를 내려다보았다. 한 떼거리의 악마가 그의 내부에서 싸움을 벌이고 있었으나 한동안은 승부가 나지 않는 것 같았다. 가련한 여자는 두려웠던지 바들바들 떨며 나를 바라보았다.

「조르바……! 우리 조르바!」 부인이 볼멘소리로 속삭였다.

나는 침대에서 일어나 앉아 구경하고 있었다. 조르바는 여러 갈래 선택의 기로에 서 있었다. 조르바가 어느 길을 선택할지 나는 몹시 궁금했다.

갑자기 그는 고개를 가로저었다. 결정을 내린 것이었다. 표정이 밝아진 그는 손뼉을 치며 공중으로 펄쩍 뛰어올랐다.

「나갑시다! 별 아래로 나갑시다. 그래야 하느님이 우리를 내려다보시지. 두목, 당신이 반지를 갖고 나오쇼. 찬송할 줄 알아요?」

「몰라요. 하지만 그게 무슨 대숩니까?」 나는 재미있어 하면서 대답했다. 나는 이미 침대에서 뛰어내려 와 우리 착한 오르탕스 부인을 부축해 일으키고 있었다.

「가만, 내가 할 줄 알아요.」 조르바가 말했다. 「깜박 잊고 있었는데 소싯적에는 성가대원이었었다 이겁니다. 신부를 따라 결혼식에도 갔고 세례 성찬식에도 갔고 장례식에도 갔더란 말씀이야. 나는 교회 의식 찬송을 몽땅 외고 있어요. 우리 부불리나, 이리 나오게. 나와서 돛을 올리게. 우리 귀여운 프랑스 프리깃함이여, 내 오른편에 서소!」

조르바 속의 악마들 중에서 승리한 것은 속 좋은 광대였다. 조르바는 늙은 세이렌이 불쌍해서, 자신에게 못 박힌 듯한 흐릿한 부인의 눈동자를 바라보며 가슴이 찢어질 것 같았던 것이었다.

「이 내 몸 악마나 물어 가소.」 조르바는 결심이 선 듯 중얼거렸다. 「나는 아직도 암컷들을 기쁘게 해줄 수 있다, 이 말씀이야. 자, 나오게!」

그는 해변으로 달려 나가 오르탕스 부인의 팔을 낚아챘다. 반지를 내게 맡겨 놓은 그는 바다를 향해 돌아서서 노래를 부르기 시작했다.

「이 세상의 주님께 끝없는 영광을 돌릴지어다, 아멘!」

그가 나를 돌아보며 소리쳤다.

「당신 차례요, 두목!」

「오늘 저녁에는 〈두목〉이고 깻묵이고 없어요. 나는 당신네 약혼식의 들러리에 지나지 않으니까.」

「좋고말고. 그럼 눈치코치 알아서 해요. 내가 〈브라보!〉 하고

315

소리치거든 반지를 끼워요!」

그는 당나귀가 우는 듯한 굵직한 목소리로 찬송을 하기 시작
했다.

「하느님의 종 알렉시스와 하느님의 종 오르탕스가 약혼했나이
다. 주님이시여, 제발 우리에게 구원을 베푸소서, 오, 주여.」

「키리에 엘레이손, 키리에 엘레이손(주여 긍련히 여기소서, 주
여 긍련히 여기소서)!」 나는 웃음이 터지고 눈물이 흐르는 걸 가
까스로 참으면서 떨리는 목소리로 기도문을 외웠다.

「아직 여러 마디가 더 남아 있는데…… . 이런 빌어먹을 놈의 것,
이걸 욀 수가 있어야지!」 조르바가 소리쳤다. 「……좋아, 간지러
운 건 대충 빼고 넘어갑시다!」

그는 잉어처럼 펄쩍 뛰어오르며 소리쳤다.

「브라보! 브라보!」 그러고는 그 큰 손을 내 앞으로 내밀었다.

「자, 그 귀여운 손 이리 내어놔.」 그가 약혼녀에게 말했다.

가사와 빨래에 시달린 통통한 손이 떨면서 내 앞으로 나왔다.

나는 두 사람 손에 반지를 끼워 주었다. 완전히 흥분한 조르바
는 이슬람 수도승처럼 고래고래 고함을 질렀다.

「하느님의 종 알렉시스는 하느님의 종 오르탕스와 성부, 성자,
성신의 이름으로 약혼했나이다. 아멘! 하느님의 종 오르탕스는
하느님의 종 알렉시스와 약혼했나이다, 아멘! 좋았어! 이것으로
금년에 할 일은 다 했고. 이리 오게, 우리 마누라, 내 처음으로 품
위 있고도 합법적인 키스, 키스 같은 키스 한 번 해주겠노라!」

그러나 오르탕스 부인은 땅바닥에 꼬꾸라진 다음이었다. 여
자는 조르바의 다리를 붙잡고 울고 있었다. 조르바는 가엾어 죽
겠다는 듯이 고개를 설레설레 내저었다.

「불쌍한 건 여자라! 어째 이리 바보스러운고!」 그가 투덜댔다.

오르탕스 부인이 일어나 치마를 턴 다음 두 팔을 벌렸다.

「어허, 이런!」 조르바가 외쳤다. 「오늘은 참회 화요일이야. 팔 내려. 사순절이라고!」

「우리 서방님, 조르바……」 오르탕스 부인은 금방이라도 쓰러질 듯이 말을 더듬었다.

「참아, 이 마누라야. 부활절까지 참으면 고기도 먹고 빨간 계란도 함께 깨고 할 수 있을 터. 이제 자네는 집으로 돌아가야 할 시각이야. 이 밤중에 여기 있는 걸 마을 사람들이 알아 봐. 뭐라고들 하겠어?」

부불리나의 표정은 필사적으로 애원하고 있었다.

「안 돼, 안 돼, 사순절이야! 부활절까지는 안 돼! 우리가 배웅할 테니까 함께 가세.」

그는 내 귀에다 대고 속삭였다.

「제발 날 할마시와 함께 있게 하지 말아요. 우리 둘만 있게 하지 말아요. 지금은 그럴 기분이 아니니까!」

마을로 가는 길로 접어들었다. 하늘은 맑았다. 바다 냄새가 우리를 감쌌고 밤새가 우리 머리 위에서 울었다. 조르바의 팔에 매달린 우리의 늙은 세이렌은 행복과 실망에 겨운 채 끌려갔다.

여자는 드디어 오래 갈망하던 항구에 입항한 것이었다. 노래하고 춤추며 여염집 숙녀를 우습게 보던 전성시대……. 그러나 가슴은 갈가리 찢겨 나가는 것 같았을 터이다. 진한 화장에 향수까지 잔뜩 끼었고 요란한 옷을 펄럭거리며 알렉산드리아, 베이루트, 콘스탄티노플 거리를 지나지만, 그러다가 젖꼭지를 아이에게 물린 여자라도 보는 날이면 젖가슴은 팽팽하게 부풀어 올랐고, 젖꼭지는 자기에게도 귀여운 아기 입을 달라며 빳빳하게 일어서곤 했으리라. 〈서방을 얻고, 아이를 가져야지……〉 이것이 오랫동안 꾸어 온 부인의 꿈이었다. 그러나 그 고통스러운 소망을 부인은 아무에게도 털어놓은 적이 없었다. 이제 하느님이 보우하사 조금 늦긴 했지만 그래도 없는 것과는 비교도 안 될 행운을 잡고, 비록 파도에 찢긴 돛대일망정 펄럭거리며 오래 그리던 항구로 들어서는 것이었다.

이따금 부인은 눈을 들어 옆에서 걷고 있는 꺽다리를 힐끔힐끔 훔쳐보았다. 그러고는 이렇게 생각하는 것이었다. 〈금술이 주렁주렁 달린 터키모자를 턱하니 쓴 돈 많은 고관대작이 아니면 어떤가! 지방 유지의 돈 많은 맏아들이 아니면 어떤가! 하느님이 보우하사, 없는 것보다야 백번 낫고말고⋯⋯. 이 양반이 내 서방이 된다. 영원한 내 서방, 하느님을 찬양할 일이지!〉

조르바는 부인의 무게를 느끼며 어서 마을에다 떼어 놓아야 하고 생각하고 있었다. 불쌍한 여자는 자갈길에서 휘청거렸다. 발톱이 빠질 지경이고 티눈이 아팠겠지만 쓰다 달다 말 한마디 없었다. 말을 해서 뭐 해? 불평을 왜 해? 하느님 은혜를 입어, 매사가 이다지 눈부시게 순조로운데?

우리는 〈우리 아가씨의 무화과나무〉와 과부의 밭을 지났다. 마을 어귀에 닿자 우리는 걸음을 멈추었다.

「잘 자요, 우리 보배.」 늙은 세이렌이 다정하게 속삭이며 약혼자의 입술에 닿으려고 발꿈치를 들고 안간힘을 썼다.

그러나 조르바는 허리를 굽혀 주지 않았다.

「여보, 당신 발에라도 키스하게 해줘요!」 부불리나가 금방이라도 땅바닥에 엎드릴 시늉을 해보이면서 애원했다.

「안 돼, 안 돼!」 조르바가 고개를 가로저었다. 그는 여자를 안아 일으켰다. 「내가 〈당신의〉 발에다 키스해야지, 암, 해도 내가⋯⋯ 하지만 하면 안 될 것 같아! 잘 자요!」

우리는 여자를 떨어뜨리고 조용히 오던 길을 되짚어 왔다. 공기가 시원했다. 조르바가 갑자기 나를 돌아다보았다.

「두목, 어쩌면 좋을까요. 웃어요? 울어요? 어디 말 좀 들어 봅시다.」

　나는 대답하지 않았다. 나 역시 목구멍이 빽빽했다. 우스워서 그런지 슬퍼서 그런지 까닭을 알 수 없었다.

「두목! 이 세상에 그것 때문에 하소연하는 여자는 단 한 명도 남겨 놓지 않았다는 잡놈 같은 신(神)이 누구였더라? 그 양반 이야기는 좀 들어서 아는데요, 그 양반도 아마 수염을 염색하고 팔에는 화살 꽂힌 심장과 세이렌 문신을 새기고 다녔지 않았을까 싶은데. 변장도 곧잘 해서, 들리는 말로는 황소가 되고 백조가 되고 양이 되고, 그 양반한테 실례 되는 말이지만, 당나귀도 되었다면서요. 요컨대 화냥것들이 원하는 대로 말입니다. 이름이 무엇이었죠?」

「제우스 신 이야길 하시나 보군. 어쩌다 제우스 생각을 다 하게 되었지요?」

「하느님, 제우스의 영혼을 긍휼히 여기소서! 얼마나 고생이 막심했을까. 아주 애를 먹었을 겁니다. 두목, 그 양반으로 말하자면 위대한 순교자였어요. 당신은 책에 쓰인 것이면 뭐든 꿀꺽꿀꺽 삼킵니다만, 책 쓰는 사람들이 어떤 것들인지 한번 생각해 봐요! 퉤퉤! 기껏해야 학교 선생들이지. 그런 것들이 여자니, 여자 꽁무니를 쫓는 남자 일을 뭘 알겠어요? 개코도 모르지!」

「그럼 조르바, 당신이 책을 써보지 그래요? 세상의 신비를 우리에게 모조리 설명해 주면 그도 좋은 일 아닌가요?」 내가 비꼬았다.

「왜 안 쓰느냐, 이유는 간단해요. 나는 당신의 소위 그 〈신비〉

319

를 살아 버리느라고 쓸 시간을 못 냈지요. 때로는 전쟁, 때로는 계집, 때로는 술, 때로는 산투르를 살아 버렸어요. 그러니 내게 펜대 운전할 시간이 어디 있었겠어요? 그러니 이런 일들이 펜대 운전사들에게 떨어진 거지요. 인생의 신비를 사는 사람들에겐 시간이 없고, 시간이 있는 사람들은 살 줄을 몰라요. 내 말 무슨 뜻인지 아시겠어요?」

「하던 이야기로 되돌아갑시다. 제우스 이야기가 왜 나왔어요?」

「아, 그 양반……! 그 양반의 고민을 알아주는 건 나밖에 없습니다. 그 양반 물론 여자 좋아했지요. 그러나 당신네 펜대잡이들이 생각하는 것과는 차원이 달라요. 다르고말고. 그 양반은 여자들의 고통을 이해하고 그들을 위해 자신을 희생한 겁니다. 언젠가 시골 구석을 다니다 이 양반은 욕망과 회한으로 인생을 낭비하고 있는 노처녀, 혹은 아리따운 유부녀 — 꼭 아리따운 여자일 필요는 없습니다, 괴물이라도 상관없습니다 — 를 보았습니다. 남편은 멀리 떠나고 잠을 이루지 못합니다. 이 양반은 성호를 척 긋고 변장합니다. 여자가 좋아할 모습으로 말입니다. 그러고는 그 여자 방으로 들어갑니다.

그저 적당하게 애무만 바라는 여자는 상대도 하지 않았어요. 안 하지. 안 그래도 상대가 너무 많아서 녹초가 될 판이니까. 당신도 무슨 말인지 알 겁니다. 이 암염소들을 어떻게 일일이 다 만족시켜요? 오, 제우스, 저 가엾은 숫염소, 마음이 내키지 않고, 기분이 썩 좋지 않았을 적도 숱하게 있었을 거예요. 암염소 예닐곱 마리 해치우고 난 숫염소 본 적 있어요? 침을 질질 흘리고 눈깔에는 안개와 눈곱투성이입니다. 기침까지 콜록콜록 해대는 꼴을 보면 그거 어디 서 있을 성싶지도 않습니다. 그래요, 저 불쌍한 제우스도 그런 고역을 적잖게 치렀을 겁니다.

320

그러곤 새벽이면 이렇게 중얼거리며 집으로 돌아왔을 겁니다. 〈오, 하느님. 언제면 좀 편히 쉴 수 있을까요? 죽을 지경입니다.〉 이러고는 질질 흐르는 침을 닦았을 겁니다.

그때 문득 또 한숨 소리가 들립니다. 저 아래 지구 위에서 한 여자가 반라에 가까운 잠옷 바람으로 발코니로 나와 풍차라도 돌릴 듯이 한숨을 쉬고 있는 것입니다. 우리 제우스는 또 불쌍한 생각이 듭니다. 그는 끙 하고 신음을 토해 냅니다. 〈이런 니기미, 또 내려가야 하게 생겼구나! 신세타령하는 여자가 또 있으니 마땅히 내려가 달래 주어야 할 일!〉

이렇게 계속되다 보니 결국 여자들이 제우스를 한 방울도 남김없이 빨아 버리고 맙니다. 꼼짝도 할 수 없게 된 그는 먹은 것을 토하더니 사지가 마비되어 죽어 버립니다. 그의 뒤를 이어 그리스도가 이 땅에 내려옵니다. 그는 이 제우스의 꼴이 말이 아닌 걸 보고는 가로되, 〈여자를 조심할지니!〉」

나는 조르바의 천진난만한 상상력에 경탄하면서 웃음을 터뜨렸다.

「두목, 당신은 웃을 수 있어서 좋겠소. 우리가 여기 벌인 작은 사업을 그 신인지 악마인지가 성공시켜 준다면 — 내가 볼 때는 그럴 능력이 없는 것 같습니다만, 그래도 아무튼 — 나는 가게를 하나 열 참입니다. 무슨 가게일까요! 중매소를 하나 차린단 말입니다. 암…… 중매소지. 〈제우스 결혼 중매소〉. 남편을 맞을 수 없던 불쌍한 여자들에게 기회를 주는 것입니다. 노처녀, 촌 여자, 안짱다리, 사팔뜨기, 곱사등이, 절름발이……. 이들을 젊은이들의 사진이 잔뜩 걸린 라운지로 맞아들이고 이렇게 말합니다. 〈자, 골라잡으쇼, 원하는 대로 골라잡으시면 내가 손을 써서 남편으로 맞게 해드리리다.〉 그러고는 사진과 비슷한 녀석에게 똑같은 옷을 입히고 돈까지 주면서 이렇게 말합니다. 〈아무개 마을, 모모 번지에 가면 거시기 양이 있을 것이니 사랑 한번 떡 벌어지게 해주어라. 싫은 내색을 하면 안 된다. 그 값은 내가 치르겠다. 그 여자랑 잠을 자. 남자가 여자에게 떨 수 있는 아양도 다 떨고. 이 불쌍한 것은 그런 소리 한 번 못 들어 보고 살아왔느니. 결혼도 하겠다고 해라. 그 박복한 것도 재미를 좀 보게 해주란 말이다. 염소도 누리고, 자라도 누리고, 지네도 누리는 재미를 말이야.〉

우리 부불리나 나이 또래의 늙은 암컷이 있는데 ─ 하느님, 부불리나를 축복하소서! ─ 아무리 돈을 많이 준대도 지원자가 나타나지 않으면, 나 결혼 중매소 소장이 몸소 성호를 긋고 나설 것이구먼. 이웃의 멍청한 것들이 이럴 것이오. 〈저 꼴 좀 보소! 저 늙은것이 보는 눈깔도, 냄새 맡을 코도 없나?〉〈뭐, 이 당나귀 새끼들아, 내게 왜 눈깔이 없어? 이 인정머리 없는 떠버리들아. 코도 있다. 그뿐인가? 내겐 가슴도 있어서 그런 계집이 불쌍해 못 견디겠는 거야! 가슴이 있으면 눈깔이나 코 같은 건 있으나마나야. 가슴이 있으면 그런 건 그냥 허섭스레기라고!〉

그러나 오입이 지나쳐 글자 그대로 헛껍데기만 남게 되고, 숨이 넘어가면 천당의 문지기 성 베드로 님이 천당 문을 열어 주시면서 이러실 겁니다. 〈어서 오너라, 조르바, 이 불쌍한 것, 어서 오너라. 조르바, 위대한 순교자여, 가서 네 선배 제우스 옆에 누워 쉬어라. 불쌍한 것, 너는 땅에서 네 몫을 했다. 내 너를 축복하지 않고 어쩌겠느냐!〉」

조르바는 계속해서 지껄였다. 상상력 속에도 함정이 있어서 그는 이따금 거기 빠지기도 했다. 그는 자기가 신바람 나게 지어낸 이야기를 실제로 믿기 시작했다. 우리가 〈우리 아가씨의 무화

322

과나무〉를 지날 즈음 조르바가 한숨을 쉬었다. 그는 맹세라도 하듯이 한 팔을 들고 말했다.

「걱정할 것 없다, 부불리나. 짓밟혀 썩어 문드러진 늙은것아! 걱정할 것 없대도. 내 어찌 의지가지없는 너를 버리겠느냐? 4대 열강이, 젊음이, 하느님이 너를 버렸지만, 나 조르바는 너를 버리지 않으리라!」

해변에 돌아왔을 때는 자정이 지나 있었다. 바람이 일고 있었다. 저 건너 아프리카에서 노토스 ─ 나무를 부풀리고 포도 넝쿨을 부풀리고 크레타 여인의 가슴을 부풀리는 따뜻한 남풍 ─ 가 불어왔다. 물가에 누운 섬 전체가, 수액을 솟게 하는 이 바람의 따뜻한 입김 속에서 살아나고 있었다. 제우스, 조르바, 그리고 남풍이 하나로 뒤섞이면서 밤의 어둠 속에 거대한 남자 얼굴 하나가 뚜렷이 보였다. 검은 수염, 자르르한 머리카락. 숙인 그 얼굴이 뜨겁고 붉은 입술을 밀착하고 있는 것은 오르탕스 부인, 대지였다.

# 20

오두막에 도착하자마자 우리는 잠자리에 들었다. 조르바는 만족스러운 듯이 두 손을 마주 비볐다.

「두목, 참 재수가 좋은 날이었습니다. 뭐가 그렇게 재수가 좋았느냐고 묻고 싶겠지요? 하루가 뿌듯했다는 겁니다. 생각해 보세요. 오늘 아침 우리는 수 킬로미터 떨어진 수도원에서 원장에게 엿을 먹였습니다. 원장은 우리한테 저주깨나 퍼부었을 겁니다. 그리고 우리 오두막으로 돌아온 뒤에는 부불리나 여사를 만나고 소생이 약혼까지 했습지요. 그런데 이 반지 좀 보세요. 순금이랍니다…… 여자 말로는, 지난 세기말 영국의 제독이 준 파운드 금화 두 개를 여태 갖고 있었다는군요. 자기 장례식에 대비해서, 그 여자 말이 그래요, 그걸 간직하고 있었다는 겁니다. 그런데 생각이 바뀌어 ── 시간이 그 여자를 돌보아 주기를! ── 그걸 세공업자에게 가져가 반지로 만들어 달라고 부탁했다는 겁니다. 인간이란 참 알다가도 모를 물건이지요!」

「그만 주무시지요, 조르바! 조용히 잡시다. 이미 벅찬 하루였어요. 내일에는 또 우리가 치러야 할 의식이 있어요. 고가 케이블을 맬 첫 파일론[鐵塔]을 세워야지요. 스테파노스 신부에게 청을 넣어 오시라고 했습니다.」

「잘했어요, 두목. 나쁜 생각은 아닙니다. 그 늙은 염소수염 신부도 오게 하고 마을 유지들도 깡그리 불러야 합니다. 초를 한 자루씩 나누어 주어 켜게 합시다. 그래야 인상적으로들 기억할 테니까요. 우리 사업을 위해서도 그게 좋을 겁니다. 내가 하는 짓은 신경 쓰지 마세요. 내겐 내 나름의 하느님과 악마가 있으니까. 하지만 다른 사람들은……」

그는 웃음을 터뜨렸다. 그는 잠을 이루지 못했다. 머릿속에서 한바탕 소동이 일고 있었다.

「오, 우리 할배…… 하느님이 할배의 유해를 축복하소서!」 얼마 후에 그가 말을 이었다. 「할배 역시 나와 똑같은 난봉꾼이었지요. 그러나 이 늙은 난봉꾼께서는 성지를 순례하시고 하지[35]가 되었답니다. 이유야 누가 압니까? 할배가 돌아오시자, 평생 좋은 일 한 토막 해본 적이 있기는커녕, 알아주는 염소 도둑인 옛 친구 한 분이 그러셨다나. 〈그래, 이 친구야, 성지를 다녀왔으니 내 몫으로 성스러운 십자가 한 조각이라도 뜯어 왔으렷다?〉 할배 왈. 〈이 사람아, 우리가 어떤 사이라고 빈손으로 오겠나. 오늘 밤 우리 집으로 오되 신부님도 모시고 오게나. 내가 자네에게 이 성스러운 물건을 건넬 때 함께 축복해 주시도록 말일세. 그리고 애저구이 한 마리랑 포도주도 한 통 가져오게. 그래야 재수가 있다네.〉

그날 밤 할배는 집으로 오셔서 벌레 먹은 문설주에서 나무를 조금 떼어 냈어요. 쌀알 하나보다 크지는 않았습니다. 할아버지는 이걸 보드라운 천 조각에 싸시더니 기름을 한두 방울 떨어뜨리고는 기다렸습니다. 얼마 후 문제의 사나이가 애저구이와 포도주를 들고 신부님과 함께 왔습니다. 신부님은 영대(領帶)를 꺼내 걸치고 축도를 했습니다. 할배는 이 귀한 나뭇조각의 양도 의식을 떡하니 치른 뒤에 애저구이를 뜯기 시작했습니다. 거짓말이 아닙니다, 두목. 문제의 사나이는 이 귀한 나뭇조각 앞에 엎드려 절을 하고는 끈으로 꿰어 목에다 걸었습니다. 그러고는 그날부터 영 다른 사람이 되어 버린 것입니다. 사람이 싹 달라진 것입니다. 그는 산으로 들어가 아르마톨과 클레프트 산적 떼에 가담하여 터키 마을을 불태우는 데 일익을 맡았습니다. 뿐입니까? 겁없이 총탄의 소나기 속을 누볐습니다. 무서워할 까닭이 없지 않습니까? 성지에서 가져온 거룩한 십자가 쪼가리를 목에다 턱 걸고 있는데 총알인들 그를 다치게 할 수가 있겠습니까?」

조르바는 껄껄 웃었다.

「만사는 마음먹기 나름입니다.」 그가 조금 뜸을 들이고는 말을 계속했다. 「믿음이 있습니까? 그럼 낡은 문설주에서 떼어 낸 나뭇조각도 성물(聖物)이 될 수 있습니다. 믿음이 없나요? 그럼 거룩한 십자가도 그런 사람에겐 문설주나 다름이 없습니다.」

나는 뇌의 기능이 너무도 거침없고 대담한, 정신은 누군가가 건드릴 때마다 불이 되어 타오르는 이 사나이에게 경탄하지 않을 수 없었다.

「전쟁에 나간 적 있어요, 조르바?」

「내가 어떻게 알아요?」 그가 상을 찌푸리며 반문했다. 「기억 안 나요. 무슨 전쟁 말이오?」

「내 말은, 나라를 위해서 싸워 본 적이 있느냐 그 말입니다.」

「다른 이야기 좀 할 수 없나요? 그까짓 터무니없는 수작은 깨끗이 끝났고 깨끗이 잊은 지 오랩니다.」

「조르바, 터무니없는 수작이라니요? 부끄럽지도 않아요? 조국 얘기를 그렇게 해도 되나요?」

조르바가 고개를 들어 나를 바라보았다. 나 역시 침대에 누워 있었는데 석유 등잔은 내 머리 위에서 타고 있었다. 그는 한동안 지그시 날 바라보더니 수염을 한 줌 쥐고 뜯으면서 말했다.

「그건 도대체 무슨 덜 익은 수작이오? 교장 선생에게서나 들을 수 있는 말이겠구먼. 이렇게 말해서 어떨지 모르지만, 당신에게는 아무래도 쇠귀에 경 읽기가 될 수밖에 없겠어요.」

내가 항변했다. 「뭐라고요? 나도 이해할 건 이해하는 사람인데……. 그건 좀 잊지 말고 삽시다.」

「그래요, 당신은 그 잘난 머리로 이해라는 걸 합니다. 당신은 이렇게 말할 겁니다. 〈이건 옳고 저건 그르다, 이건 진실이고 저건 아니다, 그 사람은 옳고 딴 놈은 틀렸다…….〉 그래서 어떻게 된다는 겁니까? 당신이 그런 말을 할 때마다 나는 당신 팔과 가슴을 봅니다. 그래, 팔과 가슴이 뭘 합니까? 침묵한다 이겁니다. 한마디도 하지 않아요. 흡사 피 한 방울 흐르지 않는 것 같다 이겁니다. 그래, 무엇으로 이해한다는 건가요? 머리로? 웃기지 맙시다!」

「당신 대답이나 좀 들읍시다, 조르바, 어물쩍 내 질문을 피하지 마시고!」 나는 이렇게 그의 화를 돋우었다. 「내 보기에는 당신은 조국 같은 건 대수롭지 않게 여기는 것 같은데, 어때요? 그런가요?」

그는 화를 내며 주먹으로 석유 드럼통으로 만든 벽을 꽝 갈겼다.

「두목, 당신 앞에 있는 사람으로 말하면…… 한때는 제 대가리 털로, 터키 놈들이 이슬람 사원으로 쓰고 있던 성 소피아 성당의 모습을 수를 놓아 목에 부적처럼 차고 다녔습니다요. 그래요, 두목, 내가 바로 그 사람이오. 당시만 해도 칠흑같이 검던 내 머리카락을 뽑아 이 굵은 손가락으로 그걸 수놓았다고. 파블로스 멜

라스[36]와 함께 마케도니아 산맥을 떠돌아다닌 적도 있소. 당시에는 아주 체격이 건장해서 키로 말하면 이 오두막보다 크고 킬트 차림에 빨간 터키모자, 은빛 부적, 액막이, 이슬람교도들이 쓰는 칼, 탄대와 권총까지 떡 차고 다녔소. 내가 걸어갈 때면 철꺼덕철꺼덕, 흡사 연대가 마을을 지나가는 것 같았단 말입니다. 여길 좀 봐요, 여기. 그리고 이 위를 좀 봐요!」

그는 셔츠를 열고 바지를 내렸다.

「등잔 좀 갖고 와봐요!」 그가 명령했다.

나는 등잔을 그의 깡마른 몸 가까이 갖다 대었다. 흉터와 탄흔과 칼 흠집으로 그의 몸은 그야말로 만신창이였다.

「자, 이쪽도 봐요!」

그가 돌아서서 등을 보여 주었다.

「등에는 긁힌 자국 하나 없죠? 무슨 뜻인지 아시겠어요? 그럼 이제 등잔을 제자리에 갖다 놔요.」

그가 폭발하듯이 소리를 질렀다.

「터무니없는 수작이지! 구역질이 다 나는군. 사람이라는 게 언제쯤 제대로 사람 구실을 하게 될까요? 우리는 바지를 입고 셔츠를 걸치고 칼라를 세우고 모자를 씁니다만 그래 봐야 아직 노새 새끼, 여우 새끼, 이리 새끼, 돼지 새끼를 못 면해요. 하느님 형상으로 만들어졌다고? 누가? 우리가? 나 같으면 인간의 그 멍청한 쌍통에다 침을 탁 뱉겠소!」

쓰라린 추억이 가슴으로 돌아오는 모양이었다. 그는 갈수록 절망적으로 몸을 떨었다. 알 수 없는 말이 덜덜 떨고 있는 이빨 사이에서 새어 나왔다.

36 Pavlos Melas(1870~1904). 불가리아 비정규군과의 전쟁에서 공을 세운 유명한 그리스 장교.

그는 일어나서 물통의 물을 벌컥벌컥 들이켜고는 마음이 다소 가라앉는지 한동안 조용했다.

　　「내 몸 어디를 건드려도 나는 비명을 지를 겁니다. 내 몸은 상처와 흉터와 옹이투성이입니다. 계집에 대한 수작에 무슨 의미가 있었겠어요? 내가 나 자신을 제법 진짜 사내라고 생각했을 때는 계집에게 눈 한 번 돌리지 않았어요. 잠깐 건드리고, 수탉처럼 오다가다 말입니다, 그러고는 갈 길을 갔습니다. 나는 생각했지요. 〈더러운 족제비들, 저것들이 내 힘을 쭉 빨아 버리고 말 것이야. 퉤! 계집은 지옥에나 가라!〉

　　그러고는 다시 총을 들고 떠났습니다. 비정규 전투 요원이 되어 산으로 들어간 거지요. 어느 날 석양 무렵 나는 불가리아 마을로 내려와 마구간에 숨었습니다. 그게 바로 신부의 집이었는데…… 신부도 신부 나름이지 잔인하고 무자비한 불가리아 비정규군 신부의 집이었단 말입니다. 밤이 되니까 이자는 법복을 벗고 양치기 복장으로 갈아입더니 총을 들고 이웃 그리스인들의 마을로 가는 것이었습니다. 이자는 새벽에 진흙과 피투성이가 되어 돌아와서는 다시 신도들을 위해 미사를 집전한답시고 교회로 갑디다. 내가 도착하기 며칠 전에 이 신부는 잠자는 그리스인 학교 선생을 살해한 적도 있습니다. 그래서 나는 신부네 집 마구간에서 기다렸던 거지요. 저녁때가 되자 신부는 양에게 풀을 먹이려고 마구간으로 오더군요. 나는 이놈을 덮쳐 양 목 따듯이 멱을 따버렸습니다. 귀도 잘라 내 주머니에 넣었지요. 아시겠지만 나는 그즈음 불가리아 놈들의 귀를 수집하고 있었지요. 그래서 신부 놈의 귀를 잘라 가지고 튄 겁니다.

　　며칠 뒤 나는 다시 마을로 들어갔습니다. 정오쯤 되었던가? 이번에는 행상으로 잠입한 거지요. 총은 산에다 숨겨 두고 동료들을 위해 빵과 소금과 장화를 사러 갔던 겁니다. 거기서 나는 집 앞에서 노는 애들 다섯을 만났습니다. 이 애들은 모두 검은 옷을 입었는데 맨발로 손에 손을 잡고 구걸하고 있는 게 아닙니까? 계집아이가 셋이고 둘은 사내아이였습니다. 제일 큰 놈은 열 살을 넘었을까, 어린것은 갓난아기였습니다. 제일 큰 계집아이가 아기를 안고 울지 않도록 입을 맞추고 달래고 있습니다. 왜 그랬는지 모르겠습니다만, 아마 신의 섭리겠지요. 나는 애들에게 다가갔습니다.

〈뉘 집 아이들이야?〉 내가 불가리아 말로 물었지요.

가장 큰 사내아이가 고개를 들더군요.

〈신부 댁 애들입니다. 아버지는 며칠 전 마구간에서 목이 잘렸답니다.〉 이러는 게 아니겠어요.

눈물이 핑 돌고 지구가 연자매 돌듯이 빙글빙글 돕디다. 내가 벽을 지고 앉자 그제야 멈추더군요.

〈이리 오너라, 애들아. 내 가까이 오렴.〉

나는 이렇게 말하며 지갑을 꺼냈습니다. 터키 파운드랑 그리스 돈이 가득했습니다. 나는 무릎을 꿇고 그 돈을 몽땅 바닥에다 쏟았지요.

〈자, 가져가거라. 마음대로 가지렴.〉 내가 소리쳤습니다.

애들이 우르르 땅에 엎드리더니 허겁지겁 돈을 집더군요.

〈너희들 것이니라, 너희들 것이니라! 그러니 마음대로 집어 가거라.〉

그러고는 물건을 사 담은 바구니도 애들에게 줘버렸지요.

〈이것도 너희들에게 주마. 다 가져가거라.〉

몽땅 털어 주었지요. 마을을 빠져나오자 나는 셔츠 앞을 헤쳐애써 딴 성 소피아 성당 장식을 떼어 내어 갈기갈기 찢어발기고는 있는 힘을 다해 달렸어요.

지금도 달리고 있습니다……」

조르바는 벽에다 등을 대고 내 쪽을 돌아보았다.

「그렇게 나는 해방된 겁니다.」

「조국으로부터 해방됐다는 겁니까?」

「그렇죠, 내 조국으로부터.」 그는 조용하고 단호한 목소리로 대답했다. 그러나 잠시 후 그는 이렇게 덧붙였다.

「내 조국으로부터 해방되고, 신부들로부터 해방되고, 돈으로부터 해방되었습니다. 나는 짐을 덜기 시작했습니다. 있는 족족 덜어 버린 겁니다. 나는 그런 식으로 내 짐을 덜었습니다. 자, 이런 걸 뭐라고 하던가요? 나는 구원의 길을 찾는 겁니다. 나는 인간이 되고 있습니다.」

조르바의 두 눈이 빛나면서 큰 입은 호탕하게 웃었다.

그는 한동안 그대로 앉아 있다 다시 말을 시작했다. 가슴에 차고 넘치는 격정을 달리 어쩔 수 없었던 것이었다.

「내게는, 저건 터키 놈, 이건 불가리아 놈, 요건 그리스 놈, 하던 시절이 있었습니다. 두목, 나는 당신이 들으면 머리카락이 쭈뼛할 짓도 조국을 위해서랍시고 태연하게 했습니다. 나는 사람의 멱도 따고 마을에 불도 지르고 강도 짓도 하고 강간도 하고 일가족을 몰살하기도 했습니다. 왜요? 불가리아 놈, 아니면 터키 놈이었기 때문이지요. 나는 때로 자신을 이렇게 질책했습니다. 〈염병할 놈, 지옥으로 곧장 가라, 이 돼지 같은 놈! 싹 꺼져 버려. 이 병신아!〉 요새 와서는 이 사람은 좋은 사람, 저 사람은 나쁜 놈, 이런 식입니다. 그리스인이든 불가리아인이든 터키인이든 상관하지 않습니다. 좋은 사람이냐, 나쁜 놈이냐? 요새 내게 문제가 되는 건 이것뿐입니다. 나이를 더 먹으면 — 마지막으로 입에 들어갈 빵 덩어리에다 놓고 맹세합니다만 — 이것도 상관하지 않을 겁니다. 좋은 사람이든 나쁜 놈이든 나는 그것들이 불쌍해요. 모두가 한가집니다. 태연해야지 하고 생각해도 사람만 보면 가슴이 뭉클해요. 오, 여기 또 하나 불쌍한 것이 있구나, 나는 이렇게 생각합니다. 누군지는 모르지만 이자 역시 먹고 마시고 사랑하고 두려워한다. 이자 속에도 하느님과 악마가 있고, 때가 되면 뻗어 땅 밑에 널빤지처럼 꼿꼿하게 눕고, 구더기 밥이 된다. 불쌍한 것! 우리는 모두 한 형제간이지. 모두가 구더기 밥이니까!

그런데, 여자라면…… 젠장, 눈이 빠지게 울고 싶어집니다. 두목, 당신은 내가 여자를 너무 좋아한다고 놀리지요. 내가 어떻게 이것들을 좋아하지 않을 수 있겠어요? 자기가 뭘 하는지도 모르고 젖통만 쥐면 손을 들어 버리는 이 연약한 것들을 말입니다…….

어느 해 또 다른 불가리아인 마을로 들어간 적이 있었습니다. 그런데 마을의 늙은이 하나가 ─ 그 마을의 장로였지요 ─ 나를 알아보고 딴 놈들을 불렀습니다. 놈들은 내가 투숙한 집을 포위했습니다. 나는 발코니를 통해 지붕에서 지붕으로 뛰어 달아났지요. 마침 달이 떠 있어서 나는 고양이처럼 발코니에서 발코니로 뛰어다녔습니다. 놈들은 내 그림자를 찾고는 지붕으로 뛰어올라와 총질을 해댑니다. 자, 이러니 어쩌겠어요? 나는 마당으로 뛰어내렸는데…… 보니까, 불가리아 여자 하나가 침대 위에서 자고 있더군요. 여자는 잠옷 바람으로 일어나 나를 보고는 소리를 지르려고 했습니다. 나는 손을 내밀며 속삭였지요. 〈자비를, 자비를 베푸시오! 제발 소릴랑 지르지 마오!〉 그러고는 젖통을 움켜쥐었지요. 여자는 창백해지더니 반쯤 까무러치는 겁니다.

〈이리 들어와요. 그래야 남의 눈에 띄지 않지요…….〉 여자가 속삭였습니다.

나는 안으로 들어갔습니다. 여자는 내 손을 잡아 주었습니다. 묻더군요. 〈당신은 그리스인이에요?〉〈그렇소, 그리스인이오. 나를 고발하지 마오.〉 나는 여자의 허리를 안았지요. 나는 여자를 침대로 끌고 갔고 내 가슴은 즐거움으로 쿵쾅거렸습니다. 나는 자신에게 이렇게 말했어요. 〈오냐, 조르바, 이 개새끼야. 네 앞에 여자가 있다. 인간이라는 게 무엇이더냐? 여자가 무엇인가? 불가리아인이면 어떻고 그리스인이면 어떻고 파푸아인이면 어떠하냐. 중요한 것은 하나밖에 없다. 여자도 인간이란 것이다. 입이 있고 젖가슴이 있고 사랑을 할 줄 아는 인간이란 것이다. 죽이는 게 지겹지도 않으냐, 염병할 놈의 돼지 새끼야!〉

여자와 온기를 나누면서 내가 내내 한 생각은 그런 것이었습니다. 하지만 미친개 같은 내 조국이 나를 평화롭게 내버려 두었을 것 같습니까? 나는 이튿날 아침 불가리아 여자가 주는 옷으로 갈아입고 꺼졌지요. 과부였던 겁니다. 여자는 죽은 서방 옷을 장롱에서 꺼내 주면서 내 무릎을 붙잡고 돌아오라고 통사정을 합디다.

그래, 그래. 돌아갔지요……. 그 이튿날 밤에. 그 시절에는 내가 애국자였어요. 그러니까 한 마리 들짐승이었다는 말이오. 나는 석유 한 통을 들고 들어가 마을에다 불을 싸질렀습니다. 이 불쌍한 계집도 딴것들과 함께 타 죽었을 겁니다. 이름이 루드밀라라고 했지요.」

조르바는 한숨을 쉬었다. 그는 담배에 불을 붙여 두어 모금 빨고는 던져 버렸다.

「내 조국이라고 했어요? ……당신은 책에 쓰여 있는 그 엉터리 수작을 다 믿어요? 당신이 믿어야 할 것은 바로 나 같은 사람이에요. 조국 같은 게 있는 한 인간은 짐승, 그것도 앞뒤 헤아릴 줄 모르는 짐승 신세를 벗어나지 못합니다……. 하느님이 보우하사,

나는 그 모든 걸 졸업했습니다. 내게는 끝났어요. 당신은 어떻게 되어 있어요?」

나는 대답하지 못했다. 나는 조르바라는 사내가 부러웠다. 그는 살과 피로 싸우고 죽이고 입을 맞추면서 내가 펜과 잉크로 배우려던 것들을 고스란히 살아온 것이었다. 내가 고독 속에서 의자에 눌어붙어 풀어 보려고 하던 문제를 이 사나이는 칼 한 자루로 산속의 맑은 대기를 마시며 풀어 버린 것이었다.

나는 비참한 기분이 되어 두 눈을 감았다.

「두목, 주무시오?」 조르바가 잔뜩 부은 목소리로 물었다. 「당신 붙잡고 이야기하는 내가 병신이지!」

조르바는 툴툴거리며 자리에 누웠다. 이내 코 고는 소리가 났다.

나는 밤새 잠을 이룰 수 없었다. 그날 밤 처음 들은 꾀꼬리 우는 소리는 우리 고독을 더할 나위 없는 슬픔으로 채웠다. 나는 문득 뺨을 타고 흐르는 눈물에 흠칫했다.

목이 메었다. 나는 새벽에 일어나 우리 오두막 문 앞에서 대지와 바다를 바라보았다. 밤새 세상이 달라진 것 같았다. 내 맞은편 모래사장 위의 하루 전만 해도 색깔이 형편없이 우중충하던 가시덤불이 아침에 보니 하얀 꽃으로 잔뜩 덮여 있었다. 공기 속에는 꽃핀 레몬과 오렌지 향내가 그윽하게 풍겨 왔다. 나는 몇 걸음 걸어 나가 보았다. 이 끊임없이 되풀이되는 기적은 아무리 보아도 싫증이 나지 않았다.

그때 내 뒤로 행복에 겨운 목소리가 들렸다. 조르바가 일어나 반라의 몸으로 문께로 나선 것이었다. 그 역시 봄 풍경에 화들짝 놀란 것이었다.

「저게 무엇이오?」 그가 놀라도 크게 놀라면서 물었다. 「두목,

저기 저 건너 가슴을 뭉클거리게 하는 파란 색깔, 저 기적이 무엇이오? 당신은 저 기적을 뭐라고 부르지요? 바다? 바다? 꽃으로 된 초록빛 앞치마를 입고 있는 저것은? 대지라고 그러오? 이걸 만든 예술가는 누구지요? 두목, 내 맹세코 말하지만, 내가 이런 걸 보는 건 처음이오!」

그의 눈에서는 눈물이 흐르고 있었다.

내가 그를 불렀다. 「조르바, 혹 돌아 버린 건 아닌가요?」

「무얼 비웃고 있어요? 당신 눈에는 안 보이는가요? 두목, 봐요. 저 모든 기적 뒤에 도사리고 있는 마술을 말이오.」

그는 밖으로 달려 나와 봄철 망아지처럼 풀밭을 구르고 춤을 추었다.

해가 떠올랐다. 나는 손바닥을 펴고 그 온기를 받았다. 오르는 수액…… 부풀어 오르는 가슴…… 나무처럼 꽃을 피우는 영혼……. 영혼과 육체는 같은 물질로 빚어졌음을 실감할 수 있었다.

조르바가 다시 우뚝 섰다. 그의 머리카락에는 이슬과 흙이 묻어 있었다.

「서두릅시다, 두목. 옷을 입고 멋도 좀 부립시다. 오늘 축복 안 받고 언제 받습니까. 신부와 마을 유지들이 얼마 안 있어 이리 몰려올 겝니다. 우리가 이렇게 풀밭에서 뒹굴고 있는 걸 누가 보면 회사 꼴이 뭐라고 하겠어요? 어서 옷을 입고 칼라를 세우고 넥타이를 맬 일입니다. 표정도 좀 심각하게 지어요! 대가리는 안 달고 있어도 상관없는데, 모자는 제대로 된 걸 써야 한단 말입니다……! 이 미친놈의 세상에서는!」

우리는 옷을 입었다. 인부들이 오고 이어서 마을 유지들이 속속 도착했다.

「두목, 마음 단단히 먹어요. 오늘은 바보짓 좀 하지 말고. 우습게 보여서는 안 된단 말입니다.」

　스테파노스 신부가 앞장서서 걸어오는데 그가 입은 더러운 법의에는 깊은 주머니가 달려 있었다. 헌당식, 장례식, 결혼식, 세례성찬식…… 같은 데서 주는 것 — 건포도, 롤 케이크, 치즈 파이, 오이, 고깃덩어리, 과자 — 이면 무엇이든 그는 그 지옥같이 깊은 주머니에 뒤죽박죽으로 던져 넣었고, 그가 그런 것들을 잔뜩 담은 채 밤이 되어 집으로 돌아가면 그의 아내 파파디아는 주머니를 뒤져 모조리 꺼내고는 안경을 쓰고 이것저것 연방 호물호물 씹으며 종류별로 나누는 것이다.

　스테파노스 신부의 뒤를 이어 마을 장로들이 왔다. 우선 카페 주인 콘도마놀리오. 그는 카네아에도 가봤고 게오르기오스 왕자도 본 적이 있어서 스스로 세상을 좀 안다고 믿는 사람이었다. 이어서 소매가 넓고 눈이 부실 만큼 하얀 와이셔츠 차림에 미소를 잔뜩 띤 아나그노스티 영감. 지팡이를 짚고 애써 근엄한 표정을 지은 교장 선생. 그리고 맨 뒤로 마브란도니가 느릿느릿 무거운 발걸음으로 따라왔다. 마브란도니는 머리에 검은 머릿수건을 쓰고 검은 셔츠, 검은 구두를 신었다. 그는 마지못해 알은체를 했다. 비통하고 냉엄한 표정이었다. 그는 일행에서 조금 떨어져서 바다를 등지고 섰다.

　「우리 주 예수 그리스도의 이름으로!」 조르바가 엄숙한 소리로 말했다. 조르바가 행렬 기도를 앞장서자 나머지 사람들도 경건한 마음으로 뒤따랐다.

　까마득한 옛적 마술적인 의식의 기억이 이들 농부들의 가슴에서 되살아났다. 그들의 시선은 신부에게 못 박혀 있었다. 마치 신부가 어떤 보이지 않는 힘들과 싸워 쫓아 버리기를 바라는 것 같았다. 수천 년 전에는 마법사가 두 팔을 들고 성수를 공중에 뿌리며 신비스럽고 전능한 주문을 외웠다. 그러면 착한 정령들이 물과 땅, 하늘에서 인간을 돕기 위해 나오고 사악한 마귀들은 물러갔다.

우리는 고가 케이블의 첫 번째 기둥을 세우기 위해 파놓은 구덩이에 이르렀다. 인부들이 거대한 소나무 기둥을 옮겨 와 구덩이에다 세웠다. 스테파노스 신부가 영대를 걸치고 향로를 잡은 채 소나무 기둥을 바라보며 주문을 외기 시작했다. 「기둥이 반석 위에 서서 비바람에 흔들리지 않게 하소서, 아멘.」

「아멘!」 조르바가 성호를 그으며 천둥같이 소리를 질렀다.

「아멘!」 장로들이 중얼거렸다.

「아멘!」 인부들이 마지막으로 합창했다.

「하느님께서 그대들의 일을 축복하시고 아브라함과 이삭에게 내린 재물을 그대들에게 내리시기를.」 신부가 축원을 계속했다. 조르바는 천 드라크마짜리 지폐 한 장을 뽑아 신부의 손에다 들려 주었다.

「나의 축복도 그대에게!」 신부가 흡족해하며 축원했다.

우리는 오두막으로 돌아왔다. 조르바는 그들 모두에게 포도주와 사순절이라 고기 안 넣은 오르되브르 — 구운 문어, 튀긴 오징어, 절인 콩과 올리브 — 를 내어놓았다. 음식을 먹은 다음 손님들은 집으로 돌아갔다. 이로써 마법의 의식은 끝났다.

「무사히 치렀군요.」 조르바가 두 손을 비비면서 말했다.

그는 옷을 벗고 작업복으로 갈아입고는 다시 곡괭이를 들었다.

「어이! 성호 한 번씩 긋고 일들 하자고!」 그가 인부들에게 소리 쳤다.

조르바는 그날 하루 종일 고개도 들지 않고 일을 했다.

15미터마다 인부들은 구덩이를 파고 기둥을 세우기를 반복하며 산꼭대기까지 일직선을 만들어 갔다. 조르바는 측량하고 계산하고 명령을 내렸다. 그는 하루 종일 먹지도 않고 담배를 피우지도 않았을 뿐만 아니라 쉬지도 않았다. 그는 일 속에 완전히 빠져 있었다.

그는 내게 이런 말을 하고는 했다. 「모든 문제가 일을 어정쩡하게 하기 때문이에요. 말도 어정쩡하게 하고 선행도 어정쩡하게 하는 것, 세상이 이 모양 이 꼴이 된 건 다 그 어정쩡한 것 때문입니다. 할 때는 화끈하게 하는 겁니다. 못을 박을 때도 한 번에 제대로 때려 박는 식으로 해나가면 우리는 결국 승리하게 됩니다. 하느님은 악마 대장보다 반거들충이 악마를 더 미워하십니다!」

그날 밤 일터에서 돌아온 그는 모래 바닥 위에 털썩 드러누웠다. 지친 것이었다.

「난 여기에서 자겠어요. 여기서 새벽까지 자다가 다시 일을 시작하겠어요. 밤일 교대도 시켜야 하거든요.」

「왜 그렇게 서둘러요, 조르바?」

그는 잠깐 망설이다가 대답했다.

「왜라니요? 내가 택한 경사가 맞는지 틀리는지 어서 보고 싶어서요. 내 계산이 정확하지 않다면 거덜나는 거예요. 두목은 모르겠어요? 글러 먹은 건지 어떤지는 빨리 알수록 우리한테 좋아요.」

그는 재빨리 게걸스럽게 저녁 식사를 털어 넣었다. 잠시 뒤 해변에서 코 고는 소리가 들려왔다. 나는 꽤 오랫동안 잠을 이루지 못하고 하늘을 가로질러 가는 별들을 바라보았다. 나는 온 하늘이 천천히 움직여 가는 것을 보았다. 내 머리통도 천문대 돔처럼 별자리를 따라 움직였다. 〈그대도 함께 따라 도는 것처럼 별들의 운행을 관찰하라……〉 마르쿠스 아우렐리우스의 이 한마디가 내 가슴속에서 조화로운 울림을 지어내었다.

# 21

부활절이었다. 조르바는 멋지게 차려입고 있었다. 발에는, 마케도니아에 있는 여자 친구 하나가 자기를 위해 짜주었다던 두꺼운 가지색 털양말을 신고 있었다. 그는 초조한 듯이 우리 해변에서 가까운 언덕을 오르락내리락하고 있었다. 이따금 한 손을 짙은 눈썹 위에 올려 차양을 삼고 시골길을 바라보고는 했다.

「늑장을 부리고 있어, 이 늙은 물개가……. 늑장을 부리고 있어, 이 논다니 같은 년이…… 이 다 찢긴 깃발 같은 년이!」

번데기에서 갓 나온 나비 한 마리가 조르바의 콧수염 위에 앉으려다 그를 간질였다. 조르바는 콧바람을 불었고 나비는 조용히 날아올라 햇살 속으로 사라져 버렸다.

이날 우리는 부활절을 축복해 주려고 오르탕스 부인을 기다리고 있었다. 우리는 석쇠에다 양고기를 구웠고 모래 위에는 흰 천까지 깔고 계란도 몇 개 색칠해 두었다. 반은 재미로, 반은 진짜로 열심히, 우리는 부인을 거창하게 환영하려고 그랬던 것이다. 그 황량한 해변에서 살짝 멍청하고 향수 냄새를 풍기고 다니는 한물간 세이렌은 이상하게 우리를 매혹시키는 존재였다. 부인이 없을 때면 뭔가 빠진 듯 허전했다. 오드콜로뉴 비슷한 냄새,

오리처럼 뒤뚱거리는 걸음걸이, 약간 쉰 목소리, 희멀쑥하고 새침한 눈동자 두 개가 있어야 했던 것이다.

우리는 도금양과 월계수 가지를 꺾어 오르탕스 부인이 지날 길에 개선 아치까지 만들었다. 아치 위에는 깃발 네 개 ── 영국 기, 프랑스 기, 이탈리아 기, 러시아 기 ── 를 꽂고 한가운데 가장 높은 곳에 푸른 선을 그은 종이 한 장까지 달았다. 우리는 제독이 아니어서 대포가 없었다. 그러나 장총 두 정을 빌려 언덕에서 기다리며 물개가 구를 듯이 길을 따라 오는 모습을 발견하는 즉시 예포를 쏘기로 마음먹고 있었다. 우리는 그 황량한 해변에서 부인의 유쾌하기 짝이 없는 전성시대를 재생시키려고 했다. 그렇게 해서 그 가엾은 여자가 순간이나마 자기의 환상을 즐기며 다시 한 번 탄탄한 유방을 출렁거리는, 에나멜 뾰족구두와 실크 스타킹을 신은 젊은 여자로 되돌아가게 해주려고 했다. 그리스도의 부활이 다 무슨 소용인가? 우리 속에 젊음과 기쁨의 불꽃이 다시 살아날 수 있다는 징표가 되어 주지 못한다면? 한 늙은 〈코코트〉[37]의 기분을 다시 스물한 살로 되돌려 주지 못한다면?

「늦는군, 이 늙은 물개가……. 늦어, 이 여편네……. 늦긴 왜 늦어, 다 찢어진 깃발인 주제에!」 조르바는 자꾸 흘러내리는 가지색 양말을 연방 당겨 올리며 1분에 한 번씩 투덜거리고 있었다.

「이리 와서 앉으세요. 조르바! 와서 시원한 데서 담배나 한 대 합시다. 그리 늦지는 않을 거니까…… 조바심 떨지 말고!」

우리는 마지막으로 마을 길을 한 번 더 내려다보고는 캐러브 콩 나무 그늘에 앉았다. 정오가 가까워 몹시 더웠다. 멀리서 부활절을 알리는 종소리가 기운차게 들렸다. 이따금 바람결에 크

---

37 닭을 가리키는 어린이 말 〈꼬꼬〉. 매춘부라는 뜻도 있다.

레타 리라[38] 소리도 실려 왔다. 마을 전체가 봄철의 벌집처럼 생기 있게 잉잉거리고 있었다.

조르바가 고개를 저으면서 투덜거렸다.

「끝났어요. 예전에는 부활절이면 그리스도가 부활하는 그 시각에 내 영혼이 되살아나는 걸 느꼈는데, 그 모든 게 끝났다고요! 이제는 겨우 몸만 다시 태어납니다. 그러니까, 이 사람, 저 사람이 음식을 사주면서 이런단 말예요. 〈이거 한 입 잡수어 봐요. 그리고 저것도……〉 그러다 보면 맛있는 음식을 배에다 잔뜩 집어넣게 되지요. 그걸 다 똥으로 삭혀 내릴 수가 있습니까? 남는 게 있어서 비축이 되었다가 그게 기분이 되고 춤이 되고 노래가 되고 말다툼이 되는 거지요. 그게 바로 부활이라는 겁니다.」

그는 다시 일어서서 지평선을 내려다보고는 눈살을 찌푸렸다.

「웬 꼬맹이가 이리로 달려오는군요.」 조르바는 이렇게 말하며 뛰어 내려갔다.

소년은 발뒤꿈치를 들고 조르바의 귀에다 뭐라고 속삭였다. 조르바는 펄쩍 뒤로 물러서며 화를 내었다.

「아파?」 조르바가 큰 소리로 말했다. 「아프다고? 너 거짓말이면 맞는다!」

그러고는 내게로 돌아섰다.

「두목, 내 마을로 내려가 이 늙은 물개가 어떻게 되었나 보고 오리다. 가만, 색칠한 계란 두 개만 줘요. 가서 함께 깨뜨리게. 곧 돌아오지요.」

그는 계란을 주머니에 넣고 가지색 양말을 당겨 올리고는 언덕을 내려갔다.

---

38 세 개의 현을 가진 비올라 다 브라치오의 일종. 활에 몇 개의 방울이 달려 있어 켤 때 리듬이 더해지게 되어 있다. 요즘에는 대개 바이올린 활을 써서 연주한다.

나는 언덕에서 내려와 시원한 자갈 위에 누웠다. 바람이 잔잔하게 불어 바다에는 잔주름이 일었다. 갈매기 두 마리가 그 물결 위에 목을 잔뜩 부풀린 채 떠서 파도의 율동을 관능적으로 즐기고 있었다.

나는 물에다 배를 담근 갈매기의 상쾌한 기분을 상상할 수 있었다. 나는 갈매기를 바라보면서 생각했다. 〈그래, 저것이 우리가 가야 할 길이다. 절대적 리듬을 찾아내고, 절대적 신뢰로 그것을 따르는 것.〉

한 시간 뒤 조르바가 만족스러운 듯이 수염을 쓰다듬으며 돌아왔다.

「불쌍한 것, 감기에 걸렸더군요. 별것은 아닙니다. 지난 며칠 동안 — 사실은 성주간 꼬박이지만 — 제가 무슨 프랑코[39]라고 자정 예배에 참석했다지 뭡니까. 나 때문에 갔다는군요. 그러다 감기에 걸린 겁니다. 그래서 내가 부항으로 피를 좀 빼주고 등잔의 기름을 따라 몸을 문질러 주고 럼주 한 잔을 먹였지요. 내일이면 거뜬히 나을 겁니다. 하! 이 늙은것, 어지간히 좋았던 모양입니다. 내가 문지르니까 비둘기처럼 꿍꿍거리는 꼴 좀 보라지. 간지럽답니다!」

우리는 자리에 앉아 음식을 먹었다. 조르바가 잔을 채웠다.

「늙은것의 건강을 위해 마십시다. 악마가 이 여자 잡아갈 생각을 오랫동안 못 하기를!」

우리는 한동안 묵묵히 먹고 마셨다. 바람은, 멀리서 흡사 벌 떼처럼 잉잉거리는 리라의 정열적인 선율을 실어 왔다. 그리스도가 마을의 계단 광장에서 다시 태어나고 있었다. 희생된 양고기

---

39 동부 지중해 연안 지역 사람들은 유럽인들을 이렇게 부른다.

와 부활절 과자가 사랑의 노래로 탈바꿈해 나오고 있는 것이다.

잔뜩 먹고 마신 조르바가 털이 더부룩한 큰 귀에 손을 갖다 대었다.

「리라 소리군요……. 마을에서 춤을 추고 있는 모양입니다.」

그가 벌떡 일어났다. 술이 머리에 도착한 모양이었다.

「꼭 비둘기 한 쌍처럼, 여기 죽치고 앉아 어쩌자는 겁니까. 가서 춤시다! 먹어 치운 새끼 양에게 미안하지도 않소? 그럭저럭 방귀로 빠지게 할 셈이오? 갑시다, 가요. 가서 새끼 양이 방귀가 아닌 노래나 춤이 되게 합시다. 조르바는 부활했도다!」

「잠깐만, 조르바! 바보같이 왜 이래요? 당신, 어떻게 된 거 아니에요?」

「두목, 솔직히 말하면, 어떻게 되든 상관하지 않아요! 단지 나는 양에게 미안할 뿐이오. 빨간 계란에게 미안하고 부활절 과자와 크림치즈에게 미안할 뿐이오! 빵 조각 몇 개와 올리브 몇 알만 집어 먹었다면 나도 이럴 겁니다. 〈젠장, 잠이나 잡시다. 축하할 일이 없으니.〉 올리브나 빵 조각은 아무것도 아니잖소? 이런 것에서 뭘 기대할 수 있겠어요! 하지만, 이건 짚고 넘어갑시다. 이런 음식을 낭비하는 건 죄악이에요. 두목 갑시다, 가서 부활을 축하합시다!」

「오늘은 그럴 기분이 아니에요. 혼자 가세요. 가서 내 몫까지 추고 오면 되지 않아요?」

조르바가 팔을 붙잡고 나를 일으켜 세웠다.

「이것 봐요! 그리스도가 다시 태어났어요! 오, 내가 당신만큼 젊었더라면! 어디든 한번 이 대가리를 처넣어 볼 겁니다. 일, 포도주, 사랑, 뭐든 말이오. 나 같으면 하느님도 악마도 두렵지 않을 겁니다. 젊음이라는 건 그런 겁니다.」

「조르바, 이런 말을 하고 있는 건 당신이 아니라 양고기일 테지요? 양고기가 당신 배 속에서 이리가 되어 소리를 지르고 있는 거라고요.」

「양고기가 조르바가 된 것뿐이지요. 지금 조르바가 이야기를 하고 있는 겁니다. 내 말을 들어요. 욕하고 싶거든 나중에나 하시구려. 나는 뱃사람 신드바드…… 그렇다고 해서 세상을 다 돌아보았다는 건 아니오. 아니고말고! 하지만 나는 도둑질도 해봤고 사람도 죽여 봤고 거짓말도 해봤고 계집들도 무더기로 데리고 자본 사람, 계명이라는 계명은 깡그리 어긴 인간이랍니다. 계명이 몇 개더라? 열 개라고? 왜, 스무 개, 쉰 개, 백 개로 하지 않고? 그래 봤자 내가 다 깨뜨렸을걸! 하지만 하느님이 있다고 해도, 때가 되어 내가 그 앞에 서야 한다고 해도 하나도 겁나지 않아요. 당신에게 어떻게 알아듣게 설명해야 할지 모르겠군. 내 보기엔, 그런 건 하나도 중요할 게 없다 이거예요. 하느님이 미쳤다고 지렁이 앞에 앉아 지렁이가 한 짓을 꼬치꼬치 캔답니까? 그리고 그 지렁이가 이웃에 있는 암지렁이를 꾀어 먹고 금요일에 고기 한 입 먹었다고 하느님이 화가 나서 길길이 날뛰다가 괴로워 혼절이라도 하실 것 같소? 헹! 이 돼지죽이나 핥을 신부 놈들아, 다 꺼져 버려라! 헹!」

나는 조르바의 성미에 불을 붙일 요량으로 이렇게 꼬드겼다. 「조르바, 하느님은 당신이 뭘 먹었는지 따지지는 않을 거예요. 하지만 당신이 한 짓은 틀림없이 따질 겁니다.」

「그것도 물어보지 않을 거요! 〈그걸 당신이 어떻게 알아, 이 멍청한 조르바야!〉 이렇게 말하고 싶겠지요? 그냥 알아요! 확실히 알아요! 가령 내게 아들이 둘 있는데, 한 놈은 조용하고 조심스럽고 예의 바르고 경건하고, 또 한 놈은 탐욕스러운 천둥벌거숭이에다 계집 꽁무니나 따른다면, 내 마음은 둘째 녀석 쪽으로 기울어질 것입니다. 왜냐? 날 닮았으니까. 아니, 밤이고 낮이고 절을 하면서 동전이나 긁어모으는 저 늙은 스테파노스 신부보다 내가 하느님을 더 닮지 않았다고 할 수 있어요?

하느님도 신나게 놀고, 죽이고, 부당한 짓을 하고, 사랑을 나누고, 일을 하고, 말도 안 되는 것들을 좋아합니다. 꼭 나처럼요. 하느님도 입맛 당기는 걸 먹고 끌리는 여자를 취해요. 물 찬 제비 같은 여자가 지나가는 걸 보면 당신 가슴도 뛸 겁니다. 그런데 갑자기 땅이 갈라지고 이 여자가 사라져 버립니다. 어디로 갔을까요? 누가 이 여자를 데려갔을까요? 행실이 참한 여자라면 사람들이 〈하느님이 데려가셨다〉라고 할 거고, 행실이 걸레 같은 여자라면 사람들이 〈악마가 데려갔다〉고 할 겁니다. 하지만 두목, 몇 번이나 말했지만 다시 말하건대, 하느님이나 악마는 하나고, 똑같은 거예요!」

조르바는 단장을 짚고 모자를 삐뚜름하게 쓰고 나서 한동안 입술을 비죽거렸다. 할 말이 좀 남아 있는 것 같았다. 그러나 그는 아무 말도 하지 않고 돌아서서 마을 쪽으로 가버렸다.

저녁 햇살을 받아 길게 늘어진 그의 그림자와 휘두르는 단장이 보였다. 조르바가 지나가자 해변 전체가 다시 살아나는 것 같았다. 나는 한동안 귀를 기울이고 멀어져 가는 그의 발소리를 들었다. 철저히 혼자가 되었다고 느낀 순간 나는 벌떡 일어났다. 왜? 어디로 가려고? 나는 알지 못했다. 내 마음은 아무것도 결정하지 않았다. 벌떡 일어선 것은 내 몸이었다. 내 몸이 혼자서 나와 상의도 없이 결정하고 있었다.

〈가는 거다! 앞으로 갓!〉 내 몸이 명령했다.

나는 빠르고 단호한 걸음걸이로 마을로 향했다. 이따금 걸음을 멈추고 봄의 깊은 숨결을 만끽했다. 흙에서는 노란 카밀러 냄새가 났다. 마을로 다가설수록 레몬, 오렌지, 월계수 꽃향기가 파도처럼 내게로 진하게 밀려들었다. 저녁 하늘의 별이 까불거리며 춤추기 시작했다.

「바다, 여자, 술, 그리고 맹렬한 노동!」 나는 걸으면서 나도 모르게 조르바의 말을 중얼거리고 있었다. 「……그렇다, 바다, 여자, 술, 그리고 맹렬한 노동! 일과 술과 사랑에 자신을 던져 넣고, 하느님도 악마도 두려워하지 말지어다……. 그것이 젊음이란 것이다!」 그러면 용기를 얻을 수 있을 것처럼 나는 조르바의 말을 계속 되뇌면서 걸었다.

갑자기, 나는 목적지에 이르기라도 한 듯이 걸음을 딱 멈추었다. 어딜까? 나는 주위를 둘러보았다. 나는 과부의 뜰 앞에 이르러 있었다. 갈대와 가시배 나무 뒤에서 여자의 부드러운 콧노래 소리가 들려왔다. 나는 가까이 다가가 갈대를 헤쳤다. 거기 오렌지 나무 밑에 검은 옷을 입은, 젖가슴이 터질 듯 풍만한 여자가 있었다. 여자는 꽃가지를 꺾으며 노래를 부르고 있었다. 희끄무레한 어둠 속에서도 나는 반쯤 드러난 흰 유방을 볼 수 있었다.

나는 그대로 숨이 멎어 버렸다. 이 여자는 맹수다, 라는 생각이 들었다. 여자도 그걸 알고 있으리라. 여자에게 사내란 얼마나 가련하고, 허풍선이고, 불합리하고, 무력한 동물일 것인가! 여자는 곤충의 암컷 ─ 사마귀 암컷, 방아깨비 암컷, 거미 암컷 ─ 처럼 크고 탐욕스러워 보였다. 저 여자 역시 새벽이면 수컷을 잡아먹으리라.

여자가 내 시선을 의식했던 것일까? 여자는 갑자기 노래를 거두고 주위를 둘러보았다. 우리의 시선이 만났다. 나는 무릎이 무너지는 것 같았다. 갈대숲에서 호랑이라도 만난 것 같은 기분이었다.

「누구세요?」 여자가 주름 잡힌 목소리로 물었다. 그러고는 숄을 당겨 가슴을 가렸다. 안색이 어두워졌다.

나는 그대로 발길을 돌려 가버릴 뻔했다. 하지만 조르바가 한 말들이 갑자기 가슴에 꽉 차올랐다. 나는 기운을 그러모았다. 〈바다, 여자, 술······.〉

「납니다. 들어가게 해주세요」 내가 대답했다.

이 말을 내뱉자마자 나는 공포에 사로잡히고 말았다. 돌아서서 달아나고 싶었다. 가까스로 냉정을 찾았지만, 그런 내가 몹시 창피했다.

「나라니, 내가 누구예요?」

여자가 천천히, 그리고 조심스럽게 한 걸음 앞으로 내딛으며 내가 있는 방향으로 몸을 기울였다. 더 잘 분간하려고 눈을 가늘게 뜨더니, 다시 한 걸음 더 다가와 경계하며 머리를 앞으로 내밀었다.

갑자기 여자의 얼굴이 밝아졌다. 여자는 혀끝을 내밀더니 제 입술을 축였다.

「사장님이시군요!」 여자가 부드러운 소리로 말했다.

여자는 더 다가왔다. 웅크린 모습이 금방이라도 뛰어오를 듯한 기세였다.

「사장님이시죠?」 여자가 쉰 목소리로 물었다.

「그렇소.」

「들어오세요!」


새벽이 밝아 오고 있었다. 조르바는 집으로 돌아와 오두막 앞 해변에 앉아 있었다. 그는 바다를 내려다보며 담배를 피우고 있었다. 나를 기다리고 있었던 눈치였다.

내가 나타나자 조르바는 고개를 돌리고 나를 관찰했다. 그러더니 목을 쑥 빼고는 킁킁 냄새를 맡았다. 순간 그의 얼굴이 활짝 밝아졌다. 내게서 과부의 냄새를 맡은 것이었다.

천천히 일어난 그는 활짝 웃으면서 팔을 벌리고 나를 껴안았다.

「축복을 받으시오!」

나는 침대에 누워 눈을 감았다. 나는 조용히 규칙 바르게 호흡하는 바다의 숨소리를 들었다. 나도 갈매기처럼 파도 위에 뜬 채 파도의 율동으로 오르내리는 기분이었다. 그러다 나는 잠이 들었고 꿈을 꾸었다. 내가 본 것은, 말하자면 어떤 거대한 흑인 여자가 땅바닥에 쭈그리고 앉아 있는 모습이었는데, 그게 나한테는 화강암으로 지어진 거대한 고대의 신전 같았다. 나는 그 주위를 뱅글뱅글 돌며 필사적으로 입구를 찾으려 했다. 내 몸의 크기는 여자의 발가락보다 작았다. 발꿈치 뒤를 돌고 있을 때쯤 갑자기 동굴 같은 컴컴한 입구가 보였다. 우렁찬 목소리가 내게 명령했다. 「들어오라!」

나는 들어갔다.

정오쯤 잠에서 깨어났다. 창으로 빛줄기가 쏟아져 들어와 내 잠옷을 비추었다. 벽에 걸린 거울에 쏟아지는 빛줄기가 어찌나 강렬한지 거울을 수천 조각의 유리 파편으로 깨뜨려 뿌리는 듯했다.

거대한 흑인 여자의 꿈이 다시 생각났다. 바다의 웅얼거리는 소리도 들려왔다. 다시 눈을 감은 나는 행복했다. 몸은 가벼웠고 마음은 사냥을 끝내고 햇살 아래서 잡은 먹이를 먹고 입술을 핥고 있는 짐승의 마음이라도 된 듯이 느긋했다. 내 마음은, 몸도 또한 느긋하게 쉬고 있었다. 흡사 오래 고민하던 중대하고도 복잡한 문제에 대한 놀랍도록 간단한 해답을 발견한 듯했다.

지난밤의 그 모든 환희가 내 존재의 심연에서 다시 넘쳐 새 물길들을 만들며 퍼져 흘러, 필경은 흙으로 빚어졌을 내 육체라는 대지에 물을 대어 주고 있었다. 누워서 눈을 감고 있노라니 내 존재의 껍질이 터지면서 커지는 소리가 들리는 듯했다. 지난밤, 나는 생전 처음으로 영혼이 곧 육체, 훨씬 붓날리고 투명하고 자유롭긴 하지만 역시 육체라는 것을 깨달았다. 그리고 다소 둔하고 긴 여행으로 기진맥진해 있고 물려받은 짐에 짓눌려 있기는 하나 육체 또한 영혼이라는 사실도 깨달았다.

얼핏 그림자가 내 앞을 지나치는 것 같아 눈을 떴다. 조르바가 문께에 서서 느긋한 표정으로 나를 내려다보고 있었다.

「일어나지 말아요, 일어나지 말아요, 이 엉큼쟁이……. 오늘도 휴일이니까, 푹 자도록 해요.」 그는 부드럽게 나를 타일렀다. 어머니처럼 다정한 목소리였다.

「벌써 푹 잤는걸요.」 나는 일어나며 대답했다.

조르바가 웃으며 속삭였다. 「계란 하나 깨뜨려 줄게요. 먹으면 힘이 날 게요.」

나는 아무 말도 하지 않고 바다로 달려가 물속으로 뛰어 들어갔다가 다시 나와 햇볕에 몸을 말렸다. 아무리 씻어도 내 코, 손가락, 입술에서는 저 달콤한 냄새가 가시지 않았다. 내 몸에서는 크레타 여자들이 머리에다 바르는 오렌지 꽃물, 월계수 기름 냄새가 났다.

어제 여자는 오렌지 꽃을 한 아름 따두었다. 오늘 저녁 마을 사람들이 광장의 하얀 포플러 나무 밑에서 춤을 추느라고 교회가 비어 있을 동안 그리스도에게 바치려는 것이었다. 침대 위의 성상단(聖像壇)에는 레몬 꽃이 가득 놓여 있었다. 꽃잎 사이로 눈이 아몬드 같은 성모가 비탄에 잠겨 있는 모습이 보였다.

조르바가 계란을 담은 컵과 오렌지 두 개, 조그만 부활절 빵을 들고 해변까지 내려왔다. 그는 전장에서 돌아온 용사의 어머니처럼 나를 조용히, 자상하게 돌보아 주었다. 한동안 다정한 눈길로 나를 보다 그가 돌아서면서 중얼거렸다.

「파일론을 몇 개 더 박아야겠어.」

나는 햇빛을 받으며 음식을 씹었다. 시원한 초록 바닷물 위에 떠 있는 것 같은 깊은 육체적 행복감이 나를 사로잡았다. 나는, 내 정신이 이 육체의 환희를 가로채어 제 틀에 욱여넣고 그것으로 생각들을 만들어 내는 것을 허용하지 않았다. 머리 꼭대기에서 발끝까지 내 온몸이 한 마리 짐승처럼 환희를 즐기도록 내버려 두었다. 그러면서 이따금 무아지경에서 내 안과 밖에 있는 이 생명의 기적을 응시했다. 나는 자문했다. 무슨 일이 일어나고 있는 걸까? 무슨 일이 벌어져 세상은 이렇듯 우리의 발, 손, 배에 완벽하게 맞춰지게 되었을까? 다시 한 번 나는 눈을 감고 가만히 있었다.

돌연 나는 몸을 일으켜 오두막으로 달려갔다. 나는 붓다의 원고를 폈다. 원고는 완성되어 있었다. 최후의 붓다는 꽃핀 나무 아래 누워 있었다. 그는 손을 들어 자신을 구성하고 있던 오대(五大), 즉 지, 수, 화, 풍, 공이 흩어질 것을 명하였다.

나는 이러한 내 번뇌의 우상을 더 이상 필요로 하지 않았다. 나는 그것을 넘어섰고, 붓다에 대한 복무도 완수한 것이었다. 나역시 손을 들어 내 안을 채우고 있던 붓다에게 흩어질 것을 명하였다.

나는 황급히, 언어와 언어의 도액(度厄)하는 능력의 도움을 빌려 붓다의 몸과 마음과 정신을 유린하였다. 나는 마지막 구절을 원고에다 서슴없이 휘갈기고 한소리를 지르고 나서 붉은 연필로 내 이름을 큼지막하게 썼다. 그로써 끝이었다.

나는 뭉툭한 끈을 찾아 원고를 묶었다. 기묘한 쾌감이 느껴졌다. 무시무시한 적의 팔다리를 묶고 있는 듯한 느낌이었다. 아니면, 야만인들은 사랑하는 사람이 죽으면 시신을 꽁꽁 묶어 무덤에서 다시 기어 나오거나 귀신으로 변하지 않도록 한다는데, 그와 같은 느낌이었을지 모른다.

맨발의 조그만 계집아이 하나가 내게로 달려왔다. 노란 옷을 입은 계집아이는 빨간 계란 한 알을 꼭 쥐고 있었다. 아이는 걸음을 멈추고 겁을 잔뜩 집어먹은 얼굴로 나를 바라보았다.

「왜 그러느냐?」 내가 물었다.

꼬마는 코를 한 번 훌쩍이고 나서 작은 목소리로 대답했다.

「부인이 오시라고 해요. 지금 누워 계세요. 아저씨가 조르바라는 분이시죠?」

「알았다, 곧 가마.」

내가 빨간 계란 하나를 빈손에 마저 쥐여 주자 계집아이는 마을 쪽으로 달려갔다.

나는 일어서서 길을 따라 걸었다. 마을 사람들 소리 ── 달콤한 리라 소리, 고함 소리, 총소리, 흥겨운 노랫소리 ── 가 점점 더 크게 들려왔다. 광장에 이르러 보니 젊은이들과 처녀들이 포플러 밑에 어울려 막 춤을 시작하고 있었다. 노인들은 나무 옆의 벤치에 앉아 단장 끝에 턱을 괴고 구경하고 있었다. 늙은 여자들은 뒤에 서 있었다. 멋들어진 리라 연주자 파누리오는 4월 장미한 송이를 귀 뒤에 척 꽂고 춤추는 사람들 한가운데서 우쭐대고 있었다. 왼손으로 무릎 위에 놓인 리라를 잡고 오른손으로 활을 움직이자 리라에서 방울 소리가 났다.

「그리스도가 다시 나셨소!」 내가 지나는 길에 소리를 질렀다.

「다시 나셨고말고!」 모두가 흥겨운 소리로 대답했다.

나는 얼른 둘러보았다. 청년들은 건장하고 허리가 가늘고 아랫도리에는 풍선처럼 부푼 짧은 바지를 입고 머리에는 두건을 썼다. 두건에 달린 장식 술이 이마와 관자놀이로 고수머리처럼 흘러내리고 있었다. 처녀들은 목에 금속 장식을 걸고 수놓은 숄을 두른 채 눈을 내리깔고 기대에 부풀어 떨고 있었다.

「웬만하면 여기 오셔서 함께 즐기시지요, 선생님!」 몇 사람이 나를 불렀다.

그러나 나는 이미 저만큼 지나쳐 있었다.

오르탕스 부인은, 어디를 가나 정성스럽게 끌고 다녔을 터인 유일한 가구인 커다란 침대 위에 덩그러니 누워 있었다. 뺨은 열로 발갛게 상기되어 있었다. 게다가 기침까지 했다.

나를 보자 오르탕스 부인은 한숨을 쉬었다.

「조르바는? 우리 조르바는 어디 있어요?」

「조르바 역시 성치 못해요. 부인이 몸져누운 날 조르바 역시 병이 났으니까요. 부인의 사진을 꼭 쥐고 들여다보며 한숨만 쉬고 있답니다.」

「그리고요? 그래서 어떻게 되었는지 말씀해 주세요.」 늙은 세이렌은 행복에 겨운 나머지 눈을 감고 중얼거렸다.

「날 보내서 혹 필요한 게 없나 알아보고 오라고 합디다. 오늘 저녁에는 직접 오겠대요. 조르바 역시 성치 못하면서도 말입니다. 더 이상은 떨어져서 참을 수가 없다는 것입니다.」

「더…… 더 얘기해 봐요…….」

「조르바는 아테네서 전보를 받았어요. 웨딩드레스와 화환이 다 되었다는군요. 배에 실었으니까 곧 도착할 거랍니다. 흰 초와 핑크빛 리본도 선적했다는군요…….」

「계속하세요……. 계속하세요…….」

잠이 승리했다. 부인의 숨결이 달라졌다. 헛소리를 하기 시작했다. 방에서는 오드콜로뉴와 암모니아와 땀내가 뒤섞인 냄새가 났다. 열린 창문으로는 마당의 닭과 토끼의 똥 냄새가 들어왔다.

나는 일어서서 살며시 방을 빠져나왔다. 문께에서 미미코를 만났다. 새 바지와 새 구두를 신고 귀 뒤에는 나륵꽃 한 송이까지 척 꽂고 있었다.

「미미코. 칼로 마을에 갔다 오지 않으런? 의사를 모셔 오너라.」

미미코는 내 말이 채 끝나기도 전에 구두를 벗어 들었다, 칼로 마을로 가면서 구두를 더럽히고 싶지 않았던 그는 구두를 겨드랑이에 꼈다.

「의사 선생님을 만나거든 내 안부 인사를 전해 드리고 말을 타고 이리 꼭 오시라고 해라. 부인이 위독하시다고 전해. 가엾은 부인이 감기에 걸려 열이 몹시 높아 돌아가시게 생겼거든. 잊지 말고 전해. 자, 출발해!」

「알았심다!」

그는 두 손에 침을 탁 뱉고 문지르면서도 꼼짝할 생각을 안 했다. 나를 보고 한쪽 눈을 찡긋해 보이면서 징그럽게 웃을 뿐이었다.

「어서 가! 어서 떠나라고 하지 않던?」

그는 여전히 꿈쩍도 하지 않은 채, 눈을 찡긋하며 악마처럼 미소를 지었다.

「선생님! 선생님께 선물로 드리는 오렌지 꽃물을 한 병 받아 오두막에 갖다 놓았는데요.」

그러고는 가만있었다. 누가 주더냐고 묻기까지 기다릴 셈인 모양이었다. 그러나 나는 묻지 않았다.

353

「누가 줬는지 알고 싶지 않으세요?」 미미코가 키득거렸다. 「머리에다 바르시라고 그 여자분이 그러셨어요. 냄새가 좋게.」

「가보라니까, 빨리! 그리고 그 입 좀 닥쳐!」

그는 웃으면서 손바닥에 다시 한 번 침을 뱉었다.

「가지요! 그리스도가 다시 나셨습니다!」

미미코는 이렇게 소리치고 사라졌다.

# 22

포플러 아래서 부활절 축제의 춤이 흐드러지고 있었다. 춤을 주
도하고 있는 사람은 키가 크고 피부 빛이 가무잡잡한 스무 살가
량의 청년이었다. 뺨에는 면도칼이 닿은 적 없는 솜털로 덮여 있
었다. 열린 셔츠 깃 사이로 까만 가슴이 내보였다. 가슴은 곱슬곱
슬한 털로 덮여 있었다. 고개를 뒤로 젖히고 날개처럼 두 다리로
땅을 차면서 그는 이따금 어떤 처녀에게 눈길을 던졌는데, 그때
마다 눈의 흰자위가 검게 그을린 얼굴에서 불안스럽게 번득였다.

나는 매혹과 동시에 두려움을 느꼈다. 오르탕스 부인의 집에
서 돌아오는 길이었다. 여자 하나를 불러 오르탕스 부인의 시중
을 들게 해놓았다. 그래서 좀 마음이 놓여 크레타 춤 구경을 온
것이었다. 나는 아나그노스티 영감이 앉아 있는 벤치로 다가가
그의 옆에 앉았다.

「춤을 이끌고 있는 저 젊은이가 누굽니까?」 내가 물었다.

아나그노스티 영감은 한차례 웃고는 대답했다.

「저 녀석은 영혼을 앗아가는 천사장 같은 녀석이이에요. 양치
기 시파카스예요. 1년 내내 산간을 돌며 양을 치다가 부활절이
되면 내려와서 사람도 만나고 춤도 춥니다.」

355

그는 한숨을 쉬고는 말을 이었다.

「내게도 저런 젊음이 있다면! 내게도 저런 젊음이 있다면, 젠장, 콘스탄티노플도 단숨에 쓸어버릴 수 있겠는데!」

젊은이가 고개를 흔들면서 사람의 소리가 아닌, 발정한 숫양 비슷한 소리를 내었다.

「리라를 울려, 파누리오! 저승의 뱃사공 카론이 죽어 버릴 때까지!」

순간순간 죽음이 죽고 다시 태어났다. 삶이 그러하듯이. 수천 년 동안, 선남선녀들은 봄 나무의 신록 아래에서 ― 포플러 나무 밑에서, 전나무 밑에서, 떡갈나무, 참나무, 플라타너스, 키다리 종려수 밑에서 ― 춤을 추어 왔고, 또 그렇게 수천 년을 욕망에 사로잡힌 얼굴로 춤을 출 것이다. 얼굴들은 바뀌고 바스라지고 흙으로 돌아가도, 다른 얼굴들이 나타나 그 자리를 대신할 것이다. 거기, 춤추는 자는 오직 하나다. 다만, 천 개의 가면이 있을 뿐이다. 그는 영원히 스무 살이다. 그는 죽지 않는다.

젊은이는 손을 들어, 있지도 않은 턱수염을 쓰다듬고는 소리를 질렀다.

「켜, 리라를 켜라니까! 켜, 파누리오, 안 켜면 나 터져 버릴 거야!」

리라 연주자가 손을 움직이자 리라가 화답했다. 방울이 땡그랑거리기 시작했고 젊은이는 공중으로 뛰어올라 뜬 채로 발을 세 번 부딪쳤다. 사람의 키 높이로 뛰어오른 그의 장화 코가 마을 경관 마놀라카스의 둥그런 머리의 하얀 머릿수건을 벗겼다.

「브라보, 시파카스!」 사람들이 고함을 질렀다. 처녀들은 떨면서 눈을 내리깔았다.

그러나 젊은이는 말이 없었고 아무에게도 눈길을 주지 않았다. 야성적이면서도 자제력이 강해 보이는 그는 왼손을 펴 날씬하고 강건한 자기 허벅다리를 짚으며 시선을 내리간 채 묵묵히 춤만 추었다. 춤은 늙은 성당지기 안드룰리오가 광장으로 뛰어들어 두 손을 쳐들고 소리를 지르는 바람에 그치고 말았다.

「과부다! 과부야!」 안드룰리오가 숨을 헐떡거리면서 소리쳤다.

제일 먼저 자리에서 일어나, 춤추는 마을 사람을 헤치고 그에게 다가간 것은 마을 경관 마놀라카스였다. 광장에서도 교회가 보였다. 교회는 나륵풀과 월계수 가지로 치장되어 있었다. 춤추던 사람들이 멈추어 섰다. 모두 피가 역류하는 듯한 인상들이었다. 노인들도 자리에서 일어났다. 파누리오는 리라를 무릎 위에 내려놓고 귀에 꽂았던 4월 장미를 뽑아 냄새를 맡았다.

「어디 있소, 안드룰리오? 그 과부 년이 어디에 있단 말이오?」 누군가가 끓어오르는 분을 삭이며 물었다.

「교회 안에 있습니다. 조금 전에 교회로 들어갔습니다. 레몬꽃을 한 아름 안고 말이죠!」

「가자, 그년에게.」 마을 경관이 소리치며 앞서 달렸다.

바로 그때 과부가 교회 문 앞에서 모습을 나타내었다. 머리에는 검은 머릿수건을 쓰고 있었다. 여자는 성호를 그었다.

「저년, 이 화냥년, 더러운 살인자!」 군중 속에서 누군가가 부르짖었다. 「더러운 살인자인 주제에 뻔뻔스럽게 여기 낯짝을 내밀어! 저년 잡아라! 저년은 우리 마을을 더럽혔어!」

몇 명은 교회 쪽으로 앞서 달리는 마을 경관을 따라갔고 몇 명은 여자에게 돌을 던졌다. 돌 하나가 여자의 어깨에 맞았다. 여자는 비명을 지르며 두 손으로 얼굴을 가리고 뛰기 시작했다. 그러나 젊은이들이 이미 교회 문에 도착한 뒤였다. 마놀라카스는 이미 단도를 빼어 들고 있었다.

과부는 비명을 지르며 뒤로 물러섰다가 얼굴을 감싸 쥐고 비

357

틀거리며 교회 안으로 피신하려 했다. 그러나 문턱에는 마브란 도니가 버티고 서 있었다. 그는 두 팔을 벌려 문을 막아 버렸다.

과부는 옆으로 비켜서서 마당의 커다란 삼나무 밑으로 다가갔다. 돌멩이 하나가 바람을 가르고 날아와 과부의 머리를 때리며 머릿수건을 찢어 놓았다. 머리카락이 풀려나와 어깨 위로 출렁거리기 시작했다.

「제발! 제발!」 과부는 삼나무에 붙어 서면서 울부짖었다.

광장 앞줄의 마을 처녀들은 눈앞에서 펼쳐지는 광경에 잔뜩 흥분한 나머지 흰 머릿수건을 잘근잘근 씹었다. 늙은 여자들은 벽에 기대선 채로 〈죽여라, 그년 죽여라!〉 하고 소리를 질러 대고 있었다.

두 젊은이가 달려가 여자를 붙잡았다. 검은 블라우스가 찢겨 나가면서 대리석처럼 하얀 유방이 번쩍거렸다. 머리에서 난 피가 이마와 뺨, 그리고 목을 타고 흘러내렸다.

「제발! 제발!」 여자는 울부짖었다.

흐르는 피와 하얗게 번쩍거리는 유방이 젊은이들의 피를 끓게 했다. 그들의 혁대에서 단도가 하나둘씩 뽑혀 나오기 시작했다.

「잠깐! 그년은 내 거야!」 마브란도니가 소리쳤다.

마브란도니는 그때까지도 두 팔을 벌린 채 교회 문턱에 서 있었다. 모두 멈추었다.

「마놀라카스.」 그가 깊숙한 목소리로 말했다. 「네 사촌의 피가 네 몸속을 흐르고 있다. 그놈 영혼에 안식을 주어라!」

나는 기어올랐던 담벽에서 뛰어내려 교회 쪽으로 달렸다. 그러나 돌부리를 차고는 땅바닥에 꼬꾸라졌다.

바로 그때 시파카스가 내 앞을 지나쳤다. 그는 허리를 구부려, 고양이를 다루는 것처럼 내 목덜미를 붙잡아 나를 일으켜 세워 주었다.

「당신 같은 사람이 끼어들 대목이 아니니, 썩 꺼지시오!」 시파
카스가 소리쳤다.

「시파카스, 자네는 저 여자가 불쌍하지도 않은가? 여자에게
자비를 베풀게!」 내가 소리쳤다.

야만스러운 산사람은 나를 비웃었다.

「내가 여자인 줄 아시오? 자비를 베풀라고 하게? 나는 이래 봬
도 남자란 말이오!」

그는 이미 교회 앞마당에 가 있었다.

나는 그를 바싹 따라붙었지만 숨이 찼다. 모두가 과부를 둘러
싸고 있었다. 무거운 침묵이 감돌았다. 들리는 소리는 희생자의
헝클어진 숨소리뿐이었다.

마놀라카스가 성호를 긋고 앞으로 나서며 단도를 쳐들었다.
담벽을 기대고 선 늙은 여자들은 환호성을 질렀다. 젊은 처녀들
은 머릿수건을 당겨 얼굴을 가렸다.

과부가 눈을 들다 머리 위의 단도를 보았다. 여자는 암소처럼
부르짖었다. 그리고 삼나무 밑둥에 주저앉아 머리를 두 어깨 사
이에 파묻었다. 머리카락이 땅을 가렸다. 오열을 삼키는 목이 어
스름한 빛에 번쩍거렸다.

「하느님의 정의로 심판한다!」 마브란도니는 이렇게 소리치며
성호를 그었다.

그러나 그 순간 우렁찬 목소리가 우리 뒤에서 터져 나왔다.

「칼을 내려놔, 이 백정 같으니라고!」

모두가 깜짝 놀라 뒤를 돌아다보았다. 마놀라카스도 고개를
돌렸다. 조르바가 그의 앞에서 시퍼렇게 화를 내며 주먹을 휘두
르고 서 있었다. 그가 호령했다.

「창피하지도 않나? 사내들이란 것들이 무더기로, 아니 온 마을이 여자 하나를 죽이려고 몰려다니게? 작작들 하쇼! 크레타 섬 전체를 망신시키려고 그래?」

「자네 일이나 걱정하소, 조르바! 이런 데는 코빼기를 내미는 게 아니야.」 마브란도니가 으르렁거렸다.

그러고는 다시 조카를 돌아보면서 호령했다.

「마놀라카스! 그리스도와 동정녀의 이름으로, 찔러라!」

마놀라카스가 펄쩍 뛰어올랐다. 그는 과부를 붙잡아 땅바닥에 팽개치고는 무릎으로 여자의 배를 누른 채 단도를 치켜 올렸다. 그러나 순간 조르바가 뛰어들어 그의 팔을 붙잡고 머릿수건을 감아쥔 손으로 마놀라카스의 단도를 빼앗으려 애썼다.

이 틈에 몸을 일으켜 무릎을 꿇은 상태가 된 여자는 도망갈 길을 찾으려 두리번거렸다. 하지만 마을 사람들이 예배당 문을 막아섰고, 교회 마당 둘레와 벤치들 위에 서서 에워싸고 있었다. 여자가 틈을 찾으려 하자 그들이 더 가까이 다가서면서 원은 더 좁아지고 있었다.

그동안 조르바는 민첩하고 단호면서도 침착하게 싸우고 있었다. 교회 문 가까운 곳에서 나는 초조해하며 보고 있었다. 마놀라카스의 얼굴은 분노로 자줏빛이 되어 있었다. 시파카스와 몇몇 젊은이들이 마놀라카스를 도우러 다가서고 있었다. 그러나 마놀라카스는 눈알을 굴리며 분개해서 소리쳤다.

「비켜서! 비켜서란 말이다! 한 놈도 가까이 오지 마!」

그는 다시 맹렬하게 조르바를 공격했다. 그는 황소처럼 머리로 조르바를 들이받았다.

조르바는 아무 말 없이 입술을 깨물었다. 그는 경관의 오른팔을 죔틀처럼 틀어쥐고 상대의 박치기 공격을 요리조리 피했다.

분노로 반미치광이가 된 마놀라카스가 밀고 나와 조르바의 귀를 꽉 물고는 있는 힘을 다해 물어뜯었다. 피가 뿜어져 나왔다.

「조르바!」 내가 놀라 소리쳤다. 나는 그를 구하려고 뛰어들었다.

「비켜요, 두목! 나서지 말란 말이오!」 조르바가 외쳤다.

그는 주먹을 쥐고 있는 힘을 다해 마놀라카스의 아랫배에다 박아 넣었다. 마놀라카스는 그 일격에 벌렁 나가떨어졌다. 그제야 그의 앙다물었던 이가 벌어지면서 반쯤 찢긴 조르바의 귀 조각이 빠져나왔다. 자줏빛이던 낯빛이 창백해졌다. 조르바는 그를 땅바닥에다 팽개치고는 단도를 빼앗아 교회 담벼락 너머로 던져 버렸다.

조르바는 흐르는 피를 손수건으로 막았다. 그러고는 얼굴을 문질렀는데 얼굴은 피와 땀으로 얼룩져 있었다. 그는 일어나서 주위를 둘러보았다. 눈은 부어 있고 빨갛게 충혈되어 있었다. 그가 과부를 내려다보며 소리쳤다.

「일어나 나랑 갑시다!」

그는 먼저 교회 문 쪽으로 걸음을 옮겨 놓았다.

과부는 일어났다. 그러고는 앞으로 달려 나가려고 전신의 힘을 모았다. 그러나 달려 나갈 시간이 없었다. 늙은 마브란도니 영감이 민첩한 매처럼 과부를 덮쳐 땅바닥에 쓰러뜨리고는 치렁거리는 머리카락을 팔에 세 번 두르고는 칼로 일격에 목을 잘라 버렸다.

「이 죄악의 책임을 내가 진다!」 마브란도니는 이렇게 소리치며 잘라 낸 과부의 목을 교회 문턱에다 팽개쳤다. 그러고는 성호를 그었다.

조르바는 고개를 돌려 그 끔찍한 광경을 보게 되었다. 그는 전율하면서 수염을 잡아채더니 한 줌은 좋이 뽑아내었다. 나는 그에게 다가가 그의 팔을 잡았다. 조르바는 나를 내려다보았다. 두 줄기 눈물이 그의 뺨을 타고 흘렀다.

「갑시다, 두목.」 그가 질식할 듯한 목소리로 말했다.


그날 밤 조르바는 아무것도 먹으려고도 마시려고도 하지 않았다. 단지 이렇게 말했을 뿐이었다. 「목이 꽉 막혀요. 아무것도 넘어갈 것 같지 않아요.」 그는 귀를 찬물로 씻고 라키 술에 적신 솜으로 싸고는 붕대를 감았다. 침대 위에 앉아 두 손으로 머리를 감싼 채 시름에 잠겨 있었다.

나 역시 벽 가까운 바닥에 팔꿈치를 괴고 엎드려 있었다. 뜨거운 눈물이 천천히 내 뺨을 타고 흘러내렸다. 머리가 멈춰 버렸고, 아무 생각도 하지 못했다. 나는 슬픔에 복받쳐 우는 어린애처럼 그렇게 꺽꺽 울었다.

그때 조르바가 고개를 들더니 감정을 밖으로 내쏟았다. 종잡을 수 없는 감정을 그는 이런 말로 쏟아 내었다.

「두목! 이놈의 세상에서 일어나는 일은 하나같이 불의, 불의, 불의입니다! 나는 이놈의 세상에 끼지 않겠어요. 암, 나 조르바, 벌레 같은 놈, 굼벵이 같은 놈이지만 어림없고말고! 왜 젊은것은 죽고 늙은것들은 살아야 하나요? 왜 어린것들이 죽습니까! 아들 녀석이 하나 있었어요. 이름이 디미트리였지요. 나는 이놈을 세 살 때 잃었습니다. 그래요...... 나는 이 생각만 하면 절대로, 절대로 하느님을 용서할 수 없어요, 아시겠어요? 내 죽는 날 하느님이 내 앞에 낯짝을 내밀면, 그리고 그 작자가 진짜 하느님이라면, 부끄러운 꼴 좀 당할 거예요! 그래요. 하느님은 이 조르바, 이 버러지 같은 놈 앞에 부끄러워서 낯짝을 내밀지도 못할 거예요!」

그는 상처가 아픈 듯이 눈살을 찌푸렸다. 상처에서 다시 피가 흘렀다. 그는 비명을 지르지 않으려고 입술을 꽉 깨물었다.

「기다려요, 조르바! 내가 붕대를 갈아 줄 테니까!」

나는 그의 귀를 다시 라키 술로 씻고 오렌지 꽃물을 가져왔다. 오렌지 꽃물은 과부가 내게 보낸 것으로 내 침대에 놓여 있었다. 나는 거기에 솜을 적셨다.

「오렌지 꽃물이에요?」 조르바가 향기를 한껏 들이켰다. 「아하, 오렌지 꽃물…… . 내 머리에 좀 부어 주죠. 옳지, 바로 그거야! 내 손에도 부어요. 몽땅 부어 버려요! 옳지 옳지!」

그는 다시 생기를 되찾았다. 나는 놀란 얼굴로 그를 바라보았다.

「꼭 과부네 정원으로 들어가는 기분이군요.」 그가 말했다.

그리고 그는 다시 자신의 애도를 시작했다.

「도대체 얼마나 오랜 세월이 걸렸겠어요!」 그는 중얼거렸다. 「이 땅이 그런 몸을 만들어 낼 수 있기까지, 도대체 얼마나 오랜 세월이 걸렸겠어! 그 여자를 보고 이런 생각 안 들었어요? 〈오, 내 나이 스물이고 이 땅의 인류는 깡그리 절멸하고 저 여자와 나만 남아 저 여자에게 아이들을 낳게 해주었으면! 아니, 그건 아이들이 아니라, 진정한 신들이겠지…….〉 그런데, 이게 웬…….」

그는 벌떡 일어났다. 눈에는 눈물이 그득했다.

「두목, 참을 수가 없어요. 산책 좀 하고 와야겠어요. 산을 두어 번 오르내려 내 몸을 피로로 잔뜩 채워야 오늘 밤 잠잠할 겁니다. 오, 과부여! 내 그대를 위해 미롤로그[40]를 불러야 할 것 같구나!」

그는 밖으로 뛰어나가 산 쪽을 향하더니 곧 어둠 속으로 사라졌다.

나는 침대에 누워 등불을 껐다. 그리고 내 졸렬하고도 비인간

40 현대 그리스인들이 부르는 장송곡이나 만가(輓歌).

적인 습관에 따라 다시 한 번 현실을 왜곡하기 시작했다. 현실에서 피와 살과 뼈를 제거하여 추상적 관념으로 환원시키고, 그것을 일반적 법칙들과 연결시켜 지금 일어난 일은 결국 필연적이었다는 끔찍한 결론에 도달했다. 더 나아가, 오늘의 비극은 우주적인 조화(調和)에 기여했다는 것이었다. 결국 나는 일어나야 할일이 일어난 거라는 최종의 가증스러운 위안에 이르렀던 것이다.

과부가 학살된 사건은 내 두뇌, 즉 여러 해에 걸쳐 모든 독이 꿀로 바뀌어 온 이 벌통 속에 들어와, 온통 뒤흔들어 놓았다. 하지만 내 철학은 즉각 이 무서운 경고를 붙잡아서는 이미지들이며 장식들로 둘러싸서 재빨리 위험하지 않은 것으로 만들었다. 마치 꿀벌들이 꿀을 강탈하러 침범한 굶주린 뒹벌을 밀랍으로 감싸 봉해 버리듯이 말이다.

몇 시간 후, 과부는 하나의 상징으로 변하여 내 기억 속에서 조용하고도 평화롭게 안식하고 있었다. 과부는 내 마음속에서 밀랍으로 감싸여, 더 이상 내 안에 공황감을 퍼뜨릴 수도, 내 두뇌를 마비시킬 수도 없게 되었다. 이날의 끔찍한 일들은 시공간 속으로 확장되어 나가, 과거의 대문명들에 합류하였고, 또 이 대문명들은 지구의 운명과 합류하고, 지구의 운명은 우주의 운명에 합류하였다. 이런 식으로 하여 과부는 삶의 대법칙들에 순종하여 그녀를 죽인 자들과 화해하여 평온하고도 고정된 모습으로 화했던 것이다.

내게 시간이 그 진정한 의미를 드러냈다. 과부는 수천 년 전인에게 문명 시대에 죽은 것이며, 크노소스의 고수머리 처녀들은 오늘 아침에 이 아름다운 바닷가에서 죽은 것이다.

늘 그렇듯이 잠이 나를 이겼다. 어느 날 죽음 역시 그러하리라. 나는 어둠 속으로 빨려 들어갔다. 조르바가 돌아오는 소리도 듣지 못했다. 아니, 돌아와 있었는지, 돌아오지 않았는지, 나는 그 것도 알지 못했다. 이튿날 아침 내가 처음 보았을 때, 조르바는 산에서 인부들에게 소리를 지르고 욕지거리를 해대고 있었다.

인부들이 하는 짓은 하나도 그의 성에 차지 않는 모양이었다. 그는 말을 잘 듣지 않는 인부 셋을 해고하고 손수 곡괭이를 잡고 는 바위 사이를 파고 구덩이 자리로 예정된 곳의 관목을 잘랐다. 그는 산으로 올라가, 소나무를 잘라 내리던 인부들을 보고도 소 리를 질렀다. 그중 하나가 웃으며 투덜대자 조르바는 그 인부를 덮쳤다.

그날 밤 조르바는 잔뜩 지친 모습으로, 옷은 넝마 조각이 된 채 돌아왔다. 그는 해변으로 내려와 내 옆에 앉았다. 좀체 입을 열지 않았지만 열었다 하면 목재, 케이블, 갈탄 이야기였다. 그의 말투는 영락없이, 그곳을 확 휩쓸어 수지를 맞출 대로 맞추고 훌 쩍 떠버리려는 청부업자의 말투였다.

자기 위안 단계에 이른 나는 과부 이야기를 하려 했다. 조르바 는 그 긴 팔을 쑥 내밀어 손바닥으로 내 입을 막아 버렸다.

「닥쳐요!」 그가 구겨진 목소리로 말했다.

나는 닥쳤다. 부끄러웠다. 〈진짜 사내란 이런 거야…….〉 나는 조르바의 슬픔을 부러워하며 이런 생각을 했다. 그는 피가 덥고 뼈가 단단한 사나이……. 슬플 때는 진짜 눈물이 뺨을 흐르게 했 다. 기쁠 때면 형이상학의 채로 거르느라고 그 기쁨을 잡치는 법 이 없었다.

이런 식으로 사나흘이 흘렀다. 조르바는 먹지도 마시지도 쉬 지도 않고 줄기차게 일했다. 그는 기초 작업 중이었다. 어느 날 밤 나는 부불리나 여사가 아직 병상에 있고 의사는 아직 오지 않 았으며 꿈결에 조르바의 이름을 부르며 헛소리를 하고 있다는 이야기를 그에게 했다.

그는 주먹을 쥐고는 딱 한 마디 했다.

「알았어요.」

다음 날 아침 그는 새벽같이 마을로 갔다가 곧 오두막으로 돌아왔다.

「만나고 왔어요? 어떻습디까?」 내가 물었다.

「오르탕스는 아무 문제 없어요.」 그가 대답했다. 「죽을 거예요.」

그러고는 훌쩍 일터로 떠났다.

그날 밤에도 그는 저녁도 먹지 않고 단장을 들고는 나갔다.

「어딜 가세요? 마을로 가시게요?」

「아니요. 산책 좀 하려고요. 곧 돌아올 겁니다.」

그는 큰 결심이나 한 듯이 마을 쪽으로 걸음을 옮겨 놓았다.

나는 지쳐 잠자리에 들었다. 내 마음은 다시 온갖 세상사를 다시 만나고 있었다. 추억과 슬픔이 돌아왔다. 내 생각은 머나먼 이상으로 흘러갔다가 다시 돌아와 조르바 옆에 머물렀다.

문득, 조르바가 마놀라카스를 만나는 날에는, 이 덩치 좋은 크레타인이 조르바를 해칠 것이라는 데 생각이 미쳤다. 마놀라카스가 며칠 동안 집 안에만 처박혀 있다는 소문이 돌았다. 부끄러워 마을에도 못 나다니는 그는 입버릇처럼 조르바를 만나면, 정어리 씹듯이 이빨로 작신작신 저며 놓겠다고 벼른다는 것이었다. 인부 중의 하나는 그가 무기를 들고 한밤중에 오두막 주위를 배회하더라는 이야기도 했다. 만일 오늘 저녁 그들이 마주치기라도 한다면 살인이 날지도 몰랐다.

나는 일어나 서둘러 옷을 입고 마을 쪽으로 들어섰다. 조용한 밤바람에는 야생 오랑캐꽃 향내가 묻어 있었다. 얼마 후 나는, 몹시 지친 몸을 이끌고 천천히 마을 쪽으로 걷고 있는 조르바를 발견했다. 그는 이따금 걸음을 멈추고 별을 바라보면서 귀를 기울였다. 그러고는 조금 잰걸음으로 다시 걸었다. 나는 돌멩이를 때리는 그의 단장 소리를 들을 수 있었다.

조르바는 과부의 정원으로 다가서고 있었다. 밤공기 속에는 레몬 꽃과 인동덩굴 냄새가 났다. 정원의 오렌지 나무 밑에는 꾀꼬리가 봄날의 시냇물 흐르는 듯한 맑은 목소리로 설움에 겨운 노래를 불렀다. 꾀꼬리는 숨이 막힐 듯이 울어 댔다. 조르바가 걸음을 멈추고 그 노래를 들었다.

그때 갈대 울타리가 갈라지면서 잎새가 칼날 부딪치는 소리를 내었다.

「거기 너! 이 늙은 망령 같으니. 마침내 너를 찾아냈구나!」화가 잔뜩 난, 우렁찬 목소리가 호령했다.

내 피가 싸늘하게 얼어붙는 것 같았다. 누구 목소리인지 알 것 같았다.

조르바가 앞으로 나서며 단장을 든 채 걸음을 멈추었다. 나는 별빛으로 그의 일거수일투족을 볼 수 있었다.

거대한 사나이가 갈대 울타리에서 뛰어나왔다.

「누구신가?」 조르바가 목을 빼며 물었다.

「나다, 마놀라카스.」

「자네 갈 길이나 가소! 실없이 굴지 말고!」

「날 망신시키고 성할 줄 알았소?」

「나는 자네를 망신시킨 일 없네, 마놀라카스! 실없이 굴지 말라고 했네. 자네는 크고 강한 사람이야. 운이 안 따라 준 거지⋯⋯. 운한테 눈구멍이 없다는 건 자네도 알 텐데?」

「운 좋아하시네, 눈구멍 좋아하시네.」 마놀라카스가 부르짖었다. 그가 이를 빠드득 가는 소리가 내 귀에까지 들렸다. 「나는 내

부끄러움을 씻어야겠소. 그것도 오늘 밤에. 칼은 있겠지?」

「없네. 단장뿐이네.」 조르바가 대답했다.

「그럼 가서 단도나 갖고 오라고. 기다릴 테니까, 빨리!」

조르바는 움직이지 않았다.

「얼었군! 빨리 갔다 오라고 했어.」 마놀라카스가 비웃었다.

「칼은 뭐 하게?」 조르바가 물었다. 그도 조금씩 흥분하고 있었다. 「그걸로 내가 뭘 해? 교회에서 우리가 어떻게 했더라? 자네는 단도를 가졌고 나는 맨손이었던 것 같은데……. 근데 내가 자네를 누르지 않았던가?」

마놀라카스가 불같이 화를 내었다.

「얼씨구, 약까지 올리시네. 하지만 약 올릴 때를 잘못 골라잡으셨어. 내겐 무기가 있고 당신은 빈손이란 걸 잊지 마시도록. 가서 단도 갖고 오라고, 이 거지 같은 마케도니아 영감아. 칼을 갖고 와야 겨룰 것 아녀!」

조르바가 손을 들어 단장을 버렸다. 나는 단장이 갈대 위로 떨어지는 소리를 들었다.

「자네 칼도 버려!」 그가 소리쳤다.

나는 발꿈치를 들고 살금살금 다가갔다. 별빛으로 나는 역시 갈대 위로 떨어지는 칼날을 볼 수 있었다.

조르바가 손바닥에다 침을 탁 뱉었다.

「오너라!」 그가 예비 동작으로 한차례 공중으로 뛰어올라 보이며 말했다.

그러나 두 사람이 엉겨 붙기 전에 가운데로 내가 뛰어들면서 소리쳤다.

「그만둬요! 이것 보세요, 조르바. 그리고 마놀라카스, 이리 와요. 부끄러운 줄 아셔야지.」

두 사람은 천천히 내게로 왔다. 나는 두 사람의 오른손을 잡았다.

　　「악수하세요! 둘 다 좋은 분들이에요. 그런 분들이 이렇게 싸워서 될 일입니까?」

　　「이자가 내 명예를 더럽혔소!」 마놀라카스가 내 손을 뿌리치려고 흔들며 말했다.

　　내가 그를 달랬다. 「당신 명예는 그렇게 쉽사리 더럽혀지지 않아요. 당신이 용감한 사람이라는 건 온 마을이 다 압니다. 전날 교회에서 있었던 일일랑 잊어버립시다. 서로의 불행이오. 이제 그건 지나간 일, 다 끝난 일 아닙니까? 그리고 조르바가 타향 사람이라는 걸 잊지 마시오. 그래요, 마케도니아 사람이오. 타향 사람에게 손찌검하는 건 우리 크레타 사람들이 할 짓이 아니오. 자, 이리 와요. 손 좀 내밀고…… 그게 진짜 용맹이오. 마놀라카스, 함께 우리 오두막으로 갑시다. 가서 마시면서, 소시지도 1미터쯤 잘라 먹으면서 우리 우정을 기립시다!」

　　나는 마놀라카스의 허리를 안고 조르바에게서 떼어 놓으면서 말을 이었다.

　　「그리고, 저 양반은 늙었어요. 당신같이 펄펄한 장사가 저런 늙은이를 때려서야 어디 쓰겠소?」

　　마놀라카스는 어느 정도 누그러졌다.

　　「어쩔 수 없군. 선생을 봐서 그리하리다.」

　　마놀라카스는 몇 걸음 다가가더니 조르바에게 그 큰 손을 내밀었다.

　　「악수합시다, 조르바. 다 끝난 일이고 이미 잊어버린 거요. 손을 주시오.」 그가 말했다.

　　「내 귀를 뜯어 먹었으니 퍽이나 큰 도움이 될걸세! 자, 내 손 여기 있네!」 조르바가 말했다.

두 사람은 서로의 손을 꽉 쥐고 흔들다가, 점점 더 세게 힘을 가하면서 서로를 노려보았다. 나는 그들이 다시 맞붙을까 겁이 났다.

「손아귀 힘이 좋군, 마놀라카스. 자넨 다부진 친구야, 아주 씩씩해!」 조르바가 말했다.

「당신도 손아귀 힘이 좋군요. 어디 더 세게 쥘 수 있으면 쥐어 보시지.」

「그만들 해요! 갑시다. 가서 술로 우정을 기리는 겁니다.」 내가 끼어들었다.

해변으로 돌아가면서 나는 조르바와 마놀라카스 사이를 걸었다.

「올가을에는 풍년이 들겠네요……. 비가 많이 왔으니까…….」 내가 넌지시 화제를 바꾸었다.

아무도 대답하지 않았다. 두 사람의 가슴은 여전히 열리지 않은 상태였다. 술에 기대를 걸어 볼 수밖에 없었다. 이윽고 우리는 오두막에 도착했다.

「우리 초라한 집에 오신 걸 환영하오. 조르바, 소시지를 굽고 마실 것 좀 내어놓읍시다!」 내가 수선을 떨었다.

마놀라카스는 오두막 앞의 바위 위에 앉았다. 조르바는 불을 지피고 소시지를 내오는 한편 잔 세 개를 가득 채웠다.

「건강을 위해서! 건강을 빕니다, 마놀라카스! 건강을 빕니다, 조르바. 자, 부딪칩시다!」 내가 잔을 들며 외쳤다.

우리는 잔을 부딪쳤다. 마놀라카스가 술을 조금 땅에 엎질렀다.

마놀라카스가 엄숙하게 말했다. 「조르바, 내가 당신에게 손을 대면 내 피 또한 이렇게 흐를 것이오!」

조르바도 술을 몇 방울 땅바닥에다 쏟으면서 말했다. 「내가 자네한테 귀 섭힌 걸 다 잊어버린 게 아니라면 내 피 또한 이렇게 흐르리!」

# 23

　　새벽녘에 조르바는 침대에 걸터앉아 말을 걸어 나를 깨웠다.

「주무시나요, 두목?」

「왜 그러세요, 조르바?」

「꿈을 꿨어요, 괴상한 꿈……. 내 기분에 머지않아 그 비슷한 여행을 할 것 같군요. 들어 보세요. 아마 우스울 겁니다. 여기 이 항구에 마을만 한 배가 한 척 들어왔어요. 배는 고동을 울리며 출항을 준비하고 있었지요. 그때 내가 이 배를 잡아타려고 마을에서 달려왔지요. 손에 앵무새 한 마리를 들고 말이지요. 나는 배에 올라갔지요. 선장이 달려옵디다. 〈표 좀 봅시다!〉 그 친구가 소리치더군요. 〈얼마요?〉 내가 주머니에서 지폐 한 다발을 꺼내며 물었지요. 〈1천 드라크마올시다.〉 〈이것 봐요, 좀 싸게 합시다. 8백이면 안 되겠소?〉 내가 한 말입니다. 〈안 돼요, 1천 드라크마 내어야 해요.〉 〈내겐 8백밖에 없으니 그것만 받으소〉 〈1천이라니까……. 덜 받고는 곤란해. 1천 드라크마가 없거든 빨리 내리쇼.〉 나는 화가 났어요. 그래서 이렇게 쏘아붙여 줬지요. 〈이것 보소, 선장. 좋은 말 할 때 8백이라도 받아 두쇼, 안 받으면 꿈을 깨버릴 테니까…… 그럼 당신만 손해지!〉」

조르바가 한바탕 웃고는 말을 이었다.

「인간이란 참 묘한 기계지요! 속에다 빵, 포도주, 물고기, 홍당무 같은 걸 채워 주면 그게 한숨이니 웃음이니 꿈이 되어 나오거든요. 무슨 공장 같지 않소. 우리 대가리 속에 무슨 영화관 같은 게 들어 있는 게 분명해요.」

그는 갑자기 침대에서 뛰어내리면서 외쳤다.

「그런데 앵무새는 왜 나왔을까요? 무슨 뜻일까요? 앵무새를 내가 데리고 간다는 게. 아서라! 이거 혹시……」

그가 말을 채 끝내기도 전이었다. 작달막한 빨간 머리 전령이 영락없는 악마 꼴로 들이닥쳤다. 그는 숨을 할딱거렸다.

「사람 좀 살리세요! 가엾은 여자가 죽어라고 의사를 부르고 있어요. 자기 말로는, 틀림없이 죽어 가고 있다는 겁니다……. 두 분은 양심의 가책을 느끼게 될 거라고도 하더군요!」

나는 부끄러웠다. 과부를 잃은 슬픔 때문에 우리는 이 착한 부불리나 여사를 깜박 잊고 있었던 것이었다.

빨간 머리 사내는 수다스럽게 말을 계속했다. 「이제나저제나하고 있어요. 가엾은 여자지. 기침을 어찌나 해대는지 여관이 마구 들썩거릴 지경입니다. 그래요, 당나귀기침이라는 게 어울릴지 모르지……. 쿨룩쿨룩, 마을 전체가 들썩거립니다!」

「조용히 하게! 그런 농담 하는 게 아니야.」 내가 그를 나무랐다.

나는 종이 한 장을 꺼내어 사연을 적었다.

「이걸 가지고 의사에게 달려가게. 자네 눈으로 의사가 말을 타는 걸 보기 전에는 돌아오지 마. 내 말 알아듣겠어? 자, 가봐!」

그는 편지를 받아 혁대에다 찔러 넣고는 달려갔다.

조르바는 벌써 일어나 있었다. 그는 말 한마디 없이 서둘러 옷을 챙겨 입었다.

「잠깐만 기다리세요. 나도 함께 가겠어요.」내가 말했다.

「급해요!」그는 퉁명스럽게 대답하고는 나가 버렸다.

잠시 후 나 역시 마을 길로 들어섰다. 인적이 끊긴 과부네 뜰에서 향긋한 바람이 불어왔다. 미미코는 집 앞에 쪼그리고 앉아 얻어맞은 개처럼 꿍얼거리고 있었다. 눈에 띄게 수척해 보였다. 붉게 충혈된 눈은 눈자위 속으로 뗴꾼하니 들어가 있었다. 그는 고개를 돌리고 나를 발견하고는 돌멩이 하나를 집어 들었다.

「여기서 뭘 하고 있니, 미미코?」나는 정원을 바라보았다. 회한을 가눌 길 없었다. 내 목을 끌어안던 두 개의 따뜻하고 힘 있는 팔…… 레몬 꽃과 월계수 기름의 향내가 되살아났다. 우리는 아무 말도 하지 않았다. 석양 무렵의 희끄무레한 어둠 속에서 불타는 듯한 검은 눈, 호두나무 잎으로 문질러 윤을 낸 듯이 반짝이는 뾰족한 이빨이 눈에 선했다.

「그런 건 왜 물으세요? 가보세요. 가서 일이나 보세요.」미미코가 퉁명스럽게 응수했다.

「담배 주랴?」

「이제 담배는 안 피우겠어요. 모두가 돼지 새끼들 같아. 그래요, 당신네들 전부, 전부 다!」

그는 말을 끊고 적당한 표현을 찾다가 말을 이었다.

「돼지들…… 건달들…… 사기꾼들…… 살인자들…….」

마지막의 〈살인자들〉이라는 말이 그가 찾던 말인 듯했다. 그가 손바닥을 철썩 맞부딪쳤다.

「살인자! 살인자! 살인자들!」미미코는 떨리는 목소리로 외쳤다. 그러다 그는 웃기 시작했다. 보고 있자니 가슴이 아팠다.

「네 말이 맞아, 미미코. 네 말이 맞고말고.」내가 그를 달랬다. 나는 서둘러 그곳을 떠났다.

마을로 들어가면서 나는, 단장에 몸을 의지한 채 봄풀 위에서 쫓고 쫓기는 두 마리 노랑나비를 바라보며 웃고 서 있는 아나그노스티 영감을 발견했다. 나이를 먹은 데다 이제는 밭일이니 아내니 자식 걱정 같은 건 할 필요가 없게 되자 그에게도 주위 세계를 관찰할 시간 여유가 생긴 것이었다. 그는 땅에 드리워진 내 그림자를 보다 말고 고개를 들었다.

「꼭두새벽에 이곳까지 오시다니, 무슨 바람이 불었소?」 그가 물었다.

그러나 그는 불안한 내 표정을 읽은 모양이었다. 내 대답을 기다리지도 않고 자기 말을 계속했다.

「빨리 손을 써야 할 거요, 젊은이. 지금 가면 혹 살아 있을지도 모르지…… . 오, 불쌍한 여자!」

너무도 오래 써온, 더없이 충실한 반려자인 큰 침대는 조그만 방 한가운데, 방 하나를 거의 채우다시피 놓여 있었다. 머리맡에서 이 가수를 굽어보고 있는 것은 헌신적인 개인 비서, 바로 부인의 앵무새 — 초록색 모자와 노란 보닛을 쓰고 둥글고 사악한 눈을 반짝거리는 — 였다. 앵무새는 사람 머리처럼 느껴지는 대가리를 모로 꼬고 귀를 기울였다.

앵무새의 눈에 펼쳐지고 있는 광경은, 앵무새가 흔히 보아 온, 여주인이 남자와 사랑을 벌이면서 터뜨리는, 환희로 주름진 한숨도, 늙은 비둘기의 부드러운 교성도, 자지러지는 웃음소리도 아니었다. 여주인의 얼굴 아래로 떨어지는 식은 땀방울, 관자놀이에 달라붙은 감지도 빗지도 않은 삼 부스러기 같은 머리카락, 침대 위의 발작적인 움직임…… . 그런 것은 처음 본 광경이어서 앵무새에게는 몹시 거북살스러웠다. 앵무새는 〈카나바로! 카나바로!〉를 외치고 싶었지만 목소리는 자꾸 목구멍에 걸렸다.

애처로운 여주인은 끙끙거리고 있었다. 부인은 쪼그라지고 시들어 버린 팔로 자꾸만 시트를 밀쳐 올리려 하고 있었다. 숨이 막히는 모양이었다. 얼굴에는 화장기가 없었고 뺨은 부풀어 올라 있었다. 이미 부패가 시작되기라도 한 듯이 고약한 땀 냄새와 살 냄새가 났다. 부인의 발치, 침대 아래에는 모양이 일그러진 뾰족 구두가 아무렇게나 놓여 있었다. 볼수록 가슴이 아팠다. 신발은 임자의 모습보다 더욱 애처로웠다.

조르바는 침대 옆에 앉아 신발을 내려다보았다. 거기에다 시선을 붙박은 채, 조르바는 입술을 깨물어 눈물을 삼키고 있었다. 나는 방 안으로 들어가 조르바 뒤에 섰지만 조르바는 내 기척을 알지 못했다.

불쌍한 여자는 호흡에 어려움을 겪고 있었다. 자꾸 숨이 막히는 것이었다. 조르바는 인조 장미로 장식한 모자 하나를 내려 여자에게 부채질했다. 그 큰 손으로 부채질하는 동작이 어찌나 빠르면서도 어색했던지 흡사 젖은 석탄에 불을 붙이는 사람 같았다.

여자는 흠칫 눈을 뜨고 주위를 둘러보았다. 어두워서 아무도 보이지 않았다. 꽃 장식이 달린 모자로 자신을 부채질하고 있는 조르바도 보이지 않았다. 주위의 모든 것이 어둡고 불길했다. 푸르스름한 기운이 바닥에서 피어오르더니 형태가 바뀌어 갔다. 키득키득 비웃는 입술들로, 갈고리 같은 발들로, 시커먼 날개들로 변했다.

부인은 물과 침과 땀으로 더러워진 베개를 손톱으로 긁어 대며 소리를 질렀다.

「죽고 싶지 않아! 죽고 싶지 않아!」

그러나 부인의 상태를 전해 듣고 마을에서는 이미 곡녀(哭女) 둘이 와 있었다. 그들은 방으로 들어와 벽을 지고 바닥에 앉았다.

앵무새가 동그란 눈으로 그들을 바라보고 화를 내었다. 새는 고개를 뽑고 소리쳤다.「카나바……」그러나 조르바가 손으로 새장을 퍽 쳐서 잠잠하게 했다.

또 한 번 절망적인 신음이 들려왔다.

「죽고 싶지 않아! 정말 죽고 싶지 않아.」

햇볕에 그을린, 수염도 안 난 젊은 녀석들이 문 안으로 머리를 집어넣고 두리번거리다 병상의 여자를 조심스럽게 바라보았다. 만족스러운 얼굴로 윙크를 주고받은 두 녀석은 곧 방문 앞에서 사라졌다.

곧 마당에서 놀란 닭이 꼬꼬댁거리는 소리와 함께 홰치는 소리가 들려왔다. 누군가가 닭을 쫓고 있는 것이었다.

첫 번째 곡녀, 말라마테니아 노파가 동료를 향해 고개를 돌렸다.

「봤어, 레니오? 봤어? 원 급하기도 하지, 배고픈 떨거지들. 벌써 닭 목을 비틀어 잡아 먹으려고 하고 있어. 마을 떨거지라는 떨거지는 모조리 마당에 모여 있어. 이 집은 순식간에 깡그리 털리고 말 거야.」

그리고는 죽어 가는 여자의 침대를 보았다.

「이봐요, 얼른 죽지 않고 뭐 하우?」말라마테니아는 견딜 수 없다는 듯이 중얼거렸다.「되도록이면 빨리 손을 들어 버려. 그래야 우리도 뭐 하나 가져갈 것 아닌가.」

「사실 말이지만……」레니오 할미가 이빨이 다 빠져 버린 입술을 오물거리면서 말을 이었다.「말라마테니아, 우리나 저 애들이나 못할 짓 하고 있는 건 아니지요. 〈먹고 싶은 게 있거든 훔쳐서라도 먹어라. 갖고 싶은 게 있거든 훔쳐서라도 가져라……〉이게 우리 친정어머니의 교훈이지요. 우리도 후딱 만가를 불러 버리고 쌀 한 움큼, 설탕, 냄비…… 뭐든 좀 들고 나가 저 여편네 추억을 기려야지요. 부모도 자식도 없는데 누가 저 닭, 저 토끼를 잡아먹겠수? 포도주는 또 누가 마시겠수? 이 무명옷과 빗과 과자는 누가 물려받아요? 말라마테니아, 어떻게 생각해요? 하느님도 우리를 용서하실 거예요. 세상이 다 그런 거지요, 뭐……. 나도 뭔가 좀 가져가야겠어요!」

「조금만 기다리게. 그렇게 서두를 거 없어.」 말라마테니아가 레니오의 팔을 붙잡으며 달랬다. 「내 생각도 같다네. 우리가 뭐 나쁜 짓을 하나 뭐! 하지만 저 여자 영혼이 떠날 때까지는 기다려야지.」

그동안 죽어 가는 여자는 베개 밑을 뒤지며 무엇인가 미친 듯이 찾고 있었다. 죽을 날이 가까웠다는 것을 알았을 때 여자는 반짝이는 흰 뼈로 만든 십자가를 트렁크에서 꺼내어 베개 밑에 넣어 두었다. 십자가는 오랜 세월 잊고 있었던 물건이었다. 다 떨어진 슈미즈, 벨벳, 그리고 누더기 같은 옷가지와 함께 트렁크 바닥에 여러 해 동안 처박아 두었던 것이다. 마치 그리스도는 중병에 걸렸을 때만 찾는 약이라는 듯이, 걱정 없이 먹고 마시고 사랑하며 재미를 볼 동안은 아무짝에도 쓸모없는 약이라는 듯이.

결국 부인의 깡마른 손은 십자가를 찾아내고야 말았다. 여자는 십자가를 식은땀으로 축축한 자기 젖가슴에다 꼭 눌렀다.

「오, 예수님, 사랑하는 예수님…….」 부인은 마지막 애인을 가슴에다 비비며 절망적으로 부르짖었다.

부인의 말은 반은 프랑스어, 반은 그리스어였지만 한없이 다정하고 열정적인 울림을 갖고 있었다. 알아들을 수는 없는 말이었다. 앵무새가 부인의 목소리를 들었다. 앵무새는 여자 목소리의 분위기가 바뀐 것을 알아챘다. 그리고 예전에 여주인이 연인들과 하얗게 지새운 밤들을 떠올리고는 즐거이 몸을 쭉 일으켰다.

「카나바로! 카나바로!」 앵무새는 태양을 보고 우는 수탉처럼 목쉰 소리로 울었다.

조르바도 이번에는 앵무새를 저지하지 않았다. 그저 십자가에 못 박힌 신에게 입 맞추며 흐느끼는 것을, 그러면서 뜻밖에도 포근한 표정이 쇠잔한 부인의 얼굴에 떠오르는 것을 내려다볼 뿐이었다.

문이 열리면서 아나그노스티 영감이 모자를 벗어 들고 들어왔다. 그는 병든 여자 앞에 다가오더니 허리를 굽히고 무릎을 꿇고는 속삭였다.

「날 용서하시오, 부인. 날 용서해 주시오. 하느님이 당신도 용서하시기를……. 내 비록 험한 말을 더러 했더라도 우리는 인간에 지나지 않으니…… 날 용서하시오.」

그러나 여자는 형언할 수 없는 행복에 잠긴 듯 조용히 누워 있었다. 부인은 아나그노스티 영감의 말을 듣지 못했다. 부인의 온갖 고통은 사라져 갔다. 불행했던 말년, 참아 내어야 했던 숱한 조롱과 험구, 문 앞에서 두꺼운 털양말을 짜며 홀로 보내어야 했던 슬픈 밤도 사라져 갔다. 저 우아한 파리지엔, 남자들을 안달나게 했던 저항할 수 없는 매력의 소유자, 한창때에는 4대 열강을 무릎 위에다 올려놓고 호령하였고 네 개의 함대가 경의를 표했던 그 여인도!

바다는 담청빛으로 푸르고 파도는 포말을 안고 밀려든다. 바다의 요새는 항구에서 출렁거리고 마스트마다 만국기가 펄럭거린다. 메추리 굽는 냄새가 진동하고 석쇠 위에 올려 구운 붉은 숭어, 설탕에 절인 과일은 수정 그릇에 담겨 식탁으로 올라오고 샴페인 병마개는 어지러이 천장으로 날아오른다.

검은 수염, 금빛 수염, 붉은 수염, 잿빛 수염, 네 가지 향수……

바이올렛, 오드콜로뉴, 사향, 파촐리……. 선실의 철문은 잠기고 두꺼운 커튼이 내려지며 불이 켜진다. 오르탕스 부인은 눈을 감는다. 사랑의 일생, 고통의 일생……. 오, 전능하신 하느님! 이 모든 것이 순간의 일에 지나지 않았던 것을…….

부인은 무릎에서 무릎으로 건너다니며 두 팔로 금술로 장식한 제독의 제복을 껴안으며 향수를 듬뿍 친 무성한 수염에 손가락들을 파묻는다. 이제는 그 이름을 기억할 수 없다. 앵무새처럼 단 하나, 카나바로만은 기억한다. 가장 젊은 제독이었고, 앵무새도 발음할 수 있는 이름이었다. 다른 이름은 발음하기가 까다롭고 어려워 다 잊힌 것이었다.

오르탕스 부인은 한숨을 쉬면서 정열적으로 십자가를 끌어안았다.

「우리 카나바로, 우리 사랑스러운 카나바로…….」 여자는 십자가를 가슴에다 꼭 붙이며 헛소리를 했다.

「헛소리를 시작했습니다. 무슨 소리를 하는지 모르는 거예요.」 레니오 할미가 중얼거렸다. 「수호천사가 눈에 보여 겁을 집어먹은 모양이에요……. 머릿수건을 풀고 가까이 갑시다.」

「뭐라고, 레니오, 자네는 하느님이 무섭지도 않아? 살아 있는 여자를 두고 만가를 시작하자는 겐가?」 말라마테니아 노파가 나무랐다.

「왜 이래요, 말라마테니아.」 레니오 할미가 숨을 헐떡거리며 투덜댔다. 「아니, 그럼 이 여편네의 트렁크며 옷가지며 가게에 있는 물건, 마당에 있는 닭과 토끼는 생각도 말고 여기 앉아서 여편네 숨넘어갈 때까지 기다리자는 건가요? 안 되지! 먼저 차지하는 게 임자 아니에요?」

레니오가 이렇게 말하며 일어서자 말라마테니아는 화를 내며 따라 움직였다. 두 노파는 머릿수건을 벗겨 백발을 풀어 내리고는 침대 가장자리를 붙잡았다.

레니오 할미가 먼저 만가의 허두를 떼어 곡을 시작했다. 폐부를 찌르는 듯한 소리는 등골이 오싹할 정도였다.

「에에에에에!」

조르바가 벌떡 솟구쳐 일어나 두 노파의 머리끄덩이를 잡아 뒤로 끌어내었다.

「아가리 닥쳐, 늙은 까마귀 같은 년들! 아직 살아 있는 것도 안 보여서 곡을 하나? 나가서 뒈져!」 조르바가 소리를 빽 질렀다.

「이 늙은것은 또 왜 나서누?」 말라마테니아 노파가 머릿수건을 다시 매며 투덜댔다. 「곡을 방해하는 늙은것은 또 어디서 솟아올라 왔다지?」

지쳐 버린 퇴물 세이렌, 오르탕스 부인은 침대 머리에서 옥신각신하는 소리를 들었다. 달콤하던 환상은 사라졌다. 제독의 배는 침몰했고 구운 꿩, 샴페인, 향수를 친 수염도 사라졌다. 부인은 다시 이 세상의 끝, 냄새나는 임종의 침대 위로 떨어진 것이었다. 오르탕스 부인은 이 침대 위에서 도망치려는 듯이 일어나려고 안간힘을 썼다. 그러나 다시 뒤로 벌렁 넘어지며 애처롭게 울부짖었다.

「죽고 싶지 않아! 정말 죽고 싶지 않아……」

조르바가 고개를 숙이고 앙상한 손으로 여자의 이마에 대고 얼굴 위에 덮었던 머리카락을 쓸어내렸다. 그의 눈에는 눈물이 가득했다.

그가 속삭였다. 「진정해, 진정하게. 나 여기 있네. 나 조르발세. 겁내지 말고.」

돌연 환상이 다시 돌아왔다. 파란 나비 떼가 날개를 벌리고 침대 위를 뒤덮었다. 죽어 가는 여자는 조르바의 손을 잡고 팔을 뻗어 목을 끌어당겼다. 또 한차례 부인의 입술이 움직였다…….

「우리 카나바로…… 내 사랑하는 카나바로!」

십자가가 베개에서 미끄러져 바닥에 떨어지면서 잘게 부서졌다. 밖에서 사내 목소리가 들려왔다.

「빨리 닭을 집어넣어! 물이 끓고 있어!」

나는 방구석에 앉아 있었다. 이따금 눈물이 내 앞을 가렸다. 이게 인생이거니……. 변화무쌍하고, 요령부득이고, 이래도 좋고 저래도 좋고, 그러나 마음대로 안 되는…… 무자비한 인생……. 무지몽매한 크레타 농사꾼들은 지구 저쪽 끝에서 온 퇴물 카바레 가수를 둘러싸고 죽어 가는 그 모습을 지켜보며 마치 그 여자는 한 인간이 아니라는 양 비인간적으로 즐거워하고 있었다. 흡사 온 마을 사람들이 해변으로 몰려와, 하늘에서 떨어진 낯선 새가 날개를 부러뜨리고 퍼덕거리며 죽어 가고 있는 꼴을 구경하는 형국이었다. 부인이 늙은 공작새, 늙은 앙고라 고양이, 병든 물개나 되는 것처럼…….

조르바는 자기 목에 감긴 오르탕스 부인의 팔을 부드럽게 풀고 창백한 얼굴로 일어섰다. 그는 손등으로 눈을 문지른 다음 돌아서서 죽어 가는 여자를 바라보았다. 그러나 눈물에 가려 아무것도 보이지 않았다. 그는 다시 눈을 닦았다. 이제 겨우 침대 위에서 부어오른 발을 움직이며 공포에 질린 입술을 실룩거리는 부인의 모습이 보였다. 부인이 몸을 뒤척임에 따라 잠옷이 바닥으로 흘러내렸다. 반라의, 식은땀으로 젖은 몸이 드러났다. 몸은 부어 있었고 이미 녹황색으로 변한 다음이었다. 여자는 목 잘리는 암탉처럼 날카롭게 새된 신음을 토해 내고는 더 이상 움직이지 않았다. 공포에 질린, 초점 잃은 눈을 그대로 뜬 채였다.

앵무새는 새장 바닥으로 뛰어내려 가름대를 발톱으로 거머쥔
채, 조르바가 더할 나위 없이 다정하게 여주인의 눈꺼풀을 내려
주는 모습을 바라보았다.

「빨리 와! 모두. 여편네가 갔어!」 곡녀들이 침대로 달려들며
소리쳤다.

여자들은 주먹을 쥐고 가슴을 치고 앞뒤로 몸을 흔들며 만가
를 불렀다. 그 애처로운 노래의 단조로운 흐름은 차츰 그들을 일
종의 최면 상태로 몰아갔고, 자기들 자신의 해묵은 슬픔이 마음
을 독처럼 파고들면서 만가는 바야흐로 흐드러지기 시작했다.

땅 밑에 누워야 하다니,
이게 어찌 그대에게 어울릴꼬…….

조르바는 마당으로 나갔다. 울고 싶었지만 여자들 앞에서 울
기가 부끄러웠던 모양이었다. 그는 언젠가 내게 이렇게 말한 적
이 있다. 「우는 건 부끄러운 일이 아닙니다. 남자들 앞에서 운다
면 말이죠. 남자들끼리는 통하는 기분이 있지요? 부끄러운 일이
아니에요. 그러나 여자 앞에서의 남자는 늘 자기 용맹을 증명해
야 합니다. 우리 남자가 여자 앞에서 울음을 터뜨려 버리면, 이
가엾은 것들을 어쩝니까? 끝나는 거지요.」

그들은 시신을 포도주로 씻었다. 시신을 눕히던 늙은 여자가
트렁크를 열고 옷을 꺼냈다. 노파는 헌 옷을 벗기고 새 옷을 입
힌 다음 오드콜로뉴 한 병을 쏟아부었다. 가까운 뜰에서 파리 떼
가 날아와 부인의 코, 눈, 입 가장자리에다 알을 슬었다.

밤이 내리고 있었다. 서쪽 하늘은 아름다우리만치 평화로웠
다. 가장자리가 노란 깃털 구름이 짙은 보라색 저녁 하늘을 천천

히 지나가고 있었는데 이들은 배가 되었다가 백조, 그러고는 솜으로 만든 환상의 괴수가 되곤 했다. 마당의 갈대 사이로 일렁거리는 바다의 번쩍거리는 파도가 보였다.

가까운 무화과나무에서 살진 까마귀 두 마리가 날아 내려 마당을 종종걸음으로 오고 갔다. 조르바는 화를 버럭 내며 자갈을 하나 주워 까마귀를 쫓았다.

마당 한쪽에서는 마을의 건달들이 아예 잔칫상을 차려 놓고 있었다. 그들은 널찍한 부엌 식탁을 내어놓고, 빵과 접시와 나이프와 포크를 차렸다. 창고의 포도주 병도 찾아내었다. 냄비에다 삶은 닭은 잘 익어 있었다. 시장한 이들은 포도주를 마시고 고기를 뜯으며 서로 술잔을 부딪쳤다.

「원컨대 하느님께서 저 여자 영혼을 구원하시기를. 지은 죄가 많아도 벌하지 마시기를!」

「저 여자 애인은 모두 천사가 되어 저 여자의 영혼을 천국으로 인도하기를!」

「저기 조르바 영감 좀 보지.」 마놀라카스가 소리쳤다. 「까마귀에게 돌을 던지고 있네. 영감 홀아비가 되었어. 애인의 추억을 위해 한잔하자고 해볼까. 여보쇼, 와서 합석합시다, 조르바 아저씨!」

조르바가 그쪽을 돌아다보았다. 그는 접시 위의 김이 무럭무럭 나는 통닭과 잔에 넘치는 포도주, 머릿수건을 쓴 채 식탁에 둘러앉아 젊은 기분에 웃고 떠들어 대는 시커먼 사내들을 내려다보았다.

조르바가 자신을 타일렀다. 〈조르바, 조르바! 슬퍼하는 꼴을 보이지 마! 네가 어떻게 돼먹은 인간인가를 보여 줘!〉

조르바는 식탁 앞으로 성큼성큼 다가가 술 한 잔을 단숨에 마시고 두 잔, 석 잔째까지 받아 마신 다음 닭 다리를 씹어 먹었다.

마을 사람들이 말을 걸었지만 그는 대답하지 않았다. 그는 묵묵히 술을 마시고 탐욕스럽게 고기를 한 입 불룩이 넣어 우적우적 씹었다. 그러나 그의 시선은 부불리나가 누운 방 쪽에 가 있었고 먹고 마시면서도 귀로는 열린 창으로 새어 나오는 여자들의 만가를 들었다. 이따금 곡소리가 끊어지면서 싸우는 듯한 고함 소리, 찬장이 덜컹거리는 소리, 트렁크가 열리고 닫히는 소리, 서로 잡고 드잡이를 하고 있는 듯 쿠당탕거리는 소리도 들려왔다. 그러다 만가는 다시 벌이 잉잉거리는 것처럼 단조롭고도 절망적인 곡조로 이어졌다.

두 여자는 만가를 부르며 시신이 누운 방을 이리저리 뛰어다니며 구석을 뒤졌다. 찬장을 열자 조그만 숟가락 몇 개, 설탕, 커피 한 통, 로쿰[41] 한 상자가 나왔다. 레니오 할미는 찬장으로 목을 쑤셔 넣고 커피와 로쿰을 차지했다. 말라마테니아 노파는 설탕과 숟가락을 차지했다. 그러고도 성이 안 차는지 말라마테니아는 로쿰 두 개를 집어 입 안에 처넣었다. 만가는 그 설탕 떡 사이로 새어 나오느라고 맥맥하고 주름이 잡힌 괴상한 소리가 되고 말았다.

「5월의 꽃이 비가 되어 떨어지고 능금은 그대 무릎에 떨어지리니⋯⋯.」

다른 노파 두 사람이 방으로 숨어 들어와 트렁크 쪽으로 달려갔다. 이들은 거기에 손을 집어넣어 손수건 몇 장, 타월 두어 장, 실크 스타킹 세 켤레, 가터벨트를 집어 내어 자기네 보디스 속에다 쑤셔 넣고 죽은 여자의 침대를 향해 성호를 그었다.

말라마테니아 노파가 이 여자들이 트렁크 터는 꼴을 보고 있

---

41 설탕에 전분, 견과류를 더해 만든 터키 과자의 일종. 터키시 딜라이트.

다가 화를 발칵 내었다.

「자네는 계속하게, 혼자서 계속하게. 이러다 다 빼앗기고 말겠어.」 노파는 레니오 할미에게 소리치고는 다이빙하듯이 트렁크를 덮쳤다.

낡은 새틴 천 조각, 구식 연자줏빛 드레스, 고물이 다 된 빨간 샌들, 부서진 부채, 주홍빛 신품 해 가리개, 그리고 가방 오른쪽 바닥에는 제독의 삼각모가 있었다. 오래전에 누군가가 부불리나에게 선사한 것인 모양이었다. 혼자 있을 때면 부불리나는 그걸 쓰고 거울 앞에서 자신의 서글프면서도 엄숙한 모습을 감상하곤 했다.

누군가가 문 앞에 나타났다. 노파 둘이 밖으로 나가자 레니오 할미는 다시 침대 가장자리를 잡고 가슴을 치며 만가를 계속했다.

「……진홍빛 카네이션을 그대 목에 두르고…….」

조르바가 들어와 죽은 여자를 내려다보았다. 목에 벨벳 리본을 두른 채 팔을 포개고 누워 있는 여자의 모습은 누렇게 뜨고 파리 떼로 덮여 있었지만 그래도 조용하고 평화로웠다.

〈한 줌의 흙이로구나…….〉 조르바는 생각했다. 〈배가 고팠던, 웃기도 했던, 키스도 했던 한 줌의 흙. 인간의 눈물을 흘리던 진흙 한 덩어리. 지금은……. 우리를 이 땅에 데려다 놓은 악마는 어느 놈이고, 이 땅에서 데려가는 악마는 또 어느 놈인고?〉

그러고는 침을 탁 뱉고 바닥에 앉았다.

밖에서 젊은이들은 춤출 자리를 만들었다. 이윽고 리라 연주자 파누리오도 왔다. 그들은 식탁과 파라핀 통, 세탁용 물통, 옷 상자를 한쪽으로 치우고 춤출 공터를 만들었다.

마을 유지들이 나타났다. 끝이 꼬부라진 길쭉한 지팡이를 들고 흰 셔츠를 입은 아나그노스티 영감, 뿔 모양의 놋쇠 잉크병을

385

허리에 차고 펜을 귀 뒤에 꽂은 교장 선생도 왔다. 마브란도니는 보이지 않았다. 과부 살해 사건 때문에 산속에 숨어 있는 것이다.

「반갑네, 자네들!」 아나그노스티가 인사치레로 손을 들면서 말했다. 「즐겁게 노는 걸 보니 내 기분도 좋으네. 하느님이 자네들 모두를 축복하기를. 하지만 소리를 지르지는 마…… 절대 소리를 질러서는 안 되네. 죽은 사람들이 들으니까. 명심해. 죽은 사람들이 듣는다고.」

콘도마놀리오가 설명했다.

「우리는 죽은 부인의 재산 목록을 작성하러 왔네. 그래야 마을의 가난한 사람들에게 나누어 줄 것이 아닌가. 자네들은 배불리 먹고 실컷 마셨으니 그만하면 됐어. 이 집을 완전히 거덜내 버릴 생각은 않는 게 좋을 거다! 알아듣겠지!」 그는 위협하듯이 지팡이를 공중에다 휘둘러 보였다.

마을의 세 유지 뒤에서, 더부룩한 머리에 신발도 신지 않은 여남은 명의 누더기를 걸친 여자들이 나타났다. 모두가 빈 자루를 하나씩 겨드랑이에 끼고 있거나 바구니를 짊어지고 있었다. 그들은 말없이 슬금슬금 다가왔다.

아나그노스티 영감이 고개를 돌려 그들을 바라보고는 버럭 소리를 질렀다. 「돌아가, 이 집시 떼들 같으니. 뭐야? 털어 가려고 몰려온 게야? 우리는 재산을 하나하나 남김없이 기록해 두었다가 가난한 사람들에게 공평하게 나눠 주려는 것이야. 썩 꺼지지 못해?」

교장 선생이 혁대에서 잉크병을 끄르고 큼직한 백지를 펴고는 재산 목록을 작성하러 가게 안으로 들어섰다.

그러나 그 순간, 귀가 멍멍할 정도로 요란한 소리가 났다. 누가 깡통을 치고 있는지, 아니면 실패들이 와르르 굴러 떨어지는

지, 컵들이 와장창 부딪쳐 박살이 나는 것 같았다. 그리고 부엌에서도 냄비, 접시, 나이프, 포크 등이 부딪치는 어마어마하게 시끄러운 소리가 났다.

콘도마놀리오 영감이 지팡이를 휘두르며 그리로 달려갔다. 그러나 어쩔 도리가 없었다! 늙은 여자, 남자, 애들 할 것 없이 우르르 문을 밀고 들어오고, 창문이나, 울타리, 발코니를 타넘고 들어와 손에 잡히는 것이면 냄비, 프라이팬, 매트리스, 토끼…… 닥치는 대로 들고 나갔다. 그중 어떤 사람은 문과 창문을 떼어 짊어지고 나갔다. 미미코는 이미 뾰족구두 한 켤레를 차지하고 끈으로 묶어 목에다 걸고 있었다. 그러고 있으니까 꼭 오르탕스 부인이 미미코의 어깨 위에 목말을 타고 있는데 사람은 보이지 않고 구두만 보이는 것 같았다…….

교장 선생이 눈살을 찌푸리며 잉크병을 다시 혁대에다 차고 백지를 접더니 자존심이 몹시 상한 얼굴로, 한마디 말도 없이 문턱을 넘어 사라졌다.

불쌍한 아나그노스티 영감만 사람들에게 지팡이를 휘두르면서 그러지 말라고 소리를 지르거나 애원하거나 했다.

「이 무슨 창피한 짓인가! 이런 창피한 짓이 어디 있는가! 죽은 사람이 자네들 소리를 다 듣는다는 걸 몰라!」

「가서 신부님을 모셔 올까요?」 미미코가 물었다.

「이 바보야, 신부님은 왜 모셔 와!」 콘도마놀리오가 버럭 소리를 질렀다. 「이 여자는 프랑코야, 유럽인이란 말이야. 이 여자 성호 긋는 것도 안 봤나? 손가락 네 개로 이렇게 긋지 않던? 이교도나 마찬가지야. 어서 구덩이나 파고 묻자고. 냄새가 온 마을에 풍기기 전에!」

「벌써 벌레가 우글대요, 맙소사!」 미미코가 성호를 그으며 중얼거렸다.

마을의 큰 어른인 아나그노스티 영감은 곱게 백발이 된 머리를 가로저었다.

「그게 무엇이 이상하냐, 이 멍청아! 실인즉, 사람이란 날 때부터 배 속이 벌레로 득시글거리는 것이야. 눈에 보이지 않을 뿐이지. 그러다가 사람에게 악취가 심하게 나기 시작하면 구멍에서 기어 나오는 거야. 새하얗지. 치즈 구더기처럼 하얀 벌레들이지.」

첫 별이 나타나 하늘에 걸린 채 조그만 은종(銀鍾)처럼 파르르 떨었다. 어둠은 종소리로 가득 찼다.

조르바는 시신의 머리맡에서 앵무새 새장을 들어 내었다. 고아가 되어 버린 새는 공포에 질린 채 구석에 움츠리고 앉아 있었다. 눈을 크게 뜨고 방 안을 둘러보았지만 방 안의 사정은 알 리 없었다. 앵무새는 머리를 날갯죽지에 파묻은 채 두려움으로 굳어 있었다.

조르바가 새장을 들자 앵무새도 고개를 들었다. 입을 열 참이었으나 조르바가 손을 들어 새의 말을 막았다.

「조용히 해. 아무 소리 내지 말고 나랑 가자.」 그가 부드러운 소리로 새에게 속삭였다.

조르바는 허리를 굽히고 죽은 여자의 얼굴을 보았다. 한동안 그렇게 들여다보자 그만 목이 메고 말았다.

그는 키스하려는 듯이 얼굴을 가까이 대었다가 그만두었다.

「아서라, 가자!」 그는 새장을 들고 마당으로 나왔다. 나를 보자 조용히 다가왔다.

「갑시다……」 내 팔을 잡으며 그가 조용히 말했다.

평정을 회복한 것 같았으나 입술은 떨리고 있었다.

「우리 역시 저렇게 세상을 뜨겠지요……」 내가 그에게 말했다.

「퍽도 위로가 되는 말이구려. 꺼집시다.」 그가 빈정거렸다.

「조금만 더 있어요. 시신을 떠메고 나올 모양인데. 기다렸다가 그거나 보고 가야지…… 잠깐 더 있다 갈 수 없겠어요?」

「알았어요…….」 그가 구겨진 목소리로 대답했다. 그러고는 새장을 내려놓고 팔짱을 끼었다.

시신의 방에서 아나그노스티 영감과 콘도마놀리오가 모자를 벗은 채 밖으로 나와 성호를 그었다. 그들 뒤로 춤추던 사내 넷이 4월 장미를 귀 뒤에 꽂은 채 따라 나왔다. 넷 다 얼큰하게 취해 있었다. 그들은 문짝 위에 시신을 올리고 귀퉁이를 한쪽씩 잡고 나왔다. 그 뒤로 리라장이가 악기를 들고 따라나섰고 여남은 명의 장정 역시 술에 취해 비틀거리며 따라나섰다. 의자나 냄비 따위를 든 여자 대여섯도 뒤따랐다. 맨 뒤에 뾰족구두를 목에다 건 미미코가 따라 나왔다.

「살인자들, 살인자들, 모두가 살인자들이야!」 신나는 일이라도 벌어진 듯이 미미코가 외쳤다.

훈훈하고 습한 바람이 불어오고 있었다. 바다는 일렁거렸다. 리라장이가 활을 들어 올렸다. 그의 청량한 목소리가 따뜻한 밤하늘로 명랑하게, 그리고 빈정거리는 듯이 울려 퍼졌다.

「태양이여! 무엇이 바빠 그리 급히 서산에 지던고…….」

「갑시다.」 조르바가 말했다. 「끝났어요…….」

# 24

　우리는 묵묵히 좁은 마을 길을 따라 걸었다. 집들에서는 불빛이 새어 나오지 않았다. 어두운 밤 그림자만 드리우고 있을 뿐이었다. 어디선가 개가 짖었고 황소가 한숨을 쉬었다. 바람결에 멀리서 리라의 방울이 즐겁게 짤랑거리는 소리가 들렸다. 방울은 흡사 분수의 물줄기처럼 장난스럽게 춤추고 있는 것 같았다.

　「조르바! 이 바람이 무슨 바람이던가요? 노토스던가요?」 내가 무거운 침묵을 깨뜨렸다.

　그러나 앞서서 새장을 등처럼 들고 걷는 조르바는 아무 대답도 하지 않았다. 해변에 도착하자 그가 나를 돌아다보았다.

　「시장하시오, 두목?」

　「전혀. 조르바, 나는 괜찮아요.」

　「잠이 오나요?」

　「아니에요.」

　「나도 그래요. 자갈 위에 좀 앉았다 갈까요? 두목에게 물어볼 게 있어요.」

　우리는 둘 다 지쳐 있었지만 잠자고 싶은 생각은 없었다. 우리는 몇 시간 동안 일어난 쓰디쓴 일들을 놓쳐 버리고 싶지 않았다.

잠을 잔다는 것은 위급한 시각에 도망치는 것만큼이나 창피한 노릇이었다. 우리는 잔다는 게 부끄러웠다.

우리는 바다 곁에 앉았다. 조르바는 새장을 무릎 사이에 놓고 한동안 아무 말도 하지 않았다. 산 뒤의 하늘에서 섬뜩한 별자리 하나가 나타났다. 수많은 눈과 나선형 꼬리가 달린 괴물이었다. 이따금 별 하나가 자리를 이탈하여 떨어져 내렸다.

조르바는 무아지경에 빠져든 듯, 입을 벌리고 하늘을 올려다보았다. 하늘을 처음 보는 사람 같았다.

「저 위에선 무슨 일이 벌어질까요?」 그가 중얼거렸다.

그러나 말을 잇지는 않았다. 얼마 후에야 말할 기분이 내킨 모양이었다.

「두목, 어디 한번 들어 봅시다.」 그가 말문을 열었다. 그의 목소리는 따사로운 밤공기 속에서 그윽하면서도 진지했다. 「이 모든 것에 무슨 의미가 있는 걸까요? 누가 이들을 창조했을까요? 왜요? 그리고 무엇보다도…….」 여기에서 조르바의 목소리는 분노와 공포로 떨렸다. 「……왜 사람들은 죽는 것일까요?」

「모르겠어요, 조르바.」 내가 대답했다. 부끄러웠다. 가장 단순한 질문, 가장 기초적인 질문을 받고도 답을 내놓지 못하는 것 같아서였다.

「모르신다!」 조르바는 놀라움으로 눈을 둥그렇게 뜨고 소리쳤다. 내가 춤출 줄 모른다고 고백했을 때와 표정이 똑같았다. 그는 또 한동안 입을 다물고 있다가 이렇게 소리쳤다.

「아니, 두목, 당신이 읽은 그 모든 빌어먹을 책들…… 그것들은 대체 무슨 소용이 있어요? 그건 왜 읽어요? 책이 그런 걸 알려 주지 않으면 도대체 뭘 알려 주는데요?」

「인간의 당혹감에 대해 알려 주죠. 당신이 나한테 던진 바로 그런 질문에 아무 대답도 할 수 없는 인간의 당혹감 말이에요.」

「당혹감이라니, 무슨 개 풀 뜯어 먹는 소리야!」 그가 소리를 지르며 분을 못 이기겠다는 듯이 땅에 발을 굴렀다.

그 소리에 앵무새가 화들짝 놀랐다.

「카나바로! 카나바로!」 앵무새는 도움이라도 구하는 것처럼 울었다.

「닥쳐, 너도!」 조르바가 주먹으로 새장을 갈기며 소리쳤다. 그러고는 내게로 돌아앉았다.

「두목, 제발 설명해 주시오. 우리가 어디에서 와서 어디로 가는지. 그 오랜 세월 당신은 청춘을 불사르며 마법의 주문이 잔뜩 쓰인 책을 읽었어요. 모르긴 하지만 종이도 한 3톤은 족히 씹고 또 씹었을 거예요! 거기에서 뭔가 얻어 낸 게 있을 것 아닙니까?」

그의 목소리에는 너무나도 깊은 비통함이 묻어 있어서 나는 가슴이 미어졌다. 아, 이 사람에게 대답할 능력이 내게 있었다면!

내가 깊이 느끼는 것이 하나 있기는 했다. 인간이 도달할 수 있는 최고의 정점은 〈지식〉도, 〈미덕〉도, 〈선(善)〉도, 〈승리〉도 아닌, 보다 위대하고 보다 영웅적이며 보다 절망적인 어떤 것, 바로 〈신성한 경외감〉이라는 사실이었다.

「대답해 줄 수 없어요?」 조르바가 초조하게 물었다.

나는 그 신성한 경외감의 의미를 이해시켜 보려 했다.

「조르바, 우리는 구더기랍니다. 엄청나게 큰 나무의 조그만 잎사귀에 붙은 아주 작은 구더기지요. 이 조그만 잎이 바로 지굽니다. 다른 잎들은 밤이면 가슴 설레며 바라보는 별들이고요. 우리는 이 조그만 잎 위에서 우리 길을 조심스럽게 시험해 보고 있는 것입니다. 우리는 잎의 냄새를 맡습니다. 좋은지 나쁜지 알아보려고. 우리는 잎의 맛을 보고 먹을 수 있는 것인지 알아냅니다.

우리는 이 잎의 위를 두드려 봅니다. 잎은 살아 있는 존재처럼 비명을 지릅니다.

어떤 사람은 — 겁이 없는 사람들이겠지요 — 잎 가장자리까지 이릅니다. 거기에서 고개를 빼고 뭐가 있을지 모를 허공을 내려다봅니다. 오싹 전율이 일어납니다. 저 아래에 소름 끼치는 심연이 있다는 걸 알게 되지요. 멀리서 거대한 나무의 다른 잎들이 서걱거리는 소리가 들립니다. 우리는 뿌리에서 우리 잎으로 수액이 스며올라오는 걸 감지합니다. 우리 가슴이 부풀지요. 두려움을 자아내는 심연을 내려다보고 있는 우리는 몸도 마음도 공포로 떨고 맙니다. 그 순간에 시작되는 게…….」

나는 말을 멈추었다. 나는, 그 순간에 시작되는 게 바로 시(詩)라고 말하고 싶었지만 조르바가 알아들을 것 같지 않아 말을 끊어 버린 것이었다.

「무엇이 시작되지요? 왜 말을 하다 맙니까?」 조르바가 조바심을 내며 물었다.

「……그 순간에 위험이 시작됩니다, 조르바. 어떤 사람은 정신이 아찔해지거나 정신을 잃고 또 어떤 사람은 겁을 집어먹습니다. 이들은 자기의 용기를 북돋워 줄 해답을 찾으려다가 〈하느님!〉 하고 소리칩니다. 또 어떤 사람들은 잎사귀 가장자리에서 차분하고 용감하게 심연을 내려다보면서 〈나는 저게 좋아〉 하고 말하지요.」

조르바는 한동안 생각에 잠겼다. 이해하려고 애쓰고 있는 것이었다.

「두목, 난 말이오…….」 이윽고 조르바가 입을 떼었다. 「나는 매 순간 죽음을 생각해요. 죽음을 보는 거지, 무서워하는 건 아니에요. 그러나 절대로, 절대로, 나는 저게 좋아라고는 하지 않아요.

아니, 전혀 좋지 않아요! 난 동의가 안 돼요!」

조르바는 말을 끊었다가 곧 다시 외쳤다.

「아무렴, 난 그런 사람이 아니에요. 내가 삼도천의 뱃사공에게 양처럼 목을 쑥 내밀고, 〈여보쇼, 카론 씨, 이 목 좀 잘라 주시오. 천당으로 직행하고 싶어서 그래요!〉 이럴 것 같아요?」

나는 당혹감 속에서 조르바의 말을 듣고 있었다. 제자들에게 이와 같이 가르치려 했던 현자가 누구였던가? 법이 명하는 바를 자진해서 행하라고. 필연에 순응하고, 불가피한 것들은 자의로 행한 것이 되게 바꾸라고. 어쩌면 그것이 유일한 해방의 길일 것이다. 서글픈 방법이지만 다른 방법은 없다.

하지만 반항은 어떠한가? 〈필연〉을 무찌르고, 외부의 법칙이 영혼 내부의 법칙을 따르게 만들려 드는, 인간의 저 오연하고도 돈키호테적인 반발은 어떠한가 말이다. 그래서 현재의 모든 것을 부정하고, 비인간적인 자연의 법칙을 거슬러 자기만의 마음의 법칙을 따라 신세계를 창조하려 든다면, 현재의 세계보다 더 순수하고 더 선하고 더 도덕적인 신세계를 창조하려 든다면?

조르바는 나를 바라보고는 내게 더 할 말이 없다는 것을 알고는 앵무새가 깨지 않도록 조심스럽게 새장을 들어 머리맡에 놓고는 자갈밭 위에 활개를 벌리고 누웠다.

「잘 주무시오, 두목, 그만하면 됐어요.」

거센 남풍이 아프리카 쪽에서 불어오고 있었다. 채소, 과일, 크레타인의 가슴을 자라게 하고 부풀리는 바람이었다. 나는 이마로 입술로 목으로 그 바람을 받았다. 어떤 과일처럼 내 머리도 껍질이 터지며 부풀어 오르는 것 같다.

나는 잠을 잘 수도 없었지만 자고 싶지도 않았다. 나는 아무것도 생각하지 않았다. 그저 느낄 뿐이었다. 그 따사로운 밤에 내 내부에서 그 무엇인가, 그 누군가가 성숙해지고 있었다. 나는 가장 놀라운 사건을 생생하게 체험하고 있었다. 변화하는 나 자신이 또렷이 보였다. 우리 존재의 깊고 어두운 내부에서나 일어날 법한 일이 지금 내 눈앞에서, 노출된 상태로 펼쳐지고 있었다. 나는 바닷가에 웅크리고 앉아 이 기적을 지켜보았다.

별빛이 희미해지고 하늘이 밝아 오고 있었다. 이 환한 배경 위에 마치 세필로 섬세하게 그린 듯이 산과 나무와 갈매기가 나타났다.

날이 새고 있었다.


며칠이 흘러갔다. 옥수수가 익었고 곡식 이삭은 알곡의 무게로 고개를 숙였다. 올리브 나무 위에서 매미가 노래하고 타는 듯한 햇볕 아래서 벌레들이 울었다. 수증기가 바다에서 무럭무럭 일었다.

조르바는 매일 새벽이면 소리 없이 산으로 올라갔다. 고가 케이블 부설은 끝나 가고 있었다. 철탑은 모두 세워졌고 케이블이 걸리고 도르래가 부착되었다. 조르바는 매일 후줄근하게 지친 채 일터에서 돌아왔다. 그는 불을 지피고 저녁을 지었고 우리는 함께 먹었다. 우리는 우리 내부에 잠들어 있는 망령 ── 죽음과 공포 ── 을 깨우지 않으려고 조심했다. 우리는 과부 이야기도 마담 오르탕스 이야기도 하느님 이야기도 하지 않았다. 조용히 바다만 내려다볼 뿐이었다.

조르바의 침묵 때문에, 영원하고도 부질없는 질문들이 다시한 번 내 내부에서 고개를 내밀었다. 다시 한 번 내 가슴은 고뇌로 차올랐다. 세상이란 무엇일까? 나는 궁금했다. 세상의 목적은 무엇이며, 무슨 수로 우리가 하루살이 같은 목숨을 달고 세상의 목적을 이루는 데 기여할 수 있을까? 조르바에 따르면, 인간이나 사물의 목적은 쾌락을 창조하는 것이다. 혹자는 정신을 창출하는 것이라고 하겠지만 한 차원 위에서 보면 똑같은 말에 지나지 않는다. 하지만 왜? 무슨 목적으로? 육체가 와해되어 버린 뒤에, 우리가 영혼이라고 부르는 것의 잔재가 남아 있기나 할까? 아니면 아무것도 남지 않는 걸까? 우리가 불멸에 대해 꺼지지 않는 갈망을 품는 것은, 우리가 불멸의 존재여서가 아니라, 살아 있는 잠깐의 시간 동안 그 어떤 불멸의 존재를 섬겨서가 아닐까?

어느 날 자리에서 일어나 세수를 마치고 나니 지구도 막 일어나 세정 의식(洗淨儀式)을 마친 것 같았다. 지구는 새로이 창조된 것처럼 빛났다. 나는 계곡으로 내려갔다. 왼쪽으로는 암청색 바다가 조용히 누워 있었고 오른쪽으로는 멀리 밀밭이 황금 창을 들고 도열한 군대처럼 빛나고 있었다. 나는 푸른 잎과 조그만 무화과 열매로 덮인 〈우리 아가씨의 무화과나무〉를 지나, 과부의 정원을 보지 않으려고 걸음을 재촉하여 마을로 들어갔다. 오르탕스 부인의 호텔은 버려져 황량했다. 문과 창문은 떨어져 나가고 없었고 개들은 제멋대로 집 안을 드나들고 있었다. 방에는 아무것도 없었다. 부인이 숨을 거둔 방에는 침대도 트렁크도 의자도 없었다. 방 한구석에 뒤축이 닳고 빨간 털 방울이 달린 슬리퍼 한 짝이 있을 뿐이었다. 슬리퍼는 여전히 주인의 발 모양을 충직하게 간직하고 있었다. 인간의 마음보다는 더 정이 있는 슬리퍼는, 사랑스럽지만 혹사를 당하던 그 발을 아직 잊지 않은 것이다.

나는 늦게 돌아왔다. 조르바는 불을 지피고 식사를 준비하고 있었다. 눈을 들어 나를 본 순간 그는 내가 어디를 다녀왔는지 알았다. 그는 눈살을 찌푸렸다. 침묵의 나날을 보낸 그는 그날 밤 처음으로 마음의 문을 열고 말을 쏟아 내었다.

「두목, 나는 말이지요, 고통스러워할 때마다 고통이 심장을 찢는 듯하답니다.」 그는 자신을 정당화하려는 것처럼 이렇게 말했다.「⋯⋯하지만 내 심장이란 게 이미 구멍이 숭숭 뚫리고 상처투성이가 된 지 오랩니다. 이번에도 상처를 입었다가 아물었으니 상처 자국이 새삼스럽게 보이지는 않는 거지요. 내 몸은 상처가 아문 자리투성이지요. 그래서 내가 제법 잘 견디어 내는지 모릅니다.」

「조르바, 가엾은 부불리나 여사를 잘도 잊어버리셨군요.」 내가 생각해도 심했다 싶을 정도로 나는 그를 몰아세웠다.

조르바는 골이 났는지 목청을 돋우었다.

「새 길을 닦으려면 새 계획을 세워야지요! 나는 어제 일어난 일은 생각 안 합니다. 내일 일어날 일을 자문하지도 않아요. 내게 중요한 것은 오늘, 이 순간에 일어나는 일입니다. 나는 자신에게 묻지요.〈조르바, 지금 이 순간에 자네 뭐 하는가?〉〈잠자고 있네.〉〈그럼 잘 자게.〉〈조르바, 지금 이 순간에 자네 뭐 하는가?〉〈일하고 있네.〉〈잘해 보게.〉〈조르바, 자네 지금 이 순간에 뭐 하는가?〉〈여자에게 키스하고 있네.〉〈조르바, 잘해 보게. 키스할 동안 딴 일일랑 잊어버리게. 이 세상에는 아무것도 없네. 자네와 그 여자밖에는. 키스나 실컷 하게.〉」

얼마 후 그는 말을 계속했다.

「부불리나가 살아 있을 동안 말입니다, 그 어떤 카나바로도 나만큼 그 여자를 기쁘게 해준 사람은 없습니다. 이 쪼그랑 망태기 같은 조르바만큼 말입니다. 이유를 알고 싶어요? 이 세상의 모든 카나바로는 그 여자에게 키스하면서도 자기 함대나, 왕이나,

크레타나, 훈장이나, 마누라나…… 이런 걸 생각했습니다. 그러나 나는 이런 걸 깡그리 잊어버립니다. 그리고 이 할망구도 그걸 알고 있었어요. 유식한 양반한테 하나 가르쳐 드리는데, 여자에게 그 이상의 기쁨은 없는 법입니다. 진짜 여자는…… 잘 들어 두시오, 도움이 될 테니까…… 진짜 여자는 남자에게서 기쁨을 받는 것보다 자기가 기쁨을 주고 있다는 데서 더 큰 기쁨을 느끼는 법이에요.」

그는 허리를 굽혀 화덕에다 나무를 집어넣고는 다시 입을 다물었다.

나는 그를 바라보았다. 그렇게 마음이 푸근할 수가 없었다. 이 쓸쓸한 해변에서 보내는 순간들은 단순하지만 깊은 인간적 가치로 가득한 풍요한 시간으로 느껴졌다. 매일 저녁 우리가 먹는 음식은 뱃사람들이 어느 무인도 해변에 상륙하여 만들어 먹는, 물고기, 굴, 양파에 후추를 듬뿍 넣고 끓인 스튜 같은 것이었다. 이런 음식은 어떤 진수성찬보다 맛있고, 인간의 영혼에 그 어느 것보다도 큰 자양을 주는 법이다. 여기, 세상의 끝에서, 우리는 난파선의 조난자들 같았다.

「내일모레면 고가 케이블을 시동하게 됩니다.」 조르바가 자기 생각을 좇으면서 말했다. 「이제는 더 이상 땅을 딛고는 걷지 않을 겁니다. 나도 날짐승이 되는 겁니다. 내 어깨에 도르래가 하나 돋아난 것 같단 말입니다.」

「피레에프스 카페에서 날 낚으려고 당신이 던진 미끼 기억 나세요? 당신은 그때 기막힌 수프를 만들 수 있다고 했지요. 그런데 사실은 내가 가장 좋아하는 게 맛있는 수프거든. 대체 어떻게 그걸 눈치챘지요?」

조르바는 웃기다는 표정으로 고개를 가로저었다.

「두목, 그건 말하기가 쉽지 않아요. 그저 내 머리에 턱 떠오르는 거니까……. 당신이 카페 구석에 조용히 점잖게 앉아 금테 두른 책을 읽고 있는 걸 보고는…… 몰라요. 그저 당신이 수프를 좋아할 것 같았어요. 그것뿐입니다. 그저 그렇게 턱 느낌이 왔어요. 뭘 알아서 그런 게 아니에요!」

그러다 조르바는 갑자기 말을 끊고 귀를 세우고 허리를 굽혔다.

「쉿! 누가 오는데.」

다급한 발소리와 뛰느라고 가빠진 숨소리가 우리 귀에 들려왔다. 그때 일렁이는 화덕의 불빛 안으로 갈가리 찢긴 승복에 모자도 안 쓴 수도승이 뛰어들었다. 붉은 콧수염에 턱수염은 빈약했다. 그에게서 석유 냄새가 났다.

「이게 누구신가, 어서 오소, 자하리아 신부! 어쩌다 이 지경이 되었는고?」 조르바가 외쳤다.

수도승은 불 가까이 바닥에 무너졌다. 그의 턱은 덜덜 떨고 있었다.

조르바가 그에게로 얼굴을 갖다 대며 윙크했다. 뭘 물은 것임에 분명했다.

「했습니다.」 수도승이 대답했다.

「브라보 땡중!」 조르바가 함성을 지르고는 말을 이었다. 「이제 천당 갈 거야. 아무렴, 꼭 가게 되고말고! 손에 석유통을 들고서 말이야!」

「아멘!」 수도승이 성호를 그으며 중얼거렸다.

「그래, 어떻게 했나? 언제? 어디 자세히 이야기 좀 해보소!」

「카나바로 형제, 나는 천사장 미가엘을 보았습니다. 그분이 명하시더군요. 어떻게 되었는지 들어 보시오. 나는 부엌에서 콩을 까고 있었지요. 혼자였습니다. 문은 닫혀 있었고 수도승들은 모두 저녁 기도를 드리고 있었지요. 쥐 죽은 듯 고요했습니다. 밖에서 새들의 노랫소리가 들려왔습니다. 꼭 천사의 노랫소리 같더군요. 나는 준비가 다 되어 있었어요. 석유 한 통을 사다가 묘지 부속 예배당의 성찬대(聖餐臺) 밑에다 감추어 두었지요. 그래야 천사장 미가엘이 축복해 주실 거니까요.

어제 오후 앉아서 콩을 까며 머릿속으로는 천당을 생각하고 있었어요. 나는 중얼거렸지요. 〈우리 주 예수님, 저 역시 하늘나라에 들어갈 자격이 있습니다. 천당의 부엌에서 영원히 콩 껍질만 깔 준비가 되어 있다고요!〉 그런 생각을 하자니 눈물이 내 얼굴을 적셨습니다. 순간 내 머리 위에서 날개를 퍼덕거리는 소리가 났습니다. 나는 영문을 아는지라 엎드려 벌벌 떨었지요. 그때 목소리가 들려왔습니다. 〈자하리아, 얼굴을 들라. 너무 겁내지 마라.〉 그러나 나는 너무 떨린 나머지 바닥에 쓰러졌지요. 〈나를 보라, 자하리아!〉 목소리가 다시 들려오더군요. 나는 고개를 들고 보았습니다. 문이 열려 있고 문지방에는 미가엘 천사장님이 서 계시는 게 아닙니까. 수도원 성소(聖所) 문에 그려진 모습과 똑같았습니다. 그대로였죠. 검은 날개, 붉은 샌들, 황금빛 후광까지……. 그런데 손에는 칼 대신 횃불을 들고 계시더군요. 〈자하리아, 잘 있었느냐? 나는 하느님의 종이다!〉 그러시더군요. 내가 여쭈었지요. 〈하명하실 일이라도 있나이까?〉 〈이 횃불을 받아라, 주님이 너와 함께할 것이니라.〉 나는 손을 내밀었습니다. 손바닥이 타는 듯이 뜨겁더군요. 그때 이미 천사장님은 사라져 보이지 않았습니다. 내 눈에 보이는 것은 살별 같은 하늘의 빛줄기뿐이었습니다.」

수도승은 이마의 땀을 씻었다. 얼굴은 창백했다. 열병에 걸린 사람처럼 이빨에서 딱딱거리는 소리가 났다.

「그래서? 계속해, 자하리아, 그다음엔 어떻게 되었어?」 조르바가 다그쳤다.

「바로 그때 수도승들이 저녁 기도를 마치고 식당으로 가고 있었습니다. 지나가면서 수도원장은 나를 개처럼 걷어찼습니다. 수도승들이 와락 웃음을 터뜨렸고요. 나는 아무 말도 하지 않았습니다. 천사장님이 다녀가신 다음이어서 주위엔 유황 냄새가 났지만 아무도 눈치채지 못했어요. 수도원 사무장이 묻더군요. 〈자네는 저녁도 안 먹는가?〉 하지만 나는 아무 말도 안 했어요.

〈저 녀석은 천사의 음식만 있어도 되잖아!〉 비역쟁이 데메트리오스가 그러더군요. 수도승들이 다시 와락 웃음을 터뜨렸습니다. 나는 일어서서 묘지로 갔지요. 거기 천사장 앞에 엎드렸습니다. 몇 시간 동안 그분의 발이 내 목을 무겁게 누르고 있는 것 같았습니다. 시간이 번개같이 지나가더군요. 천당에서는 몇 시간, 몇백 년이 그렇게 흘러가겠지요. 자정이 되었어요. 주위는 쥐 죽은 듯 고요했습니다. 수도승들은 모두 잠자리에 든 다음이었죠. 나는 일어서서 성호를 긋고 천사장님의 발에다 입을 맞추었지요. 〈그 뜻이 이루어질 것이나이다.〉 나는 이렇게 말하고 나서 석유통을 따서 들고 나왔어요. 옷 속에는 이미 넝마를 잔뜩 숨겨 두었지요.

밤은 칠흑같이 어두웠습니다. 달도 뜨지 않았고요. 수도원은 지옥만큼이나 캄캄했습니다. 나는 마당으로 나가 계단을 올랐지요. 거기가 수도원장의 침소지요. 석유를 문, 창문 그리고 벽에다 끼얹었지요. 데메트리오스의 독방으로 갔습니다. 커다란 목조 계단 전체에 석유를 들이붓기 시작했습니다. 당신이 알려 준 대로요. 그다음엔 예배당으로 가 예수님 상 앞에 놓인 등잔의 초를 집어 불을 켜고는 불을 질렀지요.」

수도승은 숨이 가빠 여기서 말을 멈추었다. 그의 눈은 가슴속의 불길로 타는 듯했다.

「하느님을 찬양하리로다! 하느님을 찬양하리로다!」 그가 성호를 그으며 고함을 질렀다. 「순간 수도원 전체는 불꽃에 휩싸였지요. 〈지옥의 불길이다!〉 나는 목청껏 소리를 지르고는 있는 힘을 다해 도망쳤지요. 나는 뛰고 또 뛰었습니다. 종소리며 수도승들이 지르는 고함 소리가 들렸고⋯⋯ 나는 뛰고 뛰었습니다⋯⋯.

날이 밝자 나는 숲속에 숨었습니다. 떨리더군요. 해가 뜨자 수도승들이 숲을 뒤져 나를 찾는 소리가 들려왔습니다. 그러나 하느님이 안개를 보내셔서 나를 숨겨 주시어 결국 나는 들키지 않았지요. 석양 무렵에 나는 이상한 목소리를 들었습니다. 〈바닷가로 내려가거라, 어서 가거라!〉 〈저를 인도하소서, 천사장님, 저를 인도하소서!〉 나는 이렇게 소리치면서 달렸습니다. 어디로 가는지 나는 몰랐지만 천사장님은 나를 인도해 주셨습니다. 때로는 번갯불로, 때로는 나무 위의 새를 시켜, 때로는 산을 내려오는 길이 되어 나를 인도해 주셨습니다. 나는 천사장님을 믿고 있는 힘을 다해 달려 내려왔습니다. 오, 그 은혜 크셔라! 이렇게 나는 당신을, 카나바로 형제를 만난 겁니다! 나는 이제 구원을 받은 것이지요!」

조르바는 아무 말도 하지 않았지만 입이 털북숭이 당나귀 귀까지 찢어지면서 그의 얼굴에 엉큼한 미소가 번져 가고 있었다.

저녁이 준비되자 주전자를 화덕에서 내렸다.

「자하리아, 천사의 음식이 무엇인가?」 그가 물었다.

「정신이지요.」 수도승이 성호를 그으며 대답했다.

「정신이라? 다른 말로 하면 바람이 되나? 사람은 그걸로는 안 돼. 이리 와서 빵과 물고기 수프, 그리고 고기도 두어 조각 먹게.

원기가 돌아올 거야. 아주 큰일을 했어! 자, 어서 먹게!」

「먹고 싶지 않소.」수도승이 대답했다.

「자하리아는 먹고 싶지 않겠지. 하지만 요셉은 어떨까. 요셉도 먹고 싶지 않을까.」

「요셉은······」자하리아는 큰 비밀이라도 털어놓는 것처럼 목소리를 낮추었다. 「불에 타 죽었소. 요셉의 영혼에 벼락이 떨어지기를······. 타 죽었지. 하느님을 찬양할지라!」

「타 죽었다고!」조르바가 큰 소리로 웃었다. 「어떻게? 언제? 타 죽는 걸 직접 보았는가?」

「카나바로 형제, 내가 예수님 앞에다 불을 켜는 순간, 바로 타 죽었습니다. 그놈이 불로 된 글씨가 잔뜩 쓰인 검은 리본처럼 내 입에서 줄줄 나오는 것을 내 두 눈으로 똑똑히 보았지요. 촛불의 불길이 요셉을 덮치자 그놈은 뱀처럼 꿈틀거리다 마침내 재가 되고 말았지요. 오, 그 후련함이라니! 하느님을 찬양할지라! 나는 벌써 천당에 들어간 기분이었어요!」

그는 쪼그리고 앉아 있던 불가에서 몸을 일으켜 세웠다.

「가서 해변에서 좀 자야겠어요. 그러라는 분부를 받았거든요.」

그는 물가를 걸어가다가 곧 어둠 속으로 사라졌다.

「조르바, 당신이 저 친구 책임지시오! 수도승들이 저 친구를 붙잡으면 물고를 내지 않을까?」

「붙잡지 못할 테니까 두목은 걱정 마시오. 나는 이런 장난, 알아도 너무 잘 압니다. 내일 아침 일찍 나는 저 친구 면도를 말끔하게 해주고 진짜 인간의 옷으로 갈아입혀 배에 태울 겁니다. 두목은 속 썩일 것 없어요. 그럴 만한 일이 아니니까. 이 스튜 맛이 어때요? 인간의 빵을 먹는 것으로 만족해요. 엉뚱한 일로 골머리 썩이지 말고!」

조르바는 왕성한 식욕으로 먹고 마신 다음 손등으로 수염을 닦았다. 이제 이야기가 하고 싶어진 모양이었다.

「두목도 봤지요? 저 친구의 악마는 죽었어요. 저 친구 이제 텅 비어 버렸습니다. 가엾게도 쭉정이가 되어 버렸으니 끝장난 거지요! 이제부터는 다른 사람들과 똑같아져 버린 거라고요!」

그는 또 한참 동안 생각에 빠져 있었다.

「두목 생각도 저 친구의 악마가…….」

「그래요.」 내가 대답했다. 「수도원을 불살라 버리겠다는 생각이 저 친구를 완전히 사로잡고 있었어요. 불을 지르고 나니 이제 잠잠해졌지만. 바로 그 생각이 고기를 먹고 싶어 했고, 술을 먹고 싶어 했고, 마침내는 무르익어 실제 행동이 되고 싶어 했던 거예요. 또 다른 자하리아는 술도 고기도 필요로 하지 않았어요. 이 자하리아는 굶으면서 익어 갔어요.」

조르바는 이 말을 몇 번이고 곱씹는 눈치였다.

「과연, 두목 생각이 옳은 것 같소! 내 속에는 아무래도 악마가 대여섯 놈 들어 있는 것 같아요!」

「조르바, 사람이란 누구나 뱃속에 악마 몇 마리쯤은 갖고 있으니 그건 걱정 마세요. 많으면 많을수록 좋은 거지요. 중요한 건, 이 악마들의 최종 목적이 같아야 한다는 거죠. 가는 방법은 다르더라도.」

이 말이 조르바를 감동시킨 모양이었다. 그는 그 큰 머리를 무릎 위에 올리고 생각했다.

「무슨 목적?」 그가 고개를 들고 나를 바라보면서 물었다.

「조르바, 그걸 내가 어떻게 알겠어요? 너무 어려운 걸 물어보네요. 그걸 내가 어떻게 설명할 수 있겠어요?」

「그냥 간단히 말해 봐요. 나도 좀 알게. 지금까지 나는 내 속에

든 악마가 하고 싶다는 대로 하게 내버려 뒀고, 가고 싶다는 대로 가게 내버려 뒀지요. 그러다 보니, 사람들이 나를 엉큼하다 하는가 하면 정직하다 하고, 또 날 보고 미쳤다 하는가 하면 솔로몬처럼 지혜롭다고 해요. 그것들이 다 내가 맞고, 그보다 훨씬 많은 걸 더해야 나라는 인간이 돼요. 그러니까 완전 잡탕이야. 자, 그러니 두목, 날 좀 도와주슈. 이 문제 좀 풀어 보게…… 무슨 목적이오?」

「조르바, 내 말이 틀릴지도 모르지만, 나는 세 부류의 사람이 있다고 생각해요. 소위, 살고 먹고 마시고 사랑하고 돈 벌고 명성을 얻는 걸 자기 생의 목표라고 하는 사람들이 있어요. 또 한 부류는 자기 삶을 사는 게 아니라 인류의 삶이라는 것에 관심이 있어서 그걸 목표로 삼는 사람들이지요. 이 사람들은 인간은 결국 하나라고 생각하고 인간을 가르치려 하고, 사랑과 선행을 독려하지요. 마지막 부류는 우주 전체의 삶을 살려는 목표를 가진 사람입니다. 사람이나 짐승이나 나무나 별이나 우주 만물, 우리는 모두 하나다, 우리 모두는 무시무시한 하나의 싸움에 가담한 하나의 실체이다, 이렇게 생각하는 사람들요. 무슨 싸움일까요? ……물질을 정신으로 바꾸는 싸움이지요.」

조르바는 머리를 벅벅 긁었다.

「두목, 내 대가리 가죽은 몹시 두꺼워요. 그래 가지고는 뭐가 뭔지 대가리에 들어오지 않습니다. 아, 당신이 춤으로 방금 말한 걸 표현할 수만 있다면 나도 알아들을 텐데.」

나는 낭패감에 입술을 깨물었다. 저 모든 간절한 생각들을 춤으로 출 수 있다면 얼마나 좋았으랴! 그러나 나에겐 그럴 능력이 없었다. 인생을 헛산 것이다.

「두목, 춤이 아니면 한 편의 이야기로 그 모든 걸 들려주세요.

후세인 아가가 그랬던 것처럼 말입니다. 그 사람은 이웃에 살던 터키 노인이었어요. 아주 나이가 많고, 몹시 가난한 데다 마누라도 자식도 없는, 아주 철저한 사고무친(四顧無親)이지요. 옷은 형편없이 낡은 것이었지만 늘 눈부시게 깔끔했어요. 옷도 손수 빨아 입고 음식도 손수 짓고 마루를 쓸고 닦는 것도 손수 하고 밤이면 우리 집에 놀러 오곤 했습니다. 우리 할아버지, 마을 할머니들과 함께 마당에 앉아 양말을 손수 뜨곤 했었지요.

지금 말씀드리는 이 후세인 아가는 성자 같은 사람이었습니다. 어느 날 밤 이 양반이 나를 무릎 위에 앉히더니 내 손을 잡고 축복이라도 내리는 것처럼 이런 말을 했습니다. 〈알렉시스, 내너에게 비밀을 하나 일러 주마. 지금은 너무 어려 무슨 뜻인지 모를 테지만 자라면 알게 될 것이야. 잘 들어 둬라, 애야. 7층짜리 하늘도 7층짜리 땅도 하느님을 품기엔 좁단다. 하지만 사람의 가슴은 하느님을 품을 수 있어. 그러니 알렉시스, 조심해라. 내너를 축복해서 말하거니와, 사람의 가슴에 상처를 내면 못쓰느니라!〉

나는 묵묵히 조르바의 이야기를 들었다. 나는 생각했다. 추상적 생각이 지극한 경지에 이르고 나서야, 그래서 한 편의 이야기가 되고 나서야 비로소 입을 열 수 있었으면! 그러나 오직 위대한 시인만이 그 경지에 이르고, 범부는 수백 년 묵묵히 노력해야만 그런 경지에 이르는 걸 어찌하랴.

조르바가 일어섰다.

「내 가서 우리 방화범이 어쩌고 있는지 보고, 자면 담요라도 한 장 덮어 감기에 걸리지 않게 해주어야겠군요. 가위도 하나 가지고 가지요. 일류 이발사는 못 되지만.」

그는 껄껄 웃으며 가위와 담요를 가지고 바닷가를 걸어갔다.

달이 떠올라 대지에 신선한 빛줄기를 내리쏟고 있었다.

꺼져 가는 불가에 홀로 앉아 나는 조르바가 한 말의 무게를 가늠해 보았다. 의미가 풍부하고 포근한 흙냄새가 나는 말들이었다. 그 말들은 그의 존재 깊숙이에서 나왔고 그래서 아직 사람의 온기를 간직하고 있는 것이 느껴졌다. 나의 말은 종이로 만들어진 것들에 지나지 않았다. 내 말들은 머리에서 나오는 것이어서 거의 피 한 방울 묻지 않은 것이었다. 나의 말에 어떤 가치라도 있다면 다만 그 핏방울 덕분이었다.

배를 깔고 엎드려 따뜻한 화덕을 휘적거리고 있는데 조르바가 돌아왔다. 그의 팔은 양 옆구리에 축 늘어졌고 얼굴엔 놀란 빛이 완연했다.

「두목, 놀라시지 않았으면 좋겠는데…….」

나는 벌떡 일어났다.

「수도승 녀석이 죽었소.」 그가 말했다.

「죽어요?」

「가서 보니까 바위 위에 길게 누워 있습디다. 달빛 아래 말이오. 나는 그 옆에 무릎을 착 꿇고 앉아 콧수염이며 조금 남아 있는 턱수염까지 깡그리 잘랐지요. 계속 자르는데 녀석은 잠자코 있었어요. 나는 재미가 들려서 털이란 털은 모조리 깎았답니다. 얼굴에서만도 한 근은 좋이 깎아 내었을 겝니다. 꼴을 보니 꼭 털 깎아 놓은 양 같아서 배를 잡고 웃었지요. 나는 웃으면서 녀석을 잡아 흔들었습니다. 그러고서 호령했지요. 〈여보게, 자하리아! 일어나 성모님이 일으킨 기적을 보아라.〉 웬걸요, 꼼짝도 하지 않는 거예요. 나는 다시 흔들었어요. 역시 마찬가집니다. 〈이 친구, 죽었을 리는 없고, 웃기는 녀석 아냐.〉 나는 이렇게 중얼거렸지요. 옷을 젖혀 가슴을 까내고 심장 위에다 손을 얹어 보았어요. 벌떡벌떡 뛰었느냐고요? 아무 소리도 안 나는 거예요. 엔진이 서 버린 겁니다!」

이런 말을 하면서 조르바는 다시 힘을 차렸다. 죽음은 잠시 그를 침묵케 했지만 곧 원상태로 되돌아왔다.

「자, 두목, 이제 어쩐다지요? 화장을 해버려야 할 것 같은데. 석유로 타인을 해한 자, 석유로 망하리라. 이런 말이 성서에 나오지 않았나요? 옷이 때와 석유에 찌들어 있어서 세족(洗足) 목요일 유다처럼 불이 확 붙을 겁니다요.」

「좋을 대로 하세요.」 나는 이렇게 대답했지만 내심 적지 않게 거북살스러웠다.

조르바는 깊은 생각에 빠졌다.

「곤란한데.」 그가 이윽고 입을 열었다. 「곤란해도 보통 곤란한 일이 아니겠어요. 불을 붙이면 옷은 횃불처럼 타겠는데, 속은 가죽과 뼈밖에 없어요. 그렇게 야위었으니 타서 재가 되려면 우라지게 오래 걸릴 거예요. 불길을 도와줄 비계 한 덩어리가 이 친구에겐 없다 이겁니다.」

고개를 가로저으며 그가 이렇게 덧붙였다.

「하느님이 존재한다면 이런 걸 미리 알고 불길을 돕고 우리를 도울 비계 한 덩어리쯤은 미리 붙여 놓았을 게 아닙니까? 두목은 어떻게 생각하시오?」

「이 일에 날 끌어들이지 마세요. 조르바, 당신 좋을 대로 하세요. 그것도 빨리 하는 게 좋겠어요.」

「제일 좋은 것은 여기서 펑 하고 기적이 일어나 주는 겁니다! 수도승들은, 하느님이 몸소 이발사가 되어 이 친구 수염을 홀랑 깎아 끌고 가심으로써 수도원에 저지른 만행에 대해 벌하셨다고 믿어야 하는 거지요.」

그는 머리를 벅벅 긁었다.

「하지만 무슨 기적 말인가요? 무슨 기적? 조르바, 이건 당신도 별수 없을 것 같은데요!」

　초승달은 지평선 아래로 떨어지기 직전으로 색깔은 꼭 광을 낸 구리 같았다.

　나는 지쳐 잠자리에 들었다. 새벽에 일어난 나는 내 옆에서 커피를 끓이고 있는 조르바를 보았다. 얼굴은 창백했고 눈은 잠을 설쳐 부어오른 데다 빨갛게 충혈되어 있었다. 그러나 그의 염소 입술 같은 뭉툭한 입언저리엔 악동 같은 미소가 서려 있었다.

「두목, 잠을 못 잤어요. 할 일이 좀 있어서.」

「일이라니 무슨 일인가요, 이 악당 같은 양반…….」

「기적을 일으켰지요.」

　그는 웃으며 손가락을 입술에다 대었다. 「안 가르쳐 줄 거예요! 오늘은 우리 고가 케이블 개통식이지요. 수도원의 멧돼지 새끼들이 개통식을 축복하러 몰려올 겁니다. 그러면 〈복수의 처녀〉가 일으킨 기적을 알 수 있겠지요. 크셔라, 그분의 권능이여!」

　그는 커피를 날라다 주었다.

「그, 말입니다. 나, 시키면 수도원장 한자리는 멋지게 해치울 거외다. 내가 수도원을 하나 차린다면 다른 수도원 문을 다 닫게 만들고 그들의 단골손님도 몽땅 빼앗아 올 자신이 있어요. 원하는 게 눈물이야? 조그만 젖은 솜뭉치 하나만 성상화 뒤에 붙여 놓으면 그림 속 성자들이 우시고 싶을 때 우시는 거지. 천둥소리를 원하셔? 성찬대 밑에다 기계를 하나 숨겨 두고 귀가 먹먹하도록 울려 버리지요. 유령? 믿을 만한 놈으로 수도승 둘을 골라 침대 시트를 뒤집어씌워 한밤중에 수도원 지붕 위에서 돌아다니게 만드는 거지요. 그리고 매년 축제 때마다 절름발이, 장님, 중풍

환자들을 잔뜩 모아 놓고 다시 눈을 뜨고, 벌떡 일어나 성모의 영광을 춤추게 하겠어요…….

웃을 일이 뭐 있어요, 두목? 내게 아저씨 한 분이 있었는데 어느 날 길을 가다 다 죽어 가는 늙은 노새 한 마리를 보았어요. 죽으라고 산에다 갖다 버린 놈이었어요. 우리 아저씨는 그놈을 집으로 데려왔습니다. 이 양반은 아침마다 이 노새를 데리고 나가 풀을 뜯기고 밤이면 다시 집으로 몰고 들어왔어요. 어느 날 마을 사람 하나가 아저씨와 노새가 지나가는 걸 보고 있다가 소리를 질렀습니다. 〈이것 보게, 하랄람보스! 아 그 늙어 빠진 걸 어디에다 쓰려고 그러는가?〉 우리 아저씨 왈, 〈이건 내 공장일세, 똥거름 공장!〉 그래요, 두목, 내 수중에만 들어오면 수도원은 기적 공장이 될 겁니다.」

## 25

살아 있는 한 4월 말일은 잊을 수 없을 것이다. 케이블 고가선의 준비는 끝났다. 철탑과 케이블과 도르래는 아침 햇살에 번쩍거렸다. 거대한 소나무 목재는 산꼭대기에 쌓여 있었고 인부들은 그걸 케이블에 매달아 바다로 내려보내려고 신호를 기다리고 있었다.

산 위 출발점의 철탑 꼭대기에는 커다란 그리스 국기가 펄럭이고 있었고 똑같은 국기는 바닷가에도 게양되어 있었다. 오두막 앞에 조르바는 조그만 포도주 통까지 준비해 둔 다음이었다. 그 옆에서 인부들은 꼬챙이에 살진 양을 꿰어 굽고 있었다. 축도와 개통식이 끝나면 손님들은 술을 마시며 우리의 성공을 축복해 줄 참이었다.

조르바는 앵무새 새장까지 들고 나와 첫 번째 철탑 옆의 바위 위에다 올려놓았다.

「저놈을 여주인 보듯 하려고 데려다 놓는 겁니다.」 조르바가 앵무새를 바라보며 다정스럽게 말했다. 그는 주머니에서 땅콩을 한 움큼 꺼내 앵무새에게 먹였다.

조르바는 한껏 차려입고 있었다. 단추를 푼 와이셔츠, 초록색 재킷, 회색 바지, 옆에 고무를 댄 구두까지 그럴싸했다. 거기에다 빛이 바래기 시작하는 수염에 왁스 칠까지 했으니 더 더욱 근사했다.

다른 귀족들에게 경의를 표하는 고귀한 귀족처럼 그는 도착하는 마을 유지들을 점잖게 맞으면서 케이블 고가선이 무엇이며, 고가선이 이 마을에 가져올 이익이 어떤 것이며, 계획을 실행하는 데는 성모님께서 ── 그 무한한 자비를 베푸시어 ── 자기를 도와주었다고 누누이 설명했다.

「이것은 공학이 낳은 위대한 작품입니다. 정확한 경사면을 찾아내야 해서 엄청난 계산을 요하는 작업입니다. 내가 몇 달 동안 머리를 쥐어짰지만 허사였습니다. 이같이 엄청난 일에 인간의 정신만으로는 충분치 않은 법이지요. 우리에겐 하느님의 도움이 필요합니다. 그런데 성모님께서 내가 고전하고 있는 걸 보시고 자비를 베풀어 주신 겁니다. 이렇게 말씀하셨겠지요. 〈가엾은 조르바, 나쁜 사람은 아닌데. 마을을 위해 좋은 일 하려고 저러는 건데. 가서 좀 도와주어야겠구나.〉 그래서, 오, 하느님의 기적이 내리신 겁니다……!」

조르바는 말을 멈추고 세 번 연거푸 성호를 긋고는 말을 계속했다.

「그래요, 기적이 일어난 겁니다! 어느 날 밤 내 꿈에 검은 옷을 입은 여자가 나타났습니다. 바로 성모님이셨지요. 손에는 조그만 모형 케이블 고가선을 들고 말입니다. 이러시더군요. 〈조르바, 내 여기 네가 계획하고 있는 걸 가져왔다. 하늘에서 내리신 것이다. 이것은 네게 필요한 경사면, 그리고 이건 내 축복이니라!〉 그러고는 사라지시는 거예요. 나는 벌떡 일어나 당시 실험을 계속하던 곳으로 달려갔지요. 그런데 이게 웬일입니까? 케이블이 이미 올바른 각도로 걸려 있는 겁니다. 저절로 말입니다. 거기에서 안식향 냄새가 났어요. 성모님께서 직접 만지신 증거가 아니고 무엇입니까?」

콘도마놀리오가 질문하려고 막 입을 여는데 노새를 탄 수도승 다섯이 돌산의 길을 따라 내려왔다. 또 한 명의 수도승이 어깨에 커다란 나무 십자가를 짊어지고 그들을 앞질러 달려오면서 소리를 질러 댔다. 우리는 뭐라고 소리치는지 귀를 기울였으나 알아들을 수가 없었다.

찬송 소리가 가까워졌다. 수도승들은 공중에 팔을 내두르며 성호를 그었다. 노새가 돌부리를 걷어찰 때마다 그 자리에 불똥이 튀었다.

노새를 타지 않은 수도승이 우리 앞에 이르렀다. 그의 얼굴은 땀으로 번쩍거리고 있었다. 그는 십자가를 높이 쳐들고 외쳤다.

「기독교인들이여! 기적이 일어났습니다! 기독교인들이여! 기적이 일어났습니다! 신부들이 우리 성모님을 모시고 오는 중입니다. 무릎을 꿇고 경배하시오!」

마을 사람들, 유지들, 인부들이 그쪽으로 달려가 수도승을 에워싸고 성호를 그었다. 나는 좀 떨어진 곳에 서 있었다. 조르바가 반짝이는 눈빛으로 나를 흘끔 보았다.

「두목, 당신도 가까이 와요. 와서 성모님 기적이 뭔지 어디 좀 들어 보시라니까요!」

수도승은 숨이 턱 끝에 닿은 채 서둘러 자초지종을 이야기하기 시작했다.

「기독교인들이여, 무릎을 꿇으시오. 그리고 하느님의 기적을 들으시오. 귀를 기울이시오, 기독교인 여러분! 악마가, 저주받은 자하리아의 영혼에 들어앉아 이틀 전 우리 수도원에 석유를 뿌

413

리고 불을 지르게 했습니다. 우리는 한밤중에 그 불길을 보았습니다. 우리는 모두 일어났습니다. 회랑과 독방과 계단이 불길에 휩싸였습니다. 우리는 수도원 종을 치며 외쳤지요. 〈도와주소서, 도와주소서, 복수의 성처녀여!〉 우리는 주전자와 양동이로 물을 퍼 날라 불길을 잡았지요. 이른 아침에 불길은 잡혔습니다. 성은을 찬양할진저!

우리는 예배당으로 달려가 성상 앞에 무릎을 꿇고 외쳤지요. 〈복수의 성처녀시여! 창을 드시어 방화범을 찌르십시오!〉 그리고 우리는 모두 마당에 모였는데 우리의 유다 자하리아가 그 자리에 없다는 걸 눈치챘지요. 〈그자가 불을 놓은 자다. 틀림없이 그자다!〉 우리는 소리를 지르며 그자를 추격했지요. 하루 종일 찾았지만 헛수고였습니다. 밤새도록 찾았지만 헛수고였습니다. 그런데 오늘 새벽 우리는 다시 예배당으로 갔습니다. 오, 형제들이여. 우리가 거기에서 무엇을 보았는지 아십니까? 기적이 일어났습니다. 자하리아는 이 성상의 발치에 죽어 있었습니다. 복수의 성처녀가 든 창끝에는 피가 묻어 있었습니다!」

「주여 긍련히 여기소서, 주여 긍련히 여기소서!」 공포에 질린 마을 사람들이 웅얼거렸다.

「그뿐만이 아닙니다.」 수도승은 침을 꼴깍 삼키고 나서 말을 이었다. 「우리는 저주받은 자하리아를 일으키다 말고 아연실색했습니다. 성처녀는 그자의 머리털과 수염을 몽땅 깎아 꼭 가톨릭 신부처럼 만들어 놓았던 것입니다!」

나는 웃음을 참느라고 별의별 고생을 다 하다 말고 조르바 쪽을 돌아다보았다.

「이런 악당 같으니……」 내가 속삭였다.

그러나 조르바는 수도승을 바라보고 있었다. 눈은 놀라움으

414

로 휘둥그레진 채 시종 깊은 감동을 받았다는 듯이 연방 성호를 긋고 있었다.

「오, 주님, 전능하신 주님, 오, 주님, 전능하신 주님. 주님의 크신 공덕은 늘 놀랍습니다.」 조르바가 중얼거렸다.

이때 다른 수도승들도 우리 앞에 당도하여 노새에서 내렸다. 수도원의 영빈 수도승은 성상을 들고 있었다. 그가 바위 위로 오르자 모두 달려가 이 기적의 성처녀 앞에 무릎을 꿇었다. 맨 뒤에 뚱뚱한 데메트리오스가 헌금 쟁반을 들고 나와 헌금을 긁어모으면서 농부들의 머리에다 성수를 뿌렸다. 나머지 수도승 셋은 그를 둘러싸고 두 손은 배 위에 포갠 채 찬송을 했다. 그들의 얼굴은 굵은 땀방울로 덮여 있었다.

뚱보 데메트리오스가 소리쳤다. 「우리는 성처녀를 받들고 크레타의 마을을 돌 것입니다. 성도들이 거룩한 성처녀 앞에 무릎을 꿇고 헌금을 할 수 있게 말입니다. 이 성스러운 수도원을 복원하려면 돈이, 엄청난 돈이 필요한 것입니다…….」

「에라, 이 산돼지 같은 놈! 개새끼들, 이걸로 또 한판 우려먹을 모양이구나!」

조르바가 툴툴거리다가 수도원장에게 다가갔다.

「수도원장님, 개통식 준비가 다 되었습니다. 성처녀께서 우리 일을 축복해 주시길 빕니다!」

태양이 이미 중천으로 올라 꽤 더웠다. 바람 한 점 불지 않았다. 수도승들은 국기가 게양된 철탑을 둘러쌌다. 그들은 널찍한 소매로 이마의 땀을 닦고 〈정초식(定礎式)〉에 올리는 기도문을 읊었다.

「주여, 오, 주여, 이 건물을 반석 위에 세우시어 물도 바람도 흔들지 못하게 하시고…….」 그들은 성수 살포기를 놋그릇 속에 담갔다가 철탑, 케이블, 도르래, 조르바, 나, 농부들, 일꾼들, 바다 할 것 없이 아무 데나 뿌렸다.

이윽고 그들은 병든 여자를 다루는 것만큼이나 조심스럽게 성상을 들어 앵무새 새장 옆에 세우고 삥 둘러섰다. 반대편에는 마을 장로들이 섰고 조르바는 한가운데 섰다. 나는 바다 쪽으로 조금 물러서서 기다렸다.

고가선은 통나무 세 개로 시운전할 예정이었다. 즉 삼위일체의 숫자에 맞춘 것이었다. 그러나 복수의 성처녀에 대한 감사의 징표로 통나무 하나를 더 추가했다.

수도승, 마을 사람들, 일꾼들이 저마다 성호를 그었다.

「성부, 성자, 성신과 성처녀의 이름으로 인하여 하나이다!」 그들이 웅얼거렸다.

조르바는 단숨에 첫 번째 철탑 아래로 달려가 줄을 당겨 기를 내렸다. 산 위의 인부들이 기다리고 있던 신호였다. 구경꾼들은 뒤로 물러서며 산 위를 바라보았다.

「성부의 이름으로!」 수도원장이 외쳤다.

그때 일어난 일은 필설로 표현할 수 없다. 파국은 벼락처럼 우리를 덮쳤다. 우리에겐 도망칠 틈도 없었다. 구조물 전체가 휘청거렸다. 인부들이 케이블에다 매단 통나무엔 흡사 악령 같은 가속도가 붙었다. 불꽃과 나뭇조각이 공중으로 날렸다. 몇 초 후 그 나무가 바닥에 이르렀을 때는 나무가 아니라 아예 통숯이었다.

조르바가 얻어맞은 개 같은 얼굴로 나를 바라보았다. 수도승들과 마을 사람들은 멀찍이 물러섰고 놀란 노새들이 발을 쳐들며 기승을 부렸다. 데메트리오스는 놀라 나자빠졌다.

「주여, 자비를 내리소서!」 혼꾸멍이 난 그가 중얼거렸다.

조르바가 손을 들고 외쳤다.

「아무것도 아닙니다. 첫 번째는 다 그런 것 아닙니까. 기계가 이제 길이 들었습니다……. 자, 보세요!」

그가 기를 올려 두 번째 신호를 보내고는 도망쳤다.

「성자의 이름으로!」 수도원장이 떨리는 목소리로 외쳤다.

두 번째 통나무가 풀려났다. 철탑이 흔들리며 통나무에 속도가 붙어 흡사 돌고래처럼 뛰며 우리를 향해 돌진했다. 그러나 계속 내려오진 못했다. 내려오다 말고 박살이 난 것이었다.

「이런 빌어먹을 놈의 것!」 조르바가 수염을 물어뜯으며 뇌까렸다. 「경사면이 아직 제대로 안 된 건가!」

그는 철탑 아래로 달려가 난폭하게 다시 한 번 깃발을 내렸다. 세 번째 시도였다. 수도승들은 노새 뒤에 숨어 성호를 그었다. 마을 사람들은 한쪽 발을 들고 도망칠 준비를 단단히 하고 기다렸다.

「성신의 이름으로!」 수도원장이 도망칠 준비로 옷자락을 단단히 거머쥐고 떠듬거렸다.

세 번째 통나무는 엄청나게 컸다. 산꼭대기에서 풀어 놓자마자 통나무는 벽력 같은 소리를 내었다.

「모두 엎드려! 빌어먹을 놈의 것!」 조르바가 도망치며 소리쳤다.

수도승들은 땅바닥에 엎드렸고 마을 사람들은 걸음아 날 살려라 하고 도망쳤다.

통나무는 케이블에 걸린 채 한차례 펄쩍 뛰었다가 곤두박질치며 불꽃의 소나기를 날렸다. 그러고는 눈 깜빡할 사이에 무시무시한 속도로 산을 내려와 해변 모래사장을 넘어 바다에 처박히며 엄청난 포말을 날렸다.

철탑은 무섭게 흔들리고 있었다. 몇 개는 이미 기울어지고 있었다. 노새들은 고삐를 끊고 도망쳤다.

「아무것도 아니오! 걱정할 거 없어!」 조르바가 주위 사람들에게 악을 썼다. 「이제 진짜 기계가 길들었어. 제대로 될 거요!」

그가 다시 한 번 기를 올렸다. 우리는 필사적으로 달라붙는 그를 보며 결과를 불안하게 기다렸다.

「〈복수의 성처녀〉 이름으로!」 수도원장이 바위 뒤로 도망치며 소리쳤다.

네 번째 통나무가 풀려났다. 다시 벽력 같은 소리가 들려오며 철탑은 카드장처럼 차례차례 쓰러졌다.

「주여 긍련히 여기소서, 주여 긍련히 여기소서!」 마을 사람들과 인부들과 수도승들이 도망가면서 외쳤다.

통나무 파편이 데메트리오스의 허벅지에 상처를 입혔고 또 하나는 수도원장의 눈을 뺄 뻔했다. 마을 사람들은 사라지고 없었다. 복수의 성처녀만 바위 위에 서서 창을 손에 든 채 차가운 눈으로 아래 서 있는 사내들을 내려다보았다. 그 옆에는 살아 있다고 할 수도 없는 앵무새가 초록색 깃을 세운 채 떨고 있었다.

수도승들은 성처녀의 성상을 거두고 비명을 지르는 데메트리오스를 부축하더니 노새를 모아 올라타고 퇴각했다. 꼬챙이를 돌리며 양을 굽고 있던 인부들도 혼비백산 달아나 버려 고기는 타기 시작했다.

「양고기가 숯이 되어 버릴라!」 조르바가 걱정스럽게 소리치며 꼬챙이 쪽으로 달려갔다.

나도 그의 옆에 앉았다. 해변에는 우리 둘밖에 남아 있지 않았다. 모두 가버린 것이었다. 그는 내 쪽으로 고개를 돌려 주저하는 듯한 시선을 보냈다. 그는 내가 이 파국을 어떻게 받아들일지, 이 파국을 어떻게 수습해야 할지 몰라 망설이는 것 같았다.

그는 나이프를 들어 다시 양고기를 베어 맛을 보고는 재빨리

고기를 들어내어 꼬챙이째 나무에다 기대어 놓았다.

「잘 구워졌어요. 잘 익었는데요, 두목! 한 점 해보시겠어요?」

「빵과 술도 가져와요. 배가 고픈데.」

조르바는 술통 쪽으로 달려가 술통을 양구이 옆으로 굴려 오고 흰 빵과 술잔 두 개도 가져왔다. 우리는 제각기 나이프를 한 자루씩 집어 고기를 한 점 베어 내고는 빵을 잘라 먹기 시작했다.

「두목, 맛이 기가 막히지요? 입 안에서 살살 녹는군요. 이 근방에는 초원이 없어서 양은 내내 마른풀만 먹습니다. 이러니 고기가 맛있을 수밖에요. 이렇게 맛있는 고기를 먹어 본 것은 지금 말고도 한 번 더 있었어요. 머리카락으로 성 소피아 성당을 수놓아 부적으로 걸고 다니던 시절 일이니까 흘러간 옛날이야기지요……」

「얘기해 봐요! 들려줘요!」

「두목, 흘러간 옛날이야기라니까요. 그리스인들이니까 하는 미친 짓거리였을 뿐이에요!」

「얘기해 봐요, 조르바! 이야기 타래 좀 풀어 봐요.」

「하지요, 대충 이런 이야기가 되겠어요. 불가리아군에 포위되었을 때의 이야깁니다. 밤이었어요. 놈들이 산의 사면에서 불을 놓고 우릴 뺑 둘러싸고 있는 게 보였어요. 이것들, 우리를 겁주려고 심벌즈를 두드리며 늑대 떼처럼 소리를 지르더군요. 한 3백 명은 좋이 되었을 겁니다. 우리는 겨우 스물여덟 명. 대장은 루바스란 사람이었는데 ── 죽었으면 하느님이 그 영혼을 구원하기를 ── 좋은 친구였습니다. 날 보고 이러더군요. 〈이리 와, 조르바. 양을 꼬챙이에 꿰어!〉 〈대장, 그러는 것보다 구덩이를 파고 구우면 맛이 나아요!〉 내가 그랬지요. 〈어떻게든 자네 좋을 대로 하고, 대신 빨리나 해. 배가 고파 죽을 지경이니까.〉 그래서 우리는 구덩이를 파고 양을 그 속에 넣고는 그 위에다 숯을 쌓아

419

놓고 불을 붙였지요. 그런 다음 보따리에서 빵을 꺼내 불 앞에 둘러앉았지요. 우리 대장이 이런 말을 합디다. 〈이게 먹는 걸로는 마지막일지도 모른다! 겁나는 사람 있나?〉 우리는 모두 웃었지요. 아무도 대답은 안 했습니다. 우리는 호리병을 꺼내 들고 이렇게 말했지요. 〈건강하시오, 대장! 저 자식들 우릴 맞히려면 저런 사격 솜씨로는 어림없겠어요.〉 우리는 거푸 마셨어요. 그런 다음에 구덩이의 양을 꺼내었지요. 아, 그 양고기 맛이라니! 생각하면 지금도 입에 침이 다 고입니다. 로쿰처럼 살살 녹았어요. 우리는 고기에다 이빨을 박고 정신없이 먹었습니다. 대장이 또 이럽디다. 〈내 평생 이렇게 맛있는 양고기는 처음 먹어 본다. 다 하느님 덕이다!〉 그전에는 술을 안 마시던 사람이 한 잔 따라 주니까 단숨에 마셔 버리데요. 그러고는 명령을 내렸습니다. 〈야! 클레프트 노래를 불러! 저 자식들은 늑대 떼처럼 악다구니를 쓰고 있잖아! 우리는 사람답게 노래 부르는 거다. 「디모스 영감」으로 시작할까?〉 우리는 한 잔을 얼른 들이켜고 또 따랐어요. 그리고 노래를 시작했습니다. 노랫소리는 점점 커져 계곡 전체에 울려 퍼졌어요. 〈애들아 나는 이래 봬도 클레프트 산적 떼로 40년을 설쳤단다……〉 우리는 힘껏 목청을 돋우고 마음을 담아 노래를 불렀습니다. 대장이 이러더군요. 〈신바람이 났네들! 좋아, 좋아! 계속들 해! 알렉시스, 양의 등짝 좀 들여다봐……. 우리 운세가 뭐라고 나오는가?〉 나는 불 위로 허리를 구부리고 칼끝으로 양의 등을 뒤적거려 보고는 대답했지요.

〈대장! 무덤은 없는데요. 시체도 없고……. 이거, 한 번 더 빠져나갈 수 있겠군요!〉 그랬더니 결혼한 지 얼마 안 된 대장이 소리를 지르더군요. 〈제발 하느님이 자네 말을 들으셨기를! 딱 아들 하나만 있으면 좋겠는데…… 그다음에는 어찌 되든 상관없어!〉」

조르바는 콩팥 근처의 살점을 큼지막하게 잘라 내었다.

「그때 그 양 참 근사했습니다. 하지만 이것도 못지않은데요. 정말 근사해요!」

「조르바! 술 더 따르세요! 찰랑찰랑 따라 깡그리 비워 버립시다!」 내가 소리쳤다.

우리는 술잔을 부딪치고 포도주를 음미했다. 토끼 피처럼 붉은, 기막힌 맛의 크레타 포도주였다. 그것을 마시면 지구의 피와 교감하여 무슨 도깨비 같은 것이 되는 느낌이다. 혈관에는 힘이 넘쳐흐르고 가슴은 선한 마음으로 가득 차오른다. 양이었던 사람은 사자가 된다. 인생의 슬픔은 잊히고 고삐는 사라진다. 인간과 짐승과 하느님과 연결되어 우주와 하나가 되었다고 느낀다.

「조르바! 양의 등짝을 보세요, 뭐라고 쓰여 있나, 어서 보세요!」 내가 소리쳤다.

그는 조심스럽게 양의 등에 붙은 살을 잘라 내고 살점을 저며 낸 다음 불빛에 비추어 주의 깊게 바라보았다.

「만사형통이에요. 두목, 우리는 천년을 살겠어요. 심장이 강철이라서!」

그는 다시 고개를 숙이고 불빛에 자세히 바라보면서 말을 이었다.

「여행할 괘가 보이는 것 같습니다. 아주 긴 여행이군요. 여행 끝에 문이 많은 저택이 있습니다. 두목, 이건 왕국의 수도…… 아니면 내가 수문장이 될 수도원인지도 모르겠군요. 전에 말한 것처럼 내가 밀수라도 좀 해먹을 수도원 말입니다!」

「조르바, 술이나 따르세요. 예언은 놔두고……. 그 저택이 뭐고 문이 뭔지 내가 가르쳐 드리지……. 대지와 대지에 있는 무덤이에요, 조르바. 그게 긴 여행의 끝이에요. 자, 우리 악당 조르바

나으리의 건강을 위하여! !」

「두목의 건강을 위하여! 행운의 신은 눈이 멀었다고들 그럽디다. 자기가 어디로 가는지도 모르고 사람들 속으로 달려간다니……. 거기에 부딪친 사람을 우리는 재수 좋은 사람이라고 부르지요. 그런 게 행운이라니 정말 웃기잖아요! 우리는 그따위 것 없어도 되잖아요, 두목?」

「없어도 돼요, 조르바! 자, 건배……!」

우리는 마시고 양고기를 깨끗이 먹어 치웠다. 그러고 나니 세상이 좀 더 밝아진 것 같았다. 바다는 푸근해 보였고 대지는 배의 갑판처럼 일렁거렸으며 갈매기 두 마리가 마치 사람들처럼 뭐라고 서로 재잘거리며 자갈밭을 걸어갔다.

나는 일어섰다.

「조르바! 이리 와보세요! 춤 좀 가르쳐 주세요!」

조르바가 펄쩍 뛰어 일어났다. 그의 얼굴이 황홀하게 빛나고 있었다.

「춤이라고요, 두목? 정말 춤이라고 했소? 야호! 이리 오쇼!」

「조르바, 시작해 봐요! 내 인생은 바뀌었어요! 자, 한번 달려 봅시다!」

「처음엔 제임베키코를 가르쳐 드리지. 이건 아주 야성적인 군인의 춤이지요. 게릴라 노릇 할 때, 출전하기 전에는 늘 이 춤을 추곤 했지요.」

그는 구두와 자주색 양말을 벗었다. 셔츠 바람이었다. 그러나 그래도 더운지 그것마저 벗어부쳤다. 그러고는 나를 끌어당겼다.

「두목, 내 발 잘 봐요. 잘 봐요!」

그는 발을 내뻗으며 발가락만으로 땅을 살짝 건드리더니 그 다음 발을 세웠다. 두 발이 맹렬하게 헝클어지자 땅바닥에서는 북소리가 났다.

그가 내 어깨를 흔들었다.

「해봐요! 자, 같이!」

우리는 함께 춤을 추었다. 조르바는 내게 춤을 가르쳐 주고 엄숙하고 끈기 있게, 그리고 부드럽게 틀린 부분을 고쳐 주었다. 나는 차츰 대담해졌다. 내 가슴은 새처럼 날아오르는 기분이었다.

「브라보! 아주 잘하시는데!」 조르바는 박자를 맞추느라고 손뼉을 치며 외쳤다. 「브라보, 젊은이! 종이와 잉크는 지옥으로나 보내 버려! 상품, 이익 좋아하시네! 광산, 인부, 수도원 좋아하시네! 자, 젊은 양반, 당신이 춤도 출 줄 알고 내 언어를 배웠으니, 이제 우리가 서로 나누지 못할 이야기가 어디 있겠소!」

그는 맨발로 자갈밭을 짓이기며 손뼉을 쳤다.

「두목! 당신에게 할 말이 아주 많소. 사람을 당신만큼 사랑해 본 적이 없어요. 하고 싶은 말이 쌓이고 쌓였지만 내 혀로는 안 돼요. 춤으로 보여 드리지! 자, 갑시다!」

그는 공중으로 뛰어올랐다. 팔다리에 날개가 달린 것 같았다. 바다와 하늘을 배경으로 한 채 온몸을 던져 위로 솟구쳐 오르는 모습이 흡사 반란을 일으킨 대천사처럼 보였다. 그는 하늘에다 대고 이렇게 외치는 것 같았다. 「전능하신 하느님, 당신이 날 어쩔 수 있다는 것이오? 죽이기밖에 더 하겠소? 그래요, 죽여요. 상관 않을 테니까. 나는 분풀이도 실컷 했고 하고 싶은 말도 실컷 했고 춤도 실컷 추었으니…… 더 이상 당신은 필요 없어요!」

조르바가 춤추는 것을 보고 있으니, 인간이 자신의 무게를 이기기 위해 펼치는 그 환상적인 몸부림이 처음으로 이해되었다. 나는 조르바의 끈기와 그 날램, 긍지에 찬 모습에 감탄했다. 그의 기민하고 맹렬한 스텝은 모래 위에다 인간의 신들린 역사를 기록하고 있었다.

그는 춤을 멈추었다. 그러고는 흩어진 케이블 선과 무너진 철탑 더미를 바라보았다. 해가 저물면서 그림자가 길어졌다. 조르바는 나를 돌아보며 특유의 몸짓을 해 보이며 자기 입을 손바닥으로 가렸다.

「두목, 아까 불꽃의 소낙비 보았소?」

우리는 웃음을 터뜨렸다.

조르바는 내게 달려들어 끌어안고 키스했다.

「두목, 당신도 그게 우습소? 당신도 웃어요? 응, 두목? 좋았어!」

우리는 웃고 뒹굴면서 한동안 장난으로 씨름을 했다. 그러다 바닥에 널브러져 자갈밭 위에 네 활개를 뻗었고 이윽고 서로의 팔을 베고 곯아떨어졌다.


나는 새벽에 일어나 빠른 걸음으로 해변을 따라 마을로 향했다. 내 심장은 가슴속에서 벌렁거리고 있었다. 내 생애 그 같은 기쁨은 누려 본 적이 없었다. 예사 기쁨이 아닌, 숭고하면서도 이상야릇한, 설명할 수 없는 즐거움 같은 것이었다. 설명할 수 없는 정도가 아니라 설명할 수 있는 모든 것과 극을 이루는 그런 것이었다. 나는 모든 것을 잃었다. 돈, 사람, 고가선, 수레를 모두 잃었다. 우리는 조그만 항구를 만들었지만 실어 내보낼 물건이 없었다. 깡그리 날아가 버린 것이었다.

그렇다. 내가 뜻밖의 해방감을 맛본 것은 정확하게 모든 것이 끝난 순간이었다. 마치 어렵고 어두운 필연의 미로 속에 있다가 자유가 구석에서 행복하게 놀고 있는 걸 발견한 것 같았다. 나는 자유의 여신과 함께 놀았다.

모든 것이 어긋났을 때, 자신의 영혼을 시험대 위에 올려놓고 그 인내와 용기를 시험해 보는 것은 얼마나 즐거운 일인가! 보이지 않는 강력한 적 — 혹자는 하느님이라고 부르고 혹자는 악마라고 부르는 — 이 우리를 쳐부수려고 달려온다. 그러나 우리는 부서지지 않는다.

외적으로는 참패했을지라도 내적으로는 승리자일 때 우리 인간은 말할 수 없는 긍지와 환희를 느낀다. 외적인 재앙이 지고의 행복으로 바뀌는 것이다.

나는 언젠가 조르바가 했던 말을 떠올렸다.

「어느 날 밤, 눈으로 덮인 마케도니아 산에는 굉장한 강풍이 일었지요. 내가 자고 있는 오두막을 뒤흔들며 뒤집어엎으려고 합니다. 그러나 나는 진작 버팀목을 대고 필요한 곳은 보강해 둔 터였지요. 나는 불 가에 홀로 앉아 웃으면서 바람의 약을 올렸어요. 〈이것 보게, 아무리 그래 봐야 우리 오두막에는 들어올 수 없어. 내가 문을 열어 주지 않을 거니까. 내 불을 끌 수도 없겠어. 내 오두막을 엎어? 그렇게는 안 되네.〉」

조르바의 이 짧은 이야기에서 나는 강력하고도 맹목적인 필연이라는 것에 맞설 때 인간이 어떤 태도와 어조를 취해야 하는지를 감득했다.

나는 해변을 따라 잰걸음으로 걸으며 저 보이지 않는 적과 대화를 했다. 나는 호령했다.「내 영혼에는 들어오지 못해! 문을 열어 주지 않을 거니까! 내 불을 끌 수도 없어. 나를 뒤엎는다니, 어림없는 수작!」

해가 아직 산 위로 모습을 나타내기 전이었다. 물 위의 하늘에서 갖가지 색깔이 서로를 희롱했다. 파란색, 푸른색, 핑크, 진줏빛이 어우러졌다. 뭍의 올리브 나무 속에서는 잠에서 깨어난 작은 새들이 아침 햇살에 취해 재잘거리고 있었다.

나는 그 황량한 해변에 작별을 고하고 내 가슴에 새겨 함께 떠나려고 물가를 걸었다.

　　나는 그 해변에서 수많은 환희와 즐거움을 체험했다. 조르바와의 생활은 내 가슴을 넓혀 주었다. 그의 말 몇 마디는 내 영혼을 달래 주었다. 정확한 직감과 독수리 같은 원시의 모습을 함께 지닌 그는 지름길을 잡아 숨 한 번 차지 않고 다른 사람들의 노력의 정상에 이르러 거기에서 더 나아가기도 했다.

　　음식과 포도주 병을 넣은 바구니를 지고 한 떼의 남자들과 여자들이 지나갔다. 만물이 소생하는 5월 1일 축제를 위해 밭으로 가는 것이었다. 처녀 하나가 노래를 불렀는데 그 소리는 봄의 시냇물처럼 카랑카랑했다. 이미 젖가슴이 봉긋해진 계집아이 하나가 가쁜 숨을 몰아쉬며 내 옆을 달려 지나 꽤 높은 바위 위로 기어 올라갔다. 수염이 검은, 얼굴이 창백한 사나이가 화를 내며 따라가고 있었다.

　　「내려와! 내려오라니까⋯⋯.」 그가 목쉰 소리로 불렀다.

　　그러나 계집아이는 볼을 붉힌 채 두 팔을 들어 뒤꼭지에다 깍지를 끼고는 땀이 난 몸을 부드럽게 흔들며 노래를 불렀다.

　　　웃으면서 말해요, 울면서 말해요,
　　　사랑하지 않는다고 말해 봐요,
　　　눈 하나 깜빡하나?

　　「내려와, 내려오라니까⋯⋯!」 털보 사내가 소리쳤다. 그의 쉰 목소리는 애원과 위협을 차례로 되풀이하고 있었다. 그러다가 순식간에 그는 뛰어올라 계집아이의 발을 붙들어 꽉 쥐었다. 계집아이는 울음을 터뜨렸다. 마치 북받치는 자기 감정을 터뜨려 줄 이런 거친 동작을 기다리기라도 한 것 같았다.

나는 걸음을 재촉했다. 환희의 이 모든 갑작스러운 분출이 내속을 휘저어 놓았다. 늙은 세이렌 생각이 문득 났다. 나는 오르탕스 부인의 모습 — 뚱뚱하고 향수 냄새가 풍기고 키스를 물리게 한 — 이 떠올랐다. 부인은 땅 밑에 누워 있다. 벌써 잔뜩 부풀어 올라 초록빛으로 변해 있을 터였다. 피부는 터지고 체액이 새어 나오고 구더기가 파먹고 있을 터였다.

나는 몸서리를 치며 고개를 흔들었다. 이따금 땅이 투명해지면서, 궁극의 지배자인 구더기들이 그들의 지하 작업장에서 밤낮으로 일하는 광경이 눈에 들어온다. 그러나 우리는 황급히 눈을 돌리고 만다. 인간은 모든 것을 견딜 수 있지만, 이 하얀 구더기만은 보고 있을 수가 없는 까닭이다.

나는 마을로 들어가다 막 트럼펫을 불려던 우체부를 만났다.

「편집니다, 선생님.」 그가 이렇게 말하며 파란 봉투를 건네주었다.

나는 글씨를 알아보고 뛸 듯이 기뻤다. 나는 급히 가지를 헤치고 올리브 숲으로 들어가 편지를 뜯었다. 다급하게 쓴 짧은 편지였다. 나는 단숨에 읽었다.


우리는 그루지야 접경 지역에 이르렀네. 쿠르드족에게서 탈출한 거고 다 잘되고 있네. 나는 마침내 행복이 진정 무엇인지안다네. 바로 지금, 〈행복이란 의무를 행하는 것. 의무가 무거우면 무거울수록 행복은 그만큼 더 큰 법〉이란 옛말을 고스란히 겪고 있는 참이거든.

며칠 후면 이 쫓기며 죽어 가는 무리는 바툼에 가 있을 것이네. 조금 전에 이런 전보를 받았네. 〈첫 배가 시야에 들어왔음!〉

이 수천 명의 부지런하고 영리한 그리스인들은 엉덩이 펑퍼짐한 아내들과 눈망울이 초롱초롱한 아이들과 함께 곧 마케도니아와 트라케로 수송될 것이네. 우리는 그리스의 늙은 핏줄에다 이 새롭고 활기찬 피를 주입하려는 것일세.

내가 녹초가 되어 버렸다는 건 인정하네. 그러나 그게 대순가? 친구여! 우리는 싸워 이겼네. 나는 행복하다네.

나는 편지를 주머니에 넣고 다시 걸음을 재촉했다. 나 역시 행복했다. 나는 산으로 오르는 가파른 길을 골라 걸으면서 손가락 사이로 백리향의 향긋한 잔가지를 문질렀다. 정오가 가까워 내 검은 그림자는 발밑께로 모였다. 황조롱이가 머리 위를 돌았다. 날개를 어찌나 빨리 움직이는지 정지되어 있는 것 같았다. 자고가 내 발소리를 듣고 풀숲에서 튀어나와 푸르르 날갯짓을 하더니 허공을 일직선으로 날아갔다.

나는 행복했다. 그럴 수만 있었다면 노래라도 시원하게 불러 내 감정을 토로했을 텐데 겨우 외마디 소리가 되어 나올 뿐이었다. 자네, 뭐가 그렇게 행복한가? 나는 나 자신을 향해 빈정거렸다. 그래, 자네가 그렇게나 애국자인가? 자네가 그렇게 친구를 사랑하는가? 부끄러운 줄을 알아! 대강 해두고 좀 진정해!

그러나 나는 기쁨에 겨워 길을 따라 걸으며 계속 소리를 질렀다. 염소 목의 방울 소리가 들렸다. 바위 사이에서 검은색, 고동색, 회색 염소들이 햇살을 활짝 받으며 나타났다. 숫염소는 앞에 서서 목을 뺏뻣하게 세웠다. 냄새가 진동했다.

「여보세요, 형씨! 어딜 그렇게 바삐 가시오? 뭘 쫓아가고 있는 거요?」

양치기가 바위 위로 뛰어올라 손가락을 입에 넣고 나를 향해 휘파람을 불었다.

「급히 할 일이 있다네!」 나는 이렇게 대답하며 계속 올라갔다.

「잠깐만 기다려요. 이리 와서 염소젖이나 한 모금 시원하게 마셔요!」 양치기가 그렇게 소리치고 바위에서 바위로 뛰었다.

「급히 할 일이 있다고 하지 않았는가?」 나도 소리를 되질렀다. 나는 걸음을 멈추고 이야기를 늘어놓느라 지금의 이 기쁨이 끊어지는 게 싫었다.

「당신 내 염소젖을 무시하는구먼!」 양치기의 목소리가 거칠어졌다. 「그럼 가시구려. 행운을 비오!」

그가 다시 손가락을 입에 넣고 휘파람을 불자 염소 떼와 개들이 바위 뒤로 숨어 버렸다.

곧 나는 산꼭대기에 이르렀다. 정상 정복이 목적이기라도 했던 듯이 나는 평정을 되찾았다. 나는 바위 그늘에 누워 멀리 평야와 바다를 바라보았다. 숨을 깊이 들이쉬었다. 공기는 샐비어와 백리향 냄새로 향긋했다.

일어서서 샐비어를 모아 베개를 만들고 다시 누웠다. 피곤했다. 나는 눈을 감았다.

한순간 내 마음은 멀리 꼭대기가 눈으로 덮인 산으로 날아갔다. 북으로 향하는 남자, 여자들과 가축 떼, 양 떼를 이끄는 숫양처럼 앞서 걷는 내 친구의 모습도 상상해 보았다. 그러나 순간 마음속에서 혼란이 일어나며 저항하기 어려운 낮잠의 욕심이 밀려들었다.

나는 저항하고 싶었다. 나는 잠에 항복하고 싶지 않았다. 눈을 떴다. 알프스 까마귀 한 마리가 바로 내 앞 바위 위에 앉아 있었다. 푸르스름한 깃털이 햇빛에 반짝거렸다. 아래로 꼬부라진 노란 부리가 똑똑하게 보였다. 기분이 좋지 않았다. 이 새가 불길한 징조인 것 같아서였다. 나는 돌멩이 하나를 집어 던졌다. 알프스 까마귀는 조용히, 그리고 천천히 날개를 폈다.

나는 다시 눈을 감았다. 이번엔 더 이상 저항할 수 없었다. 잠이 순식간에 나를 덮쳤다.

그렇게 몇 초나 잤을까, 나는 소리를 지르며 벌떡 일어나고 말았다. 그 까마귀가 내 머리 바로 위를 지나가고 있었다. 나는 바위에 기대어 몸을 떨었다. 불길한 꿈이 칼이 되어 내 가슴을 저미는 것 같았다.

아테네였다. 나는 혼자서 헤르메스 가(街)를 걷고 있었다. 태양은 타는 듯이 뜨거웠고 거리엔 인적이 없었다. 가게는 모두 문을 닫아 거리에는 쥐새끼 한 마리 얼씬거리지 않았다. 카프니카레아 교회 앞을 지나다 나는 친구를 보았다. 창백한 얼굴에 숨을 헐떡거리며 〈입헌 광장〉 쪽에서 내게로 뛰어오고 있었다. 그는 키가 크고 몸이 날씬한 사람을 따라오고 있었는데, 그자의 보폭은 흡사 거인 같았다. 내 친구는 외교관 복장이었다. 친구는 나를 알아보고 멀리서 헐떡거리며 불렀다.

「여보게! 자네 요즘 어떻게 지내는가? 너무 오랫동안 못 보았군. 오늘 밤에 나랑 만나 이야기나 좀 하세.」

「어디서?」 나는 친구가 너무 멀리 떨어져 있어서 목청껏 소리쳐야 들릴 것 같아 있는 힘을 다해 소리를 질렀다.

「오늘 저녁 6시 오모니아 광장에서 만나세. 〈천국의 샘〉 카페에서!」

「좋아. 그리로 가겠네.」 내가 대답했다.

「자네는 오겠다고 해놓고 안 올 거지?」 친구는 나를 책망하는 것 같았다.

「꼭 갈 걸세. 악수로 확약하지. 손을 이리 주게!」 내가 소리쳤다.

「나는 바쁘네.」

「뭐가 그리 바쁜가? 손 좀 이리 주라니까!」

그가 팔을 뻗었다. 갑자기 그의 손은 어깨에서 빠져나와 허공을 가로질러 날아와 내 손을 잡았다.

나는 그 서늘한 촉감에 기겁을 해서 소리를 지르며 잠을 깼다.

내 머리 바로 위를 서성이는 까마귀를 본 것은 바로 그때였다. 내 입술은 독이라도 배어 나온 듯 쓰디썼다.

나는 동쪽으로 돌아서서 수평선에 시선을 못 박았다. 마치 먼 거리를 꿰뚫고 보려는 사람처럼······. 친구에게 위험이 닥친 것이 틀림없었다. 나는 그의 이름을 세 번 불렀다.

「스타브리다키! 스타브리다키! 스타브리다키!」

그렇게 해서라도 친구에게 힘을 주고 싶은 마음이었다. 그러나 내 목소리는 내 앞으로 몇 미터도 채 못 나가 대기 속으로 잦아들고 말았다.

나는 곤두박질치듯이 산길을 달려 내려갔다. 피로로 슬픔을 잠재우려는 몸부림이었다. 내 머리는 헛된 노력을 계속하며 저 불가사의한 메시지들을 짜 맞추려 했다. 그런 메시지들은 이따금 몸을 뚫고 영혼에 와 닿는다. 내 존재의 심연에서 이상한 확신, 이성보다 더 구체적이고 순전히 동물적인 확신이 나를 공포 속으로 몰아넣었다. 양이나 쥐 같은 동물들이 지진을 예지하는 그런 확신이었다. 내 내부에서 영혼이 깨어나고 있었다. 아직 완전히 우주에서 분리되지 않은, 그래서 왜곡하는 이성의 개입 없이 우주의 진리를 직접 느낄 수 있었던 지상 최초의 인간이 가졌던 그런 영혼이 깨어나고 있었다.

「그가 위험해, 위험에 빠진 거야!」 나는 중얼거렸다. 「그가 죽을 거야! 아직 자기 자신은 위험을 깨닫지 못했을지 모르지만 나는 알아, 틀림없어……」

　나는 산길을 달려 내려오다 돌부리에 걸려 바닥에 쓰러졌다. 돌이 사방으로 흩어졌다. 다시 벌떡 일어났다. 손발이 긁혀 피가 흐르고 있었다.

　「그가 죽을 거야! 그가 죽을 거야!」 이렇게 말하다 보니 목구멍에 응어리가 솟아올랐다.

　인간이라는 불운한 존재는 작고 초라한 자신의 삶 둘레에 난공불락이라고 믿는 방벽을 쌓아 올린다. 그 안을 피난처로 삼아, 삶에 미미한 질서와 안정을 부여하려 애쓴다. 미미한 행복을 말이다. 거기에서는 모든 것이 밟아 다져진 길들을, 신성불가침의 반복적 일상을 따라야 하며, 안전하고 단순한 규칙들을 지켜야 한다. 알 수 없는 것들의 무서운 침범을 막으려 요새처럼 방비한 그 테두리 안에서, 자잘한 확신들이 지네처럼 꼬물꼬물 기어다니며 누구의 도전도 받지 않는다. 하지만 무시무시한 적이 딱 하나 있다. 모두가 죽을 듯이 두려워하고 증오하는 그 적의 이름은 〈거대한 확신〉이다. 지금, 이 거대한 확신이 내 존재의 장벽을 뚫고 들어와 내 영혼을 덮치려 한 것이다.

　해변에 이른 나는 달리기를 멈추고 잠시 숨을 골랐다. 제2방어선에 도달한 것 같아 나는 자신을 가다듬었다. 나는 생각했다. 이 모든 메시지는 우리의 내적 불안에서 태어나, 우리가 자는 동안 상징이라는 화려한 의상을 걸치고 나타난다. 하지만 그 메시지들을 만들어 내는 것은 바로 우리 자신이다……. 나는 차츰 마음의 평정을 회복했다. 이성은 내 마음에 질서 회복을 명하면서, 저 풀썩거리는 낯선 박쥐의 날개를 자르고 또 잘라 친숙한 생쥐의 모습으로 돌려놓았다.

　오두막에 이르렀을 즈음 나는 나 자신의 순진함에 웃음을 짓고 있었다. 나는 내 마음이 그처럼 쉬 공포에 함몰당했다는 사실이 부끄러웠다. 나는 일상의 현실을 회복했다. 배가 고프고 목이 말랐다. 피곤했다. 돌에 찢긴 상처가 쓰라렸다. 내 가슴은 안도 감을 느꼈다. 방벽을 뚫고 들어온 저 무서운 적은 내 영혼을 막는 제2방어선에서 저지당한 것이었다.

# 26

모든 것이 끝났다. 조르바는 케이블, 연장, 운반용 손수레, 쇠붙이 나부랭이와 목재를 해변에다 쌓아 카이크 범선이 실어 갈 수 있게 해놓았다.

「조르바, 저걸 당신에게 선물로 주겠어요. 저건 모두 당신 것이에요. 행운을 빕니다.」

조르바는 울음을 참으려는 듯이 침을 삼켰다.

「우리, 헤어지는 건가요? 어디로 갈 작정이오, 두목?」

「조르바, 나는 외국으로 나갈까 해요. 내 뱃속에 든 염소라는 놈이 아직 종이를 더 씹어 먹어야 성이 차겠대요.」

「두목, 그거 별로 안 좋은 거라는 걸 아직도 모르시겠소?」

「알고 있어요, 조르바, 당신 덕택에. 하지만 나도 당신 방법을 써볼 거예요. 당신은 버찌를 잔뜩 먹어 버찌를 정복했으니 나는 책으로 책을 정복할 참이에요. 종이를 잔뜩 먹으면 언젠가는 구역질이 날 테지요. 구역질이 나면 확 토해 버리고 영원히 손 끊는 거지요.」

「두목, 당신이 없으면 나는 어떻게 하죠?」

「조르바, 너무 상심 마세요. 또 만나게 되겠지요. 누가 압니까? 사람의 능력이란 워낙 무서운 거라서! 훗날 우리 원대한 계획을 실천에 옮깁시다. 우리만의 수도원을 지읍시다. 신도 없고 악마도 없고 오직 자유로운 인간만 있는 수도원……. 당신은 문지기가 되세요, 조르바. 성 베드로처럼 문을 여닫는 큼직한 열쇠 하나 차고……..」

조르바는 오두막 옆면에 등을 기댄 채 바닥에 엉덩이를 깔고 앉아 아무 말 없이 연거푸 잔을 채워 마시고 또 채웠다.

밤이 내렸다. 식사도 끝났다. 우리는 포도주를 마시며 마지막 대화를 나누고 있었다. 아침이면 우리는 헤어지는 것이었다.

「그래요, 그래요, 알았어요, 알았어요…….」 조르바는 수염을 쥐어뜯으면서 술만 마셨다.

우리 위에서는 밤이 별을 밝혔고, 우리 내부에서는 북받쳐 터질 듯한 가슴이 겨우 억누르고 있었다.

나는 생각했다. 이 사람에게 영원한 이별을 고해야 한다. 잘 보아 두어라. 다시는, 다시는 조르바를 볼 수 없을 테니!

나는 그의 품에 뛰어들어 울어 버리고 싶었지만 부끄러웠다. 웃어서 내 감정을 숨기고 싶었으나 그렇게도 안 되었다. 목구멍에 응어리가 걸려 있었다.

먹이를 채는 새처럼 목을 뽑고 묵묵히 술만 마시고 있는 조르바를 바라보았다. 그를 바라보고 있자니 이런 생각이 들었다. 참으로 우리의 인생이란 얼마나 잔혹한 신비인지. 바람에 날리는 나뭇잎처럼 만났다가는 헤어지는데, 우리의 눈은 하릴없이 사랑하던 사람의 얼굴 모습, 몸매와 몸짓을 붙잡으려 애쓰니……. 부질없어라, 몇 년만 흘러도 그 눈이 검었던지 푸르렀던지 기억도 하지 못하는 것을.

나는 속으로 외쳤다. 인간의 영혼은 놋쇠로 만들었어야 했다!

무쇠로 만들었어야 했다! 바람이 아니라!

조르바는 그 큰 머리를 곧추세운 채 꼼짝도 하지 않고 마셨다. 그는 밤을 도와 다가오는 발소리, 혹은 존재의 심연 속으로 물러가는 발소리에 귀를 기울이고 있는 것처럼 보였다.

「조르바, 무슨 생각을 하고 계시지요?」

「두목, 무슨 생각이라니? 아무것도, 아무것도 생각하지 않소. 아무 생각도 안 하고 있었어요.」

얼마 후 또 잔을 채운 그가 소리쳤다.

「건강하시오, 두목!」

우리는 잔을 부딪쳤다. 우리 둘 다 이 쓰라린 슬픔의 감정이 오래 지속되어서는 안 된다는 걸 알고 있었다. 우리는 울음을 터뜨리거나 술에 취해 버리거나 미친놈처럼 춤이라도 추어야 했다.

「산투르를 쳐요! 조르바!」 내가 제안했다.

「두목, 내가 이미 이야기하지 않았소? 산투르를 치려면 행복한 마음이 필요합니다. 한 달, 아니면 두 달…… 글쎄, 그 정도 지나면 칠 수 있으려나? 그러면 나는 노래를 할 수 있겠지요. 두 사람이 영원히 이별한 사연을…….」

「영원히!」 나는 깜짝 놀라 외쳤다. 한번 뱉으면 주워 담을 수 없는 이 말을 속으로는 하고 있었지만, 들릴 정도로 크게 말할 생각은 없었다. 두려운 마음이 들었다.

「영원히!」 조르바가 되풀이하며 힘들여 침을 삼켰다. 「그래요, 그겁니다. 영원히. 조금 전에 당신이 다시 만난다느니 수도원을 짓는다느니 하는 건 병든 놈을 일으켜 세우려고 할 때 쓰는 말이지요. 나는 그런 말을 받아들일 수 없소. 바라지 않으니까. 우리가 계집들처럼 그렇게 서로 위로해야 할 만큼 약골이오? 물론 아니지. 예, 영원히예요!」

「나, 당신과 함께 여기 있을 수도 있어요⋯⋯.」 나는 조르바의 절망적인 애정에 당황하고 말았다. 「당신과 함께 어디론가 떠날 수도 있고. 나는 자유로우니까.」

조르바가 고개를 가로저었다.

「아니요, 당신은 자유롭지 않아요. 당신이 묶인 줄은 다른 사람들이 묶인 줄보다 좀 길 거예요. 그것뿐이오. 두목, 당신은 긴 줄 끝에 매달려 있으니까, 이리저리 다니고, 그리고 그걸 자유라고 생각하겠지요. 그러나 당신은 그 줄을 잘라 버리지 못해요. 그런 줄은 자르지 않으면⋯⋯.」

「언젠가는 자를 거요!」 내가 오기를 부렸다. 조르바의 말이 정통으로 내 상처를 건드려 놓았기 때문이었다.

「두목, 어려워요, 아주 어렵습니다. 그러려면 당신한테는 무식이 좀 필요해요. 무식, 아시겠어요? 모든 걸 걸고 도박을 해야 합니다. 하지만 당신은 머리가 힘이 세니까 항상 그 머리가 당신을 이겨 먹을 거라고요. 인간의 머리란 구멍가게 주인과 같은 거예요. 계속 장부에 적으며 계산을 해요. 얼마를 지불했고 얼마를 벌었으니까 이익은 얼마고 손해는 얼마다! 머리란 아주 좀상스러운 소매상이지요. 가진 걸 몽땅 거는 일은 절대 없고 꼭 예비로 뭘 남겨 둬요. 머리는 줄을 자르지 않아요. 아니, 아니지! 오히려 더 단단히 매달려요, 이 잡것은! 붙잡고 있던 줄을 놓치기라도 하면 머리라는 이 병신은 그만 허둥지둥하다가 완전 끝장나 버려요. 그런데 사람이 이 줄을 끊어 버리지 않으면 산다는 게 무슨 맛이겠어요? 노란 카밀러 맛이지. 멀건 카밀러 차 말이오. 럼주하고는 완전히 다르다고요. 럼주는 인생을 확 까뒤집어 보게 만드는데!」

그는 묵묵히 술을 더 따라서는 마시려다 말고 말을 계속했다.

「두목, 날 용서해 주셔야겠소. 나는 시커먼 촌놈이오. 하려는 말이 구두에 진흙 들러붙듯이 자꾸 이빨에 들러붙어요. 나는 아름다운 문장이나 인사치레 같은 게 안 돼요. 할 수가 없어요. 하지만 당신은 이해하겠지요.」

그는 잔을 비우고 나를 바라보았다.

「당신은 이해라는 걸 해요!」 그는 갑자기 분을 못 이기겠다는 듯이 부르짖었다. 「이해를 한다고요. 그래서 당신에겐 평화가 없는 거요. 이해하지 않으면 행복할 텐데! 뭐가 부족해요? 젊겠다, 돈이 있겠다, 건강하겠다, 사람 좋겠다, 만고에 부족한 게 없어요. 하나도 없지. 한 가지만 제외하고! 무식 말예요. 그게 없으면 두목, 글쎄요…….」

그는 다시 그 큰 머리를 흔들며 입을 다물어 버렸다.

울고 싶은 기분이었다. 조르바의 말은 구구절절 옳았다. 어릴 때에는 나도 미친 충동과 초인적인 욕망이 넘쳐, 세상이 못마땅했다. 차츰 나이를 먹으면서 나는 조용해졌다. 나는 한계를 정하고, 가능한 것과 불가능한 것, 인간적인 것과 신적인 것을 가르고, 내 연(鳶)을 꼭 붙들고는 놓치지 않으려 했다.

큼지막한 유성이 하나 하늘을 가로질러 날았다. 조르바는 놀라 눈이 휘둥그레졌다. 유성을 난생처음 보는 사람 같은 표정이었다.

「저 별 봤소?」 그가 물었다.

「봤지요.」

우리는 또 잠잠했다.

그때 조르바가 갑자기 비쩍 마른 목을 쑥 빼고 가슴을 내밀더니 짐승처럼 절규했다. 곧 그 절규는 흐름을 잡더니 인간의 말로 변했고, 조르바의 내부 깊숙이로부터 단조롭고 슬프고 고적한

438

옛 터키 가락으로 뽑아져 나왔다. 대지의 심장이 둘로 갈라지며 달콤하고도 무서운 동방의 독을 뿜어냈다. 내 안에서 지금껏 나를 용기와 희망에 이어 주던 모든 실들이 서서히 썩어 가는 느낌이었다.

이키 키클릭 비르 테펜데 오티요르
오트메 데, 키클릭 베민 데르팀 예티요르, 아만! 아만!

모래알 고운 사막은 눈 닿는 데까지 펼쳐져 있다. 끓어오르는 대기는 핑크, 파랑, 노랑. 관자놀이는 용솟음친다. 영혼은 화답이 없어 기성을 발하여 날뛴다. 내 눈에 눈물이 고인다.

작은 언덕 위에서 다리가 붉은 자고 한 쌍이 울고 있네
자고여 울지 말아라, 내 아픔만으로도 충분하니, 아만! 아만!

조르바는 아무 말도 하지 않았다. 손가락을 민첩하게 놀려 눈썹 위의 땀을 닦아 내었다. 그러고는 고개를 숙이고 바닥만 내려다보았다.

「그 터키 노래는 뭐예요?」 내가 얼마 후에 물었다.

「낙타 몰이의 노래지요. 사막을 지날 때 부른답니다. 몇 년 동안 부른 일도 없고 생각도 안 났는데 지금 문득…….」

고개를 들었다. 그의 목소리는 뾰족했다. 목구멍에 뭐가 걸린 목소리였다.

「두목, 주무실 시간이군요. 칸디아행 배를 잡으려면 일찍 일어나야 합니다. 잘 자시오!」

「졸리지 않아요. 당신과 밤을 샐 거예요. 우리가 함께 지내는

마지막 밤이니까.」

「바로 그래서 후딱 끝내야 합니다!」 그는 그렇게 소리치고 그는 술을 더 마시고 싶지 않다는 표시로 술잔을 엎어 놓았다. 「지금 당장, 그냥 이렇게. 진짜 사나이라면 이렇게 딱 끊어 버리는 거요. 담배도, 술도, 도박도! 팔리카리[42]답게 말이오.

우리 아버지가 진짜 팔리카리였습니다. 날 보면 안 돼요. 난 그 양반에 비하면 개털도 아니니까요. 나는 그 양반 발꿈치도 못 따라갑니다. 우리 아버지는 사람들이 맨날 이야기하는 그런 옛날 그리스 사람이었어요. 그 양반이랑 악수를 하면 손이 거의 으스러져 버려요. 나는 그래도 가끔 이렇게 두런두런 이야기를 하잖아요. 하지만 우리 아버지는 으르렁거리거나 울부짖지 않으면 노래를 불렀습니다. 그 양반 입에서 사람 말 같은 말이 나오는 일은 거의 없었어요.

악덕이란 악덕은 두루 갖춘 이 양반도 자를 때는 칼로 베듯이 잘라 버립니다. 한 가지 예를 들지요. 이 양반은 담배를 굴뚝같이 피워 댔습니다. 어느 날 아침 자리에서 일어나 밭을 갈러 들로 나갔어요. 나가서 밭둑에 기대고 일 시작하기 전에 한 대 말아 피울 요량으로 요대에 손을 넣어 담배쌈지를 찾았는데, 어렵쇼, 쌈지를 꺼내고 보니 비어 있더란 말입니다. 집에서 나오면서 담배 채우는 걸 깜빡 잊어버린 거지요.

이 양반은 불같이 화를 내고 고래고래 소리를 지르며 마을로 내달았지요. 아시겠지만 담배를 피우고 싶다는 생각 때문에 이성이고 나발이고 없는 거지. 그런데 갑자기 ── 이래서 나는 늘 사람이란 참 묘한 거라고 생각하지만 ── 이 양반은 걸음을 멈추

---

42 담대한 남자, 용감하고 잘생긴 청년, 영웅을 가리키는 그리스어.

었대요. 부끄러워진 거예요. 쌈지를 꺼내어 이로 갈가리 물어 찢어 땅바닥에 팽개쳤어요. 그러고는 발로 짓밟고 침을 뱉으면서 고래고래 소리를 질렀답니다. 〈더럽다, 더러워! 이 더러운 놈의 화냥것!〉

바로 그 순간부터 돌아가실 때까지 아버지는 담배를 입술에 대지 않았어요.

두목, 진짜 사내들은 이렇게 하는 거라오. 잘 자시오!」

그는 일어서서 해변으로 성큼성큼 다가갔다. 다시 돌아보지 않았다. 바닷물 찰랑거리는 곳에 이르러 자갈밭에 네 활개를 뻗고 누웠다.


나는 그를 다시 보지 못했다. 닭이 울기도 전에 노새꾼이 왔다. 나는 그 노새를 타고 떠났다. 잘못 생각하고 있는지 모르지만, 나는 조르바가 근처 어딘가에 숨어 내가 떠나는 양을 지켜보았을 것 같다. 다만, 달려 나와 흔한 작별의 인사말을 하거나, 서로 슬퍼져서 눈물을 쏟게 만들거나, 악수를 하고 손수건을 흔들고 맹세를 나누거나 하지 않았을 뿐이리라.

우리의 이별은 칼로 벤 듯이 깔끔했다.

칸디아에서 나는 전보 한 통을 받았다. 나는 떨리는 손으로 그것을 받아 들고는 뜯어 보기 전에 한동안 눈길만 주고 있었다. 나는 그 내용을 알고 있었다. 나는 거기에 적힌 단어가 몇 개인지, 심지어 글자가 몇 자인지까지 몸서리쳐질 만큼 정확하게 알 수 있었다.

뜯지 않은 채로 찢어 버리고 싶은 마음이 강하게 들었다. 이미 알고 있는데 읽어서 무엇 하랴? 아, 그러나 우리는 이제 우리의 영혼을 신뢰하지 않는다. 영원한 구멍가게 주인인 이성이 영혼을 비웃고 있다. 우리가 미신을 믿는 노파나 무당을 비웃듯이. 결국 나는 전보를 뜯었다. 트빌리시에서 온 것이었다. 한동안 글자들이 내 눈앞에서 춤을 추었다. 한 단어도 분간이 되지 않았다. 이윽고 글자가 천천히 제자리를 잡았다.

〈어제 오후 스타브리다키 폐렴으로 사망.〉

5년이란 세월, 공포의 5년이 흘러갔다. 그동안 세월은 급변하여, 지리적 경계선들이 춤을 추었고, 나라들의 영토는 아코디언처럼 확장과 수축을 반복했다. 조르바와 나도 풍파에 휩쓸렸다. 처음 3년간은 그래도 이따금 엽서를 받을 수 있었다.

한 장은 아토스 산에서 보내온 것이었다. 커다란 슬픈 눈과 굳건한 턱을 가진 천국의 문지기인 성처녀의 그림이 담긴 엽서였다. 성처녀 아래에다 조르바는 늘 종이를 긁어 찢는 그 뭉툭하고 무거운 특유의 필체로 이렇게 쓰고 있었다. 〈두목, 여기에선 사업이 안 될 것 같소. 여기 수도승들은 벼룩의 간도 빼먹을 놈들입니다. 그러니 떠나야지요.〉 며칠 뒤에 또 한 장의 엽서가 날아들었다. 〈순회 광대처럼 앵무새 조롱을 들고는 수도원들을 돌 수가 없겠소. 자기 찌르레기를 가르쳐서 「주여 긍련히 여기소서」를 아름답게 노래하게 만든 아주 웃기는 땡중이 하나 있어서 선물로 줘버렸습니다. 이 찌르레기 새끼가 진짜 수도승처럼 노래해요. 당신도 들으면 펄쩍 뛸 겁니다. 우리 불쌍한 앵무새에게도 노래를 가르치겠지요. 만사가 운명이라더니, 이 녀석은 살아서 별의별 일을 다 해보는군요. 이번에는 성직자가 된 거예요, 우리 앵무새가! 그럼 안녕히. 거룩한 은둔자, 알렉시오스 신부 올림.〉

6~7개월 뒤에는 가슴이 파인 옷차림의 풍만한 여자가 그려진 엽서가 루마니아에서 날아왔다. 〈아직 살아 있습니다. 마말리

가[43]를 먹으며 보드카를 마십니다. 유전에서 일하고 있는데 시궁
창 생쥐보다 꼴이 더 더럽고 냄새가 납니다. 그러면 어때요. 이곳
은 등 따뜻하고 배부릅니다. 나 같은 늙은 건달의 진정한 낙원입
지요. 두목, 무슨 말인지 이해하지요? 정말 살맛이 납니다…….
달콤한 음식이랑 달콤한 여자가 시장에 널렸어요. 하느님을 찬
양할지라! 그럼 이만. 시궁창 생쥐, 알렉시스 조르베스쿠 올림.〉

2년이 지나갔다. 이번에는 세르비아에서 엽서가 날아왔다. 〈아
직 살아 있습니다. 오라지게 추워 할 수 없이 결혼했습니다. 뒤집
어 보면 사진이 있으니 얼굴 한번 보세요. 여자 하나 아주 제대로
건졌어요. 허리가 조금 뚱뚱한 건 지금 날 위해서 꼬마 조르바를
하나 만들고 있기 때문입니다. 여자 곁에 나는 당신이 준 양복을
입고 서 있습니다. 내가 낀 결혼반지는 우리 불쌍한 부불리나 겁
니다. 뭐, 그럴 수도 있는 거지요! 하느님, 부불리나의 영혼을 돌
보소서! 아내 이름은 류바라고 합니다. 내가 입은 여우 목도리
외투는 아내가 혼수로 해온 거예요. 아내는 암말 한 마리, 돼지
일곱 마리도 끌고 왔어요. 웃기는 떼거리예요. 전남편 소생인 아
이 둘도 데리고 왔군요. 아차, 여자가 과부였다는 이야기를 빼먹
었군요. 가까운 산에서 동광을 하나 발견했습니다. 자본가를 또
하나 구슬러서 지금은 파샤처럼 잘 지내고 있어요. 그럼 이만.
전직 홀아비 알렉시스 조르비치 올림.〉

엽서 뒤에는 신품 양복에, 털모자, 긴 외투를 입고 멋쟁이 지팡
이까지 쥔 사진이 있었다. 그의 품 안에는 스물다섯을 넘지 않았
을 듯한 예쁜 슬라브 여자가 하나가 있었다. 굽 높은 장화를 신
고 가슴이 풍만한 이 여자는 암말처럼 엉덩이가 큰 데다 사람이

43 루마니아의 강냉이죽.

좋아 보였다. 사진 밑에는 조르바의 꼬부랑 글씨가 적혀 있었다. 〈나 조르바, 그리고 필생의 사업인 여자. 이번에는 이름이 류바라고 함.〉

이 동안 나는 해외를 여행하고 있었다. 내게도 필생의 사업이 있었지만, 그 사업에는 풍만한 가슴도 새 외투도 돼지도 따르지 않았다.

어느 날 베를린으로 전보 한 통이 날아들었다. 〈멋진 녹암을 찾았음. 즉시 오시오. 조르바.〉

독일이 대기근을 겪는 중이었다. 마르크화(貨)가 값이 떨어져 우표 같은 걸 사는 데도 수백만 마르크를 가방에 담아 가야 했다. 굶주림, 추위, 낡은 옷, 구멍 난 구두가 당시는 다반사였다. 혈기 좋던 독일인들의 뺨도 별수 없이 창백하던 시절이었다. 작은 풍파라도 일면 사람들은 바람 앞의 낙엽처럼 우수수 길거리에 나가떨어졌다. 어머니는 아이의 울음을 그치게 하려고 고무를 주어 씹게 했다. 밤이면 경찰이 다리를 지켜, 애들까지 안고 세상을 하직하려는 어머니들을 저지해야 했다.

눈 내리는 겨울이었다. 내 옆방에는 동양어를 가르치는 독일인 교수가 있었는데 이 양반은 추위를 잊으려고 긴 붓을 손에 들고 극동의 고통스러운 풍속을 흉내 내며 한시(漢詩)나 공자의 말씀을 베꼈다. 붓끝과 치켜든 팔꿈치, 쓰는 사람의 가슴이 삼각형을 이루었다.

그는 이따금 만족스러운 미소를 띠며 이런 말을 하곤 했다. 「조금 있으면 땀이 솟을 거외다. 나는 이렇게 몸을 데운다오.」

내가 조르바의 전보를 받은 것은 이 쓰라린 한겨울이었다. 처음에는 슬머시 화가 났다. 육체와 정신을 버티게 해줄 빵 부스러기 하나 없어 사람들이 쓰러져 가고 있는 판국에 전보를 쳐서는

444

아름다운 녹암 한 덩어리를 보러 수천 리를 달려오라고! 아름다운 것 좋아하네! 아름다움에는 심장도 없고 인정머리도 없어.

그러나 놀랍게도 어느새 내 노여움은 사라져 버렸고 나의 가슴은 이 조르바의 비인간적인 호소에 응답하고 있었다. 내 속에 있는 야생의 새가 날개를 치며 가자고 졸랐다.

그러나 나는 가지 않았다. 또 한 번 나는 비겁했던 것이었다. 나는 내 내부의 신성한 야만의 목소리를 따르지 않았다. 나는 조리에 닿지 않는 고상한 행위를 포기한 것이었다. 나는 정중하고 차가운 논리에 귀를 기울인 것이었다. 나는 펜을 들어 조르바에게 경위를 설명했다.

그에게서 답장이 왔다.

〈두목, 이런 말을 해서 어떨는지 모르지만 당신은 가망 없는 펜대 운전사올시다. 평생에 한 번이라도 그 아름다운 녹암을 봐야 하는 건데, 당신은 보지 않았어요. 젠장, 일이 없을 때 나는 자신에게 이렇게 물어봅니다. 지옥은 있을까, 없을까? 그러나 어제 당신의 편지를 받고 나는 말했어요. 두목 같은 펜대 운전사를 위해 반드시 지옥이 있어야 한다!〉

그 뒤로 조르바는 편지를 보내지 않았다. 훨씬 끔찍한 사건들이 우리를 갈라놓았다. 세계는 술 취한 사람처럼 휘청거리고 비틀거렸다. 땅이 갈라지면서 우정이나 개인적 사정들을 삼켜 버렸다.

나는 곧잘 친구들에게 이 위대한 인간의 이야기를 했다. 우리는 교육받은 사람들의 이성보다 더 깊고 더 자신만만한 그의 긍지에 찬 태도를 존경했다. 우리들이라면 고통스럽게 몇 년을 걸려 도달할 정신의 경지에 그는 단숨에 가닿았다. 그래서 우리는 말했다. 〈조르바는 위대한 인간이다!〉 때로 그는 그 경지를 훌쩍

넘어 더 멀리 나가 버리기도 했는데, 그럴 때면 우리는 말했다. 〈조르바는 미쳤다!〉

시간은 옛 기억에 달콤하게 오염된 채로 흘러갔다. 또 하나의 그림자, 내 친구의 그림자도 나의 영혼과 만났다. 그 그림자는 나를 떠나지 않았다. 나 자신이 그 그림자를 버리고 떠나고 싶어 하지 않았기 때문이다.

그러나 그 그림자에 대해서는 아무에게도 이야기하지 않았다. 나는 남몰래 그 그림자와 대화를 했고, 그 덕분에 나는 죽음과 화해를 해나가고 있었다. 나는 저 세상과 이어지는 비밀의 다리를 가진 것이었다. 그 다리를 건너오는 내 친구의 영혼은 허약하고 창백했다. 너무 허약해서 내 손을 잡지도 못했다.

가끔 두려운 생각이 엄습했다. 혹시 친구는 이승에서 육신의 예속을 자유로 탈바꿈시킬 시간이, 영혼을 갈고닦아 견고하게 만들 시간이 없지 않았을까? 그리하여 죽음이라는 궁극의 순간에 그의 영혼이 공포에 사로잡혀 소멸해 버린 것은 아닐까? 혹시 그의 내부에 불멸의 것이 되어야 할 것이 불멸을 획득할 시간이 없었던 것은 아닐까?

그러나 때때로 친구는 더 강한 모습으로도 나타났다. 그가 강한 것일까? 아니면 단지 내가 더 강렬하게 그를 기억하기 때문일까? 그럴 때면, 그는 젊고 엄격한 모습이었다. 계단을 올라오는 그의 발걸음 소리가 들리는 듯했다.

어느 해 겨울 나는 혼자서 엔가디네 산으로 순례를 떠났다. 그 몇 해 전에 친구와 나, 그리고 우리가 함께 사랑하던 여자 하나와 더불어 황홀한 시간을 보낸 적이 있는 산이었다.

나는 우리가 묵었던 그 호텔에 들었다. 달은 열린 창으로 비쳐 들어왔다. 나는 산의 정기를 느꼈다. 눈을 인 소나무, 정일한 밤

446

의 산이 내 마음속으로 들어왔다.

나는 형언할 수 없는 행복을 맛보았다. 잠은 마치 조용하고 투명한 바다 같았고 나는 그 깊은 바다 속에서 꼼짝도 하지 않고 느긋하게 일렁거리고 있는 기분이었다. 그러나 내 감각은 선명하게 깨어 있어서 내 위 수천 길 위의 바다 표면으로 배가 지나가도 내 몸에 상처가 날 것 같은 느낌이었다.

문득 그림자 하나가 내 앞에 나타났다. 나는 그 그림자의 임자가 누군지 알았다. 그의 목소리가 들려왔다. 나를 나무라는 목소리였다.

「자나?」

나도 비슷한 어조로 대답했다.

「왜 이리 늦었나? 나는 몇 달 동안 자네 목소리를 듣지 못했다. 어디를 방황하고 있었던가?」

「나는 줄곧 자네와 함께 있었는데 자네가 나를 잊었던 것이야. 내게는 자네를 부를 힘이 없고, 자네는 나를 떨쳐 버리려고 했다. 달빛이 아름답구나. 눈을 인 소나무도, 이 땅의 삶도. 하지만, 제발 날 잊지 말아 다오!」

「내가 자네를 잊을 턱이 있는가. 알면서 그러는구나. 자네가 나를 떠난 날, 나는 온 산들을 휘달리며 내 몸을 피로로 가득 채웠다. 그래도 밤에는 자네 생각으로 잠을 설쳤다. 내 감정을 다스리느라고 시를 쓰기도 했지만 내 고통을 걸어내기엔 너무 초라했다. 그중 한 구절이 이렇게 시작되네.

그대가 죽음의 신과 험한 길을 갈 때
나는 그대의 유연한 몸과 당당한 자태를 찬탄했다.
새벽에 깨어나 떠나는 두 마리 물오리 같은⋯⋯.

447

또 하나, 그것 역시 미완성인 시지만 나는 이렇게 절규했다.

　이를 악물어라, 사랑하는 이여, 그대 영혼이 날아가지 않도록!」

　그는 쓰디쓴 미소를 지으며 내 위로 얼굴을 숙였다. 나는 그의 창백한 얼굴을 보고 전율했다. 그는 구멍만 남은 눈으로 한참 나를 들여다보았다. 안와에는 안구 대신 흙덩이 둘이 들어 있었다.
　「무슨 생각을 하나? 아무 말이나 해보게.」 나는 당황하여 중얼거렸다.
　다시금 그의 목소리가 멀리서 들리는 신음처럼 들려왔다.
　「아, 세계가 너무 좁다던 영혼이 무엇으로 남았는가! 다른 사람의 시 몇 구절, 그나마 흩어지고 토막 나…… 4행시 한 수도 못 되는 것으로! 나는 땅 위를 돌아다니며 소중했던 사람을 찾아다니지만 그들의 가슴은 닫혀 있다. 내가 어디로 들어갈까? 어떻게 내 생명을 다시 찾는단 말인가? 나는 대문이 잠긴 집을 강아지처럼 하염없이 맴돈다. 아, 나도 자유롭게 살 수 있다면! 물에 빠진 놈처럼 그대들의 살아 있는 따뜻한 몸에 매달리지 않아도 된다면 얼마나 좋으랴!」
　그의 안와에서 눈물이 흘렀다. 흙덩이가 젖어 진흙이 되었다.
　그러나 그의 목소리는 조금 전보다 힘찼다.
　「자네가 나를 한없이 기쁘게 해주었던 건 취리히의 축제 때던가. 기억나나? 자네는 술잔을 들고 내 건강을 빌며 마셨다. 기억나는가? 누군가 딴 사람이 있었지…….」
　「기억나네. 그 여자를 우리는 귀부인이라고 불렀다네…….」
　우리는 잠잠했다. 그로부터 도대체 몇 세기나 흐른 것 같은지! 취리히! 밖에는 비가 오고 있었고 식탁 위에는 꽃이 있었다. 우리는 모두 셋이었다.

「무슨 생각을 그리하고 계시는가, 스승?」 그림자가 비꼬는 투로 물었다.

「많은 것…… 모든 것.」

「나는 자네가 마지막으로 했던 말을 생각하네. 자네는 잔을 들고 떨리는 목소리로 그랬지. 〈사랑하는 친구여! 어렸을 때, 그대 할아버지는 그대를 한쪽 무릎 위에, 또 한쪽 무릎 위에는 크레타 리라를 얹고 팔리카리의 노래를 켰지. 오늘 밤 내 자네의 건강을 위하여 건배하네. 운명이 그대를 보살펴 항상 하느님의 무릎 위에 앉게 하기를!〉 아, 맙소사, 하느님이 자네 기도를 너무 신속하게 들어주셨네!」

「그게 뭐 그리 중요한가? 사랑은 죽음보다 강하네!」 내가 소리쳤다.

그는 다시 한 번 쓰디쓰게 웃었지만 말을 하지 않았다. 나는 그의 몸이 어둠 속으로 녹아 들어가며 흐느낌이 되고 한숨이 되고 야유가 되고 있음을 느꼈다.

며칠 동안 죽음의 맛은 내 입술에 머물러 있었다. 그러나 마음은 한결 가벼워졌다. 죽음은 친숙하고 다정한 얼굴로 내 삶 속에 들어왔다. 마치 우리를 데리러 와서는, 우리가 일을 끝낼 때까지 구석에서 무던하게 기다려 주는 친구 같았다.

그러나 조르바의 그림자는 언제나 질투하며 내 주위를 맴돌았다.

어느 날 밤, 나는 아이기나 섬의 바닷가 내 집에 홀로 앉아 있었다. 나는 행복했다. 내 창문은 바다 쪽으로 열려 있어서 달빛이 흘러 들어왔고 바다는 느긋하게 한숨을 쉬고 있었다. 나는 수영을 많이 해서 녹작지근해진 몸으로 깊이 잠들어 있었다.

새벽이 되기 직전 갑자기 그 께느른한 행복감을 뚫고 조르바가 꿈에 나타났다. 그가 무슨 말을 했던지, 왜 왔던지 기억나지 않는다. 그러나 깨었을 때 가슴이 터질 것 같았다. 까닭 모르게 눈물이 고였다. 어떤 저항할 수 없는 욕망이 나를 사로잡았다. 그와 더불어 크레타 해안에서 지냈던 생활을 다시 짜 맞추고 싶었다. 기억을 다그쳐, 조르바가 내 마음속에 흩뿌린 말, 절규, 몸짓, 눈물, 춤을 그러모으고 싶었다. 그것들을 살려 놓고 싶었다.

이 욕망이 어찌나 격렬한지 겁이 났다. 나는 이 욕망을, 이 지구 어느 곳에선가 조르바가 죽어 가고 있는 징후로 파악했다. 나는 내 영혼이 그의 영혼과 너무도 밀착되어 있어서 어느 한쪽이 죽는데 다른 한쪽에서 몸을 떨거나 고통으로 절규하지 않을 수는 없다고 생각했다.

한동안 나는, 조르바의 추억을 모아 언어로 표현하는 일을 주저했다. 애들 같은 공포가 나를 사로잡았기 때문이다. 나는 생각했다. 만약 내가 그 일을 한다면 조르바가 정말로 죽음의 위기에 빠진 게 되어 버리고 만다. 내 손에게 그 일을 하라고 부추기는 저 불가사의한 손을 뿌리쳐야 한다.

나는 이틀, 사흘, 일주일을 버티었다. 나는 다른 걸 쓰거나 하루 종일 나돌아다니거나 책을 읽었다. 나는 이런 계책으로 저 보이지 않는 존재를 속이려 했다. 그러나 내 마음은 온통 조르바로 인한 이 강력한 불안감에 빨려 들어가고 말았다.

어느 날 나는 바닷가 우리 집 테라스에 앉아 있었다. 정오경이었다. 태양은 뜨거웠고 나는 앞에 보이는 살라미스 섬의 민둥민둥한 옆구리에 시선을 던지고 있었다. 갑자기 나는 보이지 않는 손에 떠밀려 나는 종이를 집어 들고 테라스의 뜨겁게 달아오른 판석 위에 엎드려 조르바의 말과 행적을 써나가기 시작했다.

나는 미친 듯이 써 내려갔다. 서둘러 과거를 되살리고 조르바를 불러내어 실체 그대로 소생시키려 애썼다. 그가 사라지면 그건 전적으로 내 잘못이라고 생각하며, 나는 옛 친구의 모습을 최대한 완전하게 그려 내기 위해 밤낮으로 일했다.

나는 아프리카 원시 부족의 주술사처럼 일했다. 그들은 꿈속에서 본 조상의 모습을 동굴 벽에 그리면서, 그 조상의 영혼이 자기 몸을 알아보고 그 속에 깃들 수 있도록 최대한 실물처럼 만들려고 애쓴다.

몇 주일 만에 조르바의 연대기가 완성되었다. 마지막 날 나는 첫날처럼 테라스에 앉아 늦은 오후의 바다를 바라보고 있었다. 내 무릎 위에는 탈고한 원고가 놓여 있었다. 짐 한 덩어리를 내려놓은 것처럼 느긋했다. 갓 나온 아기를 안은 여자 같은 기분이었다.

펠로폰네소스의 산 뒤로 붉은 해가 질 즈음, 시내에서 내 우편물을 날라다 주는 농가의 계집아이 술라가 테라스로 올라왔다. 술라는 편지 한 장을 내밀고는 달아났다……. 나는 알고 있었다. 적어도, 알고 있는 것처럼 보였다. 편지를 뜯어 읽으면서도 나는 벌떡 일어나 비명을 지르지도 않았고 경악하지도 않았으니까. 틀림없었다. 나는 원고를 무릎 위에 올리고 지는 해를 바라보고 있는 정확한 그 순간에 이 편지를 받으리라는 것을 알고 있었다.

차분히, 서두르지 않고 나는 편지를 읽었다. 세르비아의 스코플리예 가까운 마을에서 온 것으로 능숙하지 않은 독일어로 되어 있었다. 여기에 옮긴다.

저는 이 마을 학교 교사로 이곳 동광 주인인 알렉시스 조르바가 지난 일요일 오후 6시에 세상을 떠났다는 슬픈 소식을 전하고자 이 글월을 올립니다. 그는 이런 말을 남겼습니다.

「선생님, 이리 좀 오시오. 내겐 그리스에 친구가 하나 있소. 내가 죽거든 편지를 좀 써주시어, 최후의 순간까지 정신이 말짱했고 그 사람을 생각하더라고 전해 주시오. 그리고 나는 무슨 짓을 했건 후회는 않더라고 해주시오. 그 사람의 건투를 빌고 이제 좀 철이 들 때가 되지 않았느냐고 하더라고 전해 주시오…….

잠깐만 더 들어요. 신부 같은 게 내 참회를 듣고 종부 성사를 하러 오거든 빨리 꺼지는 건 물론이고 온 김에 저주나 잔뜩 내려 주고 꺼지라고 해요! 내 평생 별짓을 다 해보았지만 아직도 못한 게 있소. 아, 나 같은 사람은 천년을 살아야 하는 건데……. 안녕히 주무시오!」

이게 그분의 유언입니다. 유언이 끝나자 그는 침대에서 일어나 시트를 걷어붙이며 일어서려고 했습니다. 우리가 — 부인인 류바, 저, 이웃의 장정 몇 사람이 — 달려가 말렸습니다. 그러나 그는 우리 모두를 한쪽으로 밀어붙이고는 침대에서 뛰어내려 창문가로 갔습니다. 거기에서 그는 창틀을 거머쥐고 먼 산을 바라보다 눈을 크게 뜨고 웃다가 말처럼 울었습니다. 이렇게 창틀에 손톱을 박고 서 있을 동안 죽음이 그를 찾아왔습니다.

미망인 류바는 선생님께 편지를 보내어 자기 대신 경의를 표해 달라고 했습니다. 미망인 말씀에 따르면 고인은 자주 선생님 이야기를 했고 자기의 사후에는 산투르를 선생님께 드리어 정표를 삼겠다는 분부가 있었다고 합니다.

그래서 미망인께서는 선생님께 이 마을을 지나는 걸음이 있으시면 손님으로 그날 밤을 쉬시고 아침에 떠나실 때는 산투르를 가지고 가시라는 것입니다.

# 옮긴이의 말
이윤기


　일정한 도덕률의 틀 속에서 온전하게 제 몫의 삶 누리기를 마다하고 떠돌이 앞소리꾼이 되어 영혼의 자유를 외치는 거인, 자기 내부에 잠재하는 인간으로서의 가능성을 극한에 이르기까지 드높이고, 그 드높이는 과정에서 조우하는 사람들의 모습에 문학적 표정을 부여하는, 참으로 초인적인 작업을 시도한 거인이 있다. 신을 통하여 구원을 받을 것이 아니라 우리가 신을 구원해야 한다고 주장한 니코스 카잔차키스가 바로 그 사람이다. 카잔차키스의 문학은 존재와의 거대한 싸움터, 한두 마디로는 싸잡아서 정의할 수 없는 광활한 대륙을 떠올리게 한다.

　카잔차키스는 『영혼의 자서전』에서 이렇게 고백하고 있다.
〈내 삶을 풍부하게 해준 것은 여행과 꿈이었다. 내 영혼에 깊은 골을 남긴 사람이 누구누구냐고 묻는다면 나는 이렇게 꼽을 것이다. 호메로스, 베르그송, 니체, 조르바……〉
　이 고백은 카잔차키스라는 이름의 대륙 탐험을 이해하는 데 대단히 중요한 키워드적 의미를 지닌다. 그가 〈여행〉이라고 부

르는 것은 구체적이고 물리적인 그 자신의 〈육체〉, 〈꿈〉이라고
부르는 것은 추상적이고 관념적인 그 자신의 〈영혼〉인 듯하다.
구체적인 체험으로서의 여행이 추상적인 꿈을 심화시키고 그 꿈
이 여행의 무대를 확장시키듯이, 그의 삶이라는 것도 육체와 영
혼의 상호 작용을 통한 심화와 확장 과정으로 이루어진다. 여행
과 꿈이 상호 작용을 통하여 늘 그의 삶을 풍부하게 하듯이, 영
혼과 육체는 변증법적 상호 작용을 통해 그의 존재를 드높이는
것이다.

3단계 투쟁, 혹은 3단계 깨달음의 과정을 검토하면 분명하게
드러날 터이거니와, 호메로스에서 베르그송과 니체를 통하여 조
르바에 이르는 과정도 이 변증법적 상호 작용의 과정을 그대로
암시한다.

카잔차키스는 1883년 크레타 섬에서 태어났다. 따라서 그는
당연히 그리스인이다. 그러나, 그리스 사람인데도 불구하고 청
년 시절의 그는 크레타인으로 자칭하기를 좋아했다. 그리스 본
토와는 달리 이 크레타 섬만이 그가 태어날 당시 터키의 지배 아
래 있었기 때문이다. 크레타는 따라서, 삶에 대한 그의 비극적인
인식의 출발점이다. 그의 3단계 투쟁과 각성은 삶에 대한 이 비
극적인 인식에서 출발한다.

크레타는 신들을 길러 낸 그리스 신화의 보금자리, 욕심 많고,
거짓말 잘하고, 난폭하고 거칠기로 소문난 크레타인들의 섬이다.
크레타는, 평화 시에도 사람들로 하여금 광란의 불길에 쫓기게
하는 섬, 지극히 세속적인 방법으로 삶을 사랑하고 신을 섬기는
사람들의 땅이다. 카잔차키스가 크레타라고 부르는 섬은 〈한 번
부르면 가슴이 뛰고, 두 번 부르면 코끝이 뜨거워지는 이름……

기적이다. 내가 크레타 사람이라는 것은……〉, 이렇게 영탄할 때의 그 크레타이다.

그는 자서전에 이렇게 쓰고 있다.

〈……유년 시절 내가 호흡한 것은 험악한 전쟁 분위기였다. 크레타인과 터키인은 서로 만날 때마다 화를 삭이느라고 수염을 쥐어뜯었고, 거리를 활보하는 터키 경찰의 면전에 기독교도는 침을 뱉고는 했다. 나는 침묵 속에서,《죽음》,《용기》,《전쟁》,《자유》,《해방》같은 말을 들으며 자라났는데, 어른이 된다는 것은 그런 투쟁에 가담함으로써 이런 어휘의 의미를 이해하게 되는 것을 뜻했다.〉

아버지 〈미할리스 대장〉은 아홉 살배기 아들을 데리고 터키인들 손에 교수형을 당한 기독교도들의 발에 입을 맞추게 함으로써 그들의 죽음에 경의를 표하게 하고는 명령했다.

「잘 보고, 죽을 때까지 결코 잊어서는 안 된다.」

「아버지, 누가 이분들을 죽였어요?」

아버지는 짤막하게 대답했다.

「자유.」


터키로부터의 독립 전쟁에서 참담한 피난 생활을 경험하고 사춘기에 이른 그는 자유와 자기 해방에 대한 목마름을 3단계의 투쟁으로 요약해 낸다. 이것이 바로 그가 최초로 세우게 되는 3단계 투쟁 계획이다.

〈압제자 터키로부터 해방을 쟁취하기 위한 1단계 투쟁, 우리 내부의 터키라고 할 수 있는 무지, 악의, 공포 같은 모든 형이상학적 추상으로부터 해방을 쟁취하기 위한 2단계 투쟁, 우상이라고 일컬어지는 것, 우리가 섬기는 중에 우상이 되어 버린 모든 것

으로부터 해방을 쟁취하기 위한 3단계 투쟁……〉

제1단계 투쟁은 크레타가 터키로부터 해방되는 순간에 완료된다. 그러나 그 이후로도 크레타와 터키는 그의 염두를 떠나지 않는다. 그에게는 온 세상이 크레타와 터키였던 것이다. 따라서 그가 〈크레타와 터키〉라고 한 것은 고뇌와 아픔을 느끼게 하는 대상이자 인간을 물리적으로 압제하는 모든 것의 상징이지 크레타와 터키 그 자체에 그치는 것이 아니다. 이 〈크레타와 터키〉는 그가 투쟁의 양식을 바꾸는 데 따라 〈정신과 물질〉이 되기도 했고, 〈영혼과 육체〉가 되기도 했으며 〈성스러운 것과 속된 것〉이 되기도 한다.

카잔차키스의 삶은, 보이는 존재와 보이지 않는 존재, 육체와 영혼, 물질과 정신, 내재적인 것과 초월적인 것, 사색과 행동 등등의, 영원히 모순되는 반대 개념에서 하나의 조화를 창출하려는 끊임없는 투쟁으로 이루어진다. 조국 그리스를 축으로 74년의 생애를 프랑스, 영국, 독일, 이탈리아, 러시아, 중국, 일본, 팔레스타인, 이집트 땅을 누비고 다닌 그의 생애는 오디세우스의 떠돌기를 연상시킨다. 실제로 이 방황의 여정은 3만 3천 333행의 시로 이루어진 『오디세이아』에 장엄하게 그려진다. 이 거대한 서사시의 행수(行數)인 〈33,333〉은 상호 대극하는 두 개념과 그 개념의 합일, 그가 평생의 숙제로 삼은 3단계 투쟁을 상징하는 것으로 보인다.

〈카잔차키스의 문학〉이라고 불리는 것은 이 가파른 투쟁의 오르막길 굽이굽이에서 그가 피워 낸 꽃이라 할 수 있다.


카잔차키스가 자기 영혼에 깊은 골을 남긴 사람들 이름 중 가장 먼저 꼽은 사람은 호메로스이다. 그리스 민족 시인 호메로스는 그의 고향 크레타이자 조국 그리스 그 자체이기도 하다. 그는 호메로스에서 출발한다. 호메로스라는 이름은 카잔차키스라는 존재의 정체이기도 하다.

수도 아테네의 법과 대학으로 진학한 직후에 그가 가장 먼저 한 뜻깊은 일은 그리스 본토 순례이다. 그에게 여행은 사색의 샘이자, 사고의 실천이었다. 그러나 아크로폴리스를 오르내리며 파르테논 신전을 오르내리면서 그가 본 것은 고대 그리스 문명의 유적이 아니었다. 그리스 문명의 유적은 새로운 신격(神格)을 통하여 구원을 얻으려 하는 그의 영혼 앞에 어떤 깨달음도 베풀어 내지 못했다. 그는 유적의 배후에 도사린 의미 속으로 파고들어 그 의미와 하나 되고자 했다. 그는 이로써 호메로스를 육화하고자 했다.

이 조국 그리스 여행에 대해 그는 이렇게 쓰고 있다.

〈……혼자 수니온까지 갔다. 여름이어서 소나무 둥치의 갈라진 틈에서는 송진이 흘러내리고 있었다. 대기에서 송진 냄새가 났다. 메뚜기 한 마리가 내 어깨 위에 앉았다. 그 순간 나는 소나무가 되었다……. 나는 젊은 여인의 얼굴에서 노파의 얼굴을 읽으려는 나의 태도가 잘못되었다는 것을 깨달았다. 나는 그리스라는 이름의 노파 얼굴에서, 이제는 사라져 버린 소녀의 생기와 젊음을 다시 창조해야 한다는 것을 깨달았다……. 여행이 끝날 즈음, 내 눈은 그리스로 가득 찼다. 투쟁을 방불케 하는 그 여행에서 내가 얻은 것은, 동양과 서양 사이에 위치한 그리스의 역사적 사명에 대한 인식, 그리스의 업적은 아름다움이 아니라 자유를 찾으려는 투쟁이었다는 깨달음이었다. 나를 이끌어 성인의 세계로 안내한 것은 아름다움이 아니라 책임감이었다…….〉

1883년 2월 18일, 늙은 산파는 갓 태어난 니코스 카잔차키스의 두 다리를 모아 쥐고 등불 가까이 들고 가서 찬찬히 살펴보고는 이렇게 말한다.

「이 애, 언젠가는 주교가 될 테니까, 내 말 유념하세요.」

어린 시절부터 이 예언을 믿었던 그는 자신을 주교 재목으로 여기고 성직에 대한 예감과 함께 강한 책임감을 느끼고 있었다고 한다. 그는 주교가 하지 않을 법한 일은 되도록이면 하지 않으려고 했다. 그러나 뒷날 여느 주교가 실제로 어떤 일을 하고 있는가를 알고 난 뒤부터는 여느 주교가 하는 일은 절대로 하지 않으려고 했다. 그는 특별한 주교가 되는 희망에 사로잡혀 있었던 것이다.

카잔차키스의 조국 순례 여정에는 아토스 산도 특별한 성지로 포함되어 있었다. 아토스 산은, 여차하면 내려오지 않기로 결심하고 그가 오른 산이다.

아토스 산은 기암절벽의 험산이다. 아토스 산은 수도원과 수도승의 산이다. 사람이 기거하는 곳이라고는 깎아지른 듯한 절벽에 제비 집처럼 붙어 있는 수도승들의 암자뿐이다.

성모 마리아에게 봉헌되고부터 천년 세월이 지나도록 성산 아토스는 여자가 오른 적이 없는 산이다. 여자뿐만이 아니다. 염소나 닭이나 고양이 따위의 짐승의 암컷도 발을 들여놓은 적이 없는 산이다.

영혼은 천사의 몫이고 육신은 악마의 몫이라는 가르침에 익을 대로 익어 있던 그가 수도승들의 고통스러운 금욕의 투쟁을 싸고도는 허실의 슬픈 공간을 목격한 것은 그때의 일이다. 그의 아토스 산 순례기는 이렇게 시작된다.

〈……종신형을 살기 위해 어두운 감옥으로 들어가는 느낌이

들었다. 악마와 지옥의 불길과 피투성이 젖가슴을 한 매춘부 아니면 뿔이 달린 지옥의 괴물 그림이 벽면을 메우고 있었다. 사람들에게 겁을 주자는 교회의 갈망이 그대로 투영된 묵시록적 협박…… . 사람을 천국으로 데려가는 것은 사랑이 아니라 두려움일 것이라는 인상을 받았다…….〉

카잔차키스는 이 산에서 고행을 통하여 천국에 이르려는 무수한 거짓 수도승들을 만난다. 그중에는 반미치광이 수도승도 있었다. 수도원 앞의 깎아지른 듯한 낭떠러지 아래에는 백골이 널려 있었다. 고행을 통하여 날개를 얻었다고 믿고 절벽 아래로 몸을 던져 본 미치광이 수도승들의 백골이다.

그는 이 산에서 〈동굴의 마카리오스〉를 만난다. 〈동굴의 마카리오스〉는 수도승 가운데서도 거룩함을 얻은 것으로 알려진 〈성인〉이었다.

그는, 천국에 들기 위해 아토스 산에서 목숨을 걸고 고행하는 무수한 수도승들의 이기적인 수행의 의미를 납득할 수 없었다. 그래서 그는 〈성인〉 마카리오스에게 묻는다. 카잔차키스가 한 얘기 중의 수도자는, 극락행을 미루고 중생을 제도하는 보살을 연상시킨다.

「저는 천국에서도 도무지 평안을 느낄 수 없었다는 어느 수도자 얘기를 들은 적이 있습니다. 그 수도자가 한숨을 쉬자 하느님이 불러서, 왜 한숨을 쉬느냐고 물었다지요. 그러자 그 수도자는, 천국의 한가운데로 저주받은 자들의 눈물의 강이 흐르는데 어떻게 평안할 수 있겠습니까, 하고 반문하더랍니다. 고행을 통하여 혼자 천국에 드는 것이 마침내 무슨 의미가 있는 것입니까?」

〈성인〉은 성호를 그은 다음 하늘을 향해 침을 뱉고 외친다.

「사탄아, 물러가거라.」

그는 물러나지 않았다.

「어르신, 저는 사탄도 아니고 어르신을 유혹하러 온 사탄의 심부름꾼도 아니올시다. 저는 순진하고 소박한 농부처럼 그렇게 천국과 지옥을 믿고 싶은 청년일 뿐입니다. 사람의 육체 또한 하느님께서 당신의 형상에 따라 빚으신 작품입니다. 어째서 육체를 부정해야 하느님 나라에 들 수 있는지 몰라서 이러는 것입니다.」

「너에게 화 있으라. 지옥으로 떨어진 악마도 같은 주장을 했다. 너의 이성에, 너의 자아에 저주가 내릴 것이다.」

「어르신, 바로 그 자아가 있어서 인간은 짐승을 뛰어넘어 하느님을 섬깁니다. 그 자아를 가볍게 여겨서는 안 되지요.」

「그러던 자아가 하느님을 능멸하게 되었다. 이제 그 자아를 소멸시킬 수 있는 것은 죽음뿐이다. 죽음은 노새이니, 이제 그 노새를 타고 떠날 일이다.」

〈성인〉은 이 말끝에 빙그레 웃었다. 그가, 웃는 까닭을 묻자 〈성인〉은 대답한다.

「……이토록 행복한데 어찌 웃지 않을 수 있겠느냐? 나는 시도 때도 없이 노새의 발소리를 듣는다. 죽음이 다가오는 소리인데 어찌 행복하지 않으랴.」

〈……겨우 이런 대답이나 듣자고 삶을 거부하고, 육체를 부정하라는 겨우 이따위 대답이나 듣자고 그 험한 바위산을 기어 올라왔단 말인가……. 아직은 때가 아니다, 내게 삶은 아직도 아름답다, 내 눈에 보이는 세계는 아직도 아름답다, 나는 이 세계를 증발시킬 수는 없다…….〉

그가 이런 생각을 하면서 일어서자 〈성인〉은 비아냥거리듯이 이렇게 말한다.

「내려가려고? 행운을 빈다. 세상에 안부나 전해 다오.」

그도 비아냥으로 〈성인〉에게 응수한다.

「천국에도 안부 전해 주세요. 그리고 하느님 만나시거든, 제가, 인간이 이렇듯이 죄악과 악마에 시달리는 것은 하느님 탓이라고 하더라고 전해 주세요. 하느님이 세상을 너무 아름답게 만든 탓이라고요.」


그가 아토스 산에서 만난 마카리오스가 육체를 악마와 동일시하는 극단적인 영혼 지상주의자였다면, 역시 아토스 산 기슭에서 만난 한 파계승은 극단적인 육체 지상주의자이다. 거드름을 피우던 마카리오스와는 달리 파계승은 청년 카잔차키스에게 고해하듯이 이런 고백을 했다.

「……내 나이 벌써 예순……. 스무 살이 되기도 전에 수도승이 되었어요. 그로부터 근 20년 동안 나는 저 아토스 산 수도원에서 하느님 말씀만 묵상했어요. 태어난 뒤로 한 번도 여자를 가까이 해 본 적이 없으니, 여자에 대한 열망으로 괴로워할 일이 있었을 리 없지요. 날이면 날마다 손바닥에 굳은살이 박이도록 땅바닥을 짚고 기도를 올렸지만 하느님은 내 앞에 나타나 주시지 않았어요. 나는 절망한 나머지 하느님께 간구했지요. 하느님, 나같이 하찮은 인간이 무슨 수로 하느님 뵙는 영광을 누릴 수 있겠습니까만 단 한순간이라도 좋으니 이승 것이든 천국 것이든 구원의 기쁨을 경험할 수 있게 하시어, 제가 기독교인이 된 보람을 느끼게 해주시고, 아토스 산에서 보낸 세월이 헛된 세월이 아니었다는 것을 알게 하소서…….

울고불고, 금식하고 기도했지만 하릴없었어요. 내 마음은 열리지 않았어요. 악마가 내 마음을 잠그고 열쇠를 감추어 버렸었나 봐요. 그렇게 헛된 세월을 보내다가 살로니카로 파견된 뒤에야…… 그래서는 안 되는 일인 줄을 알면서도 나는 한 여인을 알게 되었답니다. 아…… 그 여자와 동침한 날 밤, 나는 평생 십자가에 못 박혀 있다가 부활하고 있다는 기가 막힌 느낌을 경험했답니다. 육신이 쾌락의 절정을 누리는 순간, 하느님이 두 팔을 벌리고 내게 다가오는 것 같더라고요. 나는 그날 밤 난생처음으로 날이 밝아 오기까지 감사 기도를 드렸답니다. 전날까지만 해도 나는 기쁨을 모르는 인간, 기뻐해서는 안 되는 줄만 알고 있던 인간이었어요. 그러나 여자를 알게 되는 순간 나는 다른 인간이 되었지요. 나는 그제야 하느님이 얼마나 선한 분이신지, 하느님이 얼마나 인간을 사랑하는 분이신지 깨닫고 감사 기도를 올릴 수 있었어요. 하느님은 당신께서 창조하신 아름답고 우아한 여자를 통하여 나를 잠시나마 천국으로 이끌어 주셨던 것이지요. 나는 단식이나 고행을 통해서가 아니라 여자를 통해서 하느님을 뵙고 그 품에 안길 수 있었던 것이지요.

40년 전의 그날 밤 이후로 나는, 죄 역시 하느님을 섬기는 데 필요한 것이 아닐까…… 이런 생각을 한답니다. 속죄하라고요? 나는 안 해요. 분명히 말하거니와, 하느님의 벼락을 맞아 콩가루가 되는 한이 있어도 나는 속죄하지 않겠어요. 내게는 뉘우칠 게 없어요……」

마카리오스 성인의 가르침과는 사뭇 다른, 그 파계승의 고해를 듣는 순간은 청년 카잔차키스가 새로운 십계명을 찾아 긴 여정에 오르는 순간이기도 하다. 그에게는 육체와 영혼의 이분법을 뛰어넘는 새로운 십계명이 필요했다.

아테네에서 대학을 마치고 파리로 간 카잔차키스는 1908년

이곳에서 생(生)철학자 앙리 베르그송을 만난다. 베르그송은, 카잔차키스가 자서전에서 민족 시인 호메로스 다음으로 꼽은 사람이다. 그는 베르그송의 철학에서 무엇을 보았던 것일까.

베르그송에 따르면 인간이 보편적으로 경험해 온 기나긴 진화의 역사는, 경화된 메커니즘으로부터 자유로운 존재를 창출하기 위한 〈생의 도약élan vital〉의 역사다. 따라서 인간의 삶이라는 것은 부단한 창조의 영원을 향한 도약과 생의 충동으로 이루어져 있다.

그가 베르그송에게 경도된 것은, 인간 존재란, 신이 어떤 목적에 따라 창조한 것이 아니라, 인간이 딛고 넘어가게 마련된 단계에 불과한 것, 따라서 〈신〉이라고 하는 것은 그 도약의 디딤돌로 인간이 창조한 것일지도 모른다는 자기의 예감을 베르그송의 생철학에서 확인할 수 있었기 때문이다. 기독교와 인연을 끊고 〈삶〉과 외로운 싸움을 벌이기로 마음먹은 호전적인 청년에게 이 만남은 충격적인 시대사조의 체험이었다.


카잔차키스를 구축하는 정신의 피라미드 바닥에는 또 한 사람의 유럽 철학자가 있다. 베르그송 다음으로, 그가 저서를 통해서 만나게 되는 철학자는 니체다. 니체의 〈초인〉을 인류의 희망이라고 부르면서 그는 자서전에 이렇게 쓰고 있다.

〈구원의 문은 우리 손으로 열지 않으면 안 된다. 이제 우리에게 《초인》은 희망이다. 《초인》은 대지의 종자이며, 해방은 그 종자 속에 있다. 니체는 《신은 죽었다》고 선언하고 우리를 심연의 가장자리로 데려다 놓았다. 인간은 마땅히 저 자신의 본성을 뛰어넘어 하나의 초인이 되어야 한다. 신의 빈자리를 우리가 차지해야 한다. 주인의 명령이 없어진 지금, 우리 의지로써 그 자리를

차지해야 하는 것이다.〉

　그가 〈초인〉이라고 부르는 것은 우리가 〈슈퍼맨*Superman*〉이라고 부르는 것, 혹은 니체가 〈위버멘슈*Übermensch*〉라고 부르는 것과 정확하게 일치하지 않는다. 그의 〈초인〉은 초월을 완성시킨 인간이 아니라, 인간의 한계를 극복하기 위해 투쟁하는 호전적인 인간, 차라투스트라의 말처럼 〈목적지가 아닌, 도상(途上)의 다리[橋] 같은〉 인간이다. 그의 믿음에 따르면, 진정한 초인은 인간 조건을 극복하고, 베르그송의 이른바 〈생의 도약〉을 성취시키는 인간이다. 그가 베르그송과 니체에게 공감하는 분위기에는, 삶에 대한 일종의 비극적 인식이 짙게 깔려 있는데, 이것은 20세기 초두 유럽 정신 사조의 특징이기도 하다.

　카잔차키스가 자기 영혼에 골을 남긴 사람으로 호메로스, 베르그송, 니체 다음으로 꼽은 사람은 조르바이다. 그러나 그가 영혼의 편력에서 니체 다음으로 만난 이는 붓다였다. 조르바와의 진정한 만남은, 붓다와의 만남을 통한 〈위대한 부정(否定)〉의 경험 이후에나 가능했다. 붓다를 만나고 있을 즈음의 일을 그는 이렇게 쓰고 있다.

　〈……붓다의 《자비》를 통해 우리는 육체의 울타리를 무너뜨리고 육체에서 해방되어 결국은 모든 것과 하나가 된다……. 정복하라, 이 세상의 모든 유혹 가운데 가장 무서운 유혹인 희망을 정복하라…….〉

　붓다와 그 제자 아난다의 문답을 시극(詩劇)으로 꾸미고 있던 1920년 즈음부터 그의 3단계 투쟁에서는 불교적인 결론이 엿보이기 시작하는데, 가령 「신을 구하는 자」에 나오는 다음과 같은 두 단계의 기도와 세 번째의 기도에 주목할 필요가 있다.

1. 주여, 〈존재하는 건 당신과 나뿐〉이라고 하는 이들을 축복
   하소서…….
2. 주여, 〈당신과 나는 하나〉라고 하는 이들을 축복하소서…….
3. 주여, 〈이 하나조차도 존재하지 않는다〉고 하는 이들을 축
   복하소서…….


1. 주님, 나는 당신의 손에 든 활입니다. 당겨 주소서.
2. 주님, 너무 세게 당기지는 마소서. 나는 약한지라 부러질지
   도 모릅니다.
3. 주님, 마음대로 하소서. 부러뜨리든 말든 뜻대로 하소서.


『오디세이아』에서도 이러한 불교적 세계 인식은 고스란히 되
풀이된다. 오디세우스가 사랑의 체험을 문자 창녀 마르가로는
이렇게 말한다.

「온통 초라한 세상이지만 그대와 나는 존재합니다! (……) 그
대여, 마침내 나는 우리 둘이 하나가 되었다고 느낍니다!」

오디세우스는 마르가로의 말을 받아 이렇게 훈수(訓手)한다.

「그 하나, 그 하나까지도 텅 빈 공허로다!」


지극히 이성적이던 그의 문학은, 불교적 세계관과 만나면서부
터 불교적인 선풍(禪風)을 내비치기 시작한다. 그는 인식의 주체
인 〈나〉와, 인식의 객체인 세계를 하나로 통합함으로써, 말하자
면 대극하는 무수한 개념을 하나로 통합함으로써 초라한 언어
를 통한 온갖 시비(是非)를 삶 속으로 녹여 들인다. 그래서, 그가
아몬드 나무에게 신이 무엇이냐고 묻자 아몬드 나무는 대답 대
신 꽃을 피워 버리는 것이다.

두 화가가, 눈에 보이는 세계를 누가 가장 충실하게 그릴 수 있는지 작품으로 겨룬다. 첫 번째 화가가 휘장 앞에서 말했다.

「내가 최고라는 걸 증명하지.」

두 번째 화가가 말했다.

「그래, 휘장을 열어 보게. 자네 솜씨를 보고 싶군…….」

그러자 첫 번째 화가가 대답했다.

「휘장이 곧 그림이라네.」

휘장이 곧 그림이라는 인식은 오디세우스의 절규에서 그대로 되풀이된다.

「너, 오디세우스여, 오디세우스의 영혼이여, 네 고향 이타카에 집착하지 말라. 너의 항해가 곧 너의 고향인 것을…….」


카잔차키스가, 자기 삶에 깊은 골을 남긴 사람으로 마지막으로 꼽는 인물, 소설 『그리스인 조르바』의 야생마 같은 주인공 조르바는 실제 인물이다.

조르바라고 하는 호쾌한 기인이 있었다. 행적이 대체 얼마나 기이했는지, 조르바의 어록을 기억나는 대로 옮겨 보면 대략 이렇다.

〈손가락 하나가 왜 없느냐고요? 질그릇을 만들자면 물레를 돌려야 하잖아요? 그런데 왼손 새끼손가락이 자꾸 거치적거리는 게 아니겠어요? 그래서 도끼로 내려쳐 잘라 버렸어요.〉

〈하느님요? 자비로우시고말고요. 하지만 여자가 잠자리로 꾀는데도 이거 거절하는 자는 용서하시지 않을걸요. 거절당한 여자는 풍차라도 돌릴 듯이 한숨을 쉴 테고, 그 한숨 소리가 하느님 귀에 들어가면, 그자가 아무리 선행을 많이 쌓았대도 절대 용서하시지 않을 거라고요.〉

〈도 닦는 데 방해가 된다고 그걸 잘랐어? 이 병신아, 그건 장

애물이 아니라 열쇠야, 열쇠.〉

〈결혼 말인가요? 정당하게는 한 번 했지요. 부정하게는 1천 번, 아니, 3천 번쯤 될 거요. 정확하게 몇 번인지 내가 어떻게 알아요? 수탉이 장부 가지고 다니는 거 봤어요?〉

〈확대경으로 보면 물속에 벌레가 우글우글하대요. 자, 갈증을 참을 거요. 아니면 확대경 확 부숴 버리고 물을 마시겠소?〉

〈두목, 당신의 그 많은 책 쌓아 놓고 불이나 싸질러 버리시구려. 그러면 알아요? 혹 인간이 될지?〉


조르바는 그리스 작가 니코스 카잔차키스를 세계적인 작가로 일으켜 세운 소설『그리스인 조르바』의 주인공이자 실존 인물이다.

카잔차키스는 자서전『영혼의 자서전』에서 실존 인물 조르바에 대해 이렇게 쓰고 있다.

〈……힌두교도들은《구루(사부)》라고 부르고 수도승들은《아버지》라고 부르는 삶의 길잡이를 한 사람 선택해야 했다면 나는 틀림없이 조르바를 택했을 것이다……. 주린 영혼을 채우기 위해 오랜 세월 책으로부터 빨아들인 영양분의 질량과, 겨우 몇 달 사이에 조르바로부터 느낀 자유의 질량을 돌이켜 볼 때마다 책으로 보낸 세월이 억울해서 나는 격분과 마음의 쓰라림을 견디지 못한다. 둘이서 벌인 사업이 거덜 난 날 우리는 해변에 마주 앉았다. 조르바는 숨이 막혔던지 벌떡 일어나 춤을 추었다. 그는 중력에 저항이라도 하는 듯이 펄쩍펄쩍 뛰어오르면서 소리를 질렀다.

《하느님, 작고하신 우리 사업을 보우하소서. 오, 마침내 거덜났도다!》〉

바로 이 대목이 저 유명한 영화「그리스인 조르바」에서 조르바로 나온 앤서니 퀸이 해변에서 춤을 추는 장면이다. 앤서니 퀸은 1995년에도 뉴욕에서 장기 공연된 무대극 「그리스인 조르바」
에서 조르바 역을 맡은 바 있다.

　호쾌하고 농탕한 사나이 조르바는, 떠도는 인간 카잔차키스
가 한동안 쉬어 가고 싶어 하던 구원의 오아시스였다.


　카잔차키스의 이름을 세계적인 작가의 반열에 올려 놓은 소설
『그리스인 조르바』를 제대로 이해하기 위해서는 그의 인생과 작
품의 핵심에 위치하는 노른자위 개념이자 그가 지향하던 궁극적
인 가치의 하나인 〈메토이소노[聖化]〉를 이해하지 않으면 안 된
다. 〈메토이소노〉는 〈거룩하게 되기〉이다. 보이는 것과 보이지
않는 것, 육체와 영혼, 물질과 정신의 임계 상태 저 너머에서 일어
나는 변화, 이것이 〈메토이소노〉다. 물리적, 화학적 변화 너머에
존재하는 변화, 〈거룩하게 되기〉가 바로 이것이다. 포도가 포도
즙이 되는 것은 물리적인 변화다. 포도즙이 마침내 포도주가 되
는 것은 화학적인 변화다. 포도주가 사랑이 되고, 〈성체(聖體)〉가
되는 것, 이것이 바로 〈메토이소노〉다.

　사업이 거덜 난 날, 세상에 거칠 것이 없는 자유인 조르바는 바
닷가에서 춤을 추었고, 이후에 책상물림인 〈나〉, 즉 카잔차키스는
그 조르바를 그린 『그리스인 조르바』를 썼다. 이것을 두고 카잔
차키스는 이렇게 말한 일이 있다.

　〈보라, 조르바는 사업체 하나를 《춤》으로 변화시켰다. 이것이
바로 《메토이소노》다. 《거룩하게 만들기》이다. 나는 조르바라고
하는 위대한 자유인을 겨우 책 한 권으로 변화시켰을 뿐이다.〉

　조르바 자신도 카잔차키스에게 이런 말을 한 적이 있다.

　〈두목, 음식을 먹고 그 음식으로 무엇을 하는지 대답해 보시
오. 두목의 안에서 그 음식이 무엇으로 변하는지 설명해 보시오.

그러면 나는 당신이 어떤 인간인지 일러 드리리다.〉

작가 니코스 카잔차키스가 빈에서 겪은 다음과 같은 체험담을 들어 보라. 그에게 육체와 영혼은 둘이 아니라 하나[靈肉不二]다. 전율이다.

1922년, 파리에서 빈에 이른 그는 한 극장 입장권을 사게 된다. 자리를 찾아 앉고 보니 뜻밖에도 눈부시게 아름다운 여인의 옆자리였다. 그는 친구들에게 등을 떠밀리지 않으면 음식점에도 못 들어갈 정도로 수줍음이 많은 사람이었는데, 그날만은 불가사의하게도 먼저 여인에게 말을 걸게 되었다. 두 사람은 곧 스스럼없이 얘기를 나눌 수 있게 되었다. 여인은 연극이 지겹다고 했고 그 역시 그렇다고 했다. 두 사람은 밖으로 나와 산책으로 저녁나절을 보냈다. 그는 여자에게, 자기 호텔로 가지 않겠느냐고 물어보았다. 여인은, 당장은 사정이 있어서 곤란하지만 다음 날 밤에 가겠노라고 했다. 그는 고향 아테네에 아내 갈라테아가 기다리고 있다는 사실도 잊어버리고, 호텔로 돌아와 여인과 어울리는 행복한 순간을 상상하면서 잠이 들었다. 그러고는 다음 날 아침에 깨어났다. 깨어나고 보니 입술과 턱이 부어올라 있고 얼굴 전체에 습진 비슷한 반점이 돋아나 있었다.

그는 황급히 여인에게 전갈을 보내어 그날 밤에는 만날 수 없게 되었다는 사실을 알리고 그다음 날을 약속했다. 그러나 다음 날이 되어도 얼굴에서 발진한, 원인 모를 상처는 가라앉기는커녕 걷잡을 수 없이 악화되어 갔다. 병의 원인을 짐작하는 의사는 하나도 없었다.

얼굴에다 붕대를 감은 채 병원을 찾아다니고 있을 즈음, 그는 우연히, 프로이트의 친구이기도 한 심리학자 빌헬름 슈테켈 박사를 만났다. 박사는 카잔차키스의 흉악해진 몰골을 보고는 근황을 물었다. 카잔차키스는 대답했다.

「붓다의 이미지에 사로잡혀 있습니다. 감각적인 것들과의 인연을 끊고 욕망을 줄이고, 보고 듣고 느끼고 듣는 욕망도 자제하고 있습니다. 육체를 극복하기 위해 몸부림치고 있습니다. 그러던 차에 이 빈에서……」

이어서 카잔차키스는 무심코, 극장에서 만난 여인 얘기, 여인과 했던 달콤한 약속, 그 직후에 생긴 해괴한 병증, 그리고 아내 갈라테아 얘기까지 했다.

슈테켈 박사는 상기된 표정을 하고 외쳤다.

「세상에 이렇게 기이한 일도 다 있을까요! 이것은, 중세에는 있었지만 지금은 사라진, 〈성자의 병〉이라는 희귀한 병입니다. 중세의 금욕주의자들은 어두운 동굴에 은거하고 극기를 통하여 육체를 마멸시킴으로써 영혼의 자유를 얻으려고 했지요. 하지만 많은 수도자들은 마침내 유혹을 견디지 못하고 울부짖으며 마을로 달려 내려가고는 했답니다. 바로 그 순간 그들의 얼굴에는 발진이 돋고 진물이 흘러내렸다지요. 당신은 모르고 있겠지만 지금 당신의 영혼은 당신을, 당신의 육체를 질책하고 있어요. 여인을 포기하고, 미련을 버리고 빈을 떠나세요. 당신이 빈에 있는 한, 여자를 잊지 않는 한 이 병은 절대로 나을 수 없습니다.」

카잔차키스는 이즈음의 일을 아내 갈라테아에게 이렇게 쓰고 있다.

슈테켈 박사는, 나의 내부에는 남다르게 강력한 영적, 정신적 에너지가 흐르고 있다는군요. 그 에너지 때문에 내 육체는 고통을 겪고 있다고 하오.

카잔차키스는 마침내 여인을 포기하고 빈을 떠나기로 결심했다. 기차가 빈을 떠난 지 한 시간이 못 되어 놀랍게도 얼굴의 발진은 말끔하게 가라앉았다. 보이는 것과 보이지 않는 것, 육체와 영혼, 물질과 정신, 내재적인 것과 초월적인 것 등등, 영원히 모순되는 반대 개념에서 하나의 조화를 도출하려던 그에게 육체와 영혼은 둘이 아니라 하나였다.

카잔차키스는 수 차례에 걸쳐 노벨 문학상 후보로 지명되나 1951년에는 스웨덴 작가 라게르크비스트에게, 1956년에는 스페인 시인 히메네스에게 영광을 물린다. 이를 두고 영국의 문예 비평가 콜린 윌슨은 다음과 같은 글을 썼다.

〈카잔차키스가 그리스인이라는 것은 비극이다. 이름이 《카잔촙스키》였고, 러시아어로 작품을 썼더라면, 그는 톨스토이, 도스토옙스키와 어깨를 나란히 할 수 있었을 것이다.〉

그의 오랜 영혼의 편력과 투쟁은, 그리스도를, 〈온몸으로 대극을 초월한 전형적인 자유인, 의지의 힘으로 물질로부터 승리를 얻어 낸 초인〉으로 승인하게 될 때까지 계속된다. 그리스도에 대한 지극히 독창적인 해석은 그리스 정교회와 교황청의 노여움을 사게 되고, 1954년 그리스 정교회가 『미할리스 대장』, 『최후의 유혹』, 『그리스인 조르바』가 신성을 모독한 작품이라는 이유로 작가를 파문하려 했을 때 그는 다음과 같은 편지를 보낸다.

〈성스러운 사제들이여, 여러분은 나를 저주하나 나는 여러분을 축복합니다. 여러분께서도 나만큼 양심이 깨끗하시기를, 그리고 나만큼 도덕적이고 종교적이시기를 기원합니다.〉

교황청이 『최후의 유혹』을 금서로 지정했을 때 그는 교황 앞으로 편지를 쓴다.

〈주여 당신에게 호소합니다.〉

그러나 카잔차키스는 그리스인이었다. 〈성화〉한 인간 슈바이 처의 배웅을 받으며 1957년 독일에서 이승을 떠난 그의 유해는 아테네로 돌아왔다. 그리스의 정교회는 저희 손으로 파문한 카 잔차키스의 아테네 매장을 허락하지 않았다. 유해는 그의 고향 인 크레타의 이라클리온으로 실려 가 그리스 신화의 거인을 연 상시키는 한 거인의 품에 안겨 무덤으로 내려갔다. 바로 그가 이 륙하는 순간이다.

생전에 그가 마련해 놓은 묘비명은 다음과 같다.

나는 아무것도 바라지 않는다.
나는 아무것도 두려워하지 않는다.
나는 자유다.

〈거룩한 인간〉 알베르트 슈바이처는 카잔차키스를 이렇게 추 억한다.

〈니코스 카잔차키스처럼 나에게 감동을 준 이는 없다. 그의 작품은 깊고, 지니는 가치는 이중적이다. 이 세상에서 그는 많은 것을 경험하고, 많은 것을 알고, 많은 것을 생산하고 갔다.〉

이 책의 번역 대본으로는 1961년 Faber and Faber에서 출간 된 *Zorba the Greek*을 이용했다.

# 개역판에 부치는 말

이윤기

1999년 2월 6일 토요일 아테네발 크레타행 항공기에 올랐다. 나에게 크레타는 온통 카잔차키스, 그리고 조르바였다. 쪽빛 바다 위에 웅크린 섬 크레타는 거대한 거북의 등짝 같았다. 나는 왕을 알현하는 변방의 병사가 된 느낌으로 크레타로 들어갔다. 이라클리온 공항이 〈니코스 카잔차키스 공항〉이 되어 있었다. 나는 향토 출신 작가의 이름을 수도의 공항 이름으로 삼은 크레타인들에게 경의를 표했다.

그의 무덤은 베네치아인들이 쌓은 메갈로카스트로[大城郭]의 한 모서리, 피라미드 꼴 기단 위에 있었다. 그리스 정교회에서 파문당한 사람의 무덤에만 쓰인다는, 수수하기 짝이 없는 나무 십자가가 인상적이었다. 문학 평론가 이남호 교수는 나무 십자가에서 작가의 〈꼬장꼬장함〉을 읽는다고 했다. 그의 일성이 지금도 내 귓가에 울리는 듯하다.

「하하, 이것이 바로 그 고집쟁이 영감의 무덤이구나.」

연극 연출가 김석만 교수가 서울에서 가져간 진로 소주, 바나나, 그리고 국산 담배 한 대로 제상을 진설하고는 나에게 절을 하라고 했다. 근 두 주일 동안이나 악우들의 성화에 시달리면서도 카잔차키스 참배를 위해 소주를 〈꼬불쳐〉 둔 김 교수의 정성이 그렇게 고마울 수 없었다. 일행은 묵념으로 경의를 표했지만 나는 묵념으로는 부족하다 싶어 구두 벗고 절을 했다. 우리를 안내한 크레타인 여성 소니아 벨라도키는 눈물을 참지 못했다. 소니아는, 먼 동양에서 온, 언어도 다르고 외모도 다른 사람들이 자기네 고향이 사랑하는 작가에게 지극한 경의를 표하는 사태에 치밀어 오르는 격정의 눈물을 참을 수 없노라고 했다. 그녀는 불가리아에 살고 있는 조르바의 딸도 불과 한 달 전에 그 무덤을 참배하고 갔노라고 했다. 귀가 번쩍 뜨이는 데가 있어서 조르바의 딸이 몇 살이나 되었느냐고 묻는 나의 질문에 소니아가 대답했다.

「예순다섯이라지요, 아마?」

『그리스인 조르바』에 나오는, 조르바가 세르비아에서 부쳤다는 엽서에는 다음과 같은 대목이 나온다.

〈아직 살아 있습니다. 오라지게 추워 할 수 없이 결혼했습니다. 뒤집어 보면 사진이 있으니 얼굴 한번 보세요. 여자 하나 제대로 건졌어요. 허리가 조금 뚱뚱한 건 지금 날 위해서 꼬마 조르바를 하나 만들고 있기 때문입니다.〉

그렇다면, 올해 예순다섯이 되었다는 조르바의 따님은 그때 만든 〈꼬마 조르바〉일까, 싶었다.

생가는 박물관이 되어 있지만 겨울철에는 찾는 사람이 너무 적어 문을 닫는다고 했다. 아쉽지만 돌아서지 않을 수 없었다. 그날 점심 자리에서는 일행을 위해 내가 레치나(송진 냄새가 나는 포도주)를 샀다. 날씨가 스산하더니 추적추적 비가 내리기 시작했다. 나는 카잔차키스의 흉상이 서 있는 크레타의 엘레프테리아스 광장에서 조르바가 세르비아에서 보낸 세월을 생각했다.

그로부터 6개월 뒤인 8월 27일 아내와 함께 다시 니코스 카잔차키스 공항에 내렸다. 렌터카 회사 직원에게 니코스 카잔차키스 기념관이 있는 〈미르티아〉 마을까지 가는 버스가 있느냐고 물어보니 택시로 가야 한다면서 5천 드라크마를 요구할 것이라고 했다. 택시 정류장으로 나갔다. 경찰관과 군인이 합동으로 승강장을 통제하고 있었다. 경찰관에게 미르티아까지 어느 정도의 택시 요금이 합리적인지 물어보았다. 그리스의 택시 운전사들은 요금 횡포가 이만저만이 아니다. 경찰관은 3천 드라크마가 합리적일 것이라고 했다. 경찰관 보는 데서 택시 운전사에게 미르티아까지 얼마면 갈 수 있느냐고 물었다. 택시 기사도 3천 드라크마가 좋겠다고 했다. 예상보다 2천 드라크마(약 6달러)나 낮은 요금이었다. 약 30분쯤 달려, 카잔차키스가 『그리스인 조르바』에다 그리고 있는 마을과 아주 똑같은 마을 미르티아에 도착했다. 택시 기사는 세 시간 뒤에 데리러 올 것을 약속하고는 돌아갔다. 20호가 채 못 되는 아주 조그만 산꼭대기 마을이었다. 이른 아침부터 노인들이 〈우제리아(술집)〉 앞에 모여 앉아 있는 것이 인상적이었다. 마을 곳곳, 골목길 곳곳에는 〈데모스 니코스 카잔차키스〉가 가로로 쓰인 화분이 놓여 있었다. 우리가 흔히 보는 질화분이 아니라, 양철로 만들어진 올리브기름통을 흰 페인트로 칠한 재활용 화분이었다. 기념관은 마을 한가운데 있었다. 흔히 카잔차키스의 생가로 알려져 있지만 정확하게 말하면, 그가 한동안 산 적이 있을 뿐 생가가 아니라 부친 미할리스의 생가라고 했다. 생전의 유품, 세계 각국의 번역서, 자필 원고, 작품의 공연 포스터 등이 전시되어 있는 기념관은 자그마할망정 초라하지 않았고, 고졸한 아취가 있을망정 호화스럽지 않았다. 실존 인물 조르바가 작가에게 보낸 편지도 전시되어 있었다.

벼르고 벼르던 기념관이었지만 지금 뇌리에 남아 있는 것은 그곳에서 느낀 감흥이 아니다. 카잔차키스의 유품은 별 의미를 안기지 못했다. 내게 필요한 것은 살아 있는 카잔차키스, 살아 있는 조르바였다. 다행히도 나는 거인의 마을 미르티아에서 소인배인 나 자신을 통하여 그들을 만날 수 있었다.

약속한 시간이 되어도 택시는 나타나지 않았다. 뒤에 안 일이지만, 내가 얕은 생각을 짜내어 경찰관 앞에서 택시 운전사에게 약속하고 운전사가 동의한 요금은 너무 싼 금액이었다. 그것은 택시 운전사가 머나먼 미르티아까지 들어오지 않고도 시내에서 충분히 벌 수 있는 금액이었다. 택시는 끝내 오지 않았다. 크레타의 폭염 아래서 거인들을 생각했다. 나는 2천 드라크마를 아낀 덕분에 두 시간이나 미르티아 마을에 갇혀 있다가, 어느 친절한 크레타인의 피아트에 편승하지 않으면 안 되었다.

그러나 나는 택시 운전사를 원망하지 않기로 했다. 뜨거운 태양 아래 진땀을 흘리며 택시를 기다리던 곳이 카잔차키스의 기념관이 아니었다면 나는 〈소탐대실(小貪大失)〉, 이 한마디를 내 가슴에 따 담을 수 없었을 터이니……

『그리스인 조르바』는 지금부터 20년 전인 1980년에 내가 우리말로 옮긴 책이다. 당시에는 번역이 썩 잘된 것 같았고 또 주위에서도 그렇게들 말했는데 지금 와서 개역하는 심정으로 교열하려니 낯 뜨거운 대목이 적지 않다. 손을 보아 펴내는 감회가 남다르다. 19세기에 태어나 20세기를 살다 간 두 거인 카잔차키스와 조르바는 21세기를 맞은 나에게 여전히 현실이다. 내 연하의 친구들에게도 그러리라고 확신한다.

# 니코스 카잔차키스 연보

**1883년** 2월 18일(구력)* 크레타 이라클리온에서 태어남. 당시 크레타는 오스만 제국의 영토였음. 아버지 미할리스는 바르바리(현재 카잔차키스 박물관이 있음) 출신으로, 곡물과 포도주 중개상을 함. 뒷날 미할리스는 소설 『미할리스 대장 *O Kapetán Mihális*』의 여러 모델 가운데 하나가 됨.

**1889년(6세)** 크레타에서 터키의 지배에 대항하는 반란이 일어났으나 실패함. 카잔차키스 일가는 그리스 본토로 피하여 6개월간 머무름.

**1897~1898년(14~15세)** 크레타에서 두 번째 반란이 일어남. 자치권을 얻는 데 성공함. 니코스는 안전을 위해 낙소스 섬으로 감. 프랑스 수도사들이 운영하는 학교에 등록. 여기서 프랑스어에 대한 그의 사랑이 시작됨.

**1902년(19세)** 이라클리온에서 중등 교육을 마치고 법학을 공부하기 위해 아테네 대학교에 진학함.

**1906년(23세)** 대학을 졸업하기도 전에 에세이 「병든 시대 *I arrósteia tu aiónos*」와 소설 「뱀과 백합 *Ofis ke kríno*」 출간함. 희곡 「동이 트면 *Ximeronei*」을 집필함.

**1907년(24세)** 「동이 트면」이 희곡상을 수상하며 아테네에서 공연됨. 커다란 논란을 일으킴. 약관의 카잔차키스는 단번에 유명 인사가 됨. 언론계에 발을 들여놓음. 프리메이슨에 입회함. 10월 파리로 유학함. 이곳에

---

* 그리스는 구력인 율리우스력을 사용하다가, 1923년 대다수의 국가가 현재 사용하고 있는 그레고리우스력을 받아들이면서 그해 2월 16일을 3월 1일로 조정하였다. 구력의 날짜를 그레고리우스력으로 환산하려면 19세기일 때는 12일을, 20세기일 때는 13일을 더하면 된다.

서 작품 집필과 저널리즘 활동을 병행함.

**1908년(25세)** 앙리 베르그송의 강의를 듣고, 니체를 읽음. 소설『부서진 영혼*Spasménes psihés*』을 완성함.

**1909년(26세)** 니체에 관한 학위 논문을 완성하고 희곡「도편수O protomástoras」를 집필함. 이탈리아를 경유하여 크레타로 돌아감. 학위 논문과 단막극「희극: 단막 비극Komodía」과 에세이「과학은 파산하였는가I epistími ehreokópise?」를 출간함. 순수어*katharévusa*를 폐기하고 학교에서 민중어*demotiki*를 채용할 것을 주장하는 솔로모스 협회의 이라클리온 지부장이 됨. 언어 개혁을 촉구하는 선언문을 집필함. 이 글이 아테네의 한 정기 간행물에 실림.

**1910년(27세)** 민중어의 옹호자 이온 드라구미스를 찬양하는 에세이「우리 젊음을 위하여Ya tus néus mas」를 발표함. 고전 그리스 문화에 대한 추종을 극복해야만 한다고 역설하는 드라구미스가 그리스를 새로운 영광의 시기로 인도할 예언자라고 주장함. 이라클리온 출신의 작가이며 지식인인 갈라테아 알렉시우와 결혼식을 올리지 않은 채 아테네에서 동거에 들어감. 프랑스어, 독일어, 영어와 고전 그리스어를 번역하는 것으로 생계를 유지함. 민중어 사용 주창 단체들 중 가장 중요한 〈교육 협회〉의 창립 회원이 됨.

**1911년(28세)** 10월 11일 갈라테아 알렉시우와 결혼함.

**1912년(29세)** 교육 협회 회원을 대상으로 한 긴 강연에서 베르그송의 철학을 그리스 지식인들에게 소개함. 이 강연 내용이 협회보에 실림. 제1차 발칸 전쟁이 발발하자 육군에 자원하여 베니젤로스 총리 직속 사무실에 배속됨.

**1914년(31세)** 시인 앙겔로스 시켈리아노스와 함께 아토스 산을 여행함. 여러 수도원을 돌며 40일간 머무름. 이때 단테, 복음서, 불경을 읽음. 시켈리아노스와 함께 새로운 종교를 창시할 것을 몽상함. 생계를 위해 갈라테아와 함께 어린이 책을 집필함.

**1915년(32세)** 시켈리아노스와 함께 다시 그리스를 여행함. 〈나의 위대한 스승 세 명은 호메로스, 단테, 베르그송〉이라고 일기에 적음. 수도원에 은거하며 책을 한 권 썼으나 현재 전해지지 않음. 아마도 아토스 산에 대한 책인 듯함.「오디세우스Odisséas」,「그리스도Hristós」,「니키포로스 포카스Nikifóros Fokás」의 초고를 씀. 10월 아토스 산의 벌목 계약을 위해 테살로니키로 여행함. 이곳에서 카잔차키스는 제1차 세계 대전 중 영국군과 프랑스군이 살로니카 전선에서 싸우기 위해 상륙하는 것을 목격함. 같은 달, 톨스토이를 읽고 문학보다 종교가 중요하다고 결심하며, 톨스토이가 멈춘 곳에서 시작하리라고 맹세함.

**1917년(34세)** 전쟁으로 석탄 연료가 부족해지자 기오르고스 조르바라는 일꾼을 고용하여 펠로폰네소스에서 갈탄을 캐려고 시도함. 이 경험은 1915년의 벌목 계획과 결합하여 뒷날 소설『그리스인 조르바*Víos ke politía tu Aléxi Zorbá*』로 발전됨. 9월 스위스 여행. 취리히의 그리스 영사 이안니스 스타브리다키스의 거처에 손님으로 머무름.

**1918년(35세)** 스위스에서 니체의 발자취를 순례함. 그리스의 지식인 여성 엘리 람브리디를 사랑하게 됨.

**1919년(36세)** 베니젤로스 총리가 카잔차키스를 공공복지부 장관에 임명하고, 카프카스에서 볼셰비키에 의해 처형될 위기에 처한 15만 명의 그리스인들을 송환하라는 임무를 맡김. 7월 카잔차키스는 자신의 팀을 이끌고 출발. 여기에는 스타브리다키스와 조르바도 끼여 있었음. 8월 베니젤로스에게 보고하기 위해 베르사유로 감. 여기서 평화 조약 협상에 참여함. 피난민 정착을 감독하기 위해 마케도니아와 트라케로 감. 이때 겪은 일들은 뒷날『수난*O Hristós xanastavrónetai*』에 사용됨.

**1920년(37세)** 8월 13일 드라구미스가 암살됨. 카잔차키스는 큰 충격에 휩싸임. 11월 베니젤로스가 이끄는 자유당이 선거에서 패배함. 카잔차키스는 공공복지부 장관을 사임하고 파리로 떠남.

**1921년(38세)** 1월 독일 드레스덴, 라이프치히, 예나, 바이마르, 뉘른베르크, 뮌헨을 여행함. 2월 그리스로 돌아옴.

**1922년(39세)** 아테네의 한 출판인과 일련의 교과서 집필을 계약하며 선불금을 받음. 이로써 해외여행이 가능해짐. 5월 19일부터 8월 말까지 빈에 체재함. 여기서 이단적 정신분석가 빌헬름 슈테켈이〈성자의 병〉이라고 부른 안면 습진에 걸림. 전후 빈의 퇴폐적 분위기 속에서 카잔차키스는 불경을 연구하고 붓다의 생애를 다룬 희곡을 집필하기 시작함. 또한 프로이트를 연구하고「신을 구하는 자*Askitiki*」를 구상함. 9월 베를린에서 그리스가 터키에 참패했다는 소식을 들음. 이전의 민족주의를 버리고 공산주의 혁명가들에 동조함. 카잔차키스는 특히 라헬 리프슈타인이 이끄는 급진적 젊은 여성들의 소모임으로부터 영향을 받음. 미완의 희곡『붓다

*Vúdas*』를 찢어 버리고 새로운 형태로 쓰기 시작함.「신을 구하는 자」에 착수하면서 공산주의적인 행동주의와 불교적인 체념을 조화시키려 시도함. 소비에트 연방으로 이주할 것을 꿈꾸며 러시아어 수업을 들음.

**1923년(40세)** 빈과 베를린에서 보낸 시기에는 아테네에 남아 있던 갈라테아에게 보낸 편지를 통해 많은 자료를 남겼음. 4월「신을 구하는 자」를 완성함. 다시『붓다』집필을 계속함. 6월 니체가 자란 나움부르크로 순례를 떠남.

**1924년(41세)** 이탈리아에서 3개월을 보냄. 이때 방문한 폼페이는 그가 떨쳐 버릴 수 없는 상징의 하나가 됨. 아시시에 도착함. 여기서『붓다』를 완성하고, 성자 프란체스코에 대한 평생의 흠앙을 시작함. 아테네로 가서 엘레니 사미우를 만남. 이라클리온으로 돌아와, 망명자들과 소아시아 전투 참전자들로 이루어진 공산주의 세포의 정신적 지도자가 됨. 서사시『오디세이아 *Odíssia*』를 구상하기 시작함. 아마 이때「향연Simposion」도 썼을 것으로 추정됨.

**1925년(42세)** 정치 활동으로 체포되었으나 24시간 뒤에 풀려남.『오디세이아』1~6편을 씀. 엘레니 사미우와의 관계가 깊어짐. 10월 아테네 일간지의 특파원 자격으로 소련으로 떠남. 그곳에서의 감상을 연재함.

**1926년(43세)** 갈라테아와 이혼. 갈라테아는 뒷날 재혼한 뒤에도 갈라테아 카잔차키라는 이름으로 활동함. 카잔차키스는 다시금 신문사 특파원 자격으로 팔레스타인과 키프로스로 여행함. 8월 스페인으로 여행함. 독재자 프리모 데 리베라와 인터뷰함. 10월 이탈리아 로마에서 무솔리니와 인터뷰함. 11월 뒷날 카잔차키스의 제자로서 문학 에이전트이자 친구이며 전기 작가가 되는 판델리스 프레벨라키스를 만남.

**1927년(44세)** 특파원 자격으로 이집트와 시나이를 방문함. 5월『오디세이아』의 완성을 위해 아이기나에 홀로 머무름. 작업이 끝나자마자 생계를 위해 백과사전에 실릴 기사들을 서둘러 집필하고『여행기*Taxidévondas*』첫 번째 권에 실릴 글을 모음. 디미트리오스 글리노스의 잡지『아나예니시』에「신을 구하는 자」가 발표됨. 10월 말 혁명 10주년을 맞이한 소련 정부의 초청으로 다시 러시아를 방문함. 앙리 바르뷔스와 조우함. 평화 심포지엄에서 호전적인 연설을 함. 11월 당시 프랑스에서 큰 인기를 얻고 있던 그리스계 루마니아 작가 파나이트 이스트라티를 만남. 이스트라티를 비롯한 몇몇 사람들과 함께 카프카스를 여행함. 친구가 된 이스트라티와 카잔차키스는 소련에서 정치적, 지적 활동을 함께하기로 맹세함.

12월 이스트라티를 아테네로 데리고 옴. 신문 논설을 통해 그를 그리스 대중에게 소개함.

**1928년(45세)** 1월 11일 카잔차키스와 이스트라티는 알람브라 극장에 모인 군중 앞에서 소련을 찬양하는 연설을 함. 이는 곧바로 가두시위로 이어짐. 당국은 연설회를 조직한 디미트리오스 글리노스와 카잔차키스를 사법 처리하고 이스트라티를 추방하겠다고 위협함. 4월 이스트라티와 카잔차키스는 러시아로 돌아옴. 키예프에서 카잔차키스는 러시아 혁명에 관한 영화 시나리오를 집필함. 6월 모스크바에서 이스트라티와 동행하여 고리키를 만남. 카잔차키스는 「신을 구하는 자」의 마지막 부분을 수정하고 〈침묵〉 장을 추가함. 「프라우다」에 그리스의 사회 상황에 대한 논설들을 기고함. 레닌의 생애를 다룬 또 다른 시나리오에 착수함. 이스트라티와 무르만스크로 여행함. 레닌그라드를 경유하면서 빅토르 세르주와 만남. 7월 바르뷔스의 잡지 「몽드」에 이스트라티가 쓴 카잔차키스 소개 기사가 실림. 이로써 유럽 독서계에 카잔차키스가 처음으로 알려짐. 8월 말 카잔차키스와 이스트라티는 엘레니 사미우와 이스트라티의 동반자 빌릴리 보드보비와 함께 남부 러시아로 긴 여행을 떠남. 여행의 목적은 〈붉은 별을 따라서〉라는 일련의 기사를 공동 집필하기 위해서였음. 두 친구의 사이가 점차 멀어짐. 12월 빅토르 세르주와 그의 장인 루사코프가 트로츠키주의자로 몰려 처벌된 〈루사코프 사건〉이 일어나 그들의 견해차는 마침내 극에 달함. 이스트라티가 소련 당국에 대한 분노와 완전한 환멸을 느낀 반면, 카잔차키스는 사건 하나로 체제의 정당성을 판단하기는 어렵다는 입장이었음. 아테네에서 카잔차키스의 러시아 여행기가 두 권으로 출간됨.

**1929년(46세)** 카잔차키스는 홀로 러시아의 구석구석을 여행함. 4월 베를린으로 가서 소련에 관한 강연을 함. 논설집을 출간하려 함. 5월 체코슬로바키아의 한적한 농촌으로 들어가 첫 번째 프랑스어 소설을 씀. 원래 〈모스크바는 외쳤다*Moscou a crié*〉라는 제목이었으나 〈토다 라바*Toda-Raba*〉로 바뀜. 이 소설은 작가의 변화한 러시아관을 별로 숨기지 않고 드러내고 있음. 역시 프랑스어로 〈엘리아스 대장*Kapetán Élias*〉이라는 소설을 완성함. 이는 「미할리스 대장」의 선구가 되는 여러 작품 중 하나임. 프랑스어로 쓴 소설들은 서유럽에 자신의 존재를 드러내려는 최초의 시도였음. 동시에 소련에 대한 자신의 달라진 관점을 반영하기 위해 「오디세이아」의 근본적인 수정에 착수함.

**1930년(47세)** 돈을 벌기 위해 두 권짜리 「러시아 문학사*Istoria tis rosikis*

*logotehnias*」를 아테네에서 출간함. 그리스 당국은 「신을 구하는 자」에 나타난 무신론을 이유로 그를 재판에 회부하겠다고 위협함. 계속 외국에 머무름. 처음에는 파리에서 지내다가 니스로 옮긴 뒤, 아테네 출판사들의 의뢰로 프랑스 어린이 책을 번역함.

**1931년(48세)** 그리스로 돌아와 아이기나에 머무름. 순수어와 민중어를 포괄하는 프랑스-그리스어 사전 편찬 작업에 착수함. 6월 파리에서 식민지 미술 전시회를 관람함. 여기서『오디세이아』에 나오는 아프리카 장면의 아이디어를 얻음.『오디세이아』의 제3고를 체코슬로바키아에서 은거하며 완성함.

**1932년(49세)** 재정적 어려움을 타개하기 위해 프레벨라키스와 공동 작업을 구상함. 여러 편의 영화 시나리오와 번역을 구상했으나 대체로 실패함. 카잔차키스는 단테의『신곡』전편을, 3운구법을 살려 45일 만에 번역함. 스페인으로 이주하여 그곳에서 작가로 살기로 하고 그 출발로서 선집에 수록될 스페인 시의 번역에 착수함.

**1933년(50세)** 스페인 인상기를 씀. 엘 그레코에 관한 3운구 시를 지음. 훗날『영혼의 자서전*Anaforá ston Gréko*』의 전신이 됨. 스페인에서 생계를 해결하지 못하고 아이기나로 돌아옴.『오디세이아』제4고에 착수함. 단테 번역을 수정하면서 몇 편의 3운구 시를 지음.

**1934년(51세)** 돈을 벌기 위해 2, 3학년을 위한 세 권의 교과서를 집필함. 이 중 한 권이 교육부에서 채택되어 재정 상태가 잠시 나아짐.『신곡』이 아테네에서 출간됨.『토다 라마』가 프랑스 파리의『르 카이에 블루』지에서 재간행됨.

**1935년(52세)** 『오디세이아』제5고를 완성한 뒤 여행기 집필을 위해 일본과 중국을 방문함. 돌아오는 길에 아이기나에서 약간의 땅을 매입함.

**1936년(53세)** 그리스 바깥에서 문명(文名)을 확립하려는 시도로서, 프랑스어로 소설『돌의 정원*Le Jardin des rochers*』을 집필함. 이 소설은 그가 동아시아에서 겪은 일들을 바탕으로 함. 또한 미할리스 대장 이야기의 새로운 원고를 완성함. 이를 〈나의 아버지*Mon père*〉라고 부름. 돈을 벌기 위해 왕립 극장에서 공연 예정인 피란델로의 「오늘 밤은 즉흥극*Questa sera si recita a soggetto*」을 번역함. 직후 피란델로풍의 희곡「돌아온 오셀로*O Othéllos xanayirízei*」를 썼는데 생전에는 이 작품의 존재가 알려지지 않았음. 괴테의『파우스트』제1부를 번역함. 10~11월 내전 중인 스페인에 특파원으로 감. 프랑코와 우나무노를 회견함. 아이기

나에 집이 완성됨. 그가 장기 거주한 첫 번째 집임.

**1937년(54세)**  아이기나에서 『오디세이아』 제6고를 완성함. 『스페인 기행*Taxidévondas: Ispanía*』이 출간됨. 9월 펠로폰네소스를 여행함. 여기서 얻은 감상을 신문 연재 기사 형식으로 발표함. 이 글들은 뒷날 『모레아 기행*Taxidévondas: O Morias*』으로 묶어 펴냄. 왕립 극장의 의뢰로 비극 「멜리사*Mélissa*」를 씀.

**1938년(55세)**  『오디세이아』 제7고와 최종고를 완성한 뒤 인쇄 과정을 점검함. 호화판으로 제작된 이 서사시의 발행일은 12월 말일임. 1922년 빈에서 걸렸던 것과 같은 안면 습진에 걸림.

**1939년(56세)**  〈아크리타스*Akritas*〉라는 제목으로 3만 3,333행의 새로운 서사시를 쓸 계획을 세움. 7~11월 영국 문화원의 초청으로 영국을 방문함. 스트랫퍼드어폰에이번에 기거하며 비극 「배교자 율리아누스 Iulianós o paravátis」를 집필함.

**1940년(57세)**  『영국 기행*Taxidévondas: Anglia*』을 쓰고 「아크리타스」의 구상과 「나의 아버지」의 수정 작업을 계속함. 청소년들을 위한 일련의 전기 소설을 씀(『알렉산드로스 대왕*Megas Alexandros*』, 『크노소스 궁전*Sta palatia tis Knosu*』). 10월 하순 무솔리니가 그리스를 침공함. 카잔차키스는 그리스 민족주의에 대한 새로운 애증에 빠짐.

**1941년(58세**  독일이 그리스를 점령함. 카잔차키스는 집필에 몰두하여 슬픔을 달램. 『붓다』의 초고를 완성함. 단테의 번역을 수정함. 〈조르바의 성스러운 삶〉이라는 제목의 새로운 소설을 시작함.

**1942년(59세)**  전쟁 기간 동안 아이기나를 벗어나지 못함. 다시 정치에 뛰어들기 위해 가능한 한 빨리 작품 집필을 포기하기로 결심함. 독일군 당국은 카잔차키스에게 며칠간의 아테네 체재를 허락함. 여기서 이안니스 카크리디스 교수를 만나 호메로스의 『일리아스』를 공동 번역하기로 합의함. 카잔차키스는 8월과 10월 사이에 초고를 끝냄. 〈그리스도의 회상〉이라는 제목으로 예수에 대한 소설을 쓸 계획을 세움. 이것은 뒷날 『최후의 유혹*O teleftaíos pirasmós*』의 전신이 됨.

**1943년(60세)**  독일 점령 기간의 곤궁함에도 불구하고 정력적으로 작업을 계속함. 『그리스인 조르바』와 『붓다』의 두 번째 원고 및 『일리아스』의 번역을 완성함. 아이스킬로스의 〈프로메테우스〉 3부작을 모티프로 한 희곡 신판을 씀.

**1944년(61세)** 봄과 여름에 희곡 「카포디스트리아스O Kapodístrias」와 「콘스탄티누스 팔라이올로구스Konstandínos o Palaiológos」를 집필함. 〈프로메테우스〉 3부작과 함께 이들 희곡은 각각 고대, 비잔틴 시대, 현대 그리스를 다룸. 독일군이 철수함. 카잔차키스는 곧바로 아테네로 가서 테아 아네모이안니의 환대를 받고 그 집에서 머무름. 〈12월 사태〉로 알려진 내전을 목격함.

**1945년(62세)** 다시 정치에 뛰어들겠다는 결심에 따라, 흩어진 비공산주의 좌파의 통합을 목표로 하는 소수 세력인 사회당의 지도자가 됨. 단 두 표 차로 아테네 학술원의 입회가 거부됨. 정부는 독일군의 잔학 행위 입증 조사를 위해 그를 크레타로 파견함. 11월 오랜 동반자 엘레니 사미우와 결혼. 소풀리스의 연립 정부에서 정무 장관으로 입각함.

**1946년(63세)** 사회 민주주의 정당들의 통합이 실현되자 카잔차키스는 장관직에서 물러남. 3월 25일 그리스 독립 기념일에 왕립 극장에서 그의 희곡 「카포디스트리아스」가 공연됨. 공연은 커다란 파문을 일으켰고, 우익 민족주의자들은 극장을 불태우겠다고 위협함. 그리스 작가 협회는 카잔차키스를 시켈리아노스와 함께 노벨 문학상 후보로 추천함. 6월 40일 간의 예정으로 해외여행을 떠남. 실제로는 남은 생을 해외에서 체류하게 되었음. 영국에서 지식인들에게 〈정신의 인터내셔널〉을 조직할 것을 호소하였으나 별 관심을 끌지 못함. 영국 문화원이 케임브리지에 방 하나를 제공하여, 이곳에서 여름을 보내며 〈오름길〉이라는 제목의 소설을 씀. 이 역시 『미할리스 대장』의 선구적 작품이 됨. 9월 프랑스 정부의 초청으로 파리에 감. 그리스의 정치 상황 때문에 해외 체재가 불가피해짐. 『그리스인 조르바』가 프랑스어로 번역되도록 준비함.

**1947년(64세)** 스웨덴의 지식인이자 정부 관리인 뵈리에 크뇌스가 『그리스인 조르바』를 번역함. 몇 차례의 줄다리기 끝에 카잔차키스는 유네스코에서 일하게 됨. 그의 일은 세계 고전의 번역을 촉진하여 서로 다른 문화, 특히 동양과 서양의 문화 사이에 다리를 놓는 것이었음. 스스로 자신의 희곡 「배교자 율리아누스」를 번역함. 『그리스인 조르바』가 파리에서 출간됨.

**1948년(65세)** 자신의 희곡들을 계속 번역함. 3월 창작에 전념하기 위해 유네스코에서 사임함. 「배교자 율리아누스」가 파리에서 공연됨(1회 공연으로 끝남). 카잔차키스와 엘레니는 앙티브로 이주함. 그곳에서 희곡 「소돔과 고모라Sódoma ke Gómora」를 씀. 영국, 미국, 스웨덴, 체코슬로바키아의 출판사에서 『그리스인 조르바』 출간을 결정함. 카잔차키스는 『수난』의 초고를 3개월 만에 완성하고 2개월간 수정함.

**1949년(66세)** 격렬한 그리스 내전을 소재로 한 새로운 소설『전쟁과 신부*I aderfofádes*』에 착수함. 희곡「쿠로스*Kúros*」와「크리스토퍼 콜럼버스*Hristóforos Kolómvos*」를 씀. 안면 습진이 다시 찾아옴. 치료차 프랑스 비시의 온천에 감. 12월『미할리스 대장』 집필에 착수함.

**1950년(67세)** 7월 말까지『미할리스 대장』에만 몰두함. 11월『최후의 유혹』에 착수함.『그리스인 조르바』와『수난』이 스웨덴에서 출간됨.

**1951년(68세)** 『최후의 유혹』초고를 완성함.「콘스탄티누스 팔라이올로구스」의 개정을 마치고 이 초고를 수정하기 시작함.『수난』이 노르웨이와 독일에서 출간됨.

**1952년(69세)** 성공이 곤란을 야기함. 각국의 번역자들과 출판인들이 카잔차키스의 시간을 점점 더 많이 빼앗게 됨. 안면 습진 또한 그를 더 심하게 괴롭힘. 엘레니와 함께 이탈리아에서 여름을 보냄. 아시시의 성자 프란체스코에 대한 사랑이 더욱 깊어짐. 눈에 심한 감염이 일어나 네덜란드의 병원으로 감. 요양하면서 성자 프란체스코의 생애를 연구함. 영국, 노르웨이, 스웨덴, 네덜란드, 핀란드, 독일에서 그의 소설들이 계속적으로 출간됨. 그러나 그리스에서는 출간되지 않음.

**1953년(70세)** 눈의 세균 감염이 낫지 않아 파리의 병원에 입원함(결국 오른쪽 눈의 시력을 잃음). 검사 결과 수년 동안 그를 괴롭힌 안면 습진은 림프샘 이상이 원인인 것으로 나타남. 앙티브로 돌아가 수개월간 카크리디스 교수와 함께『일리아스』의 공역을 마무리함. 소설『성자 프란체스코*O ftohúlis tu Theú*』를 씀.『미할리스 대장』이 출간됨.『미할리스 대장』 일부와『최후의 유혹』 전체에서 신성을 모독했다는 이유로 그리스 정교회가 카잔차키스를 맹렬히 비난함. 당시『최후의 유혹』은 그리스에서 출간되지도 않았음.『그리스인 조르바』가 뉴욕에서 출간됨.

**1954년(71세)** 교황이『최후의 유혹』을 가톨릭교회의 금서 목록에 올림. 카잔차키스는 교부 테르툴리아누스의 말을 인용하여 바티칸에 이런 전문을 보냄.〈주여 당신에게 호소합니다.〉같은 전문을 아테네의 정교회 본부에도 보내면서 이렇게 덧붙임.〈성스러운 사제들이여, 여러분은 나를 저주하나 나는 여러분을 축복합니다. 여러분께서도 나만큼 양심이 깨끗하시기를, 그리고 나만큼 도덕적이고 종교적이시기를 기원합니다.〉여름『오디세이아』를 영어로 번역하는 키먼 프라이어와 매일 공동 작업함. 12월

「소돔과 고모라」의 초연에 참석하기 위해 독일 만하임으로 감. 공연 후 치료를 위해 병원에 입원함. 가벼운 림프성 백혈병으로 진단됨. 젊은 출판인 이안니스 구델리스가 아테네에서 카잔차키스 전집 출간에 착수함.

**1955년(72세)** 엘레니와 함께 스위스 루가노의 별장에서 한 달을 보냄. 여기서 그의 정신적 자서전인『영혼의 자서전』을 쓰기 시작함. 8월 카잔차키스와 엘레니는 군스바흐의 알베르트 슈바이처 박사를 방문함. 앙티브로 돌아온 뒤,『수난』의 영화 시나리오를 구상 중이던 줄스 다신의 조언 요청에 응함. 카잔차키스와 카크리디스가 공역한『일리아스』가 그리스에서 출간됨. 어떤 출판인도 나서지 않았기 때문에 비용은 모두 번역자들이 부담함.『오디세이아』의 수정 재판이 아테네에서 엠마누엘 카스다글리스의 감수로 준비됨. 카스다글리스는 또한 카잔차키스의 희곡 전집 제1권을 편집함. 〈왕실 인사〉가 개입한 끝에『최후의 유혹』이 마침내 그리스에서 출간됨.

**1956년(73세)** 6월 빈에서 평화상을 받음. 키먼 프라이어와 공동 작업을 계속함. 최종심에서 후안 라몬 히메네스에게 노벨 문학상을 빼앗김. 줄스 다신이『수난』을 바탕으로 한 영화를 완성. 제목을 〈죽어야 하는 자 *Celui qui doit mourir*〉로 붙임. 전집 출간이 진행됨. 두 권의 희곡집과 여러 권의 여행기, 프랑스어에서 그리스어로 옮긴『토다 라바』와『성자 프란체스코』가 추가됨.

**1957년(74세)** 키먼 프라이어와 작업을 계속함. 피에르 시프리오와의 긴 대담이 6회로 나뉘어 파리에서 라디오로 방송됨. 칸 영화제에 참석하여 「죽어야 하는 자」를 관람함. 파리의 플롱 출판사가 그의 전집을 프랑스어로 펴내는 데 동의함. 중국 정부의 초청으로 카잔차키스 부부는 중국을 방문함. 돌아오는 비행 편이 일본을 경유하므로, 광저우에서 예방 접종을 함. 그런데 북극 상공에서 접종 부위가 부풀어 오르고 팔이 회저 증상을 보이기 시작함. 백혈병을 진단받았던 독일의 병원에 다시 입원함. 고비를 넘김. 알베르트 슈바이처가 문병 와서 쾌유를 축하함. 그러나 아시아 독감이 쇠약한 그의 몸을 순식간에 습격함. 10월 26일 사망. 시신이 아테네로 운구됨. 그리스 정교회는 카잔차키스의 시신을 공중(公衆)에 안치하기를 거부함. 시신은 크레타로 운구되어 안치됨. 엄청난 인파가 몰려 그의 죽음을 애도함. 뒷날, 묘비에는 카잔차키스가 생전에 준비해 두었던 비명이 새겨짐. *Den elpízo típota. Den fovúmai típota. Eímai eléftheros* (나는 아무것도 바라지 않는다. 나는 아무것도 두려워하지 않는다. 나는 자유다).

옮긴이 **이윤기(1947~2010)** 경북 군위에서 출생하여 성결교신학대 기독교학과를 수료했다. 1977년 단편소설 「하얀 헬리콥터」가 중앙 일보 신춘문예에 당선되었으며, 1991년부터 1996년까지 미국 미시 간 주립대학교 종교학 초빙 연구원으로 재직했다. 1998년 중편소 설 「숨은 그림 찾기」로 동인 문학상을, 2000년 소설집 『두물머리』 로 대산 문학상을 수상했다. 소설집으로 『하얀 헬리콥터』, 『외길보 기 두길보기』, 『나비 넥타이』가 있으며 장편소설로 『하늘의 문』, 『사 랑의 종자』, 『나무가 기도하는 집』이 있다. 그 밖에 『어른의 학교』, 『무지개와 프리즘』, 『이윤기의 그리스 로마 신화』, 『꽃아 꽃아 문 열 어라』 등의 저서가 있으며, 움베르토 에코의 『장미의 이름』, 『장미 의 이름 작가 노트』, 『푸코의 진자』, 『전날의 섬』을 비롯해 칼 구스 타프 융의 『인간과 상징』, 니코스 카잔차키스의 『미할리스 대장』 등 다수의 책을 번역했다.

## 그리스인 조르바

| 발행일 | 2000년 | 4월 25일 | 초 판 1쇄 |
| | 2008년 | 1월 10일 | 초 판 29쇄 |
| | 2006년 | 2월 25일 | 보급판 1쇄 |
| | 2009년 | 6월 10일 | 보급판 11쇄 |
| | 2008년 | 3월 30일 | 신 판 1쇄 |
| | 2025년 | 1월 20일 | 신 판 36쇄 |

지은이  니코스 카잔차키스
옮긴이  이윤기
발행인  홍예빈
발행처  주식회사 열린책들

경기도 파주시 문발로 253 파주출판도시
전화 031-955-4000  팩스 031-955-4004
홈페이지 www.openbooks.co.kr  이메일 literature@openbooks.co.kr

Copyright (C) 주식회사 열린책들, 2000, 2008, *Printed in Korea.*
ISBN 978-89-329-0806-9 04890
ISBN 978-89-329-0792-5 (세트)

이 도서의 국립중앙도서관 출판예정도서목록(CIP)은 서지정보유통지원시스템 홈페이지(http://seoji.nl.go.kr)와 국가자료공동목록시스템(http://www.nl.go.kr/kolisnet)에서 이용하실 수 있습니다.(CIP제어번호:CIP2008000556)